TOR

Dennis Ehrhardt

nach einer Idee von Dennis Ehrhardt
und Sebastian Breidbach

SINCLAIR®

Dead Zone

Roman

〆 | TOR

Erschienen bei FISCHER Tor
Frankfurt am Main, Februar 2019

© 2019 Dennis Ehrhardt und Sebastian Breidbach
© Deutsche Erstausgabe
S. Fischer Verlag GmbH,
Hedderichstr. 114, D-60596 Frankfurt am Main
Dieses Werk wurde vermittelt durch
die Michael Meller Literary Agency GmbH, München

Satz: Dörlemann Satz, Lemförde
Druck und Bindung: CPI books GmbH, Leck
Printed in Germany
ISBN 978-3-596-29994-2

*»Die alte Welt liegt im Sterben,
die neue ist noch nicht geboren.
Es ist die Zeit der Monster.«*

ANTONIO GRAMSCI

TEIL EINS
Zeichen

**Auszug aus einer mehrtägigen medizinisch-psychologischen
Tauglichkeitsuntersuchung
von Detective Inspector John SINCLAIR**

angefertigt durch: Zelma CAMPBELL, Ph.D., psychologische Gutach-
terin, tätig im Auftrag des Metropolitan Police Service London,
BCU Newham, Waltham Forest
Abschluss der Untersuchung: 13. Januar 2019
Status des Protokolls: vertraulich

Mein Name ist John Sinclair. Ich bin Detective Inspector des Metropolitan Police Service und Teil des Criminal Investigation Department
auf dem Revier Forest Gate im Londoner Stadtteil Newham. Irgendwelche Schlipsträger haben unseren Bezirk vor einem Jahr mit den
Nachtwächtern aus Waltham Forest zu einer *Basic Command Unit* zu-
sammengelegt, aber unser Revier auf der Straße ist immer noch das
gleiche: Auf der Landkarte sieht Newham aus wie ein betrunkenes
Quadrat, das nach links wegzurutschen droht. Es reicht vom neuen
Olympiagelände in Stratford bis runter zu den Beckton-Klärwerken
am River Roding sowie von den Ganglands in Westham und Canning
Town bis zur North Circular an der Grenze von Ilford.

In Newham arbeiten insgesamt 802 Beamte auf sieben Revieren,
ein großer Teil davon bei uns auf dem Forest Gate. Unsere Unterabtei-
lung des CID, zuständig für Mordermittlung, bestand bis vor kurzem
aus fünfzig Leuten. Wenn man allerdings die Schreibtisch- und Hilfs-
kräfte sowie die Sonderfahnder abzieht, blieben davon nur sechs, einschließlich meines Partners Detective Sergeant Zuko Gan und unseres Leiters Detective Superintendent James Powell. Es war eine kleine
Einheit, aber ich würde mal behaupten, wir haben ganz gute Arbeit
geleistet in einem der schwierigsten Distrikte von London.

Ich weiß, was Sie von mir wissen wollen.

Aber die Wahrheit ist: Ich habe keine Ahnung, wieso nur drei von uns
überlebt haben.

1

**11. Dezember 2018, 21.08 Uhr,
23 Seemeilen vor der portugiesischen Küste**

Die Wasseroberfläche funkelte wie Diamanten, die man auf schwarzen Samt gebettet hatte.

Dr. Rachel Briscoe lehnte mit dem Rücken an der Reling des Ungetüms, bei dem es sich, wie sie im Laufe der Reise erfahren hatte, um einen LASH-Carrier handelte. Rachel konnte mit dem Begriff nichts anfangen. Ein Schiff war für sie ein Schiff, und das, auf dem sie sich gerade befand, war mit seinen über 250 Yards Rumpflänge beängstigend groß und besaß neben einem Hubschrauberlandeplatz sogar einen beweglichen Portalkran. Die beiden Laufschienen des Krans ragten rechts und links fast 30 Yards über das Heck hinaus – wie die Hauer eines monströsen Wildschweins.

Fröstelnd rieb sie die Hände aneinander und strich eine blonde Haarsträhne nach hinten, die ihr der Regen auf die Stirn geklebt hatte. Vorhin, als sie ihre Kabine verlassen hatte, waren es drei Grad Außentemperatur gewesen, bei einer Luftfeuchtigkeit von 85 Prozent, wie das Hygrometer anzeigte. Der andauernde feine Sprühregen bildete Schlieren auf Rachels Brillengläsern, was sie an Deck fast blind machte. Dazu der

10

auffrischende Wind aus süd-südwestlicher Richtung: Laut Cartwright sollte noch vor Anbruch der Morgendämmerung ein Tief die See bürsten, gegen das der sprichwörtliche Azorenwinter mit seinen Stürmen ein laues Lüftchen war. Aber Cartwright war ein narzisstisches Arschloch, das auch einen Sommerwind zum Hurrikan hochgejazzt hätte, um seine Umgebung zu beeindrucken.

Und das alles für einen Forschungsauftrag, dessen Sinnhaftigkeit sich weder ihr noch irgendeinem anderen Mitarbeiter des Ägyptischen Instituts der University of London erschlossen hatte. Da der Dekan Prof. Allan Spencer sie allerdings förmlich angefleht hatte, die Reise mitzumachen, konnte sie nur vermuten, dass dahinter ein großer privater Spender steckte, der für die Arbeit des Instituts wichtig war. Wozu da noch nach dem Sinn der Expedition fragen? Man hatte sie nach Southampton verfrachtet, zusammen mit zwei anderen Kollegen, die ihr mysteriöser Geldgeber offenbar wie Äpfel von den verschiedensten Forschungsinstituten der Welt gepflückt und an Bord des LASH-Carriers verfrachtet hatte. Vor fünf Tagen waren sie ausgelaufen, und seit vorgestern schipperten sie nun 100 Seemeilen südwestlich von Lissabon auf stets derselben Position liegend gegen die südwärts driftenden Wassermassen des Portugalstroms an.

Da Rachel auf ihre Fragen grundsätzlich keine zufriedenstellende Antwort bekam, hatte sie beschlossen, die Rolle der stillen, nur mäßig interessierten Beobachterin zu spielen.

Vor acht Stunden war das Tauchboot zu Wasser gelassen worden – zum zweiten Mal. Es verfügte über einen Bergungsroboter, mit dem sich angeblich tonnenschwere Güter vom Meeresgrund heraufbefördern ließen. Sagte Cartwright. Seitdem spekulierte er mit seinen beiden Kollegen in der Bordkantine bei Venusmuscheln und Weißburgunder über einen großen Schatz, der zu heben sei. Rachel sah keinen Anlass, sich an den Spekulationen zu beteiligen. Zumal sie nicht erkennen konnte, wie sie in einem Gespräch mit einem Mediziner und Mathematiker, einem Meeresforscher und einem Geologen mit ihrem eigenen Fachwissen punkten sollte. Sie war Archäologin, verflixt nochmal, Spezialgebiet frühe vorderasiatische Kulturen, und für die naturwissenschaftlichen Machos am Tisch damit wahrscheinlich so etwas wie eine etwas besser bezahlte Bibliothekarin. Wobei selbst das »besser bezahlt« fraglich war.

So vertrieb sie sich die Zeit damit, auf ihrer Kabine zu lesen oder mit Nevison zu skypen, wofür sie ihr privates Handy benutzte, obwohl man sie dringend gebeten hatte, für die Dauer der Exkursion von privaten Gesprächen abzusehen. Natürlich war ihr klar, dass jedes Einloggen ins Netzwerk gespeichert wurde, aber wenigstens befanden sich anschließend nicht irgendwelche Chat- oder Videoprotokolle auf dem Dienstlaptop, den man ihr zur Verfügung gestellt hatte. Es ging schließlich verdammt nochmal niemanden was an, ob sie beide im Januar zum fünften und vermutlich letzten Mal *in vitro* versuchen oder sich zu einer Adoption durchringen würden. Sie wurde in einem halben Jahr vierzig, da hieß es, der Wahrheit ins Auge zu blicken. Und zur Not blieb ihnen ja auch immer der Weg über eine Leihmutterschaft, die zum Beispiel in den USA …

»Da! Verdammt, das ist sie!«

Rachel blinzelte.

Cartwright natürlich. Sie hatte sich seinen Namen überhaupt nur gemerkt, weil er während der Gespräche am Nebentisch wiederholt betont hatte, sowohl seinen Doktorgrad in Mathematischer Statistik *als auch* den in Genommedizin mit summa cum laude in Cambridge abgeschlossen zu haben.

Jetzt bemerkte auch Rachel den Lichtschein in der Tiefe, der stetig heller wurde.

Es war Abby, die zu ihnen zurückkehrte.

Die Idee, das Tauchboot so zu nennen, wäre auch dann infantil gewesen, wenn sie nicht von Cartwright gestammt hätte. »Abby … von Abyss, verstehen Sie, Dr. Briscoe?«

Auf einmal aber verspürte auch Rachel die ansteigende Spannung, so dass sie das Flappen der Rotoren erst wahrnahm, als der Hubschrauber den Carrier fast erreicht hatte.

Er näherte sich aus nördlicher Richtung, und wer auch immer darin hockte, besaß ein perfektes Gefühl für Timing, denn die Kufen berührten die Landeplattform im selben Moment, in dem Abbys Rumpf die Wasseroberfläche durchbrach. Ein schlanker Mann in Regenkutte verließ das Cockpit und wurde sofort von einer Security-Meute umringt.

War das ihr geheimnisvoller Auftraggeber?

Rachel polierte ihre Brillengläser und versuchte, unter der Kapuze des beigefarbenen Regencapes die Konturen eines Gesichts zu erkennen. Nichts zu machen.

Mr Geheimnisvoll blieb oben auf der Plattform stehen und verfolgte, wie das Tauchboot zwischen den Wildschweinhauern aus dem Wasser gehoben wurde. Der Portalkran fuhr zurück, bis er genau über Abby positioniert war. Wenige Minuten später schwebte das Tauchboot über ihre Köpfe hinweg und setzte auf den fahl beleuchteten Stahlplanken des Carriers auf.

Mr Geheimnisvoll nickte einem seiner Begleiter zu. Worte wurden gewechselt und Befehle an die Besatzung und den technischen Stab weitergegeben.

Dann öffnete sich die Schleuse des Tauchboots. Cartwright reckte den Hals. Seine beiden Kollegen versuchten, näher heranzukommen, wurden aber von den Security-Typen abgeblockt, die sich in der Zwischenzeit an Bord verteilt hatten.

Mr Geheimnisvoll stieg von der Plattform herab wie einst Moses vom Berg Sinai und verschwand, flankiert von zwei Bodyguards, im Innern von Abby.

Dann passierte eine weitere Viertelstunde lang nichts. Unter den Wissenschaftlern machte sich Unruhe breit. Jemand forderte Aufklärung. Cartwright schlichtete wortreich, vermutlich um den Eindruck zu erwecken, dass er über mehr Informationen verfügte als alle anderen.

Bullshit, dachte Rachel.

13

Endlich kam jemand wieder heraus. Es war nicht der Mann im Regencape, sondern einer seiner breitschultrigen Begleiter. Er ließ den Blick über das Deck schweifen, als suche er jemanden.

Und nickte Rachel zu.

Sie blickte über ihre Schulter, nur sicherheitshalber, aber da war niemand mehr. Nur das offene Meer.

Verfolgt von Cartwrights missgünstigen Blicken, näherte sie sich Abby.

»Dr. Briscoe?« Es war keine Frage. »Mr Scott erwartet Sie bereits. Folgen Sie mir.«

Die Schleusenkammer des Tauchboots war von innen größer, als sie vermutet hatte. Salz- und Kondenswasser tropften von der Stahldecke auf das Bodengitter, das hinter der zweiten Schleuse in eine Art Frachtraum führte.

Weiter im Inneren stand der ominöse Mr Scott. Er hatte die Kapuze zurückgeschlagen, und Rachel erkannte ein scharfgezeichnetes Gesicht. Markantes Kinn, die Nase vielleicht etwas zu spitz. Die Wangen leicht eingefallen. Er besaß den Blick eines Mannes, der es gewohnt war, sich und anderen etwas abzuverlangen. Gelassen stand er vor dem Ding, das Abby aus der Tiefe geholt hatte, und blickte auf ein Tablet in seiner Hand, mit dem er offenbar gerade einige Fotos gemacht hatte.

Es war ein Stein.

Ein nachtschwarzer und auf den ersten Blick fugenlos glatter Stein, der glänzte wie Obsidian. Er hatte die Form eines Würfels mit einer Kantenlänge von mindestens sieben Yards, und seine Oberfläche schien sich ständig zu verändern, zu bewegen und ineinanderzulaufen wie … Nebelschleier?

Die Stahlstreben, auf denen er ruhte, ächzten unter dem Gewicht.

Das Ding muss Tonnen wiegen!

Tausend Fragen schossen Rachel durch den Kopf. Wie war es einer so zarten Konstruktion wie Abby gelungen, dieses Riesenteil vom Meeresgrund zu bergen? Und wer hatte es dort verklappt? Und woher wusste ihr Auftraggeber, dass sich das Ding genau an dieser Stelle befunden hatte?

»Kommen Sie ruhig näher, Dr. Briscoe.«

Sie folgte der Aufforderung, während der breitschultrige Begleiter zurückwich.

»Randolph Scott. Es freut mich, Sie kennenzulernen. Möchten Sie?«

Sie begriff erst nicht, was er meinte, bis ihr Blick auf das Brillenputztuch in seiner Hand fiel.

Mechanisch griff sie zu. »Danke.«

»Ich bin froh, dass Sie hier sind.« Der warme, sonore Klang seiner Stimme umhüllte sie wie ein schützender Kokon, während sie mit zitternden Fingern ihre Gläser säuberte. »Sie ahnen gar nicht, wie wichtig es mir war, dass Sie an dieser Reise teilnehmen. Schließlich ist die Deutung der Schriftzeichen von entscheidender Bedeutung für den Erfolg unserer Expedition.«

Wovon zum Teufel redete er? Als sie merkte, dass sie immer noch ihre Gläser rieb, faltete sie das Tuch verlegen zusammen und setzte sich die Brille wieder auf.

Und auf einmal waren die Nebelschleier verschwunden, und sie erkannte die Strukturen auf der Oberfläche des Würfels. Es waren … Zeichen. Auf den ersten Blick erkannte Rachel Formen, die an das griechische Alphabet erinnerten, und wiederum andere, die eher Bildsymbolen glichen und eine entfernte Ähnlichkeit mit altägyptischen Hieroglyphen aufwiesen. Tatsächlich aber war es keins von beiden, sondern … eine Mischung?

»Das ist …«

»Überraschend? Erstaunlich?«

Sie nickte. *Nein, eigentlich ist es absurd. Vollkommen absurd!*

Jemand musste sich einen Scherz erlaubt haben, als er dieses Ungetüm auf dem Meeresgrund versenkt hatte. Gleichzeitig schienen die Zeichen, die nicht existieren durften, Rachel geradezu magisch anzuziehen. Sie merkte nicht einmal, wie sie die Hand ausstreckte und …

»Das würde ich an Ihrer Stelle nicht tun.«

Rachel zuckte zurück. Sie fühlte sich wie eine Zehnjährige, die mit der Hand in der Keksdose erwischt worden war.

»Es gibt Hinweise darauf, dass der körperliche Kontakt gefährlich ist.«

»Ich verstehe.«

Was gelogen war, denn sie verstand überhaupt nichts. Vor allem nicht, was in dem Moment geschehen war, in dem sie dem Würfel *zu nahe* gekommen war. Ein eigenartiges Gefühl hatte sie durchströmt, als ob seine unmittelbare Nähe etwas in ihr … ausgelöst hätte.

Erkenntnis?

Schmerz?

Die Worte beschrieben nicht einmal annähernd, was sie empfunden hatte.

»Wissen Sie, woraus er besteht, Sir?«

Scott schüttelte den Kopf. »Im Augenblick wissen wir noch überhaupt nichts. Aber das wird sich hoffentlich bald ändern – mit Ihrer Hilfe, Dr. Briscoe.«

Ein schaler Geschmack in ihrem Mund. Natürlich wusste er etwas. Zum Beispiel, wo genau sich der Würfel am Meeresgrund befunden hatte. Und wie er ihn hatte bergen können. Die Erkenntnis, dass man ihr wichtige Informationen vorenthielt, war beunruhigend – und gleichzeitig wäre sie vor Scott auf die Knie gefallen, um die Zeichen auf dem Würfel untersuchen zu dürfen.

»Nehmen Sie sich so viel Zeit, wie Sie wollen. Sie finden mich auf der Brücke. Ich erwarte einen ersten Bericht in drei Stunden.«

Rachel wollte etwas erwidern, aber da spürte sie bereits, wie seine Schritte das Bodengitter zum Schwingen brachten. Sie blieb allein zurück. Ihr Atem kondensierte zu weißen Schleiern, die die Oberfläche des Würfels zu umschmeicheln schienen. Es gab keine Stelle, die nicht von Zeichen übersät war. Je länger Rachel sie betrachtete, desto unsinniger wirkte der

Vergleich mit dem griechischen Alphabet. Diese Symbole, die zusammen mit den Schleiern vor ihren Augen zu tanzen schienen, waren ungleich vielfältiger und komplexer. Wahrscheinlich handelte es sich gar nicht um Buchstaben im eigentlichen Sinne, sondern um eine Art logographische Zeichen, was bedeutete, das Scott eher eine Linguistin als eine Archäologin hätte zu Rate ziehen sollen.

Oder noch besser: eine Spezialistin für okkulten Schwachsinn.

Draußen vor dem Eingang erkannte sie den Schatten des Bodyguards, der sie hereingerufen hatte. Er wandte ihr den Rücken zu und sollte offenbar dafür sorgen, dass niemand außer Rachel das Innere von Abby betrat. Sie zückte das Handy, schaltete es stumm und überprüfte, dass auch der Blitz deaktiviert war. Sie fotografierte die gesamte Oberfläche, wobei sie einige Stellen näher heranzoomte, um jedes Detail der Schriftzeichen zu erfassen. Langsam ging sie um den Würfel herum. Auf der Rückseite existierte nur ein schmaler Spalt zwischen der Oberfläche des Würfels und der Rückwand von Abby. Rachel schob die Hand hinein, auch wenn es wahrscheinlich zu dunkel war, um brauchbare Bilder zu schießen. Als sie die Hand zurückzog, streifte sie die Würfelkante – und spürte, wie ein Schauer durch ihre Brust jagte.

Die Oberfläche war wärmer, als sie erwartet hatte … und sie schien minimal zu vibrieren, als wäre das unheimliche Ding von einer Art *Leben* erfüllt.

Rachel konnte nicht widerstehen und strich mit den Fingerkuppen über die Symbole. Veränderten sie sich wirklich, oder war der merkwürdig verschwommene Eindruck nur … Einbildung? Eines der Zeichen bestand aus einem liegenden Rechteck, an dessen schmalen Enden jeweils zwei gekrümmte Striche ansetzten, die Rachel an Fühler eines Insekts erinnerten. Allerdings hätte das Tier dann zwei Köpfe haben müssen: Die Seiten des Symbols waren spiegelverkehrt vollkommen symmetrisch. Sie hatte so etwas schon mal gesehen – als Zeichen der ägyptischen Göttin Neith, die …

Die Bilder brachen über Rachel herein wie ein Gewitter. Aus der schwarzen Oberfläche vor ihr wurde Finsternis und schließlich die endlose Tiefe eines … Stollens? Aus der Dunkelheit kam ein grellweißes Licht, das wie eine Kette von Glühwürmchen auf sie zuraste. Und dazwischen: ein monströses, schwarzes *Ding*, das sich über die Kette bewegte … auf ein Gesicht zu. Ein Mädchen. Brünett, die Augen vor Schreck geweitet. Schreie. Blut. Fleisch. Und wieder Dunkelheit. Dann ein zweites Bild. Ein Schild, das wie von einem Spot aus der Dunkelheit gerissen wurde. Zwei Worte standen darauf.

»THE STR…«

Rachel spürte noch, wie ihre Knie nachgaben. Sie knallte mit dem Hinterkopf auf. Jemand schrie etwas. Das Bodengitter vibrierte, als der Kerl von der Security näher kam.

Das Handy! Steck es weg!

Sie wusste nicht, ob es ihr gelang, denn im nächsten Augenblick war der Mann über ihr. Kurz darauf die Stimme von Randolph Scott, der einen zweiten Mann aufforderte, sofort einen Arzt zu holen.

Sie öffnete den Mund.

Wir dürfen den Würfel nicht mitnehmen.

Aber sie war zu schwach.

Und verlor das Bewusstsein.

2

Es war reiner Zufall, dass es Ramon Diaz zuerst erwischte.

Eigentlich hätte ein Geschichtsstudent namens Flynt die Wochenendschicht übernehmen sollen, aber der hatte sich neun Tage vor Weihnachten wegen »unbestimmter Gliederschmerzen« eine zweiwöchige Krankschreibung organisiert.

Schönen Dank auch, Arschloch.

Wobei Ramons Pechsträhne eigentlich schon vor zehn Jahren begonnen hatte, kurz nach dem Richtfest des Hotels Plaza del Mar.

Hotel Plaza del Mar in Torre del Mar, das klang nach einem guten Plan, leicht zu merken. Aber dann war die Finanzkrise über Andalusien hinweggefegt und hatte die neugeplanten Bettenburgen in eine Perlenkette von Bauruinen verwandelt. Ein Hotel, in dem keine Stromkabel mehr verlegt wurden, brauchte auch keinen Elektriker mehr, das war irgendwie einleuchtend.

Nach einem kurzen Intermezzo bei einem Lebensmittelhändler in Torremolinos westlich von Málaga hatte es Ramon schließlich nach London verschlagen, zu Onkel Pablo, der ständig Aushilfskräfte für sein Restaurant suchte. Plaza del Mar, da könne er doch kellnern, oder?

Sechs Tage Knochenarbeit pro Woche inklusive Rückenschmerzen und einem Lohn, von dem er monatlich 100 Euro an seine Eltern schickte. Auf der anderen Seite Onkel Pablo, der drei von vier Gerichten an der Kasse vorbei abrechnete und Stammgäste im Hinterzimmer Black Jack spielen ließ. Vor seinen Angestellten brüstete er sich ein paarmal zu oft mit seiner Art der Gewinnoptimierung, bis die Steuerfahndung die Akten kartonweise aus dem Büro schleppte.

Beim nächsten Job war die Bezahlung noch schlechter. »My Name is Rose« war ein heruntergekommener Blumenladen in der Nähe der Fleet Street, dessen Besitzerin sich einen aufopfernden Kampf gegen Ketten wie »Wild at Heart« und »Isle Of Flowers« lieferte. Im Vergleich zur Arbeit bei Pablo war der neue Job allerdings easy-peasy. Er arbeitete nur halbtags und musste nichts anderes tun, als Sträuße mit Grußkarten vor den Wohnungstüren irgendwelcher Business-Ladys aus der City abzulegen.

Zum Beispiel bei der zierlichen Schwarzhaarigen, die über der Strand Station nahe Surrey Street wohnte, in dem Wohnhaus, das nach der Schließung der U-Bahn-Station auf das zweigeschossige Stationshaus aufgesetzt worden war.

Name: Karen Cross.

Dreimal hatte er schon vor ihrer Tür im fünften Stock gestanden, für drei verschiedene Verehrer. Normalerweise las er sich nie die Grußkarten durch, Hand aufs Herz, aber nur beim ersten Mal hatte sie die Tür geöffnet und ihm ein Lächeln geschenkt, das eine Monatsration Oxytocin in ihm freigesetzt hatte. Wahrscheinlich war sie psychisch krank oder vorbestraft. Konnte es einen anderen Grund dafür geben, dass diese Frau Ende zwanzig noch Single war?

Als er heute ihren Namen auf einem der Umschläge gelesen hatte, war es wie ein vorgezogenes Weihnachtsgeschenk gewesen, und er hatte sich ihren Strauß bis zum Schluss aufgehoben. Die Karte war ein Vordruck von HSBC und der Absender anscheinend Karens Boss, ein gewisser *Vielen-Dank-für-die-angenehme-Zusammenarbeit-in-diesem-Jahr*-Brian.

Ramon drückte auf den Fahrstuhlknopf.

Der Lift gehörte eigentlich zur U-Bahn-Station und war im Zuge der Renovierung wieder instand gesetzt worden. Er besaß eine riesige Kabine mit Holztüren und Sicherheitsgitter, das Ramon ratternd zuschob. Es gab sogar eine Sitzbank. Der Fahrstuhlkorb setzte sich in Bewegung.

Nach unten.

Da war wohl jemand im Keller schneller gewesen.

Ramon drückte noch mal auf die Taste und lugte durch einen Schlitz in der Papierverpackung. Die Rosen wirkten ziemlich vertrocknet. Ramon verspürte auf einmal einen pelzigen Geschmack auf der Zunge. Wann hatte er heute eigentlich zum letzten Mal was getrunken?

Der Fahrstuhl hielt auch nicht im Keller.

Es dauerte einen Moment, bis Ramon den Geruch bemerkte. Fäulnis und Schimmel, vielleicht von dem alten Mauerwerk, das jenseits des Gitters an ihm vorbeizog. Sein Blick glitt zu der altmodischen Knopfleiste, und erst jetzt fiel ihm auf, dass es überhaupt keine Taste für den Keller *gab*.

Ramon brach der Schweiß aus, was auch an der stickigen Wärme in der Kabine liegen konnte, und er dachte an Flynt, der total auf Lokalgeschichte stand und in den Mittagspausen jeden vollquasselte, der nicht schnell genug das Weite suchte.

Hatte die Station vor der Schließung nicht mal anders geheißen? Aldwych oder so ähnlich? Und war sie nicht wegen des defekten Fahrstuhls überhaupt erst dichtgemacht worden?

Er drückte noch mal auf die Taste mit der »5«.

Etwas knisterte leise.

In seiner Hand.

Ramon riss das Papier auf, und Staub rieselte auf den Boden. Die Blumen waren … zerfallen.

Der Fahrstuhl hielt.

Ramon, dessen Brust sich auf einmal merkwürdig eng anfühlte, wischte sich die Finger am Hosenbund ab und drückte noch mal auf die Taste mit der 5.

Und noch mal.

Dann auf die anderen Tasten.

Die alte Glühbirne der Kabine flackerte …

Nur die Ruhe. Wenn ein Fahrstuhlschacht hier runterführte, gab es auch irgendwo eine Treppe nach oben. Blöd das alles, aber kein Beinbruch. Er versuchte mehrfach, das Gitter zu öffnen, bis er kapierte, dass er den Ausgang auf der anderen Seite der Kabine benutzen musste. Ein Schwall feuchtkalter Luft schwappte in die Kabine. Es war nicht ungewöhnlich, dass eine U-Bahn-Station so tief unter der Erde lag, vor allem in den Bezirken Westminster und Holborn.

Der Fahrstuhlkorb schüttete einen Lichthof aus, der zwei, drei Yards in die Dunkelheit reichte. Matte, in altbackenem Grünbeige gestrichene Fliesen und Spinnenweben. Auf dem Boden Pfützen, in denen abgestandenes Wasser schimmerte.

Die Handytaschenlampe.

Dabei fiel Ramons Blick automatisch auf die Netzanzeige. Kein Signal, war ja klar. Er leuchtete in den Korridor.

An der Wand stand in sorgfältig handgemalten, leicht verblichenen Buchstaben *Information*. Ein verriegelter, von fauligem Holz gerahmter Schalter, der in die Wand eingelassen war. Dahinter ein Pfeil, der den röhrenförmigen Korridor entlangführte. *Zu den Bahnsteigen.*

Ramon verließ den Fahrstuhlkorb … und erwischte prompt eine der Pfützen. Sofort zog er den Fuß zurück, aber da war das Wasser schon durch seine Nikes gesickert. Er verspürte ein Ziehen am Fuß, als bestünde die Pfütze nicht aus Wasser, sondern aus einer klebrigen Flüssigkeit.

Er ging weiter, an dem Zugang zum U-Bahn-Gleis vorbei, das nach Holborn führte. Endlich erinnerte er sich, was Flynt erzählt hatte. Aldwych war früher eine Endstation gewesen. Dann gab es also nur dieses eine Gleis, oder? Der Gang geradeaus musste zu einer Treppe führen.

Die Luft wurde immer schlechter. Die Klamotten klebten Ramon auf der Haut, und er fror erbärmlich, als er den Treppenschacht erreichte.

Vergittert!

Er rüttelte an den Stäben, aber sie saßen fest in der Verankerung. So eine Scheiße.

Der Gang führte noch weiter und endete an einer Metalltür. Die offen stand.

Ramon leuchtete hinein. Die Luft dahinter wirkte trotz der Kälte irgendwie drückend. Der Gang machte einen Bogen und führte … *irgendwohin*. Einen Versuch war es wert. Weitere Pfützen. Ramon umging sie, indem er sich an der gekachelten Wand abstützte.

Ein Wispern.

Da war etwas vor ihm – an der Wand. Irgendetwas Amorphes, Dunkles, das knapp unter der Decke hing und ihn zu beobachten schien. Ramon richtete das Licht darauf, und das Etwas verflüchtigte sich.

Unsinn. Da war nur die Wand.

Er erreichte eine Steintreppe. Sie führte weiter in die Tiefe. Ramon leuchtete hinunter.

Ein zweiter Schacht.

Ein zweiter Bahnsteig!

Dann gab es auf der anderen Seite vielleicht – einen Ausgang?

Die Stufen waren glitschig. Und wieder dieses merkwürdige Ziehen an den Füßen, als ob irgendwas mit seinem Gleichgewichtssinn nicht stimmte. Das Handylicht riss zehn, zwölf Yards der Tunnelröhre aus dem Dunkel. Da lag tatsächlich noch ein Gleisbett. Die Schienen waren verrostet. Alte, teilweise abgeplatzte Kacheln an den Wänden. Verblichene Plakate. Werbung für das Rugby-Finale in Wembley. Und Pepsodent. *Du wirst dich fragen, wo das Gelb geblieben ist.* An einer Stelle waren die Kacheln heller, als hätte jemand dort ein Schild entfernt. In altmodisch geschwungenen, dunkelroten Großbuchstaben stand dort: THE STRAND.

Der Name, den die Aldwych-Station Anfang des 20. Jahrhun…

Jahrhun…

Jahrhu…

Ramon versuchte, das Wort zu denken, aber ihm war, als hätte ihm jemand einen Amboss auf die Stirn gelegt. Wo kam dieser verdammte Druck her?

Der Impuls, auf dem Absatz kehrtzumachen und zum Fahrstuhl zurückzulaufen, wurde übermächtig. Aber der Fahrstuhl war kaputt, und auf dieser Seite gab es keinen Ausgang. Er musste zur anderen Seite, so einfach war das. Und notfalls weiter durch den Tunn…

Durch den Tun…

Durch den …

Er ging los.

Langsamer, als er sich vorgenommen hatte. Und ängstlicher.

Ihm war schwindlig, und seine Schritte in dem zähflüssigen Matsch verursachten keine Geräusche mehr. Als hätte jemand die gesamte Station in Watte gehüllt.

Langsam näherte er sich der anderen Seite, vor ihm das schwarze Loch des U-Bahn-Schachtes, der Richtung Holborn führte.

Richtung Holborn, da, wo Menschen waren.

Richtung Hol…

Etwas Feuchtes lief über sein Gesicht. Seine Oberlippe. Er wischte darüber und richtete den Lichtstrahl auf seine Fingerkuppen. Das war Blut.

Der Druck in seinem Kopf war jetzt so schlimm, dass er nicht mehr wusste, von welcher Seite des Bahnsteigs er gekommen war. Lief er etwa in die falsche Richtung?

Das Wispern kehrte zurück.

Über ihm.

Seine Halswirbelsäule kreischte wie ein rostiges Scharnier, als er den Kopf hob. Eine Spinne, die sich von der Decke herabhangelte. Sie war klein.

Kleiner als die andere, die neben ihr herabglitt.

Aber größer als die dritte.

Ramons Atem ging stoßweise, nur unter großem Druck gelang es ihm, die Luft aus seinen Bronchien zu pressen. Wispern überall. An der Decke. Auf dem Boden. Und auf seinen Beinen.

Ramon schüttelte sich. Spinnen fielen aus seinen Hosenbeinen. Dutzende.

Er schlug nach ihnen, aber viel zu langsam. Feuchtigkeit in seinem Nacken. Jetzt blutete er auch aus den Ohren. Er sah nichts mehr und hörte nichts mehr. Spürte nur noch die Spinnen, die über seine Wangen krabbelten und … darunter.

Er schlug nach ihnen und traf nackte Haut.

Sie waren *in* ihm!

Etwas riss.

Erst war es nur das Polyestergewebe seiner Jacke, die er in einem Secondhandladen in Shoreditch gekauft hatte. Dann sein Pullover. Reine Schurwolle.

Dann riss seine Haut.

3 »Ich respektiere Ihre Meinung, Dr. Briscoe, aber Sie wissen, dass ich das unmöglich tun kann.«

Randolph Scott hatte keinen Blick übrig für die eindrucksvolle Silhouette des LASH-Carriers, der unter ihnen immer kleiner wurde. Sein Interesse galt allein Rachel, die neben ihm mit klopfendem Herzen und Kopfschmerzen im Helikopter saß. Sie war nicht sehr lange bewusstlos gewesen, höchstens ein paar Sekunden. Puls und Blutdruck waren in Ordnung, aber Cartwright hatte natürlich auf seinem Auftritt bestanden. *Wie fühlen Sie sich, Dr. Briscoe? Sehen Sie auf meine Hand. Wie viele Finger hebe ich?*

Verfolgt von den Blicken der Kollegen und Besatzungsmitglieder, hatte er sie in seine Kajüte verfrachtet und ihr irgendein kreislaufstabilisierendes Zeug aus seiner Bordapotheke verabreicht. Zum Schluss noch der Hinweis, dass ein stationäres Krankenhaus wahrscheinlich über bessere Diagnosemöglichkeiten verfügte.

Wow, tatsächlich?

Eine halbe Stunde später hatte Randolph Scott sie zum Helikopter bringen lassen, der jetzt, von einem Windstoß geschüttelt, Kurs in Richtung Norden nahm. Außer dem Piloten befanden sich nur Rachel und Randolph Scott an Bord.

»Ja? Und warum nicht?«, nahm sie den Faden ihres Gesprächs wieder auf, in dem sie Scott beschworen hatte, den Würfel umgehend zurück auf den Meeresgrund zu werfen. Es hatte sie selbst gewundert, mit welcher Inbrunst sie auf ihn einredete. Schließlich waren die Bilder, die während ihrer seltsamen … *Vision* vor ihrem inneren Auge aufgeblitzt waren, alles andere als aufschlussreich gewesen. Und vor allem hatten sie dem ersten Anschein nach rein gar nichts mit dem Würfel zu tun gehabt. Alles, was blieb, war das diffuse Gefühl von Gefahr, das sie wie eine eisige Hand umklammert hielt.

»Nun, weil es uns Millionen Pfund gekostet hat, dieses Ding zu heben, die ich nicht einfach in den Sand setzen kann, ohne meinen Auftraggebern eine plausible Erklärung zu liefern. Ahnungen und Bauchgefühle reichen dafür leider nicht aus.«

»Wer sind Ihre Auftraggeber?«

Sein Lächeln blieb die einzige Antwort.

Rachel tat sich schwer mit dem Gedanken, dass dieser asketische, zielstrebig wirkende Mann eine Instanz über sich duldete, die ihm Befehle erteilte. »Was ist mit den Leuten, die sie hergebracht haben? Warum lassen Sie sie auf dem Schiff zurück?«

»Weil ich sie dort brauche, um das wissenschaftliche Team zu unterstützen. Und weil ich die Gelegenheit nutzen möchte, auf unserem Rückweg nach London mit Ihnen über das zu sprechen, was Sie in Ihrer Vision gesehen haben.« Wieder dieses Lächeln, das weder falsch noch echt war.

»Nach London? Haben wir überhaupt so viel Sprit?«

Er lehnte sich demonstrativ zurück. »Das ist unser sogenannter Greencopter. Eine Eigenentwicklung, die selbst ähnliche Neuentwicklungen von Airbus in den Schatten stellt. Die besondere Form der Rotoren und das Gehäuse aus Spezialkunststoff ermöglichen eine beeindruckende Leistung bei geringem Verbrauch. Und verhältnismäßig leise ist er auch, sonst könnten wir uns hier drinnen übrigens gar nicht ohne Kopfhörer unterhalten.«

Ach, wirklich. Wie interessant. Aber so leicht würde sie ihn nicht vom Haken lassen. »Schön. Dann sprechen wir darüber. Woher wussten Sie, dass dieses Teil da unten liegt?«

»Ich wusste es nicht.«

»Entschuldigen Sie, Sir, aber …« *Das ist doch einfach Blödsinn!* »Sie wussten zumindest, dass *irgendetwas* dort unten liegt! Sie wussten, wie groß und wie schwer es ist, und Sie wussten, was sie brauchen, um es zu bergen. Also, wie haben Sie davon erfahren?«

Sie war schon immer gut darin gewesen, andere niederzustarren, aber Randolph Scott hielt ihrem Blick mühelos stand.

Die Maschine wurde erneut von einer Bö erfasst. Sie wusste nicht, ob es an Cartwrights Medikamenten lag oder am Schaukeln des Hubschraubers, aber ihr wurde auf einmal speiübel.

Eins steht ja wohl mal fest. Er wusste, dass das Ding gefährlich ist. Deshalb hat er dich doch davor gewarnt.

Aber stimmte das wirklich?

Sie dachte an die Bilder, die sie gesehen hatte – der merkwürdige Tunnel, der an einen U-Bahn-Stollen erinnerte, das schwarze Ding zwischen den Lichtern –, doch sie entglitten ihr, sobald sie versuchte, sich die Einzelheiten ins Gedächtnis zu rufen.

»Was ist mit meinem Gepäck?« Sie war jetzt wirklich kurz davor, sich in den Schoß zu kotzen.

»Ich werde veranlassen, dass es abgeholt wird. Jetzt ist es erst einmal wichtig, dass Sie nach Hause kommen.«

»Nein! Ich muss zurück auf das Schiff.«

Er sah sie ehrlich erstaunt an. »Eben haben Sie mir doch noch gesagt, ich soll den Würfel auf der Stelle versenken.«

»Und Sie haben gesagt, dass Sie das nicht tun werden! Also muss ich zurück und herausfinden, was es mit diesem Ding auf sich hat!«

»Bedaure, aber das kann ich nicht zulassen.«

»Sie haben mich geholt, weil sie wussten, dass Sie mich brauchen. Also lassen Sie mich meine Arbeit machen!«

»Es existieren zahlreiche Aufnahmen, die ich Ihnen für eine Analyse der Zeichen zur Verfügung stellen kann.«

Aufnahmen habe ich selbst genug, dachte sie wütend und erinnerte sich, wie sie voller Erleichterung festgestellt hatte, dass sich ihr Handy tatsächlich immer noch in ihrer Hosentasche befand. »Das reicht aber nicht. Ich muss Materialproben nehmen. Ich muss feststellen, wie das Objekt verarbeitet ist und mit welchen Mitteln die Zeichen auf seiner Oberfläche angebracht wurden.«

»Ich werde Ihnen ermöglichen, das Objekt ausreichend gründlich zu analysieren. Das ist ein Versprechen. Aber vorher möchte ich sichergehen, dass von dem Würfel keine gefährlichen Einflüsse ausgehen. Das verstehen Sie doch, oder?«

Klang plausibel. Oder doch nicht? Denn was bedeutete das für die restliche Besatzung des LASH-Carriers?

»Woher stammt dieses Ding? Und aus welcher Zeit? Ist es

von Menschen gemacht? Gibt es noch weitere solcher Artefakte, und wenn ja, wissen Sie, wo sie sind?«

Sie stellte die Fragen absichtlich schnell hintereinander, als würden sie ihr spontan in den Kopf schießen, aber Scott ließ sich nicht aufs Glatteis führen. Er sah aus dem Fenster und verzichtete auf eine Antwort –, als ahnte er, dass die Diktier-App auf ihrem Handy die ganze Zeit über eingeschaltet war.

4 »Und, Shao? Wann ist die Übergabe?«
Shepherd lehnte sich an den Bücherschrank – weitgehend unberührte Lexika und Polizeihandbücher sowie Gerüchten zufolge in der untersten Reihe hinter einer verschlossenen Schranktür eine Reihe exquisiter Single Malts – und sah durch die Scheibe, hinter der es sechzehn Stockwerke tief bis zum Broadway runterging. Der größte Teil des *Central Drug Squad* war im vierzehnten Stock des New Scotland Yard Building untergebracht. Nur der Superintendent und ein paar seiner Lieblinge aus Abteilung F saßen im sechzehnten, mit freiem Blick auf Westminster Abbey und Big Ben, so dass das Fußvolk aus A bis E vor jedem Rapport zwei Stockwerke nach oben laufen musste. Shao wusste nicht, wer auf die Idee gekommen war, den Abteilungen Buchstaben zu verpassen, als wären sie Straßenzüge in irgendeinem kalifornischen Kaff. Sie wusste nur, dass es in den Achtzigern mal eine legendäre siebte Abteilung mit einem richtigen Namen gegeben hatte, *Operation Lucy*, die am anderen Ufer hinter der Vauxhall Bridge untergebracht worden war und sich vorwiegend mit ausländischen Drogengangs beschäftigt hatte. Aber ausländische Drogengangs stellten nach Einschätzung des amtierenden Commissioners heutzutage offenbar kein nennenswertes Problem mehr dar.

»Irgendwann in der nächsten Woche. Den genauen Termin kriegen wir von ihr, sobald wir sie rausgeholt haben.«

»Ich hör immer ›rausgeholt‹.«

»Das war unsere Vereinbarung.«

»Servieren Sie sie ab, Shao. Ich brauche zuverlässige Informanten und keine Pokerspieler.«

Shao betrachtete den Kaktus, der auf der Fensterbank des Büros stand, und überlegte, ob man so einen im Seminar für überforderte Führungskräfte bekam. Sie beschloss, noch einen letzten Versuch zu unternehmen. Um Deirdres willen.

»Sir, sie hat uns schon gesagt, dass es in Creekmouth stattfinden soll. Als Entgegenkommen. Ich meine, für sie geht es um Kopf und Kragen. Den Termin kriegen wir nur, wenn wir sie rausholen. Das ist der Deal.«

»Und Sie sind absolut sicher, dass es um Stoff geht?«

»Absolut, ja.«

Die Wahrheit war, dass sie nicht mal mehr sicher sein konnte, die richtige Antwort zu erhalten, wenn sie Deirdre nach der Uhrzeit fragte. Und Shepherd wusste das. Sein Blick glitt über Shao hinweg wie über ein lästiges Insekt und weiter zu ihrem Partner Detective Sergeant Edward Dayton, der stumm wie ein Amphibienwesen auf dem Stuhl neben ihr saß.

»Was sagen Sie dazu, Eddie?«

Eddie versuchte, Zeit zu gewinnen, indem er sein streng zurückgekämmtes dunkelblondes Resthaar betastete. »Nun, Sir, also ich, äh … Ich glaube schon, dass wir Watkins immer noch vertrauen können, aber wir sollten …«

»Das finde ich auch, Eddie. Tut mir leid, Shao, aber wir können es uns absolut nicht leisten, unsere knappen Ressourcen für jemanden wie Deirdre Watkins zu verschwenden.«

Für jemanden wie Deirdre?

»Ich gebe zu, sie war zuletzt nicht ganz auf der Höhe, aber sie hat immer noch Einfluss auf Logan Costello, und sie weiß, wie wir …«

»Sie verarscht uns, Shao. Wann, sagten Sie noch mal, ist sie selbst auf den Geschmack gekommen? Das war irgendwann letzten Frühling, richtig?«

Es war exakt der Dienstag vor Ostern gewesen, als Deirdre

ihr davon erzählt hatte, und zwei Tage später, pünktlich zum Fest, hatte sie die Info pflichtgemäß an Shepherd weitergegeben. Wofür sie sich seitdem verfluchte.

»Ich wette, in diesem Augenblick hängt sie auf dem Scheißsofa in ihrer Bude und ist high. Ihr hübsches Informanten-Häschen ist kein Teil der Lösung, Shao, sie ist Teil des Problems!«

Damit hatte er Shaos wunden Punkt getroffen. Deirdre war der neuen Synthetikdroge verfallen, die seit ungefähr einem Jahr unter dem Begriff Harmony die Straßen überschwemmte und den absoluten Trip garantierte, besser als Ketamin. Harmony oder Greater H, wie es auf der Straße hieß, war der heiße Scheiß des Jahres, und man musste sich nicht mal die Venen kaputtmachen dafür. Logan Costello, der anscheinend eine Art Patent auf das Zeug besaß, hatte das Gerücht streuen lassen, dass es auch bei langfristigem Gebrauch gesundheitlich unbedenklich war. Tja, Deirdre wusste es inzwischen wohl besser.

»Sir, ich bitte Sie, falls Sie Schwierigkeiten mit dem Papierkram haben, bin ich gern bereit, den Staatsanwalt persönlich zu überz…«

Shepherd wedelte mit der linken Hand vor ihrem Gesicht rum, als wäre sie ein Hund, dem man einen Platz in der Ecke zuwies. »Ich sage Ihnen, womit ich Schwierigkeiten habe. In diesem Raum sitzen drei Beamte mit zusammen mehr als fünfzig Jahren Ermittlungserfahrung, und die zählt mehr als Ihre Gefühle für Miss Watkins.«

Shao fragte sich, ob er den Kaktus in seine Aufzählung einbezogen hatte.

»Diese Exnutte, Exfreundin und inzwischen auch Exinformantin gefällt sich offenbar darin, den Hang runterzurutschen. Lassen wir sie doch. Ist nicht unser Problem.«

Shao warf einen Blick auf Amphibien-Eddie, der gerade hochkonzentriert das Tapetenmuster an der Wand hinter Shepherd studierte. »Sir, Sie tun gerade so, als ob es unser Geld wäre.«

Shepherds Blick wurde stechend. Bei allen anderen verfluchten Kleindealern, die sie im Laufe der letzten 36 Monate aus Costellos Organisation herausgefischt und ausgequetscht hatten, *hatte* er nämlich den Etat angezapft, um ihnen den Weg in den Zeugenschutz zu ebnen. Was allerdings nur zweimal vorgekommen war, weil Shepherd schon vor langem die Erste Goldene-Arschloch-Regel des Yard-Hauptquartiers verinnerlicht hatte: Halte die Fallzahl übersichtlich, dann steigt die Ermittlungsquote von ganz allein!

In einer Sache hatte Mr-Ich-leg-lieber-die-Hände-in-den-Schoss-bevor-noch-irgendwas-kaputtgeht allerdings recht. Shao *nahm* die Sache inzwischen persönlich. Das hätte wohl jeder getan, der ein halbes Dutzend Mal hintereinander mit dem Kopf gegen dieselbe Mauer gelaufen war. Costellos Märchen hin oder her, sie drei hier in diesem Raum wussten genau, was Harmony auf Dauer anrichtete. In zwei, drei Monaten würde Deirdre Watkins weniger Zähne im Mund haben als Shane MacGowan, und kurz darauf hätte sich ihr Gehirn so weit verflüssigt, dass sie sich gegenüber Costello verplapperte. Und dann würde Costello nachfragen, und es gab eine *Menge*, was Deirdre ihm zu erzählen hatte.

Shao warf Edward einen auffordernden Blick zu, aber Eddie zu motivieren war ungefähr so erfolgversprechend, wie einem Stoffteddy eine Einkaufsliste in die Hand zu drücken und darauf zu warten, dass er einem das Abendessen kochte. Also zog sie den letzten Trumpf, den sie noch hatte. »Wie Sie wollen, Sir. Dann gehen Eddie und ich wegen dem Termin eben zum Buchhalter. Ihre Entscheidung.«

Der Buchhalter von Costello hieß Quincy Hobart, war ein Arsch mit Krawattennadel und zweifachem Master in Jura und Business Administration, der in seiner fetten Kanzlei in Canary Wharf gern mit der Breitling am Handgelenk spielte. Natürlich ein Geschenk von Costello.

Shepherd war aus seinem Sessel hochgefahren wie eine Bulldogge, der man in den Hintern getreten hatte. »Eddie. Würden Sie uns mal für einen Moment allein lassen?«

Eddie erhob sich, als hätte sich unter ihm eine Feder gelöst. »Alles klar, Shao. Wir sehen uns dann drüben.«

»Ja, alles klar, Eddie.« *Mach dich nur vom Acker. Wie immer, wenn's ernst wird.*

Sie wartete, bis die Tür hinter ihm zugeklappt war, dann legte sie los. »Hobart ist geschieden, aber er hat einen Sohn und eine kleine Tochter. Nicht zu vergessen diesen senilen Yorkshire-Terrier namens Carlisle, der regelmäßig in sein Vorzimmer pinkelt. Er liebt sie alle drei abgöttisch. Es wäre also kein Problem, ihm die Daumenschrauben anzulegen und damit Deirdres Ausfall zu kompensieren.« Shepherds Gesicht war jetzt dunkelrot, aber Shao machte weiter. »Ich schlage also vor, dass Eddie und ich einfach mal bei ihm auf den Busch klopfen und …«

»Erstens.« Shepherd unterbrach sie mit einer Stimme, mit der man Metall hätte schneiden können, und fuhr den Zeigefinger aus. »… ist Hobart unser größter Trumpf, so dass ich auf keinen Fall das Risiko eingehen will, ihn für diese Sache zu verbrennen.«

»Ich sagte ja, wir klopfen nur ein bisschen auf den …«

»*Und zweitens*«, der Mittelfinger schnellte hoch, »werde ich auf keinen Fall unsere Bordmittel auf eine ausrangierte Musikantin aus Costellos Blaskapelle verschwenden, die uns sowieso keine nennenswerten Infos mehr liefern kann. Als ich Sie hier eingestellt habe, dachte ich ehrlich, Sie hätten was drauf, Shao. Mein Fehler. Dann dachte ich, vielleicht könnten Sie wenigstens was lernen. Aber anscheinend können Sie nicht mal das.«

»Sir, ich …«

»Und *drittens* hab ich mir lange genug angesehen, wie Sie diese Junkie-Nutte päppeln. Damit ist Schluss. Sie werden den Kontakt zu Watkins abbrechen, oder Sie sind raus aus dem Team. Haben Sie mich verstanden?«

Sie suchte nach der richtigen Erwiderung. Oder überhaupt nach einer. Aber in ihrem Kopf herrschte nur Chaos. »Wenn wir Deirdre fallenlassen, ist das ihr Todesurteil.«

»Möglich. Na und?«

»Und sie wird Costello erzählen, dass wir … *Denken Sie doch mal nach, verdammt!* Deirdre hat uns schon so viel gegeben! Mit Sicherheit mehr, als wir aus diesem Penner Hobart jemals rauskriegen werden. Sie verdient es einfach, dass wir …«

Sie brach ab, weil sie begriff, dass sie sich mit jedem Wort nur tiefer in die Scheiße redete.

»Wissen Sie, worüber ich mich freue, Shao?« Er tippte mit seinen Wurstfingern zufrieden auf den Tisch. »Dass dieses unverwanzte Büro einer der letzten Orte ist, an denen ein Kerl noch offen seine Meinung sagen kann. Und die werden Sie jetzt von mir hören.«

Ihr Herz klopfte bis zum Hals. *Geh einfach*, sagte eine Stimme in ihr, *geh, bevor es noch schlimmer kommt.* Aber sie ging nicht. Und es kam schlimmer.

»Ich habe Sie unterstützt, weil man mich dazu *verpflichtet* hat. Der Commissioner kriegt nämlich jedes Mal einen Ständer, wenn er im Fernsehen über die Frauenquote referieren darf, aber wir beide wissen, wer hier in der Abteilung die Arbeit macht und wer bloß so tut als ob.« Er breitete gönnerhaft die Arme aus. »Ich meine, bitte, wenn es Ihnen was gibt, gemeinsam mit der Nutte eine Konfliktkerze zu entzünden, lassen Sie sich nicht aufhalten … aber dann machen Sie das verdammt nochmal in Ihrer Freizeit, klar?«

Du Arsch, ich werd dich …

»Bis nächste Woche können Sie zu Hause bleiben. Besaufen Sie sich. Oder suchen Sie sich mal ein bisschen Entspannung. Ein Kerl würde verflucht nochmal wissen, was ich meine.«

Ihre Wut war so übermächtig, dass sie wie ein Klumpen Dreck in ihrem Hals steckte. *Du wirfst mich nicht raus. Eher setz ich mich an den Schreibtisch und schreib meine Scheißkündigung!*

Sie stand auf. »Sir.«

»Bis nächste Woche, Shao.«

Die Tür klappte hinter ihr zu wie ein Sargdeckel. Rechts und links auf dem Gang standen die Türen offen. Und wenn schon. Es war keine Neuigkeit, dass Shepherd versuchte, sie kleinzukriegen. Neu war, dass es ihm gelang.

Ihr Arbeitsplatz lag hinter Pappwänden in einem Großraumbüro am Ende des Ganges. Als sie ihren Schreibtisch erreichte, zitterten ihr die Knie. Eddie saß ihr gegenüber und blickte auf das Chaos, das auf ihrem Schreibtisch herrschte.

Sie ließ sich auf den Sitz plumpsen.

»Hey, alles in Ordnung?«

Halt deine beschissene Klappe.

»Wenn ich dir irgendwie helfen kann …«

»Ich hau ab.«

»So früh? Normalerweise gehst du doch immer erst, wenn …« Sein Grinsen erlosch, als er begriff, dass sie es ernst meinte. Sie konnte ihm ansehen, was er jetzt dachte. *Jeanne d'Arc reitet wieder.*

»Leck mich, Eddie. Du kannst dir den Scheißladen hier meinetwegen noch länger antun. Ich tu's nicht!«

»Und was, wenn er recht hat?«

»Wie bitte?«

»Denk doch mal eine Sekunde nach! Wie oft hast du Deirdre angeboten, ihr da rauszuhelfen oder einen Therapieplatz für sie zu besorgen? Dass sie immer noch bei Costello ist, dafür gibt es aus meiner Sicht nur einen einzigen Grund: Sie ist genau da, wo sie sein will. Akzeptier's einfach.«

»Schwachsinn.«

»Ja, Schwachsinn. Sicher. Du weißt, wie's läuft. Okay, weißt du was? Mach doch einfach, was du willst. Wir sehen uns morgen.«

Sie ignorierte ihn, während er geräuschvoll seine Sachen zusammenpackte. Auf ihrer Liste für morgen standen noch ein paar Telefonüberwachungsdaten, die sie überprüfen musste. Das konnte sie genauso gut jetzt machen.

Er warf sich die Jacke über. »Ich bin mit dem Wagen da. Soll ich dich irgendwo absetzen?«

Shao reagierte nicht.

Er hob die Schultern. »Wie du willst.«

Sie hörte, wie er auf dem Flur verschwand, und starrte auf ihren Bildschirmschoner. Möglicherweise hatte Shepherd recht mit dem, was er über Deirdre gesagt hatte. Zum Henker, vielleicht hatte er sogar recht mit der Entspannung. Zwei kräftige Schultern zum Festhalten, gern von Idris Elba.

Oder, zweitbeste Möglichkeit, von Antwon.

Sie griff zum Telefon.

»Hey, Sadako.«

Sie hatte ihm beim letzten Mal versprochen, wenn er sie noch einmal bei ihrem Vornamen nannte, würde sie ihm den Hals umdrehen.

»Hast du heute Abend Zeit?«

»Sehr witzig.«

»Okay, dann irgendwann diese Woche.«

»Warte kurz.«

Ein Rascheln, dann irgendeine helle Stimme im Hintergrund, die sich beschwerte.

»Okay, bin wieder da. Die nächsten vier Tage und am Wochenende ist alles dicht, und nächste Woche haben wir auch schon Weihnachten.«

»Na, dann sagen wir doch Heiligabend?«

»Keine Chance. Hab eine Kundin, bei der ich Santa Claus spielen muss.«

Shao brauchte nicht mal die Augen zu schließen, um sich vorstellen, wie das ablaufen würde. »Okay, dann sag du was.«

»Silvester ginge.«

Fast genauso gut. »Ist notiert. 18 Uhr?«

»Ich freu mich auf dich, Sadako.«

Er legte auf, bevor sie ihn anfauchen konnte.

5

Es war eine Stunde her, dass Liv sich von Ken Harris verabschiedet hatte. Mit dem Versprechen, sie würde ihm sein rechtes Auge entfernen, wenn er es wagen sollte, sie noch mal anzurufen. Und vielleicht auch das linke. Mit einem Esslöffel.

Die Wut hatte sie überrollt wie eine Welle, und zwar direkt auf Haileys Geburtstagsparty, inmitten ihrer Freundinnen, und sie hatte Kenny einen Haufen Wörter entgegengespien, von denen sie die meisten glücklicherweise schon wieder vergessen hatte. Es waren nicht nur solche darunter gewesen, bei denen ihre Mutter bleich geworden wäre, die beim Bügeln meistens EWTN Catholic oder Gospel Channel guckte, sondern *wirklich* schlimme Wörter –, aber gottverdammt, ihr Zorn war *gerechtfertigt* gewesen! Schließlich hatte Kenny Arschloch Wright es tatsächlich fertiggebracht, vor den Augen aller anderen mit Zoe Monray rumzumachen.

Echt jetzt. Zoe.

Danach hatte Liv sich umgedreht, und die Menge aus Zuschauerinnen hatte sich vor ihr geteilt wie das Rote Meer, als sie Haileys Wohnung verlassen und zur U-Bahn-Station Holborn gelaufen war, um von dort mit der Central Line drei Stationen nach Westen zu fahren. In Bank vom U-Bahn-Gleis zum Bahnsteig der *Dockland Light Railway* zu gelangen dauerte zwar ungefähr so lange, wie den Jakobsweg von Burgos nach Santiago de Compostela zurückzulegen, aber das war immer noch besser, als den Rest ihres Taschengeldes für eine Fahrt mit dem Taxi auszugeben. Und das an *so einem* Tag.

Wenigstens wartete die DLR-Bahn abfahrbereit, als Liv endlich am Gleis eintraf. Sie ließ sich auf einen der Sitze fallen und starrte wutentbrannt aus dem Fenster, während sich die Türen schlossen und der Triebwagen beschleunigte.

War da nicht eben etwas Schwarzes draußen an der Scheibe gewesen?

Der Zug verschwand im Tunnel, aus dem er erst kurz vor der Station Shadwell wieder herauskam. Es waren noch sechs

Stationen bis Canning Town, und Liv stellte sich vor, wie ihre Mutter einen Herzinfarkt bekam, wenn sie erfuhr, dass Liv vom Bahnhof zu Fuß nach Hause gegangen war.

Liv, Liebes, du weißt doch, wie gefährlich es ist, nachts allein in dieser Gegend unterwegs zu sein.

In Limehouse stiegen die letzten Fahrgäste aus. Sanft und seelenlos wie ein mechanischer Riesenwurm glitt der fahrerlose Zug zwischen den Bürotürmen von Canary Wharf hindurch wie durch eine Straßenschlucht von Gotham City.

Liv sah auf ihr Handy und stellte sich vor, wie Kenny darum bettelte, zu ihr zurückkehren zu dürfen, und wie sie sehr gründlich und sehr gewissenhaft darüber nachdachte, ob sie seiner Bitte nachkommen sollte. Vielleicht sollte sie Stacy Evans dazu befragen. Andererseits war das keine so gute Idee, weil Stacy selber verrückt nach Kenny war. So ziemlich *jede* von Livs Freundinnen war verrückt nach Kenny. Sogar Evelyn, die es überhaupt nicht nötig hatte, Jungs nachzulaufen, weil sich sowieso jeder Typ zwischen elfeinhalb und Anfang fünfzig auf der Straße nach ihr umdrehte. Was natürlich auch an ihren Brüsten lag, die, seien wir einfach ehrlich, absolut *perfekt* waren. Und das ganz ohne künstliche Nachhilfe, wie Evelyn ihr bei einem Gespräch unter vier Augen versichert hatte.

Livs Kiefer mahlten aufeinander, als sie sich vorstellte, wie diese ganze verdammte Weiberhorde Kenny in dieser Sekunde tröstete. Klar, dass er unter diesen Umständen nicht anrief, aber auch *das* würde er bereuen, wenn er morgen früh aufwachte.

Sie dachte wieder an den Esslöffel, und ein bisschen schämte sie sich dafür. In der kalten, trockenen Luft des klimatisierten Wagens war ihr heiliger Zorn bedenklich abgekühlt. Sie fächelte der Glut Sauerstoff zu, indem sie an den zwanzigminütigen Fußmarsch dachte, der ihr bevorstand.

Natürlich hatte ihre Mutter recht. Es *war* gefährlich, kurz vor Mitternacht in Canning Town allein unterwegs zu sein, aber was ihre Mutter nicht wusste, war, dass sie jemanden kannte,

37

der jemanden kannte, der Kontakte zu den Chadds in Plaistow hatte, und mit denen legte man sich bekanntlich lieber nicht an. Und es gab noch einen zweiten Grund, weshalb man sie nicht anrühren würde. Sie war nämlich in diesem bescheuerten Viertel geboren worden und wusste, welche Straßen sie zu meiden hatte.

So einfach war das.

Der Zug spuckte sie auf der unteren Ebene des fahl ausgeleuchteten Geisterbahnhofs von Canning Town aus und fuhr sofort weiter. Liv sah den Rücklichtern nach, die zwischen den Brachflächen in Richtung Royal Victoria verschwanden – und glaubte wieder, etwas Unförmiges, Schwarzes auf dem letzten Wagen zu sehen, nicht weit von dem Fenster entfernt, an dem sie gesessen hatte. Das schwarze Ding schien von dem Zug herunterzufallen und verschwand im Schatten der Gleise.

Blödsinn, da ist nichts.

Sie blinzelte.

Du bist nur müde, Liv.

Aber dann hörte sie das Wispern, von dem sie im ersten Moment gar nicht zu sagen vermochte, ob es wirklich ein Wispern war oder ein Rascheln wie von ein oder zwei Dutzend Füßen, die über die Gleise huschten …

Füße. Sicher, Liv.

Aber das Geräusch war real. Da *war* jemand.

Liv wich einen Schritt zurück … aber was, wenn da jemand auf den Gleisen herumlag, der ihre Hilfe brauchte? Ein Betrunkener vielleicht?

Ein Betrunkener, der dort liegt, wäre exakt vor einer halben Minute geviertelt worden.

Trotzdem, sie war neugierig.

Außerdem hingen hier überall Kameras.

Liv hatte das Ende des Bahnsteigs fast erreicht. Das Rascheln war lauter geworden, und Liv vermutete, dass es von der Ligusterhecke stammte, die das Gleisbett auf der gegenüberliegenden Seite begrenzte.

Nein, das Rascheln kam von *unten,* direkt vor ihren Füßen. Aus dem Gleisbett.

Ihr Handy meldete sich.

Sie erstarrte, als sie auf das Display sah.

Kenny.

Ihr Mund wurde trocken, aber den Anruf abzulehnen wäre nun wirklich kindisch gewesen. Ihr Daumen schwebte gerade über dem Annahmebutton, als sich der Kopf aus dem Gleisbett emporschob.

Die Augen waren blutunterlaufen und blickten in verschiedene Richtungen, was möglicherweise an dem fingerbreiten Spalt lag, der sich zwischen ihnen hindurch bis runter zum Oberkiefer zog und in dem Liv weiter hinten so etwas wie Hirnmasse glitzern sah.

Liv ließ das Handy fallen und schrie.

6 Die Absperrbänder flatterten auf der mittleren Plattform des DLR-Bahnhofs, so dass Sinclair und Zuko keine Schwierigkeiten hatten, den Weg zu finden.

Powell war bereits da. Er stand wie ein Turm in der Mitte des Bahnsteigs und instruierte einen Constable, sich um die wenigen Passagiere zu kümmern, die an der Südtreppe standen und sich darüber aufregten, dass keine Züge Richtung Osten fuhren. Dabei hatten sie freien Blick auf die Mitarbeiter der Spurensicherung, die in ihren weißen Plastikanzügen über die Gleise schlichen. Nur ein Idiot konnte darüber rätseln, wieso der DLR an diesem eisigen Dezembermorgen der Strom abgestellt worden war.

»Guten Morgen, John. Guten Morgen, Zuko.«

»Sir.«

»Morgen, Sir.«

Powell war fast sechs Fuß groß, und der Wind konnte seiner Silberfrisur nichts anhaben. Trotz der Kälte trug er lediglich einen beigefarbenen Übermantel über seinem geliebten grauen Anzug mit gleichfarbiger Weste. Nach Sinclairs Berechnungen hatte er davon mindestens fünfzehn Stück im Schrank hängen. Die Füße steckten in Schuhen aus dünnem Leder. Beim Yard war es nicht gerade üblich, dass sich ein Detective Superintendent der Mordermittlung bei einem neuen Fall an die Front bequemte, aber James Powell war kein Mensch, der sein Leben nach anderer Leute Gepflogenheiten ausrichtete. Vor ein paar Jahren hatte er von seinen Eltern eine Villa im Colebrooke Drive geerbt, einer kleinen Seitenstraße jenseits der Wandstead-Wiesen, in Sichtweite des Kricketareals. Er hatte sie saniert, ohne auch nur ein einziges Mal die Nummer eines Handwerkers zu wählen.

»Name?«, erkundigte sich Sinclair.

»Livia Parson. Kam wohl von einer Geburtstagsparty in der Stadt. Die Eltern leben hier in Canning Town. Denmark Street. Den Newham Way rauf bis zum Park und dann vor der Adventistenkirche links rein.«

»Weiß schon.«

»Die Mutter hat um drei Uhr früh bei Hailey Clarke angerufen. Das ist das Mädchen, das Geburtstag hatte. Sie war besorgt, weil Liv noch nicht zu Hause war.«

»Alter?«

»Knapp sechzehn.«

Sinclair wusste nicht, wieso er gerade jetzt daran dachte, dass nächste Woche Weihnachten war. Er stellte sich vor, wie Livias Eltern die Feiertage verbringen würden, und war nicht besonders unglücklich darüber, keine Familie zu haben. Es lag außerhalb seiner Vorstellungskraft, dass man einen Tag, wie Livias Mutter ihn gerade durchmachte, überleben konnte.

Zuko warf einen Blick auf sein Handy. »Die letzte Bahn trifft um null Uhr fünfzig ein. Wenn sie hier überrollt wurde, muss sie also mit einem der früheren Züge gekommen sein.«

Sinclair wollte schon fragen, warum der Fahrer den Unfall nicht bemerkt hatte, als ihm einfiel, dass die Züge der Dockland Light Railway vollautomatisch gesteuert wurden. »Wieso hat das Sicherheitssystem nicht reagiert? Der Zug hätte doch stoppen müssen.«

Powell zog eine frische Packung Chesterfield Red aus der Tasche und löste das Cellophan. Eigentlich verabscheute er Zigaretten, aber um eine anständige Partagas No. 16 anzuschneiden, war dies eindeutig der falsche Moment. »Ich fürchte, das passiert nur, wenn das Hindernis auf den Gleisen groß genug ist, um es als menschlichen Körper zu identifizieren.«

»Groß genug? Was soll das denn heißen?«

»Was wollen Sie zuerst sehen, Detectives? Die Beine oder den Kopf?«

Sinclair und Zuko hatten natürlich angenommen, was jeder in dieser Situation angenommen hätte. Dass die fünfzehnjährige Livia Person die Party ihrer Freundin kurz vor Mitternacht verlassen und ihrem Leben ungefähr eine Stunde später, hier auf dem Bahnhof der Dockland Light Railway in Canning Town, ein Ende gesetzt hatte. Tatsächlich hatte es auf der Party einen Streit gegeben, wie Hailey Clarke gegenüber einem der Sonderfahnder vom Forest Gate inzwischen bestätigt hatte, und zwar mit Livias Freund Kenneth Wright, der angeblich mit einem anderen Mädchen namens Zoe Monray geflirtet hatte, und zwei Zeuginnen namens Stacy und Evelyn soundso bezeugten den Flirt – Sinclair bekam Kopfschmerzen von den ganzen Namen –, und dann war Livia im Streit abgehauen, und Kenneth hatte ungefähr eine Stunde später versucht, sie anzurufen.

»Wann war das genau?«, fragte Sinclair, während Powell sie zum Tatort führte, den die Spurensicherung inzwischen freigegeben hatte. Die Rechtsmedizinerin Dr. Eszter Baghvarty bemühte sich gerade zusammen mit einem Assistenten, die Überreste von Livia Parson aus dem Gleisbett aufzusammeln.

»Hey, E«, ging Zuko dazwischen. »Könnten Sie damit vielleicht noch ein paar Minuten warten?«

»Für Sie doch immer.«

»Danke.«

Baghvarty wischte sich eine schwarze Haarsträhne aus dem Gesicht und trat einen Schritt zurück. Zuko knipste fünf, sechs Fotos mit dem Handy, was nicht unbedingt den Bestimmungen entsprach, ihm aber später die Ermittlungen erleichtern würde.

»Ungefähr halb eins«, beantwortete Powell inzwischen Sinclairs Frage, »aber Livia ist nicht rangegangen. Vielleicht war sie zu diesem Zeitpunkt auch schon tot.«

Baghvarty fühlte sich offenbar angesprochen. »Ich würde eher sagen, nein, aber genauer weiß ich das erst, nachdem ich sie auf dem Tisch hatte.«

»Wir haben ja immer noch die Überwachungskameras.«

»Was ist das da eigentlich?« Zuko deutete auf ein paar weißliche, leicht fluoreszierende Gespinste, die wie Zuckerwatte an den Gleisen klebten.

»Sieht für mich aus wie Spinnenfäden, aber das werden sie dann in meinem Bericht erfahren.« Die Rechtsmedizinerin zog fröstelnd den Reißverschluss ihrer Jacke zu. Sie besaß ein hübsches Gesicht, mit einer Nase, die eine Spur zu knochig wirkte. Bei einem Bier hatte sie Sinclair mal erzählt, dass ihre Eltern aus Ungarn eingewandert waren, als sie zwölf gewesen war. Da war immer noch der verblassende Schimmer eines osteuropäischen Akzents, der ihre Stimme interessant machte. »Auf den Kameras dürfte jedenfalls ein ziemlich abgefahrener Film zu sehen sein. Umgebracht hat sie sich mit Sicherheit nicht.«

Die drei Beamten des MIT Forest Gate starrten sie an.

»Die Gebissabdrücke.« Baghvarty deutete auf Livia Parsons Oberkörper und Schultern, die von den Rädern des Zuges zerteilt worden waren. »Wahrscheinlich ein menschliches Gebiss.«

»Wahrscheinlich?«

»Erstaunlich große Klappe. Also auf jeden Fall männlich.«

Powells Mundwinkel zuckten kaum merklich, als er an seiner Zigarette sog.

»Aber es gibt noch ein Problem.«

»Immer heraus damit, Dr. Baghvarty. Wir lieben Probleme.«

»Wir haben schon das gesamte Gleisbett und die Liguster da hinten abgesucht, aber nichts gefunden.«

»Nichts gefunden?« Sinclair blickte sich um. »Was nicht gefunden?«

»Und ich dachte immer, als Detective eines MIT sollte man zumindest nicht blind sein.« Sie deutete auf das Gewirr aus Blut, Fleisch und zersplitterten Knochen zu ihren Füßen. »Keine Ahnung, wo die arme Livia ihr zweites Bein gelassen hat.«

7 Rachel hatte sich fast eine Woche lang Zeit genommen, um über das Gespräch mit Randolph Scott auf dem Rückflug nachzudenken.

Die Handyaufzeichnung hatte sich leider doch als unbrauchbar herausgestellt, weil das Flappen der Rotoren jedes Wort von Randolph Scott und ihr übertönt hatte. Von wegen Greencopter.

Am zweiten Tag nach ihrer Rückkehr war per Mail der Arbeitsvertrag eingetroffen, zeitgleich mit einem riesigen Rosenstrauß. Zum Glück war Nev nicht da gewesen, als der Bote von »My Name is Rose« an der Tür geklingelt hatte: ein nassgeschwitzter Typ, dem man auf den ersten Blick ansah, dass er ins Bett gehörte. Angeblich schob er Sonderschichten, weil ein Kollege spurlos verschwunden war.

Nevison hatte sie nichts von dem Vertrag erzählt. Das Problem war nicht die Geheimhaltungserklärung, die sie vor Beginn der Reise unterzeichnet hatte. Das Problem waren die berechtigten Fragen, die Nev stellen würde und von denen sie keine einzige zu seiner oder auch nur ihrer eigenen Zufriedenheit beantworten konnte.

Ihre Stelle an der Fakultät war sicher, und die Arbeit machte ihr Spaß, weil Professor Spencer ihr alle Freiheiten ließ. Sie war eine anerkannte Archäologin und Expertin zum Thema vorderasiatische Frühkulturen. Sogar eine Halbtagsstelle würde drin sein, falls sie doch noch einmal zu dritt sein sollten. Warum sollte sie also so verrückt sein, diesen Job aufzugeben?

Vielleicht weil Randolph Scott ein faszinierender Mensch mit Visionen und klaren Vorstellungen war – und das Gehalt, das er ihr bot, fast dreimal so hoch war?

Oder weil sie auf den ersten Blick erkannte hatte, dass dieser merkwürdige Würfel nicht einfach nur ein Geheimnis darstellte, sondern eine archäologische Sensation?

Oder wegen des sanften Drucks, den Mr Scott auf sie ausübte? Dreimal hatte in der letzten Woche das Telefon geklingelt, und jedes Mal war ein Mann namens Ernest Beaufort in der Leitung gewesen, der sich als Anwalt von Randolph Scott vorgestellt hatte. Ob sie sich schon entschieden habe. Und ob ihr klar sei, welches Vertrauen Scott in sie setze. Vielleicht ließe sich sogar etwas machen, um ihre *privaten Pläne* nachhaltig voranzutreiben …

Herrgott, das letzte Mal hatte er angerufen, als sie mit Nev beim Abendbrot saß. Anschließend hatte sie keinen Bissen mehr herunterbekommen.

Wo habe ich uns da nur reingeritten?

Natürlich hatte Nev ihre Unruhe bemerkt. Ihre Schlaflosigkeit, die durchgeschwitzten Laken am nächsten Morgen. Sie hatte ihn mit derselben Ausrede abgespeist, mit der sie auch ihre vorzeitige Rückkehr und den anschließenden Sonderurlaub erklärt hatte –, dass dem Auftraggeber der Expedition überraschend das Geld ausgegangen war.

Es gab Auseinandersetzungen an Bord. Sogar einen Streik. Ich meine, kannst du dir das vorstellen, Schatz – auf offener See? Jedenfalls hat die Uni dadurch einen Haufen Geld verloren. Spencer sagt, vielleicht müssen in der Fakultät sogar Stellen gestrichen werden.

Die Lüge fühlte sich schrecklich an, aber sie verschaffte ihr Zeit, die sie vordergründig nutzte, um Weihnachtsvorbereitungen zu treffen und das Haus auf Vordermann zu bringen. Es war gerade mal anderthalb Jahre her, dass sie das kleine süße Anwesen in einer Seitenstraße in Richmond bezogen hatten – gleich nachdem Nevison endlich seinen festen Vertrag als Erzieher in der Kindertagesstätte bekommen hatte. Zwei Zimmer im ersten Stock hatten immer noch keine Tapeten.

Die Vormittage verbrachte sie allerdings vor ihrem Arbeitsrechner im Souterrain und versuchte, alles über den Würfel herauszufinden. Es gab keine Bilder, keine Daten. Auch über die Symbole schien nichts bekannt zu sein. Die Ähnlichkeiten mit altägyptischen Hieroglyphen waren wahrscheinlich nur Zufall. Zum Beispiel das Rechteck mit den Insektenfühlern oben und unten, das sie an das Symbol der Göttin Neith erinnert hatte. Sie wusste, dass bei ihren Eltern in Norwich noch eine Kiste mit Zeichnungen aus ihrer Kindergartenzeit auf dem Dachboden lag. Die Hälfte der Klekse darauf sahen vermutlich so ähnlich aus.

Um keinen ihrer Kollegen an der Universität in die Sache hineinzuziehen, nahm sie Kontakt zu ein paar Koryphäen altägyptischer Philologie auf, deren Namen ihr von Kongressen geläufig waren. Sie surfte ausschließlich anonym, und zur Kontaktaufnahme verwendete sie eine Fake-E-Mail-Adresse unter dem Namen Jessica Smith, die sie speziell dafür neu eingerichtet hatte. Die meisten Kollegen antworteten nicht einmal. Dazu kamen drei höflich formulierte Absagen, dass man sich mit dem Thema aus Zeitgründen nicht befassen könne. Lediglich ein marokkanischer Kollege, der im Rahmen eines Austauschprojekts im Pergamon-Museum in Berlin tätig war, teilte ihr mit, dass er ihre Frage an einen befreundeten Kollegen in Edinburgh weitergeleitet habe, der sich ein paar Stunden später bei ihr meldete.

Es war Cartwright.

Sie spürte, wie eine Handvoll Eiskristalle ihren Rücken hinunterrieselten, als sie seinen Namen in ihrem Postfach las.

Sehr geehrte Miss Smith, Mr Samir Choumicha war so
freundlich, mir Ihre Anfrage weiterzuleiten. Möglicherweise
verfüge ich über die von Ihnen gewünschten Informationen.
Ein persönliches Gespräch würde helfen, das zu klären.
Melden Sie sich gern jederzeit, auch telefonisch. Meine
Nummer finden Sie in der Signatur. Ihr Dr. Dr. Cartwright.

Natürlich rief sie ihn nicht an.

Okay, wenn sie über den Würfel nicht weiterkam, musste sie
eben versuchen, mehr über Scott herauszufinden – und über
die Firma, die die Kosten für die Expedition übernommen
hatte. Seaways PLC. Eine Reederei, die ihren Sitz in Panama
hatte, sieh an. In London existierte nur eine Vertretung in
einem der Wolkenkratzer in Canary Wharf. Im Impressum auf
der Website wurde schwammig darauf hingewiesen, dass Seaways Teil einer größeren Holding sei, was auch immer das
im Detail bedeutete. Der Name Randolph Scott tauchte nirgendwo auf. Ernest Beaufort ebenfalls nicht. Rachel dehnte
die Suche aus – nach einer Kanzlei in London oder Umgebung,
in der ein Ernest Beaufort beschäftigt war. Dann in ganz England und schließlich weltweit. Es gab keine.

Es gab also nur einen Punkt, an dem sie ansetzen konnte.
Die Vision, die sie bei der Berührung des Würfels ereilt hatte.
Wobei ihr die Erinnerung daran mit jedem Tag unwirklicher
vorkam. Verrückter. Das einzig Konkrete war der Schriftzug
der U-Bahn-Station, den sie jedoch nur teilweise hatte ent-
ziffern können. Und das Gesicht des Mädchens. Im Londoner
Netz gab es diverse Stationen, deren Name die Buchstaben
»STR …« enthielt. Godge Street, Old Street, High Street Ken-
sington, Liverpool Street … Aber keine mit der Kombination
»THE STR …«

Und wenn sie die Bilder falsch gedeutet hatte? Wenn es sich
gar nicht um einen Zug und eine U-Bahn-Station hier in London gehandelt hatte?

Mit jedem Versuch, sich an die Eindrücke zu erinnern, wurden sie undeutlicher. Hatte sie wirklich die Lichter eines Zuges gesehen? Konnte es nicht auch eine Fensterfront in der Dunkelheit gewesen sein – oder ein Bus, der durch die Nacht fuhr? Hatte das blasse Gesicht dahinter wirklich einem Mädchen gehört? Vielleicht war es einfach nur eine Reflexion in der Scheibe gewesen … eine Täuschung, genauso wie das vielbeinige schwarze Etwas, das über die Scheiben gehuscht war.

Am nächsten Morgen las Rachel in der Zeitung, was in Canning Town passiert war.

Die Fassade der Forest Gate Police Station in Newham wirkte wie die vergrößerte Version eines Spielzeughauses: blutrote Ziegel verkleideten ein dreistöckiges viktorianisches Gebäude mit mehreren Außenerkern, das wie durch ein Wunder selbst die deutschen Luftangriffe überstanden hatte, als eine Fliegerbombe hundert Meter südwestlich fast die komplette Westbury Road in Schutt und Asche gelegt hatte.

Rachel hatte sich einen Plan zurechtgelegt, wie sie ihr Interesse an dem Mord in Canning Town erklären konnte, ohne als Verrückte abgestempelt zu werden. Er löste sich in dem Moment in Luft auf, als der diensthabende Constable am Eingang ihr offenbarte, dass die zuständigen Detective Inspector John Sinclair und Detective Sergeant Zuko Gan nicht zu sprechen seien. Das Angebot, ihre Aussage von einem anderen Constable des Murder Investigation Teams aufnehmen zu lassen, erschien ihr wenig verlockend. Sie konnte förmlich sehen, wie das Dokument anschließend zusammen mit Hunderten weiterer Zeugenaussagen auf Nimmerwiedersehen in irgendeinem digitalen Ordner verschwand.

Andererseits, was hatte sie zu verlieren?

»In Ordnung, ich warte.«

Sie nahm auf einem Stuhl im Gang Platz, während der Constable telefonierte. *Du bist verrückt, Rachel. Plan hin oder her, das wird nie funktionieren.* Niemand würde ihr glauben, dass sie den Mord an Livia Parson gesehen hatte, *bevor* er passiert

47

war! Im schlimmsten Fall würde man sie für schuldig halten, weil sie über Täterwissen verfügte.

Ihr Blick schweifte über die Plakate und Aushänge, die an der gegenüberliegenden Wand angebracht waren. Ein paar Hinweise auf gesuchte Terroristen ... und Tipps, wie man seine Fenster und Türen einbruchssicher machte. Ein Auftritt des Polizeichors in der Epistopalkirche nebenan am Boxing Day sowie ein Veranstaltungskalender der umliegenden Museen und Galerien. National Maritim Museum, Tate Gallery, London Transport Museum ...

Rachel schnellte aus dem Sitz.

Es war der fünfte Eintrag von oben. *Das geheime London. Besuchen Sie eine der vergessenen Stationen des Londoner Underground: ALDWYCH STATION, unterhalb des Strand, Ecke Surrey Street, gelegen und im Zweiten Weltkrieg als Bunker genutzt, wurde 1907 auf dem Grundstück des bisherigen Royal Strand Theatre eröffnet ...*

Etwas weiter unten stand auch der ursprüngliche Name, den die Station direkt nach ihrer Eröffnung bis zur Umbenennung im Jahr 1915 getragen hatte.

THE STRAND.

»Mrs Briscoe?«

Rachel fuhr herum. Hinter ihr stand ein hagerer Mann in mittlerem Alter. Er trug einen braunen Anzug, in dem er fast mit der Tapete an der Wand verschmolz. Die schwarzen Haare waren streng nach hinten gekämmt. »Mein Name ist Dixon. Detective George Dixon. Bitte entschuldigen Sie, dass Sie so lange warten mussten, aber ...«

Den Rest hörte Rachel nicht mehr, denn da war sie bereits aus der Tür.

Eine Stunde später stieg sie in Holborn aus und legte den restlichen Weg zur Surrey Street zu Fuß zurück – fast exakt auf dem Weg, auf dem fünfzig Yards unter ihren Füßen die Gleise der ehemaligen Aldwych-Abzweigung der Piccadilly Line verliefen. Sie hatte sich unterwegs auf dem Handy notdürftig über die erstaunliche Geschichte dieser »Linie« informiert, die in Holborn begonnen hatte, um lediglich eine knappe halbe Meile weit nach Süden zu führen, wo sie an der Strand beziehungsweise Aldwych Station endete. Es gab keine weitere Linie, die Aldwych anfuhr. Der Bahnhof lag tief unter der Erde und war lediglich über zwei großräumige Fahrstühle mit sechseckigem Grundriss sowie eine wendelförmig angelegte Nottreppe erreichbar. Um die Renovierung der Fahrstühle zu vermeiden, war die Station im Jahr 1993 endgültig geschlossen worden. Seitdem gab es nur noch hin und wieder Führungen, die vom London Transport Museum organisiert wurden. Die bislang letzte hatte im Jahr 2017 stattgefunden, vor mehr als anderthalb Jahren.

Der Eingang in der Surrey Street besaß eine zweistöckige, rotgekachelte Fassade, auf die in späteren Zeiten zwei zusätzliche Stockwerke mit Wohnungen aufgesetzt worden waren. Der Hauseingang lag hinter einer Gittertür. Das zweiflügelige Holztor daneben, über dem in schwarzen Buchstaben auf weißem Grund das Wort *Ausgang* geschrieben stand, war geschlossen. Rachel rüttelte sicherheitshalber daran.

Verriegelt.

Sie überlegte gerade, eines der Klingelschilder zu drücken, als im Torbogen links von ihr eine gackernde Stimme erklang.

»Wenn Sie den Zug nehmen wollen, kommen Sie leider ein paar Jahrzehnte zu spät.«

Ein Durchgang, der in einen Hinterhof führte. Auf dem Boden kauerte, mitten in einem Meer aus Plastiktüten, ein triefäugiger Mann mit dichtem Vollbart, der sich in eine Decke gehüllt hatte. Er breitete die Hände aus, die in offenen, vor Schmutz starrenden Wollhandschuhen steckten. Rachel trat auf ihn zu. Sofort umgab sie eine Duftwolke von altem Schweiß und Urin.

»Sind Sie etwa öfter hier, Sir?«

49

Er wischte sich über die Nase. »Sir hat mich wirklich schon lange keiner mehr genannt. Ich heiße Adam.«

Er hielt ihr die Hand hin, die sie tapfer ergriff.

»Rachel Briscoe.«

Er warf einen flüchtigen Blick auf ihren Ehering. »Freut mich, Sie kennenzulernen, Mrs Briscoe. Sie haben nicht zufällig ein paar Pennys übrig für ein Opfer der neoliberalen Revolution?«

»Tja, ich …«

»Darf auch gern etwas mehr sein.«

Rachel kramte ihren Geldbeutel heraus und drückte Adam eine Fünf-Pfund-Note in die Hand.

»Die Firma dankt!«

»Haben Sie vielleicht von dem Mädchen gehört, das gestern Nacht in Canning Town ermordet wurde?«

Adams Blick verriet, dass sie ihn genauso gut nach dem Ergebnis der Präsidentschaftswahlen in Tansania hätte fragen können. Sie faltete die Ausgabe des Daily Globe auseinander, die sie von zu Hause mitgenommen hatte, und zeigte ihm das Foto von Livia Parson.

»Haben Sie sie irgendwann in der letzten Zeit mal hier in der Nähe gesehen?«

Das Dickicht des Vollbarts geriet in unvermutete Bewegung, als Adam die Lippen schürzte. »Hier kommen nicht viele Mädchen vorbei. Nur Geschäftsleute, und über die Jahre kenn ich fast jedes Gesicht hier. So ein hübsches Ding wie die wär mir bestimmt aufgefallen.«

Rachel steckte die Zeitung wieder ein. Natürlich befand sie sich auf dem Holzweg. Wie hätte Livia Person in einer U-Bahn-Station, die gar nicht mehr angefahren wurde, ihrem Mörder begegnen sollen, der ihr anschließend über drei Linien und elf Stationen bis nach Canning Town gegenübersaß, um sich dort endlich dazu zu bequemen, sie umzubringen?

Er hat ihr nicht gegenübergesessen. Er hat sich an die Außenseite des Wagens geklammert wie Spider-Man in seinen besten Tagen.

»Haben Sie vielen Dank, Adam. Tut mir wirklich leid, dass ich Sie gestört habe.«

»Aber ich kann Ihnen zeigen, wie Sie in die Station reinkommen.«

»Was?«

»Im Hof gibt es ein Fenster, das sich nicht schließen lässt. Ist 'n Geheimweg, den ich im letzten Winter entdeckt hab.«

Adam wuchtete seinen steifgefrorenen Körper zwischen den Plastiktüten hervor. »Kommen Sie mit. Ich zeige es ihnen.«

Er watschelte tiefer in den Durchgang, an einem verrosteten Fahrradständer vorüber, der aussah, als ob ihn jemand hier entsorgt hätte. Das Fenster, von dem Adam gesprochen hatte, befand sich auf der Rückseite des Gebäudes, hinter einer Reihe Mülltonnen. Der Rahmen schwang knarrend nach innen, als Adam dagegendrückte.

»Sehen Sie?«

Rachel wusste nicht, was sie tun sollte. Sie war inzwischen sicher, dass in der Station nichts zu finden war, aber Adams Augen blitzten so stolz, dass sie es nicht übers Herz brachte, sich einfach von ihm zu verabschieden.

»Ist mein Hauseingang, wissen Sie?« Er präsentierte ihr ungeniert seine beiden Zahnlücken im Oberkiefer. »Sie müssen einfach durch den hinteren Fahrstuhl durch auf die andere Seite zu den Stationsräumen. Da drin war es nachts richtig schön kuschelig. Allerdings ist es seit ein paar Tagen irgendwie komisch.«

»Was ist komisch?«

»Dass ich nicht mehr schlafen kann. Wegen der Geräusche.« Seiner Miene war nicht zu entnehmen, ob er sie auf die Schippe nahm. Wahrscheinlich nicht. »Es ist so ein Kribbeln und Krabbeln, wissen Sie? Wie von Kakerlaken. Ich glaube, sie kommen von unten. Aus dem Schacht. Aber immer wenn man die Augen aufmacht, sind sie weg. Und wenn man die Augen zumacht, sind sie wieder da.«

»Und früher gab es da drin keine Kakerlaken?«

Er schüttelte den Kopf. »Früher nicht. Nie. Erst seit ungefähr einer Woche.«

Sie nickte und dachte darüber nach, was zum Teufel sie hier eigentlich tat. *Geh endlich nach Hause, Rachel. Erzähl Nev von der Sache, und dann verbrennt ihr gemeinsam den Arbeitsvertrag in der Spüle.* »Okay, danke. Ich glaube, ich werde mir die Sache doch mal ansehen.«

»Soll ich mit reinkommen?«

»Nein danke. Nicht nötig.« Sie zückte eine weitere Fünf-Pfund-Note und drückte sie ihm in die Hand. »Aber haben Sie vielen Dank für Ihre Hilfe.«

»Immer gern.«

Sie atmete ein wenig flacher, als Adam sich vorlehnte und das Fenster weiter aufdrückte. Tatsächlich würde sie keine Mühe haben, sich hindurchzuzwängen.

»Ich warte hier oben auf Sie.«

»Danke. Bis gleich.«

Knarrend glitt das Fenster wieder in den Rahmen, und sie sah, wie Adam einen Moment verharrte und sich dann Richtung Torbogen entfernte.

Die Stille, die sie empfing, war bedrückend. Sie stand in einem weißgekachelten Treppenhaus, dessen Decke von zwei Säulen getragen wurde. Die hölzernen Türen der Fahrstühle waren im Halbdunkel kaum zu erkennen. Rachel schaltete die Taschenlampe ihres Handys ein. Es war, wie Adam gesagt hatte. Die Fahrstuhlkabinen besaßen jeweils eine Tür vorn und hinten. Die hintere Tür des zweiten Lifts stand einen Spalt offen, durch den sie auf die andere Seite in den Stationsbereich gelangte, wo sich der ehemalige Schalterbereich und weiter hinten ein Gitter befand, hinter dem ein Treppenaufgang zum Stationseingang an der Hauptstraße führte. Dahinter lag die Treppe, die Rachel suchte. Sie führte nach unten.

Rachel spürte, wie ihr der Schweiß ausbrach. Die kühle, seltsam stickige Luft verstopfte ihre Atemwege wie Glaswolle, als sie dem Weg folgte und die Treppe hinableuchtete.

Was willst du hier? Kehr um. Fahr nach Hause.

Und dann hörte sie das Wispern.

Am Anfang ganz leise nur, wie das Rauschen eines entfernten Baches, wie eine atmosphärische Störung. Sie dachte an die Kakerlaken, von denen Adam gesprochen hatte. Als Kind hatte sie von einer Klassenreise einmal Wanzen nach Hause geschleppt, die sie anschließend monatelang gequält hatten. Damals hatte sie sich vorgestellt, wie sie in den Bettritzen und hinter Lichtschaltern nisteten und sich vermehrten. Genauso klang das jetzt. Wie Millionen von Bettwanzen, die das Ende der Treppe bevölkerten und darauf warteten, dass sie hinabstieg …

Blödsinn, Rachel. Da unten ist nichts. Jedenfalls nichts, was dich interessieren müsste.

Sie nahm die zweite Stufe.

Die dritte.

Etwas stimmte mit dem Boden nicht. Er wirkte seltsam … weich. Wie Treibsand, der an ihren Füßen zerrte. Aber als Rachel auf die Stufen leuchtete, wirkten sie ganz normal. Sie ging weiter.

Das Wispern war auf einmal verschwunden, doch mit jedem Schritt wirkte die Luft kälter und verbrauchter. Das Unterhemd klebte ihr auf einmal am Rücken.

Was, Rachel? Was gedenkst du dort unten zu finden? Etwa die Antwort auf all deine Fragen?

Sie hatte höchstens zehn Stufen der Wendeltreppe zurückgelegt, als ein Kribbeln im Nacken sie innehalten ließ. Vielleicht irgendein Insekt … Der Lichtstrahl tanzte, als sie sich instinktiv über die Haut wischte. Da war nichts.

Ihre Hand krampfte sich um das Geländer. Der Schacht in der Mitte der Treppe gähnte sie an, und auf einmal war da wieder das Wispern. Sie verspürte den Drang, sich weiter über das Geländer zu beugen … nachzusehen, was genau sich dort unten befand und … auf sie wartete?

Sie beugte sich weiter vor.

Immer weiter, bis ... sie auf der Stufenkante ausrutschte, und um ein Haar über das Geländer gefallen wäre. Im letzten Moment klammerte sie sich an die Eisenstäbe. Das Handy rutschte ihr aus der Hand – und fiel in die Tiefe. Der Lichtstrahl rotierte, bis er schließlich vierzig Yards unter ihr auf dem Boden aufschlug – und verlosch.

Scheiße.

Im ersten Augenblick war sie davon überzeugt, dass das Handy zerschellt war, aber der Aufprall hatte geklungen, als wäre es auf etwas Weiches gefallen.

So weich und nachgiebig wie die Stufen unter deinen Füßen.

Ein Stück Stoff oder eine Pfütze.

Allerdings konnte sie nicht sehr tief sein, da ein Restschimmer den Absatz der Treppe einhüllte. Es war das Display, das glomm wie ein entferntes, langsam verlöschendes Kohlestück.

Glück gehabt.

Es musste an der schrecklichen Luft liegen, dass sie plötzlich Kopfschmerzen bekam.

Du bist so dämlich.

Sie ging weiter.

Zwanzig Stufen.

Vierzig.

Irgendetwas landete auf ihrer Hand, die sie über das Geländer gleiten ließ. Ein Käfer. Ziemlich groß. Sie schleuderte ihn in die Tiefe – ein schwarzer Punkt, der in der Dunkelheit verschwand. Das Handy schien immer noch genauso weit entfernt wie am Anfang.

Sechzig Stufen.

Bilder entstanden in ihrem Kopf: aus ihrer Kindheit, als sie mit der Taschenlampe unter der Decke unheimliche Märchen gelesen hatte, in denen einäugige Trolle und Hexen Kinder verschlangen.

Der letzte Umlauf der Wendeltreppe. Inzwischen hatten sich ihre Augen an die Dunkelheit gewöhnt, so dass sich die letzten zwanzig Stufen deutlich im Restlicht des Handys abzeichneten, bis …

… das Display ausging.

Totale Finsternis, von einer Sekunde zur anderen.

Super.

Sie versuchte, sich den Anblick der Treppe ins Gedächtnis zu rufen.

Es sind nur noch zwanzig Stufen, Rachel. Mach dir nicht in die Hose.

Achtzehn.

Und plötzlich war da wieder das Gefühl, dass der Untergrund viel zu *weich* war …

Blödsinn.

Konzentrier dich. Siebzehn.

Und wieder krabbelte irgendwas über ihren Nacken, flink wie eine Kakerlake. Rachel schlug danach und verfehlte es.

Ihr Unterhemd war jetzt komplett durchgeschwitzt, ihr Herz sprang auf und nieder und hämmerte gegen ihren Kehlkopf. Warum nur? Sie war doch sonst nicht so ein Schisser.

Irgendetwas Krabbelndes verschwand in ihrem linken Ärmel.

Rachel schlug nach der Wanzen-Spinnen-Kakerlake, aber es war nicht die Einzige. Sie krochen in ihre Kleider, huschten über ihre Haut, als suchten sie nach dem besten Ort, um ihre Beißwerkzeuge in die Epidermis zu schlagen, und dann, als Rachel die letzte Stufe betrat und das Gitter erreichte, das die Treppe abriegelte …

… waren sie auf einmal verschwunden.

Rachel hörte noch, wie sie davonhuschten, als würden sie fliehen vor etwas *anderem*, das irgendwo vor ihr in der Dunkelheit zu lauern schien – dort, wo der U-Bahn-Schacht begann. Sie versuchte, die tiefschwarze Finsternis mit ihren Blicken zu durchbohren. Strukturen wahrzunehmen. Den Bahnsteig. Die Schienen.

Adam hatte recht gehabt. Irgendetwas war hier unten, das

55

wusste sie auf einmal mit der Sicherheit eines Tiers, das seinem Instinkt vertraute.

Sei nicht bescheuert. Schnapp dir dein Handy und verschwinde.

Aber das Gitter stand auf einmal offen, und so ging sie weiter. Sie wusste nicht, wieso sie es tat, und sie verfluchte sich dafür.

Hör auf dein Gefühl, Rachel. Verschwinde. Hau ab.

Sie ging, wie an einer Schnur gezogen, immer tiefer in die Finsternis. Den Bahnsteig hatte sie längst hinter sich gelassen. Sie war eingetaucht in die Schwärze des U-Bahn-Schachts, die sie umschmeichelte und belauerte wie etwas Lebendiges …

Das Wispern war jetzt überall und so laut, dass es selbst ihre innere Stimme übertönte, die jedes einzelne Wort schrie und gegen ihre Schädeldecke jagte.

Geh! Jetzt! Solange! Du! Noch! Kann…

Und dann verstummte ihre Stimme.

Wie auch das Wispern.

Es war vor ihr, direkt vor ihr.

Zitternd streckte Rachel die Hand aus – und konnte es fühlen. Es war …

Finster.

Und es lebte.

Bewegte sich. Strich über ihre Finger, ihren Handballen … und kroch ihren Unterarm hinauf.

Rachel atmete nicht mehr. Ihre Brust, ihre Lunge, ihr Herz – alles war zu Eis gefroren. Sie konnte nicht einmal mehr den Mund schließen, als das *Etwas*, das weicher als ein Wattebausch über ihre Schulter kroch, sich ihrem Gesicht näherte … und *in sie hineinschlüpfte!*

Etwas explodierte in Rachel.

Angst. Und Schmerz.

Das Watteding war mehr als nur Watte. Es war kalt. Und hart wie Stahl. Es zwängte sich durch ihre Kehle in die Luftröhre, die Speiseröhre und gleichzeitig den Rachen hinauf. Es war überall, oben, unten, vorn, hinten, es füllte ihren Körper aus und ihren Geist, übernahm beides einfach wie einen Mantel, den es sich überstreifte, und drängte das, was einmal Rachel Briscoe gewesen war, in die hinterste Ecke des Bewusstseins.

Rachel *war* nicht mehr.

Das *Ding* in ihr – war alles.

Endlich.

Sie blinzelte und analysierte die neue Situation. Der Pulsschlag ihres Körpers normalisierte sich.

Sie drehte sich um und blickte zurück zum Bahnsteig, der hinter ihr lag. Ein paar Schritte und zweihundert Stufen, die sie von der Welt da oben trennten, in der Rachel Briscoe zu Hause gewesen war und in die sie nie wieder zurückkehren würde.

Sie unternahm einen ersten Versuch und steuerte das rechte Bein an. Die Muskeln gehorchten ihr.

Sie setzte den Fuß auf die zweite Stufe.

Die Haut am Unterschenkel spannte ein wenig, und ihr Unterleib begann zu schmerzen. Sie ahnte, warum. Diffuse Erinnerungen, die ihr verrieten, dass diese Form der Existenz endlich sein würde. Jedenfalls war es damals so gewesen. Es gab eben Dinge, die änderten sich nie.

Umso wichtiger war es, ihrem Gespür zu folgen, ihr Ziel so bald wie möglich anzusteuern. Dunkel spürte sie einen Impuls, die von einem Ort stammten, der nicht weit entfernt sein konnte. Einen Impuls, der ihr vage bekannt vorkam.

Finde heraus, was es ist!

Ihr Schritt beschleunigte sich, bis sie die Treppe erreichte und zwei, drei Stufen auf einmal nahm, begierig darauf herauszufinden, was dort oben auf sie wartete – nicht nur in unmittelbarer Nähe, sondern vor allem an jenem Ort, dessen Existenz sie spürte und von dem sie angezogen wurde wie eine Motte vom Licht.

Sie wusste, ihr Körper würde bald verfallen. Ihr blieben nur wenige Tage.

Sie würde sie nutzen.

8 Sinclair drückte sich tiefer in den Schatten der Mülltonnen, auf denen in Großbuchstaben *Eigentum Borough of Newham* stand – als ob irgendjemand auf den Gedanken käme, sie in einen Laster zu verfrachten, um sie irgendwo unten in Croydon oder Bromley auszusetzen. Abfallgestank drang ihm in die Nase, und unter seinen Schuhen war der Boden glitschig von einem breitgetretenen Bratapfel.

Happy Christmas!

»Achtung, hörst du mich?«, drang Zukos Stimme aus dem Headset.

»Alles klar, bin bereit«, murmelte Sinclair, während er den Aufkleber auf der Mülltonne direkt vor sich studierte. *In Newham werden Sie 24 Stunden am Tag von Kameras beobachtet. Deshalb: bitte lächeln!*

Kein schlechtes Motto für die letzten sechs Tage, nachdem Dr. Baghvartys Zusammenfassung des Obduktionsberichts – »Wollen Sie auch wissen, was der Zug angerichtet hat, oder soll ich gleich mit den Bissspuren anfangen?« – das gesamte 50-köpfige *Murder Investigation Team* im Forest Gate in Aufruhr versetzt hatte. Natürlich hatte auch die Presse von der Sache erfahren und den Puls des Commissioners im Hauptquartier in Westminster weiter in die Höhe getrieben. Der Einzige, der in einem Rudel durchgedrehter Paviane die Ruhe behalten hatte, war Detective Superintendent Powell gewesen, auf dessen Befehl hin zwei Dutzend Kollegen unter Führung von Detective Constable Colin Raye und Detective Constable Eric Donovan als Sonderfahnder in die Straßen von Canning Town geschickt worden waren, um Zeugenaussagen zu sammeln: *Haben Sie auf dem Heimweg die Bahn genommen, Sir? – Ist Ihnen in der betreffenden Nacht in der Nähe des Bahnhofs etwas Merkwürdiges aufgefallen, Madam? – Erinnern Sie sich zufällig an einen Fahrgast, der eine junge Frau ins Gleisbett geschubst hat, um sie anschließend halb aufzufressen?*

Raye und Donovan hatten gemeinsam vor zwei Jahren im M. I. T. angefangen, was bedeutete, dass sie lange genug dabei waren, um zu wissen, worauf es ankam, aber noch nicht lange genug, um angesichts der Sisyphos-Arbeit, die auf sie wartete, das Weite zu suchen. Stattdessen mästeten sie brav die Festplatten des Yard mit ihren Protokollen, und Powell hatte, was er wollte: eine Aktion, die den Bürgern von Canning Town die Illusion von Sicherheit verschaffte und gleichzeitig seinen beiden Hauptermittlern den Rücken freihielt.

Was leider nicht hieß, dass Sinclair und Zuko sich inzwischen mit Ruhm bekleckert hatten. Die wenigen relevanten Hinweise aus der Bevölkerung hatten sich allesamt als Sackgassen entpuppt. Genauso wie die Bilder der CCTV-Kameras rund um den Bahnhof und auf dem Bahnsteig. Von Letzteren hatten sie sich noch am meisten versprochen, aber die Kameras auf dem Gelände der DLR-Station waren entweder defekt oder in einem Winkel ausgerichtet, der den Tatort nicht erfasst hatte. Was bedeutete, dass der Täter entweder schlau war oder – weitaus wahrscheinlicher – einfach nur unverschämtes Glück gehabt hatte. Die meisten Mörder und Schwerverbrecher waren nicht gerade Anwärter auf die Fields-Medaille. Psychopathen, die wirklich was draufhatten, setzten sich nach Sinclairs Erfahrung eher in einen Bus in die Innenstadt, um in einem spiegelverglasten Büro Derivate zu verkaufen.

Das Ergebnis war eine Woche praktisch ohne Schlaf und mit mehr Überstunden, als er seit seinem Dienstbeginn auf dem Forest Gate jemals abgebaut hatte –, bis sie vor exakt anderthalb Stunden der reine Zufall auf die richtige Spur geführt hatte: Nach einem Artikel im Daily Globe, der einer Kreuzigung gleichkam und von einem Schmierfink namens Bill Conolly verfasst worden war, und einem darauffolgenden Heiligabend-Einlauf durch Powell hatten Sinclair und Zuko gegen sechs Uhr abends gerade das Büro verlassen, um sich mit ein paar Kollegen im Duke die Kante zu geben, als der Notruf eines 16-jährigen Mädchens bei den Kollegen in Tower Hamlets eingegangen war. Ein dunkelhaariger Typ in einem Trainingsanzug habe vor drei Minuten versucht, sie in einen Lieferwagen zu zerren. Als sie sich wehrte, hätte er versucht, sie zu beißen, bevor sie sich losreißen konnte. Sie hinterließ nicht nur ihren Namen und ihre Nummer, sondern schickte auch noch ein Handyfoto von der Karre, mit der der Angreifer Reißaus genommen hatte.

Happy Christmas, wie gesagt.

Natürlich war das Nummernschild gefälscht, aber wen interessierte das angesichts der CCTV-Kameras, die die Laternenpfähle von Newham schmückten wie Christbaumkugeln? Zehn Minuten später wurde derselbe Lieferwagen an der High Street südöstlich des Olympiaparks erfasst, gerade mal eine Meile von der Stelle entfernt, an der der Übergriff stattgefunden hatte. Als Sinclair und Zuko ihn einholten, hatte der leicht übergewichtige Fahrer das Fahrzeug gerade an der Emmanuel Parrish Church an der Ecke Romford Street / Upton Lane abgestellt, auf deren Grundstück die Grabsteine so verwittert waren, dass wahrscheinlich nicht mal Archäologen zu entziffern vermochten, wer dort begraben lag, und spazierte in Jeans und Kapuzenpullover seelenruhig die Straße runter. Sinclair hatte vorgehabt, aus dem Wagen zu springen und das Arschloch mit dem Gesicht nach vorn auf das Pflaster zu knallen, aber Zuko hatte ihn im letzten Moment zurückgehalten.

Mit etwas Glück würde der Penner sie direkt zu seinem Unterschlupf oder seiner Wohnung führen, wo vielleicht noch ein blutverschmierter Pullover mit Livia Parsons DNA dran auf dem Silbertablett auf sie wartete.

Sie folgten ihm unauffällig die Upton Lane runter, indem sie hin und wieder unabhängig voneinander die Straßenseite wechselten. Fast eine halbe Stunde lang latschte der Beißer weiter die Upton Lane runter, am Westham Park vorbei bis zur Crescent Road, die in einem sanften Linksbogen durch ein Wohngebiet führte. Nicht gerade die schönste Straße Londons, aber in Newham anständige Mittelklasse: zwei Reihen kackbrauner Fassaden von *terraced houses*, manchmal hellere, manchmal dunklere Kacke, die Mülleimer offen vor der Haustür und einen schmalen Streifen Garten auf der Rückseite.

Der Beißer wohnte in keinem davon. Spätestens, als er in der Dacre Road nach links abbog und auf der Plashet wieder nach rechts, wurde ihnen klar, dass er sie entweder verarschte oder routinemäßig einen Umweg nahm, um sicherzugehen, dass er nicht verfolgt wurde. Beides war ziemlich merkwürdig angesichts der Unbedarftheit, die er bezüglich der CCTV-Überwachung an den Tag gelegt hatte.

Sinclair bog in eine der Querstraßen ein und rannte zur Green Street, auf der ihr Mann in weniger als einer Minute erscheinen würde. Dort klemmte er sich keine dreißig Yards vom Eingang des *Duke of Dublin* entfernt zwischen Juwelier und Post Office in einem unbeleuchteten Durchgang hinter die Mülltonnen, so dass er die Einmündung der Plashet perfekt im Blick hatte. Was für eine Ironie, dass sie dem Killer ausgerechnet an dem Ort Handschellen anlegen würden, an dem sie eigentlich den Abend in Alkohol hatten ertränken wollen.

»Wie lange noch?«

»Ist gleich an der Kreuzung. Warte … Noch fünf Sekunden.«

Vier, drei, zwei, eins.

»Alles klar, ich seh ihn.«

Der Pisser hatte immer noch die Kapuze auf, so dass Sinclair nur die Kinnpartie erkennen konnte. Wenn ihn nicht alles täuschte, grinste der Kerl sogar. Vielleicht, weil er glaubte, sie abgehängt zu haben. Gleich würde Sinclair ihn aus seinen Träumen reißen, Schürfwunden und Schleudertrauma inklusive.

Noch 20 Schritte.

Noch 15.

Noch …

»Scheiße«, flüsterte Sinclair.

Auf einmal war da eine Frau.

9 Shao schloss die Lider zu schmalen Schlitzen, bis sich die regennass glitzernden Brachflächen von Silvertown vor ihren Augen in eine nachtgraue Linie verwandelten, und bog mit einer Geschwindigkeit von knapp sechs Meilen pro Stunde auf die Pier Road ein.

Vor dem Eingang zum Fußgängertunnel hingen zwei junge Schwarze in schlabbrigen Klamotten rum, denen schon von weitem anzusehen war, dass sie mit Drogen dealten. Der Ältere von ihnen war Wallace, der wie üblich seine viel zu große gelbe Nylonjacke trug und eine Baseballmütze, die offenbar für einen Elefantenkopf geschneidert worden war. Gerade streifte er sich seinen schwarzen Rucksack vom Rücken und reichte ihn dem jüngeren Typen, einem Kleindealer namens Troy. Wallace war der Lieferant, Troy übernahm die Endkundenbetreuung unten in Woolwich. Beide waren kleine Fische in Costellos Karpfenteich und zu unwichtig, um ihnen auf den Zahn zu fühlen.

Als Shao trotzdem stehen blieb, versuchte Troy hastig, den Rucksack hinter dem Rücken zu verstecken.

»'n Abend, Detective. Wie geht's denn so?«

»Beschissen, wenn ihr's genau wissen wollt. Ist da Harmony drin?«

Sie schüttelten synchron die Köpfe.

»Kein Greater H, ich schwör«, sagte Wallace, »nur 'n bisschen Gras und Pillen. Nichts Teures. Ehrenwort.«

Troy blinzelte. »Wollen Sie's sehen?«

Shao winkte ab. »Ich will nur, dass ihr euch aus den großen Sachen raushaltet, dann bleiben wir Freunde, klar?«

»Klar, Detective.«

»Und wenn Jelly oder einer seiner Lieutenants euch zu irgendwas anderem zwingen wollen, dann kommt ihr zu mir.«

»Das haben wir doch schon beim letzten Mal versprochen, Detective.«

»Und die Male davor.«

Was ihr nicht sagt, ihr neunmalklugen Arschlöcher.

»Okay, ich muss weiter. Wir sehen uns.«

Sie nahm ihr Tempo wieder auf und durchquerte den Tunnel bei ruhigen hundertzehn Schlägen pro Minute, die sie bis zum Grüngürtel halten konnte, der sich von Thamesmead über die Abteiruine von Abbey Wood und East Wickham bis zum Wasserturm von Shooter's Hill erstreckte. Ein sensationell gutes Ergebnis, wenn man bedachte, wie Shepherd heute bei ihrer Rückkehr vor versammelter Crew ihrer Kündigung zuvorgekommen war: Abmahnung und vorübergehende Versetzung in den Innendienst, wegen »Verletzung der Dienstpflicht« und »mutwilliger Gefährdung einer Geheimoperation«.

Dabei hatte sie seit ihrem Zoff vor sechs Tagen nicht einmal mehr daran *gedacht*, Costellos Buchhalter anzurufen. Aber sie war eben das Furunkel an seinem Arsch, das er unbedingt loswerden wollte.

Innendienst.

Sie.

Ausgeschlossen.

Shao bog in den Fußweg ein, der parallel zur South Circular zurück nach Woolwich führte. Von hier aus waren es noch knapp zwei Meilen bis zu ihrer Wohnung im Spießer-Neubaugebiet Britannia Village in West Silvertown, einschließlich der Strecke, die unter der Themse entlang durch den Woolwich Foot Tunnel führte und die sie vor allem deshalb gewählt hatte, um von den zehntausend bescheuerten Lichterketten und all den aufblasbaren Weihnachtsmännern verschont zu bleiben, die Balkons und Schornsteine hinaufkletterten. Weihnachten war was für Arschlöcher. Oder Arschlochfamilien.

Okay, sie war vielleicht nicht ganz unschuldig an der verdammten Sache. Aber was konnte sie dafür, dass Shepherds Maßnahmen zur Überwachung von Costellos Transportwegen unzureichend waren? Von seinem Totalversagen in der Heathrow-Aktion ganz zu schweigen – in die übrigens auch Deirdre verwickelt gewesen war.

Immer wieder Deirdre.

Aber vielleicht musste Costello ihren Kopf ja erst mit einem Apfel im Mund auf einem Silbertablett vor dem Yard-Eingang drapieren, damit Shepherd begriff, dass er sie auf dem Gewissen hatte.

Shaos endgültige Entscheidung, das Drug Squad zu verlassen, war ungefähr auf Höhe des Wasserturms gefallen, und es gab, vom Ausbruch des Dritten Weltkrieges mal abgesehen, nichts mehr, das sie daran hindern würde.

Rechts von ihr huschten die ehemaligen Baracken der Royal Artillery vorüber, in der während der Olympischen Spiele 2012 die Wettkämpfe im Sportschießen stattgefunden hatten. Danach kreuzte sie die Wellington Street und nahm Kurs auf das Fährterminal. Es lag jenseits der Woolwich High Street, die die Grenze markierte zwischen dem netten Teil des Viertels und dem, was die Bewohner des Stadtteils *The Dark Side of Woolwich* nannten. Aber auch auf dem Fähranleger war um diese Zeit nichts mehr los, weil die Männer an Heiligabend betrunken in den Pubs abhingen, während ihre Frauen damit beschäftigt waren, die Geschenke für den Weihnachtsmorgen zu verpacken.

Christmas is not all
It's cracked up to be
Families fighting
Around a plastic tree.

Als sie auf dem Rückweg wieder am Tunneleingang anlangte, hatten sich um die geschmückten Lichter der Straßenlaternen diesige Schwaden gebildet. Der rondellartige Ziegelsteinbau drückte sich in den Schatten des *Waterfront Leisure Centre*.

Shao hätte den Fahrstuhl im Innern des Rondells selbst dann ignoriert, wenn er nicht wie üblich kaputt gewesen wäre. Leichtfüßig sprang sie die Stufen hinunter. Seitdem sie ihrer Mutter im Jahr 2009 erzählt hatte, dass sich ihre Joggingstrecke durch den Foot Tunnel bis nach Südlondon erstreckte, wusste eine komplette Straßenzeile in Canning Town, dass Sadako Shao – *Ja, genau, Leute, ihr habt richtig gehört: unsere kleine unscheinbare Sadako, die damals von ihren Klassenkameraden den Spitznamen »Arschkopf« bekommen hat* – ihre Komplexe erfolgreich ins Erwachsenendasein überführt hatte und jetzt durch übermäßiges Laufen zu kompensieren suchte. *Logisch, Leute, das ist auch die Erklärung, wieso die kleine Stupsnase überhaupt zu den Bullen gegangen ist!*

Aber dieser kleine *Verrat* war nur einer der Gründe gewesen, weshalb sie den Kontakt zu ihrer Mutter abgebrochen hatte. Ein zweiter war der Vorname Sadako, den ihre Mutter ihr verpasst hatte und der aus dem Japanischen übersetzt so viel wie »Traurigkeit« bedeutete. Japanisch deswegen, weil ihr Vater angeblich ein reicher Geschäftsmann aus Tokio gewesen war, der sich bei einem London-Trip im Jahr 1986 aus irgendwelchen nicht nachvollziehbaren Gründen in einen Hinterhof in Canning Town verirrt hatte. Oder war es doch ein landesweit bekannter Politiker aus Kyoto gewesen? Erzählungen über ihre Zeugung hatte Shao im Laufe der Jahre einige gehört, nur die Wahrheit war nie darunter gewesen. Stattdessen hatte ihre Mutter ihr diesen beschissenen Namen verpasst. Dabei wäre Gekido um einiges passender gewesen – »Zorn«.

Als Shao all die Lügen ihrer Mutter nicht mehr ertrug, hatte sie sich in ihr ureigenes privates Zeugenschutzprogramm gerettet: Abbruch aller sozialen Beziehungen, totaler Neuanfang. Nun ja, *fast* total. Da sie damals auf dem Revier in Forest Gate gearbeitet hatte, stellte eine Wohnung im nahe gelegenen Britannia Village die maximale Form des Protestes dar: Das aus dem Boden gestampfte »historische Hafenviertel« südlich des Yachthafens war eine Aneinanderreihung trostlos identischer Wohnhäuser, die wohl an alte Hafenspeicher erinnern sollten und deren Bewohner ihren Rasen mit der Nagelschere schnitten. Mit dem chaotischen, pulsierenden Canning Town ihrer Kindheit hatte das so viel zu tun wie ein Kammermusikabend mit einem Punkkonzert. Im Gegensatz zu früher war ihre Einsamkeit jetzt allerdings selbstgewählt. Shao wusste nicht mal, wie ihre Nachbarn hießen – aber sie konnte sich darauf verlassen, dass sie die Polizei riefen, sobald ein Fremder die Alarmanlage über der Haustür auch nur schief ansah.

Im Winter war es im Tunnel wärmer als über der Erde, vielleicht fünf, sechs Grad über null. Zwei Streifen aus Neonröhren zogen sich über die gekachelte Decke. Es ging zunächst leicht bergab. Ansonsten war der Tunnel schnurgerade, so dass sie bald das nördliche Ende sehen konnte, wo der Fahrstuhl in der Regel funktionierte. Vom Ausgang an der Pier Road war es noch mal etwas mehr als eine halbe Meile bis zu ihrer Wohnung in der Evelyn Road, die etwa auf der Höhe der DLR-Station West Silvertown lag. Das Brüllen der British-Airways-Maschinen, die etwas weiter östlich über dem City Airport niedergingen, war hier nur noch als entferntes Grollen zu vernehmen.

Shao befand sich genau auf der Hälfte des Tunnels, als sie die Schritte hörte. Jemand hatte beschlossen, ihr Gesellschaft zu leisten, dreihundert Yards hinter ihr in Woolwich. Die Akustik im Tunnel war schon immer sonderbar gewesen und hatte ihr anfangs wirklich Angst eingeflößt: Je näher sie dem Fahrstuhl auf der Nordseite kam, desto lauter und wummernder wurden die Schritte hinter ihr, auch wenn der Verfolger überhaupt nicht näher kam. Das mehrfach gebrochene Echo schwappte wie eine Flutwelle die Tunnelröhre entlang.

Es war eine einzelne Gestalt, die ihr folgte. Schwarze Hose, schwarzer Mantel. Erst hatte Shao den Eindruck, dass sie torkelte, aber als sie sich ein zweites Mal umdrehte, begriff sie, dass das nicht sein konnte. Dafür bewegte sie sich zu schnell.

Shao dachte an diese alten Horror-Schinken, die in der Videothek um die Ecke immer ganz unten im Regal gestanden hatten und in denen Verfolger, die schwere Öljacken trugen, niemals etwas Gutes zu bedeuten hatten …

Sie erreichte den Fahrstuhl und drückte auf den Knopf. Und bemerkte, dass die Schritte hinter ihr leiser geworden waren. Auch das war normal. Hier am Ausgang ließ das Wummern nach, die Resonanzen schwanden. Der Fremde war jetzt nur noch zwanzig Schritte entfernt, und er torkelte *wirklich*. Eine breite Kapuze verbarg das Gesicht.

Endlich kam die Liftkabine. Das Licht im Innern flackerte. Shao trat ein, und die Türen glitten hinter ihr wieder zu. Sie zögerte, auf die Türsperre zu drücken – und tat es dann doch.

Wir trauern um Detective Constable Sadako Shao. Sie starb bei dem Versuch, kein Arschloch zu sein.

Der Fremde zwängte sich in die Kabine, und mit ihm wallte der üble Geruch von Fäulnis herein. Leiser, rasselnder Atem drang unter der Kapuze hervor, während der Typ in seiner dicken, unförmigen Regenjacke einfach nur dastand und zitterte.

»Guten Abend, Sir. Alles in Ordnung mit Ihnen?«

Der Fremde reagierte nicht. Die Türen schlossen sich, und der Lift setzte sich in Bewegung. Die einsame Neonröhre über ihnen flackerte jetzt so stark, als wäre sie kurz davor, den Geist aufzugeben.

»Kann ich Ihnen irgendwie behilflich sein? Mein Name ist Shao. Ich bin Polizistin.«

In der Finsternis unter der Kapuze waren die Augen nicht zu erkennen, und trotzdem war Shao sicher, dass er sie taxierte. Die Kinnpartie wirkte verdreckt und schmutzig. Oder wie von schwarzen, eitrigen Geschwüren zerfressen. Auch die Hände – der Fremde öffnete und schloss sie abwechselnd, als wollte er das eitrige Fleisch auswringen – sahen alles andere als gesund aus.

Die Neonröhre erlosch, und die Kabine blieb stehen.

Na, super.

Es war nicht das erste Mal, dass das passierte. Meistens berappelte sich die Kabine nach ein paar Sekunden wieder. Als das nicht geschah, tastete Shao nach ihrem Handy. Sie hörte, wie sich der Fremde neben ihr bewegte.

Okay, sag irgendwas. Frag noch mal, ob du ihm helfen kannst.

Gute Idee. Am besten nervte sie ihn so lange, bis er ein

Springmesser aus dem Ärmel zog und ihr die Kehle durchschnitt.

»Ich kann ein bisschen Licht machen. Kleinen Moment …«

Sie stockte, weil der Gestank plötzlich übermächtig wurde.

Er steht direkt vor dir!

Und dann spürte sie die Berührung.

Im Gesicht.

Es war keine *richtige* Berührung, sondern eher eine Art Kitzeln, ein Hauch, der ihre Wange streifte und sich ihrem Mund näherte.

Im selben Moment flammte die Neonröhre wieder auf, und der Fahrstuhl setzte seine Fahrt fort. Im aufgleißenden Licht glaubte sie noch, etwas Schwarzes zu sehen, das sich blitzartig unter die Öljacke des Fremden zurückzog. Einen Moment herrschte Stille, nur unterbrochen von dem gespenstischen rasselnden Atmen ihres Gegenübers. Dann kam die Liftkabine oben zum Stehen. Die Türen öffneten sich.

Der Fremde öffnete die Lippen. Ein mit eitrigem Ausfluss vermischter Blutfaden rann über die geschwärzte Kinnpartie.

»Lassen Sie … mich durch!«

Shao lief es eiskalt den Rücken hinunter. Die Stimme gehörte keinem Mann, sondern einer Frau. Aber die Bewegungen, der Gang … War es möglich, dass sie sich so getäuscht hatte?

»Hey, ist wirklich alles in Ordn… au, verdammt!«

Sie hatte die Hand ausgestreckt, und die Fremde hatte sie brutal zur Seite geschlagen. Sie hastete an Shao vorbei durch die Tür. Shao verspürte den Impuls, ihr nachzulaufen, aber der Gestank nahm ihr beinahe den Atem.

Würden Sie mir bitte eine Frage beantworten, bevor sie weglaufen, Madam? Warum verfaulen Sie?

Die Pier Road draußen war leer, Wallace und Troy hatten sich längst davongemacht.

Und auch die Fremde war ein paar Sekunden später jenseits der Bushaltestelle auf der anderen Straßenseite im trüben Schimmer der Straßenbeleuchtung verschwunden.

10

Aus seinem Versteck heraus musterte Sinclair die offensichtlich betrunkene Frau nur flüchtig. Sie trug ein schmutziges, durchgeschwitztes Hemd, das zu kalt für die Jahreszeit war, und wandte ihm ihr Profil zu, so dass er nur die spitze Nase erkennen konnte, die zwischen blonden, dreckverschmierten Haarsträhnen hervorlugte. Atemdunst kondensierte vor ihrem Gesicht. Vielleicht war sie gerannt und hatte dabei ihre Jacke verloren. Ihr Gang war unsicher und torkelnd, als ob sie erschöpft wäre.

Sie brauchte Hilfe.

»Was ist? Siehst du ihn?«

Zukos ungeduldige Stimme plärrte aus seinem Kopfhörer.

»Was? … Ja …«

Er sank zurück in den Schatten der Mülleimer. Der Moment war verpasst. Die Frau taumelte weiter und verschwand aus seinem Sichtfeld.

Dafür überquerte der Killer gerade die Straße und kam direkt auf ihn zu. Sinclair warf einen Blick rüber zum Juwelierladen. Noch keine Spur von Zuko.

»Wie lange brauchst du noch?«

»Bin gleich da.«

Gleich würde nicht reichen. Der Winkel war jetzt schon ungünstig. Sie würden ihn nicht mehr in die Zange nehmen können, sondern mussten versuchen, ihn vor dem Duke festzunageln, wo der Bürgersteig mit Autos zugeparkt war.

»Ich hol ihn mir.«

Sinclair schob sich aus dem Durchgang und lugte um die Ecke. Der Kerl hatte den Duke fast erreicht, aber etwas an dem Bild irritierte Sinclair.

Wo war die Frau?

Unmöglich, dass sie so schnell verschwunden war.

Außer …

Denk nicht drüber nach. Die Frau ist nicht wichtig. Jetzt nicht.

»Bin gleich da, John.«

Er huschte über die Pflastersteine, lautlos wie ein Schatten. Nur noch zehn Yards, dann hatte er den Kerl.

Noch fünf.

Noch …

»Scheiße!«

»Was ist los?«

»Er ist rein – in den Duke!«

Zuko war gerade am Juwelierladen aufgetaucht und huschte über die Straße in Richtung Hintereingang. Sie waren ein eingespieltes Team, seit über zehn Jahren.

Sinclair nahm die Vordertür.

Der Gastraum des Duke platzte um diese Zeit aus allen Nähten. Die Mehrzahl der Copper, so nannten sich die Polizisten untereinander, hatte gerade eine oder zwei Schichten hinter sich, eingekeilt zwischen steigenden Kriminalitätsraten auf der einen und den Vorschlägen der Audit Commission für neue Budgetkürzungen auf der anderen Seite, ganz zu schweigen von einem Familienleben, das vielen von ihnen eigentlich nicht erlaubt hätte, auf fünf bis sieben Pints in die Feiertage zu gleiten. Keiner von ihnen hatte Lust, sich auch noch an Heiligabend die Korktitte auf den Kopf zu setzen. Aber sie allesamt waren durch und durch Polizisten, und darum spürten sie bei Sinclairs Eintreten sofort, dass etwas nicht stimmte.

Ein hagerer Kerl mit grauen, streng zurückgekämmten Haaren stemmte gerade die Ellbogen auf den Tresen und fing Sinclairs Blick auf. Ashley. Ein Detective Constable vom Forest Gate und bekennender Waffennarr, der ebenfalls Mitglied des M.I.T. von Superintendent Powell war, aber meistens mit Lockhart und Dixon arbeitete. Vor zwei Jahren hatten Ashley und er mal gemeinsam in einem Fall ermittelt. Es war eine Qual gewesen. Aber selbst ein Ochse wie Ashley war in der Lage, Schwingungen aufzunehmen. Er nickte Sinclair zu und deutete in Richtung Herrentoilette.

Sinclair kannte den Innenraum, trotzdem checkte er routinemäßig noch einmal alles mit einem Rundblick ab. Keine

Bänke, keine Séparées, wo sich jemand verstecken konnte. Abgesehen vom Tresen, hinter dem der »Duke« Doug Cavanaugh zwei Whiskeyflaschen in den Flossen zu einer knappen Begrüßungsgeste hob. Cavanaugh war selbst mal einer von ihnen gewesen, bis Silvester '99, als ein durchgeknallter Familienvater in Beckton beschlossen hatte, seine Lieben und sich selbst mit einer abgesägten R5 vor dem neuen Millennium zu bewahren. Sergeant Cavanaugh war zufällig als Erster am Tatort eingetroffen, als die Wände im Wohnzimmer schon ausgesehen hatten wie in einem Museum für moderne Kunst. Der arme Teufel hatte gerade nachgeladen, um die Flinte auf sich selbst zu richten. Die letzte Ladung bekam jedoch Cavanaugh ab, und sie verwandelte seine Hüfte und den halben Oberschenkel in das, was man in Copper-Kreisen einen Blutpudding nannte. Die künstliche Hüfte, die die Zauberer vom Newham University Hospital ihm daraufhin verpasst hatten, ließ ihn seitdem würdevoller humpeln als John Wayne in »El Dorado«.

Einer der Streifenpolizisten warf Sinclair einen Schlagstock zu. Er fing ihn auf und näherte sich der Toilettentür. Plötzlich folgten ihm fünfzig Blicke, und die einzig verbliebene Stimme im Raum gehörte Kirsty MacColl, die aus einer Wurlitzer-Jukebox neben dem Eingang »Fairytale of New York« trällerte. Jemand zog den Stecker.

Aus einem Durchgang hinter dem Tresen trat Zuko. Er fing Sinclairs Blick auf, verstand sofort und huschte neben die Toilettentür.

Dann vernahmen sie das Krachen im Toilettenraum, gefolgt von einem Schrei in höherer Tonlage, der sofort wieder verstummte.

Gerade als Sinclair den Fuß hob, wurde die Tür aufgerissen, und ein Uniformierter taumelte ihm entgegen. Das Gesicht war blutverschmiert, trotzdem erkannte Sinclair die Züge. Finnegan oder so ähnlich. Ein Erinnerungsblitz an die Ausbildungsjahre in Hendon: der Morgenappell und die an-

71

schließenden Rundenläufe, immer begleitet vom Rattern der Northern-Line-U-Bahn, deren Trasse direkt neben dem Übungsfeld verlief. Finneran – jetzt hatte er den Namen, richtig! – war meistens der Letzte im Trupp gewesen: schwaches Asthma, was ihn am Ende fast die Einstellung gekostet hatte.

»Was ist passiert?«

»Der Kerl da drin ist irre!«, keuchte Finneran mit aufgerissenen Augen. »Der ist wie aus dem Nichts auf mich los!«

Sinclair und Zuko blickten an ihm vorbei auf die Blutspritzer an der Wand und auf dem Boden. Die Tür der hinteren Kabine hing halb aus den Angeln, und der blutverschmierte Ärmel eines Kapuzenpullis ragte darunter hervor.

»Aber ich hab das Arschloch fertiggemacht!«

»Halt die Klappe«, fauchte Sinclair, »und geh rüber zu den andern.«

Finneran stolperte raus in den Gastraum, wo er zunächst entsetzt gemustert und dann zögernd beglückwünscht wurde.

Sinclair näherte sich der Kabine. Der Kapuzentyp lag verdreht auf dem Bauch, quer über der Schüssel, unter ihm eine riesige Lache Blut. Es sah aus wie in einem verfluchten Schlachthaus.

Zuko lugte über Sinclairs Schulter. »Verdammt, was hat Finneran mit dem angestellt?«

»Keine Ahnung.« Sinclair ging in die Knie. Vorsichtig.

»Hey? – Hey, hören Sie mich?«

Er tastete nach dem Hals, an die Stelle, an der sich die Schlagader befinden musste. Die Kapuze rutschte zur Seite, und eine blonde Haarsträhne fiel heraus.

Blond.

Und verschmiert.

Sinclair riss die Kapuze zurück. Trotz des Blutes und obwohl das Gesicht von eitrigen, schwärenden Wunden übersät war, erkannte er sofort die Frau, die direkt vor dem Killer in den Pub gestolpert war! Schaumiges Blut rann ihr über das Kinn, als sie die Lippen bewegte.

»Scheiße«, rief ein Copper, der ihnen neugierig über die Schulter glotzte, »die lebt ja noch!«

Sinclair und Zuko wechselten einen Blick. Finneran!

»Bleib du hier. Ich hol ihn mir.« Sinclair sprang auf und rannte zurück in den Gastraum. »Doug! Einen Notarzt! Und hat jemand Finneran gesehen?«

Bewegungslose Stille, bis er die Frage noch mal stellte. Allgemeines Sich-verwundert-Umdrehen und Der-war-doch-eben-noch-da-Schulterzucken.

Ashley deutete zum Ausgang. »Ich glaub, er wollte zu seinem Auto. Sich neue Klamotten holen.«

Von wegen. Seine Karre steht eine halbe Meile entfernt an der Emmanuel Parrish Church.

»Hey, Doug! Einen Arzt!«

Aber Cavanaugh wählte schon die Nummer.

Sinclair stürmte raus auf die Straße.

Zuko fasste der blonden Frau unter die Achseln und zog sie so sanft wie möglich von der Toilettenschüssel, um sie vor der Kabine in so etwas wie eine stabile Seitenlage zu bringen. Vorsichtig strich er ihr über die Schläfe – der einzigen Stelle ihres Gesichts, die nicht aufgerissen oder vereitert war. Auch bis zum Hals runter: teilweise schwarzer Ausfluss, fast wie bei Pestbeulen. Der Gestank war unerträglich.

»Miss? Können Sie mich hören?«

Ihr Oberkörper zuckte, als wollte sie Luft holen, aber ihr fehlte die Kraft zu antworten.

»Mein Name ist Detective Gan. Haben Sie Schmerzen?«

Die Schaumblasen auf ihren Lippen wurden einen Tick größer und zerplatzten. Sie öffnete das rechte Auge. Die Iris schwamm in einem Meer von Rot.

»Halten Sie durch, okay? Der Notarzt wird gleich hier sein. Wie heißen Sie? Gibt es jemanden, den ich für Sie anrufen kann? Jemanden, den Sie sehen möchten?«

Er fragte nicht, weil er eine Antwort erwartete, sondern

damit seine Stimme sie wach hielt. Die Jeans, das Unterhemd und der Kapuzenpulli, alles war blutgetränkt, und es war unmöglich zu sagen, wo die schlimmsten Wunden waren. Zuko riss sich die Jacke vom Leib und bedeckte den Oberkörper. Im Türrahmen hinter ihm drängten sich Ashley und die anderen.

»Sag Doug, ich brauch Handtücher! – Miss …! Hey, Miss!«

Ihre Lider flatterten. Die Lippen formten ein Wort, aber kein Laut kam über ihre Lippen.

Nev…?

»Nev. In Ordnung, verstanden.«

»…ison …«

»Okay. Was soll ich ihm sagen?«

Ihr Oberkörper zuckte, als sie das Blut herunterzuschlucken versuchte, aber sie brachte nicht mal mehr einen Hustenkrampf zustande.

Noch ein zweiter Name.

Er war sich nicht sicher, ob er richtig von ihren Lippen gelesen hatte, und griff nach ihrer Hand. »Scott, richtig? Ist das auch jemand, den Sie kennen?«

Wieder versuchte sie, etwas zu sagen, und Zuko brachte sein Ohr ganz nah an ihren Mund. Aber es war nur ein Röcheln, ein letztes Aufbäumen, dann sank ihr Kopf zurück.

Sie war tot.

Sinclair hatte das Gefühl, als würde sein Herz einen Hammer schwingen, um sich durch die Rippen einen Weg ins Freie zu bahnen. Das Rauschen in seinen Ohren machte ihm klar, dass er das Tempo nicht mehr lange durchhalten würde.

Wie schaffte Finneran das nur?

Ausgerechnet Finneran, der in Hendon jeden Morgen ein Sauerstoffzelt gebraucht hätte, entpuppte sich hier als Marathonläufer?

Sinclair folgte ihm in die Green Street Richtung Süden, am Ziegelsteingebäude der Upton Park Station vorbei bis zur Kreuzung an der Barking Road. Finneran rannte einfach über die Straße, so dass ein Transporter ausweichen musste und ein paar Fahrradständer in die Schaufenster des Boleyn katapultierte.

Und wenn dieser Wichser bis zum Morgengrauen durchhielt, Sinclair würde ihn nicht entkommen lassen.

Ein Bulle! Wir haben die ganze Zeit nach einem Bullen gesucht, der im Nebenbüro Dienst geschoben hat, ist das zu fassen?

Die Jagd ging weiter durch die Wohngebiete oberhalb des jüdischen Friedhofs. Die Straßennamen flogen nur so an Sinclair vorüber: Clacton, dann Haldane und Sandford. In seiner Jackentasche meldete sich das Handy. Wahrscheinlich Zuko, aber wenn er jetzt ranging, war Finneran weg, und der Scheißkerl würde bestimmt nicht morgen früh mit gewienerten Stiefeln zum Dienst erscheinen.

Irgendwann bog Finneran auf den Greenway ein, der um diese Uhrzeit geschlossen war. Das Gittertor an der High Street überkletterte er flink wie ein Schimpanse und hetzte unterm Newham Way hindurch weiter in Richtung Shopping Center und Gewerbegebiete. Von Osten wehte der Gestank der Beckton Klärwerke herüber. Der Typ wollte es wirklich wissen.

Schon wieder das Handy.

Eine halbe Meile weiter endete der Greenway an einem schmalen Asphaltpfad. Links ging es hoch zur Einkaufsmeile, rechts runter in die Wohngebiete und zur DLR-Station. Sinclair kannte die Gegend besser als seine eigene Wohnung. Ein paar der Bierflaschen, die zwischen dem B&Q-Baumarkt und Currys PC World zwischen den Sträuchern lagen, stammten noch aus der Zeit, als er hier mit ein paar Kumpels nach der Schule abgehangen hatte.

Finneran hielt Kurs auf den Zaun gegenüber. *Durchgang polizeilich verboten.* Dahinter lag der Hornet Way mit seinen Einkaufszentren und schließlich, durch einen weiteren Zaun gesichert, das Klärwerksgelände.

Links und rechts zogen Rechenbecken, Sandfänge und Aufbereitungsbecken an Sinclair vorüber. Das Einzige, was hängenblieb, war der ätzende Geruch von Chlor und Fäkalien, der sich in seine Lungenflügel fraß.

Endlich erreichten sie das Ufer.

Ein schmaler Betonplattenweg, der an einem Strommast vorbei unter Gerüsten hindurch zum Klärwerkstor führte.

Dahinter war nur noch die Themse.

Der würde doch nicht ...

Doch, würde er.

Dieser Irre.

Sinclair riss sich die Jacke runter und folgte Finneran ins Wasser.

Zuko stand draußen, vor dem Eingang des Duke, und starrte auf das Handydisplay, auf dem zum dritten Mal Sinclairs Name erschien. Aus dem Lautsprecher ertönte das Freizeichen, dann wurde abgenommen. Mailbox. Gerade hielt der Rettungswagen mit quietschenden Reifen, und zwei Sanitäter sprangen auf Zuko zu. Klar, das Blut an seinen Händen.

»Nicht ich. Da drinnen.« Er drückte das Handy ans Ohr. »John, wo bist du, verdammt? Melde dich, wenn du ihn erwischt hast. Die Frau ist tot. Ich hol jetzt den Wagen. Sag Bescheid, wo du bist, dann kann ich dich abholen.«

Auf halber Strecke zum Auto rief er Powell an und erzählte, was passiert war. Der Superintendent wirkte nicht gerade begeistert. Er dachte wahrscheinlich schon an die Hyänen von der Presse, die sich auf ihn stürzen würden wie auf ein Stück Aas. *Der Weihnachtskiller – ein Polizist! Ein Wahnsinniger, den unsere Polizei überhaupt erst zum Töten* ausgebildet *hat!* Zuko stellte sich vor, wie sie Finnerans Kindergärtnerin löcherten, warum sie nicht schon damals an seinem Blick erkannt hatte, was für ein Psychopath er war.

Er erklärte Powell, dass er versucht hatte, John zu erreichen. »Jemand aus dem Duke hat gesagt, er ist die Green Street nach Süden runter.«

»Am Boleyn wurde gerade ein Unfall gemeldet. Kein Perso-
nenschaden.«

»Ich würde sagen, wir sollten sein Handy orten. Nur für den
Fall.«

»Ich erledige das. Melden Sie sich, sobald Sie was von ihm
hören.«

»Klar, Guv.«

Guv war die Abkürzung für Governour, so nannte jeder
im M. I. T. den Detective Superintendent. Zuko legte auf und
wählte mit einem beschissenen Gefühl im Magen zum vierten
Mal Johns Nummer.

Sinclair hatte auch ein beschissenes Gefühl, allerdings am
ganzen Körper. Was hatte er erwartet? Dass das Wasser an
Weihnachten die Temperatur eines Rheumabeckens hatte? Er
versuchte, nach Luft zu schnappen, aber seine Lungen waren
wie zugeschnürt.

Fünfzehn Yards vor sich konnte er schemenhaft den Kopf
von Iron Man Finneran ausmachen, der zielstrebig auf das andere Ufer zu schwamm. Nicht das andere Ufer der Themse,
sondern das des Roding – ein kleiner Nebenfluss, der im Norden bei Stansted entsprang und hier auf den letzten Meilen vor
der Mündung die Grenze zwischen den Stadtteilen Newham
und Barking bildete. Gerade erklomm Finneran triefend die
Böschung und rannte über den aufgeworfenen Schotter zu
einer Treppe, die rauf zu einem Schiffsanleger führte, der über
eine kurze Stichstraße mit der River Road verbunden war.

Sinclair erreichte das Ufer eine halbe Minute später und
schleppte sich an Land. Er duckte sich in den Schatten der
Stufen, um die Lage zu sondieren. Am Kai lag eine Schute von
vielleicht dreißig Yards Länge. Einige Strahler beleuchteten das
Schiff von oben. Auf dem Rumpf stand in weißen Buchstaben
der Name: Baltimore. Ein Schlepper, der die schwimmende
Badewanne hierhergebracht haben musste, war weit und breit
nicht zu sehen. Der Frachtraum der Schute war geschlossen.

77

Davor, auf dem Anleger, stand ein Kranlaster, der vor Urzeiten mal weiß gewesen sein mochte. Der Motor lief, aber der Kran war eingefahren und die Ladefläche leer.

Eine Traube von vier Männern stand um das Führerhaus herum, allesamt Zigaretten im Mundwinkel. Einer von ihnen trug ein Hawaiihemd über einem dicken Pullover, was ziemlich bescheuert aussah, weil beides um seinen besenstieldünnen Oberkörper schlackerte. Er hielt ein Handy ans Ohr gedrückt. Sinclair sah gerade noch, wie Finneran sich in den Schatten des Lkws drückte und, von den Männern unbemerkt, den Steg erreichte, der auf die Schute führte. An Deck befanden sich zwei weitere Männer. Sie trugen schwarze Mäntel, tief in die Stirn gezogene Wollmützen und waren mit ihren Kevlarwesten und den Maschinenpistolen auf den ersten Blick als Security zu erkennen. Das Fabrikat der Waffen konnte Sinclair aus der Ferne nicht genau erkennen. Er tippte auf Heckler + Koch, MP7. Definitiv keine Ramschware.

Sinclair sah, wie Finneran sich den beiden näherte und ihnen etwas zurief. Sie richteten die MPis auf Finneran.

Finneran ging weiter.

War der Kerl schwachsinnig?

Sie schossen. Wohldosiertes Einzelfeuer, zwei Treffer. Finnerans Körper zuckte. Trotzdem schleppte er sich auf den linken der beiden Schützen zu, und Sinclair hatte für einen Moment den Eindruck, dass dieser zusammenzuckte, kurz innehielt … und dann Finneran am Arm packte, der auf einmal kraftlos wirkte wie ein Luftballon, aus dem man die Luft herausgelassen hatte. Der Schütze jagte ihm ein drittes Projektil in die Brust, das Finneran gegen die Reling schleuderte. Wie in Zeitlupe kippte er über das Geländer und klatschte ins Wasser.

Den Typen am Lkw waren die Zigaretten aus den Mundwinkeln gefallen, aber der rechte der beiden Schützen schwenkte seine MPi in ihre Richtung und rief, dass alles in Ordnung sei.

»Verdammt, was soll das heißen, alles in Ordnung? Wer war das Arschloch?«

Der mit dem Handy. Offensichtlich meinte er Finneran. Auch die anderen Typen am Lkw stellten Fragen. Der Schütze an Bord hob die Hände und versuchte zu beschwichtigen – bis sein Kollege, der Finneran getötet hatte, ihm die MPi an den Hinterkopf setzte und ihn mit einem gezielten Schuss abservierte. Der Tote knallte mit dem Kopf auf die Planken.

Jetzt gerieten die Typen am Lkw in Panik. Sie rissen ihre Waffen heraus, aber der Schütze an der Reling war schneller. Zwei erwischte er direkt, den anderen beiden jagte er eine Garbe hinterher, als sie hinter dem Führerhaus in Deckung krochen.

Sinclairs Hand fuhr zur Jackentasche, dahin, wo üblicherweise das Handy steckte, aber da war keine Jackentasche, sondern nur sein triefender, nach Hafenwasser stinkender Pullover.

Der Mann an der Reling war jetzt unter Deck verschwunden. Die beiden Typen am Lkw lugten um die Karosserie herum zu ihren Kumpanen. Sie diskutierten aufgeregt und kriegten nicht mit, wie Sinclair sich ihnen von hinten näherte.

»Hey!«

Der Schlag erwischte den Linken der beiden am Hinterkopf. Sinclair entwaffnete ihn und richtete die Pistole, eine Desert Eagle 9 mm, auf den Handy-Typen.

»Scotland Yard! Keine Bewegung!«

Aus riesigen Augen starrte er auf die Mündung der Waffe, als versuchte er immer noch, die Ereignisse der letzten Sekunden in einen sinnvollen Zusammenhang zu bringen. Tatsächlich war er nicht der Einzige, der damit Schwierigkeiten hatte.

»Was läuft hier?«

Der Typ machte den Mund auf. Und wieder zu. Sein eingefallenes Gesicht war bleich wie ein Laken und schweißüberströmt. Vielleicht Speed. Vielleicht war er aber auch nur fix und fertig, weil hier alles so aus dem Ruder lief.

»Los, hoch mit dir!«

Sinclair tastete ihn ab. Keine Brieftasche, keine Schusswaffe, dafür ein Springmesser in der Hosentasche. Sinclair steckte es ein.

»Name?«

»Jack.«

Sicher.

»Tag, Jack. Ich bin John. Wer ist da auf dem Schiff?«

Jacks Lippen zitterten. Die Worte waren kaum zu verstehen. »Keine Ahnung, Mann!«

Das Funkgerät an seinem Hosenbund knarzte.

Eine Frauenstimme.

»Alpha an Bravo – was ist da draußen los? Wir haben Schüsse gehört!«

Sinclair ließ die Waffe wippen. »Na los, Bravo, geh schon ran.«

Aber Jack regte sich nicht.

»Verdammt, was soll das, Bravo? Meldet euch!«

»Okay, ganz ruhig. Gib mir das Funkgerät.«

Der Typ gehorchte, während die Frauenstimme aus dem Lautsprecher fauchte.

»Und jetzt umdrehen. Hände nach oben, an den Türgriff.«

Sinclair löste die Handschellen vom Gürtel. Hätte er über ein altes Modell verfügt, wo die Schellen noch mit einer Metallkette verbunden gewesen waren, hätte er den Mann mit beiden Händen an die Tür fesseln können, aber seit einigen Jahren gab es nur noch diese Scheißteile mit starrer Plastikverbindung. Das machte die Sache komplizierter.

»Los, noch ein bisschen höher die Hand. Noch ein bisschen …«

Ein Ellbogen erwischte Sinclair an der Augenbraue. Das Funkgerät knallte auf den Boden und zerbrach. Sinclair hörte, wie Jack davonhetzte.

»Verdammt …« Er stemmte sich auf die Beine und wischte sich das Blut aus dem Auge. Klassische Platzwunde. Okay, der Penner hatte seine Chance genutzt, gut für ihn. Der andere Typ war immer noch bewusstlos. Sinclair fesselte ihn an die Lkw-Tür und schloss die Durchsuchung ab. Auch hier keine

Brieftasche. Und kein Funkgerät. Und den einzigen Typen mit Handy hatte er gerade laufenlassen!

Er überprüfte das Magazin der Desert Eagle und betrat das Schiff.

Zuko nahm die High Street bis zur Magdalenenkirche, dann rauf auf den Newham Way. Sechs Fahrspuren, schwarze Bänder ins Nichts. Schräg rechts unter den Betonstelzen führte der Greenway entlang. Zuko wählte Powells Nummer.

»Okay, ich bin jetzt kurz vor dem Kreisel – aber ich kann mir nicht vorstellen, dass er es bis hierher geschafft hat.«

»Sinclair ist gut in Form«, sagte Powell, aber die Zweifel in seiner Stimme waren nicht zu überhören.

»Ich meine Finneran. Vielleicht hat er John in einen Hinterhalt gelockt und ihm das Handy abgenommen.«

»Bleiben Sie kurz dran.« Powell redete mit irgendjemandem. Dann war er wieder da. »Das Ortungssignal ist eindeutig. Und das Einzige, was wir haben.«

Was Sie nicht sagen, Guv!

Zuko steuerte den Wagen über die Royal Docks Road Richtung Süden, bis er die Abzweigung zu den Klärwerken erreichte. Das Betriebsgelände war abgesperrt. In einem Pförtnerhäuschen brannte Licht. Ein untersetzter Kerl in einer zu engen Uniform zwängte sich aus der Tür. Als Zuko das Blaulicht einschaltete, beschleunigte er seine Schritte.

»DS Gan, Scotland Yard. Ich bin auf der Suche nach zwei Kollegen. Müssten hier durchgekommen sein. Einer von ihnen ist verletzt.«

Der Dicke verzog das Gesicht. »Kleine Schlägerei unter Freunden?« Das Grinsen erstarb, als er Zukos Blick auffing. »Tut mir leid, Sir, aber hier ist keiner langgekommen.«

»Wo führt der Weg hin?«

»Einmal rund ums Gelände, und natürlich zu den Staubecken.«

»Und dahinter?«

»Kommt nichts mehr. Nur der Fluss.«

»Verstehe. Wie komm ich da am schnellsten hin?«

Der Wachmann beschrieb ihm den Weg und hob die Schranke. Drei Minuten später hatte Zuko das Ufer erreicht. Er steckte sich die Handykopfhörer ins Ohr und stieg aus. Powell war die ganze Zeit drangeblieben.

»Haben wir das Signal inzwischen genauer?«

»Es hat sich nicht mehr bewegt. Das bedeutet, dass er da irgendwo in Ihrer Nähe sein muss!«

Oder zumindest das Handy. Das Wasser kam wohl kaum in Frage, dann wäre das Signal längst weg gewesen. Zuko ließ den Blick über das Ufer schweifen. Alles dunkel. Ein Betonweg, mit einem Handlauf aus weißlackiertem Metall. Dahinter schwappte die Themse. Irgendwas Schwarzes lag auf den Platten.

»Seine Jacke!«

»Was?«

»Er hat seine Jacke ausgezogen! Hier am Ufer. Einen Moment.« Zuko durchsuchte die Taschen. »Das Handy ist noch drin.«

Powell zerbiss einen Fluch.

Zuko stand auf und blickte sich um. Keine Spur von John.

»Warten Sie mal.«

Powell hielt ihn in der Leitung und war zehn Sekunden später wieder da. »Meldung über einen Schusswechsel ganz in der Nähe. Drei oder vier IC9.«

Der IC-Code der Metropolitan Police klassifizierte die Ethnie der Verdächtigen. IC1 bedeutete weiß und nordeuropäisch. IC2 Südeuropäisch, IC3 Afroamerikanisch und so weiter.

IC9 bedeutete: keine Ahnung.

»Ein kleiner Anleger an der River Road«, sagte Powell. »Die MPU ist verständigt, Streifenwagen sind unterwegs.«

River Road. Die lag östlich, nur einen Katzensprung entfernt. Wenn nicht der Roding dazwischengelegen hätte.

Mit der Jacke in der Hand rannte Zuko zurück zum Auto.

Das Metallgitter des Stegs knarrte unter Sinclairs Gewicht. Die Schute schaukelte scheinbar verlassen im Wasser. Aber mindestens ein Mann befand sich an Bord – der MPi-Schütze, der seinen Kollegen umgenietet hatte. Und vielleicht auch die Frau, die Jack angefunkt hatte.

Normalerweise besaßen Schuten dieser Größenordnung keine Aufbauten, sondern transportierten Container oder Schüttgut innerhalb des Hafens – das hatten sie jedenfalls mal, bevor die Themse so weit ausgebaggert worden war, dass jeder noch so große Ozeanriese seinen breiten Hintern direkt an den London Docks parken konnte. In den letzten Jahren waren Schuten deshalb weitgehend aus dem Hafenbild verschwunden – und diese hier sah ganz besonders seltsam aus. Dort, wo sich bei einem normalen Leichter die Ladefläche befunden hätte, besaß dieses Ding einen zweistöckigen Aufbau. Treppen, Kabinen, Fenster, hinter denen Licht brannte. Wenn der MPi-Schütze nicht über Bord gesprungen war, musste er irgendwo da drin sein. Sinclair näherte sich der Tür.

Nicht abgeschlossen.

Er zog sie vorsichtig auf.

Ein kurzer, schlecht ausgeleuchteter Gang, der zu einer Treppe führte. Davor lag ein Mann in einer Kevlarweste, die ihm allerdings nichts genützt hatte. Ein Einschussloch auf der Stirn und ein zweites in der rechten Augenhöhle. Präzise Arbeit. Die Treppe führte nach oben und weiter unter Deck. Unten lag eine weitere Leiche. Sinclair stieg vorsichtig über sie hinweg.

Am Ende der Stiege warteten zwei Türen auf ihn. Die eine stand offen. Der Raum dahinter war vollgestopft mit Computern, Kabeln und anderen Geräten, von denen jedes dreimal moderner aussah als der Kahn, auf dem sie sich befanden. In der zweiten Kabine fand er neben drei weiteren Toten in Schutzanzügen verschiedene Apparaturen, die an Geigerzähler erinnerten.

Scheiße.

Dann hörte er die Stimmen. Hinter einer Zwischentür. Durch einen Einsatz aus Plexiglas erkannte Sinclair so etwas wie den eigentlichen Frachtraum: eine Halle von zehn Yards Breite und über zwanzig Yards Länge, in deren Mitte ein Podest aus Stahlgittern angebracht war. Darauf stand, von LED-Lichtern in kalten, gleißenden Schein getaucht, ein großer, würfelförmiger Gegenstand, über dem eine weiße Plane festgezurrt war.

Vor dem Ding standen ein Mann und eine Frau in schwarzen Anzügen und Kevlarwesten. Ihre Waffen hielten sie auf eine dritte Gestalt gerichtet: den Schützen, der seinerseits die MPi in Anschlag gebracht hatte. Wenn Sinclair das Geschehen richtig deutete, gehörten sie alle derselben Gruppe an und der Schütze hatte tatsächlich seine eigenen Leute ausgeschaltet. War die Frau so etwas wie die Befehlshaberin? Und was befand sich unter der Plane? Was konnte so kostbar sein, dass es sich lohnte, dafür so viele Menschen über den Haufen zu schießen? Und nicht zu vergessen: Was zum Geier hatte Finneran überhaupt mit der ganzen Sache zu tun gehabt?

Die Frau war offenbar ebenfalls von den Ereignissen überrascht worden.

»Verdammt, was soll diese Scheiße …?«

Den Namen des Angesprochenen konnte er nicht verstehen. Der MPi-Schütze antwortete etwas, das die Frau nicht zufriedenstellte. Sie fauchte zurück. Sinclair schätzte sie auf Mitte/Ende dreißig. Ihr Gesicht war interessant und hätte in einer entspannteren Situation vielleicht hübsch gewirkt. Jetzt lagen ihre schwarzen Augen kalt wie Kieselsteine in den Höhlen. Der Mann neben ihr besaß ein Allerweltsgesicht. Unter der Wollmütze lugte ein schwarzer Haaransatz hervor. Die Art, wie er die Pistole hielt, deutete daraufhin, dass er sie nicht zum ersten Mal auf einen Menschen richtete.

Sinclair entsicherte die Desert Eagle. Wahrscheinlich hatte er keine Chance gegen die automatischen Waffen, aber zumindest besaß er hier an der Tür eine ordentliche Deckung.

Er wollte gerade die Tür öffnen, als er sah, wie die Frau dem Schwarzhaarigen zunickte. Er drückte ab. Das Projektil erwischte den MPi-Schützen zielgenau in der Schulter. Sinclair rechnete damit, dass der Getroffene das Feuer erwiderte, aber er verzog keine Miene und senkte noch nicht einmal die Waffe. Die Frau schrie etwas. Der Schwarzhaarige feuerte einen weiteren Schuss ab, der halbrechts und etwas mittiger traf. Der MPi-Schütze hätte sich krümmen und zu Boden sinken müssen, aber er tat einfach … nichts.

Blut sickerte aus den Wunden.

Dann senkte er die Waffe, starrte die Frau und den Mann einen Moment lang ausdruckslos an … und verschwand durch eine Tür auf der anderen Seite des Frachtraums. Irgendwas an seiner lautlosen, fast gleitenden Art, sich zu bewegen, erinnerte Sinclair an … Finneran?

Noch bevor die Tür hinter dem Mann ins Schloss fiel, schickte die Frau ihm einige Kugeln hinterher, die ihn verfehlten. Sie schrie dem Schwarzhaarigen etwas zu. Gemeinsam folgten sie dem Kerl mit der MPi nach draußen.

Sinclair wartete einige Sekunden, dann glitt seine Hand zur Verriegelung. Vorsichtig drückte er die Tür auf und betrat, die Pistole im Anschlag, den Frachtraum.

Zunächst behielt er die gegenüberliegende Tür im Auge. Von den dreien war nichts mehr zu sehen und zu hören. Anscheinend befand sich niemand sonst auf dem Schiff. Er überlegte, auf der Brücke nach einem Funkgerät oder einem Handy zu suchen, um mit Zuko Kontakt aufzunehmen. Die Spurensicherung musste alarmiert werden, und natürlich mussten sie eine Fahndung ausrufen nach …

Sinclairs Gedanken zerfaserten, als sich sein Blick an der weißen Plane festsaugte. Irgendetwas an dem Anblick … berührte ihn auf eine seltsame, nie gekannte Art und Weise.

Sei nicht albern. Es ist nur eine Plane.

Ja, schon. Aber was befand sich darunter?

Der würfelförmige Kasten unter der Plane besaß eine Kantenlänge von mindestens sieben Yards. Sinclairs Herz pochte, als er wie selbstverständlich in seine Tasche griff und das Springmesser zutage förderte, das er Jack abgenommen hatte. Zwei senkrechte Schnitte und ein waagerechter darüber, und ein Teil der Plane fiel zu Boden.

Darunter wurde die glatte, granitähnliche Oberfläche eines Steins sichtbar, der über und über mit Symbolen beschriftet war. Es war nicht wirklich eine Schrift, jedenfalls keine, die ihm auch nur entfernt bekannt war … und doch überkam ihn das merkwürdige Gefühl, sie schon einmal irgendwann irgendwo gesehen zu haben …

Sinclair streckte die Hand aus.

»Hier Alpha-sieben-acht an KF-fünf-sieben-drei. Sind jetzt in der River Road. Keine Anzeichen für Schüsse.«

Zukos Hand zuckte automatisch zum Funkgerät, so dass er fast verpasst hätte, den Wagen auf die linke Spur rüberzuziehen. Im letzten Moment erwischte er die Abfahrt und raste an der Baumreihe entlang hoch auf die Brücke. Der Rechtsabbieger, der auf die River Road führte, war frei. Rechts und links Lagerhallen und Wellblechfassaden. Gewerbegebiet, um diese Zeit menschenleer.

Wieso Alpha-sieben-acht?, schoss es ihm durch den Kopf. Was machte ein Streifenwagen der City of London Police so weit ab von seinem Einsatzgebiet?

Er schnappte sich das Funkgerät. »Hier KF-fünf-sieben-drei.« KF war die Kennzeichnung für Newham, seinen Bezirk, gefolgt von seiner persönlichen Identifikationsnummer. Gestatten, Gan. Detective Nummer fünf-sieben-drei. »Bin gleich da. Wo bleibt die restliche Verstärkung?«

Erst Rauschen, als würden sie auf der anderen Seite ein verdammtes Nickerchen halten, dann wieder dieselbe Stimme.

»Hier Alpha-sieben-acht. Sind alles, was da ist.«

Wie bitte?

Wenn er Powell richtig verstanden hatte, erwartete ihn da

an der Uferbiegung ein Feuergefecht mit mehreren Beteiligten.

Er versuchte es selber. »KF-573 an MP. Schüsse an der River Road, Uferpromenade. Brauche dringend Verstärkung!«

Nichts. Nicht mal Rauschen.

»Schüsse an der River Road«, wiederholte Zuko. »Brauche Verstärkung!«

Das Funkgerät war tot.

Verdammt, was läuft hier?

Das Blaulicht war schon von weitem zu erkennen. Der Streifenwagen parkte vor dem Gittertor eines Gewerbegrundstücks. Eine verlassene Lagerhalle, dahinter eine kurze Stichstraße, mit Zugang zum Wasser. Am Anleger schaukelte ein Schiff. Das Blaulicht zuckte über den kahlen Hinterkopf eines untersetzten Beamten, der das Tor aufzubrechen versuchte. Sein schmaler und deutlich größerer Kollege wartete am Wagen.

Zuko stieg aus. »Was ist los? Soll das hier ein Witz sein?«

Der Dicke hob die Schultern. »Im Moment ist alles ruhig. Wir haben versucht, den Inhaber zu ermitteln. Die Anfrage läuft noch. Und wir haben Werkzeug angefordert.«

Da war etwas an den beiden Uniformierten, das Zuko störte, aber er kam nicht drauf, was es war.

»Was haben Sie vor, Detective?«

Was er vorhatte? Er ließ sich hinters Steuer fallen und gab Gas. Der Motor heulte auf, und der Glatzkopf am Tor sprang zur Seite. Der Kühler riss die Torflügel auseinander. Im Rückspiegel sah Zuko, wie die beiden Streifenpolizisten in ihren Wagen sprangen.

Zuko raste an der Lagerhalle vorbei zum Anleger. Überall Betonplatten. Das Schiff entpuppte sich als Leichter oder Schute – kaum dreißig Yards lang, aber mit einem sonderbaren Aufbau in der Mitte, der einem größeren Baucontainer glich.

Er stellte den Motor ab und stieg aus. Mit einer halben Minute Verspätung trafen hinter ihm auch Pat und Patachon ein.

»Sieht nicht so aus, als wäre jemand zu Hause, Detective.«

Der Kahlkopf hatte den Kahn gemeint, aber Zukos Blick wurde von etwas anderem angezogen. Dunkle Flecken, nur ein paar Yards vom Anleger entfernt. Und Reifenspuren, die mitten hindurchführten. Breite Reifen. Wahrscheinlich ein Lkw.

»Glauben Sie, das ist Blut, Detective?«

Zuko zückte seine Taschenlampe. Der Tonfall des Uniformierten alarmierte ihn, aber es ging einfach zu schnell. Etwas Hartes traf ihn am Kopf, und er knallte nach vorn auf den Beton. Greller Schmerz, der für Sekundenbruchteile alles auslöschte. Dann Schritte. Eine Waffe, die entsichert wurde. Er spürte die Mündung an der Schläfe.

»Hättest lieber zu Hause bleiben sollen, Kumpel.«

»Jetzt laber nicht, sondern mach«, rief der Dicke, »und dann lass uns abhauen.«

Der Finger krümmte sich um den Abzug, als eine Explosion die Bordwand der Schute auseinanderriss. Zuko registrierte noch, wie er von der Druckwelle emporgehoben wurde und gegen die Karosserie des Streifenwagens knallte.

Dann nichts mehr.

TEIL ZWEI
Strafe

1 »Ich will aber nicht zu Caitlin«, maulte Kimberley und
drückte die Füße in die Rückenlehne des Vordersitzes.
»Kim, lass das.«

»Ich will aber nicht!«

»Kim!« Pams Stimme war eine Oktave tiefer gesunken, während sie einen drohenden Blick in den Rückspiegel warf.

Der Druck in ihrem Rücken verschwand.

Trotzig schob Kim die Unterlippe vor und sah aus dem Fenster. Der Regen ließ die Scheiben von innen beschlagen. Pam schaltete die Klimaanlage ein. Selbst heute, am Boxing Day, staute sich auf der Holland Park Avenue der Verkehr. Pam sah auf die Uhr. Sie würde es nicht pünktlich zu Caitlin schaffen. Und erst recht nicht zurück nach Canary Wharf.

»Hat dir die Feier gestern gefallen, Schatz?«

»Weiß nicht.«

Caitlin hatte für alle Kinder aus der Villa einen Tag im Kinderparadies organisiert, das eigentlich am ersten Weihnachtsfeiertag geschlossen hatte, und Pam hatte fünf sterbenslangweilige Stunden zwischen überdrehten Acht- bis Zehnjährigen verbracht. Kim war ganz aus dem Häuschen gewesen, aber jetzt war all das schon wieder vergessen.

»Also hat es dir nicht gefallen?«

Kim schob die Unterlippe vor und zählte die Regentropfen auf der Fensterscheibe.

Pam schaltete das Radio ein.

»... *interessiert uns natürlich alle, was genau vorgestern Abend – ausgerechnet an Heiligabend! – an diesem Anleger in Creekmouth passiert ist. Zurzeit können wir leider nichts ausschließen – nicht einmal den erschreckenden Gedanken, dass es sich um einen terroristischen Anschlag handelt, mit dem womöglich gezielt das christliche Weihnachtsfest sabotiert werden soll ... Und noch etwas ist höchst bemerkenswert: Der getötete Detective, der einem Morddezernat von Scotland Yard angehörte, war angeblich rein zufällig ...*«

»Mum?«

Pam drehte leiser. »Was?«

»Warst du schon mal bei jemandem ... den du nicht magst?«

»Klar. Schon oft.«

»Bei wem denn?«

Tja, Schatz, wo soll ich anfangen?

Pam war froh, dass sie in diesem Moment Gainsborough Gardens erreichten. Caitlins Villa lag auf der Hälfte der Privatstraße, umgeben von einem Ensemble geschmackvoll restaurierter Villen mit Türmchen und Spitzdächern, die allesamt aus dem Fin de Siècle stammten. Pam konnte sich noch gut an die Jahre erinnern, die sie selbst an diesem geheimnisvollen Ort verbracht hatte. Schon damals hatte Caitlin die Abläufe in der Villa bestimmt, und wenn sie auch nicht die Besitzerin war, schien sie inmitten der Kaminzimmer, der Kulisse aus altehrwürdigen Tapesserien, wurmzerfressenen Standuhren und blickdichten Damastvorhängen längst selbst zu einem Teil des Mobiliars geworden zu sein: eine Grande Dame des viktorianischen Zeitalters, die wie in Bernstein konserviert das Leben ihrer Schutzbefohlenen mit Argusaugen überwachte.

»Mum, wen magst du nicht?«, quengelte Kim.

»Keine Ahnung, Kim. Leute, mit denen ich zu tun habe. Aber gerade fällt mir keiner ein.«

Was gelogen war. Sie mochte zum Beispiel Caitlin nicht, weil sie schon damals geheimniskrämerisch und autoritär gewesen war.

Oder Randolph Scott.

Oder …

»Warum hast du dann mit ihnen zu tun? Wenn du sie nicht magst.«

Die Antwort ist ganz einfach, Kim. Weil wir uns nicht aussuchen können, in welche Umgebung wir hineingeboren werden.

»Mum …?«

»Wir sind da.« Pam parkte den Wagen direkt vor dem Haus.

Kim legte den Kopf in den Nacken und starrte an die Decke. »Muss ich wirklich da rein? Ich würde viel lieber bei dir bleiben!«

Nein, Kim, das würdest du nicht. Sie löste den Gurt, stieg aus und öffnete die Hintertür. »Los, Mademoiselle. Aussteigen bitte.«

Kim verdrehte die Augen und kroch langsam vom Sitz.

»Und vergiss deine Badesachen nicht.«

Die Villa besaß auf der Rückseite einen überdachten und beheizten Pool, dessen Scheiben im Winter fast durchgehend beschlagen waren, und in einer Sache hatte Caitlin vermutlich recht: dass ein Kind, dessen Initiation nicht mehr weit entfernt lag, endlich mit dem Schwimmunterricht beginnen sollte.

»Wann holst du mich ab?«

»Porter holt dich ab.«

»Ich will aber nicht, dass Porter mich abholt! Porter ist blöd.«

Da hatte Kim zweifelsohne recht. Was der Grund dafür war, dass Pam ihn mit Aufgaben wie dieser betraute. Sie umarmte ihre Tochter. »Ich hab dich lieb, mein Schatz.«

»Aua, Mum, du tust mir weh!«

»Wir sehen uns heute Abend.«

»Wirklich?«

»Wahrscheinlich. Hängt davon ab.«

»Wovon?«

»Jetzt mach, dass du reinkommst!«

Sie rückte Kims Mütze zurecht und gab ihrer Tochter einen Klaps. Kim rannte los. Der Schwimmbeutel tanzte auf ihrem Rücken, bis sie die Stufen vor dem Eingang erreicht hatte. Die Tür öffnete sich, und Caitlins eisgrauer Haarschopf tauchte auf, als hätte sie die ganze Zeit hinter der Tür gelauert. Pam winkte ihr zu.

Miststück.

Die Tür fiel hinter Kim ins Schloss, und Pam setzte sich wieder hinters Steuer.

»*... nicht auszuschließen, dass die merkwürdige Koinzidenz zwischen dem Todesfall im Duke of Dublin in der Green Street und der Explosion in Creekmouth nur eine knappe Stunde später ...*«

Das Handy summte. Pam schaltete das Radio aus.

»Ja?«

»Habt ihr ihn?«

Wie immer verschwendete Scott keine Zeit auf eine Begrüßung.

»Vincent ist dran. Ich habe gerade Kim abgesetzt und mach mich jetzt auf den Weg.«

»Was willst du mir damit sagen? Dass ich demnächst Vincent anrufen soll, wenn ich eine Antwort brauche?«

Sie atmete durch und versuchte, die übliche Panik zu unterdrücken. *Mach dich nicht verrückt.* Hätte er von Vince und ihr gewusst, wäre Vince schon lange nicht mehr am Leben gewesen. Nein, Scott hatte aus einem anderen Grund angerufen.

»Lynch hat uns alle überrascht, Vincent genauso wie mich.« Fast ärgerte sie sich über ihre Rechtfertigung. »Wir dachten, wir könnten ihm vertrauen, aber ...«

»Aber offensichtlich war das ein Irrtum.«

Pam kannte Scott lange genug, um den gefährlichen Unterton wahrzunehmen. Allerdings gab es etwas anderes, das sie noch mehr beunruhigte: Russell Lynch, wie er Vincent und ihr auf der Baltimore gegenübergestanden hatte. Der eiskalte

Ausdruck in seinen Augen, obwohl Vince ihm gerade mit zwei Schüssen die Schulterblätter zerschmettert hatte. Sie hatten Lynch unterschätzt. Besser gesagt, sie hatten unterschätzt, wie verrückt er war. Selbst wenn es ihm gelungen wäre, Vincent und sie auszuschalten … Was in aller Welt war sein *Ziel* gewesen? Den tonnenschweren Würfel auf die Schulter zu hieven und mit einem Liedchen auf den Lippen nach Hause zu tragen?

»Vielleicht hatte er Unterstützer«, mutmaßte sie. »Die Männer am Anleger. Vielleicht wurden wir aufs Kreuz gelegt.«

Es war klar, auf wen ihre Vermutung abzielte: auf denjenigen, der die Typen am Anleger für diesen Job abgestellt hatte. Derjenige, in dessen Diensten Lynch bis vor einem Jahr gestanden hatte. Der ihn Pam damals mit warmen Worten empfohlen hatte.

»Costello hat nichts damit zu tun. Außerdem hat er genauso Personal verloren wie wir.«

Ja, ein paar Idioten von den unteren Rängen. Kein Verlust, der nicht zu verschmerzen war.

»Was ist mit dem Polizisten? Vielleicht hat er Lynch beauftragt.«

Der Detective, von dem die Presse berichtet hatte. Sinclair oder so ähnlich. Weder Vincent noch sie hatten ihn auf dem Schiff zu Gesicht bekommen. Was nicht bedeutete, dass er nicht da gewesen war. Sie hatten schließlich genug damit zu tun gehabt, Lynch zu verfolgen, und die Schute dabei die entscheidenden Minuten aus den Augen gelassen.

Sie hörte, wie Scott am anderen Ende der Leitung einatmete. Also noch eine Hiobsbotschaft.

»Sie haben die Identität der Toten im Duke festgestellt. Es ist Briscoe.«

Pam nickte langsam. Briscoes Tod war ein weiteres Rätsel, das sie alle überrascht hatte. Soweit sie wusste, hatte Scott Ernest Beaufort mit der Klärung beauftragt. Was sie für eine zumindest fragwürdige Entscheidung hielt. Das Wichtigste war jetzt allerdings, dass sie Lynch fanden und die Wahrheit aus ihm herausquetschten. Und Vince würde sie aus ihm herausquetschen, so viel war sicher … Erst danach konnten sie sich um das *Aller*wichtigste kümmern. Den verfluchten Würfel wiederzufinden. »Er ist sicherlich noch in der Stadt und hat sich irgendwo verkrochen.«

»Davon ist auszugehen.« Scott lächelte. »Du weißt, wie sehr ich dich schätze, Pam.«

Sicher.

Seine Stimme wurde so weich und sanft wie in jenen Tagen, als sie sich nur wenige Schritte von hier entfernt kennengelernt hatten. »Und du weißt, ich möchte das gern auch weiterhin tun.«

2 Um sieben Minuten vor elf führte Sheila Conolly sorgfältig den letzten Strich aus, setzte den Kajalstift ab und betrachtete das Ergebnis im Taschenspiegel. »Etwas zu nuttig, oder? Allerdings, ändern kann ich jetzt sowieso nichts mehr. Die Konferenz fängt in zehn Minuten an.«

Bill rutschte im Sessel vor Sheilas Schreibtisch hin und her. Die Konferenz: drei Chefredakteure – Steve Brandon, Walter Phelps und er, Bill –, die unter Sheilas Augen gemeinsam auf den Entwurf der ersten Printausgabe nach Weihnachten onanierten. Was für eine überflüssige Veranstaltung.

»Sheila.«

Sie ließ den Spiegel in ihrem Täschchen verschwinden und sah ihn schweigend an. Wie sie es liebte, ihn unter Zugzwang zu setzen.

»Der Leitartikel für morgen. Du wolltest unter vier Augen mit mir darüber sprechen.«

»Ach ja, Bill. Der Leitartikel. Tut mir leid, das hätte ich in der Hektik beinahe vergessen.«

»Stimmt irgendwas nicht damit?«

»Korrupte Massenmörder in der Bauverwaltung? Interessante Perspektive, Bill. Ich wusste gar nicht, dass das so ein großes Problem ist.«

»Äähm, die 80 Toten im Greenfell Tower …? Hätten die Investoren damals nicht aus Kostengründen diese verdammten aluminiumkaschierten Dämmplatten in der Fassade verbaut, hätte sich das Feuer niemals …«

»Bill, der Brand ist zwei Jahre her.«

»Siebzehn Monate. Und bis heute hat keiner die entscheidenden Fragen beantwortet. Weil sich in dieser Stadt alles nur noch ums Geld dreht, Sheila! In der Innenstadt stehen reihenweise Luxuswohnungen leer, während die Investoren sich von der Pflicht freikaufen, Sozialwohnungen zu vermieten …«

»Ich sehe nicht, was das eine mit dem anderen zu tun hat.«

»Ich meine, es geht doch wohl darum, den Leuten die Augen zu öffnen – dafür, dass sie von ihrer Verwaltung im Verbund mit korrupten Eliten ausgeplünd…!«

»Wir können so was nicht bringen. Auf den Meinungsseiten und im Politikteil brauche ich gerade an Weihnachten Texte mit ein wenig mehr Substanz …«

»Weihnachten ist morgen vorbei, Sheila.«

»… und einer Haltung, mit der sich die Leute identifizieren können. Eine gewisse Seriosität. Nicht diesen Hunter-S.-Thompson-Scheiß.«

Bill ließ den Blick aus dem Fenster ihres schmucken Penthouse-Büros schweifen, das einen atemberaubenden Blick über die Themse und den Ankerplatz der Hermitage Community bot – eine Gemeinschaftsinitiative von Einwohnern, die einen Teil der traditionell maritimen Kulisse inmitten des rasant wachsenden Hipster-Stadtteils Wapping zu bewahren versuchte.

Himmel, Sheila, warum kapierst du es eigentlich nicht? Du und ich, hier in deinem verdammten Kristallpalast, wir sind doch längst ein Teil dieses Krebsgeschwüres, das überall in dieser Stadt wuchert! Vielleicht sollte man das mal zum Thema eines dieser Scheißkrippenspiele machen!

Aber er war ja nur ein kleiner Lohnschreiberling mit der üblichen Midlife-Crisis-Paranoia. So sah es jedenfalls Sheila. Gleich würde sie wieder loslegen.

Und dann legte sie wieder los.

»Bill. Wir haben doch schon so oft darüber geredet. Mein Vater hat den Globe nicht gegründet, damit der Chefredakteur des Politikressorts darin Verschwörungstheorien aufstellt.«

»Verschwörungstheorien? Das sind Fakten, Sheila! Diese reichen Arschlöcher überschwemmen den Immobilienmarkt mit …«

»Was ist mit diesem toten Mädchen in Canning Town? Ich dachte, da wärst du ganz gut im Thema.«

Er war so verdutzt, dass ihm nicht mal eine Erwiderung einfiel. Dieses Mordopfer, Livia irgendwie, hatte er auf den letzten Drücker in eine bereits fertige Reportage integriert, in der er sich kritisch mit der Polizeiarbeit im sozialen Brennpunkt Newham auseinandergesetzt hatte. Es war übrigens Sheila gewesen – ja, die Sheila, die gerade das Wort Haltung in den Mund genommen hatte –, die kurz vor Drucklegung die Spekulation über den »Anfang einer Killerserie« in den Text gekritzelt hatte.

Aber Sheila war bereits in Fahrt gekommen. »Oder die Explosion gestern in Creekmouth? Die mit den vielen Todesopfern. Einer der Toten war ein Detective Inspektor vom Forest Gate, habe ich gelesen. Nur leider nicht bei uns. Ein Bericht aus dem Dunstkreis des Verbrechens – *das* hätte die Leser unserer Weihnachtsausgabe bestimmt interessiert!«

»Das ist *Boulevard*, Sheila, und hat mit Politik ungefähr so viel zu tun wie … wie …«

Er brach ab, als er ihren theatralischen Seufzer hörte. Gott, wieso tat er sich das immer wieder an. Sheilas Vater war Mitglied im Oberhaus gewesen und hatte die Probleme der Unterschicht seit jeher wie eine Art Autounfall betrachtet, an dem man vorbeifuhr – voller Bedauern, aber gleichzeitig mit dem sicheren Gefühl, dass man selbst nichts damit zu tun hatte.

Als er Sheila kennengelernt hatte, hatte sie sich gerade in einer Phase der Auflehnung befunden und mit linken Idealen geflirtet – und in der Folge mit ihm, dem politisch interessierten Jungen aus den Thamesmead-Plattenbauten. Aber diese Zeit war bald vorbei, und irgendwann hatten sich die Familiengene durchgesetzt. Und spätestens, als sie seine Chefin geworden war, auch das Familienvermögen.

»Den Globe zu führen war für Dad eine Berufung, Bill. Wir steuern durch schwere Zeiten, und ich muss zuallererst an die Stammleser denken.«

Dad. Globe. Berufung. Yadda, yadda, yadda. Aber diesmal klang es irgendwie ernster. So, als wollte sie ihn wirklich loswerden.

»Pass auf, Bill, ich mach dir einen Vorschlag. Wir lassen das mit dem Politikressort. Nur zur Probe. Versuch es eine Zeitlang in der Lokalredaktion. Tob dich aus. Meinetwegen auch über Korruption in der Stadtverwaltung.«

»Du machst Witze, Sheila.«

»Und wenn du dich ein wenig freigeschrieben hast, reden wir noch mal über den Chefredakteursposten.«

Klar, den eigenen Mann zu kündigen war nicht so einfach. Also eine Versetzung schräg nach unten. Er betrachtete die Buddha-Statue auf dem Schreibtisch, die der selige Gerald Hopkins von irgendeiner Kulturreise aus Asien mitgebracht hatte, und verspürte den Impuls, sie aus dem Fenster zu werfen.

»Mir ist schon klar, dass es für dich wie eine Degradierung aussehen muss. Aber vielleicht ist es mehr als das. Eine Chance. Vielleicht gefällt es dir sogar? Wir bleiben ein Team, Bill – und solange mir der Globe gehört, wird sich das nicht ändern.«

Bill lächelte und versuchte, sich an den Moment zu erinnern, in dem sie sich fremd geworden waren. Es war ja nicht so, dass er eine Teilschuld abstritt. Die Sache mit dem verdammten Koks zum Beispiel. Ja, er hatte es wirklich etwas übertrieben. Und vielleicht war er wirklich nicht für eine Führungsposition gemacht. Nicht mit seinen … Haltungsschwächen. Es mochte an der Zeit sein, ein wenig karmische Schuld abzutragen.

»Okay, Sheila. Ich bin einverstanden. Unter einer Bedingung.«

»Prima.«

Als hätte sie den zweiten Teil seiner Antwort überhört, stöckelte sie hinter ihren Schreibtisch zurück. Bills Blick glitt über ihren Weltklassehintern und dann höher zum Rückenausschnitt ihres Kleides. Es versetzte ihm einen Stich, dass sie schon seit Monaten nicht mehr miteinander schliefen. Er war dabei, sie zu verlieren, für immer.

»Was für eine Bedingung?«, fragte sie endlich mit mäßigem Interesse.

Er kniff sich in die Nase. Er brauchte dringend eine Line. Und außerdem brauchte er etwas Anlauf. »Sheila, sieh dir mal unseren gottverdammten Internetauftritt an. Die reinste Müllhalde für alles, was in Print schon durch ist. Das Ding hat weniger Klicks als die Obdachlosenzeitung …«

»Wir arbeiten daran, Bill.« Sie sah auf die Uhr.

Okay, Zeit, die Katze aus dem Sack zu lassen. »Ich will einen Blog! Oder besser noch, einen Videokanal. Tägliche Reportage. Ich hab auch schon einen Slogan: *Wild Bill berichtet aus dem dunklen Herzen der Stadt!* Von den Rändern der Gesellschaft, aus dem, äh, Dunstkreis des Verbrechens. Deine Worte.«

»Wild Bill.« Sie spuckte die Silben aus wie ein Insekt, das sich in ihren Mund verirrt hatte. »Das ist nicht das Niveau, das mir für den Globe vorschwebt.«

»Deswegen soll es ja auch ein *Videokanal* sein. Ein bisschen prollig. Hart. Kompromisslos. Aber natürlich trotzdem immer seriös recherchiert. Was für die echten Menschen da draußen und nicht für den Intellektuellenzirkus, den du mit deinem Blatt sonst bespielst. Und wenn dir der Slogan nicht gefällt, nehmen wir einfach etwas anderes wie … *Nichts als die Wahrheit!* Wir probieren es einfach aus, und wenn's schiefgeht, vergessen wir die Sache, und dein glänzendes Flaggschiff hat nicht mal einen Kratzer abgekriegt. Na, wie klingt das?«

Sie sah ihn an und tat, als würde sie darüber nachdenken. »Gut. Aber ich habe auch eine Bedingung.«

»Was immer du willst, Schatz.«

»Du weißt genau, was ich will.«

Natürlich wusste er es. »Kein einziges Gramm mehr, Sheila. Ich verspreche es.«

Sie sah ihn mit einem Blick an, der offenließ, ob sie ihm glaubte, und stand auf. »Gut. Am besten bleibst du hier, und ich informiere Steve und Walter allein über die Veränderung.«

»Sicher.«

»Du kannst inzwischen ja schon mal mit Wladimir sprechen. Er wird dir helfen, dieses Blogdings einzurichten. Obwohl ich persönlich mir nicht vorstellen kann, dass so ein komischer Kanal wirklich Erfolg hat.«

3 »… gibt es nach Auskunft der Polizei noch keine Ursache für die Explosion an dem Anleger südwestlich von Newham, bei der gestern Nacht mindestens sechs Menschen ums Leben kamen, darunter offenbar auch ein Detective der Mordkommission. Bei dem Sprengstoffattentat am Themseufer handelt es sich um einen der schlimmsten Anschläge auf britischem Boden seit 2006. Wie ein Angriff dieses Ausmaßes im Zentrum der Stadt stattfinden konnte, ohne dass die zuständigen Behörden …«*

»Hey, Bruder. Halt mal die Kamera drauf. Und mach den Ton von dem Radio aus, okay?« – »Alles klar, ist aus.« – »Habt ihr das gehört, Brüder und Schwestern? Was da abgelaufen sein muss? Und das am Weihnachtsabend!« – »Also, ich hab's gehört, Bruder, und auch wenn heute Weihnachten ist, sind wir natürlich extra für euch, unsere Abermilliarden treuen

Follower, los, um nachzusehen, was dran ist an dem Gerücht. Ich, Danger, und mein kleiner Bruder Menace ...« – »Yo, Leute, hier bin ich, euer Menace – und das ist mein großer Bruder Danger!« – »Und wir ham natürlich auch 'ne kleine Kamera mitgenommen, um euch zu zeigen, wo das alles passiert ist. Das nennt man, äh, investigativen Journalismus!« – »Zeig mal da rüber, Bruder.« – »Genau, seht ihr ...? Da drüben, das ist der Anleger, und das da ist der Kahn, der explodiert ist ...« – »Beziehungsweise was von ihm übrig ist.« – »Und hier vorne ...« – »Seht ihr die Absperrung? Alles abgesperrt, Leute! Und das Gittertor ist hinüber. Da hat wohl jemand keine Zeit gehabt aufzuschließen, ha ha!« – »Wie ihr seht, sind überall Polizei und Typen in Anzügen. Also so weiße Anzüge wie aus CSI und so was.« – »Spurensicherung heißt das, Bruder.« – »Genau, Spurensicherung. Ist wohl auch nötig, denn vor der Explosion soll es noch 'ne kleine Schießerei gegeben haben, vor dem Schiff. Mit Toten und so. Hey, Menace, schwenk mal da rüber. Ich glaub, das ist Blut auf dem Asphalt.« – »Übel, Bruder. Wer wohl die Toten waren? Drogendealer, Waffenhändler, Aliens, die uns zu Weihnachten besuchen wollten? Das ist die Frage!« – »Danger und Menace halten euch auf dem Laufenden, Brüder und Schwestern, denn wir halten die Kamera da hin, wo's weh tut ...« – »In die übelsten Dreckslöcher unserer Stadt ...« – »Genau!« – »... und damit ist nicht Dangers Arschloch gemeint!« – »Aber deins vielleicht schon, Menace! In die tiefsten Tiefen und die dunkelsten Abgründe, denn eins ist mal sicher, ihr Brüder und Schwestern da draußen ...« – »Äh, warte mal, Alter ... Was ist das denn hier ...? Gehirnglibber?« – »Nee, Hundescheiße.« – »O nein, meine Schuhe.« – »Das sieht wirklich *kacke* aus. Aber wo waren wir? Ach ja, also, ihr Brüder und Schwestern da draußen: Die Welt ist ein sinistrer Ort, und wir werden von denen da oben nach Strich und Faden verarscht! Bis zum nächsten Mal!« – »Hey, und nicht vergessen: Immer schön unsere Vids liken! Der zweimillionste Abonnent unseres Kanal kriegt ... kriegt ... ja, was eigentlich?« – »'n

Schwarzweißfernseher! So lange ist das nämlich schon her, dass wir die zwei Millionen geknackt haben, Menace!« – »Oh, stimmt ja.« – »Danke an euch alle und Happy Christmas!« – »Happy Christmas, Danger & Menace freuen sich wie immer über jeden Kommentar!«

4 »Und, James? Einen schönen Weihnachtstag verbracht?«
»Hält sich in Grenzen, Mr Secretary.«

»Tja, bei mir auch. Ich würde wirklich gern verstehen, was da in Creekmouth passiert ist – aber ich tu's nicht.«

Staatssekretär Hammerstead ließ sich mit gewichtiger Miene auf der Schreibtischkante nieder und strich interessiert über den kleinen Humidor, in dem die Partagas lagerten. Dein Büro gehört mir, lautete die unverschämte Botschaft, aber Powell war klug genug, sich nicht provozieren zu lassen.

Mit der Linken wedelte Hammerstead mit dem vorläufigen Bericht, der nach DS Gans wenig präziser Aussage nach seinem Aufwachen im Krankenhaus verfasst worden war. »Wieso hat Sinclair nicht gewartet, bis Verstärkung kommt?«

»Er hat nach eigenem Ermessen gehandelt.«

»Was Sie nicht sagen.«

»Immerhin hat er einen Verdächtigen verfolgt. Einen möglichen Killer. Es bestand Fluchtgefahr.«

»Bullshit. Dieser Kahn, der hochgegangen ist … wie hieß der noch mal?«

»Baltimore.«

»Genau, Baltimore. Das war 'ne Schute, wenn ich das richtig gelesen habe. Ich musste erst mal nachschlagen, was das ist, aber wenn ich mich nicht irre, bedeutet es, das Schiff hatte keinen eigenen Antrieb, und das wiederum bedeutet, Ihr angeblicher Killer, Powell, hätte damit nicht mal nach Woolwich rübersetzen können. Sinclair hätte bloß abwarten müssen!

102

Aber nein, er musste unbedingt rauf auf das scheiß Schiff, auf dem fünf Leichen rumliegen!«

»Im Moment ist keineswegs sicher, dass die Opfer zum Zeitpunkt der Explosion schon tot waren.«

»Wann können wir mit dem vollständigen Obduktionsbericht rechnen?«

»Vermutlich morgen. Aber ich mache Druck.«

Hammerstead liebte solche Sprüche, und Powell wusste, wann es besser war, mit den Wölfen zu heulen.

»Gut.« Hammerstead wedelte wieder mit dem Bericht und klopfte sich gegen die Zähne. Eine Geste, die er auch bei Pressekonferenzen brachte, wahrscheinlich um nachdenklich und kompetent auszusehen. »Sobald wir die Fakten haben, ist dieser Mist hier nicht mal mehr das Papier wert, auf dem er geschrieben steht.«

»Sergeant Gan ist ein äußerst zuverlässiger Mann. Wenn er sagt, dass da ein Wagen von der City of London Police war, dann war da auch einer.«

Wieder klopfte sich Hammerstead gegen die Zähne. »Und wieso hat den dann sonst keiner gesehen? Oder die beiden Kollegen, die angeblich drin gesessen haben?«

»Wir sind noch dabei, den Ausfall des Funkverkehrs zu analysieren. Danach sehen wir hoffentlich klarer.«

»Ich sehe jetzt schon klar, Superintendent. Ihr Mann, dieser Gan – was ist das eigentlich für ein Name, Gan? –, hat bei der Explosion was abgekriegt, und jetzt funktioniert sein Gedächtnis nicht mehr einwandfrei. Was ist mit der Frau? Haben Sie inzwischen die Identität feststellen können?«

Powell brauchte einen Moment, um zu begreifen, dass Hammerstead von dem Opfer sprach, das auf der Toilette des Pubs gestorben war.

»Ihr Name ist Rachel Briscoe. Sie war am Archäologischen Institut angestellt. Ihr Ehemann hatte sie vor einer Woche als vermisst gemeldet.«

»Und die Verbindung zu diesem Constable Finneran?«

»Ungeklärt.«

»Todesursache?«

»Bisher wissen wir nur, dass Dr. Briscoe krank war. Sehr krank.«

»Was Sie nicht sagen. Aber was war es? Grippe? Maul- und Klauenseuche?«

»Der Körper war nach Aussage von Dr. Baghvarty von Tumoren zerfressen. Leberriss, Milzriss, zahlreiche innere Blutungen. Die Todesursache lautet auf multiples Organversagen. Nur seltsam, dass ihr Mann offenbar nichts von ihrer Krankheit wusste. Aber wie gesagt, der Bericht ist vorläufig.«

Klopf, klopf. »Wissen Sie, wie sich das für mich anhört? Wie nach dem Beginn eines dieser Weltuntergangsstreifen! Diese Kopftuch-Spinner, die hassen unser Weihnachtsfest doch, so viel steht fest. Was ist, wenn einer von denen pünktlich zum Fest Killerviren in die Welt gesetzt hat?«

Powell hielt Hammersteads Blick stand, ohne sich seine Erschöpfung anmerken zu lassen. Er hatte die letzten beiden Nächte wenig bis gar nicht geschlafen, und es bestand die Gefahr, dass die Übermüdung ihn nachlässig werden ließ. Beinahe hätte er Hammerstead die Fragen serviert, die ihn wirklich beschäftigten: Warum hatten Sinclair und Zuko Finneran nicht einkassiert, als sie die Chance dazu hatten? Welche Verbindung bestand zwischen Finneran und Briscoe? Und vor allem: Hatten Sinclair und Zuko mit Finneran tatsächlich den Mörder von Livia Parson gestellt?

»Durch die Bluttests konnte ein biologischer Erreger ausgeschlossen werden – ebenso eine chemische Vergiftung. In den ärztlichen Unterlagen von Dr. Briscoe gibt es auch keinen Hinweis auf eine Strahlenbehandlung.«

»Was soll das heißen? Dass sie topfit war?«

»Laut Institut war sie ein paar Wochen vor ihrem Tod auf einer Art Dienstreise. Einer wissenschaftlichen Expedition in der Nähe der Azoren.«

»In wessen Auftrag?«

»Details entnehmen Sie bitte den Berichten – sobald diese vorliegen.«

Hammerstead stand auf, doch als wollte er zeigen, dass er Powell nicht so schnell vom Haken ließ, stützte er sich mit beiden Händen auf die Schreibtischplatte, so dass Powell die nachlässig geschnittenen Nasenhaare zählen konnte. »Sinclair. Wieso ist er Finneran überhaupt gefolgt?«

Powell leierte die Formulierung herunter, die er sich vor dem Gespräch zurechtgelegt hatte. »Es gab einen berechtigten Verdacht, dass Constable Linus Finneran in einen Mordfall verwickelt war, an dem DI Sinclair und DS Gan gearbeitet haben. Eine Zeugin, die von ihm angegriffen wurde.«

Hammerstead öffnete den Mund zu einem Haifischgrinsen. »Ich habe mir die Akten von Sinclair und Finneran angesehen. Selber Jahrgang in Hendon. Sinclair mit körperlichen Topwerten, die später immer wieder bestätigt wurden. Wie konnte ein übergewichtiger Sack wie dieser Finneran vom Duke bis an die Themse stolpern, ohne dass Sinclair ihm nach einem Zehntel der Strecke das Knie in den Rücken gedrückt hat?«

»Genau das versuchen wir gerade herauszufinden.«

»Nach Auskunft von Zeugen hat Finneran sogar geblutet, als er aus der Toilette gestolpert ist.«

»Das stimmt. Es könnte aber auch das Blut von Dr. Briscoe gewesen sein.«

Klopf, klopf. Dann ein langgezogener Atemzug, um eine Entscheidung zu verkünden, die sowieso von Anfang an festgestanden hatte. »Sie werden eine Kommission einsetzen.«

Powell fand es interessant, dass sein Bauchgefühl ihn nicht getäuscht hatte. Trotzdem erlaubte er sich eine Nachfrage. »Warum wir? Die Explosion war in Creekmouth, und Barking ist bekanntlich Teil der East Area Command Unit.«

»Weil Sinclair Ihr Mann war und weil ich Leute an dem Fall brauche, die sich mit den Hintergründen auskennen.«

»Ich verstehe.«

»Ich brauche ein Team mit Ihren fähigsten Leuten an der

Spitze. Und ich will Neutralität. Niemanden, der mit Sinclair befreundet war oder sich von ihm hat schwängern lassen, wenn Sie wissen, was ich meine. Sämtliche Ergebnisse gehen über meinen Schreibtisch.«

»Selbstverständlich, Sir.«

»Um 16 Uhr ist Pressekonferenz. Danach meldet sich mein Büro bei Ihnen mit genaueren Vorgaben. Und bis morgen früh will ich den aktualisierten Bericht von DS Gan auf meinem Schreibtisch haben.« Hammerstead schnappte sich seine Aktentasche. An der Tür drehte er sich noch einmal um. »Wissen Sie, was ich in meinem Job gelernt habe, Superintendent? Wichtig ist nur, was Sie in der Hand haben. Alles andere drumrum ist wolkiger Bullshit. Verstehen Sie, was ich meine?«

»Vollkommen, Sir.«

»Merry Christmas, Superintendent.«

Powell wartete ab, bis die Tür ins Schloss gefallen war. Wo Hammerstead recht hatte, hatte er recht. Zeit für eine Partagas, bevor er zu Zuko in die Klinik musste.

5 »Okay, bereit?«

Wladimir blinzelte hinter der Kamera. »Bereit.«

Bill wusste genau, was dieses Blinzeln aussagte. Nämlich, dass er wieder mal keinen blassen Schimmer davon hatte, was sie hier eigentlich machten.

Zwei Jahre war es jetzt her, dass Sheila Wladimir von einer Reise nach Usbekistan mitgebracht hatte wie ein lustiges Souvenir. Angeblich perfekte Programmier- und Sprachkenntnisse, dazu ein Körper wie ein Modellathlet, und das Beste am Komplettpaket: Wladimir war günstig zu haben. Seitdem dilettierte der Typ an der Globe-Website herum, ohne bisher irgendetwas Sinnvolles zustande gebracht zu haben.

»Gut. Dann halt die Kamera einfach auf mich. Keine Schwenks, kein Zoomen oder irgendwelchen andern Zirkus, kapiert? Wir fangen einfach mit der Basisversion an.«

»Basisversion, kapiert.«

»Okay. Schalt ein.«

Während Wladimir an der Kamera herumfummelte, dachte Bill an die Videos, die er sich während der letzten vierundzwanzig Stunden auf YouTube reingezogen hatte. Über die Schießerei in Creekmouth, die Pressekonferenz der Polizei, bei der sogar irgendein Vollpfosten aus der Regierung dabei gewesen war – Staatssekretär Hammerhead oder so ähnlich –, wie um zu beweisen, dass mehr an der Sache dran war, als bisher bekannt, und dass den Behörden mächtig die Düse ging. Er hatte sogar schon irgendwelche Videos gefunden mit zwei YouTubern, die sich vor der Polizeiabsperrung gefilmt hatten wie auf einer Promigala. Über 600 000 Klicks in den zehn Stunden. Auch wenn sie, journalistisch gesehen, noch so einiges zu lernen hatten, eins musste man ihnen lassen: Sie erreichten ihre Leute.

Bill hegte keine Zweifel, dass er auch seine Leute erreichen würde, allerdings auf einem anderen Niveau. Nur musste er langsam in die Pantoffeln kommen. Heute war der 27., und das »Weihnachtsattentat«, wie die Explosion auf der Baltimore inzwischen genannt wurde, war bereits zweieinhalb Tage her.

»Okay, jetzt bin ich wirklich bereit«, sagte Wladimir und hielt grinsend den Daumen hoch.

Bill atmete einmal tief ein und rief sich seinen Text in Erinnerung. Es musste ja nicht perfekt sein. Nur ein verdammter Test.

»Guten Tag, hier spricht Bill Conolly, und Sie sehen den ersten Beitrag unseres neuen Videokanals *Wild-Bill-dot-com – Nichts als die Wahrheit.* Das Thema unserer heutigen Premiere ist der tödliche Anschlag in Creekmouth, bei dem nach Polizeiangaben mindestens sechs Menschen ums Leben kamen, darunter ein Detective Inspector des Metropolitan Police Service. Dass die Identität der Toten immer noch nicht zweifelsfrei geklärt ist, kann wohl nur an einem Umstand liegen: dass in der Rechtsmedizin des Yard noch mit Schwert und Hellebarde obduziert wird! Oder handelt es sich um eine Hinhaltetaktik, die politisch begründet ist? Hat sich inzwischen längst der MI-5 eingeschaltet, während wir mit ein paar hastig zusammengestellten Fake News abgespeist werden? Wir sollen Vertrauen in die Polizei haben und sie ihre Arbeit machen lassen, so steht es in den offiziellen Blättern – und das volle drei Tage nach dem Vorfall, den man selbst als vorurteilsfreier Bürger ja wohl eindeutig als terroristischen Anschlag werten muss! Sie finden diese Laissez-faire-Haltung skandalös? Dann sind Sie damit nicht allein! Vielleicht ist die Bombe in Creekmouth ja nur ein Vorgeschmack, vielleicht kommt etwas auf uns zu, das selbst die Ereignisse an *Seven-seven* vor zwölf Jahren in den Schatten stellt! 56 Tote, dazu Hunderte Verletzten und Traumatisierte! Soll sich das etwa wiederholen? Wir von Wild-Bill.com werden uns jedenfalls nicht mit einer Aneinanderreihung dämlicher Phrasen zufriedengeben! Von uns erfahren Sie ab sofort brandneu und topaktuell die Ergebnisse der Ermittlungen, jeweils morgens und abends in einem neuen Videobeitrag. Mein Name ist Bill Conolly, und hinter mir steht das Team von Wild-Bill vom Daily Globe. Wir sehen uns morgen früh wieder!«

Er hielt erschöpft inne.

Sein Mund war trocken, und er schwitzte. Gott, das sah bestimmt scheiße aus auf dem Video. Und dann sein Gestammel über die Rechtsmedizin. Da war einfach kein Zug drin gewesen. Die Fragen mussten wie Sperrfeuer rüberkommen, batsch, batsch, batsch.

»Weißt du was, Wladimir? Ich hab dir doch von den YouTubern erzählt.«

Wladimir nickte, während er weiter an der Kamera hantierte.

»Wie haben die das eigentlich hingekriegt, dass die so viele Zuschauer haben? Also diese ganzen Abonnenten und so, die das automatisch sehen.«

»Du meinst die Follower auf den Kanälen.«

»Ja, meinetwegen.«

»Also, das ist nicht so einfach, wie man denkt.«

Bill dachte an diese beiden schrägen Vögel, die sich selbst vor dem Anleger aufgenommen hatten. Dennis und Menace oder so. Wenn diese Komiker das hinkriegten, musste man dafür garantiert nicht studiert haben. »Und wieso nicht?«

»Weil nicht jeder, der das macht, sofort viele Klicks bekommt. Das ist kompliziert, oder man muss viel Geld ausgeben. Ich kann mir nicht vorstellen, dass Sheila das wollen würde.«

Was der Sache in Bills Augen gleich einen besonderen Reiz verlieh.

»Bill?«

»Was?«

»Ich glaub, wir müssen das noch mal machen. Ich hab vergessen, den Objektivverschluss abzunehmen.«

6 Zuko stand mit dem Rücken an die graue Kachelwand der Rechtsmedizinischen Abteilung des Yard gelehnt und starrte auf das Dutzend PVC-Schalensitze auf der anderen Seite des Korridors. Er fragte sich, ob sie jemals besetzt gewesen waren. Alle zugleich.

Die Leere mutete irgendwie surreal an und erinnerte ihn an den Flur vor dem Krankenhauszimmer, in dem er die letzten drei Tage verbracht hatte.

Schmerz. Das war das Erste, was er wahrgenommen hatte, als er erwacht war. Ein Ziehen und Pochen, das sein Epizentrum in der linken Bauchgegend zu haben schien und sich von dort in Wellen durch seinen gesamten Körper ausgebreitet hatte. Den linken Arm konnte er kaum bewegen, weil die Schulter angeschwollen war.

Später hatte ein Assistenzarzt ihm erklärt, dass die Verletzungen an Hals und Nacken harmlos waren. Prellungen, ein paar Quetschungen und vielleicht eine kleine Gehirnerschütterung. Mehr Sorgen machten ihnen die angeknacksten Rippen, von denen eine auf die Milz drückte und einen Kapselriss mit kleineren Einblutungen verursacht hatte. Ansonsten sollte er dem Kotflügel, gegen den ihn die Druckwelle der Explosion geschleudert hatte, dankbar sein. Im freien Flug hätte er sich bei dem Überschlag, den er gemacht hätte, wahrscheinlich das Genick gebrochen.

Zuko schlief unter Schmerzmedikamenten ein und sah wieder die Waffe vor sich, die ihm Pat und Patachon an die Stirn gedrückt hatten. Instinktiv riss er den Kopf zur Seite und knallte gegen den Bettkasten.

Nach dem dritten Aufwachen begriff er endlich, dass er sich nicht mehr am Anleger in Creekmouth befand. Die Krankenschwestern kümmerten sich fürsorglich, aber er las auch die Vorbehalte in ihren Blicken. Am Anfang glaubte er noch, dass sie unglücklich waren, weil sie über Weihnachten Dienst schieben mussten. Aber dann sah er die Spekulationen im Fernsehen – Terroranschlag, politischer Hintergrund –, und ihm wurde klar, dass *er* es war, dem sie misstrauten. Polizist hin oder her, er war ihnen suspekt, weil er einen Krieg in ihr Leben getragen hatte, den sie nicht in ihrem Wohnzimmer haben wollten.

Am Boxing Day waren die Schwellungen so weit zurückgegangen, dass er wenigstens wieder allein aufs Klo gehen konnte. Er gab seine Aussagen zu Protokoll und sprach mit dem Superintendent, der ihn bereits zum zweiten Mal besuchte und erklärte, dass Raye und Donovan die Leitung im Parson-Fall übernommen hatten – natürlich nur vorübergehend, bis er wieder fit sei. Zuko fragte nach den Ermittlungen im Fall Baltimore. Fragte nach Sinclair. Powell verschwieg nichts, auch nicht sein Gespräch mit Hammerstead und dass er daraufhin Lockhart, Ashley und Dixon den Fall übertragen hatte. Sie seien immer noch dabei, sich einen Überblick zu verschaffen, was nicht gerade einfach sei, da Hammerstead und auch der MI-5 zusätzlich eigene Leute abgestellt hatten. Als Zuko nachfragen wollte, was das genau bedeutete, erschien wieder der Assistenzarzt und berichtete, dass seine Milz auf einem guten Weg sei und man ihn wahrscheinlich nur noch eine Woche dabehalten müsse, um die inneren Hämatome unter Beobachtung zu halten.

Sie sind wirklich mit zwei blauen Augen davongekommen, Detective Gan, gratuliere. Und machen Sie sich keine Sorgen wegen der Beulen am Schädel. Kein Schmerz ist von Dauer. Gratuliere.

Er sah Johns Gesicht vor sich, wie er versucht hatte, der sterbenden Rachel Briscoe zu helfen. Sah ihn aus der Tür stürzen. Zehn Jahre gemeinsame Arbeit. Und natürlich quälte ihn die entscheidende Frage. Was, wenn *er* Finneran gefolgt wäre und nicht John? Er würde die Erinnerung an den Moment, als er John zum letzten Mal sah, für den Rest seines Lebens mit sich herumtragen, so viel war sicher.

Auch das Auftauchen der beiden Streifenpolizisten am Pier passte nicht ins Bild. Mal abgesehen davon, dass die City of London Police, die aus historischen Gründen für die Square Mile rund um St. Paul's in der Innenstadt zuständig war, so weit ab vom Schuss sowieso nichts zu suchen hatte, waren Pat und Patachon auch noch falsch ausstaffiert gewesen: mit schwarzweiß gestreiften Banderolen an den Dienstmützen und nicht rotweiß gestreiften, wie sie bei der CoP verwendet wurden.

Falsche Polizisten und ein Lkw, der durch eine Blutpfütze fuhr und danach spurlos verschwand … Es gefiel Zuko nicht, dass mit Aldous Lockhart ein Mann die Ermittlungen leitete, der nicht gerade für seine Teamfähigkeit bekannt war, aber von einem neutralen Standpunkt aus betrachtet, war Powells Entscheidung nachvollziehbar.

Einen Tag später verließ Zuko die Klinik, unter Protest des Arztes, der noch auf dem Gang versuchte, ihn umzustimmen. Zuko unterschrieb, dass er auf eigene Verantwortung entlassen wurde, steckte eine Packung Ibuprofen ein und ließ sich mit dem Taxi nach Hause bringen, von wo aus er Powell anrief.

Und jetzt war er hier.

Am Ende des Ganges öffnete sich eine Tür. Aus der Entfernung wirkte Powells Gestalt noch zerbrechlicher, und sein Haar schien während der letzten drei Tage noch grauer und dünner geworden zu seine. Den einzigen Farbklecks bildete eine rote Krawatte mit einem aufgedruckten Santa Claus, die Zuko an ihm auch schon bei der Pressekonferenz im Fernsehen bemerkt hatte: das Ergebnis einer verlorenen Julklapp-Runde auf der Revier-Weihnachtsfeier vor drei Wochen. Nicht einmal ein Terroranschlag konnte verhindern, dass ein James Powell seine Spielschuld einlöste.

In Powells Begleitung befand sich, einen halben Kopf größer als er, Dr. Baghvarty. Das schwarze Haar fiel leicht unordentlich auf den Kragen ihres Kittels.

Zuko erhob sich, und ein Schmerz wie ein Peitschenschlag durchzuckte seinen Oberbauch. »Tag, E.«

»Guten Tag, Detective. Ich dachte, Sie sind noch krankgeschrieben.«

Zuko und Powell wechselten einen Blick.

»Ich habe Detective Gan gebeten zu kommen.«

»Verstehe.« Baghvarty reichte Zuko die Hand, und er stellte fest, dass ihre Finger kälter waren als seine eigenen. Aber was sollte man auch von jemandem erwarten, der tagtäglich ein paar Leichen aufschnitt. »Wie geht es Ihnen?«

Zuko hob vorsichtig die Schultern. »Die Ärzte sagen, ich hab nicht allzu viel abbekommen.«

»Das freut mich.«

Powell ruckte an seinem Kragen. »Nun, ich habe leider noch einen Termin beim Staatssekretär.«

»Bitte entschuldigen Sie, Superintendent. Folgen Sie mir.«

Dr. Baghvarty öffnete die Tür, die zu den Untersuchungsräumen führte. Lange Neonröhren leuchteten jeden Fleck des Bodens schattenlos aus und ließen zusammen mit dem Geruch nach kaltem, verbranntem Fleisch keinen Zweifel daran, was sie unter den Tüchern der sieben Metallbahren erwartete, die Dr. Baghvarty in Vorbereitung des Gesprächs nebeneinander aufgereiht hatte.

»Beginnen wir mit der Toten aus dem Duke«, bat Powell.

»Wie Sie wünschen.« Sie lüftete eines der Tücher. »Dr. Rachel Briscoe. Die Identität wurde durch DNA-Vergleich zweifelsfrei festgestellt. Einrisse in Leber, Nieren, Lunge und Milz sowie Einblutungen im Gewebe, verursacht durch diverse Raumforderungen in und um verschiedene Organe, die vor allem in ihrer Gesamtheit absolut atypisch erscheinen. Aber das wissen Sie ja schon aus dem vorläufigen Bericht.«

»Raumforderungen?«, hakte Zuko nach.

»Sagen wir mal so: Ich habe so viele Metastasen gefunden, dass ich unmöglich sagen kann, welche davon der Primärtumor war.«

Zuko fühlte sich bei dem Anblick der Leiche in die fahl beleuchtete Herrentoilette des Duke zurückversetzt. Nur dass der Körper der Toten jetzt noch schlimmer aussah. Als hätte das, was sie umgebracht hatte, nach ihrem Tod noch eine Zeitlang … *weitergearbeitet.*

»Sie hatte also Krebs im Endstadium?« Powell säuberte nachdenklich seine Brille.

»Rein technisch dürfte das stimmen, wenngleich ich aus medizinischer Sicht eigentlich sagen müsste: weit darüber hinaus. Selbst wenn ihr Auto direkt vor dem Pub gestanden hätte – es ist mir ein Rätsel, wie sie in diesem Zustand auch nur die zehn Schritte vom Eingang bis zur Toilette zurücklegen konnte.«

»Sie ist nicht mit dem Auto gekommen. Den Unterlagen zufolge hatte sie nicht einmal einen Führerschein.«

Baghvarty zuckte mit den Schultern. »Für mich macht es jedenfalls den Eindruck, als hätte ihr Körper mit unglaublicher Heftigkeit auf etwas Bestimmtes reagiert.«

»Eine Autoimmunreaktion?«

»Ich habe keine Antikörper gefunden, die darauf hindeuten. Trotzdem ist die CRP-Konzentration im Blut absurd hoch, ebenso wie die Anzahl der Leukozyten. Auch die schnelle Blutsenkung spricht für starke Entzündungen, aber das ist angesichts der Tumoren auch keine Überraschung.«

Zuko versuchte die Puzzleteile zusammenzusetzen. »Ein ansteckender Erreger kann also mit Sicherheit ausgeschlossen werden?«

»Ja, da hat sich im Pathologischen Institut wohl jemand über die Feiertage richtig ins Zeug gelegt. Jedenfalls sind alle Befunde negativ – was ich aus naheliegenden Gründen durchaus beruhigend finde.«

Powell setzte die Brille wieder auf und zwinkerte, als ließe sich dadurch auch nur ein einziges Detail dieses unbegreiflichen Falls klarer in den Blick bekommen. »Gut. Ich würde sagen, das reicht uns fürs Erste.«

»Ich habe den endgültigen Bericht auf den Server gelegt. Und falls Sie noch Fragen haben sollten: Ich hab an Silvester sowieso nichts Besseres vor.«

Er nickte. »Dann zu den Opfern vom Schiff.«

»Falls Sie einverstanden sind, fange ich mit den noch nicht identifizierten Opfern an.« Sie schlug die nächsten fünf Tücher zurück, und der Brandgeruch krallte sich wie mit Widerhaken in Zukos Schleimhäute. Die Gliedmaßen der Leichen waren gekrümmt und angewinkelt, wie es für Brandopfer typisch ist, die geschwärzte Haut im Schulterbereich von Rissen durchzogen, die sich bis über den Brustkorb ausgedehnt hätten –, wenn er noch vorhanden gewesen wäre.

»Wir haben alles, was typisch ist für die Opfer extremer thermischer Einwirkung: Fechterstellung, Hitzeeinrisse in Brust- und Schulterbereich, verkohlte Haut. Die Brandhämatome am Schädel deuten ebenso wie der Schädelbruch auf extrem hohe sowie extrem lange Hitzeeinwirkung hin. Außerdem habe ich an den Knochen Spuren von Schussverletzungen gefunden.«

»Sie wurden also erschossen und anschließend verbrannt?«, fragte Zuko. »Um die Todesursache zu verschleiern?«

»Ausschließen lässt sich das nicht. Die Identitätsfeststellung wird jedenfalls schwierig, das kann ich jetzt schon mal versprechen. Zum Thema Fingerabdrücke muss ich wohl nicht viel sagen. Vielleicht haben wir mit der DNA-Analyse Erfolg, aber auch das wird aufgrund der thermischen Einwirkung ein Glücksspiel. Für diese fünf brauche ich eindeutig mehr Zeit, aber das habe ich in der letzten Mail ja schon geschrieben. Anders sieht es beim letzten Opfer aus.« Sie deckte die fünf Leichen wieder zu und ging zur letzten Bahre. »Sowohl von Constable Linus Finneran als auch von Detective Inspector John Sinclair habe ich heute Morgen endlich die zahntechnischen Unterlagen reinbekommen. Der Arzt von Sinclair, Dr. Peelham, hat sich ausdrücklich entschuldigt, aber es gab über die Feiertage wohl einen Fall von Vandalismus in der Praxis. Jemand hat versucht, die Kasse aufzubrechen.«

»An Weihnachten?« Powell tastete über seine Brusttasche.

»Rauchen ist hier leider nicht erlaubt, Sir.«

Er steckte die Chesterfield-Packung schuldbewusst wieder ein. Zukos Blick fraß sich förmlich an dem Kopf der Leiche fest, dessen Form unter der Decke deutlich zu erkennen war.

»Vielleicht Junkies, wer weiß das schon. Jedenfalls habe ich alle Daten vorliegen, darunter auch einige Röntgenbilder, so dass ich die Zahnschemata vergleichen konnte. Das Ergebnis ist eindeutig.« Sie machte eine kleine Kunstpause. »Das letzte Opfer ist nicht Constable Linus Finneran.«

Zuko spürte, wie in seinem Hinterkopf etwas zu summen begann. Vielleicht die Gehirnerschütterung, die sicherlich noch nicht vollständig abgeklungen war. Er verspürte auf einmal das absurde Bedürfnis, Zeit zu gewinnen. »Also hat Finneran überlebt?«

»Das habe ich nicht gesagt, Detective. Er könnte auch bei der Explosion über Bord geschleudert worden sein – falls er überhaupt anwesend war. Vielleicht sieht demnächst irgendein Tourist, wie er Arsch oben am Pier-Café von Southend-on-sea vorüber Richtung Nordsee treibt.« Dr. Baghvarty senkte den Kopf. »Tut mir leid. Es ist nur so, dass der Auftrieb bei einer Leiche meist dazu führt, dass das Hinterteil zuerst …«

»Was bedeutet das für John? Dass er auch noch am Leben sein könnte?«

Zukos Worte verhallten zwischen den Kachelwänden, während Dr. Baghvarty sich eine Haarsträhne aus der Stirn strich. »Es tut mir leid, Sie enttäuschen zu müssen. Detective Sinclair liegt definitiv vor Ihnen.«

Sie schlug das Tuch zurück, und Zuko spürte, wie sein eigenes Herz mit jedem Schlag gegen die verletzten Rippen drückte. Er versuchte zunächst, den Blick nicht auf das schwarze Etwas zu richten, das auf der Bahre lag. Aus dem Augenwinkel erkannte er die gleichen Verkohlungen wie bei den anderen Leichen, die Gliedmaßen ebenfalls angewinkelt.

Als er endlich seinen inneren Widerstand überwunden hatte, versuchte er, sich jedes scheinbar noch so unwichtige Detail einzuprägen. »Warum hat er keine Schuhe an?«

Dr. Baghvarty zuckte erneut mit den Schultern. »In der Hitze wäre Leder oder Kunststoff natürlich verascht oder geschmolzen. Aber dann hätten sich Spuren im Körpergewebe finden lassen. Da dem aber nicht so ist: nicht meine Baustelle.«

»Vielleicht hat er sie ausgezogen, bevor er ins Wasser ging«, mutmaßte Powell.

Auch bei Sinclair hatte sie den Brustkorb geöffnet, und im Unterschied zum ersten Toten fiel Powell und Zuko sofort das umgekehrte Y ins Auge, das sich vom Hals abwärts bis zu den entfernten Lungenlappen wie ein Brandmal ins Fleisch gesengt hatte.

»Rußaspiration«, erklärte Baghvarty. »Der histologische Befund bestätigt die Vermischung von Ruß und desquamierter Schleimhaut mit Blutfülle der Kapillaren der Submukosa. Dazu passt auch die hohe Kohlenmonoxid-Konzentration im Blut – und die Tatsache, dass jegliche Hinweise auf Schussverletzungen fehlen.«

»Klartext«, verlangte Powell mit heiserer Stimme.

»Er wurde nicht erschossen«, schloss Zuko, während der Schmerz in seinem Oberbauch schier übermächtig wurde.

Dr. Baghvarty schüttelte langsam den Kopf. »Detective Sinclair hat zum Zeitpunkt der Explosion noch geatmet und ist anschließend vermutlich bei vollem Bewusstsein lebendig verbrannt.«

7

Powell nahm Zuko mit auf das Forest Gate. Glückwünsche und Mitleidsbekundungen der Kollegen wegen Sinclair, die an Zuko vorbeirauschten. Einzig mit Glenda wechselte er ein paar Worte. Sie war Ende zwanzig und das IT-Girl der Abteilung, einschließlich verschrubbelter Frisur und Pizzakartons auf dem Schreibtisch, weil sie niemals vor zehn Uhr abends das Büro verließ. Offiziell war sie als Sekretärin eingestellt, ein Job, den sie allerdings nur mäßig beherrschte. Die meisten Spezialaufgaben, die Powell ihr übertrug, erledigte sie dafür umso zuverlässiger. Nachdem Powell zur Hälfte der Probezeit noch überlegt hatte, sie rauszuwerfen, hatte er ihr schließlich ein eigenes Büro gegeben, inklusive Highspeed-Internetzugang und ein paar Rechnern mit gewisser Sonderausstattung, von der es hieß, dass er sie dem Commissioner persönlich bei einem Bridgeabend aus dem Kreuz geleiert habe. Natürlich gab es die Möglichkeit, offiziell um IT-Unterstützung anzufragen, aber das Prozedere war langwierig, kostete den letzten Nerv, und das Ergebnis war schlechter als alles, was Glenda je abgeliefert hatte. Sie hatte Sinclair gemocht. Vielleicht sogar mehr als das. Ihr Kajal war zerlaufen, und ihre Finger zitterten, als sie Zuko und sich jeweils einen Kaffee einschenkte. Die Pizzareste im obersten Karton waren angetrocknet, wahrscheinlich hatte sie seit Tagen nichts Festes mehr zu sich genommen.

Sie wischte sich die Tränen aus dem Augenwinkel und sah aus dem Fenster. »Eine Brandleiche – das ist doch noch lange kein Beweis. Überhaupt nicht.«

»Dr. Baghvarty hat keinen Zweifel.«

Sie fuhr sich durch die Haare, die dadurch noch eine Spur

ungewaschener wirkten. Er fragte sich, ob sie während der Feiertage überhaupt mal den Weg nach Hause gefunden hatte. Wobei niemand mit Sicherheit wusste, ob sie ein Zuhause hatte.

»Was passiert denn jetzt?«

»Sobald die Obduktion abgeschlossen ist, wird der Leichnam freigegeben. Der Guv sagte, der Staatssekretär will die Sache vom Tisch haben, vor allem wegen der Presse. Er rechnet damit, dass John noch dieses Jahr bestattet werden soll. Wahrscheinlich am Montag.«

»An Silvester? Soll das vielleicht ein Witz sein?«

»Haben Sie da was Besseres vor?«

Glenda lehnte sich gegen die Fensterbank und holte tief Luft. Ihr zierlicher Schatten zeichnete sich hinter ihr auf der beschlagenen Scheibe ab.

»Sie sollten hier vielleicht mal durchlüften. Und den Rest der Woche freinehmen.«

»Und wozu? Ich geh hier nicht weg, solange … solange …« Sie breitete hilflos die Arme aus, aber Zuko verstand auch so, was sie sagen wollte. »Tut mir leid, Detective. Wie geht's *Ihnen* überhaupt?«

»Halb so schlimm. Spätestens nach Neujahr bin ich wieder da. Irgendjemand muss ja den Abschlussbericht zum Parson-Fall schreiben.«

»Dachte, das macht Donovan. Und was ist mit der Baltimore?«

»Da ist der MI-5 dran, und vielleicht auch die Interne. Anscheinend hängt alles davon ab, was die Spurensicherung am Anleger findet. Wegen des Feuergefechts.«

Ihre Wangen färbten sich rot. »Also ganz ehrlich, das ist doch vollkommen bescheuert! Ich meine, die brauchen doch jeden Mann – und vor allem den, der als Erster vor Ort war! … Ich wollte natürlich sagen, als Erster abgesehen von …«

»Ich weiß, was Sie sagen wollten, und danke dafür. Ashley, Pixon und die anderen werden Lockhart eine gute Hilfe sein.« Er verzog eine Spur zu theatralisch das Gesicht. »Tut mir leid, ich bin ehrlich gesagt ziemlich erledigt. Vielleicht die Medikamente.«

»Natürlich. Entschuldigen Sie. Ich wollte nicht …«

»Ich werde noch kurz mit Powell sprechen, und dann fahre ich nach Hause. Sollten Sie auch tun.«

Sie senkte den Kopf und nickte.

Er bedankte sich für den Kaffee und goss damit, sobald er seine Bürotür hinter sich geschlossen hatte, die Yucca-Palme auf der Fensterbank.

Nachdem er ein paar Akten von links nach rechts und zurück geschoben hatte, ging er nicht zu Powell, sondern zurück zum Aufzug. Auf dem Weg nach unten warf er zwei weitere Ibus ein.

Sein Arbeitstag fing gerade erst an.

Die Silhouette der ausgebrannten Schute zeichnete sich in der Abenddämmerung schattenhaft hinter dem Zaun ab. Das zerstörte Gittertor war mit Absperrband gesichert. Davor parkte ein Streifenwagen, in dem zwei Kollegen in Uniform saßen, um sicherzustellen, dass sich keine Schaulustigen an den Tatort verirrten. Ihr Anblick ließ die Bilder sofort wieder aufflammen: die Mündung an seiner Stirn, das grelle Weiß der Explosion …

Zuko fuhr an dem Streifenwagen vorüber und ließ den Blick über die angrenzenden Grundstücke schweifen: ein Autohändler, ein Bauunternehmer, ein Schrottplatz … Dann ein Cash-&-Carry-Markt mit angeschlossenem Getränkehandel, in dem noch Licht brannte.

Zuko stieg aus.

Ein bulliger Typ in einer Latzhose saß hinter einer altmodischen analogen Registrierkasse und fertigte einen Kunden ab, der sich offenbar für die nächsten zwölf Monate mit Lagerbier versorgte. Zuko wartete, bis er mit seinem scheppernden Einkaufswagen abgezogen war, und stellte ein Sechserpack Wasser auf den Tisch.

»Das ist alles?«

»Muss die Feiertage über nüchtern bleiben.«

»Sie Armer. Macht zwei fünfzig.«

Zuko schob ihm einen Fünfer rüber. »Sind Sie Simon McKenna?«

»Seh ich so aus?«

»Sie sehen aus wie einer, der hier das Sagen hat.«

McKenna grinste und schüttelte den Kopf. »Falls Sie sich um 'n Job bewerben wollen, kommen Sie leider zu spät. Ende des Monats wird hier abgeschlossen, und dann war's das.«

»Schlechte Geschäfte?«

»Hab mir den Laden von einem Kumpel aufschwatzen lassen, von dem ich dachte, dass er 'n Freund wär. Jetzt liegt er irgendwo an der Costa del Sol, und ich hab noch 'n Mietvertrag über zwei Jahre. Drauf geschissen.«

»Wissen Sie, warum er den Laden loswerden wollte?«

»O ja! Gleich in der ersten Woche hab ich's rausgefunden! Da kam so 'n Arschloch hier rein und fragte mich, ob ich so 'ne Art Pachtvertrag unterzeichnen möchte. Ich sagte ihm, ich hab 'n Vertrag, aber er sagte, das wäre nur der *offizielle*Vertrag. Der andere wäre inoffiziell, aber er sei genauso wichtig wie der erste.«

»Wie viel wollte er?«

McKenna kniff die Augen zusammen. »Wieso zum Geier wollen Sie das eigentlich wissen?«

Zuko zeigte ihm seinen Dienstausweis. »Ich bin hier, weil Sie an Heiligabend den Notruf gewählt haben. Wegen der Schießerei.«

»Wie wär's, wenn ihr euch mal absprecht? Ich hab schon ausgesagt.«

»Hab noch ein paar Fragen. Haben Sie hier in der Nähe schon mal etwas Ähnliches beobachtet?«

»Dass ein Kahn in die Luft geflogen ist? Scheiße, nein, kann mich nicht erinnern. Und ehrlich, ich wünschte, es wär so, denn durch den Mist sind mir über Weihnachten wenigstens ein paar Kröten zusätzlich in die Kasse gespült worden.«

»Wer war denn so hier?«

»Jede Menge von euerm Verein natürlich. Und Typen von der Presse. Wobei sich die meisten nicht gerade bei mir vorgestellt haben, aber diese Arschgeigen erkennt man schon von weitem. Zwei junge Vögel waren dabei, die haben sich sogar gefilmt, wie sie hier durch den Laden gelatscht sind. Bescheuert.«

»Und sonst? In den Tagen davor? Direkt vor der Explosion zum Beispiel. Haben Sie da einen Streifenwagen hier gesehen?«

McKenna legte die Stirn in Falten. »Schon möglich. Aber wenn, dann ohne Blaulicht.«

»Und sonst? Andere Leute? Jemand, der nach der Explosion weggefahren ist?«

»Scheiße, ich hab ja nicht viel gesehen, Mann, weil ich zwischendurch wieder am Telefon war. Aber da waren ein paar Typen. Und wissen Sie was? Einer davon könnte das Arschloch gewesen sein, das wegen dem Scheißvertrag gefragt hat.«

»Haben Sie seinen Namen? Oder ein Bild von ihm? Draußen hängt eine Kamera.«

»Die ist nur Fake. Die Versicherung wollte, dass ich sie anbringe.«

»Würden Sie den Mann wiedererkennen, wenn Sie ihn sehen?«

»Auf jeden Fall, sicher. Trägt einen beschissenen Spitzbart und hatte ein Hawaiihemd an. Hat einen auf cool gemacht, aber sein Blick hat geflackert wie bei 'nem scheiß Fixer. Deshalb hab ich ihn ja auch sofort rausgeschmissen damals.«

8 Jack Bannister hatte sich gerade an den Küchentisch gesetzt und die Silberfolie zerrissen, als es an der Tür klingelte. Er fluchte. Es war ein scheißanstrengender Tag gewesen, wie alle Tage seit der Sache, die an Heiligabend in Creekmouth passiert war. Natürlich hatte Big Jellyfish ihm die Schuld gegeben, wie er es immer machte, um vor Costello gut dazustehen. Diesmal aber war alles anders gewesen. Sean und Steve waren tot, und Tyler hatte bewusstlos vor dem Laster gelegen, als Jack dem Bullen entkommen war. Seitdem war Tyler verschwunden, und er, Jack, versuchte zu kapieren, was er gesehen hatte und was ihm weder Big Jellyfish geglaubt hatte noch Costello, bevor der Boss von irgendwoher einen Anruf bekommen hatte, der Jacks Erzählung bestätigte: dass es Russell Lynch gewesen war, der Sean und Steve vom Schiff aus umgenietet hatte.

Derselbe Russell Lynch, der bis vor einem Jahr in Costellos Diensten gestanden hatte! Damals hatte er sich um eine von Costellos Schnallen gekümmert, als eine Art Leibwächter, bis er eines Tages einfach verschwunden war. Es folgten die üblichen Gerüchte. Dass er es mit dem Kümmern vielleicht etwas übertrieben hatte, was realistisch betrachtet durchaus eine Möglichkeit war, weil Russells Schultern nun mal aussahen, als hätte Michelangelo sie modelliert, und weil eine Frau Bedürnisse hatte, vor allem, wenn Costellos kleine, funkelnde Aufmerksamkeiten so abrupt ausblieben, wie es bei Deirdre Watkins bereits lange vor ihrem Harmony-Absturz der Fall gewesen war. Aber niemand wusste etwas Genaues oder traute sich, den Boss zu fragen, und so hatte sich das Gerede schließlich wieder gelegt, nicht zuletzt, weil nichts passierte und niemand verhaftet wurde. Was bedeutete, dass Lynch zumindest nicht bei den Bullen ausgepackt hatte. Trotzdem, es blieb ein sensibles Thema, und so tat man lieber, als hätte Russell Lynch nie existiert.

Für wen hatte Lynch am Anleger gearbeitet? Für Costello jedenfalls nicht. Costellos Leute waren Sean, Steve, Tyler und Jack gewesen, die Jellyfish dorthin geschickt hatte, um den Lkw mit was auch immer zu beladen, wozu es nach Russells Amoklauf dann nicht mehr gekommen war. Jetzt waren nicht nur Sean und Steve tot, sondern auch der Bulle, der zufällig aufgetaucht war, und Jack wunderte sich über das Schweigen, zu dem er vergattert worden war. Als würde sich ein Riesenhaufen Scheiße in Luft auflösen, nur weil man die Augen zumachte. Eine echt bescheuerte Haltung, aber wen interessierte schon seine Meinung. Jellyfish jedenfalls nicht. Der kroch lieber Costello in den Arsch …

Die Klingel.

Die Amphetamine heute Morgen hatten ihn eigentlich klar machen sollen, aber irgendwie sorgten sie nur dafür, dass alles immer weiter auseinanderdriftete. Wenigstens war inzwischen klar, dass in Creekmouth ein viel größeres Ding abgegangen sein musste, als er gedacht hatte. Trotzdem war Jellys Befehl glasklar. Kopf einziehen und Dienst nach Vorschrift. Konzentration auf die Kernprojekte, während Costello seine Fühler ausstreckte, um zu klären, was genau da am Hafen eigentlich vorgefallen war.

Ihm sollte es egal sein. Zusammen mit Jelly und zwei Frischlingen hatte er am Mittag eine Übergabe gemanagt und sich sein Extrahonorar anschließend in Form von Harmony auszahlen lassen. So gesehen, hatte der Abgang von Sean und Steve auch was Gutes. Er hatte die Hierarchien durcheinandergewirbelt und Aufstiegsmöglichkeiten geschaffen. Dazu kam, dass die Typen von Hackney bis rauf nach Stokey süchtig waren nach Harmony, weil es teuer war und zu einem wirklich krassen Trip das gute Gefühl kam, weit über den armen Fixer-Schweinen aus dem East End zu stehen. Allmählich entdeckte auch die City die Qualität von Greater H, das einen nur halb so lang, aber doppelt so gut auf die Reise schickte wie Ketamin und auf den ersten Blick kaum Nebenwirkungen hatte. Das fette Ende kam später, mit der Abhängigkeit, deshalb hatte Costello beschlossen, das Geschäft mit Greater H auszudehnen, bevor es sich rumsprach. Jack sah sich schon auf dem Weg zum Lieutenant. Vielleicht würde er irgendwann sogar Jellyfish ausbooten, das fette Arschloch …

Es klopfte an der Tür.

»Verdammt, ich komm ja schon!«

Er war davon ausgegangen, dass es Olivia war. Die dämliche Alte von nebenan hatte es sich zum Ziel gesetzt, aus ihm einen Abstinenzler und frommen Kirchgänger zu machen. Jack war nicht ganz klar, wieso sie ausgerechnet ihn ins Visier genommen hatte. Wahrscheinlich lag es daran, dass sie völlig untervögelt war und nicht erkannte, dass es weniger Gottes Wille als ihre Rüschenhemden und ihr hässlicher Vogelkopf waren, die die Männer in die Flucht schlugen. Als Nachbar konnte Jack schlecht abhauen, was die bescheuerte Kuh prompt ausnutzte, um ihm jeden Sonntag ein Stück Apfelkuchen vorbeizubringen, als ob es sonst in diesem ganzen verdammten Land nichts zu essen gäbe. Er warf es meistens direkt in den Müll und hoffte, dass sich das Problem irgendwann von allein erledigte.

Aber Olivia hätte nicht an die Tür gehämmert, sondern den Teller mit dem Kuchen einfach davor abgestellt und sich lautlos verzogen.

Vor der Tür stand …

»Russell?«

Jack starrte ihn an wie einen Geist, denn genau das musste er schließlich sein.

»Kann ich reinkommen?«

Russell war noch nie ein Mann gewesen, mit dem man gern Stress hatte, schon bevor er an Heiligabend den Anleger in Creekmouth mit seiner MPi bestrichen hatte wie ein durchgedrehter Knecht Ruprecht.

Jack spürte, wie sich seine Beine in Pudding verwandelten. »Klar, Mann.«

Russell schlurfte in die Küche, ließ den Blick über die dreckigen Arbeitsflächen, die zerkratzte Oberfläche der Kühlschranktür und das halbausgewickelte Silberpapier auf dem Küchentisch schweifen, bevor er sich auf einen der beiden Stühle sinken ließ.

»Setz dich, Jack.«

Jack unterdrückte den Impuls, rüber zu Olivia zu fliehen, und gehorchte.

»Trägst immer noch diese Scheißhemden, wie?«

Jack zuckte mit den Schultern. »Sind bequem und kosten drei Pfund das Stück. Da muss man zuschlagen.«

Russell nickte. »Hat ein bisschen gedauert, bis ich dich aufgestöbert hatte. Bist nicht einfach zu finden.«

Jack zwirbelte seinen Spitzbart, auf den er so stolz war, und ließ ein nervöses Lachen hören. »Wo hast du denn gesucht? Etwa in 'nem scheiß Telefonbuch?«

Das Küchenfenster ließ selbst im Winter nicht viel Licht rein, wenn die Baumriesen den Hinterhof in einen Geisterwald verwandelten. Aber das eingetrocknete Blut an Russells Kragen fiel ihm trotzdem auf.

»Scheiße, Mann, bist du verletzt? Brauchst du Hilfe?« Er stand auf. »Meine Hausapotheke ist ziemlich mau, jedenfalls, was *das* angeht. Aber ich könnte mal bei der Nachbarin fragen. Die hat bestimmt Pflaster und Verbandszeug und so. Ich bin gleich wieder …«

»Setz dich, Jack.«

Jack sank zurück auf den Stuhl. »Sicher?«

Russell nickte.

»Okay, Mann, du musst es ja wissen.« Er wischte sich eine Schweißperle aus dem Nacken. »Du weißt aber schon, dass man seit Tagen nach dir sucht?«

»Ja.«

Na, schön dass wir das geklärt haben. Eine zweite Schweißperle. Gottverdammt.

»Ich brauchte einige Zeit, um etwas … herauszufinden.«

Russells Tonfall ließ Jack irgendwie darauf schließen, dass damit nicht allein seine Adresse gemeint sein konnte.

»Interessant. Und? … Hast du's rausgefunden?«

»Ja.«

Jack fiel auf, dass Russell die grauen Brocken auf dem Silberpapier betrachtete, die vor ihm auf dem Tisch lagen. »Willst du davon vielleicht was haben? Das ist Greater H. Geiler Scheiß, der dich super entspannt und abheben lässt. Costello hat es irgendwann im Frühjahr eingeführt, kurz nachdem du … Ich meine, nachdem du …« Er biss sich auf die Zunge.

»Nachdem ich weg bin.«

»Ja, genau.« Jack versuchte, sein Lachen möglichst ungezwungen klingen zu lassen. »Willst du mal probieren? Ich kann damit heute sowieso nichts anfangen. Hab nachher noch … Na ja, ich hab noch 'n Termin bei Jelly und muss fit sein, du weißt schon. Also hau rein.«

»Ich kenne das Zeug, Jack.«

»Ach, echt?«

Russell nickte. »Deswegen bin ich hier.«

»Gut, dann … wie gesagt, bedien dich einfach.«

Er schob das Silberpapier ein Stück weiter rüber.

Russell lehnte sich zurück und legte die Arme hinter den Kopf, wodurch sich der Ausschnitt der Jacke weitete, und Jack konnte sehen, dass der Pullover unterhalb des Kragens vollkommen blutdurchtränkt war. Jetzt fielen ihm auch die Einschusslöcher auf, links in der Schulter und rechts fast am Halsansatz.

Gottverdammt, der Kerl stank nicht nur wie ein lebender Leichnam, er war auch einer. Den Verkrustungen nach zu urteilen, waren die Wunden mehrere Tage lang unversorgt geblieben. Vielleicht hatte er sogar noch die Scheißprojektile im Körper. In Russells Blick lag plötzlich etwas Dunkles, Kaltes, das Jack eine Scheißangst einjagte.

»Ich bin hier, Jack, weil ich wissen muss, inwieweit sich die Verhältnisse verändert haben nach meinem … Ausscheiden.«

Jack schluckte. »Tja, ich würde sagen … Also, ich meine, ich weiß ja nicht, was du *genau* weißt, aber so ganz grundsätzlich würde ich sagen, dass sich die Verhältnisse … möglicherweise … *sehr* geändert haben.«

»Trifft das auch auf die Halle zu?«

»Auf welche Halle?« Er hatte tatsächlich keinen blassen Schimmer, wovon der Typ redete.

»Die Fabrikhalle in der Gibbins Road, um die sich Deirdre gekümmert hat.«

Jack ging ein entferntes Licht auf. »Ach, *die* Halle meinst du. Wo sie diese armen Arschlöcher untergebracht hat, die sonst einfach unter irgendeiner Brücke verreckt wären. Also, soweit ich weiß, hat Costello die dichtgemacht. War ja 'n reines Abschreibungsobjekt, was man so gehört hat … Kann aber auch sein, dass er die Leute nur umgesiedelt hat, da bin ich nicht so genau im Bilde.«

»Es ist also möglich, dass es die Halle noch gibt … nur woanders?«

»Ich sagte doch, ja, es ist möglich. – Verdammt, Russ, was willst du von mir? Ich bin kein Buchhalter, ich kümmer mich nur um die Scheißlieferungen.«

»Und wer kümmert sich um die Fabrikhalle? Immer noch Deirdre?«

Jack lachte auf. »Schon möglich. Wenn sie noch kann.«

»Was heißt das?«

Vielleicht lag es daran, dass die Wirkung des Speeds nachließ, aber so langsam wurde Jack wirklich wütend. »Hast du Deirdre mal gesehen in letzter Zeit? Scheiße, ich glaub nicht, dass sie sich überhaupt noch um irgendwas kümmert. Aber was soll die Scheiße, Mann? Was willst du?«

Jack verschränkte die Hände vor der Brust, wie um zu verbergen, dass ihm das Herz bis zum Hals schlug. Halb rechnete er damit, dass Lynch sich auf ihn stürzen und ihm die Augen aus dem Schädel reißen würde, aber Lynch tat gar nichts. Er blieb einfach sitzen und musterte ihn.

»Nehmen wir an, Deirdre hat immer noch die Schlüssel«, fragte er schließlich. »Wer besorgt dann den Stoff?«

»Hast du mir nicht zugehört? Ich hab keine Ahnung, wie das genau läuft, und ich will's auch nicht wissen. Diese armen Teufel bekommen sowieso nur den Ausschuss – den Scheiß, der in der Küche zusammengefegt wird, du weißt schon.«

Lynch griff nach dem Silberpapier und spielte mit der grauen Kugel. »Das hier ist kein Ausschuss.«

Jack lachte auf. »Bestimmt nicht. Das ist 1-A-Ware, feinste

Qualität, Mann. Da muss 'ne Mutti lange stricken, um sich das leisten zu können.«

»Wie oft hast du das Zeug schon genommen?«

Jack zuckte mit den Schultern. »Ab und zu. Wie gesagt, ist gut, um runterzukommen. Aber man muss es unter Kontrolle haben.«

»Und das hast du?«

»Sicher. Klar.«

Lynch nickte langsam. »Und die Bezugsquelle?«

Jack versuchte es mit einem Grinsen. »Hey, ich hab ja keinen Plan … Aber ich bin sicher, der Boss wäre nicht besonders erfreut, wenn ich dir erzähle, wie …«

»Von Jelly?«

Jack schwieg und versuchte, Lynch niederzustarren, aber Lynch, dieser Arsch, starrte einfach zurück. Und sein eiskalter Blick war nicht auszuhalten.

»Okay, hast gewonnen. Im Prinzip von Jelly, ja.«

»Im Prinzip?«

Jack wand sich. »Es gab da so Probleme wegen der Sache an Heiligabend … Ich mein, Scheiße, *du* hast Steve und Tyler doch …! Aber ist ja auch egal. Ich mein nur: Deshalb musste Jelly das Team umstellen. Ein paar Frischlinge sind dazugekommen. Und so 'n alter Sack aus Stokey, der's noch mal wissen will. Greg oder so.«

»Greg oder so.«

»Ja, genau.«

»Adresse.«

»Ist nicht dein Ernst, oder?«

»Adresse.«

Jack schloss die Augen. Wieso hatte das Leben nicht einfach eine Rückgängig-Taste wie jedes Scheißhandy? Blöd, wen man da reingelassen hat? Okay, rückgängig. *Das* wäre doch mal eine Erfindung. »Ich hab nur 'ne Telefonnummer. Wenn ich sie dir gebe, versprichst du mir, dass du dich dann verpisst?«

»Ich gehe nicht ohne die Telefonnummer.«

»Verdammt, ist ja gut, Mann!« Jack zog das Handy aus der Tasche und wischte über das Display, bis er den Kontakt von Greg hatte. »Hier, bitte. Brauchst du vielleicht auch noch 'n Stift, oder wie?«

Russell Lynch blickte auf das Display und dann wieder auf Jack. »Gut.«

»Toll. War's das endlich?«

Lynch nickte, und Jack fiel ein Stein vom Herzen, als Lynch die Hände auf den Tisch stemmte und sich erhob. Lynch verschwand aus der Küche. Jack wollte ihm folgen, aber er fühlte sich auf einmal so schwach, dass er um ein Haar vom Stuhl gerutscht wäre. Die Haustür wurde geöffnet und fiel kurz darauf wieder ins Schloss. In der Wohnung wurde es still wie auf einem Friedhof.

Er wischte auf dem Handy weiter zu Jellys Kontakt. Aber was sollte er ihm sagen? Dass Lynch, der verlorene Sohn, bei ihm aufgetaucht war, mit zwei Kugeln in den Schulterblättern? Und dass er ihn hatte gehen lassen, weil er sich vor Angst fast in die Hose geschissen hatte?

Seine Fingerkuppe strich weiter zu Deirdre Watkins. Es wäre nur fair gewesen, sie vor Lynch zu warnen. Andererseits, was ging es ihn an?

Er musste nachdenken, und das konnte er am besten, wenn er erst mal ein bisschen Abstand gewann. Er schob das Fenster einen Spaltbreit auf, damit endlich der Scheißgeruch verschwand, und steckte sich das graue Kügelchen in den Mund. Man lutschte es ungefähr zehn Minuten. Danach dauerte es weitere zehn Minuten, bis die Wirkung einsetzte. Er nutzte die Zeit, um den Wasserhahn in der Badewanne aufzudrehen und eine von diesen widerlichen Badekugeln ins Wasser zu werfen, die er sich extra für seine Trips gekauft hatte. Das penetrante Lindenblütenparfüm verwandelte sich im Harmonyrausch in die krassesten Farbspektren. Als er das Hawaiihemd abstreifte, merkte er bereits, dass es losging. Es war wichtig zu liegen, wenn der Trip begann, weil unter Greater H Schmerzwahrnehmung und Körperkontrolle fast vollständig ausgeschaltet waren. Eine von Jellys Nutten hatte sich im Rausch mal auf dem Herd abgestützt und erst nach zehn Minuten gemerkt, dass ihre Hand bis auf den Stumpf runtergebrannt war.

Das Wasser verschaffte Jack das Gefühl zu schweben, was ihm angesichts der Scheißprobleme, die diese Woche bislang mit sich gebracht hatte, ziemlich beeindruckend vorkam. Er legte den Kopf in den Nacken und wartete darauf, dem Ärger davonschweben zu können. Der Nachbarin. Der Scheiße in Creekmouth. Und natürlich Lynch.

Er sah Lynch vor sich, wie er auf seinem Küchentisch saß und einfach nicht aufstehen wollte. Aus seinen beiden Schulterwunden quoll Blut, das auf den Küchenboden rann. Nein, strömte. Jack wartete darauf, dieses Scheißbild aus dem Kopf zu kriegen, aber leider geschah das nicht. Er hoffte, dass es nicht daran lag, dass jemand Jelly und ihm gestreckten Mist angeboten hatte. Das Blut sammelte sich auf dem Küchenfußboden, quoll immer höher, fast bis an die Knöchel. Lynch fand das witzig. Sein Lachen verfolgte Jack bis in den Flur, wo er einen Wischmob und einen Eimer aus dem Schrank holte und das Blut in der ganzen verdammten Wohnung aufwischte, die sich plötzlich um die Fabrikhalle erweitert hatte, in der Deirdre ihre abgefuckten Schützlinge betreut hatte. Er ackerte wie ein Stier, bis der Boden im Wohn- und Schlafzimmer und selbst der Flur wieder blitzblank waren. Nur in der Küche kam er gegen den Strom aus Russells Schultern einfach nicht an. Und dann dieses Lachen. Lynchs Mund wurde immer größer, und das Blut auf seiner Brust immer dunkler. Irgendwann hatte Jack genug von dem Wichser und trat nach ihm, so dass er mitsamt seinem Scheißstuhl durch das geschlossene Fenster flog.

Die funkelnden Scherben vermischten sich mit dem Gestank der Badekugeln zu einem schwarzblauen Nebel, der aus der Wanne stieg und ihn vollständig einhüllte. Jack rutschte tiefer. Er hatte auf einmal das Gefühl, keine Luft mehr zu bekommen, aber das war ihm egal, weil der schwarzblaue Nebel ihn anzog.

Er hatte keine Angst mehr. Nicht vor Lynch und nicht mal mehr vor Costello. Der Nebel ballte sich über der Badewanne zusammen wie eine Regenwolke. Wurde dichter. Jack hatte das Gefühl, in einen rotierenden Schlund zu starren, aus dem etwas auf ihn zukroch, das erst klein war und dann größer wurde. Er erkannte, dass es über mehrere Beine verfügte, zwischen denen irgendwo ein menschlicher Kopf steckte. Der Kopf sah seltsam aus. Er war in der Mitte gespalten wie von einer Axt. Aber er lebte. Jack betrachtete ihn interessiert. Das Wesen erwiderte seinen Blick, huschte auf seinen vielen Beinen heraus aus dem schwarzen Strudel, der sich hinter ihm auflöste, und kroch über den Wannenrand auf das Fenster zu. An den schwarzen, behaarten Beinen hafteten Glassplitter.

Da ging Jack auf, dass es nicht Russell Lynch war, der die Scheibe zerstört hatte, sondern dass stattdessen dieses Ding durch das Fenster *hereingekrochen* war. Ihm wurde eiskalt, als der gespaltene Kopf sich über ihn beugte. Ihn musterte und taxierte, während sich die Mandibeln unter dem Kinn bewegten.

Dieses monströse Ding da über ihm war *echt*.

Jacks Amygdala hatte längst zu trompeten begonnen, aber die Impulse verendeten sang- und klanglos im Harmonyrausch. Sein Herz schlug ruhig weiter, und ihm brach nicht mal der Schweiß aus, obwohl er gleichzeitig vor Angst ins Wasser pisste.

Körperkontrolle.

Schmerzempfinden.

Jack schrie selbst dann nicht, als das Spinnending die Mandibeln in seinen Halsansatz bohrte. Das Gift fand schnell und sicher den Weg in Jacks Blutbahn, und die Wirkung setzte bereits Sekunden später ein – lange, bevor der Harmonyrausch endete.

9 Das Unwetter kündigte sich mit Sprühregen an, der die ehrwürdigen Ziegelsteinsäulen am Tor des Mortlake Cemetery innerhalb weniger Minuten mit einem glänzenden Film überzog. Eine Viertelstunde später regnete es Bindfäden – als teile der liebe Gott den Anwesenden auf diese Weise höchstselbst seine Missbilligung darüber mit, dass die Beerdigung auf Anweisung des Innenministeriums an einem derart absurden Termin angesetzt worden war.

Zuko stand wenige Yards vom Grab entfernt neben dem Superintendent, inmitten von gut vierzig Beamten aus dem Murder Investigation Team des Forest-Gate-Reviers, darunter auch Ashley und Dixon. Direkt vor dem Grab standen Johns Eltern Horace und Mary, die aus Schottland angereist waren. Zuko hatte sie bisher nur zwei- oder dreimal gesehen, nachdem der alte Horace F. Sinclair, Master of Arts und Doktor der Rechtswissenschaften, vor ein paar Jahren seine Londoner Kanzleianteile verkauft und sich in Lauder in der Nähe von Edinburgh zur Ruhe gesetzt hatte – nach Johns Worten ziemlich enttäuscht darüber, dass sein Sohn nicht in die väterlichen Fußstapfen getreten war, sondern sich für eine Karriere bei den Bodentruppen der Exekutive entschieden hatte. Geschichten über Familienstreitigkeiten zwischen zwei Bieren.

Die wenigen Beamten, die sich hatten entschuldigen lassen, schoben entweder Dienst oder lagen mit 41 Grad Fieber im Bett. Außerdem hatte es noch einen Haufen Streifenpolizisten hergetrieben sowie Hammerstead und seine Entourage aus dem Innenministerium, die sich mächtig in Schale geworfen hatten, um Detective Inspector John Sinclair die letzte Ehre zu erweisen. Nur Lockhart fehlte, wie Zuko irritiert feststellte. Er hatte sich zwei Schmerztabletten extra genehmigt, um den Tag zu überstehen, und seitdem war sein Brustkorb angenehm in Watte gehüllt.

Der Pfarrer mühte sich redlich, aber der Regen hatte an seinem sorgfältig gelegten Haarkranz ein Massaker verübt, noch

132

bevor er die Einleitung beendet hatte. Während der ganzen Rede ging Zuko das vier Tage alte Bild des verkohlten Leichnams auf dem Metalltisch von Dr. Baghvarty nicht aus dem Kopf. Zehn Minuten später übergab der Pfarrer das Wort an Doug Cavanaugh, der unbeholfen an die Grube humpelte.

»Tja, also … liebe Gäste … also liebe Trauernde, wollte ich sagen … Ehrlich gesagt hab ich auch keine Ahnung, wieso John unbedingt wollte, dass ausgerechnet ich diese Rede halte.«

Famoser Einstieg.

Der Superintendent neben Zuko nahm seine Brille ab und putzte sie, während es weiter wie aus Eimern goss. Wahrscheinlich war Powell sogar froh über das Wetter. Sollte am Ende bloß niemand behaupten, dass er geweint hatte. Vom Regen und Dougs krächzender Stimme abgesehen, war es auf dem Friedhof buchstäblich totenstill. Sechs Stunden vor dem Jahreswechsel gab es keine weiteren Besucher. Nur ein oder zwei drittklassige Paparazzi, die aus dem Schatten der Eiben an der Südmauer Bilder schossen. Eine Woche nach der Explosion hatte die Boulevardpresse zwar nicht das Interesse an dem Fall verloren, wohl aber am Schicksal von Detective Inspector John Sinclair. Nur ein weiterer Name, der in den Archiven des Yard verschwinden und langsam vergessen werden würde, weil für Menschen, die ihr Leben riskierten, indem sie einfach nur ihren Job machten, in dieser Welt nun mal keine Hall of Fame existierte.

Wenigstens fand Cavanaugh langsam in die Spur.

»… weiß ich schließlich selbst nur zu genau, was es heißt, ein Bulle zu sein, und das schwöre ich euch beim Leben meiner seligen Mutter: Wenn mir nicht irgendein Schwachkopf vor zwanzig Jahren die Hüfte kaputtgeschossen hätte, wäre ich Finneran vor einer Woche selbst nachgelaufen – und zwar mit einem Unterschied: Ich hätte diesen Wichser bestimmt *eher* drangekriegt als Sinclair, und dann würde er heute bei uns in U-Haft schmoren und sich dafür verantworten müssen, dass er unsere Marke beschmutzt und verraten hat! … Ich meine, ich kannte John! … *Ihr* kanntet John! Mag sein, dass er hin und wieder ein bisschen hitzköpfig war – warum auch nicht, denn zum Ausgleich hatte er schließlich den coolsten Partner des gesamten Reviers! –, aber vor allem war er ein ehrlicher und aufrechter Polizist. Ehrlich und aufrichtig seinen Kollegen gegenüber … und ehrlich und aufrichtig da draußen auf der Straße! Erinnert sich noch jemand an das Arschloch, das seine Frau und drei Kinder erwürgt und ihre Überreste in siebzehn Tüten oben in Deershelter Plain vergraben hat? Es ist Johns Verdienst, dass der Mistkerl heute einsitzt, und das ist nur *eins* der verdammten Arschlöcher, die heute in Belmarsh über den Hof latschen und kotzen, wenn sie Johns Namen hören! Dabei hat er über seine Erfolge nie viele Worte gemacht. Er hat *überhaupt nie* viele Worte gemacht. Na ja, außer über Sie, Detective Superintendent, aber das meiste davon wollen Sie lieber nicht hören, schätze ich.«

Gelächter. Spätestens jetzt hatte Cavanaugh die Leute auf seiner Seite, und Powell trug es mit Fassung.

»Wenn ich genau darüber nachdenke … also ehrlich, Leute, wenn ich wirklich einmal *genau* darüber nachdenke, dann hatte John eigentlich nur einen einzigen Fehler. Er war kein Ire! Aber dafür ist er abgetreten wie einer. An Heiligabend gestorben, am Neujahrsabend begraben, das macht dir so schnell keiner nach, Kumpel! Darum schlag ich vor, dass wir alle uns so von John verabschieden, wie er sich verabschiedet hätte … mit ein paar dreckigen Witzen – und einem Glas in der Hand, nachher bei mir im Duke! Ihr alle seid eingeladen, John und das alte Jahr zu verabschieden, das diesmal so unangemessen beschissen zu Ende geht. Auf dich, John. Möge es dir gutgehen dort, wo du jetzt rumsitzt und auf uns runtersiehst oder auch nicht. Vielleicht hast du ja auch was Besseres zu tun da oben. Scheiß drauf. Ihr alle wisst schon, was ich meine. Auf dich, du verfluchter Penner! Wir sehen uns!«

»Wir sehen uns!«, ertönte es aus über fünfzig Kehlen zurück.

Cavanaugh schleppte sich zurück ins Glied, verfolgt von

den tadelnden Blicken des Pfarrers, der jetzt wieder das Wort ergriff. Zuko hörte nicht einmal mit halbem Ohr zu, sondern stellte sich vor, wie er John daran hinderte, Finneran zu folgen. Wie John viel zu spät am Anleger eintraf und die Explosion lediglich aus der Ferne sah. Es war eine Form der Selbstgeißelung, die zu nichts führte und die, da hatte Cavanaugh vielleicht recht, nur durch ein anständiges Gläschen im Duke zu beenden gewesen wäre. Trotzdem, er würde lieber noch mal aufs Revier fahren und sich an den Bericht zum Parson-Fall setzen – Donovans und Rayes Engagement in allen Ehren, aber es waren John und er gewesen, die die Ermittlungen sieben Tage lang be…

»Zuko?«

Er blinzelte und begriff, dass die Beerdigung vorbei war und nur noch Powell neben ihm stand. Die letzten Trauergäste verschwanden gerade durch das Ziegelsteintor. Zukos Blick glitt rüber zur Eibenreihe. Selbst die Paparazzi waren verschwunden.

»Alles in Ordnung?«

»Klar, Guv.«

»Ich bin übrigens nicht dämlich, Detective, und deshalb bin ich auch nicht sonderlich erfreut, wenn mich jemand für dämlich verkauft.« Die Chesterfield, die er aus der Packung schlug, war durchnässt, noch bevor er die Flamme daran hielt. »Wenn Sie eigenständig im Fall Baltimore ermitteln wollen, kann ich das emotional nachvollziehen …«

»Es gibt da ein paar Ungereimtheiten, Guv, die Lockhart und die anderen nicht zu interessieren scheinen.«

»… aber trotzdem nicht gutheißen. Wenn ich davon erfahre, muss ich es also sanktionieren. Was bedeutet, dass es besser wäre, wenn ich es nicht erfahre. Können Sie mir folgen, Detective?«

»Absolut, Guv.«

»Und warum haben Sie dann ein halbes Dutzend Zeugen um den Anleger herum befragt? Einer von ihnen hatte nichts

Besseres zu tun, als bei Dixon anzurufen und zu fragen, warum er alles doppelt erzählen muss.«

»McKenna, der Getränkehändler, hat den Streifenwagen auch gesehen. Und er sagte, dass in der Gegend Schutzgelderpressungen laufen. Von Typen, die mit dem Anschlag was zu tun haben könnten. Er hat sogar eine Personenbeschreibung geliefert.«

Powell sog an der kalten Zigarette und stieß einen nicht vorhandenen Rauchkringel aus. »Die *Gegend*, von der Sie sprechen, Zuko, ist Creekmouth und gehört damit zu Barking, was wiederum bedeutet, dass sie seit einem Jahr zur East Area Command Unit gehört. Wir dürfen dort überhaupt nur ermitteln, weil John unser Mann war und Hammerstead gute Laune hat. Was bedeutet, dass wir uns besser keine Fehler leisten sollten.«

»Und genau das ist doch ziemlich merkwürdig, oder? Dass er den Fall einem Team gibt, das eigentlich nicht zuständig ist und außerdem noch Lockhart als leitenden Ermittler akzeptiert. Sie müssen zugeben, das sieht beinahe so aus, als *sollte* dabei nichts rauskommen.«

Powell sah schweigend den imaginären Kringeln nach und warf die Zigarette zu Boden. »Was ist, Detective? Kommen Sie noch mit zu Cavanaugh?«

Zuko blinzelte erneut, und die Regenschleier auf seiner Netzhaut lichteten sich. Die Fahrt ins Büro hatte er sowieso schon abgehakt. Sein Körper schrie danach, sich ins Bett legen zu dürfen, außerdem war er bis auf die Knochen durchnässt, und sein Kopf schmerzte – entweder von den Nachwirkungen der Gehirnerschütterung oder einer heftigen Erkältung, die er sich gerade einfing. Sich in diesem Zustand in den Duke zu setzen, war mit Sicherheit das Dämlichste, was er tun konnte.

»Selbstverständlich, Guv.«

10

Vier Tage.

Acht Videos.

422 Aufrufe. Davon wahrscheinlich die Hälfte von ihm selbst oder Wladimir. Und die andere von Sheila.

422 Aufrufe insgesamt!

Bill saß im hintersten Wagen eines überfüllten Zuges der Victoria Line, zwischen tausend Irren, die auf dem Weg zu irgendwelchen Silvesterpartys waren, und direkt neben einem Penner, der nach Pisse stank, und starrte blicklos auf die erschütternde Wahrheit, die ihm das Google-Analytics-Tool auf seinem Handy offenbarte. Für Wild-Bill.com interessierte sich keine Sau.

Okay, wir haben Jahreswechsel. Die Leute haben anderen Kram im Kopf.

Das bedeutete aber auch: Wenn ihm nicht bald ein rettender Gedanke kam, würde Sheila ihm in der ersten Woche des neuen Jahres den Laden dichtmachen, noch bevor irgendjemand da draußen von seiner Existenz überhaupt Kenntnis genommen hatte.

Bill brauchte eine Idee.

Und dafür brauchte er eine Line.

Ab King's Cross leerte sich der Zug ein wenig, und Bill suchte sich einen Platz, an dem er frei durchatmen konnte.

In seiner Not hatte er Lockhart angerufen, einen Detective der Forest Gate Police Station in Newham, den er vor ein paar Monaten zuletzt getroffen hatte. Bill wusste nicht mal, ob Lockhart überhaupt in die Ermittlungen im Fall Baltimore involviert war, aber zumindest war er schon mal auf dem richtigen Revier. Und Lockhart schuldete ihm etwas aus alten Zeiten. Natürlich hatte sich der Kerl erst mal geziert. Dringende Termine und so weiter. Bill spielte den Ball zurück wie beim Ping-Pong. Fabulierte vage über gewisse Einkunftsmöglichkeiten, die sich Lockhart eröffnen würden. Äußerte sich ehrlich besorgt über ein mögliches Leck in der Redaktion, durch das im schlimmsten Fall Informationen über Lockharts frühere

Tätigkeit als Presseinformant an den Yard durchgesteckt werden könnten.

Ärgerlich, ärgerlich, aber wir wollen ja nicht gleich das Schlimmste annehmen, nicht wahr?

Lockhart nannte ihn einen dreckigen Erpresser, aber das nüchterne Ergebnis lautete: ihr alter Tisch an der Rückseite des »Good Egg« in Stoke Newington, 19 Uhr, heute Abend.

An der Station Seven Sisters stieg Bill aus und nutzte die letzten zwei Meilen die High Road runter für einen Spaziergang. Mittlerweile hatte sich die Dunkelheit zwischen den Dächern eingenistet. Am Haupteingang zum Abney Park angekommen, wartete er einen unbeobachteten Moment ab und kletterte über das Gitter. Augenblicklich fühlte er sich von Kindheitserinnerungen überwältigt: wie er mit seinen Kumpels in Thamesmead früher über die Brüstungen geklettert war, um die Bierflaschen vom Nachbarbalkon zu stehlen. Nur dass es hier in Abney Park bei Nacht definitiv gruseliger war. Kurz hinter dem Zaun verstummte bereits der Straßenlärm, und der Pfad führte zwischen verwitterten, halbverfallenen Grabsteinen hindurch zur Zentralkapelle. Abney Park war einer der sieben alten Londoner Friedhöfe, die im 19. Jahrhundert angelegt und bis heute erhalten geblieben waren. Unter der Statue von Dr. Isaac Watts blickte Bill sich um. Schatten schienen zwischen den Grabsteinen zu wabern und sich zwischen den Skeletten der winterkahlen Bäume zu verfangen ... Bill wusste um die Geschichte des Friedhofs, der vorwiegend Nonkonformisten als letzte Ruhestätte gedient hatte, die ihre Religion außerhalb der etablierten Kirche von England praktizierten ... Bill fuhr herum. Da war etwas ... jemand hinter der Statue ...

Der Typ war hager und wirkte, als könnte er sich kaum auf den Beinen halten. Ein dünnes Hemd spannte sich über die ausgemergelte Gestalt.

»Yo, Bro. Alles klar?«

Die Stimme kam von hinten. Bill fuhr herum, als sich ihm

bereits eine schwere Hand auf die Schulter legte. »Greg, verfluchte Scheiße! Willst du mich umbringen?«

Greg präsentierte zwei Reihen weißer Zähne, die so perfekt gebleacht waren, dass sie in der Dunkelheit leuchteten. Greg hatte schon immer viel für sein Äußeres getan – nach Bills Geschmack zu viel. Es hätte ihn nicht überrascht, wenn er schwul gewesen wäre. Zwar hatte Greg zwei Söhne und eine scharfe Frau namens Betty, die halbtags in einer Suppenküche hier in Stokey aushalf, aber hey, was hatte das schon zu bedeuten?

»Lange nicht gesehen, altes Arschgesicht! Was machst du denn ausgerechnet heute in meinem bescheidenen Hinterhof?« Greg winkte dem Typen hinter der Statue zu, dass er verschwinden sollte, und jetzt erkannte Bill, dass der Hagere einer von Gregs jungen Helfern in einem viel zu weiten FC-Liverpool-Shirt war.

»Mein Lieferant in Westminster sitzt auf dem Trockenen. Da dachte ich, ich seh hier mal vorbei.« Es gab keinen Lieferanten in Westminster, und vermutlich wusste Greg das. Drauf geschissen. »Und, wie laufen deine Geschäfte so? Anscheinend nicht mehr so gut, wenn du dich so weit ab vom Schuss verstecken musst.«

Greg legte die Stirn in Falten. »Ist nur 'ne Vorsichtsmaßnahme. Ich hab 'n Ruf zu verlieren, weißt du ja. Vor allem wegen Betty. Die Straßen sind inzwischen überall mit Scheißkameras gepflastert.«

Gregs Ruf war vermutlich das Letzte, was in Gefahr war. In Stokey wusste praktisch jeder, dass er dealte. Wohl eher seine Freiheit und sein Seelenfrieden. Bill stellte sich vor, wie Betty ihren Job verlor, weil Greg in den Knast wanderte, und sie deswegen auf die Kinder aufpassen musste. No-income-double-Kid. Logisch, dass sie ihm deswegen die Hölle heißmachen würde.

»Außerdem ist das Geschäft schwieriger geworden, wie du weißt. Da draußen laufen jede Menge Amateure rum, die noch die Fontanelle offen haben. Die meisten von denen haben außerdem Greater H im Angebot. Das ist dieser neue Scheiß, der gerade absolut angesagt ist. Ich will das Zeug nicht ins Portfolio nehmen, weil es dich ziemlich runterrockt – Stichwort Verantwortung und so –, aber die Wahrheit ist, entweder gehst du mit der Zeit, oder du gehst mit der Zeit. Die Kids stehen jedenfalls drauf, nicht auf die teure Oldfashioned-Scheiße.«

»Macht mir nichts aus, old-fashioned zu sein.« Bill zog fünf Hunderter aus der Tasche. »Diesmal brauch ich 'n bisschen mehr. Hab ein paar Kumpel zu versorgen.« Es gab auch keine Kumpel, und für eine Sekunde hatte er gegenüber Sheila ein schlechtes Gewissen – aber kein Mensch kann ändern, was er ist, nicht wahr?

Greg steckte das Geld ein und stieß einen Pfiff aus. Bill hörte, wie der Junge im Liverpool-Shirt das Versteck aufsuchte. »Wenn du mich im nächsten Jahr hier nicht mehr antriffst, versuch's mal oben bei den sieben Schwestern, an der U-Bahn-Station.«

»Schlechte Zeiten?«

»Wie gesagt, Stokey ist für mich einfach zu sauber geworden. Die Leute, die ich heute bediene, sind fast alles Arschlöcher wie du und vertragen nichts mehr.«

Wieder zeigte Greg seine Zähne, aber Bill verstand sehr wohl, dass es nur halb scherzhaft gemeint war. Er überlegte, ob er noch kurz ein Loblied auf die guten alten Achtziger anstimmen sollte – als Stoke Newington noch das Paradebeispiel eines gescheiterten Stadtteils gewesen war. Sogar die Polizei hatte sich von den Gangs schmieren lassen. Beim Yard war das Revier intern unter dem Begriff »Cokey Stokey« gelaufen. Aber bei Greg lief der Film schon von ganz allein.

»Und dann macht noch Jelly Probleme, weißt du? Sein Boss will 'n immer größeres Stück vom Kuchen, und Jelly gibt den Druck nach unten weiter, so dass wir kleinen Leute immer mehr ackern müssen. Alles auf eigene Rechnung, ohne Nacht- oder Wochenendzuschlag.« Bill grinste innerlich. Vor ihm stand der fleischgewordene Albtraum von Margaret Thatcher:

ein drogendealender Sozialist. Dabei arbeitete sein Zulieferer, ein fetter Italiener mit dem Spitznamen Big Jellyfish, direkt für Logan Costello. Vor drei Jahren hatte Bill die Lieferkette mal für eine großangelegte Reportage recherchiert – umsonst, weil Sheila die Sache zu heiß gewesen war. So viel zum Thema investigativer Journalismus beim Globe. Also hatte Bill die Beweise eben an Greg und Jelly verkauft – gegen ein halbes Kilo Stoff, das inzwischen leider komplett aufgebraucht war.

Greg redete immer noch, als hinter der Statue der Junge wieder aus dem Busch gekrochen kam. In seiner Hand blitzten ein paar weiße Tütchen.

Bill deutete auf sein Shirt. »Jürgen Klopp, the Normal One. Cooler Typ, hm?«

Der Junge betrachtete ihn abfällig.

»Hey, Moses, verpiss dich mal kurz. Ich hab noch was mit unserem Kunden zu bequatschen.«

Moses verpisste sich.

»Und dann muss ich auch noch die Kleinen durchfüttern, verstehst du? Mein Älterer ist gerade mit der Schule durch, aber glaubst du, der sucht sich Arbeit? Hängt den ganzen Tag nur auf dem Sofa rum und guckt diese YouTube-Scheiße, so wie alle Kids in dem Alter. Ich sag dir, die Welt geht den Bach runter, und keiner tut was dagegen. Und wenn du Familie hast und Verantwortung trägst, bist du doppelt gefickt.«

»YouTube?«, fragte Bill.

»Ja, Fernsehen interessiert die überhaupt nicht mehr. Die glotzen nur noch die Scheißkanäle, wo irgendwelche Spinner ohne Haare am Sack Games zocken oder sich beim Wichsen filmen und das dann reinstellen. Die verdienen Millionen damit. Mehr als ich in meinem ganzen verdammten Leben.«

Bill dachte wieder an die Videos dieser YouTuber, die er gesehen hatte, und weit draußen am Horizont zeichnete sich eine Idee ab. Sehr vage noch, aber mit direktem Kurs auf sein Gehirn. Und auf einmal wusste Bill, wie er Wild-Bill.com zu einem Riesenerfolg machen würde.

»Und, Alter? Noch 'n bisschen was zum Runterkommen für hinterher?«

»Danke, Greg. Ich hab, was ich brauche.«

»Versteh ich gut. Man kann nicht immer Vollgas geben. Nicht in unserem Alter.«

Wenn du wüsstest. »Guten Rutsch nachher, und vergiss nicht, ein paar gute Vorsätze zu fassen.«

»Ganz bestimmt nicht.«

»Wir sehen uns.«

Den letzten Satz warf Bill bereits über die Schulter zurück. Es war kurz nach sieben.

So wie er Lockhart kannte, trommelte der seit mindestens einer Viertelstunde im »Good Egg« mit den Fingern auf den Tisch und wartete auf ihn.

11

Shao fegte die Bettdecke zur Seite und hockte sich auf die Knie, so dass sie Antwons Schwanz besser spüren konnte. Er schien heute nicht gerade in Topform zu sein, deshalb war es besser, wenn sie einen Teil der Arbeit übernahm. Wenigstens umfasste er ihre Hüften und unterstützte sie mit seinen kräftigen Pranken. Shao lehnte sich leicht nach vorn. Augen zu, Mund leicht geöffnet. Der Rest war Selbstmanipulation – der Versuch, komplett bei sich zu sein und nicht bei Shepherd, Amphibien-Eddie oder Deirdre, die in Zukunft ohne sie klarkommen musste. Ihre Hände glitten über Antwons Stirn, dann presste sie ihn in das Kissen. Es gab einen Code zwischen ihnen, der sich während der letzten Wochen entwickelt hatte. Keiner von ihnen hatte ihn ausgesprochen, er existierte einfach. Wahrscheinlich Antwons Erfahrung. In seinem Job konnte man nicht empathisch genug sein, wie er oft genug leicht selbstgefällig betonte. So genügte ein sanfter Druck ihrer Schenkel, ein kaum hörbares Seufzen, das über ihre Lippen floss, und Antwon wechselte den Rhythmus. Sein Blick, der auf ihrem Gesicht ruhte, sein Atem, der keinen Moment seine Regelmäßigkeit verlor, sein Trizeps, der sich spannte, wenn seine kräftigen Hände ihre Hüften umschlossen, all das war für gewöhnlich genug, damit sie loslassen konnte.

Nur heute nicht, weil in ihrer Brust ein Ballen aus schwarzem Schlick klebte, aus Wut und Ungeduld, der sich einfach nicht wegmassieren ließ, und dass sie den Erfolg zu erzwingen versuchte, machte die Sache nicht besser. Sie spürte, wie ihre linke Fußsohle verkrampfte, weil sie die Zehen anzog. Wieso zog sie die Zehen an? Sie versuchte, sie auszustrecken, und die Krämpfe wurden noch schlimmer.

»Was ist?«, keuchte Antwon.

Sie drückte ihn zurück auf die Matratze. »Nicht reden!«

Ihr Blick klebte an den Bücherregalen über seinem Bett, deren Rücken sie längst in- und auswendig kannte. »Entdecke deine beruflichen Chancen«, »Betriebswirtschaft für Praktiker« und so weiter. Sogar ein paar Bücher über berühmte Kriminalfälle waren darunter.

Shao spannte ihren Oberkörper an und ließ sich zur Seite fallen. Antwon drehte sich mit ihr. Es musste doch eine Möglichkeit geben, den ganzen Scheiß hinter sich zu lassen. Wenigstens für fünf gottverdammte Minuten.

Sie drehte sich auf den Rücken und zog Antwon zu sich heran. Umfasste seine Schultern, wischte über seinen Hals und schmeckte kurz darauf seinen Schweiß auf ihren Fingerkuppen. Seine Zimmerdecke war rosa, was ziemlich scheiße aussah. Sie schloss die Augen, und langsam spürte sie, wie der Sog sie ergriff. Ihre Hände glitten über seine Brust, seine Schulterknochen, sein Kinn … Ihre Lippen öffneten sich. Sie war auf dem besten Weg. Jetzt nicht aufhören. Einfach weitermachen und …

Ihr Handy auf dem Nachttisch.

Das Display war aufgeleuchtet. Anonymer Anruf.

»Nicht aufhören!«

»Sicher?«

Der Vibrationsalarm trieb es auf die Kante zu.

»Mach weiter!«

Shao biss sich auf die Lippen und versuchte, das Gefühl zurückzuholen, das gerade dabei gewesen war, sich bahnzubrechen.

Der Anrufer ließ nicht locker.

Sie stöhnte auf und schnappte sich das Handy. »Was??«

»Detective Shao?«

»Wer ist da?«

»Ihr Typ wird verlangt.«

»Was? Wer spricht da?«

»Detective Lockhart. Ich sitze hier mit einem zugedröhnten Junkie-Girl, das nach Ihnen fragt!«

Es dauerte einen Moment, bis sie begriff. Deirdre. »Sind Sie bei ihr?«

»Aber nicht mehr lange. Sie haben zwanzig Minuten.«

»Hey, warten Sie, verdammt – es ist Silves…!«

Aufgelegt.

Zwanzig Minuten. Von Antwons Zimmer hier im Hotel bis nach Stratford waren es Minimum vierzig – und selbst das war nur zu schaffen, falls sie so dämlich war, ihren perlweißen CR-Z direkt im Carpenters Estate abzustellen. Wo sie auch gleich ein Schild »Zum Mitnehmen« dranhängen konnte.

»Fuck!«

Shao schleuderte das Handy auf ihre Klamotten und schloss für einen Moment die Augen. Dann schwang sie sich von Antwon runter und angelte nach ihrem Slip.

»Probleme?«

»Keine Ahnung, aber ich muss los.«

»Schade.« Er griff nach der Packung auf dem Nachttisch und zündete sich eine Zigarette an. Sein bestes Stück schrumpfte auf dem Oberschenkel zu einer gekochten Nudel. »Dann lern ich vielleicht noch ein bisschen. Hab ich dir erzählt, dass ich auf Business Administration umgesattelt habe? Zwei Jahre, dann hab ich meinen Master.«

Was vermutlich sogar stimmte. Shao traute es ihm ohne weiteres zu. »Ich könnte nachher wiederkommen«, schlug sie vor, während sie das Top überstreifte. Hose, Sweatshirt, Jacke. »Wir könnten reinfeiern.« *Und damit meinen Abschied vom verdammten Drug Squad, wenn alles gutgeht.* Manchmal ändern sich die Dinge schneller, als man denkt.

Antwon paffte grinsend. »Sorry, Baby. Nichts mehr frei.«

»Oder wir treffen uns vielleicht einfach nur mal so …«

Hatte sie das gerade wirklich gesagt? Wie peinlich.

Antwons Grinsen wurde noch breiter. Sie wollte zur Tür, aber er pfiff sie zurück. »Hey. Hast du nicht was vergessen?«

Hatte sie tatsächlich. Zwei Fünfziger waren alles, was sie dabeihatte. »Du kannst natürlich nicht wechseln, hm?«

Antwon räkelte sich und stieß den Rauch aus. »Ich nehm's als Anzahlung. Fürs nächste Mal.«

12 Sie parkte den CR-Z vor der DLR-Station »West Silvertown« und nahm die Bahn bis Stratford. Vor ein paar Jahren hatte Deirdre dort noch im Lund Point Tower gewohnt, einem asbestverseuchten, zweiundzwanzigstöckigen Riesengrabstein ohne Balkons, aber vor drei Jahren hatte Logan Costello sie zu seiner Nummer eins erklärt und ihr ein Reihenhaus im Doran Walk spendiert – einer kleinen Sackgasse, die nur ein paar Straßen von Lund Point entfernt lag. Immer noch nicht die beste Adresse, aber es war Deirdres Wunsch gewesen, in der Hood zu bleiben, in der sie aufgewachsen war. Zum Hauseingang führte ein Fußweg in nordöstlicher Richtung an der Häuserreihe vorbei. Linker Hand lag, von einem geschmacklosen roten Metallzaun gesäumt, eine Rasenfläche, deren Halme im Sommer regelmäßig verdorrten, weil sich niemand dafür zuständig fühlte, sie zu wässern.

Sie hatte damit gerechnet, dass der Anrufer längst weg war, aber als sie bei Deirdre eintraf, hockte er auf den Stufen vor ihrem Haus – eine zwei Zentner schwere Fleischmasse, die wie ein geölter Blitz in die Höhe fuhr. Jetzt klingelte es bei ihr.

Lockhart war ein Detective Inspector auf ihrem alten Revier Forest Gate, wo sie sich auf den Fluren ein paarmal über den Weg gelaufen waren. Jede Wette, dass er sich nicht mehr an sie erinnerte.

Seine Augen waren blutunterlaufen wie bei einem alten Bernhardiner. »Wollen Sie mich verarschen, Shao? Haben Sie nach dem Telefonat noch 'n Nickerchen gemacht, oder was?«

Offenbar zählte Lockhart zu der Sorte Detectives, für die es unvorstellbar war, dass eine Ermittlerin des Yard auch mal die Bahn nehmen konnte. Sie fragte sich, was er hier an der Grenze zu Tower Hamlets überhaupt zu suchen hatte.

»Wo ist sie?«

»Im Wohnzimmer. Ich tippe auf Crystal und Alkohol. Auf jeden Fall 'ne potente Mischung.«

Nicht Crystal, sondern Harmony. Aber vermutlich wusste er es einfach nicht besser. »Wollen Sie nicht mit reinkommen?«

»Danke, hab noch 'n Termin. Und Ihretwegen komm ich sowieso schon zu spät!«

Ihr fiel es wie Schuppen von den Augen. »Die Beerdigung von Sinclair. Sorry, hatte ich glatt vergessen. Mein Beileid.«

Lockhart wirkte einen Moment irritiert, als ob er eigentlich was anderes im Sinn gehabt hatte. Wahrscheinlich das anschließende Besäufnis im Duke, das bei Todesfällen auf dem Forest Gate schon lange vor Shaos Zeit dort zum Ritual geworden war. Lockhart sah jedenfalls so aus, als sei er dem einen oder anderen Gläschen gegenüber grundsätzlich nicht abgeneigt. Mit seinen Wurstfingern deutete er auf die Wohnung hinter sich. »Angeblich hat sie ihren Exmann gesehen. Oder die Zombie-Version davon. Klingt alles ziemlich wirr, wenn Sie mich fragen. Auf jeden Fall gibt es in der versifften Pesthöhle weit und breit keine Spur von ihm.«

»Deirdre war nie verheiratet.«

»Was für 'ne Überraschung! Sie hat mich übrigens regelrecht angebettelt, dass ich Sie anrufen soll. Niemanden sonst. Nur Detective Sudoku Shao! Und da habe ich mir gedacht …«

»… warum sollte nicht jemand anders die Scheiße wegräumen, oder?«

Lockhart bleckte die Zähne. Die Aussicht auf zwei oder drei Drinks im Duke schien ihn zu entspannen. »Ganz genau. Hey, warum kommen Sie eigentlich nicht nach, wenn Sie hier fertig sind?«

»Danke, ist nicht mein Ding. Aber trinken Sie für mich doch einen mit – auf Sinclair.«

Sie hatte den Toten nicht näher gekannt und war ihm wie Lockhart höchstens mal zufällig begegnet. Doch es ließ keinen Polizisten kalt, wenn es einen Kollegen im Dienst erwischte. Lockhart sah aus, als ob er etwas erwidern wollte, aber Shao schlug ihm die Tür vor der Nase zu.

Im schmalen Flur war es dunkel. Vielleicht hatte Lockhart doch recht gehabt. In der Luft lag der fischige Geruch von Metylamphetamin. Und der Mülleimer hätte auch mal wieder geleert werden können. Im Wohnzimmer brannte Licht.

»Deirdre …?«

Sie saß auf der Couch, zusammengesunken und verheult, die nackten Beine an den Leib gezogen. Langsam hob sie den Kopf, und als sie Shao erkannte, schien jede Spannung aus ihrem Körper zu weichen. Schlaff wie ein Handtuch sank sie tiefer ins Kunstleder und breitete die Arme aus. »Detective! … Detective Shao! Oh, wie schön, dass Sie kommen konnten!«

»Du hast dir wieder was reingezogen.«

Deidres Lippen bebten. »Ich wollte das nicht. Das müssen Sie mir glauben, Detective … Ich wollte das wirklich nicht …«

Das tat sie sogar. Was allerdings nicht den geringsten Unterschied machte. »Herrgott nochmal, Deirdre! Du warst von dem Scheiß runter!«

Deirdre schluchzte. »Ja, aber ich dachte ja auch, dass Sie mich rausholen … wegen der Sache in Creekmouth … Sie haben es versprochen!«

Shao war stinksauer. »Soll ich dich einbuchten? Kalter Entzug? Ist es das, was du willst?« Sie packte sie an den Aufschlä-

147

gen ihres dünnen Seidenmantels – ein Überbleibsel aus der Epoche, als Costello ihr Gesicht noch ertragen hatte.

Deirdre schnappte nach Luft. »Er ist hier, Detective ... Ganz sicher. Er ist hier. Ich hab ihn gesehen ...«

»Wen hast du gesehen?«

»Russell ...«

Das darf doch nicht wahr sein. »Russell Lynch? Er ist wieder aufgetaucht? Hat er dir das Zeug besorgt?«

Shao wollte zurück in den Flur, um sich umzusehen, aber Deirdre klammerte sich an sie.

»Nein, nein, Sie verstehen nicht, Detective ... Er ist hier ... aber er ist – tot ... Verstehen Sie?«

»Du redest Scheiße, Deirdre.«

»Sein Gesicht war total ... aufgerissen ... voller Blut, wie ... wie ...« Sie atmete tief ein und suchte offenbar nach einem passenden Vergleich.

»Du redest Scheiße, und du bist total drauf. Ich könnte echt kotzen, weißt du das?«

»Er ist oben! In meinem Schlafzimmer! Er wartet nur darauf, dass Sie verschwinden! Dann bringt er mich um.«

»Deirdre ...«

»Er ist oben! Ich schwöre, das ist die Wahrheit!«

Shao löste Deirdres Finger von ihrem Mantel. »Okay. Ich seh nach. Und du rührst dich nicht vom Fleck, klar?«

»Ich rühr mich nicht vom Fleck. Verstanden, Detective.«

»Ich bin gleich wieder da.«

Shao stieß einen lautlosen Fluch aus, aber es kostete vermutlich weniger Zeit, Deirdre ihren Wunsch zu erfüllen, als sie davon zu überzeugen, dass ihre Wahnvorstellungen eine Folge des Harmonykonsums waren. Shao erkannte die Wirkung dieses beschissenen Zeugs inzwischen sofort, wenn sie sie sah.

Die ausgelatschten Treppenstufen waren mit Teppichboden ausgelegt – abstrakte Blumenmuster auf rosa Hintergrund –, der Shaos Schritte dämpfte. Trotzdem machte sie sich keine

Illusion. Wenn es dort oben einen Eindringling gab, hatte er längst mitbekommen, dass sie da war.

Aber oben war niemand. Nicht auf dem dunklen Flur, der schmal wie ein Gartenschlauch war und den hässlichen Teppichboden weiter in Richtung Schlafzimmer führte, und auch nicht im Schlafzimmer selbst. Der Kleiderschrank war abgeschlossen, und in den schmalen Spalt unter dem Bettkasten hätte man nicht mal eine Novelle von Ernest Hemingway schieben können.

Blieb nur noch das Badezimmer, das unter die Dachschräge auf der Rückseite gezwängt war. Shao bemerkte den Geruch sofort, als sie die Tür öffnete. Er stank fast so sehr wie in der Küche. Sie schaltete das Licht ein. Dunkelrote Striemen am Waschbecken und auf dem Spiegel. Das Blut war mindestens einen Tag alt. Außerdem Fingerabdrücke am Badezimmerspiegel und dem kleinen Schränkchen darunter. Shao öffnete es und sah die blutverschmierten Pflaster. Der Mülleimer neben dem Schrank quoll fast über. Ein alter, blutdurchtränkter Verband und Pflasterreste.

Gottverdammt, Deirdre, was …?

Die Tür knarrte hinter ihr.

Shao fuhr herum.

Es war Deirdre.

»Verdammt! Ich hab gesagt, du sollst unten bleiben!«

»Ich dachte mir nur, Sie machen sich bestimmt Sorgen, Detective. Wegen dem da.«

»Allerdings. Was ist hier passiert?«

»Ich hab mich am Unterarm verletzt. In der Küche. Ich wollte mir was zu essen machen, und dieses scheiß Kartoffelschälmesser … Ist mir irgendwie abgerutscht, einfach so …«

Nein, Deirdre, nicht einfach so. Sondern weil du komplett zu warst. »Zeig mal her.«

Deirdre krempelte den Ärmel hoch. Ein breites Pflaster saß schief auf einer zwei, vielleicht drei Tage alten Wunde, aber wie es aussah, hatte sich nichts entzündet.

»Und wieso hast du hier nicht sauber gemacht?«

Deirdre zuckte mit den Schultern. »Keine Zeit.«

»Okay … Soll ich dir ein frisches draufmachen?«

»Nicht nötig, Detective. Tut gar nicht mehr weh.« Sie streifte den Ärmel wieder runter und zuckte zusammen.

Das Geräusch kam von unten. Und es klang blechern, wie von einem Kochtopf, der auf die Fliesen geknallt war.

Die Küche.

Deirdre wurde käsebleich. »Das ist er! Das ist Russ! Er ist zurückgekommen!«

»Bleib ruhig, okay. Ich werd nachsehen.« Sie drückte sich an Deirdre vorbei aus der Tür. »Und diesmal bleibst du verdammt nochmal hier oben, bis ich dich rufe, klar?«

»Klar, Detective.«

Als Shao den Treppenabsatz erreichte, konnte sie Deirdre hinter sich etwas murmeln hören, das mit »Blut« und »Tod« zu tun hatte. Sie drehte sich um und legte den Finger auf die Lippen.

Deirdre verstummte. Für ein paar Sekunden.

Shao schlich die Treppe hinab. Der Gedanke, dass Russell Lynch nur wenige Yards entfernt darauf lauerte, ihr eine zu verpassen, bereitete ihr beinahe physische Übelkeit. Costello hatte ihn nicht umsonst Deirdre zur Seite gestellt. Neunzig Kilogramm Knochen, Sehnen und Muskelmasse. Außerdem konnte Lynch mit Waffen umgehen und war nicht gerade der Typ gewesen, der übermäßig viele Fragen stellte.

Aber dieser Gestank … *Wenn* er von Lynch stammte, musste ihm etwas zugestoßen sein.

Blut und Eiter …

Shao erreichte den Treppenabsatz. Ein Knarren über ihr.

Deirdre stand oben und bewegte kaum merklich die Lippen.

Shao bedeutete ihr, still zu sein, und drückte die Küchentür auf. Das Rollo war heruntergezogen. Flach atmend suchte sie nach dem Lichtschalter.

Kaputt.

»Okay, Russell, nur für den Fall, dass du wirklich hier irgendwo steckst: Ich bin's, Shao. Wenn du nicht willst, dass ich dir die Eier abreiße, dann komm langsam raus. Langsam und *unbewaffnet!* Wobei, wenn ich rauskrieg, dass du Deirdre mit Zeug versorgt hast, reiß ich dir trotzdem die Eier ab und … ahh!«

Der Schatten flog aus dem Halbdunkel auf sie zu. Ein aufgerissener Rachen. Reißzähne. Und graue, scharfe Krallen.

Eine Katze.

Sie sprang an Shaos rechtem Ohr vorbei und landete auf der Garderobe, von wo sie über das Treppengeländer in Deirdres Arme floh.

Shaos Herz hämmerte. Sie starrte auf den Fleck auf dem Küchenboden, von dem aus die Katze auf sie zugeschossen war. Ein umgeworfener Mülleimer. Noch mehr blutgetränkte Verbände.

Shao stapfte auf Deirdre zu. Die Katze in ihrem Arm fuhr die Krallen aus.

»Gottverdammt, warum hast du mir nicht gesagt, dass du dir so 'n Vieh besorgt hast?«

»Hab ich doch gar nicht.«

»Was?«

»Sie war einfach da. Vielleicht hat Russell sie mitgebracht.«

Shao schloss die Augen. Es wurde Zeit, dass sie hier rauskam.

»Ich werde sie Aimee nennen.« Lächelnd kraulte Deirdre das Mistding im Nacken.

»Deirdre. Sieh mich an.«

»Wie finden Sie den Namen, Detective?«

»Sieh mich an, verdammt nochmal!«

Deirdre hob den Blick.

»Hast du noch was? Ist hier noch irgendwo was in der Wohnung?«

Ihre Augen wirkten groß und unschuldig. »Hier ist nichts.«

»Lüg mich nicht an, klar?«

»Ich schwöre, das ist die Wahrheit. Ich hab auch gar nichts

gekauft. Ich will clean werden. Nicht wahr, Aimee? Im neuen Jahr werden wir clean, wir beide …«

Shao schüttelte fassungslos den Kopf. »Okay, du haust dich jetzt hin. Schläfst dich mal so richtig aus. Und du rufst mich an, und zwar gleich, nachdem du morgen früh den verfluchten Müll rausgebracht hast! Ist das klar?«

»Und Russell?«

»Er war nicht hier, okay? Russell ist *weg*. Seit einem Jahr! Und selbst wenn er irgendwann wieder auftaucht, er war immer gut zu dir. Du brauchst keine Angst vor ihm zu haben.«

»Aber …«

»Und deshalb gehst du gleich, wenn ich weg bin, auch nirgendwo hin, um dir was zu besorgen. Du bleibst hier in der Wohnung. Und du rufst mich an, klar?«

»Klar, Detective.«

»Gut.«

In Deirdres Augen schimmerten auf einmal Tränen.

O nein, nicht das noch.

»Ich bin Ihnen so dankbar. Ich werd auch 'ne Therapie machen. Ich versprech's. Reden Sie mit Shepherd. Sagen Sie ihm, ich bin jetzt bereit für 'ne Therapie.«

»Ich … Ich red mit Shepherd …«

»Sie sind so nett zu mir, Detective. So nett ist sonst keiner. Ich bring sie noch zur Tür, ja?«

»Ja, mach das.«

Deirdre schubste Aimee vom Schoß, stieg unsicher die Treppe hinunter und öffnete Shao die Haustür. Aimee ließ die Gelegenheit zur Flucht verstreichen.

»Also bis morgen, Deirdre. Du rufst mich an, ja?«

»Danke, Detective.«

»Hast du schon gesagt. Guten Rutsch, Deirdre.«

»Ihnen auch, Detective.«

Deirdre sah Shao nach, wie sie aus ihrem Blickfeld verschwand. Langsam schloss sie die Tür. Irgendwas unter ihr bewegte sich. Nicht der Boden, sondern …

»Aimee …«

Deirdre bückte sich und hob die Katze auf den Arm. Streichelte sie, beflügelt von einem merkwürdigen Glücksgefühl. Aimee sprang zurück auf den Boden und verschwand in der Küche.

Deirdre sah ihr stirnrunzelnd nach. »Hast du wohl Hunger, hm? … Na klar, hast du Hunger … Deirdre macht dir was zu essen … Ich hab da bestimmt noch was Leckeres im Kühlschrank … irgendwas Leckeres wie …«

Der Mann stand mitten in der Küche, inmitten einer Wolke aus Fäulnisgestank. Auf seiner Schulter hockte Aimee.

»Nett von dir.« Sein Mund eine einzige Wunde in einem von Krankheit zerfressenen Gesicht, und die Worte kaum zu verstehen. »Dass du mich nicht verraten hast.«

»Russell«, hauchte sie.

TEIL DREI
Zorn

1

Die Tür öffnete sich in dem Moment, als Nevison Briscoe sich endgültig damit abgefunden hatte, dass er in diesem Loch sterben würde.

Der Mann, der sich vor ihm an den Tisch setzte, trug einen maßgeschneiderten, schwarzen Anzug und eine dezent gemusterte Krawatte. Auf dem Ringfinger steckte ein prätentiöser Siegelring.

Es war derselbe Mann, der an seiner Tür geklingelt und ihn im Namen von Bleachley & Co. Solicitors gebeten hatte, in eine silbergraue S-Klasse mit getönten Scheiben zu steigen, die vor Nevisons Grundstück gehalten hatte. Nevison hatte keinen Verdacht geschöpft, weil Bleachley & Co. die Kanzlei war, die die Kindertagesstätte in einem Rechtsstreit gegen den Vermieter wegen des durchgefaulten Daches vertrat. Die Leiterin Mrs Burgess hatte ihm angekündigt, dass sie noch einige Fragen an ihn haben würden.

Also war er eingestiegen.

Und jetzt saß er hier. Das Lächeln auf dem Gesicht des Mannes schien in Stein gemeißelt zu sein. Zwei ebenmäßige, zweifellos überkronte Zahnreihen. Dazu die nachgefärbten Schläfen. Nevison schätzte ihn auf Mitte fünfzig, auch wenn er versuchte, mindestens zehn Jahre jünger auszusehen.

Nevison kam einfach nicht auf seinen Namen, obwohl er

sich an der Haustür vorgestellt hatte. Es gab einiges, an das er sich nicht erinnerte. Zum Beispiel, wie lange es her war, dass man ihn entführt und auf diesen Stuhl gesetzt hatte und was in der Zwischenzeit mit ihm passiert war. Es war, als hätte sich ein schwarzer Schleier über seine Erinnerung gelegt.

Eine Entführung.

Allein der Begriff war lächerlich. Als wäre er der Sohn eines reichen Gestütsbesitzers aus einem Dick-Francis-Roman.

Aber der Hartschalensitz unter seinem Hintern war echt, und der Druck auf seiner Blase war ebenfalls echt, genauso wie die Handschellen, die ihn an eine Öse auf der Metalltischoberfläche ketteten.

Sein Gegenüber zog einen Schnellhefter aus seinem Aktenkoffer und legte ihn auf den Tisch. »Zunächst, Mr Briscoe, möchte ich mich bei Ihnen entschuldigen. Wir wissen, in welcher Situation Sie sich befinden, und dass Sie im Augenblick wahrscheinlich Vorbehalte haben, mit uns zu kooperieren. Auch deshalb sahen wir uns gezwungen, Sie zu diesem Gespräch … einzuladen.«

»Sind Sie vom Geheimdienst oder so was? Wo sind wir hier?«

Die Worte rannen klebrig und zäh wie Sirup über Nevisons Lippen. Sie hatten ihm irgendwas verabreicht, das stand für ihn fest. Er konnte sich ja nicht mal genau an die verfluchte Autofahrt erinnern oder wie man ihn hierhergeschleppt hatte in diesen Raum, in dem nur ein Tisch stand und der Stuhl, auf dem er saß. Es gab zwei Türen, allerdings kein Fenster.

»Ist es wegen Rachel?«

Es musste wegen Rachel sein. Warum sonst sollte jemand auf die Idee kommen, einen staatlich geprüften Erzieher zu entführen? Das Aufregendste, das er in der letzten Woche erlebt hatte, war ein Liederabend in der Kita gewesen, für den es ihm gelungen war, eine Black-Lace-Coverband zu engagieren, die vor seinen Jungs und Mädchen *I am the music man* gespielt hatte.

I am the music man, I come from down the way, and I can play!

157

»Ich kann mir vorstellen, dass Sie sich nicht mehr an alles erinnern, deshalb möchte ich mich noch einmal vorstellen. Mein Name ist Beaufort. Ich arbeite für Mr Randolph Scott, der Rachels Forschungsreise in den Atlantik finanziert hat.«

What can you play? – I play the piano. Pia-no, pia-no, pia-no, pia-no …

Rachel.

Er dachte an die Beerdigung. Der Typ vom Bestattungsinstitut hatte um elf bei ihm vorbeikommen wollen. Vielleicht hatte er Verdacht geschöpft und die Polizei informiert. Vielleicht hatte auch seine neue Nachbarin Jenny Verdacht geschöpft, die vor ein paar Wochen zusammen mit ihrem Mann Brian und ihren Kindern neben ihnen eingezogen war.

Aber dann wäre doch längst irgendetwas passiert, oder? Er stellte sich vor, wie irgendein Technikcrack bei der Polizei die Spur der Limousine verfolgte und ein bewaffnetes Einsatzteam die Tür eintrat und ihn aus dieser verdammten Zelle herausholte.

»Wie lange bin ich schon hier?«

Beaufort sah offenbar keinen Sinn darin, ihn im Unklaren zu lassen. »Seit vierzig Stunden. Es ist der 29. Dezember.«

Vierzig Stunden. Kein Wunder, dass er pinkeln musste wie ein Pferd.

»Haben Sie … Haben Sie Rachel gezwungen, auf dieses Schiff zu gehen?«

»Niemand hat Ihre Frau zu irgendetwas gezwungen, Mr Briscoe. Und ich verspreche Ihnen, je eher Sie mir sagen, was ich wissen möchte, desto schneller werden Sie wieder zu Hause sein.« Er öffnete den Schnellhefter. Der Siegelring streifte über das Papier. »Ihre Frau und ich haben telefoniert. Erst vor ein paar Tagen. Ich habe ihr im Auftrag von Mr Scott ein Angebot gemacht. Ein sehr gutes Angebot. Hat sie Ihnen davon erzählt?«

»Ich habe keine Ahnung, wovon Sie reden.«

»Oder hat Sie Ihnen erzählt, worum es bei der Expedition ging?«

Nevison hätte sich gern vorgebeugt und dem Arschloch eine runtergehauen, aber erstens waren da die Handschellen, und zweitens drückten die Extrakilos, die er sich in der letzten Zeit angefuttert hatte, bei jeder Bewegung schlimmer auf seine Blase. »Wenn ich rausfinde, dass Sie schuld sind an Rachels Tod, bring ich Sie um. Mit meinen eigenen Händen. Das schwöre ich bei Gott.«

Beauforts Lächeln verschwand nicht. Er angelte in seiner Brusttasche nach einer Lesebrille und setzte sie sich umständlich auf die Nase. »Beginnen wir zunächst mit den Rahmendaten. Rachel und Sie waren seit zwölf Jahren verheiratet. Sie haben sich immer Kinder gewünscht … Vor zwei Jahren haben Sie beide dann auf Ihre Initiative hin eine Fertilitätsklinik aufgesucht.«

Nevison hatte aufgehört zu atmen. In seinem Kopf spielte der Music Man verrückt.

I play the trombone. Ooomp-pa-ooomp-pa-ooomp-pa-paaa, ooompa-ooompa-ooompa-paaa …

Er leckte sich über die Lippen und schmeckte Schweiß. »Was soll dieser ganze Mist überhaupt? Warum bin ich hier?«

»Ich möchte mir ein Bild von Ihrer Frau machen. Von ihrem Charakter und ihren Geheimnissen. Wäre es zum Beispiel möglich, dass Ihre Frau Ihnen und auch uns Informationen verheimlicht hat, die ihre körperliche Konstitution betreffen? Mr Nevison, wir haben Grund zu der Annahme, dass Ihre Frau krank war. Todkrank.«

Irgendwann in der Mitte des Wortschwalls hatte Nevison den Faden verloren. *I play the bagpipes. Naa-naa-na-na-na-naa. Naa-naa-na-na-na-naaa …*

»Mr Briscoe, ich verstehe, dass das Amobarbital eine Antwort nicht gerade einfacher macht. Sie müssen sich schon ein wenig konzentrieren.«

»Sie können mich kreuzweise!«

Beaufort sezierte Nevison mit seinen kleinen, faltenlosen Augen wie ein Insekt – als fragte er sich gerade, wie viele Beine er ihm ausreißen konnte, bevor er verendete. »Hat Rachel während der letzten Monate oder zu irgendeinem früheren Zeitpunkt ihres Lebens mit einer Tumorerkrankung zu kämpfen gehabt?«

»Das ist doch totaler Blödsinn! Rachel war …«

»Ja?«

»Sie war …«

»Mr Briscoe. Sagt Ihnen der Name Russell Lynch etwas? Hatte Rachel direkt vor oder nach der Reise Kontakt zu Lynch, oder kannte sie ihn vielleicht von früher.«

»Nein.«

»Kannten *Sie* ihn von früher?«

»Bitte, ich … Ich verlange, dass Sie mich auf der Stelle gehen lassen. Nur unter dieser Bedingung bin ich bereit, an einem anderen Ort … *zu Hause* … Ihre Fragen … zu be…antworten …«

Beaufort nickte langsam. »Soll ich Ihnen etwas zu trinken bringen lassen? Wir haben Kaffee, Tee, Wasser …«

»Haben Sie mich nicht verstanden? Ich will hier raus, verdammt nochmal, und zwar auf der Stelle!«

Beaufort klappte die Mappe zu. »Mein Fehler. Ich glaube Ihnen, dass sie Ihnen nichts erzählt hat. Ich hätte Sie mit meinen Fragen nicht überfordern sollen.« Er zog etwas silbern Blitzendes aus der Innentasche seines Anzugs und legte es vor Nevison auf den Tisch. Einen Schlüssel. »Sie können gehen.«

»Was? – Aber …« Nevison schluckte.

»Bitte akzeptieren Sie meine Entschuldigung. Nebenan finden Sie ein Badezimmer. Falls Sie sich frisch machen wollen.« Er deutete auf eine der beiden Türen.

»Danke.«

Nevison griff nach dem Schlüssel und fummelte ihn irgendwie ins Schloss. Die Handschellen sprangen auf.

»Es versteht sich von selbst, dass Sie über die Umstände und Inhalte unseres Gesprächs Stillschweigen bewahren, nicht wahr? Ich empfehle mich, Mr Briscoe.«

Nevison hörte ihm nicht mehr zu, sondern wankte ins Badezimmer und warf die Tür hinter sich ins Schloss. Seine Blase schmerzte so dermaßen höllisch, dass er es kaum schaffte, sich die Hose runterzustreifen. Und dann konnte er nicht mal sofort pinkeln, weil sein gesamter Unterleib verkrampft war. Es dauerte qualvolle Sekunden bis zum ersten Rinnsal und fast eine Minute, bis daraus endlich ein vernünftiger Strahl wurde.

Er schloss die Augen und blieb noch ein paar Minuten länger sitzen. Ein dezenter Lavendelduft stieg ihm in die Nase. Erstaunt stellte er fest, dass neben dem Waschbecken Seife und ein Stapel Handtücher lagen, als wäre er auf einem verdammten Hotelzimmer.

Er riss die Toilettentür auf und hätte sich dabei fast das Türblatt gegen den Kopf geschlagen. Das Zeug, das sie ihm gegeben hatten, wirkte sich offenbar auf seinen Gleichgewichtssinn aus. Er torkelte zum Stuhl und griff nach seiner Jacke. Beaufort war längst verschwunden. Die zweite Tür stand offen. Nevison schlurfte schweratmend darauf zu.

Das ist Folter, ihr dämlichen Penner. Auch dafür verklag ich euch.

Links und rechts erstreckte sich ein Gang, der an die Zimmerflucht eines Hotels erinnert hätte, wenn die Wände nicht wie in einem Bunker aus grauem Beton gewesen wären. Nevison entschied sich für links und setzte vorsichtig einen Fuß vor den anderen, wobei er sich hier und da an den Wänden abstützte. Der Gang vor ihm schien vor seinen Augen auf und ab zu tanzen.

Nevison erreichte die erste Tür und drehte den Türknauf.

Verschlossen.

Er zählte im Geiste die Türen mit, die er passierte, aber schon nach der fünften beschlich ihn das Gefühl, sich verzählt zu haben.

Na und? Einfach weitergehen. Irgendwie wirst du schon hier rauskommen.

In der Ferne war irgendwo ein Quergang, aus dem Tageslicht auf den Betonboden fiel.

Der Ausgang.

Nevison versuchte, schneller zu laufen, aber seine Beine fühlten sich an, als hätte jemand sie miteinander verknotet.

Die nächste Tür.

Die übernächste.

Alle verschlossen, aber wenigstens hatte der Gang irgendwann aufgehört zu tanzen. Der Quergang war bloß noch ein paar Yards entfernt – und mit ihm das Licht, als … die messerscharfe Klaue irgendwo in Kniehöhe aus dem Quergang hervorgeschossen kam. Ein Schmerz, so stechend, so höllisch, so *absolut*, dass er sich nicht vorstellen konnte, ihn länger als ein paar Sekundenbruchteile auszuhalten, schoss ihm durch das rechte Bein.

Dann zuckte die Klaue noch einmal auf ihn zu, und ein ähnlich intensiver Schmerz raste durch sein anderes Bein.

Die zweite Kniescheibe, die zersplitterte.

Nevison wälzte sich auf dem Boden und hörte sich schreien – bis der Schmerz von Entsetzen abgelöst wurde, weil er sah, wer ihn attackiert hatte: ein Monster. Es besaß einen menschlichen Körper, der sich halbnackt und breitschultrig über ihm aufrichtete und auf dessen Kopf ein Stierschädel saß. In den Augen leuchtete das Feuer der Hölle. Ein dumpfes Lachen drang aus dem Maul des Ungetüms.

Ein zweites Lachen ertönte hinter Nevison.

Ein zweiter Minotaurus!

Er hob seine Pranken und drosch auf Nevisons Brustkorb ein. Rippen brachen und bohrten sich in seine Lungenflügel. Aus den Schreien wurde ein Keuchen und Röcheln. Blut und Speichel verstopften seine Kehle.

Der vierte Schlag zertrümmerte Nevison das Becken, der fünfte den Kehlkopf und der sechste den Kieferknochen, so dass die beiden vor ihm tänzelnden Ungeheuer in einer blutigen Wolke verschwanden.

I play the trombone. Ooomp-pa-ooomp-pa-ooomp-pa-paaa, ooompa-ooompa-ooompa-paaa …

Nevison konnte sich nicht mehr bewegen und versuchte trotzdem zu flüchten – sich an einen verborgenen Ort in seinem Innersten zurückzuziehen, an den ihm der Schmerz nicht folgen konnte. Es war seine letzte Reise.

Der nächste Schlag zerstörte seine Schädelbasis und stieß ihn hinab in die Finsternis.

Die beiden Minotauren schlugen jeder noch zwei-, dreimal zu, bis in der blutigen Masse vor ihnen kein Leben mehr steckte, und zogen sich schnaufend zurück, um Beaufort Platz zu machen, der ihr Treiben mit leicht emporgezogenen Augenbrauen und gerade so weit entfernt verfolgt hatte, dass die Blutspritzer das Leder seiner Schuhspitzen nicht hatten benetzen können.

»Im Namen von Gadeiros«, drang es aus dem Maul des ersten Minotaurus.

»Im Namen von Gadeiros«, pflichtete der zweite ihm bei.

Beaufort ließ den Blick über ihre breiten Schultern, ihre Muskeln und das bestialische Funkeln in ihren Augen schweifen.

Und fragte sich, ob Scott wirklich in der Lage war, die Kräfte zu beherrschen, die er heraufbeschworen hatte.

2 »Ein frohes neues Jahr, Zuko.«
»Frohes neues Jahr, Guv.«

Zuko nahm auf einem der ausgebleichten Filzsessel vor Powells Schreibtisch Platz, wobei er versuchte, das leichte Ziehen in seinem Oberbauch zu ignorieren. In der Jackentasche steckte noch eine Schachtel Ibuprofen. Unangetastet.

Powell ließ eine Aspirin-Brausetablette in das Wasserglas vor sich auf dem Tisch fallen. »Wie gestern schon angedeutet, gibt es ein paar Dinge, über die wir reden müssen.«

Es war gerade einmal acht Stunden her, dass sie vor dem Duke gemeinsam in ein Taxi Richtung Colebrooke Drive gestiegen waren, das Zuko auf halbem Weg in der Dames Road abgesetzt hatte. Dort hatte er fünf Stunden geschlafen und sich anschließend zwei Hauseingänge weiter mit Horace und Mary Sinclair getroffen, da er als Einziger einen Schlüssel für Johns Haus besaß. Es war ihnen zunächst darum gelegen, sich einen Überblick zu verschaffen, aber irgendwann würde es natürlich auch darum gehen, den Verkauf zu organisieren. Dann hatte ihn der Anruf von Powell erreicht, und eine halbe Stunde später hatte er seinen Wagen auf dem halbverwaisten Parkplatz des Forest Gate abgestellt. In der Teeküche verbrühte sich Glenda gerade bei dem Versuch, ein paar Kannen Kaffee vorzubreiten. Aus dem Konferenzraum drang das Gemurmel von mindestens einem halben Dutzend Leuten. Lockharts Bariton dominierte. Er war gestern im Anschluss an die Beerdigung irgendwann doch noch im Duke aufgetaucht. Vielleicht tat Zuko ihm ja unrecht, und er kniete sich stärker rein, als er ihm zugetraut hatte.

Powell rührte die Aspirin mit dem Finger um. Das faltenfreie weiße Hemd, das unter der Weste hervorlugte, ließ sein Gesicht umso zerknitterter erscheinen. Statt der Santa-Claus-Krawatte trug er wieder die Standardvariante in Mausgrau, und ein paar vereinzelte sehnsüchtige Blicke zum Humidor deuteten daraufhin, dass er für das neue Jahr ein paar bedeutungsschwere Vorsätze gefasst hatte.

»Ich hatte heute Morgen ein Treffen mit dem Staatssekretär. Da der Parson-Fall aufgeklärt ist, wurde Ihr Team aufgelöst. Ihre Leute wurden Lockhart zugeteilt. Ich hätte es Ihnen auch morgen zu Ihrem offiziellen Dienstantritt mitteilen können, aber ich wollte Ihnen Zeit geben, sich damit abzufinden.«

»Dr. Campbell hat mich dienstunfähig geschrieben.«

Powell erlaubte sich nicht mal ein Lächeln. »Ich habe Dr. Campbells Bericht gelesen – aber Sie sind hier, oder?«

Zelma Campbell war eine Psychologin mit einer Praxis unten in New Charlton, die den Großteil ihrer Brötchen mit juristischen Gutachten über die Häftlinge in den Justizvollzugsanstalten Belmarsh und Thamesside verdiente. Der Grund, weshalb Powell Zuko gebeten hatte, den weiten Weg auf sich zu nehmen, war, dass Campbell es ablehnte, Dokumente abzufassen, die in Fachkreisen als »Bleistift-Gutachten« bezeichnet wurden –, weil sie die Interessen der Auftraggeber berücksichtigten und nötigenfalls entsprechend angepasst wurden. Wenn Zuko dienstunfähig war, schrieb sie ihn auch dienstunfähig, ganz egal, was Hammerstead oder irgendjemand anders von ihr verlangte.

»Es gibt da nämlich noch eine zweite Sache, die Hammerstead beschäftigt. Ihre Aussage über die Nacht in Creekmouth. Er ist auch mit der zweiten, abschließenden Version des Protokolls nicht einverstanden.«

Zuko verfolgte die Regentropfen, die hinter Powell an der Fensterscheibe herunterkrochen. »Ich kann nur sagen, was ich gesehen habe.«

»Vielleicht hätten Sie lieber was weglassen sollen. Von den Kollegen, die nach Ihnen am Tatort eingetroffen sind, hat niemand diesen angeblichen Streifenwagen gesehen, der vor Ihnen da war.«

»Wie schon gesagt, dieser Getränkehändler …«

»Auch die Ergebnisse der forensischen Untersuchung lassen keinen Schluss darauf zu, dass es den Wagen gab. Detective Lockhart war trotzdem so freundlich, die Nummer Alpha-sieben-acht zu prüfen, die Ihnen nach Ihrer Aussage per Funk durchgegeben worden ist.«

»Und?«

»Sie existiert nicht. Es gibt keinen Beamten der City of London Police, der diese Dienstnummer trägt.«

»Was ist mit den Logdateien des Funksystems?«

»Serverausfall. Dadurch wurde die gesamte Kommunikation in Newham bis rauf nach Waltham Forest lahmgelegt. Sämtliche Logdateien der fraglichen Nacht wurden gelöscht.«

»Erstaunlich.«

»Das Headquarter hat natürlich ein paar IT-Experten geschickt, die sich allerdings bisher die Zähne ausbeißen. Ich persönlich glaube nicht, dass sie noch etwas finden werden.«

»Und die Logdateien der CoP?«

»Die sagen, in der fraglichen Zeit befand sich keiner ihrer Streifenwagen außerhalb seines Einsatzbereichs. Ich weiß, wie sich das anhört, aber Sie sollten in Betracht ziehen, dass die Explosion in Ihrem Oberstübchen ein bisschen was durcheinandergewirbelt hat. Ist nur eine Möglichkeit, aber ich kann Ihnen versprechen, dass Hammerstead es so sieht.«

»Guv, wir beide kennen die Wahrheit.«

Powells Kiefer mahlten, wie immer, wenn ein Unglück über ihn hereinbrach, das er lange vorher hatte kommen sehen. »So weit, so problematisch. Und jetzt die richtig schlechten Nachrichten.« Er zog eine Schublade auf und legte eine Mappe mit Fotoausdrucken vor sich auf den Schreibtisch. »Werfen Sie ruhig einen Blick rein. Das ist das gesamte Material, das wir nach der Hausdurchsuchung bei Finneran gefunden haben.«

Zuko blätterte die Mappe flüchtig durch. »Passt ins Schema, würde ich sagen.«

»Das sind alles Standbilder von Filmen, die er sich wahrscheinlich irgendwo im Netz besorgt hat. Die vollständige Lolita-Sammlung befindet sich auf Finnerans Laptop. Außerdem haben wir noch ein paar alte Porno-DVDs gefunden, einen Tinder-Account, den er aber anscheinend nie genutzt hat, sowie massenhaft Cookies von Porno-Websites. Der Browserverlauf reicht ungefähr drei Jahre zurück. Was bedeutet, dass er nicht mal den Versuch unternommen hat, etwas zu verschleiern. Außerdem gibt es keinen Hinweis darauf, dass er Livia Parson kannte.«

»Was ist mit seinem Alibi?«

»Gut, dass Sie das erwähnen. In der Mordnacht ist er in Canning Town Streife gefahren. Mit einem Partner. Aber wissen Sie, was mich wirklich beunruhigt? Das hier.« Eine zweite Mappe mit körnigen Schwarzweißfotos. Zuko musste zweimal hinsehen, um John Sinclair zu erkennen, wie er Finneran folgte.

»Das wurde an der Boundary, Ecke Lonsdale aufgenommen. Sie wissen schon, da wo es rechts hoch zum Greenway geht. Wir haben die Aufnahmen von insgesamt dreizehn Kameras, die die beiden auf dem Weg vom Duke nach Creekmouth eingefangen haben. Finneran ist demnach ein medizinisches Wunder. Als Asthmatiker hätte er so einen Lauf niemals durchhalten können.«

»Vielleicht hat er trainiert.«

»Nach Aussage seines Dienstpartners war das Gegenteil der Fall. Seit seiner Scheidung vor drei Jahren hat er noch mal zwanzig Pfund zugenommen. Wir haben natürlich auch die Konten gecheckt. Kein Hinweis auf eine Mitgliedschaft in einem Sportverein oder einem Fitnessstudio.«

Ein mehrere Tage altes Unbehagen kroch in Zuko empor. *Ein Polizist, dem ganz London auf den Fersen ist, weil er ein Mädchen regelrecht geschlachtet hat, stellt seinen Wagen, kurz nachdem ihm sein zweites Opfer entkommen ist, an der Upton Lane ab, nur eine Ecke vom eigenen Revier entfernt … und spaziert dann einfach die Straße runter Richtung Duke, um mit zwei Dutzend Kollegen anzustoßen? Unwahrscheinlich.*

»Wollen Sie damit sagen, dass Finneran unschuldig ist?«

»Ich will damit sagen, dass der Finneran, dem Sie beide gefolgt sind, unmöglich der Sergeant Linus Finneran gewesen sein kann, dessen Akte ich mir vor einer halben Stunde durchgelesen habe.«

»Wir haben ihn beide wiedererkannt – genauso acht weitere Zeugen im Duke!«

»Plus elf, die sich nicht ganz sicher sind, und achtzehn, die noch nie etwas von einem Constable Finneran gehört haben. Die Zeugenaussagen sind wertlos.«

Zuko sah aus dem Fenster. Ihm kam es vor, als wäre all das hier überhaupt nicht real – nicht der verhangene Himmel draußen, nicht der Sprühregen, der gegen das Fenster gischtete, und erst recht nicht der leere Sessel neben ihm. *Wieso hat er nicht auf mich gewartet, bevor er das verfluchte Schiff betreten hat?*

»Dazu kommt der Fall Rachel Briscoe«, fuhr Powell fort. »Ihr Tod hat nicht unmittelbar etwas mit der Baltimore zu tun, deshalb wird Lockhart sich nicht darum kümmern können.«

»Sie meinen, Sie sorgen dafür, dass er sich nicht darum kümmern kann.«

Langsam wurde ihm klar, wieso Powell ihn zu Dr. Campbell geschickt hatte. Ohne die Krankschreibung wäre er wahrscheinlich eher früher als später ins Getriebe des Baltimore-Falls geraten und von Lockhart mit irgendeinem Schreibtischmist beauftragt worden. Powell, der alte Fuchs.

Der Superintendent lehnte sich zurück und schob die Hände in den Nacken. »Ich will wissen, warum Finneran sich mit ihr getroffen hat. Und falls er doch unser Mann war, warum er sie ausgewählt hat.«

»Er hat sie nicht ausgewählt. Das Aufeinandertreffen war Zufall.«

»Keine Sorge, Detective, ich bin in der Lage, Bissspuren von Tumoren zu unterscheiden. Aber eine Todkranke, die sich mit letzter Kraft in einen Pub schleppt, um sich dort auf der Toilette überfallen zu lassen? Vielleicht wollte sie ihm was mitteilen. Vielleicht hat er sie gestalkt. Oder sie ihn. Vielleicht waren sie ein heimliches Paar und wollten sich noch mal sehen, bevor sie stirbt, was weiß ich. Versuchen Sie einfach, eine Verbindung zwischen beiden zu finden.«

»Dafür brauch ich mehr Leute.«

»Es gibt übrigens eine Vermisstenanzeige, die aus der Woche vor Weihnachten stammt. Von Briscoes Mann. Angeblich hat sie vor ihrem Tod noch eine Reise unternommen. Wohin? Und was hat das alles mit Livia Parson zu tun?«

»Wenn ich das alles überprüfen soll, brauche ich mehr Leute.«

»Ich hab's gehört, Detective.«

»Mindestens Donovan und Raye, besser mindestens noch weitere zwei.«

»Hammerstead reißt mir den Kopf ab, wenn ich auch nur

einen Mann abziehe. Deshalb hab ich mir etwas anderes überlegt.« Er tippte auf die Kurzwahltaste. »Glenda? Ist unser Besuch schon da?«

»Gerade eingetroffen.«

»Schicken Sie sie rein.« Powell legte auf. »Ihre Krankschreibung läuft frühestens übermorgen aus. Bis dahin werden Sie inoffiziell an der Sache arbeiten. Eins dürfte klar sein. Wenn das rauskommt, habe ich sofort Hammerstead an den Hacken. Und Sie Lockhart. Schwer zu sagen, wer von uns beiden mehr zu bedauern wäre.«

Bevor Zuko etwas erwidern konnte, klopfte es an der Tür. Eine zierliche Chinesin trat ein. Sie trug eine schwarze ausgebleichte Jeans und eine Polyesterjacke. Ihre Bewegungen waren geschmeidig und präzise. Zuko tippte auf regelmäßigen Ausdauersport. Das seidenmatt glänzende Haar trug sie zu einem kurzen Zopf zusammengebunden. Aus ihrem Blick sprach Offenheit und Neugier – als wüsste sie selbst nicht genau, welcher Umstand ihr diesen Termin im Forest Gate verschafft hatte –, während sich gleichzeitig noch etwas anderes Dunkleres darin verbarg, wie eine Bestie im Unterholz, das knurrte, wenn man ihr zu schnell zu nahe kam. Zuko erinnerte sich daran, ihr früher schon einmal hier auf dem Revier begegnet zu sein. Auf jeden Fall im Crime Investigation Department, aber er hatte keinen Schimmer mehr, in welcher Abteilung sie gearbeitet hatte.

»Tag. Detective Superintendent Powell?«

»Bitte nehmen Sie Platz, DC Shao.« Powell deutete auf den zweiten Stuhl.

Sie setzte sich und warf Zuko einen kurzen Blick zu.

»Detective Sergeant Zuko Gan«, stellte er sich vor.

»Shao. Sie haben mit Sinclair zusammengearbeitet. Mein Beileid, Sarge.«

»Danke.«

Powell faltete die Hände. »Detective Shao gehörte bis vor vier Jahren zu unserer Truppe im Raubdezernat. Spezialgebiet Gangkriminalität. Seitdem ist sie bei der Drogenfahndung im Headquarter in Westminster. Unter Superintendent Shepherd.«

Shao zuckte mit den Schultern. »Er hat mich heute früh angerufen, ich soll mich hier melden. War 'n ziemlich ungewöhnliches Gespräch, das muss ich schon sagen.«

»Weil Sie kein Interesse an einer beruflichen Veränderung haben?«

»Weil er eigentlich vorhatte, mich in den Innendienst zu versetzen.«

Powell zauberte eine Akte hervor und warf einen Blick hinein. »Haben Sie deshalb ein Versetzungsgesuch eingereicht? Oder wegen der zwei Disziplinarverfahren, die anhängig sind? Körperverletzung sowie Nötigung im Amt. Dazu die Beurteilungen aus den letzten Jahren. Einige sind nur mäßig. Die anderen sind … schlechter.«

Zuko bekam eine Ahnung davon, was hier gerade passierte, und es gefiel ihm überhaupt nicht.

Shao wartete mit der Antwort, bis Powell zu Ende gesprochen hatte. Und noch ein bisschen länger. »Ich habe den Antrag eingereicht, weil Shepherd ein Arschloch ist.«

Powell schlug die Akte zu. »Ich kenne Superintendent Shepherd sehr gut, Detective. Wie es der Zufall so will, teilen wir dieselbe Leidenschaft für Kricket und haben in den Achtzigern in derselben Mannschaft gespielt … Ich werde ihm also helfen, Sie loszuwerden. Sie nehmen DI Sinclairs Stelle ein – an der Seite von Detective Gan.«

Ihr Lächeln blieb rätselhaft. Das dunkle Biest drückte sich weiterhin ins Gestrüpp. »Was bedeutet das konkret, wenn ich fragen darf?«

»Gleiche Gehaltsklasse wie bisher, gleiche Kompetenzen, was bedeutet, dass DS Gan Ihnen gegenüber weisungsbefugt ist, sobald er wieder auf den Beinen ist. Also verscherzen Sie es sich nicht mit ihm. Wenn Sie sich gut einfügen, streiche ich den Vermerk aus Ihrer Akte.«

»Welchen Vermerk?«

»Dürfen Sie sich aussuchen.«

»Guv …«, wandte Zuko ein.

»Sind Sie einverstanden?«

Sie blickte zunächst Zuko an, dann Powell. »Tja, also ich würde sagen, unter den Umständen … Ich denke, schon.«

»Freut mich. Nachdem wir das geklärt haben, noch ein Wort zum Fall Baltimore, von dem Sie sicherlich in der Zeitung gelesen haben. Die Ermittlungen haben absolute Priorität. Falls Detective Lockhart also Ihre oder Detective Gans Unterstützung benötigt, werden Sie Ihre eigenen Sachen stehen- und liegenlassen und ihm helfen. Haben wir uns verstanden?«

»Lockhart?«, fragte Shao. »DI Lockhart?«

»Ganz richtig, Detective. Bestehen von Ihrer Seite irgendwelche Einwände?«

Sie zögerte einen Moment zu lang, bevor sie den Kopf schüttelte.

»Schön. Dann warten Sie bitte einen Moment draußen, Shao. Ich habe noch etwas mit Detective Gan zu besprechen.«

»Natürlich.« Sie stand auf und schloss die Tür hinter sich.

»Und?«, fragte Powell.

»Ich bin nicht einverstanden.«

Powell lehnte sich zurück. »Natürlich sind Sie das nicht. Sonst hätte ich Sie ja vorher gefragt. Tatsache ist, wir waren schon vor Sinclairs Tod chronisch unterbesetzt. Jetzt noch Lockharts Team, für das ich gewissermaßen alles abstellen muss, was laufen kann und eine Marke hat. Jemand muss Sinclairs Stelle einnehmen, und zwar bevor das Headquarter entscheidet, uns irgendeinen Idioten zu schicken.«

»Und Sie glauben, dass Shao eine gute Wahl ist?«

»Sie ist in Canning Town aufgewachsen, mitten zwischen den Gangs. Sie kennt unser Revier besser als wir beide zusammen.«

»Ihr Team kann sie anscheinend nicht leiden.«

»So wie ich Shepherd. Als Sohn des Trainers war er als Batsman gesetzt, so dass mir immer nur die Position als Wicket-Keeper übrig blieb.«

»Wie sieht's mit einer Probezeit und Vetorecht für mich aus?«

»Tut mir leid. Aber ich hätte noch ein paar Aspirin übrig. Ist das ein Angebot?«

3

Die Bürotür, die hinter ihm ins Schloss fiel, klang wie ein Fallbeil.

»Ah, Bill. Schön, dass du die Zeit gefunden hast. Setz dich.«

Das Spiel konnte beginnen. Vor Sheila auf dem Tisch lagen die graphischen Auswertungen der Zugriffszahlen, insgesamt über vier Seiten verteilt. Allerdings hatte Bill nicht vor, so schnell aufzugeben, also war er vor dem Termin noch rasch auf dem Klo verschwunden und hatte sich eine Line gezogen.

»Du bist schlecht zu erreichen. Wladimir hat gesagt, dass du zuletzt fast dauernd unterwegs warst.«

»Recherchen. Ich habe ein paar Informanten getroffen, die mir bei dieser Sache in Newham weiterhelfen können. Gute Informanten.«

»Schön. Jedenfalls schöner als das, was ich hier vor mir sehe.«

»So was braucht Zeit, Sheila! Wenn der Content stimmt …«

»Ja, richtig.« Sie drehte eines der Papiere auf den Kopf und kringelte einige Balken ein. »Das hier sind die Zugriffszahlen von heute Morgen, Schatz. Die Stunde vor und nachdem du das Interview bei Linda gegeben hast.«

»Ja, das Interview. Danke, dass du das arrangiert hast, aber …«

»Ein Sprung um acht Klicks. Ist das nicht erstaunlich, dass man das so genau zählen kann?«

»BBC Radio 4 ist ein Spartensender. Siebzig Prozent der

Zuhörer sind über sechzig, davon wahrscheinlich die meisten in Pflegeheimen, weil da keiner mehr von alleine an den Aus-Knopf rankommt. Das ist nicht unser Publikum, Sheila.«

Sie schob die Zettel zusammen. »Vielleicht gibt es gar kein Publikum, Bill. Nach dem, was Wladimir erzählt hat, gucken die meisten Leute auf YouTube anderen beim Videospielen zu oder probieren Lippenstifte aus.«

»Das ist jetzt wirklich ein dämliches Klischee.«

»Mag sein. Das ändert nichts daran, dass wir ein Problem haben.«

»Natürlich, Sheila. Aber so ein Kanal läuft halt nicht von alleine.«

Sie drehte den Stift in den Händen und schien tatsächlich über seine Worte nachzudenken. Ein guter Moment, um ein wenig von dem zu zeigen, was er in den letzten Tagen gelernt hatte.

»So ein Ding muss in der Pre- und Midroll von beliebten Beiträgen beworben werden. Dann musst du filtern, nachhaken, den Filter wieder neu einstellen, adaptieren, bis du iterativ an die Zielgruppe rankommst. Kurz gesagt, du musst Geld in die Hand nehmen. Viel Geld, mindestens zwanzigtausend im Monat, wie mir ein paar Leute versichert haben, die sich mit der Sache auskennen … Und das gilt mindestens für das erste halbe Jahr. Aber es lohnt sich. Wenn du die Zugriffe hast, läuft das Baby praktisch ohne Betriebskosten. Von den Videodrehs natürlich abgesehen.« Er fuhr sich unmerklich über die Nase. Gregs Koks hatte eine verdammt hohe Qualität. Vielleicht sollte er es besser nicht übertreiben.

»Zwanzigtausend? Das ist vollkommen unmöglich.«

»Wild Bill ist ein Projekt, das die Leute *überzeugen* will. Und für Überzeugungsarbeit braucht es Zeit und Geld. Und ich verspreche dir: Wenn die Inhalte stimmen, heben wir ab.«

»Selbst wenn der Globe das Geld hätte. Davon könnte ich drei neue Redakteure einstellen!«

Bill bleckte die Zähne und legte den entscheidenden Pfeil

auf die Sehne. »Es gibt vielleicht auch einen Weg, es mit weniger zu schaffen.«

4

Shaos erster regulärer Arbeitstag am zweiten Januar begann mit einer Besichtigung.

Das Morddezernat nahm die gesamte dritte Etage des Forest Gate ein. Von hinten nach vorne: Powell. Dann Zuko Gan und ehemals John Sinclair. Seinen Platz würde jetzt Shao erhalten. Davor Glenda, umgeben von Drucker, Kopiergerät, einem Drachenbaum sowie der Teeküche und jeder Menge Platz, den bis vor einem halben Jahr Lockhart, Ashley und Dixon für sich beansprucht hatten, bevor sie in das Zimmer am Ende des Flurs, hinter den Toiletten und dem großen Konferenzraum, ausquartiert worden waren. Dazwischen sowie auf der gegenüberliegenden Seite waren mehrere Zweier- und Großraumbüros untergebracht, in denen die Schreibtische weiterer Detectives und Sonderfahnder standen. Shao schüttelte so viele Hände, dass sie aufpassen musste, nicht irgendjemanden versehentlich zweimal zu begrüßen.

»Wieso sind sie umgezogen?«, erkundigte sie sich, als sie auf dem Rückweg wieder bei Glenda angelangt war. »Ich meine, Lockhart und …«

»Dixon und Ashley. Dixon erkennen Sie an seinem braunen Anzug. Ich wette, er trägt den sogar unter der Dusche. Ansonsten müssen Sie die drei schon selbst fragen. Wahrscheinlich sind sie hier raus, um ihre Ruhe vor mir zu haben.«

Shao betrachtete das Chaos auf Glendas Schreibtisch. Ihr schnoddriger Tonfall gefiel ihr. Besser ein Tomboy als Sekretärin als irgendein Posh-Spice-Girlie, das seine Umgebung mit Nagellackgestank terrorisierte.

»Übrigens habe ich Johns Telefonanschluss in der Datenbank schon auf Sie übertragen. War 'n Scheißgefühl, wenn ich ehrlich sein soll –, was natürlich nicht an Ihnen liegt, Detective Shao, bitte nicht falsch verstehen …«

»Schon klar.«

»Und wenn sie mal 'n Kaffee brauchen, einfach Bescheid sagen. Ich hab immer eine Kanne in der Maschine.«

»Gut zu wissen.«

»Ach ja, und die hier … Die ist für Sie.« Unter einem der Pizzakartons förderte sie eine eselsohrige Glückwunschkarte zutage. »Nun ja, nichts Großartiges, ich weiß. Hab ich nur noch schnell heute Morgen um die Ecke gekauft. Willkommen im Team.« Sie ließ eine Kaugummiblase zwischen den Zähnen platzen.

»Danke.« Shao war ehrlich gerührt. Sie zog die Möglichkeit in Betracht, dass Glenda was mit Sinclair gehabt hatte. Sie war etwa im selben Alter, und die Tränen, die sie gerade zu unterdrücken versuchte, waren zweifellos echt. »Tja … Wenn sonst nichts mehr anliegt, seh ich mal nach, was der Sarge macht.«

»Hab gehört, er ist eigentlich krankgeschrieben. Passen Sie gut auf ihn auf. Sinclair und er waren … na ja … so, wissen Sie?« Sie kreuzte die Finger.

»Mach ich, versprochen.«

Die nächsten zwei Stunden verbrachte Shao damit, sich in die Protokolle der Zeugenbefragungen aus dem Duke einzulesen. Die meisten davon waren, wie Powell schon angedeutet hatte, eine Katastrophe. *Ja, ich hab Finneran deutlich gesehen. Er war den ganzen Abend da. – Nein, er kam grad rein. – Weiß ich nicht so genau. – Wer ist Finneran? – Ja, die Frau auch. Ihre Klamotten waren blutdurchtränkt. – Nein, nur ein kleiner Fleck. – Haben Sie irgendwas von dem Mord in der Toilette mitbekommen? – Ja. – Nein. – Kann schon sein.*

Selbst wenn sich ein Teil der Aussagen auf die unübersichtliche Umgebung zurückführen ließ – der Gastraum war gerammelt voll gewesen, dazu das schlechte Licht –, war das Ergebnis angesichts der Tatsache, dass die Befragten in der Mehrheit Copper waren, mehr als peinlich.

»Sarge, ich mach mir einen Tee. Wollen Sie auch einen?«

Zuko schaute hinter dem Bildschirm hervor. »Sie können auch Glenda fragen. Nur von ihrem Kaffee würd' ich abraten.«

»Krieg ich schon selbst hin, danke.«

Mit einem Glas Pfefferminztee nahm sie sich die Aufnahmen der CCTV-Kameras vor, die Rachel Briscoes Weg durch East London direkt vor ihrem Tod nachzeichneten. Dabei ging sie rückwärts vor. Die letzte Aufnahme stammte aus einer Kamera an der U-Bahn-Station Upton Park, ein paar hundert Yards unterhalb des Duke, die Rachel Briscoe um kurz vor acht in durchgeschwitzten, vollgebluteten Klamotten passierte – torkelnd, als könne sie sich kaum noch auf den Beinen halten. Allerdings hatte sie nicht die Bahn genommen, sondern war aus südlicher Richtung gekommen, die Boundary Road entlang. Shao ging weiter zurück, während Zuko auf der anderen Seite des Schreibtisches irgendwelche Telefonate führte. Wohnstraßen, die runter Richtung Beckton führten. Zwei, drei Passanten, die Briscoe auswichen wie einer Betrunkenen. Weniger Blut auf ihrem Shirt. Es gab keine Aufnahme, die zeigte, wo sie den Newham Way gekreuzt hatte.

Im Gegenteil, das nächste Foto zeigte sie südlich der Themse auf der Plumstead High, wo sie aus Richtung Abbey Wood kam. Da wirkten ihre Bewegungen noch deutlich normaler. Shao brauchte über eine Stunde, um die Aufnahmen der DLR-Züge durchzugehen, die über West Silvertown und den Flughafen unter der Themse hindurch nach Woolwich fuhren. Dann noch mal zwei für die Bahnsteigkameras. Keine Treffer. War Briscoe mit der Fähre übergewechselt?

Eine Idee begann in Shaos Bewusstsein Gestalt anzunehmen. Sie folgte der Spur weiter bis zum letzten Foto, das Rachel auf dem Woodland Way in Abbey Wood zeigte, in der Nähe des Geländes der Lesnes-Ruine. Von der ehemaligen Abtei existierten nur noch die Grundmauern. Im Osten und Süden zog sich ein breiter Waldstreifen wie ein Ring um das Gelände.

»Vielleicht hat sie ja dort übernachtet«, sprach sie ihren Gedanken laut aus. »Im Wald.«

Zuko deutete auf den Hörer, den er ans Ohr gepresst hielt. Sie hatte gar nicht mitbekommen, dass er schon wieder telefonierte.

»Ja … Ja, verstehe. Okay, kann man nichts machen. Dann vielleicht nächste Woche? … Ja, das wäre sehr nett. Danke.« Er legte auf. »Das war die Sekretärin des Dekans aus Briscoes Fachbereich. Er ist gerade in Paris und hält übermorgen einen Vortrag im Musée de l'Homme. Aber am Freitag um fünf hat sie uns einen Termin reserviert.«

»Gut.«

Er blickte auf ihren Monitor. »Was gefunden?«

»Die erste Kamera, die sie erfasst hat, steht am Woodland Way. Das ist eine kleine Stichstraße in der Nähe der Abteiruine. Wobei die Frage wäre, was sie überhaupt da zu suchen hatte, wenn sie doch in Richmond wohnte.«

»Wussten Sie, dass alte Elefanten, die merken, dass ihr Tod bevorsteht, sich ins Moor zurückziehen? Um einsam zu sterben?«

»Ich dachte, sie suchen nur weicheres Futter. Weil sie keine Zähne mehr haben.«

»Wäre auch 'ne Möglichkeit.«

Shao warf ihm einen schiefen Blick zu. »Vielleicht wurde Briscoe auch von Aliens entführt, die ihr Tumorzellen gespritzt und sie anschließend über der Abteiruine aus dem Raumschiff geworfen haben.«

Sie stand auf, weil sie schon seit einer halben Stunde aufs Klo musste. Als sie zurückkehrte, hatte sich ihre Laune um keinen Deut verbessert. Sie ließ sich in den Sessel fallen.

»12. Dezember. Das war der Tag, als sie von ihrer Reise zurückgekommen ist – ziemlich unerwartet, wie ihr Mann Nevison bei der Aufnahme des Vermisstenprotokolls ausgesagt hat. Für die Zeit bis Weihnachten hat sie Sonderurlaub bekommen, den sie offenbar zu Hause verbracht hat.«

»Vielleicht hat sie die Reise wegen ihrer Krankheit abgebrochen.«

177

»Danke, Sarge, auf die Möglichkeit wär ich echt nicht gekommen. Aber laut Nevison war sie kerngesund, als sie zurückkam. Ist doch komisch, oder?« Sie tippte nachdenklich auf die Kopie des Aussageprotokolls. »Diese Expedition übrigens, wussten Sie, wo die hingen? In den Atlantik, irgendwo in die Nähe der …«

»Azoren. Ja.«

»Wieso erzähle ich Ihnen das eigentlich, wenn Sie sowieso schon alles wissen?«

»Ich könnte ja was übersehen haben.«

»Jedenfalls, wenn die Option mit dem Alienraumschiff wegfällt, brauchte sie von da ja wohl mindestens drei, vier Tage, um auf dem Seeweg wieder nach London zu kommen. Ich hoffe doch, es hat mal jemand bei der Hafenbehörde nachgefragt, welche Schiffe am 12. Dezember angelegt haben.«

»Darum hat sich DC Donovan gekümmert. Es gibt keins. Nicht hier in London und auch nicht in Southampton oder anderen Häfen.«

»Schade.« Shao knetete ihre Finger. »Bei der Drogenfahndung wussten wir immer erst abends, ob's ein Scheißtag wird. Hier bin ich mir jetzt schon sicher. Ich finde übrigens gar keine Info, dass Nevison Briscoe den Leichnam seiner Frau identifiziert hat. Nur eine Notiz, dass am 27. und am 28. zweimal eine Streife vor seinem Haus aufgetaucht ist, er aber nicht da war. Ein bisschen nachlässig, die Jungs im Südwesten, oder?«

Zuko schnappte sich seinen Mantel. »Fahren wir einfach hin und fragen mal nach.«

Sie nahmen Zukos Wagen, einen alten Mazda mit verbeulten Kotflügeln. Es dauerte allein eine Stunde, bis sie Hammersmith passiert hatten.

Shao saß auf dem Beifahrersitz und blätterte die Unterlagen auf ihrem Schoß durch. »Keine Vorstrafen und nur die üblichen Kontobewegungen. Gehalt von der Universität, Miete, Telefonrechnung, Kreditkartenzahlungen an Sainsbury's und so weiter. Anscheinend war mindestens einer von beiden zeugungsunfähig.«

»Das steht in den Kontoauszügen?«

»Sie haben Rechnungen von Fertilitätskliniken bezahlt. Und einen Beratungstermin bei einer Agentur, die Adoptionen vermittelt. Außerdem habe ich hier noch eine Labour-Mitgliedschaft, die sie aber vor vier Jahren gekündigt hat, und einen Dauerauftrag in Höhe von fünfzig Pfund pro Monat für einen Tierschutzverein.«

»Eine vorbildliche Bürgerin also.«

»Keine privat bezahlten Arzt- oder Krankenhausrechnungen, keine Überweisungen an irgendwelche Heilpraktiker. Vielleicht war sie gar nicht todkrank?«

»Lesen Sie den Obduktionsbericht. Dann wissen Sie's besser.«

»Hat eigentlich jemand mal ihre Eltern zu der Sache befragt? Hier steht, die leben in Norwich, aber wenn die Tochter stirbt, lässt man sich doch für gewöhnlich mal blicken, oder?«

Sie dachte an ihre eigene Mutter. *Na ja, vielleicht auch nicht.* Ihr Handy vibrierte. Sie legte die Dokumente zur Seite. »Wie ich das hasse.« Sie fing einen Blick von Zuko auf. »'tschuldigung. Nur eine Erinnerung. Jemand wollte sich melden.«

»Kinder?«

»So ähnlich.« Sie starrte aus dem Fenster. Die Scheibenwischer quietschten. »Darf ich Ihnen eine persönliche Frage stellen, Sarge?«

»Ich muss ja nicht antworten.«

»Ich frag mich, warum Sie das mitmachen. Ich meine, warum lassen Sie sich auf den Rachel-Briscoe-Fall setzen. Ist doch Schwachsinn. An Ihrer Stelle wäre ich längst auf dem Weg nach Creekmouth.«

»Sie haben den Superintendent gehört. Der Fall liegt bei Detective Lockhart.«

»Hat der Superintendent Ihnen auch diese Schrottkarre vekauft?«

Schweigen schien eins von den Dingen zu sein, die Zuko am besten konnte.

Dann endlich: »Lockhart ist ein guter Detective.«

»Ich bin froh, dass Sie das sagen, Sarge. Gestern bei Deirdre hatte ich nämlich einen anderen Eindruck.«

»Wer ist Deirdre?« Er warf einen Blick auf ihr Handy. »Ihre … Tochter?«

Sie schob es hastig wie ein schmutziges Taschentuch zurück in die Tasche und sah aus dem Fenster. Gerade erreichten sie die Chiswick Bridge mit ihren breiten Fußwegen und dem weißen Sandsteingeländer. Fünfzehn Yards unter ihnen saß ein Angler am grünen Ufer, der gerade seinen Köder ausgeworfen hatte. Als Shao seinen Blick erwiderte, tippte er sich an die Wintermütze.

»Wussten Sie übrigens, dass Creekmouth Costello-Territorium ist? Vor Weihnachten hatten wir einen Hinweis bekommen, dass er dort eine größere Lieferung erwartet. Leider kannten wir den Zeitpunkt nicht.«

»Sie meinen, die Drogen kamen vielleicht mit der Baltimore?«

»Ich will sagen, *was auch immer* mit der Baltimore kam – ohne Costellos Wissen hat sie bestimmt nicht dort angelegt. Aber was soll's. Der Fall liegt schließlich bei Detective Lockhart, nicht wahr?« Sie streifte mit der Hand über das Armaturenbrett. »Eins muss ich schon sagen, Sarge. Ist echt ein komisches Gefühl, hier zu sitzen. Also auf seinem Platz.«

Zukos Blick blieb stoisch nach vorn gerichtet. »Sie sitzen auf meinem Platz. John saß meistens am Steuer.«

Das Haus von Nevison und Rachel Briscoe lag in einer Seitenstraße mit Blick auf die botanischen Gärten. Ringsum mondäne Villen mit abgezäunten Vorgärten und vergitterten Fenstern im Erdgeschoss.

»Wow, nicht schlecht – für eine Uni-Angestellte und einen Erzieher, meine ich.«

Er spähte durch die Frontscheibe. »Nummer 32. Da vorne ist es.« Er erlaubte sich ein mildes Lächeln. »Sie haben den Vortritt, Detective. Schließlich bin ich offiziell nicht im Dienst.«

Es hatte zu regnen begonnen. Sie huschten zum Hauseingang und klingelten dreimal, ohne dass jemand öffnete. Aus dem Briefkasten quollen aufgeweichte Umschläge, und auf dem Boden vor der Tür lagen die letzten sechs Ausgaben des Daily Globe.

»Kann ich Ihnen helfen?«

Shao wandte sich um. In der Tür des Nachbarhauses stand eine Frau von ungefähr vierzig Jahren, die eine Zigarette rauchte, während sie ein Neugeborenes auf dem Arm schaukelte. Ihre blassblauen Augen verfolgten misstrauisch, wie Shao näher kam.

»Detective Constable Shao. Metropolitan Police Service. Wie heißt denn der Kleine?«

»Ist 'ne Sie. Zoe. Aber sie hat die Augen ihres Vaters – und schreit mindestens so viel rum wie er. Jennifer Ross.«

Shao erwiderte den Händedruck. Aus dem Haus drang das Geschrei von mindestens zwei anderen Kindern.

»Mia und Gavin. Ich weiß, man soll als junge Mutter nicht rauchen und so, aber manchmal brauch ich einfach 'ne Pause.«

»Das ist übrigens mein Partner, Sergeant Gan. Wir sind wegen Nevison Briscoe hier.«

»Dachte ich mir schon. Schlimm, das mit seiner Frau. Erst dachte ich, er wollte vielleicht nur seine Ruhe haben. Aber dann hat der Bestattungsunternehmer bei mir geklingelt und gesagt, dass sie eigentlich einen Termin hatten.«

Zuko tippte der kleinen Zoe auf die Nasenspitze. Sie erwiderte sein Lächeln. »Kennen Sie die Briscoes gut, Mrs Ross?«

»Wir sind erst vor kurzem hergezogen. Rachel hat viel gearbeitet. Ehrlich gesagt, hab ich sie überhaupt nur drei- oder viermal gesehen. Aber wenn er weggefahren wär, hätte er doch bestimmt den Briefkastenschlüssel dagelassen oder so.«

Shao dachte an ihre eigenen Nachbarinnen. Sie hätte ihren Schlüssel lieber eingeschmolzen, als ihn einer dieser neurotischen Glucken zu überlassen. »Wann haben Sie ihn zum letzten Mal gesehen?«

»Das war am Siebenundzwanzigsten. Ich weiß es noch, weil es der erste Tag war, an dem Brian wieder zur Arbeit musste. Ein Typ hat Nevison abgeholt, in einer Limousine.«

»Eine Limousine?«, echote Zuko.

»BMW, Mercedes, irgend so ein Luxusschlitten, ich kenn mich da nicht so aus.«

»Können Sie den Mann beschreiben, der ihn abgeholt hat?«

»Schlank, Anzug, schwarze Haare – pechschwarz. Ich wette, die waren gefärbt. Und er hatte so einen fetten Siegelring am Finger. Nevison ist eingestiegen, und dann sind sie weggefahren.«

»Sie haben sich nicht zufällig das Kennzeichen gemerkt?«

»Nee, tut mir leid.«

»Wieso haben Sie nicht die Polizei angerufen, als er nicht wieder aufgetaucht ist?«

»Hab ich doch. Einmal am Dreißigsten und dann noch mal an Neujahr. Ihre Kollegen sagten, sie würden sich kümmern.«

Na, klasse.

»Danke, Mrs Ross.« Zuko reichte ihr seine Karte. »Wenn Ihnen noch etwas einfällt …«

»Ihm ist doch nichts passiert, oder? Ich meine, was haben Sie denn jetzt vor?«

»Wir kümmern uns.« Shao tippte an ihre Kapuze.

Sie kehrten zum Hauseingang der Briscoes zurück, fischten die Briefumschläge aus dem Schlitz und blätterten sie oberflächlich durch. Rechnungen von Versicherungen, Trauerkarten und die handschriftliche Nachricht eines Blumenhändlers, der um Rückmeldung wegen der Bestattung von Rachel Briscoe bat. Jennifer Ross verfolgte interessiert, wie sie den Plattenweg nahmen, der am Haus entlang zur Rückseite führte.

Hinter keinem der Fenster brannte Licht.

»Gefahr im Verzug, Sarge?«

Zuko hatte ein Fenster erspäht, das einen Spaltbreit offen stand. Es war nicht verriegelt. Er schob den Rahmen nach oben und kletterte hinein. Danach öffnete er die Terrassentür.

»Vielleicht sollten wir doch lieber die Spurensicherung rufen?«

»Sie wollten doch einen interessanten Fall. Jetzt haben Sie ihn.«

Sie trat ein, und Zuko zupfte zwei Paar Gummihandschuhe aus seiner Innentasche, von denen er ihr eins reichte. Zunächst stellten sie sicher, dass das Haus tatsächlich leer war. Dann durchsuchten Sie die Zimmer systematisch. In der Küche standen schmutzige Teller im Geschirrspüler, und der Kühlschrank war gefüllt. Ein Obstkorb mit nicht mehr ganz so frischen Äpfeln und Bananen. Auf dem Küchentisch lag die aufgeschlagene Weihnachtsausgabe vom Daily Globe, mit Kaffeeflecken auf dem Leitartikel. Darunter zwei Dutzend Entwürfe für Trauerkarten, mit denen sich Nevison anscheinend beschäftigt hatte, kurz bevor er die Wohnung verlassen hatte. Kein Terminkalender, keine Notizzettel oder irgendein anderer Hinweis, der erklärte, wer der Mann gewesen war, der ihn abgeholt hatte. Im Schlafzimmer im ersten Stock fand Zuko ein flüchtig zurechtgemachtes Bett und einen halbgefüllten Wäschepuff, während Shao im Souterrain das Arbeitszimmer durchsuchte. Durch ein vergittertes Fenster konnte sie auf das Küchenfenster der Nachbarn sehen. Jennifer Ross saß am Tisch und gab Zoe die Brust, während Mia und Gavin um sie herumrasten. Shao schaltete den Laptop ein, der auf dem Schreibtisch stand. Sie vermutete, dass es sich um Rachel Briscoes Rechner handelte. Wieso war der nicht längst abgeholt und durchgecheckt worden?

Passwortschutz, logisch.

Sie zog den Stecker, klemmte sich den Rechner unter den Arm und kehrte zurück ins Erdgeschoss.

Zuko steckte gerade das Handy weg.

»Und?«

»Ashley sagt, er weiß nichts von einem Anruf der Nachbarin. Am Siebenundzwanzigsten hätte er die Kollegen in Richmond angewiesen, Nevisons Zeugenaussage aufzunehmen. Er hatte wohl noch keine Zeit nachzuhaken, weil dann die Umstrukturierung durch Hammerstead kam und der Fall Baltimore vorrangig behandelt wurde ... und so weiter, Sie wissen schon.«

»Peinlich.«

»Ich hab auf dem zuständigen Revier angerufen. Die kümmern sich jetzt um die Spurensicherung.«

Sie schlossen die Terrassentür und das Fenster und kehrten zum Auto zurück, wo sie den Laptop im Kofferraum verstauten.

Shao ließ sich auf den Beifahrersitz sinken und zog eine Packung Kaugummi aus der Tasche. »Scheißtag, hab ich doch gesagt. Auch eins?«

»Ich lad Sie lieber zum Mittagessen ein.«

»Es ist gleich fünf, Sarge.«

»Und danach sehen wir uns diese Abteiruine näher an.«

5 Pam zog den Kragen ihres Mantels höher und blinzelte gegen den Regen an. Eine vorgelagerte Grünfläche, die sogar regelmäßig gemäht wurde, dahinter die Parkplätze mit den Familienkutschen. Wer in einem der Mietshäuser am Dawn Cres wohnte, hatte es gar nicht mal so schlecht getroffen – zumindest wenn er oder sie schwerhörig war und den U-Bahn-Zügen, die auf den gegenüberliegenden Gleisen im Minutentakt ins Stratford Market Depot ratterten, keine Beachtung schenkte.

Die Hausnummer 17 war ein zweistöckiger grauer Kasten, dessen Rückseite von einer Reihe wuchernder Eichen bedrängt wurde. Die Videokamera, die Russell Lynch beim Betreten gefilmt hatte, hing am Laternenpfahl vor dem Hauseingang.

Es dauerte gerade mal dreißig Sekunden, bis Vincent die Haustür mit seinem Pickset geöffnet hatte. Jack Bannisters Wohnung lag im zweiten Stock.

Pam klingelte.

Hinter ihnen öffnete sich eine Tür. Eine Frau Mitte dreißig, große Knopfaugen und hervorstechende Nase. Die züchtige, blümchengemusterte Bluse, die sie bis zum Kragen geschlossen hatte, machte sie glatt zwanzig Jahre älter.

»Möchten Sie zu Jack Bannister?«

Pam zückte einen gefälschten Ausweis, der sich in solchen Fällen oft als nützlich erwiesen hatte.

»Oh, Polizei?«

»Sind Sie mit Jack Bannister befreundet?«

»Ja, sehr gut sogar. Wir wollten immer mal wieder zusammen zur Kirche gehen.«

Sicher, Liebes. Der Jack Bannister, von dem Costello ihnen erzählt hatte, war ein drogensüchtiges Arschloch, das sich einen Dreck um seine Mitmenschen scherte. Andererseits, das Leben war voller Geheimnisse, und dieses Mädchen schien ein aufrichtiges Interesse an Bannister zu haben.

»Wann haben Sie ihn zuletzt gesehen, Miss …?«

»Olivia Myers. Ich bin mir nicht sicher. Vielleicht am Achtundzwanzigsten oder so. Ich habe Silvester noch bei ihm geklopft, aber er hat nicht aufgemacht.« Sie starrte Vince an, als erwarte sie, dass er sich ebenfalls auswies. Aber Vince war ziemlich gut darin, so etwas an sich abtropfen zu lassen.

Pam zückte ein Foto von Russell Lynch. »Kennen Sie diesen Mann, Miss Myers? War er mal bei Bannister in der Wohnung?«

Sie zog eine Schnute und schien ehrlich nachzudenken. »Nein, kann mich nicht erinnern. Ist das ein Freund von ihm? Steckt Jack in Schwierigkeiten?«

»Bitte bleiben Sie einfach in Ihrer Wohnung. Wir melden uns, falls wir noch Fragen haben.«

»Ja … gut.«

Olivia Myers schloss die Wohnungstür. Pam hörte keine Schritte, die sich entfernten, aber es war ihr egal, ob Miss Mauerblümchen sie durch den Spion beobachtete. Sie nickte Vince zu. Er knackte das Schloss von Bannisters Wohnung und drückte die Tür auf.

Der Geruch verhieß nichts Gutes. Pam schloss die Tür hinter sich, damit Olivia nicht auf den dummen Gedanken kam, ihnen zu folgen, sicherte das Wohnzimmer und riss das Fenster auf.

Und das Fenster in der Küche.

Im Badezimmer wurden sie fündig. Das kalte Wasser in der Wanne war von rosa Schlieren durchzogen und die Fliesen vor der Wanne mit Blut beschmiert. Spritzer auf dem Boden und die Wand rauf bis zum zersplitterten Fenster. Während Vince sich weiter in der Wohnung umsah, lugte Pam zwischen den Scherben nach draußen. Die Eichen wuchsen fast bis an die Fassade heran. Kein Wunder, dass das kaputte Fenster bisher niemandem aufgefallen war. Sie setzte die Informationen im Kopf zu einem Bild zusammen: ein Angreifer, der auf den Baum geklettert und durch das Fenster in die Wohnung eingedrungen war. Bannister in der Wanne. Überraschung, kurzer Kampf. Bannister, der betäubt und verstümmelt wurde, bevor der größte Teil von ihm nach draußen gezerrt wurde, wo der Angreifer mit ihm verschwand. Aber warum hätte Lynch durch das Badezimmerfenster kriechen sollen, wo er doch kurz zuvor mindestens einmal ganz ungeniert durch die Haustür gekommen war?

»Pam.«

Vincents Stimme drang aus der Küche. Er stand am Esstisch vor einem Kügelchen zusammengedrückter Silberfolie. Harmony. Angesichts der Tatsache, das Bannister das Zeug im Auftrag von Costello vertickte, nicht gerade eine Überraschung. Wahrscheinlich hatte er sich den Stoff hier genehmigt und sich anschließend in die Wanne gelegt. Kein Wunder, dass der Kampf nicht besonders lange gedauert hatte.

Daneben lag ein Handy.

Pam tippte auf das Display. Keine Codesperre.

Ein Eintrag aus dem Adressbuch.

Deirdre Watkins.

6

Sie hatten für den Rückweg die Route über die Circular Road gewählt und hielten auf Shaos Vorschlag kurz nach Forest Hill bei einem McDonald's. Shao bestellte sich einen Quarter Pounder und fläzte sich auf eine der Bänke vor dem Fenster, weit weg von der Kasse. Der Parkplatz vor dem Shopping Center gegenüber soff gerade im Regen ab. *MECCA – so much more* stand auf einem rosa Hintergrund über dem Eingang.

Shao betrachtete Zuko, der es bei einem Salat und einem stillen Wasser belassen hatte. »Scheiße, es war bloß ein *Vorschlag.* Ich wollte irgendwohin, wo's schnell geht.«

»Ich hab Ihnen keinen Vorwurf gemacht.«

Sie sah zu, wie Zuko die Salatblätter inspizierte. »Okay, dann erzählen Sie mal von sich.«

»Was soll ich erzählen?«

»Na, der übliche Mist zum Kennenlernen. Familie, Hobbys, Laster – wobei mich das Gefühl umtreibt, dass es 'ne echt kurze Liste werden wird. In allen drei Punkten.«

Zuko lächelte schmal. »Sie haben recht. Ich hab keine Familie. Nur einen Neffen, um den ich mich ab und zu kümmere, weil seine Mutter arbeitet. Er hat ein paar Probleme in der Schule. Teenager halt.«

»Wie heißt er?«

»Tian.«

»Auch aus Newham?«

»Wren Close. Eine kleine Nebenstraße. Da, wo sie vor ein paar Monaten die Garagen gebaut haben.«

Der Quarter Pounder sah aus, als wäre er von einem Lkw überfahren worden. Zuko betrachtete das Kunstwerk, als hätte er in seinem ganzen Leben noch keinen Fastfood-Burger gesehen. Als er nicht weitersprach, nuschelte sie mit vollem Mund: »Ich finde, wir sollten Nevison Barnes auf die Fahndungsliste setzen.«

»Klingt vernünftig.«

»Und natürlich auch den Kerl, der ihn abgeholt hat. Der mit dem Siegelring.«

Zuko zupfte zwei Feldsalatblätter aus der Schüssel und legte sie auf das Tablett.

»Scheiße, ich wusste es. Sie sind einer von diesen Bewusst-essen-und-leben-Typen.«

»Sie sagen ziemlich oft Scheiße.«

»Oh, tut mir leid, wenn's Sie stört. Ich hatte mal 'n Freund in Poplar, der hat versucht, mir Canning Town aus dem Leib zu prügeln. Hat wohl nicht ganz funktioniert.«

»Wie lang hat die Beziehung gedauert?«

»Eine Woche. Dann ist er von 'ner Brücke gesprungen.«

Was nichts speziell mit ihr zu tun gehabt hatte, aber das war ein anderes Thema.

»In welcher Gang waren Sie? Grey Town? Oder eher Chadd Green oben in Plaistow?«

Sie lachte auf. »Soll das 'n Witz sein? Vielleicht ist es Ihnen nicht aufgefallen, aber ich bin weder schwarz noch weiß. Oder sehe ich vielleicht aus wie 'ne Muslima?«

»Warum sind Ihre Eltern nicht von dort weggezogen?«

»Ich hab nur eine Mutter. Aber das müssen Sie sie schon selbst fragen. Wir haben seit ungefähr hundert Jahren keinen Kontakt mehr. Allerdings warne ich Sie lieber gleich. Es lohnt die Mühe nicht.«

»Ich könnte sie vorladen. Dann muss sie mit mir reden.«

»Weil ich zum Drug Squad zurückgehe, sobald wir den Fall abgeschlossen haben.«

Er wirkte nicht sonderlich enttäuscht. Ja, nicht einmal überrascht. »Schade.«

»Sie müssen nicht höflich sein. Ehrlich nicht. Ich wollte nicht auf dem Sessel Ihres toten Kollegen landen, aber es ist nun mal Fakt: Ich bin eine Belastung für jedes Team. Ein Spaltpilz. Steht schwarz auf weiß in meiner Akte.«

»Die Akte, die Shepherd angelegt hat?«

Punkt für ihn. Wieder meldete sich ihr Handy. Sie warf einen Blick aufs Display und hob die Augenbrauen.

»Deirdre? Sie können sie ruhig zurückrufen.«

»Was? – Nee, nicht nötig.«

»Hat sie was damit zu tun?« Er öffnete das Tetrapack und goss das Wasser in seinen Pappbecher. »Dass Sie den Job im Drogendezernat aufgegeben haben.«

Sie lehnte sich zurück und sah aus dem Fenster. Die Präzision, mit der er ins Schwarze getroffen hatte, war ihr unheimlich. Außerdem kehrten gerade ein paar Bilder in ihren Kopf zurück, die sie während der letzten Tage erfolgreich verdrängt hatte. »Ich hab den Job aufgegeben, weil es nichts bringt. Sie nehmen lauter kleine Packer und Dealer hoch, in der Hoffnung, irgendwann mal an einen großen Fisch dranzukommen … aber irgendwie passiert das nie. Weil es nicht Teil des Plans ist.« Sie machte eine Pause, und als Zuko nichts erwiderte, fuhr sie fort: »Und ja, Deirdre war eins von Costellos Mädchen. Seine Queen of Hearts. Bis das Greater H sie fertiggemacht hat …« Als Zuko fragend die Augenbrauen hob, fügte sie erklärend hinzu: »Logan Costello. The fucking Godfather. Natürlich jede Menge Gras und Amphetamine, aber vor allem Smack & Charly in bester Qualität. Und seit kurzem natürlich auch Harmony, der Mann ist ja ein verdammter Vollsortimenter, darf man nicht vergessen.«

Zuko zuckte entschuldigend die Achseln. »Mit Drogen hab ich's nicht so, Detective.«

»Smack & Charly steht für Koks und Heroin. Costello ist einer der größten Dealer der Stadt, und das neueste Produkt auf seiner Angebotsliste ist Harmony, auch Greater H genannt.«

»Noch nie gehört.«

»Seien Sie froh. Ist wie 'n dreifacher Ketamin-Trip, und man muss sich nicht mal was spritzen. Die Nebenwirkungen zeigen sich ungefähr nach einem halben Jahr: Schwerstabhängigkeit, Entzündungen, Mundfäule, Zahnausfall.«

»Klingt für einen Laien wie mich ein bisschen nach Crystal.«

»Schlimmer. Und teurer. Cooler Scheiß für Besserverdienende, mit dem sie sich vom Pöbel abheben können.«

»Und das verkauft nur Costello?«

»Sagen wir mal, er hat einfach ein Händchen für die richtige Infrastruktur. Aber er ist natürlich breiter aufgestellt. Prostitution, Menschenhandel, Schutzgelderpressung. Soweit ich weiß, beschäftigt er gerade drei Abteilungen gleichzeitig im Organized Crime Squad.«

»Und Deirdre hat für ihn angeschafft?«

Shao prustete, weil sie nicht anders konnte. »Sie sind wirklich altmodisch. Deirdre hat als Mädchen bei ihm angefangen, wurde dann aber eine seiner besten Meet'n'Greeter.«

»Sie meinen, sie hat für ihn transportiert?«

Sie schüttelte den Kopf. »Sie hat in Heathrow die Bodypacker in Empfang genommen, die den Stoff aus Übersee reingeschmuggelt haben, und sie in die Stadt gebracht. Dabei hat sie kein Gramm selbst angefasst, aber sie wusste immer, wer, wann, wo und wie. Einmal haben wir mit ihrer Hilfe 'n Sumo-Ringer rausgefischt, der sich 16 Kilo Schnee zwischen seine Fettringe geklebt hatte – von den Titten bis runter an die Knielappen. Hat tatsächlich noch was von Eigenbedarf gefaselt. Für das Drogendezernat war Deirdre so was wie der absolute Jackpot!«

»Wie sind Sie an sie rangekommen?«

»Über 'nen Freund von ihr, der hat den Kontakt hergestellt.« Sie würde sich eher die Zunge rausreißen, als ihm von Antwon zu erzählen. »Am Anfang war Deirdre natürlich misstrauisch. Aber sie konnte die Extrakohle ganz gut gebrauchen für so ein Herzensprojekt, das sie damals gefahren hat: obdachlose Süchtige, denen sie in einer Fabrikhalle in Stratford Asyl gegeben hat, als wär sie die verdammte First Lady. Costello hat ihr sogar einen Leibwächter zur Seite gestellt. Russell Lynch. Ein gewissenloser Wichser, der für Costello alle möglichen Jobs erledigt hat. Sie hat ihn manchmal mit Geld versorgt, weil sie Angst hatte, dass er vielleicht seine Klappe nicht hält.«

»Weil sie als Spitzel gearbeitet hat?«

»Weil er sie gefickt hat. Ich weiß nicht, wie oft, aber einmal hab ich sie erwischt. Nicht direkt, aber es hat ewig gedauert, bis sie die Tür aufgemacht hat, und das ganze Haus stank nach Muschi.«

»Und Costello hat keinen Verdacht geschöpft? Ich meine, was ihren Job als Informantin anging?«

Sie warf ihm einen schiefen Blick zu. »Wir sind keine Idioten, Sarge! Normalerweise läuft die Sache so: Der Meet'n'Greeter – also Deirdre – kriegt die Info, welcher Kurier wann eintrifft, und gibt sie an uns weiter. Dann fährt sie zum Flughafen, zum Ankunftsgate – und wartet da unschuldig wie die Scheißmaria auf ihre Empfängnis. In der Zwischenzeit entscheidet Shepherd im Dezernat, ob der Fisch es wert ist. Wenn ja, erledigt die Zollfahndung für uns den Rest. Routinekontrolle nennt sich das. Deirdre bleibt weiter draußen am Ausgang. Wenn der Kurier in der vereinbarten Zeit nicht auftaucht, fährt sie nach Hause und erstattet Bericht.«

»Und Costello stellt keine Fragen?«

»Warum sollte er? Die Packer sind arme Schweine, die mitmachen, um ihre Familie über die Runden zu bringen. Schwund ist eingepreist.«

»Und die Zollfahnder kassieren den Lorbeer.«

»Das ist der Systemfehler. Shepherd hat das immer wahnsinnig gemacht, aber ändern konnte er es nicht.«

Zuko nahm eine Serviette und wischte sich den Mund ab. »Okay, aber eine Sache verstehe ich nicht. Wenn Deirdre Zugang zu ungestrecktem Koks und Heroin hatte, wieso hat sie dann angefangen, dieses üble Zeug, Greater H, zu nehmen?«

»Weil Sie damit einfach viel besser fliegen, *capisce*? Ich weiß nicht, ob Sie sich das vorstellen können, Sarge: drei

Jahre Angst, enttarnt zu werden, und statt das George Cross verliehen zu bekommen, dürfen Sie zur Einarbeitung Abend für Abend Costellos zweite Reihe absamen. Klar, ich könnte ihr jedes Mal eine reinhauen, wenn sie wieder drauf ist – und gleichzeitig weiß ich, dass ich an ihrer Stelle nicht mal halb so lange durchgehalten hätte.« Angewidert legte Shao den halbaufgegessenen Burger zur Seite. »Ich hab Shepherd angefleht, dass er ihr 'n Platz im Zeugenschutz besorgt! Drei verdammte Jahre lang hab ich ihn angebettelt – und zwar jeden einzelnen verfickten Tag!«

»Aber Shepherd wollte den Jackpot nicht verlieren.«

»Und irgendwann hat sich die Sache dann von selbst erledigt. Weil Costello sie in die Wüste geschickt hat. Von wegen einem Junkie kann man nicht vertrauen und so. Selbst seine Scheißlieutenants wollten nichts mehr von ihr, weil ihr Gebiss mittlerweile aussah wie irgendwas, das der Hund reingeschleppt hat. Nur Deirdre selbst hat's noch nicht kapiert. Sie sitzt auf ihrem Sofa und wirft sich die Harmony-Kugeln ein wie Bonbons.« Shao starrte aus dem Fenster. Ihre Stimme drohte zu ersticken. »Letzten Monat hat sie uns von der Sache in Creekmouth erzählt.«

»Das war Deirdre?«

»Sie dachte wohl, es wäre 'ne ganz normale Übergabe. Außerdem kann ich nicht beweisen, dass sie Heiligabend meinte, weil sie uns nur den ungefähren Ort genannt hat.«

»Ich finde, Sie sollten Lockhart davon erzählen.«

»Ich weiß nicht, ob Sie das verstehen, Sarge, aber wenn Sie Deirdre nach ihrem eigenen Namen fragen, kriegen Sie fünf verschiedene Antworten, je nach Tageszeit. Sie ist keine Zeugin, auf deren Aussage man seine Ermittlungen aufbauen kann, und das ist meine Schuld.«

»Ist es nicht, Detective.«

Sie lachte böse auf. »Ich war ihr Schicksal, kapiert? Mit dem, was sie wusste, hätten wir sie damals alle hochnehmen können, vielleicht sogar Costello himself!«

192

»Warum hat Shepherd das dann nicht getan?«

»Woher soll ich das wissen! Weil er ein Schwachkopf ist? Weil Costello ihn in der Tasche hat? Vor acht Monaten war es so weit. Deirdre hat eine Übergabe verkackt, weil sie high war. Seitdem ist sie raus.«

»Und Lynch?«

»Der hat schon vor einem Jahr bei Costello den Dienst quittiert. Es gibt Gerüchte, dass er sich rausgekauft hat. Andere sagen, Costello hat ihn weggeschickt. Oder verliehen, wie bei so 'ner Art Werksvertrag. Hab ihn jedenfalls nicht wiedergesehen. Deirdre besuch ich noch manchmal und versuch, sie zu einer Therapie zu überreden. Aber ehrlich gesagt, weiß ich gar nicht, ob das überhaupt noch was bringen würde.«

»Sie haben vorhin gesagt, dass sie Lockhart bei ihr gesehen haben. Wann war das?«

»Vorgestern Abend. Er hat mich angerufen.«

»An Silvester?«

»Na ja, gefeiert hat er jedenfalls nicht bei ihr. Als ich ankam, hat er mich dumm angemacht und ist anschließend abgezogen. Ich hab mich noch gewundert, weil ich ja wusste, dass eigentlich alle vom Forest Gate auf der Beerdigung sind.«

»Hat Lockhart sich regelmäßig um sie gekümmert? Ich meine, haben Sie ihn früher schon bei ihr gesehen, oder hat sie irgendwann mal von ihm erzählt?«

Sie überlegte. »Nicht, dass ich wüsste. Ehrlich gesagt, war ich ziemlich genervt vorgestern. Deirdre redete die ganze Zeit davon, dass Russell zurückgekommen wär. Völliger Schwachsinn! Aber wie auch immer, ich dachte …« Sie unterbrach sich, als eine Nachricht auf ihrem Display erschien. »Tja, das ist wohl Gedankenübertragung.« Sie drehte das Handy um, so dass er die Nachricht lesen konnte.

Melde mich morgen. Deirdre.

»Na, dann ist doch alles okay.«

»Ja, klar. Alles bestens.« Sie schob das Tablett weg. Ihr war der Appetit vergangen. »Ehrlich, Sarge, ich fass es nicht. Ich

193

lass mich hier ausquetschen wie 'ne Scheißapfelsine. Jetzt müssen Sie praktisch nur noch rauskriegen, was meine Lieblingsband ist.«

Er grinste. »Haben Sie eine?«

»Noch 'n Kaffee für den Weg? Ich lad Sie ein. Ist ja mein Einstand.«

»Mir reicht's für heute. Soll ich Sie nach Hause fahren?«

»Ich dachte, Sie wollten noch zur Lesnes-Abtei?«

»Keine Zeit mehr. Ich hab noch einen Zahnarzttermin.«

»Ernsthaft jetzt? Um die Uhrzeit?«

Er grinste. »Bin Selbstzahler.«

7

Sefaya lehnte den Kopf in den Nacken, bis sie den Lederbezug der Kopfstütze spürte. Sie mochte es, den Beifahrersitz so weit abzusenken, dass sie fast darin liegen konnte, und sich vorzustellen, das Dach von Gregs klapprigem Ford Escort wäre nicht vorhanden und sie könnte direkt in den Londoner Nachthimmel sehen. Und falls Greg die nötigen Reparaturen weiter hinausschob, war es möglich, dass ihr Wunsch eines Tages Wirklichkeit wurde. Der Escort ächzte und rumpelte selbst auf einer tadellos asphaltierten Strecke wie der Montfichet Road wie eine Postkutsche auf dem Weg durch die Rocky Mountains. Sefaya steckte sich die Kopfhörer ins Ohr, damit sie wenigstens diesen Bob-Marley-Mist nicht ertragen musste, der aus den Boxen dröhnte. Greg liebte Reggae, aber er war ja selbst auch nicht mehr taufrisch, also passte es wohl irgendwie zusammen. Sefaya hatte sich schon oft gefragt, wie sie das aushalten sollte, wenn sie erst mal eine gemeinsame Wohnung bezogen hatten, aber andererseits machte sie sich darum nicht so viele Gedanken, weil vorher noch eine Menge Sachen zu erledigen waren. Zum Beispiel musste Greg erst mal seine Familie verlassen, und das war etwas, womit er sich schwertat –, auch wenn er Sefaya immer wieder versicherte, dass sie die einzige Frau war, die er liebte. Sie glaubte ihm, denn schließlich verbrachte er seine Zeit mit *ihr* und nicht mit seiner Frau, die irgendwo in Stockey auf die Kinder aufpasste. Heute Abend hatte er ihr sogar versprochen, dass er sie zum Essen einladen würde – gleich nach der Angelegenheit, die er zuvor noch zu erledigen hatte. Natürlich verriet er ihr nicht, um was es dabei ging, aber das wusste sie auch so. Er dealte mit Drogen. Das war okay für sie, denn er kümmerte sich darum, die Dinge »im Gleichgewicht zu halten«, wie er sagte. Er war so etwas wie eine Instanz in Stokey, sein Wort bedeutete etwas. Zum Beispiel vertickte er grundsätzlich nicht an Kinder, und an Jugendliche nur so viel, dass sie nicht am nächsten Morgen von ihren Eltern unter irgendeiner Brücke gefunden wurden. Sie stellte sich gern vor, wie er später auch für sie Verantwortung übernehmen würde. Andererseits war sie nicht blöd und wusste sehr wohl, welche bösen Überraschungen das Leben bieten konnte. Ihr Vater hatte sich abgesetzt, als sie sechs gewesen war, und sie mit ihrer Mutter in einer Drei-Zimmer-Wohnung in Silvertown alleingelassen, die sie sich nur hatte leisten können, weil die Maschinen des London City Airport mehrmals stündlich über den Balkon hinwegrasten. Sefaya hatte die Schule absolviert und dann eine Stelle als Kassiererin in einem Tesco Express in Stokey gefunden. Ein ziemlich harter Job mit zehn Abendschichten jeden Monat. Bei einer davon hatte sie irgendwann Greg getroffen, der sich gerade ein paar Red Bull genehmigt hatte, um sich für die zweite Runde seiner »Geschäfte« im Abney Park fitzumachen. Sie waren ins Gespräch gekommen, und es war schnell klargeworden, dass Greg mehr wollte. Was nicht schlimm war, obwohl er bestimmt Mitte vierzig war oder so. Sefaya hatte nichts gegen ältere Männer. Manchmal, wenn sie nach Tottenham fuhren, um in irgendeinem Park spazieren zu gehen, stellte sie sich vor, dass er ihr Vater war. Sie konnte sich nicht mal mehr an sein Gesicht erinnern. Greg wäre auf jeden Fall ein besserer Vater gewesen, das erkannte sie allein daran, wie er über seine Familie sprach. Das war auch der Grund, dass sie so viel Geduld mitbrachte.

Im Augenblick sahen sie sich nur in Nächten wie dieser, wenn Greg sich seine Lieferungen bei einem Verkäufer in Stratford abholte. Sefaya wusste nur, dass der Mann Jellyfish oder so ähnlich hieß. Greg versuchte, sie von diesen Leuten fernzuhalten. Als sie sich das erste Mal nach Weihnachten trafen, hatte er ihr nur vage von irgendeiner schlimmen Sache erzählt, die im Hafen passiert sei und dass er deshalb jetzt öfter unterwegs sein würde. An diesem Abend hatte Greg sie um acht bei Tesco abgeholt und ein bisschen herumgedruckst, weshalb sie vermutete, dass es um Greater H ging. Er war echt süß, wenn er so von »ausschließlich B2B« und »Verpflichtungen seinem Boss gegenüber« erzählte.

Sie erreichten das Ende der Montfichet, die hier im Schatten der höher gelegenen Loop Road verlief, und Greg lenkte den Escort an der Betonmauer entlang bis zum Rondell, das direkt unter der Loop Road lag. Ein paar Treppen und ein Fußweg führten in westlicher Richtung auf das Olympiagelände, das um diese Zeit gottverlassen war.

Greg sagte irgendwas zu ihr, und sie zog die Kopfhörer heraus.

»Wie?«

»Ich hab gesagt, es wär besser, wenn du jetzt einen Spaziergang machst. In einer halben Stunde bin ich fertig, dann ruf ich dich an, und wir fahren zum Marinehafen.«

Da gab es einen Libanesen, von dem Greg gesagt hatte, dass er gut war, und Sefaya freute sich schon darauf.

Sie stieg aus und streifte die Jacke über.

»Hast du dein Handy dabei?«

»Klar.«

»Okay, dann bis gleich.«

Sie schlug die Tür zu und ging rüber zum Fußweg, mit einem Lächeln im Gesicht, weil sie wusste, dass Greg ihr in diesem Augenblick auf den Arsch guckte.

Der Fußweg führte Richtung Norden, zwischen dem Waterworks River und der gläsernen Fassade der Olympiaschwimmhalle entlang. Auf der anderen Seite des Wassers erhob sich, hinter dem roten Metallgerüst des Aussichtspunktes *ArcelorMittal Orbit*, die Silhouette des Olympiastadions. Sefaya mochte die Leere und Einsamkeit, die dieser Ort ausstrahlte. Sie befand sich mitten in London, aber genauso gut hätte sie über die Rückseite des Mondes wandeln können. Ein Platz, an dem man vergessen konnte, dass die Welt da draußen existierte.

Zweihundert Yards weiter wurde der Kanal vom River Lea gespeist. Sefaya warf ein Blick auf ihr Handydisplay. Zwanzig nach neun. Die halbe Stunde, von der Greg gesprochen hatte, würde in zehn Minuten um sein. Aber sie würde geduldig sein. Sie wusste, dass Männer schnell panisch wurden, wenn man sie zu sehr bedrängte. So wie ihr Vater.

Am River Lea angekommen, sah sie wieder aufs Handy. Halb zehn, und immer noch keine Nachricht. Der Uferweg, auf dem sie hergekommen war, lag wie ein grauschimmerndes Band in der Dunkelheit. Vielleicht hatte Greg ja vergessen, ihr Bescheid zu sagen?

Sie ging langsam wieder zurück. Von der Carpenters Road drang hin und wieder das Geräusch eines Wagens herüber. Als sie die Montfichet erreichte, blendete gerade ein Scheinwerferpaar auf, und ein Kombi verschwand in der Dunkelheit. Zurück blieb Gregs Escort. Greg stand am Kofferraum und wuchtete zwei Taschen hinein. Sefaya atmete auf. Offenbar war alles gut gelaufen. Sie drückte sich in den Schatten eines der Bäume, die das Kanalufer säumten, und wählte seine Nummer.

»Hey, Sef. Ich hab doch gesagt, ich meld mich.«

Sie kicherte. »Ich hab 'ne Idee, König der Unterwelt. Wir sparen uns den Libanesen, und du nimmst mich gleich hier auf dem Rücksitz deiner Karre. Was hältst du davon, hm?«

Greg grunzte irgendwas.

»Ich dachte mir, du nimmst mich erst ganz langsam und dann richtig heftig, so wie du es magst, *grand old boy*. Ich *will* es, Greg. Ich will es wirklich. Und danach gehen wir was essen, okay? … Greg?«

Sie hatte erst gedacht, dass sie ihn scharfgemacht hatte, aber bei den Lauten, die jetzt aus dem Handy drangen, war sie sich nicht mehr so sicher.

»Greg? Alles okay bei dir?«

Sie lugte hinter dem Baum hervor.

Und hatte das Gefühl, jemand würde ihr mit einem Skalpell langsam die Haut vom Leib ziehen.

Ein riesiges schwarzen Etwas mit viel zu vielen Beinen hatte Greg zu Boden geworfen und zerteilte seinen Oberkörper mit zwei riesigen Mandibeln in zwei Hälften.

8

Shao stellte sich vor, wie Antwon sich neben ihr auf die Couch setzte und stirnrunzelnd einen Blick auf ihren Pinot Grigio warf, während er selbst eine Dose Red Bull oder irgend so was trank. Sie stellte sich vor, dass er nur eine helle, leicht zerknitterte Leinenhose trug, die er sich lässig übergestreift hatte, nachdem er sie zuvor eine halbe Stunde lang ausgiebig verwöhnt hatte.

»Ich glaube, er mag dich, Shao. Er hat sich wirklich bemüht.«

»Klar, deswegen hatte er ja auch ganz plötzlich so einen bescheuerten Zahnarzttermin.«

»Und diese Glenda scheint auch ganz okay zu sein.«

»Ich kann dir gern ihre Nummer geben.« Sie griff nach dem Glas, das sie gerade zum zweiten Mal aufgefüllt hatte.

»Sie sind *alle* ganz okay, finde ich … soweit man das auf den ersten Blick sagen kann. Und ganz unter uns: Jeder meiner Kumpels würde sich darum reißen, einen Typ wie diesen Superintendent als Kunden zu haben.«

»O Gott, bitte!«

»Hast du dir übrigens schon überlegt, wie es morgen weitergeht? Ich meine, diese Rachel-Briscoe-Sache ist jetzt eine Woche her. Livia Parson noch länger. Man sagt doch immer, in den ersten Tagen danach entscheidet sich, ob die Tat aufgeklärt werden kann.«

Sie nippte und schmeckte prompt ein paar Korkkrümelchen auf ihrer Zunge. »Gan hat gesagt, wie's weitergeht. Morgen sehen wir uns die Abtei an.«

»Ich freu mich schon drauf. Dass du mir davon erzählst.«

»Im Augenblick möchte ich mir eigentlich bloß *Valerian* ansehen.«

»Wirklich, Sadako? Um warum bin ich dann hier?«

Sie wandte den Kopf, nur um sicherzugehen. Natürlich war er nicht da, aber das änderte nichts daran, dass sie sich nach ihm sehnte.

Verärgert über sich selbst stellte sie den Grauburgunder zur Seite und ging aufs Klo. Kam ihre schlechte Laune vielleicht daher, dass ihre Hormone verrückt spielten? Nach ihrer Rechnung waren es noch fünf Tage bis zur nächsten Blutung, aber ihre Brüste schmerzten bereits, als würden sie sich nach dem Azteken-Kalender richten oder so. Sie ignorierte die Packung Schmerzmittel im Medikamentenschrank. Sie wollte spüren, was die Wut mit ihr machte. Für einen Moment überlegte sie tatsächlich, Antwon anzurufen und ihn zu fragen, ob er nicht doch noch irgendwas freihatte. Sie war exakt einen Schritt davon entfernt, sich komplett lächerlich zu machen.

Die Abtei ansehen.

Ihre Joggingstrecke nach Woolwich.

Der Fußgängertunnel.

Fuck!

Es war auf einmal so klar, so offensichtlich, wie Rachel Briscoe von Woolwich nach Newham gelangt war, ohne die Bahn zu nehmen.

Herrgott, du bist so dämlich!

Sie schaltete die Glotze aus, schnappte sich die Autoschlüssel und warf sich im Gehen die Jacke über.

Es war kurz vor elf, als sie den Woodward Way in Abbey Wood erreichte. Noble Villen duckten sich, von hohen, weißen Steinmauern abgeschottet, in die Schatten der angrenzenden

Eiben und Purpurbuchen. Shao fuhr weiter bis zur Abbey Road und stellte den Wagen in Höhe der Fußgängerüberführung ab, die zur Abteiruine führte. Sie klaubte die Taschenlampe aus dem Handschuhfach und kletterte den Graswall hinauf. Der halbe Quarter Pounder lag ihr immer noch wie ein Stein im Magen.

Das weitläufige Areal wurde auf der Nordseite von einem prominent gewachsenen Maulbeerbaum dominiert und im Süden und Osten von einem dichten Waldstreifen begrenzt. Die Abteiruine selbst bestand nur noch aus den Resten einiger Steinmauern. Direkt daneben befand sich ein moderner Flachbau, in dem eine Touristeninformation und ein Kiosk untergebracht waren, die sogenannte Lodge, die zu dieser Jahreszeit jedoch geschlossen hatte. Hinter dem Abteigelände erstreckte sich auf einer Anhöhe über fast eine Quadratmeile der Wald, der dem Stadtteil seinen Namen gab. Und nirgendwo eine Kamera. Sie musste den Tatsachen ins Auge sehen: Rachel Briscoe konnte von überallher gekommen sein.

Auf der offenen Fläche benötigte sie die Taschenlampe nicht. Das Streulicht der Straßenlaternen reichte aus, die Grundfläche der Abtei zu erhellen. Mehrere Pfade führten hinauf in den Wald. Sie nahm den, den sie vom Joggen kannte. Direkt hinter der Baumgrenze schaltete sie die Taschenlampe ein und öffnete Google Maps auf ihrem Handy. Ihr Orientierungssinn war schon immer eine Katastrophe gewesen.

Ungefähr dreihundert Yards nördlich von ihrer Position endete der Waldstreifen. Dahinter lag ein Wohngebiet. Shao leuchtete aufs Geratewohl ins Dunkel. Sie kam sich auf einmal unfassbar bescheuert vor. Was hatte sie gedacht, hier zu finden?

Sei wenigstens ehrlich zu dir. Du bist nicht wegen Rachel Briscoe hier.

Ein Ast knackte unter ihren Füßen – und irgendwo schrie ein Kauz. Sie ließ den Strahl der Taschenlampe über den Weg huschen, durchforstete die Äste der Bäume.

Wieder ein Knacken, diesmal hinter ihr.

Nur ein Tier.

Dann sah sie den Mann.

Jedenfalls glaubte sie, dass es ein Mann war. Alles, was sie sah, war eine unförmige Silhouette. Zu breit für einen Strauch, zu groß für einen Baumstumpf.

Die Gestalt löste sich und tauchte im Dickicht unter.

»Polizei! Stehen bleiben!«

Sie hetzte hinterher. Der Strahl der Taschenlampe tanzte über den Pfad, riss Sträucher, Zweige, Baumstämme aus dem Dunkel.

Da!

Jetzt erkannte sie sein Gewand.

Eine Mönchskutte?

Der Kerl lief den Pfad entlang und verschwand hinter einer mächtigen Erle. Shaos Herz hämmerte, als sie die Stelle erreichte. Niemand zu sehen! Sie suchte den Boden nach Spuren ab. Nichts.

Und sah auf.

Da hing er. Pendelte, eine nasse Hanfschlinge um den Hals geschlungen, im Nachtwind wie eine Puppe in einem Edgar-Wallace-Film. Aber es war keine Puppe. Es war ein Mensch. Regentropfen perlten über die Zunge, die blau aus seinem Mund ragte. Über die verfaulten Augäpfel krochen Fliegen. Er musste schon eine Ewigkeit hier hängen.

Shao sprang einen Schritt zurück und lehnte sich mit dem Rücken gegen die Erle. Als sie die Augen wieder öffnete, war der Erhängte verschwunden.

Ich bin nicht verrückt, schoss es ihr durch den Kopf. *Mag sein, dass es ein paar Leute gibt, die mich für verrückt halten, aber ich bin es nicht. Und ich sehe auch keine Gespenster.*

Gegen ein Traumbild sprach, dass es gerade die Einzelheiten waren, an die sie sich erinnerte: die kleine, leicht gedrungene Gestalt. Die schwarze Kutte aus abgescheuertem Leinen. Der tote Mönch war etwas kleiner gewesen als sie, für einen Mann also sehr klein, dafür aber umso breiter. Die

Kapuze hatte den Blick auf die obere Hälfte seines Gesichts verdeckt.

Genau wie bei der Frau, der sie im Tunnel begegnet war. Die Frau, die Rachel Briscoe gewesen sein musste.

Shao folgte dem Pfad noch etwa dreißig Yards weiter bis zu einer Kreuzung. Der Regen hatte den Boden aufgeweicht. Selbst der leichteste Mensch hätte in diesem Untergrund Fußspuren hinterlassen. Aber da war nichts.

Sie kehrte zurück zum Waldrand. Es war eine Schnapsidee gewesen, überhaupt hierherzukommen. Morgen früh im Büro würde sie einfach keinen Ton darüber verlieren und mit DS Gan hierherfahren, als wäre nichts geschehen. Sie würden denselben Weg nehmen, die Abteimauern inspizieren und feststellen, dass es keine Möglichkeit gab festzustellen, aus welcher Richtung Rachel Briscoe …

Die Abtei.

Shao hatte den Wald verlassen und plötzlich das Gefühl, in einen Kübel aus Eiswasser zu tauchen. Dort, wo sich vorhin in einem Meer von Grashalmen und Heidesträuchern noch die brüchigen Überreste der Grundmauern befunden hatten, ragte jetzt … ein monumentales Bauwerk in die Höhe! Ein von zwei spitzen Türmen gesäumtes Kirchenschiff, über dessen Eingangstor drei, von gotischen Bögen überspannte Fenster wie schwarze Augen auf Shao herabstarrten! Im Hintergrund erhob sich ein gedrungener Kirchturm mit abgeflachter Spitze.

Das ist ein beschissener Witz. Das alles ist nichts weiter als ein ganz beschissener Witz.

Sie war gar nicht losgefahren. Sie saß immer noch zu Hause auf dem Sofa und war, erschöpft von den Eindrücken des ersten Arbeitstages, vor dem Fernseher eingeschlafen.

Wach auf, trink den Wein aus und hau dich in die Federn.

Aber sie wachte nicht auf.

Sie stand hier.

Vor dem Eingang der Kirche, die es nicht geben konnte und

an die sich linker Hand zunächst hinter schießschartenschmalen Fenstern der Innenhof mit dem Kreuzgang und dann im rechten Winkel ein weiteres, etwas niedrigeres Bauwerk anschlossen, dessen engbeieinanderliegende Fenster es fast wie eine Soldatenkaserne erscheinen ließen.

Mönchsunterkünfte.

Das Tor der Kirche stand offen.

Shao trat ein. Das Innere wurde von über einem Dutzend Fackeln erhellt, die zu beiden Seiten hinter schlanken Säulen verborgen die Nebengänge des Hauptschiffs beleuchteten. Darüber eine weitere Reihe von insgesamt acht Fenstern auf jeder Seite, auf deren schwarzen, seltsam lebendig wirkenden Oberflächen sich der Lichtstrahl der Lampe verlor – als lauere dahinter eine Finsternis, die jeden in den Abgrund riss, der den Fehler machte, ihr zu nahe zu kommen.

Der Weg zum Altar war mit großflächigen Fliesen ausgelegt, von denen jede einzelne sorgfältig abgeschliffen und mit ungewöhnlichen geometrischen Formen dekoriert war: zweidimensionale Bänder, die perspektivisch ineinander verschlungen waren, Kreise und Quadrate, die einander einrahmten und durchdrangen, sowie schematische Darstellungen von Lilien und Sternen … und ein immer wiederkehrendes Symbol, das sie noch nie gesehen hatte, das sich ihr aufgrund seiner Einfachheit jedoch sofort einprägte: ein liegendes Rechteck, aus dessen Seiten sich jeweils zwei leicht gekrümmte Striche wanden … wie Fühler eines Insekts.

Der Altar, der im Halbdunkel außerhalb des Lichtkreises der Fackeln lag, zog sie beinahe magisch an. Ihre Schritte hallten als gebrochenes Echo von den Wänden wider, und bei jedem Schritt achtete sie, einem merkwürdigen, unbewussten Impuls folgend, darauf, die insektenähnlichen Symbole auf dem Boden zu meiden.

Auf halbem Weg griffen die Schatten nach ihr, wispernd, lockend, wie mit langen Fingern, mit denen sie sie in die Finsternis zu ziehen versuchten. Die Umrisse der Symbole zu ihren Füßen schienen zu zerfließen, sich in Lebewesen zu verwandeln, die um ihre Füße krochen und sie leiteten … auf den Altar zu.

Als sie ihn erreichte, verstummte das Wispern.

Er bestand aus nichts weiter als einem nackten Steinblock, undekoriert und kalt. Leblos. Ohne Bedeutung.

Aber dann begriff sie, dass es nicht der Stein war, der sie angezogen hatte. Sondern eine niedrige, eisenbeschlagene Tür, die sich in einer Nische in der Außenmauer schräg dahinter befand. Plötzlich war das Wispern wieder da und drängte Shao stärker als zuvor auf die Tür zu. Sie streckte ihre Hand nach der Klinke aus und drückte sie herab. Mit einem tiefen Knarren schwang die Tür auf.

Dahinter war nichts als Schwärze …

Aber dann traf das Licht der Taschenlampe auf kahle, schmucklose Mauern. An der Wand ein weiterer, kleiner Altar, und irgendetwas verriet Shao, dass er nicht dazu gebaut worden war, das Kreuz anzubeten, das über ihm an der Wand angebracht worden war.

»Das ist die Kapelle der Lady.«

Shao schrie auf. Die Taschenlampe entglitt ihr und rollte über den Boden. Der Strahl zuckte über den Durchgang, über den Altar – und kam abrupt zur Ruhe, als die Taschenlampe an die schwarzen Schuhspitzen des Mannes stieß, der wie aus dem Nichts hinter Shao aufgetaucht war. Der Mann bückte sich, hob sie auf und reichte sie ihr. Sie riss die Taschenlampe an sich, trat einen Schritt zurück und richtete sie auf den Fremden. Schwarzes Haar umrahmte ein leicht hohlwangiges Gesicht mit dunklen Augen, die nicht einmal blinzelten, als der Lichtstrahl sie traf.

»Wussten Sie, dass hier in diesem Raum nicht nur der Mann bestattet wurde, der die Abtei im Jahre 1178 erbaut hat –, sondern auch seine Urenkelin Rose? Sie liebte die Abtei so sehr, dass man ihr nach ihrem Tod das Herz entfernte und hier begrub. Daher der Name – Lady's Chapel.«

»Scheiße, wer sind Sie?«

»Mein Name ist Richard de Lucy. Und wer sind *Sie*, wenn ich fragen darf?«

»Detective Constable Shao, Metropolitan Police.« Ein wenig überhastet zückte sie ihre Marke.

Der Mann wirkte weder überrascht noch besorgt, wie es wohl von den meisten Leuten zu erwarten gewesen wäre, die mitten in der Nacht in einer Spukruine von einer Polizistin zur Rede gestellt werden. »Ich bin der Verkäufer.«

»Was für ein Verkäufer?«

Er deutete hinter sich in die Richtung, in der in einiger Entfernung vor der Abteiruine der Flachbau mit dem geschwungenen Dach stand. »Die Lodge. Wir haben auch Außer-Haus-Verkauf, selbst im Winter. Eis, heiße Getränke. Was Sie wollen.«

Shao blieb auf Abstand. »Die Lodge ist zu. Ich bin vorhin dran vorbeigegangen.«

»Ich war im Hinterzimmer und habe die Buchhaltung erledigt.« Er hielt ihrem Blick stand. Mehr als das. In ihr wuchs das Gefühl, dass in Wirklichkeit er es war, der sie musterte, und nicht umgekehrt. Ein kaum wahrnehmbares Lächeln spielte um seine Lippen. »Also, Miss Detective Constable Shao von der Metropolitan Police. Suchen Sie etwas Bestimmtes? Vielleicht das Herz von Lady Rose?«

Sie schwenkte die Taschenlampe. »Wie lange steht die Abtei schon hier?«

»Wie ich vorhin sagte – seit dem Jahr 1178.«

»Verarschen Sie mich nicht.«

Er hob die Schultern. »Ich weiß ehrlich gesagt nicht, was Sie meinen.«

Was ich meine? Ich laufe jeden dritten Tag hier vorbei. Hier steht kein Gebäude. Das waren immer nur die Grundmauern.
»Haben Sie die Fackeln angezündet?«

»Welche Fackeln?«

Welche Fackeln. Gute Frage. Sie blickte an ihm vorbei in ein vollkommen dunkles Kirchenschiff. Die einzige Lichtquelle war ihre Taschenlampe.

Auf der Stirn von Richard de Lucy entstanden ein paar Falten. »Ich hoffe, Sie sind wirklich von der Polizei. So eine Dienstmarke kann man sicherlich sehr einfach fälschen.«

»Wann haben Sie das Café heute Abend zugemacht?«

»Um sechs.«

»Und seitdem waren Sie im Hinterzimmer?«

»Erst mal war ich draußen. Hab die Terrasse gefegt.«

»Im Winter?«

»Der Bereich unter dem Dach. Die meisten Kunden halten die Mülleimer anscheinend nur für eine Art Empfehlung.«

»Haben Sie jemanden auf dem Gelände gesehen? Vor der Abtei oder … im Wald?«

»Natürlich habe ich jemanden gesehen.« In seinem Blick stand jetzt unverhohlen die Frage, ob sie noch ganz richtig im Kopf war. »Spaziergänger. Viele sind es um diese Jahreszeit nicht mehr, aber manchmal kommen sie aus dem Wald runter und sehen sich die Abtei an.«

»Wie viele?«

»Heute? Nur zwei oder drei Leute, würde ich sagen. Allein.«

»Und war darunter jemand, der vielleicht irgendwie … ungewöhnlich aussah?«

»Nein. Kann mich nicht erinnern.«

Sie zückte ein Foto von Rachel Briscoe, das sie der Akte entnommen hatte. »Diese Frau schon mal gesehen?«

Er studierte ihre entstellten Züge gründlich und schüttelte den Kopf. »Nein, tut mir wirklich leid.«

»Okay. Danke für Ihre Hilfe.«

»Das ist alles?«

»Falls ich weitere Fragen habe, weiß ich ja, wo ich Sie finde, oder?«

»Möchten Sie vielleicht noch einen Schluck trinken? Was Warmes gegen die Kälte? Ich kann die Lodge noch mal aufschließen, wenn Sie möchten.«

»Nicht nötig. Auf Wiedersehen.«

Er machte keine Anstalten zurückzuweichen, deshalb nickte Shao ihm flüchtig zu und drückte sich hastig an ihm vorbei. Als sie seinen Ärmel streifte, hatte sie kurz das Gefühl, als ob etwas … Fremdes nach ihr tastete: eine Art schwarzer Blitz raste durch ihren Kopf, von einer Schädelseite zur anderen und wieder zurück, um dabei alles, was er fand, grell zu beleuchten und abzutasten …

Nur eine Sekunde später war der verrückte Eindruck schon wieder vorüber.

»Ich wünsche Ihnen einen guten Heimweg, Constable«, sagte de Lucy und bot ihr seine Hand an.

»Geht schon, danke«, murmelte sie.

Diesmal hatte sie keinen Blick für die Symbole zu ihren Füßen, als sie, vom Echo ihrer eigenen Schritte verfolgt, die Abtei verließ.

9 In Bills Schädel pochte es, was angesichts der frühen Uhrzeit kein Wunder war – aber wer verkaufen wollte, musste auch was vorzeigen können, und ab zehn Uhr hätte er keine Chance mehr auf den imposanten Konferenzraum gehabt.

Danger und Menace, deren bürgerliche Namen so langweilig waren, dass Bill sie sich nicht merken konnte, sahen allerdings aus wie der letzten Staffel von Walking Dead entsprungen. Was haufenweise Junk Food und nächtelanges Abhängen vor dem Bildschirm doch bewirken konnten.

Während Danger in den vergangenen zehn Minuten wenigstens so getan hatte, als würde er Bills Worten folgen, war sein dürrer Kumpel ständig nervös von einer Seite des überdimensioniert wirkenden Konferenzsessels auf die andere gerutscht, als hätte er sich versehentlich in eine Pfütze gesetzt.

»Und, was haltet ihr davon?«

»Wovon?« Danger blinzelte benommen.

Menace rieb sich über die Oberarme. »Ist ziemlich kalt hier.«

»Das ist die Klimaanlage. Soll ich sie runterdrehen?«

Bill musste zugeben, dass auch er selbst mit seinen Nerven am Ende war. Zuerst hatte sich die Agentur quergestellt – diese beiden Knalltüten wurden tatsächlich von einer *Agentur* gemanagt! –, dann war er bei den Honorarforderungen fast in Ohnmacht gefallen, und schließlich hatten sie sich überhaupt nur gegen eine Vorabzahlung dazu bewegen lassen, zu einem Gespräch in Sheilas Palast zu erscheinen.

»Also, wie sieht's aus, Jungs? Seid ihr interessiert?«

Dangers Begeisterung hielt sich in Grenzen. »Also, ehrlich gesagt, Bruder – ich glaub, du stellst dir das 'n bisschen zu einfach vor.«

»Genau«, pflichtete Menace bei und rutschte wieder nach rechts.

»Ein bisschen zu einfach? Wir haben hier das volle Equipment: Kameras, Schnittplätze, IT-Experten und 1a-Logistik. Ihr bringt eure Fanbase mit.«

»Ja, stimmt. Die Fanbase ist echt das Wichtigste …«

»Aber es geht ja auch um die Ausrichtung von diesem Wild-Bird-Kanal, Bruder.«

»Wild-*Bill*. Der Kanal heißt Wild-Bill, okay?«

Danger nickte mit wichtiger Miene. »Aber worum es hier geht, ist, dass unsere Fans vielleicht gar nicht unbedingt so … politisch interessiert sind.«

»Glauben wir jedenfalls.«

»Jeder Mensch ist politisch interessiert. Wenn man ihm die Inhalte richtig vermittelt! Soziale Ungleichheit, steigende Kriminalität, Obdachlosigkeit – das sind Themen, die jeden angehen.«

Wieder wechselten die beiden einen Blick.

»Ja, sicher«, sagte Menace.

»Okay, dann kapier ich ehrlich gesagt nicht, wo das Problem liegt. Wir drehen ein Video pro Tag. Von mir aus auch erst mal mit *eurem* Equipment, in eurer Umgebung, wenn ihr euch damit besser auskennt. Ihr habt ein Mitspracherecht an den Themenschwerpunkten und an der Ausgestaltung der konkreten Videos, also Aufnahme, Schnitt und der ganze Kram.«

»Und was ist mit unseren eigenen Videos?«

Danger nickte. »Ja, genau. Unsere eigenen Kanäle. Wir müssen ja auch jeden Tag Content liefern. Wie sollen wir das schaffen?«

»Ihr könntet ja ein bisschen was auf Halde drehen, wenn gerade nichts Großes anliegt. Außerdem geht es sowieso erst mal nur um drei Monate. Danach sehen wir uns die Zahlen an. Wenn alles swag ist, sehen wir weiter.«

Swag. So langsam groovte er sich in das Projekt ein, fand er.

»Drei Monate ab wann?«

Danger fing langsam an, ihn zu nerven. Offensichtlich war er der Entscheider in diesem Dreamteam.

Bill lächelte breit. »Ab *sofort* natürlich.« Nicht, dass er das nicht schon dreimal erklärt hätte. Außerdem stand das Datum in dem Vorvertrag, den die Agentur gefaxt hatte, übergroß drin. Jedes verdammte Detail, über das sie gerade zum x-ten Mal redeten, stand da drin.

»Also, ich weiß nicht, Menace. Ich hab das Gefühl, das könnt 'ne ganz schön stressige Nummer werden.«

»Stressig auf jeden Fall, Bruder.«

»So 'n neuer Branded Channel ist heftig viel Arbeit, und die paar Kröten sind schnell weg bei der Menge Instagram-Support, den wir bräuchten. Vielleicht sogar Facebook.«

»Facebook? Echt jetzt?«

»Wir müssten ja auch die Alten erreichen.«

»Hast recht, ja.«

Bill schloss die Augen und ließ einen Seufzer hören, der direkt seinem Herzen entstieg. »Okay, wie viel braucht ihr?«

10

»Detective … Hey, Detective, hören Sie mich.«

Shao versuchte, die Stimme zuzuordnen, die aus einer anderen Welt zu ihr drang.

Grelles Licht, Schatten. Zuko. Vor der Schreibtischlampe.

»Sarge«, murmelte sie und wischte sich einen Speichelfaden aus dem Mundwinkel. Hinter den Lamellenjalousien war der Tag angebrochen. Das Handydisplay auf ihrem Tisch zeigte 8.43 Uhr.

»Oh, Scheiße.«

»Das ist jetzt nicht Ihr Ernst, oder?«

»Ich …« Sie hatte keine Ahnung, was sie erwidern sollte, weil die Synapsen hinter ihrer Stirn erst dabei waren, ihre Arbeit aufzunehmen.

Die Abtei.

Richard de Lucy.

Sie war nach der Rückkehr aus Abbey Wood noch mal ins Büro gefahren, weil … weil …

»Ich weiß, Sarge, wir müssen den Parson-Fall wiederaufnehmen. Aber da war gestern Abend noch eine andere Sache, der ich unbedingt nachgehen musste.«

»Kaffee?«

»Was? – Ja, okay.«

Zuko verschwand in der Teeküche, so dass sie Zeit fand, auf die Toilette zu gehen und sich frisch zu machen. Wenigstens hatte sie noch eine Packung Kaugummi in der Tasche. In der Zwischenzeit füllte sich der Flur. Sie hörte, wie Zuko und Glenda ein paar Worte wechselten, und irgendwo weiter weg die Stimmen von Powell und Lockhart. Sie hoffte inständig, dass nur Zuko sie gesehen hatte. Aus irgendeinem Grund war sie bei ihm sicher, dass er die Klappe hielt.

Er kehrte zwei Minuten nach ihr ins Büro zurück, mit zwei dampfenden Kaffeetassen in der Hand.

»Danke, Sarge.«

»Sie dürfen mir gratulieren.«

»Was?«

»Der Superintendent hat's mir gerade auf dem Flur gesteckt. Dr. Campbell hat die Krankschreibung nicht verlängert. Ich bin offiziell wieder diensttauglich.«

»Okay, na dann … welcome back!«

Er stellte die Tasse ab und musterte sie. »Und?«

Sie hatte die Zeit genutzt, um sich eine Erklärung zurechtzulegen, die so ziemlich alles aussparte, was sie gestern in Abbey Wood erlebt hatte.

»Ich warte.«

»Sie hat den Tunnel genommen, Sarge. Rachel Briscoe. Sie hat den Woolwich-Fußgängertunnel genommen.«

»Wie kommen Sie darauf?«

»Ich hab's die ganze Zeit gewusst, irgendwie. Und dann, als ich's endlich gecheckt hatte, dachte ich, dass es nicht sein kann. Deshalb bin ich noch mal her, um mir die Aufnahmen anzusehen. Aus der Nacht ihres Todes.«

»Aber wir haben die Aufnahmen vom Tunnel gesichtet. Da war sie nicht drauf.«

»Es geht nicht um die Kameras im Tunnel, Sarge.« Sie fischte einen körnigen Ausdruck aus dem Stapel, auf dem der Abschnitt der Pier Road mit der Buskehre unmittelbar vor dem nördlichen Ausgang des Woolwich Foot Tunnel zu sehen war. »Diese Aufnahme stammt von um halb sechs. Ich bin die kompletten Aufzeichnungen von halb fünf bis halb sieben durchgegangen – also genau die Spanne zwischen den Zeitpunkten, zu denen die Kameras Rachel in Woolwich und später in der Nähe der Upton Park Station aufgenommen haben. Wenn sie den Tunnel genommen hat, muss sie irgendwann um diese Zeit da durchgekommen sein. Trotzdem ist sie nirgends zu sehen. Was aber kein Beweis ist, weil es sich bei den Kameras um alte Modelle handelt, die nicht kontinuierlich filmen. Sie kann irgendwann zwischendurch da langgegangen sein.«

»Was eher unwahrscheinlich ist.«

»Ich hab sie gesehen. Ich war in dem verfluchten Tunnel. Joggen. Ich bin ihr im Aufzug auf der Nordseite begegnet.«

Zuko erwiderte nichts, aber sie konnte die Frage in seinem Gesicht lesen.

»Ich hab's nicht kapiert wegen der Jacke, die sie getragen hat. So ein schweres unförmiges Teil, das den Regen abhält.« Sie deutete auf die Mappe, die sie gestern durchgegangen war. »Und hier drin steht, dass ein Rentner an Heiligabend in Woolwich überfallen wurde. Ihm wurde kein Geld geklaut, keine Kreditkarten. Nur die Jacke. Er ist fast blind, deshalb konnte er keine Beschreibung des Täters liefern. Könnte also auch eine Täterin gewesen sein.«

»Als Rachel Briscoe im Duke aufgetaucht ist, trug sie keine Jacke.«

»Genau davon rede ich ja. Also erst mal zur Situation im Tunnel. Sie ist nach mir in den Aufzug. Da stand sie dann und hat mich angesehen. Die Kapuze so tief ins Gesicht gezogen, dass ich es nicht erkennen konnte. Nur das Blut am Kragen und so. Sie hat gestunken wie ein ganzes Kriegslazarett, weshalb ich dachte, dass sie wahrscheinlich obdachlos ist. Ich hab sie gefragt, ob sie Hilfe braucht. Sie hat keinen Ton gesagt. Und dann fiel auch noch das Licht aus, wie in 'nem scheiß Horrorfilm. Ich schwöre, das war absolut unheimlich. Da war irgendwas an ihr, dass ich dachte, gleich geht sie auf mich los. Aber dann gingen die Türen auf, und es war, als ob sie Angst vor dem Licht hätte. Sie ist raus aus dem Fahrstuhl und sofort weg. Richtung Upton Park.«

»Wurde sie von noch jemandem gesehen?«

Shao zuckte mit den Schultern. »Da am Nordeingang sind manchmal Dealer unterwegs. Wallace, ein Unter-Unterlieutenant von Costello und einer seiner Kumpel. Ich hab sie auf dem Hinweg gesehen, aber auf dem Rückweg waren sie nicht mehr da. Also eher nicht. Dafür hab ich was anderes für Sie.« Sie wühlte in dem Stapel von Fotos, der auf ihrem Schreibtisch ausgebreitet lag, und fand die Aufnahme, die sie suchte. »Hier, das ist ein paar Minuten später an der Ecke Boundary / Lonsdale. Das Foto stammt von der Kamera, die ungefähr eine halbe Stunde später Sinclair aufgenommen hat, als er Finneran nach ist.«

Zuko betrachtete das Bild. Es zeigte Rachel Briscoe auf dem Bürgersteig, im Scheinwerferkegel eines Autos, das gerade vorbeifuhr. Ohne Jacke.

»Hier, die andere Frau am Bildrand, von der nur der Rücken zu sehen ist. Vielleicht läuft sie weg. Und sehen Sie mal, da hinten, hinter Briscoe, das Schwarze da. Das dürfte die Kühlerhaube eines Wagens sein.« Zuko folgte ihrem Zeigefinger, und sie sah ihm an, dass er langsam ahnte, worauf sie hinauswollte. »Es könnte doch sein, dass Briscoe die Frau angefallen hat – genauso wie sie mich anfallen wollte. Es hat einen Kampf gegeben, bei dem sie die Jacke verloren hat. Und dann ist das Auto aufgetaucht mit seinem Scheinwerferlicht.«

»Und weiter?«

»Das Licht! Ich schwöre, es war das Licht, vor dem sie in der Fahrstuhlkabine zurückgezuckt ist. Ich hab keine Ahnung wieso, aber vielleicht hat es irgendwas mit ihrer Krankheit zu tun. Vielleicht hat ihr übertriebene Helligkeit Schmerzen bereitet.«

»Klingt mir nicht nach einer Erklärung, mit der wir Powell beeindrucken könnten.«

»Aber es würde zusammenpassen, das müssen Sie zugeben.«

»Wir wissen nicht, ob Rachel Briscoe diese Frau auf dem Bild angegriffen hat. Wir wissen auch nicht, ob sie Sie im Tunnelfahrstuhl angreifen wollte. Sie sagen nur, dass Sie es so empfunden haben.«

»Was wollen Sie mir damit sagen? Dass ich verrückt bin?«

»Nein, nur übermüdet.«

»Ich …«

Es klopfte an der Bürotür.

Glenda steckte ihren Kopf durch den Spalt. »Zuko, da war gerade ein Anruf … Oh, Detective. Wusste gar nicht, dass Sie schon da sind.«

»Morgen, Glenda.«

»Was für ein Anruf?«

»Ja, äh … noch ein Mord. In Stratford. Baghvarty sagt, dass es wahrscheinlich derselbe Täter war wie bei Livia Parson.«

Scheiße.

Glendas Blick fiel auf die Kaffeetassen. »Hey, wieso habt ihr nichts gesagt? Ich hab noch 'ne Kanne da.«

Shao stand auf und warf sich die Jacke über. »Beim nächsten Mal gern. Ach, und übrigens …« Sie tippte auf Rachel Briscoes Laptop, der auf dem Schreibtisch lag. »Wenn Sie sich das Ding hier mal für uns ansehen könnten, wär das echt super.«

11

Sie nahmen Zukos Mazda. Diesmal gab es keinen Stau auf dem Weg.

Die Absperrbänder am Ende der Montfichet waren bereits von der Brücke aus zu erkennen. Baghvarty war gerade dabei, ihre Sachen zusammenzupacken. Ein paar ihrer Leute versuchten, das, was von der Leiche übrig geblieben war, möglichst ohne Verluste in den Plastiksarg zu hieven, während ein Drogenspürhund anscheinend aus Langeweile am Kofferraum eines altersschwachen Ford Escort herumschnüffelte.

»Tag, Zuko. Tag, Detective. Sie sind also die Neue. Hab schon von Ihnen gehört. Herzlich willkommen.«

Shao ließ den Blick über den Wagen schweifen, dessen linker Kotflügel von Blutspritzern übersät war. »Sieht appetitlich aus.«

»Und es dürfte, wenn Sie mich fragen, der endgültige Beweis sein, dass Finneran nicht der Parson-Mörder war.«

»Mag sein, E. Aber Gott sei Dank fragt Sie ja keiner.«

Sieh an, er kann ja doch witzig sein. Shao warf Dr. Baghvarty einen interessierten Blick zu.

»Diesmal hat er den Oberkörper mitgenommen. Von der Hüfte abwärts ist alles da.«

»Bissspuren?«, erkundigte sich Zuko.

»Unwesentlich. Macht fast den Eindruck, als habe er irgendwie schneller zur Sache kommen wollen.«

Shaos Blick glitt weiter zu dem Muster, das die dunkelroten Spritzer auf dem Asphalt bildeten. »Vielleicht wurde er auch nur gestört.«

»Nicht nach Aussage der Zeugin, die alles gesehen hat. Sie war wohl so etwas wie die Freundin des Opfers. Eine Art Zweitfrau. Hat sich übrigens selbst so bezeichnet.« Baghvarty kniete sich neben dem Kofferraum hin. »Und hier hab ich noch was, das vielleicht auf einen Zusammenhang mit dem Parson-Mord hindeutet.« Sie strich mit den behandschuhten Fingern über ein paar weißliche, fluoreszierende Fäden, die am Reifengummi flatterten.

»Spinnweben? Wollen Sie damit sagen, eine Spinne hat ihn umgebracht?« Shao klang nicht ganz so locker, wie sie gewollt hätte.

»Das haben Sie gesagt, Detective. Wollte nur auf etwas hinweisen.«

»Diese Freundin«, erinnerte Zuko. »Wurde sie auch angegriffen?«

»Der Mörder hat sie anscheinend nicht mal bemerkt. Sie war natürlich geschockt, und der Notarzt wollte sie ins Krankenhaus bringen lassen. Aber sie wollte lieber nach Hause, zu ihrer Mutter. Das ist jedenfalls das, was Dwight mir erzählt hat.«

»Dwight?«

»Wann ist es passiert?«, fragte Zuko dazwischen.

»Gestern Abend um kurz vor zehn. Eine Stunde später hat bei mir das Telefon geklingelt, aber bis wir mit dem Equipment hier waren und genügend Licht hatten, hat es noch eine Weile gedauert. Und dann sagten die Kollegen von der Streife, dass es wohl um einen Drogendeal ging. Jedenfalls war das die Aussage der Zeugin. Was Genaues wusste sie aber nicht. Ich meine, wenn mir das einer vorher gesagt hätte, hätt ich mich einfach wieder hingelegt. Ich hab echt Besseres zu tun, als mich mit den Leuten vom Drug Squad um einen Tatort zu prügeln.«

Shao warf Zuko einen bezeichnenden Blick zu. »Wer war denn da von den Kollegen, Dr. Baghvarty?«

»Eszter. Nennen Sie mich einfach E, das machen hier sowieso fast alle. Ein Sergeant Dayton oder so ähnlich. Hat sich aber nicht gerade überschlagen vor Engagement, wenn ich das mal so sagen darf. Hat nur einen Blick in den leeren Kofferraum geworfen und dann gemeint, das wär kein Fall für das Drug Squad. Dann ist er abgezogen. War mir ganz recht, so konnte ich wenigstens meine Arbeit machen.«

»Und das Opfer?«

»Gregory soundso. Constable Dwight hat den Namen.«

»Gregory Turbin. Einer von Costellos kleinen Fischen.«

»Wenn Sie es sagen. Dwight war wie gesagt einer der Ersten, die hier waren. Ich glaub, er ist irgendwo da hinten.«

Shao folgte ihrem Blick zu einem Streifenwagen, an dem zwei Copper lehnten und Spürhunde mit Frühstücksbagels fütterten. »Okay, wann können wir mit dem Bericht rechnen?«

»Sie haben sich ja schon gut eingelebt, wie? Ich fahre jetzt erst mal nach Hause und hau mich ins Bett.«

»Schlafen Sie gut«, sagte Zuko.

Baghvarty strich sich mit der für sie typischen Geste die Haare aus dem Gesicht. »Werd ich, mein Lieber. Darauf können Sie wetten.«

Shao hatte die Jacke auf den Rücksitz geworfen und sich gähnend in den Beifahrersitz gefläzt, während Zuko den Wagen zurück auf die Loop Road steuerte. Sie besuchten zunächst die Familie des Opfers, die in Stoke Newington wohnte. Die Witwe, Elizabeth Turbin, war außer sich und konnte sich angeblich nicht erklären, was ihr Mann in Begleitung einer jüngeren Frau in Stratford gewollt hatte. Nachdem sie die beiden Söhne auf ihre Zimmer geschickt hatte, gab sie zu, dass Greg für Costello gearbeitet hatte. Ansonsten erwies sich das Gespräch als Zeitverschwendung.

Auf dem Rückweg fanden Sie ein indisches Restaurant mit Mittagstisch. Shao schlug sich den Bauch so voll, dass sie anschließend wie ein Sack Kartoffeln im Sitz hing. Vielleicht lag es aber auch an Zuko, der den Mazda gemütlich wie ein Rentner über die Amhurst Road Richtung Hackney schaukelte.

»Was ist los? Kein Sprit mehr im Tank?«

»Machen Sie die Augen ruhig ein bisschen zu, wenn Sie müde sind.«

Sie lehnte den Kopf gegen das Fenster und schlief anscheinend sofort ein, denn als kurz darauf an der Kreuzung Clarence / Mare die Ampel auf Rot umsprang, wäre sie ohne Gurt glatt mit dem Kopf auf das Armaturenbrett geknallt.

»Ich hab's ernst gemeint. Sie können sich auf die Rückbank legen.«

»Sehr witzig.« Mühsam unterdrückte sie ein Gähnen, das ihr vermutlich den Kiefer ausgerenkt hätte. Ihr Blick fiel auf eine Tordurchfahrt hinter der Ampel, über der in großen Buchstaben »Solicitors – Rechtsanwälte« stand. Sie erinnerte sich daran, dass sie mal einen Partner dieser Kanzlei wegen ein paar Gramm Koks drangekriegt hatten. Nur ein kleiner Möchtegern-Schneekönig, der inzwischen wahrscheinlich längst auf Harmony umgestiegen war.

Die Ampel wurde Grün.

»Dieser Sergeant Dayton … Alter Kollege von Ihnen?«

»Ja, wundert mich nicht, dass er noch vor dem Spürhund abgehauen ist. Nicht, dass am Ende Arbeit anfällt.«

»Und Turbin?«

»Ein kleiner Verteiler am Ende der Kette. Wenn da im Kofferraum allerdings eine größere Menge Harmony drin gewesen ist, könnte es bedeuten, dass er aufgestiegen ist.«

»Also Raubmord. Vielleicht unter rivalisierenden Banden. Passt jedenfalls überhaupt nicht zu dem Mord an Livia Parson.«

Endlich erreichten Sie die Gallions Point Marina. Zuko überquerte das Yachthafenareal in einem Tempo, als würde er die

217

paar Segelboote, die dort abgedeckt überwinterten, einzeln nacheinander für einen Kauf in Betracht ziehen. An der Südseite des Yachthafens lag die Landebahn des London City Airport. Direkt über ihren Köpfen und höchstens zweihundert Yards über den vierstöckigen Wohnhäusern westlich der Brücke befand sich gerade eine Maschine von British Airways im Landeanflug.

»Idyllisch hier«, stellte Zuko fest. »Eine Viertelmillion Pfund für vier Zimmer plus Fluglärm.«

Shao ließ einen Kaugummi platzen. »Drüben auf der Westseite geht es.«

»Auf der Westseite?«

Sie sah ihn an. »Jetzt tun Sie nicht so, als hätten Sie's nicht in meiner Akte gelesen.«

»Ich hab mich ehrlich gesagt schon gewundert. Das Britannia Village ist so ziemlich der letzte Ort, an dem ich meine Zelte aufschlagen würde.«

Sie hob die Schultern. »Ist nur 'n Zwei-Zimmer-Apartment und dafür größer als jedes Loch, das ich mir in der City leisten könnte.«

»Und die Nachbarn?«

»Kümmern sich. Neulich hat jemand geklingelt und gefragt, ob ich krank bin, weil mein Wagen zwei Tage lang auf demselben Parkplatz stand. Okay, ich geb zu, sie gehen mir auf den Sack. Aber nicht sehr oft.«

»Wenn Sie Menschen hassen, sollten Sie vielleicht nach Canary Wharf ziehen. Zwischen den Wolkenkratzern da fühl ich mich immer wie Harrison Ford in Blade Runner.«

»Sie meinen Blade Runner 2049? Bisschen viel Mumpitz und wenig Story.«

»Nein, ich meine Blade Runner.«

»Kenn ich nicht. Aber haben Sie Rogue One gesehen?«

»Nein.«

»Diese imperiale Station auf Scarif, wo sie die Pläne stehlen, um den Todesstern zu vernichten – das ist die U-Bahn-Station Canary Wharf. Kein Scheiß.«

»Was ist ein Todesstern?«

Shao verdrehte die Augen. »O Gott.«

Zuko bremste vor der Ampel am Fishgard Way. Von Osten näherte sich bereits die nächste British-Airways-Maschine. »Darf ich Ihnen eine Frage stellen, Constable?«

»Liegt Ihnen was auf der Seele? Zuckeln wir deshalb die ganze Zeit mit zwanzig Meilen pro Stunde durch die Gegend?«

»Wieso sind Sie gestern Abend noch mal ins Büro gefahren?«

Natürlich hatte sie im Prinzip auf die Frage gewartet und sich auch bereits eine Antwort zurechtgelegt, und zwar eine, in der ihr Besuch auf dem Gelände der Abtei, erhängte Mönche und Spukruinen mit keiner Silbe vorkamen. Nichts davon würde jemals zu ihren Lebzeiten über ihre Lippen kommen. »Ich war irgendwie aufgedreht. Sie wissen schon, erster Tag und so. Deshalb dachte ich mir, wenn ich eh nicht pennen kann … Hey, hören Sie, ich hab's jedenfalls *nicht* gemacht, um Sie in irgendeiner Weise blöd aussehen zu lassen.«

»Ist das alles?«

»Wie, ist das alles? Was meinen Sie?«

Gerade erreichten sie die Kreuzung an der Pier Road. Zuko bog rechts ab und fand schließlich eine Parklücke direkt vor der grauen Fassade des Claremont Grove No. 13, in dem Sefaya Arun wohnte. Shao wollte aussteigen, aber Zuko räusperte sich.

Oha, was wird das jetzt? 'ne Gardinenpredigt?

»Ich möchte Ihnen eine eindringliche Botschaft mit auf den Weg geben, die Sie möglichst beherzigen sollten, wenn Sie vorhaben, weiter mit mir zusammenzuarbeiten.«

»Wie schon gesagt, Sarge, machen Sie sich keine Sorgen. Ich bin praktisch schon wieder weg!«

»Das wäre aus meiner Sicht ein herber Verlust, denn das ist der dritte Mordfall, an dem ich gerade parallel arbeite, und Powell machte bei unserem letzten Gespräch nicht den Eindruck, als würde er über weitere Verstärkung nachdenken. Aber davon abgesehen, lassen Sie mich etwas klarstellen. Von mir aus können Sie so viele Fleißsternchen sammeln, wie Sie wollen, solange uns die Ergebnisse weiterbringen. Was ich aber *nicht* brauche, ist eine Partnerin, auf die ich mich nicht verlassen kann. Eine Partnerin, die, ohne mir Bescheid zu sagen, die Nacht durcharbeitet und jetzt neben mir im Gurt hängt wie eine lebende Leiche, so dass ich keine Ahnung habe, ob sie im entscheidenden Augenblick einknickt! Haben Sie mich verstanden, Detective Shao?«

Shao spürte, wie ihr der Kamm schwoll, aber sie schluckte ihre Wut herunter. »Ja, Sarge.«

»Gut.« Er öffnete die Tür, drehte sich aber noch einmal zu ihr um. »Davon abgesehen: Das war gute Arbeit mit den Aufnahmen. Danke dafür.«

Sefaya Arun hatte nichts zu erzählen. Jedenfalls nicht, bevor es Zuko und Shao endlich gelang, ihre Mutter davon zu überzeugen, dass sie nicht vorhätten, Sefaya »da in irgendwas reinzuziehen«.

»Sie hat es wirklich nicht leicht gehabt im Leben, wissen Sie? Auf der Schule und überhaupt. Aber sie hat sich immer durchgeschlagen. Und jetzt hat sie diesen Job bei Tesco in Stokey. Den werden Sie beide ihr nicht wegnehmen!«

»Wir haben nicht vor, Ihrer Tochter irgendwas wegzunehmen.«

»Sie ist lediglich Zeugin in einem Mordfall, und wir müssen sie befragen.«

»Sie kam total aufgelöst nach Hause, und sie hat gar nicht gesagt, was passiert ist. Ich habe sie gefragt, aber sie hat sich im Zimmer eingeschlossen, und ich habe nur gehört, wie sie geweint hat. Ich glaube, sie hat überhaupt nicht geschlafen diese Nacht. Dabei müsste sie schon seit zwei Stunden bei der Arbeit sein. Ihr Chef hat schon angerufen. Es hat doch nicht zu tun mit dieser Sache aus dem Fernsehen? Meine Sefaya hat diesen Mann überhaupt nicht gekannt. Sie hat ihn bestimmt nicht umgebracht.«

»Wie gesagt …« Shao wiederholte ihren Begrüßungstext, und Sefayas Mutter führte sie mürrisch durch einen dunklen Flur zu einer Tür mit dem Poster eines halbnackten Cristiano Ronaldo.

»Sefaya hat früher so viel Fußball gespielt. Jetzt kann sie das nicht mehr, wegen der Arbeit.« Sie klopfte. »Vorhin hat sie immer noch geweint. Ich bin ganz aufgeregt. Es kann aber auch sein, dass sie einfach nur Kopfhörer aufhat. *Sefaya!*«

»Mrs Arun, es wäre besser, wenn wir Ihre Tochter allein sprechen könnten.«

»Sefaya, jetzt mach endlich die Tür auf! Du hast Besuch!«

Hinter der Tür erklang das Ächzen eines Bettgestells. Schritte näherten sich. Das Mädchen, das die Tür öffnete, wirkte überhaupt nicht wie ein rebellischer Teenager, sondern eher wie jemand, der fürchtete, von einem Geist heimgesucht zu werden. Ängstlich huschten ihre Blicke zwischen Zuko und Shao hin und her.

»Sefaya? Mein Name ist Detective Shao. Das ist mein Kollege, Detective Sergeant Zuko Gan …«

»Die beiden sind von der Polizei, Sefaya. Bitte benimm dich und …«

»Mrs Arun.« Shao setzte ihr freundlichstes Lächeln auf. »Wenn Sie uns jetzt vielleicht für einen kleinen Augenblick …«

»Dass du mir ja keine Schande machst, Sefaya! Und du sollst deinen Chef anrufen. Ich habe ihm gesagt, du bist krank, aber er ist sehr ungehalten darüber, dass du ihn nicht angerufen hast.«

Bevor Sefaya etwas erwidern konnte, wandte ihre Mutter sich um und stapfte zurück ins Wohnzimmer.

»Dürfen wir reinkommen?«, fragte Zuko.

»Mhm.«

»Danke.«

Shao folgte Zuko in das kleine Zimmer, das nach hinten raus wies, in Richtung Flughafengelände. Neben einem Bett stand ein kleiner Schreibtisch. Links davon ein Kleiderschrank, dessen rechte Tür schief in den Angeln hing.

Sefaya setzte sich auf die Bettkante.

Shao blieb vor dem Schreibtischstuhl stehen. »Darf ich?«

Sefaya nickte.

Shao nahm Platz. »Wahrscheinlich wissen Sie, warum wir hier sind.«

Wieder ein Nicken.

»Es geht um Gregory Turbin«, sagte Shao trotzdem.

»Es war nicht illegal, dass wir miteinander geschlafen haben! Ich bin neunzehn!«

Zuko räusperte sich. »Wir haben nur ein paar Fragen an Sie – weil Sie gesehen haben, was passiert ist.«

Sofort war da wieder diese Angst in ihrem Blick.

»Könnten Sie uns zunächst bitte die Beziehung zwischen Mr Turbin und Ihnen in Ihren Worten beschreiben?«

Sefaya sah an Zuko vorbei durch das Fenster. Die Scheiben vibrierten, als der Schatten einer Boing auf das Glas fiel. »Ich hab ihn geliebt. Und er mich. Wir wollten heiraten, verstehen Sie?«

Shao hob die Brauen. »Turbin war schon verheiratet.«

»Danke, ich bin nicht bescheuert. Aber er hat mir gesagt, dass er seine Frau nicht mehr liebt. Dass er sich von ihr scheiden lassen will.«

»Und wann wollte er sich von ihr scheiden lassen?«

Sie zuckte mit den Schultern. »Keine Ahnung. Bald.«

»Er hatte Kinder.«

»Ja. Trotzdem.«

Shao fragte sich, was Zuko mit diesen Fragen bezweckte. »Sie wissen aber schon, dass Greg gedealt hat?« Sie ignorierte Zukos warnenden Blick. »Mit Koks, mit Pillen, mit allem möglichen Scheiß – und wahrscheinlich auch mit Greater H.«

»Davon weiß ich nichts.«

»Ich glaub Ihnen kein Wort. Er war aus diesem Grund dort. Um ein Geschäft abzuschließen. Die Hunde haben Spuren von Harmony in seinem Kofferraum gefunden. Nur leider ist das Zeug weg. Haben Sie es mitgenommen?«

»Nein!«

»Haben Sie denjenigen gesehen, der es getan hat? Den Mörder zum Beispiel?«

Sefaya senkte den Blick.

»War es Jelly? Ich nehme an, Sie kennen Jelly. Er wird auch Big Jellyfish genannt. Er verteilt das Zeug im Auftrag von Logan Costello, und er hat auch Greg beliefert.«

»Shao …«

»Ist Greg in der Hierarchie aufgestiegen? Durfte er plötzlich bei den großen Jungs mitspielen? Da muss für ihn echt ein Traum wahr geworden sein. Aber wie es aussieht, haben die ihn verarscht. Entweder war es Costello oder jemand von außen, und wir wollen wissen, wer es war – also helfen Sie uns, verflucht nochmal, damit wir seinen scheiß Arsch an die Wand nageln können!«

Zuko trat zwischen sie und Sefaya. *Sie benehmen sich wie ein Amateurin*, stand in seinem Blick zu lesen. Als er wieder zur Seite trat, erkannte sie, dass Sefayas Oberkörper zuckte. Tränen liefen ihr über die Wangen. Shao kam sich vor wie ein Riesenarschloch.

Zuko legte ihr die Hand auf die Schulter. »Bitte erzählen Sie uns, was passiert ist.«

Sie brauchte mehrere Anläufe, um überhaupt einen Ton herauszukriegen. »Er … Er … Er hat gesagt, ich soll einen Spaziergang machen. Eine halbe Stunde oder so. Er würde mich anrufen, wenn sie fertig sind …« Wieder begann sie zu schluchzen.

»Und dann?«

Sefaya schnappte nach Luft. Zuko zückte eine Packung Taschentücher und reichte sie ihr.

»Er hat aber nicht angerufen!«

»Also sind sie zurückgegangen und haben nachgesehen.«

Sie schnäuzte sich die Nase. »Es war schon dunkel. Ich hab nur gesehen, dass das Auto da war. Greg stand am Kofferraum oder so. Also hab ich mich hinter einem Baum versteckt und ihn angerufen. Bloß aus Spaß, wissen Sie?«

»Ist er rangegangen?«

»Ich … Ich weiß nicht. Doch. Ja. Aber dann waren da nur noch diese Geräusche … Das fand ich natürlich komisch, und darum bin ich hinter dem Baum hervor … und dann … hab ich gesehen, wie … wie …« Ihre Brust zitterte, als sie versuchte, Luft zu holen.

Zuko drückte ihre Schulter. »Ganz ruhig, Sefaya. Lassen Sie sich Zeit, okay? Es muss nicht schnell gehen. Wichtig ist nur, dass Sie sich möglichst genau erinnern, was Sie gesehen haben. Verstehen Sie?«

Sie nickte … und schüttelte den Kopf. »Ich hab gesehen, wie er … wie er in der Mitte … durchgeschnitten wurde!«

»Wer hat Greg durchgeschnitten? Ein Mann? Oder waren es mehrere?«

Sefaya schlug die Handballen vor das Gesicht. Es sah aus, als versuchte sie, sich die Augäpfel ins Gehirn zu pressen. Zukos Hand ruhte immer noch auf ihrer Schulter, aber er sagte nichts. Wieder wischte sich das Mädchen über die Nase und griff nach einem frischen Taschentuch.

»Sie war allein.«

Shao wechselte einen Blick mit Zuko.

»Was heißt das, Sefaya? Dass es kein Mann war?«

Sefaya schüttelte den Kopf.

»Können Sie uns die Frau beschreiben? War sie groß oder klein?«

»Klein … oder vielleicht normal.«

»Schlank oder dick?«

»Schlank.«

»Was für eine Haarfarbe hatte sie? Blond? Brünett? Oder war sie vielleicht schwarzhaarig?«

»Irgendwas dazwischen. Sie hatte lange Haare. Ungefähr so lang.« Sefaya hielt die Hand an ihren rechten Oberarm. »Und sie hatte dunkle Klamotten an. Jacke, Hose, ganz normal irgendwie.«

Zuko nickte. »Okay, das ist schon mal nicht schlecht. Aber

wie hat diese Frau es geschafft, Gregory Turbin umzubringen?«

Sefaya schneuzte sich ein weiteres Mal die Nase und sah zuerst Zuko, dann Shao an. »Es war nicht die Frau, die ihn umgebracht hat. Sie hat nur zugesehen, während sie so aus der Nase geblutet hat.«

»Aus der Nase? Weil Greg sich gewehrt hat, oder wie?«

»Nein, einfach so. Und es sah auch nicht aus, als ob es sie gestört hätte. Ich meine, sie hat es nicht irgendwie weggewischt oder so. Sie hat sich überhaupt nicht bewegt, bis alles vorbei war …«

Shao schüttelte den Kopf. »Augenblick mal, das kapier ich nicht. Wenn die Frau ihn nicht umgebracht hat, wer war es denn dann?«

»Sie hat zweifellos Phantasie«, sagte sie, als sie zum Wagen zurückkehrten.

»Sie ist klug, und sie hatte Angst, das war nicht zu übersehen.«

Shao erwiderte nichts – weil ihr auf einmal der Gedanke kam, dass ihre eigene Überreaktion vielleicht mit dem zu tun hatte, was sie in Sefayas Augen gesehen hatte. Es glich jenem Gefühl, das sie selbst gestern Nacht empfunden hatte …

Angst. Nichtverstehen.

Sefaya log nicht. Sie war ohne Zweifel hundertprozentig davon überzeugt, dass ein Monster Gregory Turbin getötet hatte.

Shao sank auf den Beifahrersitz und schlug die Tür zu. »Okay, wer schreibt das Aussageprotokoll?«

»Das hat bis morgen Zeit. Erst mal sehen wir uns die Abtei an.«

Shao spürte, wie ein eisiges Rinnsal ihren Nacken hinabperlte. »Die Abtei? Wieso das denn?«

»Weil Sie rausgefunden haben, dass Rachel Briscoe von dort gekommen ist.«

»Ja, aber …« Sie scheiterte kläglich bei dem Versuch, nicht

überrumpelt zu klingen. »… aber sollten wir nicht vielleicht erst mal eine Fahndung rausgeben?«

»Nach einer Riesenspinne mit einem gespaltenen Menschenkopf, die Leichenteile verschleppt?«

»Ich mein ja nur, weil …«

Zukos Handy meldete sich. Er ging ran. »Ja? … Okay, verstehe …«

Shao starrte aus dem Fenster, und ihr fiel Deirdre ein, für die sie den ganzen Tag über einfach keinen Kopf gehabt hatte. Sie kramte ihr eigenes Handy hervor. SMS hin oder her, es war der dritte Tag, und Deirdre hatte immer noch nicht zurückgerufen.

»Ja, wenn es nicht anders geht – in Ordnung. Dann bis gleich.« Er unterbrach die Verbindung. »Wir müssen die Abtei noch mal verschieben.«

»Und wieso das jetzt?«

»Wegen des Zahnarzttermins.«

Sie starrte ihn an.

»Hat gestern leider nicht mehr geklappt, aber eben meinte er, dass er heute auf jeden Fall Zeit hat. Vorher können wir noch schnell bei Ihrer Adoptivtochter vorbeischauen, wenn Sie wollen. Liegt genau auf dem Weg.«

12 Pam saß hinter dem Steuer eines klapprigen Honda Civic, den Scott ihr für den Job zur Verfügung gestellt hatte, damit sie in einer Gegend wie dem Carpenters Estate nicht weiter auffiel. Die ungewohnte Lenkung machte ihr Schwierigkeiten, so dass sie das Hinterrad auch beim zweiten Einparkversuch auf die Bordsteinkante gesetzt hatte. Sie sah zum dreihundertsten Mal innerhalb der letzten zwei Stunden auf die Uhr und von dort wieder rüber zum Hauseingang von Deirdre Watkins, vor dem sich rein gar nichts tat.

Vince hatte in einem der Häuser gegenüber Position bezogen. Pam fragte nicht nach, wie er da reingekommen war und was er mit den Bewohnern gemacht hatte. Vincent wusste, was er tat, und er war sich nie zu schade, etwas mehr Aufwand zu betreiben, um die Zahl der Opfer möglichst gering zu halten. Auf der Rasenfläche vor Deirdres Haus spielten ein paar Kinder Fußball, die er jetzt wahrscheinlich genau im Visier hatte.

Pam rieb sich die Ohren. Die Kopfhörer begannen allmählich zu schmerzen. Vince und sie standen über Mobilfunk miteinander in Kontakt. Obwohl die Verbindung verschlüsselt war, verlor Vince aus Gewohnheit kein überflüssiges Wort. Vor zehn Minuten hatte sie gehört, wie er eine Flasche Wasser geöffnet und ein Sandwich aus einer Aluverpackung geholt hatte. Wahrscheinlich Honig mit gekochtem Schinken. Er hatte wie immer die Ruhe weg.

Sie nicht.

Vielleicht war Deirdre bereits tot. Oder verreist. Vielleicht war die Adresse aus Jack Bannisters Handy auch nicht mehr aktuell, oder sie hatte irgendeinen Job angenommen, doch ganz gleich, ob Lynch den Weg zu ihr gefunden hatte oder nicht –, er war bestimmt nicht der Typ, der dort drüben einen halben Tag lang in einem Sessel im Dunkeln auf sie wartete und »Auf der Suche nach der verlorenen Zeit« las.

Pam dachte an den Moment auf der Baltimore, als sie in die Mündung seiner Waffe geblickt hatte. Der Lynch, den sie gekannt hatte, hätte keine Sekunde gezögert abzudrücken, wenn er die Chance gehabt hätte. Selbst mit zwei Projektilen in der Schulter. Aber sie hatte in seinen Augen etwas gelesen, dass selbst *sie* beunruhigt hatte … Was verdammt nochmal hatte Logan Costello damals geritten, für diesen Irren eine Empfehlung auszusprechen?

»Und?«

Sie hörte, wie Vince das halbaufgegessene Sandwich zurück in die Alufolie wickelte. »Nichts Neues. Scheiß Rollos.«

Sie überprüfte den Sitz ihrer Walther. Der Schalldämpfer war aufgeschraubt, nur für alle Fälle. »Ich nehm ein Fenster auf der Rückseite, wegen der Kinder. Du bleibst in der Leitung.«

Vince sagte nicht, ob ihm ihre Entscheidung gefiel. Er wusste, dass er hier nicht die Entscheidungen traf, also sagte er nur: »In Ordnung.«

Pam stieg aus und machte sich auf den Weg.

»Sie müssen das nicht machen, okay? Mich bei Deirdre vorbeifahren.«

»Kein Problem.«

Passend zu Shaos Stimmung hatte leichter Nieselregen eingesetzt. Von Abgasen und Straßenschmutz durchsetztes Wasser bildete Schlieren auf der Windschutzscheibe.

In der Ferne tauchte der Lund Point Tower wie ein riesiger Monolith aus dem Regenvorhang auf. Zuko fand direkt im Doran Walk einen Parkplatz, hinter einem alten Honda Civic, der nachlässig mit dem Hinterrad auf dem Bordstein parkte. Auf dem Rasen spielten ein paar Kinder. Ein Fußball prallte knapp neben dem Küchenfenster gegen Deirdres Hauswand und flog wieder zurück auf den Rasen.

Zuko begleitete Shao zur Haustür. Deirdre hatte die Rollos runtergezogen, nicht nur am Küchenfenster, sondern auch oben.

»Eins ist mir allerdings noch nicht ganz klar, Detective.«

»Sagen Sie Shao.«

»Shao. Warum Sie sich überhaupt Sorgen um Deirdre Watkins machen. Wenn Sie nicht anruft, geht's ihr wahrscheinlich gut.«

Shao klingelte. »Ist nur ein Gefühl. Normalerweise hält sich Deirdre an ihre Versprechen. Sogar wenn sie drauf ist. Besonders dann.«

Sie warteten fast eine halbe Minute, aber niemand öffnete.

Shao klingelte noch mal.

Pam hatte gerade das Schloss der Terrassentür in Augenschein genommen, einfache Zylinderausführung, kein Problem für ihr Pickset, und wollte den Spanner ansetzen, als jemand in ihrem Kopfhörer anklopfte.

»Jemand ruft an. Ich werf dich mal für 'n Moment aus der Leitung.«

Vince erwiderte nichts.

Sie schaltete auf das andere Gespräch. »Ja?«

»Hier ist Caitlin.«

Ausgerechnet. »Ist was mit Kim? Ich bin beschäftigt.«

»Das weiß ich. Soll ich ihr sagen, dass du sie diesmal rechtzeitig zum Abendessen abholst?«

»Ich versuche es«, presste Pam hervor, »könnte aber noch etwas dauern.«

Caitlin lächelte hörbar. »Du weißt, wie Kinder in diesem Alter sind. Sie brauchen einfach zuverlässige Ansagen.«

»Ich sagte, ich versuche es.«

»Ich werde es ihr ausrichten. Auf Wiedersehen.«

Klick.

Sie schaltete zurück zu Vince.

»Jemand ist auf dem Weg zur Tür.«

»Was? Wer?«

»Ein Mann und eine Frau. Sehen wie Bullen aus.«

»Wie viel Zeit hab ich noch?«

»Keine.«

Pam wog die Möglichkeiten ab. Wie lange die beiden vorne warten würden, wenn niemand aufmachte. Wie wahrscheinlich es war, dass sie sich anschließend hier hinten umsahen.

Verfluchter Mist.

»Ich geh rein.«

Shao hämmerte an die Tür. »Deirdre? Hörst du mich? Ich bin's, Shao! Mach auf!«

»Vielleicht ist sie spazieren.«

»Wär das erste Mal.« Sie kramte nach dem Schlüssel, den

Deirdre ihr vor Urzeiten überlassen hatte. Als sie die Tür aufdrückte, drang ein süßlicher Gestank aus dem Spalt.

Scheiße …

»Hat das bei ihrem letzten Besuch auch schon so gerochen?«

»Jedenfalls nicht so schlimm.«

Sie hielt sich den Jackenaufschlag vor den Mund, schob sich in den Flur und tastete nach dem Lichtschalter. Kein Strom. Es roch nach totem Fleisch und nach Verwesung, aber gleichzeitig auch irgendwie … verbrannt. Sie sah im Wohnzimmer nach. Hier war der Gestank schwächer, was vermutlich daran lag, dass die Terrassentür halb offen stand.

Das Sofa war leer.

»Deirdre? … Deirdre!«

Vielleicht oben. *Könnte doch sein, dass sie gar nicht erst aufgestanden ist … Oder sie hat sich vor zwei Tagen mit einer Überdosis ins Bett gelegt. Dann dürfte sie inzwischen steif wie ein Brett sein.* In Shaos Kehle bildete sich ein Kloß.

»Hier!«

Sie fand Zuko auf der Schwelle zur Küchentür.

Im Schein seiner Taschenlampe glitzerte etwas Schwarzes vor seinen Füßen: Blut, Fleisch, Fell.

Aimee.

»Das ist ihre Katze.«

»Kann Deirdre so was getan haben?«

»Nicht mal, wenn sie drauf war. Außerdem ist das Blut noch nicht getrocknet.« Shao bückte sich und schnupperte. »Was immer hier so stinkt, der Kadaver ist es nicht.« Sie stand auf. »Es kommt auf jeden Fall von hier. Aus der Küche.«

Sie machte ein paar Schritte in den Raum hinein. Der Gestank war auf einmal so übermächtig, dass sie Mühe hatte, sich nicht auf der Stelle zu erbrechen. Wieder suchte sie den Lichtschalter. Und wieder funktionierte er nicht.

»Vermutlich ist die Sicherung rausgedreht.« Zuko reichte ihr seine Taschenlampe.

»Danke.«

Sie leuchtete über die Arbeitsfläche, dann auf den Boden. Das Laminat war blutverschmiert. Auch die Wand hinter der Tür …

Der Brechreiz kam so plötzlich, dass sie sich nicht mal mehr abwenden konnte. Der Lichtstrahl tanzte unkontrolliert, als ihr die Lampe aus der Hand fiel und zusammen mit dem Erbrochenen vor den Füßen der Leiche landete. Sie lehnte direkt hinter der Tür mit dem Rücken an der Wand. Das Gesicht war kaum noch zu erkennen.

Zuko zog das Rollo hoch.

Shao hätte sich beinahe noch mal übergeben. »Tut mir leid, Sarge …«

Er hob die Taschenlampe auf, säuberte sie notdürftig und nahm den Leichnam in Augenschein. Die Haut war von tiefen, eitrigen Wunden zerfressen, der Mund wie zu einem gequälten Schrei aufgerissen: braune, faulige Zahnstummel ragten lose aus den geschwärzten Kieferknochen. Dann richtete er den Lichtstrahl auf den Hals, auf die Überreste eines Kehlkopfs.

Der Tote war ein Mann.

Irgendwo im Haus knarrte ein Dielenboden.

Mach dich nicht verrückt, Shao. Arbeitendes Holz. Hier ist niemand mehr.

Durch die Fensterscheibe drang das Schreien der Kinder herein. Eine schwarzhaarige Frau ging an ihnen vorbei zur Straße. Als der Ball vor ihre Füße rollte, kickte sie ihn mit einem Lächeln zurück und ging weiter.

Shao bückte sich, zückte einen Stift und schlug den Kragen der Jacke zurück. Bartstoppeln unterm Kinn. Die Innentasche war halb aufgerissen. Keine Geldbörse, keine Papiere. Trotzdem war sie sich sicher.

»Das ist Russell Lynch.«

»Deirdres Liebhaber aus der Costello-Zeit?«

»Die Größe stimmt. Und das Gesicht auch.« *Zumindest, was davon noch übrig ist.*

»Wie bei Rachel Briscoe …«

Es dauerte einen Moment, bis sie kapierte, was Zuko meinte. Dem vorläufigen Obduktionsbericht hatten natürlich nur die Fotos des *gesäuberten* Leichnams beigelegen. »Rachel Briscoe sah *so* aus? Sie verarschen mich.«

»Laut Dr. Baghvarty war ihr Körper völlig zerstört. Die Organe zersetzt, innere Blutungen … bis der Organismus einfach kollabiert ist. Wie es aussieht, ist der Prozess hier *noch* ein paar Tage weiter fortgeschritten.«

»Aber … ich meine, wie …«

»Und Sie sind sicher, dass Lynch vor drei Tagen noch nicht hier war?«

»Was? Ja. Ich meine, ich hab jetzt nicht in jede Ritze gesehen, aber …«

Zuko zückte das Handy. »Ich ruf die Spurensicherung.«

Im selben Moment öffnete die Leiche die Augen.

»Hörst du mich?«

»Klar und deutlich.« Sie schlug die Wagentür zu, nahm das Fernglas aus dem Handschuhfach und richtete es auf das Küchenfenster. Aber der Winkel war zu schlecht, und in der Küche brannte kein Licht.

»Ich hab sie im Visier. Freie Schussbahn.«

»Was machen sie?«

»Stehen rum, diskutieren.«

Pam teilte Vincents Vermutung, dass die beiden Polizisten waren. Allein schon, dass sie sich nach dem Klingeln selbständig Zutritt verschafft hatten. Tote Polizisten würden Fragen aufwerfen. Das Gleiche galt allerdings für das, was sie in der Wohnung vermutlich in diesem Augenblick vorfanden. Selbst Pam war beim Anblick der Leiche eben der Schweiß ausgebrochen.

»Wenn du noch länger überlegst …«

Sie ließ den Motor an. »Brich ab.«

»Sicher?«

232

»Nein ich bin *nicht* sicher. Also brich ab!«

»Verstanden.«

Sie unterbrach die Verbindung und kurbelte den Honda aus der Parklücke. Es war vereinbart, dass Vince und sie getrennt fuhren. Fünf Minuten später fädelte sie sich in den Verkehr am Stratford International ein.

So eine Scheiße.

Wenigstens Kim würde sich freuen. Sie hatte es in letzter Zeit nicht oft rechtzeitig zum Abendessen nach Hause geschafft.

Es war kaum mehr als ein Krächzen, das zwischen den zersprungenen Lippen hervordrang, aber sowohl Zuko als auch Shao hatten es verstanden.

»Hilf…«

Russell Lynch versuchte, die Hände zu heben, aber es blieb bei einem Zucken, das einen schmierigen Film auf dem Boden hinterließ.

»De…«

Deirdre? Shao klammerte sich an den Tisch. »Russell. Verstehst du mich? Ich bin's – Shao!«

»Gehen Sie nicht zu nah ran, Shao.«

»Verdammt, er braucht Hilfe!«

Aber in Zukos Blick las sie die Wahrheit. Dass Russell Lynch nicht mehr zu retten war. Gott, die Schmerzen mussten unerträglich sein.

»Russell! Wer hat das getan?«

»De… Dei…«

»Deirdre?«

In derselben Sekunde splitterte die Fensterscheibe. Russells Kopf ruckte zurück. Shao starrte fassungslos auf ein münzgroßes Loch, das in seiner Stirn entstanden war –, als Zuko sie an der Schulter packte und nach hinten riss. Wieder klirrte die Scheibe.

»Unten bleiben!«

Shao nickte benommen, und während Zuko Verstärkung rief, fraß sich der Anblick der Leiche wie Säure in ihr Gedächtnis.

Der zweite Schuss hatte Lynch ins Herz getroffen, aber da war er bereits tot gewesen.

TEIL VIER
Leviathan

1 Jeder Morgen bringt neue Hoffnung. Das war einer der letzten Sätze, die Owen Reed von seinem Vater mit auf den Weg bekommen hatte, bevor sein alter Herr sich in der Garage mit einem Gartenschlauch erhängt hatte. Seitdem war Hoffnung das, was Owen am meisten fürchtete.

Vielleicht hatte er sich auch deshalb nie die Tür geöffnet und die Wohnung verlassen, in die man sie verfrachtet hatte, als die Fabrikhalle in der Gibbins Road geschlossen worden war. Für die Schließung hatte es vermutlich Gründe gegeben, aber er hatte Deirdre nie danach gefragt. Schließlich hatte sie sich um alles gekümmert, wie sie sich immer um alles gekümmert hatte, seit sie ihn vor drei Jahren am Zaun vor dem Keir Hardie Recreation Ground aufgelesen hatte. High und durchgefroren, wie er gewesen war, hatte er versucht, sich an dem kleinen Tümpel am Südwestende ein Winterquartier einzurichten, und war dabei ins Wasser gerutscht. Es hatte drei Monate gedauert, bis er die Lungenentzündung auskuriert hatte, und dabei hatte ihm nicht nur das Crystal geholfen, das Deirdre ihm beschafft hatte. Sie hatte ihn regelrecht mit Liebe überschüttet, und anders als so manche der Bewohner hatte er nie versucht, das auszunutzen und billig an Stoff zu kommen, nur weil sie einen direkten Draht zu Logan Costello hatte. Jordan, der es in seinem früheren Leben als Biker bis zum Prospect der Hell's

Angels gebracht hatte, hatte sogar versucht, sie zu vergewaltigen. Man fand Teile von ihm zwei Tage später im River Roding. Selbst danach gab es welche, die es nie lernten, doch auch sie wurden von Deirdre liebevoll und großzügig behandelt. Owen dachte oft darüber nach, warum sie das tat, aber die Phasen, in denen er in der Lage war, über etwas nachzudenken, nahmen ab, weshalb er irgendwann einfach begonnen hatte, sein Glück zu akzeptieren.

Bis Deirdres Besuche in der Fabrikhalle seltener wurden. Angefangen hatte es zwei Monate vor der Schließung. Da war ihm zum ersten Mal aufgefallen, dass mit ihr was nicht stimmte. Sie wirkte abwesend, als ob sie selbst drauf war oder gerade von einem Trip zurückkehrte. Aber die Symptome waren untypisch – so wie es auch für Deirdre untypisch gewesen war, sich so gehenzulassen. Andererseits waren da die Gerüchte über dieses neue Zeug, Greater H, das angeblich Sachen mit einem machte, die einfach unglaublich waren. Das Dumme war nur, dass keiner in der Fabrikhalle die Möglichkeit hatte, an Greater H ranzukommen. Sie bekamen nur den Ausschuss, den überstreckten Abraum der Berge an Stoff, die Costello aushob und weitervertickte – wie eine Armentafel, die sich mit den vergammelten Essensresten vom Discounter begnügen muss.

Als Deirdre nicht mehr in der Lage war, sich um die Tafel zu kümmern, tauchten an ihrer Stelle irgendwelche Lakaien von Costello auf – Greg oder Jack oder Cliff oder wie die Typen hießen – wickelten die Lieferung ab wie die Pflichtaufgabe, die es für sie war, und verschwanden wieder. Die Fabrikhalle verkam. Ein paar Bewohner starben sogar, und es dauerte Tage, bis ihre Leichen weggeschafft wurden.

Dann kam die Razzia.

Es war natürlich keine echte Razzia, weil die Bullen rein gar nichts damit zu tun hatten. An einem kalten Tag im Februar hielten ein paar Wagen vor der Fabrikhalle, und die Bewohner wurden mit Unterstützung der Fahrer aus dem Gebäude in ihr neues Zuhause gebracht, das nur ein paar hundert Yards östlich der Gibbins Road lag: im Lund Point Tower, dessen oberste Stockwerke seit den Olympischen Spielen verwaist waren. Die Mieter in den unteren Etagen zahlten alle über seinen Mittelsmann Hobart an Costello, und deshalb beschwerte sich niemand über die neuen Nachbarn, auch wenn die wenigsten der alten Mieter sie als Bereicherung empfanden. Man ignorierte einander, und so kam es, dass auch die Bullen nichts von dem neuen Standort von Deirdres Armentafel erfuhren. Dafür sorgten nicht zuletzt ein paar Helfer von Greg, Jack oder Cliff, die die Wohnungstüren im Auge behielten und die Lieferungen kontrollierten.

Jeder wusste, dass dies nur ein vorübergehender Zustand war, aber hey, was interessierte es einen Junkie schon, was der morgige Tag bringen würde?

Dass sich der Lund Point Tower allerdings genau an dem Tag in eine Hölle verwandelte, an dem Deirdre zurückkehrte, überraschte Owen dann aber doch.

Seine Wohnung war die erste auf dem Gang und lag damit so nah wie keine andere am Fahrstuhl, was ihm normalerweise den ganzen Tag über einen akustischen Eindruck von den anderen Junkies verschaffte, die vor den Lifttüren herumlungerten und darauf warteten, dass Greg, Jack oder Cliff kamen, um ihre Brosamen unters Volk zu streuen. Es war schon spät am Abend, und noch immer herrschte auf dem Flur Trubel wie auf einem verfluchten Marktplatz.

Owen hatte gerade eine offene Kerze auf die Fensterbank gestellt – ein Licht des Lebens, er liebte so was – und sich auf der zerschlissenen Matratze darunter einen Schuss gesetzt, als der Gong tatsächlich die Ankunft der Fahrstuhlkabine verkündete.

Dann kam das übliche schleifende Geräusch, mit dem sich die Türen öffneten.

Und dann die Schreie.

Er wollte gar nicht wissen, worum es ging – meistens nur um Stoff, der angeblich ungerecht verteilt wurde –, und wünschte sich nur, er wäre noch klar genug gewesen, um aufzustehen und die Tür zu schließen.

So nahm er die Schreie mit in den Rausch, wo sie lauter wurden und sich schließlich zu einem monotonen Grollen vereinigten.

Das Kerzenlicht warf flackernde Schatten an die Wände: ein Tisch und zwei Stühle, die Owen nur deshalb noch nicht verkauft hatte, weil sie halbdurchgebrochen waren. Der Schatten des linken Stuhls beugte sich vor und sprach mit dem Tisch, der seinerseits zurückwich und die Nähe des zweiten Stuhls suchte. Und dann ging es zurück in die andere Richtung, je nachdem, wie die Flamme gerade tanzte. Wusch, nach rechts, wusch, nach links. Dann in die Länge oder weiter nach unten, manchmal flackernd und unruhig und manchmal sanft wiegend wie der Nebel, der Owens Geist umfangen hielt.

Die Schatten zerstoben, als der Mann auftauchte. Es war Greg, Jack oder Cliff, und in seinen Augen irrlichterte etwas, das Owen überhaupt nicht gefiel.

Panik.

»…as 'n 'ooos?«, murmelte Owen, als Cliff – Owen war sich jetzt sicher, es war Cliff – die Wohnungstür zuwarf und mit dem Tisch und den Stühlen verbarrikadierte. Die Schreie von draußen waren jetzt dumpfer, aber gleichzeitig schriller als vorher, was in Owen die Ahnung emporsteigen ließ, dass es um mehr ging als nur um etwas H, das unerlaubt den Besitzer gewechselt hatte.

Cliff sprang auf Owen zu und schüttelte ihn am Kragen. Die Kerzenflamme spiegelte sich riesengroß in seinen blauen Pupillen.

»…andy, Mann?«

»…asasdugesaagt?«

»Ich hab dich gefragt, ob du hier irgendwo ein Handy hast, Arschloch! Oder 'n verdammtes Scheißtelefon? Ich muss Jelly anrufen!«

»…as 'n 'ooos?«, wiederholte Owen seine erste Frage, als jemand gegen die Wohnungstür schlug.

Cliff fuhr herum und riss seine Pistole heraus, eine Glock 9 mm. Mit angstgeweiteten Augen starrte er auf die Tür, die unter einem zweiten Schlag erzitterte.

Beim dritten zersplitterte sie.

Der Riss zog sich quer durch das Türblatt, und eine halbe Sekunde später wurde das untere Drittel hochgeschleudert wie eine Katzenklappe, und etwas Dunkles, Unförmiges schob sich darunter hervor und fegte die Stühle und den Tisch wie Pappkulissen zur Seite. Das Ding hatte mehrere Beine und ein menschliches Gesicht, das wie von einem Axthieb gespalten war. Owen hatte so was noch nie gesehen, aber das bereitete ihm keine Sorgen, denn wenn man high war, sah man manchmal Sachen, die einem neu waren und die man später vergaß. Aber Cliff war nicht so cool und schickte dem Ding zwei Projektile aus seiner Glock entgegen. Schleim spritzte auf, dann raste das Ding schneller, als Owen ihm mit Blicken folgten konnte, auf Cliff zu und drückte ihn wie ein Blatt Papier gegen das Fenster. Die Hand mit der Glock wurde eingeklemmt. Und dann geschah etwas Komisches. Zwei dunkle, scharfe Teile unterhalb der Kinnpartie, die Owen an Krebsscheren erinnerte, schlossen sich um Cliffs Kehle. Cliff schrie und zappelte, aber er konnte den Griff nicht sprengen. Das Monstrum seinerseits drückte die Scheren nicht weiter zusammen, sondern legte den Kopf schräg, als würde es Cliff mustern, als würde es auf irgendeine schwer zu beschreibende Art und Weise *in ihn hineinhorchen* … und dann, als es offenbar zu dem Schluss gekommen war, dass Cliff ihm nicht nützlich war, schlossen sich die Scheren ruckartig, und Cliffs Blut spritzte durch die Wohnung, auf den zerschlissenen Teppich und über die Fenster und die Kerze, deren Flamme verlosch. Das vielbeinige Ding, jetzt mehr Schatten als Monster, schnappte noch einmal zu und riss die Halsschlagader so weit auf, dass das Blut bis zur Decke schoss, und schleuderte den sterbenden Cliff in eine Ecke des Raumes, wo er mit dem Kopf gegen einen Heizungskörper knallte und das Bewusstsein verlor, noch bevor er verblutete.

Owen wischte sich ächzend über die Augen und wunderte sich noch über den süßlichen Geschmack auf der Zunge, als das Monsterding auf ihn zukam. Der gespaltene Kopf betrachtete ihn beinahe liebevoll einmal mit dem rechten Auge, dann mit dem linken, und diesmal schien die Prüfung zu seiner Zufriedenheit auszufallen.

Das Ding verzichtete darauf, Owen die Kehle durchzuschneiden, und wich zur Seite, so dass der Blick auf die zerborstene Tür frei wurde.

Im Türrahmen stand eine Frau mit blutunterlaufenen Augen und blasser, blaugeäderter, von eiternden Wunden durchsetzter Haut, die Owen mitleidlos anstarrte.

Das mit den Wunden war natürlich nicht schön, aber ansonsten freute sich Owen, sie zu sehen. Vielleicht würde es jetzt wieder wie früher.

Und das wäre gut.

Früher war besser als heute.

Das war der letzte Gedanke, der Owen durch den Kopf ging, bevor sich die Mandibeln um seine Hüfte schlossen und ihm die Beine abtrennten.

2 »Und? Seid ihr so weit?«

Menace nestelte an irgendwelchen Steckverbindungen, und Danger streckte unter dem Mischpult sein Maurerdekolleté in den Himmel.

»Gleich, Bruder.«

»Geht gleich los, Mann.«

Bill klappte einen Taschenspiegel auf, den er aus dem Badezimmerschrank zu Hause hatte mitgehen lassen. Rasur, Haare, alles chico. Und die Augen? Scheiße, man sah schon, dass er die letzten Tage ziemlich unter Strom gestanden hatte. Ande-

241

rerseits, was Besseres konnte ihm doch kaum passieren. *Hier spricht Bill Conolly – der Mann, der sich für die Wahrheit aufreibt!* Er wischte sich über die Nase. Reste von Schneeflocken konnte er natürlich nicht gebrauchen.

»Jungs, jetzt schwingt mal die Hufe. Ich muss in einer halben Stunde wieder im Verlag sein.«

Danger tauchte aus dem Kabelsalat auf wie ein Soldat aus dem Schützengraben. »Okay, alles fertig. Glaub ich zumindest.«

Menace sah immer noch nicht besonders glücklich aus, wahrscheinlich weil er nicht einsah, wieso dieser Job hier wichtiger sein sollte, als Torten-Battles mit seinen Kumpels zu filmen und Animes zu rezensieren.

Bill hoffte trotzdem, die beiden bei der Stange zu halten. »Hey, wie wär's, wenn wir zu dritt starten? Ihr könnt das Intro machen, und dann übergebt ihr an mich.«

Danger sah Menace an. Menace sah Danger an.

»Lass es uns erst mal so versuchen, Bruder.«

»Okay, wenn ihr meint. Läuft die Kamera?«

Menace überprüfte ein letztes Mal den Fokus. Danger hob den Daumen.

»Läuft!«

Bill knipste sein Lächeln an. Er hatte sich geschworen, es diesmal ein bisschen direkter anzugehen. Kein Guten-Tag-sehr-verehrte-Zuschauerinnen-und-Zuschauer-Geschwurbel mehr. »Yo, liebe Netzgemeinde, und ein freundliches Hallo an alle Fans von Wild-Bill.com! Heute sitze ich hier mit meinen YouTube-Kollegen Menace und Danger …«

»Danger und Menace.«

»Danger und Menace … die viele von euch ja von ihrem Kanal ›Psycho-Bros‹ kennen. Warum sind sie hier? Weil wir zum Start von Wild-Bill.com hier ein kleines Crossover-Format bringen, um euch mit den wichtigsten Informationen vertraut zu machen! Im Augenblick hängen sie übrigens noch hinter der Kamera rum, aber hey, ihr beiden Psychos, sagt unsern Zuschauern doch einfach schon mal Hallo!«

»Hallo.«

»Hallo.«

»Super, Jungs, vielen Dank auch!« *Sobald die Kamera aus ist, dreh ich euch Arschlöchern den Hals um.* »Danger und Menace haben sogar ein kleines Video für euch vorbereitet, das sie am Ort des Terroranschlags von Creekmouth gedreht haben – ja, genau an der Stelle am Kai, wo die Baltimore an Weihnachten in die Luft geflogen ist. Aber vorher gibt es noch echte Breaking Bad News, die wir euch nicht vorenthalten möchten. Aus internen Ermittlerkreisen haben wir erfahren, dass es eine *weitere Leiche* gegeben hat! Ein Opfer, von dem die Polizei bisher nichts hat verlauten lassen und das an ähnlichen Symptomen gestorben sein soll wie eine Frau, die in der Mordnacht von Creekmouth ums Leben kam! Schlimmer noch, es gibt vielleicht sogar einen Zusammenhang zum Weihnachtsterroranschlag! Wir von Wild-Bill.com kennen die Identität des Toten und werden sie euch nicht vorenthalten: Es ist ein bekannter Krimineller namens Russell Lynch, der während der letzten Wochen polizeilich gesucht wurde und nun tot in einem Haus im Carpenters Estate gefunden wurde! Und wer von euch jetzt denkt, wie denn, Carpenters Estate, da gibt's doch kaum noch Wohnhäuser … Das ist absolut richtig, seit die Politik das Viertel plattgemacht hat, um es mit riesigen Olympiabauten zu verschandeln. Normalbürger wie ihr und ich wurden in immer schlechteren, immer kleineren Wohneinheiten zusammengepfercht, während die Politik im Verbund mit ausländischen Investoren immer weitere Milliardengräber ausgehoben hat! Aber ich schweife ab: Wir hören und sehen uns wieder, sobald ich Neues über den Terror von Creekmouth in Erfahrung gebracht habe. Es grüßt euch – Euer Bill Conolly von Wild-Bill.com – und aus, Leute!«

Menace schaltete die Kamera ab. Hatte er vorhin nur äußerst skeptisch ausgesehen, wirkte er jetzt, als hätte er gerade seiner eigenen Beerdigung beigewohnt. »Das waren jetzt aber eine Menge verschiedener Sachen. Weiß nicht, ob das nicht unseren Markenkern verfälscht, Bruder.«

»Ich wusste auch gar nicht, dass dieser Terror was mit Olympia zu tun hat«, murmelte Danger.

»Hey, Jungs, jetzt macht euch mal nicht so viel Gedanken. Am Anfang geht es erst mal darum, die Leute zu ködern. Das läuft schon.«

3 Ernest Beaufort wirkte in seinem tiefschwarzen Maß-anzug zwischen den Touristen in der Warteschlange der *Emirates Air-Line* wie ein Pinguin, der sich nach Ibiza verirrt hatte. Vor ihm betrat eine Familie mit vier Kindern die Gondel. Der Vater hielt auffordernd die Tür auf, weil noch ein Platz frei war. Beaufort winkte ab.

Die nächste leere Gondel war schon im Anflug. Pam und Vince folgten Beaufort ins Innere und schlossen sofort die Tür, damit keiner der Nachfolgenden auf die Idee kam, ihnen Gesellschaft zu leisten. Das Ei aus Plexiglas ruckte an und schwebte, an Stahlseilen geführt, aus dem Stationsgebäude der *Royal Docks* und über den Schrottplatz am Ufer hinauf in den Eierschalenhimmel über der Themse.

Pams Blick glitt über die Wasseroberfläche, auf der sich die Lichter der O2-World in Greenwich spiegelten. Vielleicht sollte sie öfter mit der Seilbahn fahren. Nicht nur wegen der dicken Kunststoffscheiben, die es schwierig machten, ein Gespräch von außen abzuhören. Sondern um die Silhouette der Stadt zu genießen und den Unannehmlichkeiten, die dort unten lauerten, wenigstens für einige Minuten zu entkommen.

»Ich darf Ihnen ausrichten, dass Mr Scott äußerst irritiert über den Vorfall in Carpenters Estate ist.«

Vince sah aus dem Fenster, als ginge ihn die Angelegenheit überhaupt nichts an.

Pam übernahm die Antwort. »Lynch lag in der Küche. Er war schon tot, als wir dort ankamen.«

Beaufort hüstelte und zückte ein mit seinen Initialen besticktes Stofftaschentuch, um sich die Lippen abzutupfen. Sein Siegelring blitzte im Sonnenlicht. »Und warum dann später die Schüsse, Mr Costigan?«

Vince hielt Beauforts Blick mühelos stand. Obwohl die Gondel gleichmäßig ruckelte, hockte er auf seinem Platz wie eine Skulptur. »Ich habe nicht geschossen. Das war jemand anderes.«

Beaufort tat, als müsste er über die Antwort nachdenken, und nickte schließlich. Er faltete das Taschentuch säuberlich zusammen und steckte es in seine Hosentasche. In der Hitze roch sein Eau de Toilette unerträglich aufdringlich. »Mr Scott setzt auch weiterhin sein Vertrauen in Sie beide.«

Pam entging nicht, wie er das letzte Wort betonte und dabei Vince ins Visier nahm.

Inzwischen hatte die Gondel ihren Zenit erreicht. Im Osten waren hinter der Wasserschlaufe am Lyle Park die muschelförmigen Tore der Thames Barrier aufgetaucht. Vince sah wieder völlig desinteressiert aus dem Fenster.

»Hat Scott noch ein anderes Team auf Lynch angesetzt?«

Beaufort hob die Augenbrauen. »Ein anderes Team?«

»Dann sollten wir den Tatsachen ins Auge sehen. Es gibt anscheinend noch jemanden, der hinter Lynch her war. Jemanden, der uns offensichtlich einen Schritt voraus ist.«

»Darüber macht Mr Scott sich bereits Gedanken. In der Zwischenzeit gibt es noch etwas, um das Sie sich kümmern müssen.« Beaufort zückte einen braunen Papierumschlag und legte ihn neben sich, während die Gondel langsam begann, der Zielstation auf der Greenwich-Halbinsel entgegenzusinken. »Mr Scott geht davon aus, dass Sie sich kein weiteres Mal die Butter vom Brot nehmen lassen.«

Pam steckte den Umschlag ein, ohne einen Blick auf den Inhalt zu werfen. »Ist das alles?«

»Und er erwartet einen Abschluss innerhalb der nächsten achtundvierzig Stunden. Alles andere – und ich hoffe sehr, dass Ihnen die Konsequenzen klar sind – würde den Erfolg unseres Projekts in höchstem Maße gefährden. Einen schönen Tag noch, Pam. Mr Costigan.«

Beaufort stand auf und knöpfte seine Jacke zu. Die Gondel wurde durchgeschüttelt, als sie in die Schiene der Zielstation überführt wurde. Rumpelnd öffneten sich die Türen.

Er verließ die Gondel und die Station in südlicher Richtung, ohne sich noch einmal umzusehen. Pam und Vince nahmen die entgegengesetzte Richtung und ließen sich auf einer der Steinbänke am Themseufer nieder. Auf dem Olympia Way waren nur wenige Fußgänger unterwegs. Eine Fähre aus Woolwich, deren weißer Rumpf in der Sonne glänzte, steuerte gerade den North Greenwich Pier an.

Pam öffnete den Umschlag. Er enthielt einen Namen und ein Foto.

Vince legte den Kopf in den Nacken und genoss für einen Augenblick die Sonne. »Erinnerst du dich noch an das Bed and Breakfast in Nummer 37?«

Was für eine Frage. Nie wieder hatte sie in einem Bett gelegen, dessen Bezüge sich so weich und warm angefühlt hatten wie in der Burke Street. Nie wieder hatte sie sich derart zu einem anderen Mensch hingezogen und sich mit ihm verbunden gefühlt.

»Vielleicht gibt's das Zimmer noch.«

4 Shao hatte eine fürchterliche Nacht hinter sich.
Ungefähr um zwei Uhr hatte Zuko sie vor ihrer Wohnung abgesetzt, wo sie eine gute Stunde später mit einer leeren Flasche Wein in der Hand auf dem Sofa eingeschlafen war. Sie konnte sich nicht mal mehr daran erinnern, wann sie ins Bett gekrochen war. Nur an den Albtraum, der sie die ganze Nacht über gequält hatte. Darin hatte Russell Lynch sie mit zerfressenen Lippen um Hilfe angefleht, während ihm die Salve einer Maschinenpistole Kugel um Kugel

den kümmerlichen Rest seines Gesichts zerfetzte. Zuko stand daneben und schrie sie an, sie solle in Deckung gehen, aber ihre Beine waren auf altmodische Art eingegipst, weil sie sich beim Joggen das Becken gebrochen hatte. Hilflos musste sie zusehen, wie die Einschlaglöcher den Gipsverband hochwanderten. Unmittelbar bevor sie die Hüfte erreichten, wachte sie auf.

Kurz nach sechs riss sie entnervt die Bettdecke weg, nahm eine eiskalte Dusche und kaufte anschließend auf dem Weg ins Büro bei Rose's in der Barking Road zwei Becher Kaffee. Glenda war noch nicht am Platz, aber als Shao ihr Büro betrat, lag der Laptop von Rachel Briscoe auf ihrem Schreibtisch.

Darauf klebte ein Zettel. *Das Passwort lautet: »Platon?«, Daten sind auf dem Weg zur IT. Liebe Grüße. G.*

Shao klappte den Rechner auf und tippte das Passwort ein. Der Bildschirmschoner verschwand.

Nicht übel, G.

Der Hintergrund bestand aus einem Foto irgendwelcher Skulpturen, die wie ägyptische Gottheiten aussahen. Sie öffnete aufs Geratewohl ein paar der Ordner, die Rachel Briscoe auf der Desktop-Oberfläche abgelegt und mit kryptischen Namen versehen hatte. Aufsätze, Fotos, Protokolle von Fachkolloquien … Sie klappte den Rechner wieder zu. Für so einen Mist hatte sie im Moment wirklich keinen Nerv.

Dann war da noch der vorläufige Bericht der Spurensicherung, in dem auf den ersten Blick nichts Überraschendes zu lesen war.

Um halb neun traf Zuko ein.

»Morgen, Sarge. Der Kaffee war für Sie. Ist leider schon kalt.«

»Trotzdem danke. Wie haben Sie geschlafen?«

»Perfekt. Hätte nur zwei, drei Nächte länger sein können. Sie sehen aber auch nicht gerade gut aus.«

»Geht schon.«

Seine Antwort wirkte wenig überzeugend.

Es gab jede Menge Aufgaben für sie, von denen die meisten

an Shao hängenblieben, weil Powell um zehn vor neun auftauchte, um Zuko mitzuteilen, dass er um neun einen Termin bei der Psychologin Dr. Campbell hatte, die extra für sie den Weg aus New Charlon hierher auf sich genommen hatte. Shaos Gespräch war für elf Uhr angesetzt, nach einem gemeinsamen Termin mit Zuko um zehn bei Powell. Der Superintendent hatte darauf bestanden, um für die Pressekonferenz am Mittag gerüstet zu sein.

Shao hatte nicht den geringsten Schimmer, was sie einer Psychologin erzählen sollte. *Ja, ich fand's echt aufregend, dass jemand auf mich geschossen hat, danke der Nachfrage. Nein, ich denke nicht, dass ich einen Knacks weghabe. Jedenfalls nicht mehr als vorher. Schreiben Sie mich gern dienstfähig.*

Um zehn vor zehn hatte sie sich durch den Bericht der Spurensicherung und die Aussagen der Nachbarn von Deirdre Watkins gekämpft und fand gerade noch Zeit, den Anruf von Dr. Baghvarty auf Zukos Apparat entgegenzunehmen – der Obduktionsbericht im Fall Lynch, alle Ergebnisse wie erwartet, aber trotzdem nur vorläufig, danke –, bevor sie sich ein paar Minuten später auf dem linken der beiden Sessel vor Powells Schreibtisch setzte, genau wie vor nicht mal zweiundsiebzig Stunden, als er sie für die Abteilung rekrutiert hatte. Es kam ihr vor, als wäre es eine Ewigkeit her.

Zuko erschien zwei Minuten zu spät.

»Wir hatten schon die Befürchtung, dass Dr. Campbell Sie gar nicht mehr aus Ihren Klauen lässt.« Powell bot ihnen Wasser an. Nachdem sie abgelehnt hatten, goss er sich selbst ein Glas ein. »Es ist ja nicht so, dass ich für das neue Jahr keine guten Vorsätze gefasst hätte. Solange dieser Fall ungelöst ist, gibt es keine Zigarren mehr.« Er stellte sich an das halbgeöffnete Fenster und entzündete eine Chesterfield. »Zunächst zur Pressekonferenz, die Hammerstead anberaumt hat. Dabei geht es nicht um die Schießerei – obwohl wir nicht ausschließen können, dass es Fragen geben wird, denn anscheinend wurde die Info über Lynchs Tod von irgendjemandem an die Presse durchgesteckt.« Er zog ein Tablet aus der Schublade und spielte ihnen den Abschnitt eines YouTube-Videos vor.

Shao schüttelte den Kopf. »Wer ist denn der Spinner?«

»Bill Conolly«, sagte Zuko.

»Sie kennen ihn?«

Powell drückte auf Pause. »Wir hatten vor ein paar Jahren mal mit Conolly zu tun, wegen einer Mieterin, die sich in einer der Sozialbauten in Stratford aufgehängt hat. Er hat sich in den Fall reingebissen wie ein Biber.«

Shao betrachtete das Standbild. »Die passenden Zähne dafür hat er jedenfalls.«

»Er ist übrigens der Mann von Sheila Conolly, der Inhaberin des Daily Globe. Das bedeutet, er hat auf jeden Fall die Ressourcen und das Know-how, die Story weiterzuverfolgen.«

»Großartig.«

»Kommen wir zu Ihren Ermittlungsergebnissen. Was haben Sie zu berichten?«

»Bisher leider keine Spur von Deirdre. Ein paar Aufnahmen von Überwachungskameras zeigen, dass sie die Manor Route runtergelaufen ist, Richtung Canning Town. Auf den Bildern ist es natürlich dunkel, aber man kann sehen, wie sie die Lichtkegel der Straßenlaternen meidet.«

»Sie meinen, sie wollte nicht gesehen werden?« Powell nickte. »Verständlich, wenn man bedenkt, was ihrem Freund zugestoßen ist. Was ist mit den Handydaten?«

»Enden bei einem Funkzellenmast in Westham. Ganz in der Nähe haben Kollegen von der Streife noch in der Nacht das Handy gefunden, in einem Mülleimer unter der Eisenbahnbrücke am Memorial Park.«

»Vielleicht ist sie dort in die U-Bahn gestiegen«, mutmaßte Zuko.

Shao nickte. »Möglich. Kann aber auch sein, dass wir genau das denken sollen.«

Powell ließ seinen Blick zwischen ihnen hin und her schweifen. »Glauben Sie denn, Watkins ist in ihrer Verfassung in der Lage, falsche Spuren zu legen?«

»Ich glaube jedenfalls nicht, dass sie Newham verlassen will.«

»Warum?«

Shao breitete die Arme aus. »Weil sie nun mal hier zu Hause ist. Hier leben ihre Freunde – oder die, die sie dafür hält.«

»Sie meinen Costellos Leute?«

»Ich glaube, dass sie es zuerst dort versuchen wird, ja.«

»Was ist mit irgendwelchen Freundinnen?«, warf Zuko ein.

»Hatte Deirdre nicht.« *Abgesehen von mir, und ich hab ihr gesagt, dass sie mich in Ruhe lassen soll.*

Powell ließ einen tiefen Seufzer hören. »Costello. Wenn mich nicht alles täuscht, sprechen wir von einem kriminellen Netzwerk, das ein paar hundert Leute umfasst, richtig?«

Natürlich hatte sie sich bereits einen Plan zurechtgelegt. »Ich würde bei Big Jellyfish beginnen. Ein italienischer Fettsack aus dem oberen Management, der die Kleindealer bis rauf nach Stoke Newington versorgt. Deirdre hatte mal was mit ihm am Laufen, als er noch schlank war. Wenn ihre Panik groß genug ist, macht sie vielleicht den Fehler, sich an ihn zu wenden.«

»Warum Fehler?«

»Weil Jelly ein verdammter Soziopath ist, der Costello in den Arsch kriecht, bis er von oben Licht sehen kann.«

Powell sog an der Zigarette. »Ich würde es vorziehen, wenn Sie in meiner Anwesenheit auf Ihre Wortwahl achten, Detective.«

»*Comme bon vous semble*, Guv.«

»Sie glauben also, dieser Jelly würde Deirdre um des eigenen Vorteils willen verraten?«

»Kommt auf den Preis an. Wenn wirklich jemand hinter ihr her ist, zum Beispiel, weil Russell Lynch ihr was erzählt hat, das sie auf keinen Fall wissen sollte … Tja, ich würde sagen, dann hat sie wirklich schlechte Karten.«

Sie erkannte sogar aus dem Augenwinkel, wie Zuko die Stirn runzelte.

»Ich halte das für Spekulation. Genauso gut kann man doch davon ausgehen, dass Logan Costello herausfinden will, wer einem seiner Leute eine Kugel in den Kopf gejagt hat.«

»Ich hab ja nicht gesagt, dass ich *nicht* spekuliere.«

»Er könnte Deirdre Watkins also unter seinen Schutz stellen, um ihr Informationen zu entlocken.«

Powell drückte die Chesterfield im Aschenbecher aus und strich zärtlich über den Humidor. »Ich dachte, Mr Lynch hat nicht mehr für Costello gearbeitet?«

»Richtig, Guv, aber wir alle wissen auch, dass man in dem Geschäft nicht einfach so aussteigt. Costello könnte Lynch an jemanden vermietet haben.«

»Vermietet? Wie ein Auto oder so was?«

»Genau.«

»Hm. Und der Bericht von Dr. Baghvarty?«

»Bestätigt alle Vermutungen. Dieselben Symptome wie bei Rachel Briscoe, dieselben abnormen Verletzungen – Tumoren, Vereiterungen und so weiter. Sie ist sich zwar sicher, dass es kein Erreger ist. Trotzdem hat sie Doppelproben in die Pathologie geschickt, um die Ergebnisse abzusichern. Bis die Befunde vorliegen, darf sich niemand dem Leichnam nähern.«

»Vernünftig.«

»Aber es überträgt sich.«

Stille.

Dann Blicke.

»Wie meinen Sie das, Shao?«

»Ich … Ich …« Sie schluckte. »Tut mir leid, Guv. Ich weiß, es ist natürlich Blödsinn, aber …«

»Es könnte passen.«

Sie warf Zuko einen überraschten Blick zu.

Powell setzte sich, tastete aber schon wieder nach der Zigarettenpackung. »Wie darf ich das verstehen?«

»Wenn wir uns einfach nur die Fakten ansehen, dann war die erste Person, bei der die Symptome aufgetreten sind, Rachel Briscoe. Die zweite Linus Finneran. Er ist Briscoe im Duke begegnet und anschließend auf die Baltimore geflüchtet. Wir wissen nicht, ob Lynch auf der Baltimore war, aber zumindest hat er mal für Costello gearbeitet, und der Anleger in Creekmouth gehört laut Shao zu Costellos Revier. Vielleicht ist es dort von Finneran auf Lynch übergesprungen. Und von Lynch weiter auf Deirdre Watkins.«

Das Feuerzeug funktionierte erst beim dritten Versuch. »Wollen Sie damit etwa sagen, dass es doch um einen Erreger geht?«

Zuko schüttelte ein wenig hilflos den Kopf. »Im Moment haben wir nur eine Art … Übertragung. Aber keine Ausbreitung. Und auch das ist nur Spekulation.«

Powell richtete den Blick auf Shao. »War es das, was Sie vorhin sagen wollten, Shao?«

Sie hatte keine Ahnung mehr, was zum Teufel sie hatte sagen wollen. »Das mit dem Anleger? … Ja, das auch. Ich meine, was diese Übertragung angeht … Ich bin mir nicht sicher. Ich meine, wir reden ja nicht unbedingt von einem *Geist* oder so was. Es könnte auch eine Art … Beeinflussung sein. Vielleicht Hypnose.«

»Eine Art von Hypnose, bei der in der Folge tödliche Tumoren auftreten?«

Zuko sprang ihr bei. »Spinnen wir den Gedankengang doch mal weiter. Was auch immer mit den Körpern der Opfer passiert, sie reagieren darauf mit einer Art Abstoßungseffekt. Deswegen die Tumoren.«

Shao dachte an Deirdre und verspürte einen ekelhaft massiven Kloß im Hals.

Powell lehnte sich zurück und inhalierte tief. »Sie glauben, die Opfer waren auf eine gewisse Art und Weise … *besessen*?«

»Ich habe nicht gesagt, dass ich etwas glaube. Aber es ist eine Theorie, die zu den Fakten passt.«

Zu den Fakten. Shao lag es auf der Zunge, einige weitere Fakten hinzuzufügen. Eine Abteiruine, die sich im Dunkeln in ein Gebäude verwandelte. Ein Mönch, der sich im Wald oberhalb der Ruine erhängt hatte. »Vielleicht hat es ja auch mit der Baltimore direkt zu tun. Hat Lockhart eigentlich inzwischen rausbekommen, wem der Kahn gehört?«

»Einer Reederei namens Seaways PLC. Sie ist Teil einer größeren Holding, die auf allen möglichen Feldern aktiv ist, zum Beispiel im Maschinen- und Flugzeugbau …«

»Ein Waffenhersteller?«

»Möglicherweise auch das. Seaways war Eigentümerin der Baltimore, zumindest bis exakt zwei Tage vor Weihnachten.«

»Wie bitte?«

»Seaways konnte einen Pachtvertrag vorweisen, der exakt achtundvierzig Stunden vor der Explosion abgelaufen ist. Damit sind sie aus dem Schneider.«

»Das stinkt doch zum Himmel! Lockhart sollte sich einen Durchsuchungsbeschluss besorgen.«

»Keine Eigentümerschaft, kein Beschluss. Sagt Hammerstead.«

»Ach. Ist der auf einmal auch Richter?«

Powells Stirn hatte ein paar Falten mehr bekommen. Vielleicht stellte er sich gerade vor, wie er mit Hammerstead die Möglichkeit diskutierte, dass der Fall einen übersinnlichen Hintergrund hatte. Sein Blick glitt über die Chesterfield in seiner Hand hinweg zum Humidor, und diesmal lag darin etwas unbestreitbar Sehnsüchtiges.

»Jedenfalls ist Deirdre in Gefahr«, konstatierte Shao. »Was auch immer das für eine Krankheit ist, sie ist sowieso schon geschwächt und wird ihr noch weniger standhalten können als die anderen.«

»Apropos Gefahr.« Powell rollte ein paar Zoll zurück und öffnete die unterste Schublade seines Schreibtischcontainers. Darin lagen zwei schuhkartongroße Metallkästen, die er über den Tisch schob.

Zuko hob die Brauen. »Was ist das?«

»Machen Sie's auf. Ich hatte leider keine Zeit mehr, eine Schleife drumzubinden.«

Shao öffnete das linke der beiden Kästchen. Darin lag eine Beretta 92FS 9 mm Parabellum, inklusive zweier Magazine. »Äh, soll das vielleicht ein Witz sein?«

»Weitere Munition für Übungszwecke erhalten Sie auf dem Schießstand. Glenda hat soeben Termine für Sie organisiert und außerdem Schutzwesten der Klasse 2 beantragt. Ich nehme an, dass Sie noch in dieser Woche eintreffen.« Shao wollte etwas erwidern, aber Powell würgte ihren Einwand mit einer Handbewegung ab. »Sie werden sie ab sofort tragen. Während jeder Sekunde, die Sie im Dienst sind. Das ist keine Bitte, sondern eine Anordnung.«

5 Big Jellyfish legte den Kopf in den Nacken und genoss die Aufmerksamkeit, die Jasmine ihm zuteilwerden ließ. Das Leder der Couch in seinem Rücken fühlte sich gut an. Nicht weil es Krokodilleder war – das war es tatsächlich –, sondern weil er sie geschenkt bekommen hatte. Von Logan Costello persönlich. Als Zeichen des Respekts.

Er hatte sie noch am ersten Tag eingeweiht. Zusammen mit Jasmine, seiner Strass-glitzernden Prinzessin, unter deren Sonnenstudiobräune sich irgendwo eine Prise indischer Exotik versteckte. Jasmine hatte hohe Ansprüche, aber das war auch in Ordnung so, denn Jelly war die Nummer zwei direkt nach Costello, er konnte sich hohe Ansprüche leisten.

Wäre da nicht dieses verdammte Problem gewesen, das ihm seit der Nacht von Creekmouth Kopfzerbrechen bereitete. Die Gedanken daran kreisten in seinem Kopf wie ein Schwarm Fliegen über einem Scheißhaufen. Um sich abzulenken, griff Jelly zur Fernbedienung, während Jasmine weiternuckelte.

Nachrichten.

Doku.

Werbung.

Billard.

Werbung.

Werbung.

Talk.

Verdammt.

»Alles okay?«

»Mach weiter, Baby!«

Jasmine machte weiter.

»... kann mich nur wiederholen: Fahrlässigkeit oder sogar dreister Vorsatz – diese Frage stellen wir uns bei Wild-Bill.com, wenn am Fall Rachel Briscoe und Russell Lynch lediglich *ein* Detective arbeitet, assistiert von einer Anfängerin namens Sadako Shao, die kürzlich aus dem Drogendezernat strafversetzt wurde!«

»Das sind wirklich brisante Informationen, Mr Conolly«, sagte die Moderatorin und schaukelte ihre bildschirmfüllenden Titten. »Darf man erfahren, woher Sie die haben?«

»Fragen dürfen Sie selbstverständlich, Lara, aber ich kann meine Quelle nicht preisgeben.«

Jelly lachte auf. »Conolly! Alte Drecksau.«

»Wer?«, nuschelte Jasmine.

»Ich hab gesagt, mach weiter.«

Das Problem hieß Russell Lynch. Ein Mann aus der Vergangenheit, der plötzlich wieder aufgetaucht war. Damals kein direkter Konkurrent von Jelly, eher ein Mann fürs Grobe, aber trotzdem jemand, mit dem man rechnen musste. Der Boss hatte ihm sogar seine First Lady anvertraut – und Lynch hatte es ihm zurückgezahlt, indem er sich ein bisschen zu intensiv um Deirdre gekümmert hatte, wie man munkelte. Jedenfalls war er dann plötzlich verschwunden.

Und jetzt plötzlich, nach fast einem Jahr, lagen seine Überreste auf dem Küchenboden von Deirdre Watkins. Was zum Teufel hatte der Wichser da zu suchen gehabt nach der langen Zeit? Jelly war vor allem aus einem Grund die Nummer

255

zwei: weil er das Gras wachsen hörte. Also hatte er noch am Nachmittag versucht, in dieser Sache ein paar Fühler auszustrecken, und Jack Bannister und Greg Turbin angerufen. Allerdings schienen die beiden Idioten auf ihren Ohren zu sitzen. Das hatte man davon, wenn man Typen aus der dritten Reihe eine Chance gab.

»… es der Politik wirklich daran gelegen ist, die Bürger dieser Stadt mit aller Macht gegen die Auswüchse des Neoliberalismus sowie des daraus folgenden Terrorismus zu schützen oder ob …«

Jelly hatte keine Ahnung, wovon die Reporterschwuchtel und diese Schnalle an seiner Seite da quasselten, aber anscheinend hatte *Conolly* kein Problem damit gehabt, Turbin zu erreichen. Jedenfalls sah ein Blinder, dass der Typ sich vor der Sendung mindestens eine Line zu viel genehmigt hatte.

Jelly fischte nach dem Telefon, um Greg eine letzte Chance zu geben. Wenn der Schwachkopf nicht auf der Stelle ranging, würde er …

Es klingelte an der Tür.

Jasmine hob den Kopf. »Wer is 'n das?«

»Verdammt, woher zum Teufel soll ich das wissen?«

Seine Lieutenants würden es jedenfalls nicht wagen, einfach so ohne Anmeldung hier aufzutauchen. Wofür gab es Sprechzeiten, zum Henker?

Es klingelte wieder.

»Soll ich aufmachen?«

»Halt die Klappe.«

Resigniert schob er Jasmine zur Seite und stand auf. Sein Seidenbademantel hing an der Garderobe. Er schlang den Gürtel nur notdürftig zu; wer immer da an der Tür war, er würde eh keine Zeit haben, einen Blick nach unten zu werfen, bevor er die Fresse poliert bekam.

Übellaunig riss er die Tür auf.

»Tag, Jelly«, sagte Shao. »Wie geht's denn so?«

In Jellys Kopf ratterte es, dann erschien das Bild eines perlweißen Honda-Coupés, das bei einer Verfolgung in Eastham aus unerfindlichen Gründen in die Knie gegangen war. Außerdem, hatte der Idiot im Fernsehen nicht gerade …? Jellyfish grinste breit. »Heey, Detective. Was hab ich da gerade gehört? Strafversetzung …?«

»Das kommt davon, wenn man der Presse glaubt. Ich bin selbst gegangen.«

»Aber sicher doch.« Sein Blick fiel auf das Schulterholster, das unter ihrer Jacke hervorlugte. »Respekt, dürfen Sie jetzt endlich was Schweres tragen?«

»Wir suchen Deirdre, Jelly.«

»Deirdre, Deirdre … Das sagt mir so gar nichts, Detective …«

»Genau für diesen Fall hab ich dir 'n paar Erinnerungsfotos mitgebracht. Aber vielleicht machst du erst mal den Bademantel zu.«

»Lassen Sie sich ruhig Zeit«, sagte Zuko. »Wichtig ist, dass Sie sich absolut sicher sind.«

Fiona Watkins nickte und strich die sorgfältig geglättete dunkelblonde Strähne zurück hinter das Ohr, wo sie hingehörte. Unter ihren Fingernägeln klebten winzige Teigreste. Sie war gerade dabei gewesen, den Kuchen für das Witwentreffen zu backen, als Zuko geklingelt hatte. Die Fotos lagen vor ihr auf dem Esstisch im picobello sauberen Wohnzimmer ihres picobello sauberen Reihenhauses in Fulham. Zuko hatte die Bilder sorgfältig aufgefächert, damit sie im Zweifel miteinander vergleichen konnte.

»Und die waren alle mit Deidre befreundet?«

»Das vermuten wir nur. Wir gehen zurzeit jedem Hinweis nach.«

Sie tat einen tiefen Seufzer und setzte ihre Brille ab. Es war ein halbes Jahr her, dass sie ihren Mann verloren hatte, aber die Trauer in ihrem Gesicht war älter. »Wir haben uns wirklich Mühe gegeben mit Deidre. Es ist nicht einfach mit einem adoptierten Kind, wissen Sie? Die ganzen schlimmen Geschichten, die man so hört … und dann begreift man irgendwann: Die meisten davon sind wahr. Wir haben um Deirdre gekämpft. Brad und ich. Aber es gibt einen Punkt, an dem man einsehen muss, dass man verloren hat.«

»Wann haben Brad und Sie Deirdre adoptiert?«

»Ungefähr ein Jahr nachdem Elvis gestorben ist.« Sie stand auf und öffnete eine Schublade der Kommode. Ganz hinten, hinter einer Reihe Silberbesteck und einem Stapel gebügelter Stoffservietten zog sie eine Zigarettenschachtel hervor. Sie zuckte entschuldigend die Schultern. »Ich habe das eigentlich schon vor Jahren aufgegeben.« Sie deutete auf ein leicht angegilbtes Bild auf dem Tisch, das ein hübsch dekoriertes Grab zeigte. »Elvis war ein Sternenkind. Herzfehler. Die Ärzte haben gesagt, so was kommt vor. Ist einfach Pech. Nun, es scheint, als hätten Brad und ich mehr als einmal Pech gehabt in unserem Leben.«

»Das tut mir sehr leid, Mrs Watkins. Haben Sie einen der Männer auf diesen Bildern schon einmal gesehen?«

Sie schüttelte den Kopf. »In den ersten Jahren, nachdem sie weg ist, hat Deirdre wenigstens ab und zu noch mal angerufen. Meistens zu Brads Geburtstag. Sie war ein echtes Papa-Kind, wenn Sie wissen, was ich meine. Haben Sie Kinder?«

Zuko schüttelte den Kopf.

»Als sie klein war, war sie oft mit Brad im Garten. Er hat ihr gezeigt, wie man Löwenzahn und Brombeer in Schach hält und diese Sachen.« Sie blies einen Rauchkringel in Richtung Decke. »Das waren schöne Zeiten. Später hat sie sich dann sehr verändert. Hat sich völlig zurückgezogen. Bekam Probleme in der Schule. Wir haben immer vermutet, dass sie vielleicht misshandelt worden ist. Also früher, wenn Sie verstehen, was ich meine.«

»Haben Sie ihre Eltern je kennengelernt?«

»Brad wollte das nicht. Und Deirdre hat niemals danach gefragt. Eigentlich komisch, oder?«

»Wann ist sie weggelaufen?«

Fiona Watkins rieb über ihre Fingernägel. Ein paar Teigkrümel fielen auf die Tischdecke. »Kurz nach ihrem sechzehnten Geburtstag. Aber wenn ich heute darüber nachdenke … Ich habe zu Brad manchmal gesagt, das ist nur ihr Körper, der da verschwunden ist. Ihre Seele … Ich weiß nicht, ob Sie das verstehen können, aber ich habe das Gefühl, ihre Seele war schon viel früher fort.«

»Geht das auch ein bisschen schneller?«, knurrte Shao.

»Tut mir echt leid, Detective, aber ich muss mich schon ein bisschen konzentrieren.« Jelly studierte die Fotos, als handele sich um die gesammelten Meisterwerke des Impressionismus. Sie zeigten nicht nur Deirdre, sondern auch diejenigen ihrer Kunden, von denen das Drug Squad damals keine Namen hatte ermitteln können. »Und bei all denen hat die den Rahm abgeschöpft? Hut ab.«

»Wer is'n da?«, drang eine tranige Stimme aus der Tür zum Wohnzimmer, gefolgt von einem zugedröhnten Mädchen, das sich notdürftig Slip und Pullover angezogen hatte.

»Komm mal her, Süße, das musst du dir ansehen.«

Das Mädchen löste sich vom Türrahmen und kam mit aufreizendem Hüftschwung näher.

»Jasmine, das ist Shao, 'n Detective vom Drogen…«

»Morddezernat«, sagte Shao, »und ich bin auf der Suche nach Deirdre Watkins.«

Jasmine zog eine Schnute. »Nie gesehen. Nie gehört.«

Shao glaubte ihr sogar. Die Kleine war gerade mal achtzehn, und es war fast ein Jahr her, dass Deirdre in Costellos Inner Circle ein und aus gegangen war. »Und die Typen hier? Was ist mit denen?«

Jasmine warf einen müden Blick darauf. »Hm, also wenn Sie mir die Schwänze zeigen würden, könnt ich mich vielleicht erinnern.«

Jelly lehnte sich grinsend gegen den Türrahmen und massierte seinen Bizeps.

Shao steckte die Fotos ein. »Ich will einen Termin bei Costello.«

Er bleckte die Zähne. »Bei wem?«

»Ich nehm doch an, ihr wollt auch wissen, wer die Baltimore in die Luft gejagt hat. Ist immerhin auf eurem Gelände passiert, an eurem Anleger. Oder wart ihr das selbst? Kann ich mir nicht vorstellen. So viel Aufmerksamkeit ist doch normalerweise schlecht fürs Geschäft.«

Jelly mühte sich mehr schlecht als recht, ein Gähnen zu unterdrücken. »Sie reden von der Sache in Creekmouth, nehme ich an. Ich dachte, das war ein Terroranschlag.«

»Hör zu, Jelly. Du denkst wahrscheinlich, ich weiß nicht allzu viel über dich. Aber ob du's glaubst oder nicht, ich hab einen großen Teil der letzten Jahre damit verbracht, an deinem Arsch zu kleben. Telefon, Handy, Navi, Internetverkehr. Dass Elite-Partner 'n Typen wie dich überhaupt in die Kartei aufnimmt, hat bei mir einen Lachanfall ausgelöst, verstehst du?«

»Jasmine, würdest du dich mal für einen Moment verpissen?«

Jasmine zog die Ärmel über die Handgelenke und verschwand im Wohnzimmer.

»Nichts für ungut, Jelly, aber es ist wirklich wichtig, dass wir mit Costello sprechen, weil Deirdre viellei…«

Ein Ruck, als die fetten Finger ihr die Waffe aus dem Holster rissen. Ein zweiter, als Jelly sie am Jackenaufschlag packte und zu Boden schleuderte. Auf einmal drückten dreihundert Pfund auf ihre Wirbelsäule und eine Pistolenmündung gegen ihren Hinterkopf. Sie hatte sich von seinem dämlichen Gesichtsausdruck ablenken lassen wie eine Anfängerin.

»Du hast also an meinem Arsch geklebt, hm? Ist ja interessant.«

Sie versuchte, ihm zu sagen, dass er sich ins Knie ficken sollte. Aber alles, was ihren zusammengepressten Lungenflügeln entwich, war ein stimmloses Nichts. Ihre Kehle brannte auf einmal, was nicht allein an dem Gestank nach altem Schweiß lag, den er verströmte.

»Ich hab nicht gehört, was du gesagt hast, kleine Fotze!«

»…«

»Du glaubst wohl wirklich, nur weil du eine Wumme trägst, kannst du bei den großen Jungs mitspielen, wie? Dann erklär ich dir hiermit, was du ohne Rückendeckung von Shepherd und seinen Jungs bist: ein beschissener kleiner Haufen Scheißdreck! Ich könnte dir hier und jetzt ein Kugel in den Schädel jagen. Kein Schwein würde das kümmern! Der Boss wird Shepherd anrufen, und dann gibt's nicht mal 'ne Scheißuntersuchung deswegen. Hast du kapiert, was ich damit meine?«

Der Druck der Mündung wurde so stark, dass ihr Knochen schmerzte. Sie presste die Kiefer zusammen. Speichelblasen platzten auf ihren Lippen.

»…«

»Was? Ich hab dich nicht verstanden.«

»…«

Sein Grinsen klang plötzlich ganz nahe. »Du bist 'ne kleine wilde Raubkatze. Bisschen alt vielleicht, aber es gibt Typen, die stehen auf so was. Vielleicht verabreden wir uns mal. Oder ich komm einfach so bei dir vorbei, ohne Termin. Wie du bei mir.«

Ihre Rippen knackten, als er sich von ihr löste und erstaunlich flink wieder auf die Beine kam. Shao wollte einatmen, aber ihr Brustkorb schien sich in ein Stahlskelett verwandelt zu haben.

»Was ist? Willst du den ganzen Tag da liegen bleiben?«

Ihre Lippen, ihre Hände, alles an ihr zitterte, als sie sich endlich auf die Seite wälzte, die Handballen auf den Boden drückte und den Oberkörper aufrichtete.

Atme!

Da endlich wurde ihr klar, dass sie das längst tat, nur dass sie aus dem Hals pfiff wie eine kaputte Luftpumpe.

Als sie endlich wieder aufrecht stand, versetzte ihr Jelly

einen Schlag zwischen die Schultern und drückte ihr die Beretta in die Hand. »Schönen Tag noch, Detective. Und grüßen Sie Shepherd wirklich ganz herzlich von mir, wenn Sie ihn sehen.«

Dann schob er sie zur Tür hinaus, die zwei Sekunden später ins Schloss knallte.

Es war längst dunkel, als Zuko den Mazda auf dem leeren Parkplatz von B&Q parkte. Der letzte Termin hatte ihn an die Universität geführt, zu Rachel Briscoes Dekan Prof. Allan Spencer, der sich allerdings äußerst bedeckt gehalten hatte. Die Expedition sei von einem privaten Gönner finanziert worden. Die Kontaktpersonen seien natürlich in den Unterlagen notiert, und er werde seine Sekretärin so schnell wie möglich anweisen, der Polizei vollen Einblick zu gewähren. Also frühestens Montagmorgen.

Zuko schaltete den Motor aus und starrte durch die Windschutzscheibe. Durch die Baumreihe am östlichen Ende des Parkplatzes wehte der Lärm der Royal Docks Road herüber. Ungefähr hundert Yards entfernt, hinter den Brombeersträuchern, endete der Greenway, auf dem John Sinclair vor knapp zwei Wochen Linus Finneran gefolgt war.

Auf Zukos Handydisplay leuchtete eine Erinnerung auf. Der Zahnarzttermin, der gestern zum zweiten Mal geplatzt war.

Darunter eine Nachricht von Shao.

Müssen reden.

Sie hatte kurz zuvor versucht, ihn anzurufen, aber er war nicht rangegangen, weil er einen Augenblick für sich gebraucht hatte. Er musste an John denken. An die Druckwelle, die das Schiff in eine rauchende Ruine verwandelt hatte. Er hatte Powells Anweisung respektiert und nicht versucht, aus Lockhart, Dixon oder Ashley irgendwelche Informationen herauszuquetschen. Wahrscheinlich wartete Lockhart nur darauf. Die Informationen, die Conolly nach draußen posaunt hatte, konnten eigentlich nur von ihm stammen. Jedenfalls war es auffällig, wie gut Lockhart und seine Leute in den Tiraden wegkamen, obwohl sie den Fall Baltimore federführend untersuchten. Eigentlich hätte Zuko wütend sein müssen, dass ein Detective des Forest Gate die Ermittlungen auf diese Weise gefährdete, aber im Moment fühlte er sich einfach nur leer und erschöpft. Powell hatte Zuko ein paar der Untersuchungsergebnisse berichtet – mündlich, inoffiziell –, und alles, was Lockhart bisher in der Hand zu haben schien, war ein von Lügen und Ausreden geschwängerter Haufen Londoner Luft.

Es wurde Zeit, das zu ändern.

Zuko stieg aus und holte eine muffige Decke aus dem Kofferraum, die er am Morgen aus seiner Garage mitgenommen hatte. Im Licht der Handytaschenlampe schlüpfte er zwischen den Brombeeren hindurch auf den Asphaltfußweg, der in südlicher Richtung zum Greenway führte.

Antwon war natürlich überrascht, Shao zu sehen.

Darragh Foster, ein zerknitterter Schotte, der seit schätzungsweise zwei oder drei Jahrzehnten organisch mit dem Hartschalenhocker hinter der Rezeption des Stundenhotels verwachsen war, hatte nicht gewagt, oben anzurufen, denn wenn Shao außerhalb der üblichen Termine anklopfte, war es besser abzutauchen, bis der Himmel von allein wieder aufklarte.

»Nerdannt, nas noll ner Nist?«

Antwon versuchte, sein Gesicht aus dem Busch zu lösen, der größer war als alles, woraus Moses einst Gottes Stimme vernommen hatte. Die fünfzigjährige Matrone auf seiner Brust trug nichts am Leib außer einem Diamant-Collier und versuchte hastig, mit den Händen ihre Blößen zu bedecken.

»Hast du Deirdre gesehen?« Shaos Stimme klang rauer und wütender, als sie beabsichtigt hatte.

»Neehn …?«

Kein Zweifel, er hatte Pillen eingeworfen, und zwar nicht nur die kleinen blauen. Sie ließ ihrer Wut freien Lauf und stopfte

Deirdres Foto ins Gestrüpp, so dass die Nackte erschrocken aufschrie.

»Na, kommt die Erinnerung jetzt wieder hoch?«

»Sind Sie verrückt geworden?«

Shao hielt ihr die Marke unter die Nase. »Einfach still sein und nicht bewegen, dann bin ich in zwei Minuten wieder weg. – Also hast du oder hast du nicht?«

Endlich hatte er sich freigekämpft. »Ist fast 'n Jahr her, dass wir uns gesehen haben …«

»Und du bist ganz sicher, dass sie nicht zwischendurch noch mal hier war? Zum Beispiel vor ein paar Stunden?«

Die Lippen der Frau begannen zu zittern. »Wenn Sie jetzt bitte gehen würden …!«

»Ehrlich, Shao, das ist doch scheiße …«

»Es ist verdammt nochmal *wichtig*! Es geht um ihr verfluchtes *Leben*, kapiert? Und wenn du wieder klar bist und dir einfällt, dass du sie doch gesehen hast …«

»Hab ich nicht!«

»… oder wenn sie in den nächsten Tagen noch mal hier auftaucht, dann rufst du mich an, klar?« Sie ertappte sich dabei, dass sie ihn am liebsten gepackt und geschüttelt hätte. »Ist das klar, Antwon?«

»Ja, ist klar. Ich hab's begriffen. Ich melde mich, wenn sie hier auftaucht.«

»Na, also. Weitermachen!«

Sie ließ ihm das Bild zur Erinnerung da und warf die Tür hinter sich zu. Die Matrone zeterte, und Antwon bot ihr wahrscheinlich einen Naturalrabatt als Entschädigung, aber da war Shao längst wieder auf der Treppe nach unten.

»Wiedersehen, Detective.«

»Wiedersehen, Darragh.«

Das Hotel lag im Gewerbegebiet am Bow Creek, direkt neben einem Schrottplatz unterhalb der Fahrbahn des Lower Lee Crossing. Im Osten die DLR-Gleise, im Westen der Fluss und die Autobrücke, von der verhalten das Rauschen der Motoren herüberwehte. Shao stieg in den CR-Z, lehnte den Kopf gegen die Stütze und lauschte ihrem eigenen Atem. Sie dachte daran, dass sie den Pinot Grigio gestern Nacht alle gemacht hatte, aber Gott sei Dank gab es in Silvertown noch einen Sainsbury's Local, der bis um elf offen hatte.

Vor der Kühlerhaube überquerte ein Junkie in einer viel zu dünnen Jacke den Parkplatz und inspizierte die wenigen Autos. Als er Shaos Blick auffing, trollte er sich.

Auf ihrem Handy ploppte eine Mail auf.

Von Edward Dayton. Sieh an.

Hi Jean. Hab's mir gerade angesehen. Krass. Ich hoffe nur, du nimmst dir das nicht zu Herzen. Der Typ ist das Letzte. LG, Ed.

Darunter ein Link.

Zu einem neuen Video von Wild-Bill.com.

Zuko stand vor dem Gittertor, das den Weg unter der Royal Docks Road hindurch Richtung Klärwerksgelände versperrte. Auf der oberen Querstrebe, unterhalb des Stacheldrahts, zog sich ein schwarzer Striemen entlang: Reste getrockneten Blutes, den die Spurensicherung anscheinend vergessen hatte zu entfernen. Wahrscheinlich von Finneran. Darin der verschmierte, undeutliche Abdruck einer Hand. Zuko stellte sich John vor, wie er an dem Tor emporkletterte und Finneran folgte. Er schlug die Decke über den Stacheldraht, erklomm das Gitter und ließ sich auf der anderen Seite zu Boden fallen. Das Gebüsch war hier dichter, aber nicht so dicht, dass er den Spuren im Licht der Taschenlampe nicht folgen konnte. Der Pfad führte unter der Brücke hindurch und endete an einer asphaltierten Straße innerhalb des Klärwerkgeländes. Zuko folgte dem Weg über das Gelände an den Klärbecken vorbei, wobei er sorgfältig die Umgebung ableuchtete. Nach fast einer Stunde erreichte er den Betonplattenweg, der am Strommast vorbei zum Themseufer führte. Es herrschte Ebbe. An der Stelle, an der er Johns Jacke gefunden hatte, verließ er den Pfad, sprang über die Böschung und suchte das Ufer bis runter zum Wasser ab.

Wieder zurück und dann noch mal.

Und noch mal.

Schließlich leuchtete er über das Wasser, das jedoch so schmutzig war, dass man nirgendwo bis auf den Grund sehen konnte.

Natürlich ließ sich nicht ausschließen, dass einzelne Kleidungsstücke die Böschung hinuntergerutscht und von der Flut fortgetragen worden waren.

Hier am Ufer jedenfalls gab es nicht den geringsten Hinweis darauf, dass John seine Schuhe ausgezogen hatte und Finneran auf Strümpfen ins Wasser gefolgt war.

6 »Guten Abend, London. Mein Name ist Bill Conolly, willkommen zum neuesten Beitrag von Wild-Bill.com. Hinter der Kamera begrüße ich natürlich auch diesmal wieder meine treuen Komplizen Danger und Menace. Nun, womit beginnen wir? Ich würde vorschlagen, mit einer Frage. Hat irgendjemand von euch in den letzten Jahren versucht, in London ein Haus zu kaufen? Na ja, *versucht* sicherlich ... Versucht hat das auch Deirdre Watkins, die schließlich froh sein konnte, überhaupt eine Bleibe zu finden – am Doran Walk, einer ziemlich abgefuckten Straße hinter dem Lund Point Tower im Carpenters Estate. Ihr erinnert euch vielleicht: die Bruchbude, die während der Olympiade in die Schlagzeilen geriet, weil sich BBC und Al Jazeera dort eingemietet hatten. Das war dann allerdings auch das letzte Jahr, in dem überhaupt ein Vertreter der sogenannten etablierten Medien einen Fuß in dieses asbestverseuchte Mausoleum gesetzt hat. Kein Wunder also, dass Deirdres todkranker Freund Russell Lynch nur ein paar hundert Yards weiter in der Küche seiner Freundin von einem Scharfschützen umgelegt wurde! Deirdre konnte glücklicherweise fliehen und ist seitdem untergetaucht.

Warum ich euch das erzähle? Weil ich es für meine Pflicht halte, euch auf dem Laufenden zu halten, wenn die Behörden euch wieder mal im Regen stehen lassen. Sie verwenden eure Steuergelder darauf, euch beim Zähneputzen zu filmen oder zu protokollieren, wie oft am Tag ihr euch den Arsch abwischt – aber das heißt nicht, dass sie euch auch beschützen können, wenn vom Dach gegenüber ein durchgeknallter Sniper auf euch zielt!

Warum hat die Polizei Deirdre Watkins keinen Schutz angeboten? Das würde ich gern Detective Gan und vor allem Detective Shao fragen, die mit den Ermittlungen in dem Fall betraut sind. Und wer von euch jetzt denkt: »Sei nicht so hart, Bill! Gib den Schlafmützen vom Yard doch ein bisschen Zeit!«, dem antworte ich: Wir haben keine Zeit mehr, Freunde! Zeit ist das, was in den Regalen dieses Landes seit zwei Wochen ausverkauft ist! So lange ist es nämlich her, dass am Hafen das Wrack der Baltimore explodiert ist! Unter den Opfern befand sich auch ein Beamter des Yard: Detective Inspector John Sinclair, der eine halbe Stunde zuvor Zeuge wurde, wie Rachel Briscoe, eine angesehene Archäologin aus Richmond, in einer Kneipe in Newham ums Leben kam – während sie von Polizisten umringt war! Rachel Briscoe wies übrigens dieselben Krankheitssymptome auf wie Russell Lynch. Was mich zu der Frage bringt, ob vielleicht mehr hinter diesen angeblichen Anschlägen steckt. Ob wir es – und ich sage das mit aller Vorsicht! – möglicherweise mit einem Erreger zu tun haben. Warum reißt sich unsere Premierministerin den Arsch auf, wenn angebliche Russen unsere Haustüren mit Nervengift beschmieren – aber hier, wo es völlig *offensichtlich* ist, dass Briscoe und Lynch gezielt ausgeschaltet wurden, fängt man plötzlich an, Zusammenhänge zu vertuschen?

Alles nur Zufall?

Dann ist es wohl auch ein Zufall, dass Deirdre Watkins erst eine geschlagene Woche nach dem Anschlag von Detective Shao Sadako verhört wurde – ganze drei Tage vor ihrem mutmaßlichen Verschwinden. Vor diesem Hintergrund ist zu fragen: Trägt Miss Watkins gerade einen tödlichen Erreger in die

Welt hinaus, weil eine Anfängerin im Forest Gate, die vom Drug Squad strafversetzt wurde, die Situation hier in Newham falsch eingeschätzt hat? Oder gibt es womöglich andere Gründe, die Sadako Shao dazu verleitet haben, die Ermittlungen zu behindern? Wann wird Newham zum Sperrgebiet erklärt? Warum wird die Reederei, der die Baltimore gehört, nicht unter die Lupe genommen? Wie viele Menschen müssen noch sterben, bevor die Behörden endlich mal das tun, wofür sie von uns bezahlt werden?

Wir von Wild-Bill.com versprechen euch, dass wir am Ball bleiben, und zwar gegen alle Widerstände. Wir machen unseren gottverdammten Job, und dieser Job heißt: euch zu informieren! Hier auf diesem Kanal! Heute, morgen, übermorgen, wir sind für euch da – ich, Bill Conolly, und das Team von Wild-Bill.com. Schlaft gut und bleibt gesund, solange das in dieser Stadt noch möglich ist!«

Bill hatte noch den Schlaf in den Augen, als Sheila sich am Frühstückstisch über die Zugriffszahlen beugte.

»Einhundertzwanzigtausend?«

Er versuchte gar nicht erst, ein Grinsen zu unterdrücken. »Und das sind nur die Zahlen vom ersten Tag. Das zweite Video ist erst am Abend online gegangen. Ich würde sagen, wir sind im Geschäft!«

»Nur vom ersten Tag? Was heißt das genau?«

»Normalerweise sinken die Zugriffe in den folgenden Tagen. Aber ich denke, bei Wild Bill wird noch gut was nachkommen.« Er registrierte sehr wohl, dass sie bei der Erwähnung des Namens immer noch zusammenzuckte. »Das ist unsere Chance, Sheila! Wir bringen zunächst mal *Wild Bill* nach vorn, und in der Folge machen wir den Globe wieder zu dem, was er mal war – zur Speerspitze des investigativen Journalismus!«

Sheila runzelte die Stirn. »Also, wenn ich das richtig verstehe, haben wir im Augenblick nur einen Haufen Fans bei

YouTube, die noch nie in ihrem Leben eine gedruckte Zeitung in der Hand gehalten haben.«

»Und *genau das* ist der Grund dafür, dass die Zukunft *uns* gehört! Übrigens habe ich gestern Abend noch einen Anruf von Susan Waite erhalten.«

»Susan Waite?«

»Na, wie klingt das?«

»Aber du wirst natürlich nicht hingehen.«

Er strahlte. »Natürlich werde ich. Ich meine, BBC Radio 4 und die Talkshow bei diesem Nischensender gestern in allen Ehren – danke noch mal für diese Starthilfe, Schatz, ich weiß das zu schätzen –, aber ganz ehrlich, hey: *Susan Waite!* Willkommen auf ITV!«

»Bill, ich bitte dich! Dieses Video ist ja ganz hübsch gemacht, mit den schnellen Schnitten und so, aber du hast keinen einzigen Beweis für deine Behauptungen.«

»Ich habe eine Quelle beim Yard.«

»Etwa diesen fetten Detective aus Newham?«

»Er leitet die Ermittlungen im Fall Baltimore.«

Sheila nickte. »Und das bedeutet, er wird den Teufel tun, dir Informationen zukommen zu lassen, die ihn als Quelle enttarnen könnten.«

»Lockhart ist ein guter Mann. Ich kann mich auf ihn verlassen.«

Sheila hob die Hände. »Ich sage ja nur, dass wir es vielleicht etwas langsamer angehen lassen sollten. Wenn wir Erfolg und Reichweite haben, springen die großen Sender auf die Sache an.«

»Susan Waite *bringt* uns Erfolg. Und Reichweite.«

»Sie wird versuchen, dir den Kopf abzubeißen.«

»Sheila. Das Internet *wartet* nicht. Ein Kanal, der eine Woche keinen Content liefert, ist so gut wie tot. Wir müssen dranbleiben!«

Er zuckte zusammen, als sein Handy sich meldete. »Das ist Lockhart, da muss ich rangehen ...« Er beugte sich über den

Tisch und gab ihr einen Kuss auf die Wange. »Wir werden das Kind schon schaukeln, okay?« Er nahm das Gespräch entgegen. »Morgen, Detective, wie geht's Ihnen?«

»Conolly, Sie Scheißkerl! Haben Sie eigentlich komplett den Arsch offen?«

»Wieso? Was ist denn los?«

»Ich kann hier im Moment nicht weg, aber wir sehen uns heute Nachmittag um vier in Stokey, selber Tisch wie beim letzten Mal. Und pissen Sie sich gern schon mal vorsorglich ein – nur für den Fall, dass Sie nicht pünktlich da sind!«

7 Die letzten Schießübungen lagen rund sechs Monate zurück. Eine lange Zeit, aber sie erinnerte sich noch, wie ihre Hand damals mit der Waffe verschmolzen war. Am Ende hatte sie sechs von zehn Projektilen ins Schwarze gejagt, fast so viele wie Eddie.

Heute verschmolz hier gar nichts. Bei jedem Schuss bäumte sich die Beretta auf wie eine Ratte, die ihre Zähne in ihre Hand zu schlagen versuchte.

Eine Anfängerin, die vom Drug Squad strafversetzt wurde …

Frustriert löste sie das Magazin aus dem Griff und ließ es fallen. Rammte das zweite Magazin rein. Visierte an.

Und verfehlte.

Und verfehlte.

Und verfehlte.

Eddie hatte ihr mal seinen Trick verraten. Statt der Zielscheibe stellte er sich irgendein Arschloch aus Costellos Mannschaft vor, das ihm vor kurzem durch die Lappen gegangen war. Sie versuchte es mit Big Jelly, den man eigentlich gar nicht verfehlen *konnte*. Doch. Weil ihre Hand jetzt noch stärker zitterte.

Anfängerin … strafversetzt …

Natürlich wusste sie, was dahintersteckte. In jedem Dezernat gab es ein, zwei Jungs, die nie aus der Pubertät gekommen waren und jemanden suchten, den sie für ihre Komplexe be-

strafen konnten. Genauso gut konnte sie sich über die Schwer-
kraft aufregen. Andererseits war das eben nur die *rationale*
Seite der Angelegenheit. Und selbst wenn man Conolly für den
Vollidioten hielt, der er ohne Zweifel war, dann warf sein Beitrag jede Menge interessanter Fragen auf. Aber warum hatte er
die nicht Hammerstead bei einer seiner hundert Pressekonferenzen gestellt, anstatt sie wie ein überdrehter Teenager in die
Kamera eines YouTube-Kanals zu brüllen?

Sie zog erneut den Abzug durch und traf den äußersten Ring.
Letzter Versuch.

Hinter ihr ging die Tür auf. Lockharts glucksendes Lachen
ertönte. Wenn man an den Teufel denkt.

»Aah, was sehen meine entzündeten Augen! Calamity Shao,
den Finger am Abzug! Sie machen wohl nie Wochenende,
was?«

Sie senkte die Beretta und sicherte sie vorschriftsmäßig.

Er deutete grinsend auf die jungfräuliche Zielscheibe.
»Lassen Sie das mal nicht Ashley sehen. Der würde die Gelegenheit glatt nutzen und Ihnen ein paar Übungsstunden an-
bieten.«

»Haben Sie niemanden sonst, dem Sie auf den Sack gehen
können?«

»Krasse Sache übrigens da vorgestern im Carpenters Estate.
Dafür, dass Sie erst eine Woche hier sind, haben Sie ja schon
einiges mitgenommen. Wo ist eigentlich Ihr Partner?«

»Beim Zahnarzt.«

»Wirklich? Am Samstag?«

»Die Woche über arbeitet er. Sollten Sie auch mal versuchen.«

»Und ich hatte mir schon Sorgen gemacht, dass er sich abgesetzt hat. Hab gehört, Sie beide stecken 'n bisschen fest in der
Briscoe-Sache. Und dass Ihr Partner bei dem Parson-Mädchen
aufs falsche Pferd gesetzt hat. Aber Schwamm drüber, passiert
jedem mal. Ich hoffe, Sie kriegen das Schwein, bevor noch weitere Leichen gefunden werden.«

Sie überlegte einen Moment zu lange, was sie erwidern sollte.

»Na, vielleicht haben Sie Glück, und ich kann Ihnen demnächst Dixon überlassen, damit etwas Zug in die Ermittlungen kommt.« Er tat, als würde ihr ratloser Blick ihn erstaunen. »Was denn? Hat Ihnen denn keiner was gesagt bisher?«

»Was gesagt?«

»Dass wir Ihren Fall übernehmen werden. Federführend.«

»Was soll das heißen?« Die Worte fielen ihr beinahe einzeln aus dem Mund, wie verdorbenes Essen.

»Powell wird es gleich bei der Fallbesprechung um elf offiziell machen.« Lockhart hatte sich ihr bis auf zwei Schritte genähert, und sie konnte riechen, dass er gestern Abend irgendwas mit Zwiebeln gegessen hatte. »Das ist eben die Kunst: vor dem Pissen zu erkennen, aus welcher Richtung der Wind weht. Da fehlt Ihnen einfach die Übung, fürchte ich.«

Ihr Handy vibrierte. Es war Zuko.

»Ja?«

»Wo sind Sie? Wir sollten uns vor der Fallbesprechung noch mal zusammensetzen.«

Ach, jetzt auf einmal. Er hatte gestern nicht mehr auf ihre Nachricht reagiert, die sie nach zwei Gläsern Wein abgeschickt hatte.

»Keine Sorge, bin gleich da.« Sie steckte das Handy weg. »Wissen Sie was, Lockhart? Von mir aus können Sie den Briscoe-Fall haben, und zwar mit Kusshand. Kann's gar nicht erwarten, dass die Presse mal *Ihren* Arsch an die Wand nagelt!«

»Sie meinen diesen YouTube-Clown? Conolly sondert nur das ab, was andere ihm in den Mund legen – auch wenn er selbst das vermutlich abstreiten würde. Haben Sie übrigens schon gehört, dass er heute Abend in der Waite-Talkshow zu Gast sein wird? Könnte lustig werden.«

»Ach, und Sie sind, nehme ich an, der große Flüsterer?«

Lockhart lachte. »Sie haben aber auch Phantasien. So, und jetzt lassen Sie mal den Profi ran. Wir wollen ja fertig werden, nicht wahr?«

Sie drehte sich auf dem Absatz herum, entsicherte und feuerte. Ein Projektil nach dem anderen verließ den Lauf und landete im Zentrum der Zielscheibe, von der sie sich vorstellte, es sei Lockharts schwarzes Herz.

Befriedigt registrierte sie eine Spur Verunsicherung in Lockharts jovialem Lachen.

Na, bitte. Funktioniert doch.

8 Die Fallbesprechung wurde zum erwarteten Desaster. Als Shao den Aufzug verließ, erblickte sie Glenda, die gerade frischen Kaffee aufsetzte und mit Ashley plauderte. Mit einem Ohr hörte Shao, wie er ihr von einer antiken Remington-Schrotflinte vorschwärmte, die er sich gekauft hatte. Beinahe automatisch suchte sie nach Dixon, aber sein brauner Anzug war nirgends zu sehen. Auf dem Gang herrschte deutlich mehr Trubel als an einem ganz normalen Wochentag – Hammersteads Windmühlenflügel wirbelten offenbar nach Kräften.

Zuko hockte noch in seinem Büro. Er wirkte verschlossen, und Shao vermutete, dass er verschnupft war, weil sie ohne Absprache das Schießtraining absolviert hatte, anstatt ihm von den Ergebnissen der gestrigen Befragungen zu berichten.

Um zwanzig nach zehn hatte Powell endlich das gesamte M.I.T. im Konferenzraum versammelt und schwor die Leute auf die neue Situation ein. Alle Blicke richteten sich auf Shao und Zuko, weil jeder wusste, dass sie mit der Entscheidung, die Fälle zusammenzulegen, rasiert worden waren.

Lockhart, Dixon und Ashley genossen die Ovationen. Lockhart hielt eine kurze, launige Rede und verteilte breitbeinig die Aufgaben für die kommende Woche – Recherchen über Costello und seine Verbindungen zu Seaways PLC, Zeugenbefragungen, Handykontenüberprüfungen und jede Menge ähnlicher Scheiß, der eigentlich längst hätte erledigt sein sollen. Shao war froh, als sich das Kasperletheater endlich dem Ende näherte.

273

Gegen drei waren die meisten Kollegen im Wochenende verschwunden. Lockhart machte sich gleich als Erster davon, was Shao bemerkenswert fand, da er auf diese Weise die Gelegenheit, vor dem versammelten Team den Anführer zu markieren, einfach seinen beiden Adjutanten überließ. Während sich der Konferenzraum weiter leerte, standen Zuko, Ashley und Powell am Fenster zusammenn und hielten sich an ihren Kaffeebechern fest.

Sei nicht so empfindlich. Wahrscheinlich reden sie nur übers Wetter.

Nun gut, was ging es sie an. Statt auf allen vieren um Aufnahme in den exklusiven Forest-Gate-Führungszirkel zu betteln, zog sie sich ins Büro zurück und nutzte die neue Direktive, um sich in die digitale Baltimore-Akte einzuarbeiten. Ihr Bauchgefühl sagte ihr, dass das Material wahrscheinlich von Lockhart & Co. aufgehübscht worden war, und trotzdem war es immer noch erschreckend, wie wenig die Heiligen Drei Könige und ihr Fußvolk aus Sonderfahndern bisher zusammengetragen hatten. Der größte Teil bestand aus dem obligatorischen Bericht der Spurensicherung vom Tatort mit diversen Fotos der Baltimore-Trümmer. Blutspuren am Anleger deuteten auf weitere Tote oder Verletzte hin, die vor Zukos Eintreffen, vielleicht mit einem Laster, abtransportiert worden waren. Die Analyse der Reifenprofile grenzte die Zahl der möglichen Modelle ein, aber offenbar war noch niemand auf die Idee gekommen, diese Spur weiterzuverfolgen. Ein kümmerlicher, täglich von Ashley erweiterter Bericht beschrieb, wie er bisher vergeblich versucht hatte, den aktuellen Inhaber der Baltimore festzustellen. Dazu ein Abgleich der Todesopfer mit den Vermisstenanzeigen der letzten Wochen. Zugegeben, ein undankbarer Job, aber auch hier wäre es nicht verboten gewesen, mal einen Treffer zu landen. Dann wiederholte Telefonate mit dem Büro des Staatsanwaltes, um einen Durchsuchungsbeschluss bei Seaways zu erwirken. *Telefonate.* Sie suchte nach einem Hinweis, dass Lockhart oder irgendjemand anders mal persönlich vor der Tür des Mistkerls aufgetaucht waren, um ihm die Ohren langzuziehen, aber Fehlanzeige. In diversen Unterordnern lagerten die Protokolle von Befragungen, die Dixon und Lockhart im Gewerbegebiet rund um den Anleger hatten durchführen lassen – sie selbst hatten in der Sache offenbar keinen Finger gerührt. Den Ordner mit den Protokollen und Aufnahmen der CCTV-Aufzeichnungen hatte allem Anschein nach auch noch niemand angefasst.

Shao beschloss, systematisch vorzugehen und sich zuerst um die Baltimore selbst zu kümmern. Eine Schute war normalerweise antriebslos und wurde gezogen. Die Baltimore hatte zwar über einen eigenen Antrieb verfügt, doch dieser hatte ihr maximal ermöglicht, innerhalb des Hafens und der Themsemündung zu navigieren. Keinesfalls wäre sie damit bis zum Ärmelkanal gelangt. Das bedeutete, dass die Ladung, die Costellos Leute gelöscht hatten – es mussten einfach Leute von Costello dabei gewesen sein, alles andere ergab in Shaos Augen keinen Sinn –, irgendwo im Hafen aufgenommen worden sein musste. Darauf war auch Ashley gekommen, aber seine Versuche, sich mit der Hafenbehörde in Verbindung zu setzen und die Anlegepläne in Augenschein zu nehmen, wirkten auf Shao erschreckend naiv. Da die Baltimore heimlich in Creekmouth angelegt hatte, würden natürlich auch keine offiziellen Aufzeichnungen darüber existieren, wo sie zuvor gewesen war. Oder gefälschte. An diesem Punkt blieben ihr wohl oder übel nur zwei Möglichkeiten: Entweder machte sie sich selbst auf den Weg zum Hafen, um dort nach der sprichwörtlichen Nadel im Heuhaufen zu suchen. Oder sie versuchte, dem Weg der Ladung selbst zu folgen. Sie ging zurück zu den Informationen über die Reifenprofile. Auf dem Asphalt des Anlegers waren annähernd zwei Millionen verschiedene Reifenspuren sichergestellt worden – aber nur ein Laster war über die Blutspuren hinweggewalzt. Auf der River Road und vor dem Anleger selbst existierten leider keine Kameras. Costello war kein Idiot. Aber die River Road führte auf beiden Seiten in einem Bogen zurück auf den Alfreds Way, der mit CCTV-Linsen gepflastert war wie eine Hauptverkehrsader in einem Albtraum von George Orwell. Die Zeit, in der der Lkw dort aufgekreuzt war, ließ sich von der Meldung der Schüsse bis zum Auftauchen der Rettungssanitäter eingrenzen, die Zuko am leeren Anleger eingesammelt hatten. Shao gab sicherheitshalber vorne und hinten jeweils fünf Minuten drauf und hatte damit eine Zeitspanne von fast einer halben Stunde. In dieser Zeit hatten über hundert Laster die westliche Kreuzung passiert. Nur zwei davon waren aus der River Road eingebogen, und beide entsprachen nicht der gesuchten Typenbezeichnung. Shao nahm sich die Kreuzung am östlichen Ende vor. Die Aufnahmen zeigten insgesamt sieben Lkws, die die River Road verlassen hatten. Sechs davon passten ebenfalls nicht ins Schema. Shao fühlte schon, wie sie der Mut verlassen wollte, als sie beim Anblick des letzten Lasters einen Adrenalinschub bekam. Er entsprach nicht nur der Typenbezeichnung, sondern er hatte außerdem einen Kranaufbau, mit dem er ohne weiteres einen tonnenschweren Gegenstand hätte heben können. Nur, dass die Ladefläche leer war … Weil das, was dort gelegen hatte, noch vor dem Einbiegen in den Alfred's Way wieder abgeladen worden war? Aber welchen Sinn hätte das ergeben sollen? Und wäre eine Ladung dieser Größe nicht auch den Sonderfahndern aufgefallen, die die Gewerbeeinheiten an der River Road abgeklappert hatten?

Sie folgte der Spur des Fahrzeugs über den Alfreds Way Richtung Osten. Es passierte die Ringautobahn und fuhr hinter Grays und Little Thurrock auf die Dock Approach Road, einen Zubringer, der zu den Tilbury Docks führte. Hier endete die Videoüberwachung, aber Shao kannte die Gegend, weil sich dort der Honda-Händler befand, bei dem sie ihren CR-Z erworben hatte, und ein Schrottplatz in der Nähe der Docks mit einem angegliederten Autofriedhof. Shao suchte sich die Telefonnummer heraus, warf einen Blick auf die Uhr und bekam einen Schreck. Es war kurz nach acht, und ihr fiel auf, dass

Zuko irgendwann zwischendurch mal im Büro erschienen und wieder verschwunden war.

Sie ging in die Teeküche, um sich einen Pfefferminztee zu machen. Vor dem Konferenzraum herrschte gähnende Leere.

»Shao. Ich wusste gar nicht, dass Sie noch da sind.«

Glenda. Shao hatte sie im Schatten des Drachenbaums glatt übersehen. Erst jetzt fiel ihr auf, dass sie ihren Schreibtisch heute Morgen wochenendgerecht umgestaltet hatte. Das bedeutete, sie hatte die Pizzakartons durch ein Stövchen mit einer Kaffeekanne ersetzt, an der sich jeder bedienen konnte. Sie war immer noch randvoll.

»Wenn Sie vielleicht einen Moment Zeit hätten ... Ich hab da noch was für Sie. Es geht um die Auswertung der Daten vom Briscoe-Laptop.«

Ach ja, der Laptop. Den hatte sie zwischenzeitlich total vergessen. »Was haben Sie rausgefunden?«

»Möchten Sie vielleicht erst mal eine Tasse?«

»Auf jeden Fall.«

»Ist zwar nur noch handwarm, aber ...«

»Kein Problem, bin ich gewohnt.«

Glenda grinste und füllte einen Becher und eine Tasse. »Ich weiß, dass mein Geschmack wohl 'n bisschen sonderbar ist. Deshalb sollten Sie erst mal probieren.« Sie hielt Shao die Tasse hin.

»Danke.«

»Ach ja, und übrigens noch mal ganz förmlich herzlichen Glückwunsch – dafür, dass Sie nach vorgestern Abend immer noch unter uns weilen.«

Shao lächelte ehrlich erfreut. »Halb so wild. Wer auch immer es war, wollte anscheinend nicht Zuko und mich treffen.«

»Spielen Sie's nicht runter. Das Leben ist zu schön, um sich von irgendeinem Arschloch da draußen abknallen zu lassen.«

»Da haben Sie recht. Cheers.«

»Cheers.«

Shao nahm einen Schluck – und hatte gleich darauf das

277

Gefühl, sich flüssigen Teer auf die Zunge zu kippen. Nur mit Mühe widerstand sie dem Impuls, das Zeug zurück in die Tasse zu spucken.

Glenda trank ihren Becher in einem Zug aus und ließ sich auf ihren Stuhl plumpsen. »Ich hab hier die Auswertung des Briscoe-Accounts, Kontakte, Mails und Kalenderdaten. Es ist natürlich jede Menge uninteressantes Zeug dabei – Fachbereichsbesprechungen an der Fakultät, Volleyballtermine, Friseurbesuche und so weiter …«

»Hat sie auch Arzttermine eingetragen?«

»Ja, ich glaub, da war was … Warten Sie, einen Moment … Ah, hier. Sie war einmal bei einem Allgemeinmediziner. Ende Oktober. Gesundheitscheck mit allem Pipapo. Großes Blutbild, Herzecho, Belastungs-EKG und so weiter. Eigentlich macht man so was doch frühestens ab Mitte vierzig, oder?«

»Gibt es irgendwo Aufzeichnungen über die Werte?«

»Am nächsten Tag hat die Praxis ihr den Laborbefund geschickt. Keine Auffälligkeiten.«

»Hm.«

»Aber was das eigentlich Interessante ist: Für die Reise auf die Azoren hat sie in ihrem Terminkalender drei Wochen geblockt. Bis zum neunzehnten Dezember.«

»Moment. Nach der Aussage ihres Mannes bei der Aufnahme des Vermisstenprotokolls war sie doch schon am 12. Dezember wieder hier.«

»Das stimmt auch mit der Funkzellenauswertung ihres Handys überein. Von dem Tag an hat sie übrigens eine Menge Mails in die Welt geschickt, an Archäologen, Linguisten, Historiker … alles Leute, die irgendwie mit ihrem Fachbereich zu tun haben. Sie wurden alle am ersten Weihnachtstag gelöscht.«

»Gelöscht? Von wem?« Am fünfundzwanzigsten Dezember war Rachel Briscoe bereits tot gewesen.

»Vielleicht von ihrem Mann, keine Ahnung. Der Laptop

wurde einmal am Nachmittag ans Netz gebracht und offenbar nur dazu genutzt, bestimmte Daten ihres Accounts, darunter eben diese Mails, zu löschen.«

»Und wie haben Sie das rausgefunden?«

»Es handelt sich um ein IMAP-Konto. Das heißt, die Daten werden nicht lokal auf dem Laptop gespeichert, sondern auf dem Server des Mailanbieters.«

»Also hätte praktisch jeder von überall die Mails löschen können – wenn er über die Zugangsdaten verfügt hätte?«

»Theoretisch ja. Aber der Zugriff erfolgte von diesem Ding aus. Steht in den Logdateien.«

»Hm ...«

Glendas Grinsen wurde breiter. »Wer auch immer sich da drangesetzt hatte, hatte es entweder sehr eilig, oder er hatte keinen Plan, wie heutige Mailserversysteme funktionieren. Oder beides. Die Daten werden aus Sicherheitsgründen mehrfach gespiegelt. Das ist handelsüblich und hätte uns erst mal noch nicht weitergeholfen, denn normalerweise werden bei einem Backup nach einem gewissen Zeitraum auch die gelöschten Dateien überschrieben. Rachel Briscoe hat aber aus irgendeinem Grund nicht ihren Uni-Account benutzt, sondern einen werbefinanzierten Privatanbieter, wo sie sich als Jessica Smith angemeldet hat.«

»Vielleicht wollte sie anonym bleiben.«

»Heutzutage? Guter Witz. In diesem Fall gibt es ein System *hinter* dem System, das außerdem eine Archivierung vornimmt. Natürlich existiert es nicht offiziell, und deshalb kann offiziell auch überhaupt niemand darauf Zugriff haben, schon gar nicht von außerhalb ... Darum hat's ja auch ein paar Stunden länger gedauert, bis ich die Daten beisammen hatte.«

»Wollen Sie damit sagen, Sie haben die gelöschten Mails wiederhergestellt?«

»Briscoe hat immer wieder denselben Standardtext verwendet, in dem sie ihre Kollegen um Rat bei der Beurteilung eines bestimmten Fotos bat. Ich hab nicht kapiert, was da drauf zu sehen ist, und die Begriffe, die sie verwendet hat, sind auch ziemlich kryptisch, aber wahrscheinlich verstehe ich bloß dieses Fachchinesisch nicht. Von den meisten Leuten hat sie übrigens keine Antwort bekommen. Oder Absagen. Nur einer hat ein Treffen in der Sache angeboten. Hier.«

Shao las die Mail, die Glenda auf den Bildschirm geholt hatte.

Sehr geehrte Miss Smith, Mr Samir Choumicha war so freundlich, mir Ihre Anfrage weiterzuleiten. Möglicherweise verfüge ich über die von Ihnen gewünschten Informationen. Ein persönliches Gespräch würde helfen, das zu klären. Melden Sie sich gern jederzeit, auch telefonisch. Meine Nummer finden Sie in der Signatur. Ihr Dr. Dr. Cartwright.

»Und? Haben Sie da mal angerufen?«

»Klar, aber unser Dr. Dr. Cartwright war leider nicht mehr zu sprechen. Er ist einen Tag nach Weihnachten gestorben. Autounfall.«

9 »… auf diesem Kanal. Heute, morgen, übermorgen. Wir sind für euch da – ich, Bill Conolly, und das Team von Wild-Bill.com. Schlaft gut und bleibt gesund, solange das in dieser Stadt noch möglich ist!«

Bill saß an der Rückseite des »Good Egg«, eines der besten Restaurants in der Church Street, und hatte den Kopf in den Nacken gelegt, um die schwarzen Metallquadrate der Deckenkonstruktion zu zählen. Sein Oberkiefer war angenehm taub, weil er sich einen Rest Koks in den Gaumen gerieben hatte. Auf dem Handy vor ihm auf dem Tisch wurde der Beitrag von gestern Abend automatisch vom neusten Video abgelöst, das er nach dem Gespräch mit Sheila heute Morgen mit Danger und Menace gedreht hatte. Schon über zehntausend Zugriffe, obwohl die beiden es erst vor einer Stunde online gestellt hatten.

280

Wahrscheinlich auch wegen der Links, die sie bei Facebook, Twitter und Instagram verbreitet hatten –, was allerdings auch das mindeste war für den Haufen Kohle, den der Globe ihnen zahlte.

Nur noch knapp vier Stunden, bis er bei Susan Waite im Studio sitzen würde. Sheila hatte recht, Susan würde ihn ziemlich in die Mangel nehmen, umso wichtiger war es, Lockhart noch ein paar Informationen aus der Nase zu ziehen.

Das Video verschwand vom Bildschirm, weil ein Anruf von Sheila reinkam. Dreimal hatte sie während der vergangenen Stunde versucht, ihn zu erreichen, aber erst musste er mit Lockhart sprechen. Er winkte der Bedienung, damit sie ihm noch einen Tequila brachte. Sheilas Anruf brach gerade ab, als Lockharts voluminöser Schatten auf den Tisch fiel.

Bill sah auf und knipste ein Grinsen an. »'n Abend, Detective!«

Er wollte aufstehen, aber Lockhart hatte sich schon auf den Stuhl gegenüber fallen lassen. Sein Doppelkinn zitterte, als er sich umblickte wie Robert Redford in »Die Unbestechlichen«. Angesichts der steigenden Popularität von Wild-Bill.com war seine Sorge berechtigt. Über kurz oder lang würden sie sich einen neuen Treffpunkt suchen müssen.

»Was trinken Sie, Detective? Die erste Runde geht natürlich auf mich.«

»Wasser.«

»Ich bitte Sie!«

Die Bedienung brachte den Tequila.

»Okay, wie Sie wollen. Ein Wasser bitte.«

»Kommt sofort.«

Bill wartete, bis sie wieder allein waren. »Ehrlich, Lockhart, ich versteh gar nicht, warum Sie so sauer auf mich sind. Liegt es daran, dass ich Seaways PLC erwähnt habe? Ich hab Sie ja nicht mal *namentlich* genannt und … ah!« Lockhart hatte seine Schulter gepackt und drückte so fest zu, dass Bill das Gefühl hatte, in eine Schrottpresse geraten zu sein.

»Halten Sie Ihre dämliche Klappe, Sie Vollidiot, denn alles, was da rauskommt, macht es nur schlimmer.«

Bill wollte etwas erwidern, aber Lockhart drückte noch mal zu. »Hören Sie auf, verdammt. Oder haben Sie mich angerufen, um mir eine runterzuhauen?«

»Unter anderem.« Lockhart machte keine Anstalten, den Griff zu lockern. »Sie werden kein weiteres Video hochladen, verstanden?«

»Was?«

»Es ist zu gefährlich.«

»Was soll das heißen? Wir können die Sache doch jetzt nicht beenden, das wäre komplett bescheuert!«

Lockhart ließ ihn los. »Ehrlich gesagt, dachte ich mir damals schon, dass Sie verrückt sind. Aber anscheinend sind Sie auch noch komplett verblödet. Sonst hätten Sie wohl kaum eine Spur aus Brotkrumen gelegt, die direkt zu meinem Namen führt!«

»Lockhart, hören Sie …«

»Ich scheiß auf Ihre Entschuldigungen! Ab sofort werden wir uns nicht mehr sehen und nicht mehr sprechen. Wir werden überhaupt keine Informationen mehr austauschen. Haben wir uns verstanden?«

Bill versuchte, seine Gedanken zu sortieren. Dieses blöde Arschloch. Es lief doch alles wie geschmiert bisher … Er erwiderte das Erstbeste, was ihm in den Sinn kam. »Hören Sie zu. Denken Sie eine Sekunde nach, verdammt nochmal! Wir sind *so nah* dran! Wer auch immer hinter der Sache mit der Baltimore steckt: Wir machen diesen Typen Dampf. Wir locken sie aus ihrem Fuchsbau ans Licht, und dann brauchen Sie nur noch die Handschellen klicken zu lassen!«

Lockhart schnaubte. »Sie kapieren es echt nicht, oder? Sie haben sie bereits rausgelockt.«

»Was? Wie meinen Sie das?«

»Wie ich das meine? Wenn Sie so weitermachen wie bisher, werden Sie so enden wie Rachel Briscoe. Oder wie Russell

Lynch. So meine ich das. Darüber sollten Sie vielleicht einmal nachdenken, bevor Sie das nächste Mal was bei *Wild Bill* hochladen.«

»Was verschweigen Sie mir?«

Lockhart zählte zwanzig Pfund ab.

»Heißt das, Sie wissen, wer hinter der Sache steckt? Steht das in dem Dossier, von dem Sie mal erzählt haben? Dann will ich …«

Bill verstummte, als ein Mann am Nachbartisch stirnrunzelnd herübersah.

»Wenn Sie in meiner Gegenwart auch nur noch ein Mal das Wort Dossier in den Mund nehmen, schlag ich Ihnen die Zähne ein!«

»Aber …«

Lockhart ließ ihn los und knallte die Scheine auf den Tisch. »Ihr Futter geht auf mich, genauso wie der Tequila. Hasta la vista, Conolly.«

Bill sah ihm nach, wie er sich zwischen Theke und Geschirrregal hindurchschob und das Restaurant verließ. Als die Tür hinter ihm ins Schloss fiel, stand Bill auf und schleppte sich auf die Toilette. Aus geröteten Augen blickte er in den Spiegel. Scheißkoks. Er musste davon runterkommen, keine Frage, aber dafür brauchte er Zeit und Ruhe, und von beidem besaß er im Augenblick zu wenig.

Er zückte sein Handy und legte es auf den Rand des Waschbeckens. Natürlich hatte er wie vor jedem Treffen mit Lockhart die Diktierfunktion aktiviert, aber das war jetzt Nebensache. Vielmehr interessierte ihn die App, die er sich heute Morgen vor seinem Aufbruch hatte installieren lassen.

Klonvorgang abgeschlossen.

Perfekt. Anscheinend konnte Sheilas usbekische Geheimwaffe doch mehr, als nur gut auszusehen.

10

»Autounfall? Sie verarschen mich, oder?«

Glenda zuckte mit den Schultern. »Plötzlicher Schneefall in Edinburgh. Er ist von der Straße abgekommen und gegen einen Laternenpfahl geknallt. Aber das ist noch nicht alles. Wie Briscoe war er kurz vor seinem Tod noch auf Dienstreise. Vom dreißigsten November bis zum neunzehnten Dezember. Aber das ist *auch* noch nicht alles. Ich habe hier eine Mail, die Sie vielleicht noch mehr interessieren wird. Sie wurde ebenfalls gelöscht – allerdings nicht aus dem Postausgang, sondern dem Eingang.«

Glendas rechte Hand flog über die Tastatur, während sie sich mit der linken blind eine zweiten Becher Kaffee einfüllte.

»Sie hätten auch was sagen können.«

»Reine Gewohnheit, das geht schon. Hier ist sie.« Sie drückte auf die Returntaste, und ein kurzer Dreizeiler erschien auf dem Bildschirm.

Sehr geehrte Mrs Briscoe, anbei unser Angebot. Über eine Rückmeldung würden wir uns freuen.

Keine Unterschrift, kein Signaturblock. Shaos Blick irrte zur E-Mail-Adresse des Absenders. Rachel Briscoe. »Häh? Sie hat die Mail an sich selbst geschickt?«

»Ich würde eher sagen, der Absender hat den Rechner infiltriert und das Mailprogramm veranlasst, eine Mail an die eigene Adresse zu schicken. Das ist technisch kein Problem, und auch in jeder anderen Hinsicht wirkt das Vorgehen sehr professionell.« Sie klickte auf den Mailanhang. Ein Feld für die Passworteingabe öffnete sich. »Ich hab eine BruteForce-Attacke drüberlaufen lassen. Hat die Nacht über gedauert, weil das Passwort sechzehn Zeichen lang ist.«

Glenda tippte die Kombination aus dem Gedächtnis ein. Das Dokument öffnete sich.

»Ein Arbeitsvertrag?«

»Sieht aus, als hätte ihr jemand eine Art unmoralisches Angebot gemacht.«

Shao griff nach der Maus und scrollte das Dokument bis zum

Ende durch. Jede Menge juristischer Formulierungen, aber keine Fußzeilen, kein Absender, keine Unterschriftszeile deutete darauf hin, wer sich hier als neuer Arbeitgeber für Rachel Briscoe angeboten hatte. »Haben Sie sich das durchgelesen?«

»Wort für Wort. Und ich hab nichts verstanden. Alle inhaltlich relevanten Punkte sind entweder freigelassen oder codiert.«

»Das gibt's doch nicht. So was würde doch kein Mensch unterschreiben.«

»Wir hätten vielleicht eine Chance, wenn wir jemanden im Verdacht hätten. Dann könnte ich versuchen, mich einzuhacken und das Dokument mit bestehenden Arbeitsverträgen vergleichen.«

Shao sah Glenda an.

»Äh, ich meine, das ist natürlich nur eine *theoretische* Möglichkeit.«

»Könnten Sie bitte die andere Mail noch mal aufrufen? Die, die Rachel Briscoe abgeschickt hat?«

»Klar.« Ein Shortcut reichte. »Bitte sehr.«

Shao tippte auf das Mailanhang-Icon, hinter dem sich das Foto befand, das Rachel versendet hatte. »Ist das auch passwortgeschützt?«

»Einfach draufklicken. Wie gesagt, die gute Rachel hatte es nicht so mit Codierungsalgorithmen.«

Das Foto zeigte eine anthrazitfarbene Fläche. Sie war mit regelmäßigen Symbolen übersät, die nur entfernt an Buchstaben erinnerten. »Sieht aus wie griechisch oder kyrillisch oder so was ...«

»Es gibt vage Übereinstimmungen mit einigen griechischen Buchstaben, aber es ist keine mir bekannte Sprache. Außerdem sind auch ein paar Zeichen darunter, die ziemlich komplex sind und vermutlich eher eine logographische oder gar ideographische Bedeutung haben. Ähnlich wie ägyptische Hieroglyphen. Wenn Sie es genauer wissen wollen, sollten Sie sich an einen Linguisten wenden ...«

Glenda wollte das Bild schließen, aber Shao fiel ihr in den Arm.

»Warten Sie. Der Abschnitt da unten. Können Sie das größer ziehen?«

»Klar, das Bild hat zehn Megapixel.« Glenda fuhr mit dem Mauszeiger über den Abschnitt rechts unten und maskierte ein Quadrat aus, das sie anschließend bildschirmfüllend vergrößerte. Es zeigte ein liegendes Rechteck, aus dessen Enden jeweils zwei gekrümmte Striche ragten, wie die Fühler eines Insekts.

Shao spürte, wie sich in ihrer Brust etwas zusammenzog. Vor ihrem geistigen Auge tauchten die Ornamente auf den Fliesen der Abteikirche auf: Kreise, Dreiecke, Lilien ... und diese merkwürdigen Rechtecke ... Auf einmal wirkte das Erlebnis wieder so unfassbar real: der erhängte Mönch, das Wispern und Raunen in der Abtei ... und ihr fiel auf, wie perfekt sie das alles verdrängt hatte. Sie hatte sogar vergessen zu überprüfen, ob die Angaben von Richard de Lucy der Wahrheit entsprachen.

»... auf jeden Fall sagen: Sie hat das Bild auf der Reise gemacht.«

Shao blinzelte. »Entschuldigung, wie bitte?«

»Ich sagte, fest steht auf jeden Fall, dass Rachel Briscoe das Bild selbst aufgenommen hat, und zwar auf ihrer Reise am elften Dezember um 22.49 Uhr. Die Daten sind in der Bilddatei codiert.«

»Gibt es vielleicht noch mehr Bilder auf dem Laptop? Vielleicht hat sie das Ding mit dem Handy synchronisiert.«

»Hat sie nicht. Jedenfalls nicht nach der Reise. Anscheinend hat sie nach der Reise von ihrem Handy gar nichts mehr übertragen, auch nicht in ihre Cloud.«

Wär ja auch zu einfach gewesen. »Okay, das bedeutet, wenn wir wissen wollen, was sie sonst noch für Bilder gemacht hat, müssen wir an das Handy, und das ist tot. Schöne Scheiße.«

Glenda drehte sich auf ihrem Stuhl herum. »Hat Zuko Ihnen das nicht gesagt? Deshalb ist er doch vor zwei Stunden los.«

»Was? Wie los? Was hat er mir nicht gesagt?«

»Dass Briscoes Handy seit drei Tagen wieder auf Sendung ist.«

»*Was?*«

»Ist wohl einfach übersehen worden, weil niemand auf die Idee gekommen ist, die Verbindungsdaten im neuen Jahr noch ein zweites Mal zu checken.«

»Wo?«

»Bei einem Funkmast in der Innenstadt. In der Nähe vom Strand Underpass.«

11

Zuko klingelte bei allen sechs Parteien oberhalb des Eingangs der ehemaligen U-Bahn-Station Aldwych, aber niemand öffnete. Er war nicht besonders geübt in der Benutzung eines Picksets, so dass es etwas länger dauerte, bis das Schloss der Haustür endlich aufschnappte. Durch das Oberlicht fiel ein matter Schimmer auf die beiden eckigen Säulen, die den Innenraum des Treppenhauses teilten. Ganz hinten stand ein Fenster zum Hinterhof einen Spalt offen. Zuko schaltete das Licht ein und drückte die Taste der vorderen Fahrstuhlkabine. Er hörte, wie sie sich in Bewegung setzte. Kurz darauf öffnete sich die Gittertür. Die Kabine besaß einen sechseckigen Grundriss, eine Sitzbank und hätte wahrscheinlich mehr als zwanzig Personen Platz bieten können. Eine zweite Tür, die allerdings verriegelt war, befand sich auf der Rückseite.

Bei der zweiten Fahrstuhlkabine hatte er mehr Glück. Die Tür, die zum Stationsbereich auf der anderen Seite führte, war nicht vollständig geschlossen. Der Spalt reichte aus, um durchzuschlüpfen.

Auf der anderen Seite herrschte Dunkelheit. Zuko schaltete seine Taschenlampe ein. Der Lichtstrahl glitt über eine Tür und ein Schild darüber mit der Aufschrift »Assistance«. Der Weg führte geradeaus vorbei und verschwand in tiefschwarzer

Finsternis. Irgendwo dort hinten befand sich vermutlich eine Treppe, die hinunter zu den Bahnsteigen führte.

Zuko hielt inne. Für einen Moment glaubte er, ein Geräusch vernommen zu haben. Es kam aus der Finsternis – ein Wispern wie von einer Horde Kakerlaken, die über den Steinboden auf ihn zukrochen. Aber da war nichts. Da war nur … etwas Eiskaltes in seinem Nacken.

»Nicht bewegen, mein Lieber.«

Der eisige Druck wurde stärker, und Zuko vernahm eine Bewegung in seinem Rücken. Das Rascheln von Stoff. Hände, die über seinen Oberkörper glitten und das Schulterholster ertasteten. Dann ein Ruck, als die Beretta herausgezogen wurde.

»Ah, was haben wir denn hier?«

Der Druck in seinem Nacken verschwand, und plötzlich wusste Zuko, was es gewesen war. Keine Mündung, sondern das Ende eines Schlagstocks. Es folgte ein metallisches Geräusch, mit dem sich Handschellen öffneten …

»Das ist ein Missverständnis, Constable.«

»Klappe halten!«

Zuko drehte halb den Kopf und erblickte aus dem Augenwinkel den Schatten eines massigen Streifenbeamten. »Ich hab gesagt, nicht bewegen, klar?« Er verstaute die Beretta im Gürtel und griff nach dem Funkgerät an der Schulter. »CW-348 an MP, überprüfe einen mutmaßlichen Einbruchsversuch an der Aldwych Station, Eingang Surrey Street. Verdächtiger … Scheißlicht hier drin, aber ich würde mal sagen, IC-5, Identität unbekannt.«

»Mein Name ist Zuko Gan. Ich bin Detective Sergeant.«

»MP an CW-348, verstanden. Benötigen Sie Verstärkung?«

»Könnte vielleicht nicht schaden … Einen Moment.« Das Doppelkinn des Constable geriet in Bewegung, als er sich schüttelte wie ein Männchen aus einem Zeichentrickilm. »Was haben Sie gesagt?«

»Mein Name ist Zuko Gan«, wiederholte er. »Darf ich Ihnen meine Marke zeigen?«

»Nicht so schnell! Erst kriege ich Ihre Dienstnummer!«

»KF-573.«

»Welcher Standort?«

»Basic Command Unit Newham & Waltham Forest, Forest Gate Police Department.«

Der Beamte gab die Daten weiter, und kurz darauf kam über Funk die Bestätigung. Er entspannte sich. »Hey, tut mir leid. Ich konnte ja nicht wissen, dass Sie …«

»Schon in Ordnung.«

»Ich hab nur gesehen, wie Sie das Türschloss geknackt haben, und da dachte ich natürlich …«

»Könnte ich bitte meine Waffe wiederhaben?«

»Oh, selbstverständlich.« Er zog sie aus dem Gürtel und verstaute die Handschellen. »Constable Rowles, City of Westminster, Dienstnummer 348.«

»Hab ich mitgekriegt. Was haben Sie sich dabei gedacht, einem Verdächtigen zu folgen, ohne vorher Verstärkung zu rufen?«

Rowles zuckte mit den Schultern. »Hier lungern öfter Obdachlose herum, die suchen meist bloß ein trockenes Plätzchen für die Nacht. Da muss man ja nicht gleich die Kavallerie rufen.« In seinen Blick mischte sich Neugier. »Wenn Sie mir verraten, was Sie hier suchen, könnte ich Ihnen vielleicht helfen. Wissen Sie, ich schiebe seit 23 Jahren Dienst in diesem Viertel und …«

»Ich suche ein Handy.«

»Wie bitte?«

»Ich ermittle in einem Mordfall. Das Opfer, eine Frau, hat es vielleicht hier in der Station verloren.«

»Hier unten?«

»Wir haben eine CCTV-Aufnahme, die sie vor dem Eingang dieser Station zeigt – und wir haben das Ortungssignal, das uns zeigt, dass das Handy eingeschaltet ist. Wie groß ist die Station?«

Rowles wies in die Finsternis. »Da drüben ist die Treppe

nach unten. Die geht vier oder fünf Stockwerke runter. Da unten gibt es insgesamt vier Bahnsteige, von denen zwei allerdings nie in Betrieb waren.«

»Gibt es noch einen anderen Eingang?«

»Über Eck, an der Hauptstraße. Aber der führt auch hierher. Die Treppe und die Fahrstühle sind der einzige Durchgang nach unten. Früher fuhren die Kabinen bis runter zur U-Bahn, aber seit der Schließung …«

»Verstehe. Dann würde ich sagen, nehmen Sie sich den Schalterbereich vor, während ich mir die Treppe da hinten ansehe.« Zuko kramte einen Notizzettel aus seiner Tasche. »Das hier ist die Nummer des Handys. Es ist eingeschaltet, aber wir können leider nicht ausschließen, dass der Klingelton deaktiviert wurde. Jedenfalls ist nie jemand rangegangen.«

Rowles zückte sein Handy und tippte die Nummer ein. Er ließ es klingeln. Nichts zu hören. »Na gut, dann versuchen wir mal unser Glück, Detective.«

»Vielen Dank für Ihre Hilfe, Constable.«

Rowles zückte seine Taschenlampe und verschwand in der Tür unter dem »Assistance«-Schild. Zuko richtete den Lichtstrahl in die Richtung, in der sich die Treppe befinden musste. Das Licht glitt über beigefarbene, quadratische Fliesen und erreichte schließlich einen Treppenaufgang, der zu Zukos Überraschung einige Stufen in die Höhe führte. Der Verbindungskorridor zum zweiten Eingang an der Hauptstraße. Ein mannshohes Gittertor versperrte den Weg. Zuko folgte dem Hauptgang, bis er eine zweite Treppe erreichte, die zunächst fünfzehn Stufen gerade abwärts führte und dann zu einer Wendeltreppe wurde, die sich wie ein Korkenzieher in die Tiefe schraubte. Die Luft wurde mit jedem Schritt kälter – und schlechter. Zuko beugte sich über das Geländer und leuchtete in die Tiefe. Da war nichts außer einem Abgrund an Finsternis, in dem sich der Lichtstrahl verlor … und doch … Zuko blinzelte und versuchte, die Dunkelheit zu durchdringen.

War da nicht eine Bewegung gewesen?

Er wusste nicht, wie er es hätte beschreiben sollen, aber etwas hatte sich verändert in dem Augenblick, in dem er die Taschenlampe in die Tiefe gerichtet hatte. Als hätte sich dort etwas blitzschnell seinen Blicken entzogen und sich in die Nischen unterhalb der Treppe geflüchtet ...

Zuko schaltete die Lampe aus.

Wartete.

Er wusste, dass das, was er tat, in gewissem Sinne irrational war, doch er versuchte es trotzdem. Er schloss die Augen und konzentrierte sich auf seine übrigen Sinne. Sein Gehör. Seinen Geruchssinn.

Plötzlich schien das Wispern aus der Tiefe zurückzukehren – sehr entfernt noch, aber an Stärke zunehmend. Und er nahm den leichten Fäulnisgeruch wahr, der von einem kaum fühlbaren Luftzug aus der Tiefe emporgetragen wurde. Auf eine geheimnisvolle, furchteinflößende Weise lockte ihn die Wisperstimme, die Stufen hinabzusteigen.

Er öffnete die Augen und schaltete die Taschenlampe wieder ein. Da unten war nichts. Und da war keine Stimme.

Es war sinnlos, allein dort unten nach dem Handy zu suchen. Aus welchem Anlass hätte Rachel überhaupt die Stufen hinabsteigen sollen?

Weil sie denselben Impuls gespürt hat wie du.

Um der Sache eine letzte Chance zu geben, zückte er sein Handy und wählte Rachel Briscoes Nummer.

Zehn Yards entfernt leuchtete das Display eines Handys auf.

12

Nur die Mailbox.

Shao unterbrach die Verbindung und versuchte es direkt noch mal, nur für den unwahrscheinlichen Fall, dass es irgendwas mit dem Netz zu tun hatte. Wieder schaltete sich nach dem Freizeichen Zukos Mailbox ein.

»Verdammt nochmal, Sarge. Ich dachte, wir arbeiten zusammen, aber anscheinend hab ich da irgendwas missverstanden. Glenda hat übrigens ein paar Sachen über Rachel Briscoe rausbekommen, die wichtig sein könnten. Aber vielleicht wissen Sie *das* ja auch schon. Und ich weiß, wo der Laster abgeblieben sein könnte. Der Laster vom Anleger. Vielleicht melden Sie sich ja einfach bei mir, wenn es Sie überkommt. Ansonsten schönes Wochenende.«

Sie hatte gerade aufgelegt, als es sofort wieder klingelte. Aber es war nicht Zuko, der sie zurückrief, sondern Amphibien-Eddie.

»Was ist los, Eddie? Hat dieses Globe-Arschloch etwa wieder 'n neues Video hochgeladen, das du mir unter die Nase reiben willst?«

»Freut mich auch, deine Stimme zu hören.«

»Sagt dir der Name Bannister noch was? Jack Bannister?«

Sie musste nicht lange graben: einer von Costellos Leuten, wenn auch ziemlich weit hinten im Bus. Aber das hatte auch für Gregory Turbin gegolten, bevor er sich den Kofferraum mit Harmony gefüllt hatte.

»Ich steh vor seiner Badewanne.«

»Uh, schlüpfrig. Schickst mir 'n Foto?«

»Tja, ich dachte mir, so wie ich dich kenne, willst du dir das lieber persönlich ansehen.«

13 Zuko folgte dem Leuchten in eine Nische – einen schmalen Korridor auf halber Höhe der Treppe, der vielleicht einmal ein Notausgang gewesen war und jetzt von Urin- und Schweißgeruch erfüllt war. Am Ende des Ganges, vor einer durchgerosteten Metalltür, hatte sich ein Mensch in einen zerschlissenen Schlafsack gemummelt und starrte Zuko aus zugequollenen Triefaugen an. Das Display des Handys erlosch, als Zuko den Anruf abbrach.

»Wer sind Sie, Mann?«

Eine raue Stimme, undeutlich genuschelte Wörter – was nicht nur daran lag, dass er geschlafen zu haben schien. Zuko richtete die Taschenlampe auf den Kopf des Obdachlosen, der geblendet die Augen schloss. Ein dichter, mit allerlei Zutaten angereicherter Vollbart – vielleicht Essensreste, vielleicht Blut, wer konnte das schon sagen? – wucherte über trockener, schrundiger Haut, die von Striemen und kaum verheilten Rissen übersät war.

»Detective Zuko Gan.«

»Polizei?«

»Wie heißen Sie?«

»Mein Name ist Adam, Sir. Einfach nur Adam.« Zuko hatte Mühe, die nächsten Worte zu verstehen. »Freut mich, Sie kennenzulernen, Detective Gan. Sie haben nicht zufällig ein paar Pennys übrig für ein Opfer der neoliberalen Revolution?«

Zuko ließ den Lichtstrahl über die Wände des Ganges streifen. Feuchtigkeitsflecken, Schimmel. »Was machen Sie hier?«

»Nun, jeder braucht doch wohl hin und wieder ein ruhiges Plätzchen, um sich zurückzuziehen, oder?«

»Ist das Ihr Handy?«

Hastig ließ Adam seine Wollhandschuhe im Schlafsack verschwinden. »Ist meins, ja. Ist ja nicht verboten, oder?«

»Woher haben Sie es?«

»Gekauft. Vielleicht.«

»Hat Rachel Briscoe Ihnen das Handy gegeben?«

Adams Augen wurden groß. »Sie kennen Mrs Briscoe? … Ich hab sie nicht bestohlen! Sie hat es einfach hier liegen lassen, als sie weg ist! Ich habe es nur aufgehoben, wissen Sie? Nur aufgehoben …«

»Schon gut, Adam. Ich werfe Ihnen nichts vor. Aber ich bin hier, weil ich auf der Suche nach Mrs Briscoes Handy bin.«

»Vermisst sie es? Hat sie Sie geschickt, damit Sie es zurückholen? Aber warum ist sie dann nicht selbst gekommen?«

»Wo genau haben Sie das Handy gefunden, Adam?«

Adam richtete sich halb auf und strich sich über den Bart. »Da unten. Am Fuß der Treppe. Wo sie es verloren hat.«

Zuko deutete auf die Treppe. »Da unten?«

293

»Aber da würde ich an Ihrer Stelle nicht hingehen.«

»Warum nicht?«

Adam runzelte die Stirn. »Hören Sie es nicht? Das Wispern? Es ist überall da unten. *Sie* sind überall …«

»Aber Sie waren dort unten?«

Adam nickte heftig. »Es ist schrecklich da … Furchtbar! … Niemand sollte freiwillig da runtergehen!«

Zuko ging in die Knie. »Erzählen Sie mir mehr darüber. Was dort unten ist.«

»Ich habe sie gesehen … die Schatten. Sie sind dort. Sie hausen dort.«

»Was für Schatten?«

»Sie sind böse.«

»Und trotzdem sind Sie runtergegangen? Zu den Schatten?«

Adam wandte den Blick ab. »Ich bin nur runter, weil ich … weil ich musste! … Die Stimme hat mich gezwungen! Sie hat zu mir gesprochen. Hat gesagt, dass ich kommen soll.«

»Sie hat zu Ihnen gesprochen, Adam? Von da unten?«

Stell dich nicht blöd. Du weißt genau, was er meint.

Adam nickte. »Sie ist in deinem Kopf, und du kannst dich nicht wehren. Du willst nicht da runter, aber du musst … und so bin ich ihr gefolgt.«

»Wem gehörte die Stimme, Adam? Einem Mann oder einer Frau?«

Er zuckte mit den Schultern. »Sie flüstert.«

»Sie sind ihr also gefolgt. Erzählen Sie mir, was dann passiert ist.«

Adam schluckte aufgeregt. »Ich war unten. An der Treppe. Da, wo es zu den Gleisen geht, Sie wissen schon. Da ist alles finster. Und damit meine ich nicht, dass es nur *dunkel* ist, verstehen Sie? Ich meine, dass *sie* da sind … die Schatten!«

»Was haben diese Schatten getan, als Sie sie gesehen haben?«

Adam schloss die Augen und lehnte sich zurück. »Ich stand

da. Unten an der Treppe. Aber ich konnte nichts erkennen …
weil alles dunkel war … verstehen Sie, Detective?«

Suko nickte, obwohl er sich nicht sicher war.

»Und dann war da wieder das Flüstern. Es war irgendwo im
Tunnel … ziemlich weit weg … Aber es kam näher. Da hab ich
Schiss gekriegt und bin abgehauen.«

»Also wissen Sie nicht, ob jemand dort unten war?«

Adam schüttelte den Kopf. »Das sind keine Menschen! Sie
sind dort irgendwo im Tunnel, und sie haben mich angesehen … ohne Augen! Als ob sie überlegen würden, was sie mit
mir machen …« Das Entsetzen in seinen Augen war echt.

»Sie haben gesagt, das Handy lag an der Treppe.«

Adam nickte.

»Wie konnten Sie es sehen, wenn es doch so dunkel war?«

»Ich … Ich … Ich hab es nicht gesehen. Aber dann … dann
war da ein Leuchten. Es war nicht hell … aber es hat gereicht,
dass ich das Handy sehen konnte – in der Pfütze.«

»Was für ein Leuchten? Welche Farbe hatte es?«

»Weiß, glaub ich … und ein bisschen lila oder so. Aber nur
ganz schwach. Irgendwas, das von selbst leuchtete. Im Dunkeln.«

»Und Sie haben das Handy aufgehoben und sind zurück
nach oben?«

»Ja.«

»Und die Schatten?«

»Die sind unten geblieben. Die wollen nichts von mir. Das
haben sie so entschieden. Ich bin uninteressant für sie. Nicht
gut genug!«

Es war schwer zu sagen, ob ein gewisser Teil von Adams
wirren Aussagen der Realität entsprach. Aber zumindest bestand die Möglichkeit, dass das Handy die ganze Zeit über
eingeschaltet gewesen war. Es hatte versucht zu senden, aber
keinen Empfang bekommen, und dann, in einem glücklichen
Moment, als Adam danebenstand, hatte es für einen Moment
Netz gehabt.

»Wie lange ist das her, Adam – dass Sie das Handy an sich genommen haben?«

»Ich weiß nicht. Ein paar Tage.«

»Und woher kennen Sie Rachel Briscoe? Haben Sie gesehen, wie sie es dort verloren hat?«

»Ich habe ihr den Weg gezeigt. Den Weg nach unten.« Er hob entschuldigend die Hände. »Ich habe sie gewarnt. Ich hab ihr von dem Wispern erzählt und so. Aber sie wollte unbedingt da runter. Und als sie zurückkam … war sie irgendwie ganz anders.«

»Wie meinen Sie das, sie war anders?«

»Am Anfang war sie freundlich. Sie hat mir mehr als nur einen Penny gegeben … mehr als nur einen Penny. Aber dann, als sie wieder hochkam … Sie hat gar nichts mehr gesagt. Sie ist einfach raus und weg.«

»Es tut mir leid, Adam, aber ich brauche das Handy.«

Adam tat einen tiefen Seufzer und überreichte es ihm. Zuko warf einen flüchtigen Blick auf das Smartphone. Es besaß keine Codesperre. Der Akku zeigte gerade noch vier Prozent an.

»Haben Sie irgendwas damit gemacht? Haben Sie jemanden angerufen?«

»Ich hab es nur aufgehoben. Für Mrs Briscoe. Ich dachte, sie kommt bestimmt zurück und holt es. Aber sie ist nicht zurückgekommen. Wissen Sie vielleicht, wo sie …«

Da hörten sie den Schrei.

14 Shao fand direkt am Dawn Cres eine Parklücke, zwischen einem roten Toyota-Minivan und einem Ford S-Max: insgesamt sechs Baby- und Kindersitze, die mit Discounter-Kekstüten und Plastikspielzeug aus China übersät waren. Für den lieben Nachwuchs nur das Beste.

Der Wagen der Spurensicherung stand drei Plätze weiter. Eddie erwartete sie im zweiten Stock vor der Wohnungstür.

Er trug eine graue Jack-Wolfskin-Winterjacke, die er letztes Jahr im Februar mit ihr zusammen im Sonderangebot gekauft hatte. Es kam ihr auf einmal so vor, als hätte sie das Drogendezernat nie verlassen.

»Lustig, oder? Ich meine, dass wir uns so schnell wiedersehen.«

Sie linste an ihm vorbei in den Flur und weiter durch die Badezimmertür. Blutspritzer an den Kacheln. »Ehrlich gesagt, hab ich grad nicht viel Zeit, deshalb wäre es toll, wenn das Ganze hier wirklich was mit meinem Fall zu tun hätte.«

Eddie wirkte beleidigt. Vielleicht hatte er mit einem Riesenlob gerechnet, weil er sie überhaupt angerufen hatte. »Also, soweit wir die Sache im Moment nachvollziehen können, hat Bannister sich zuerst ein paar Amphetamine reingezogen und später dann Harmony. Muss ein ziemlicher Trip gewesen sein, der sich dann in einen handfesten Albtraum verwandelt hat. Am Ende hat die Nachbarin den Notruf gewählt. Wegen des Gestanks. Das Ganze ist echt ziemlich abgefuckt. Ich hoffe, du hast heute noch nichts gegessen.«

Sie folgte ihm ins Badezimmer, das bereits von der Spurensicherung freigegeben war. In der Wanne schwammen ein Fuß und ein Bein, das oberhalb des Knies abgerissen war. Der Verwesungsgestank, der den Raum ausfüllte, war kaum auszuhalten.

»Das muss ein Irrer gewesen sein, wenn du mich fragst. Die Jungs sagen, er hat Bannister von hinten gepackt, als er gerade völlig zugedröhnt in der Wanne lag, und ihn einmal durch den Fleischwolf gedreht. Als er endlich tot war, hat er ihn rausgezogen und ist mit ihm durch das Fenster weg. Krass, oder?«

Shaos Blick wurde wie magisch angezogen von den Kacheln unterhalb des Fensters, an denen ein seltsames weißes, teilweise von Blut gefärbtes Gespinst klebte wie Zuckerwatte.

Dieselben Fäden wie an Turbins Kofferraum. Und wie bei Livia Parson.

Spinnenfäden!

»Wieso seid ihr so sicher, dass er sich zugedröhnt hat?«

»Komm, ich zeig dir was.«

Sie folgte Eddie in die Küche zu einem kleinen Esstisch, dessen Stoffdecke von Brandlöchern übersät war. Darauf lag ein Handy und daneben ein zusammengeknüllter Streifen Silberpapier, der bereits als Beweisstück klassifiziert worden war.

»Sieht aus, als hätte er sich erst was reingezogen und sich dann in die Wanne gelegt. In dem Handy haben wir die Adresse von Deirdre Watkins gefunden. Er hat sie nicht angerufen, aber anscheinend hat er vor seinem Bad noch ihren Kontakt rausgesucht.«

Bannister hatte für Jelly gearbeitet und Jelly für Costello. Es war durchaus möglich, dass Bannister mit Deirdre einen Termin hatte absprechen wollen, um ihr eine Lieferung vorbeizubringen. Aber zusammen mit den Spinnenfäden und der Art der Verletzungen ergab sich ein anderes Bild.

»Wann habt ihr ihn gefunden?«

»Vor drei Stunden. Aber nach dem, was die Nachbarin gesagt hat, ist der ganze Scheiß vor ungefähr einer Woche passiert.«

»Und warum hat sie nicht eher die Polizei gerufen?«

»Sie sagt, die Polizei war schon da. Vor drei Tagen.«

»Wie bitte?«

»Ein Mann und eine Frau. Sie haben nach jemandem gefragt, und dann sind sie in die Wohnung rein und anschließend wieder abgehauen. Ich hab mit der Notrufzentrale gesprochen und auch mit euren Leuten im Forest Gate. Keiner hat während der letzten Woche jemanden hier vorbeigeschickt.«

»Konnte sie die beiden beschreiben?«

»Ein Phantomzeichner ist gerade bei ihr. Sobald er fertig ist, schick ich dir die Bilder rüber.« Er zückte sein Handy. »Viel interessanter ist aber, wen sie gesucht haben. Ich hab ihr natürlich 'n paar Bilder von Leuten gezeigt, mit denen Bannister zu tun hatte. Darunter auch jede Menge alte Fotos von Costellos Leuten.«

Er wischte über das Display, bis er das Foto gefunden hatte, das er suchte, und drehte es um, so dass sie es sehen konnte. Shao überkam das Gefühl, als hätte jemand ihre Schädeldecke geöffnet und ein paar Kontakte zusammengelötet.

Auf einmal ergab zumindest *manches* einen Sinn.

Der Typ auf dem Foto war Russell Lynch.

15

»Sie sind wieder da! Sie haben jemanden zu sich geholt. Sind Sie vielleicht nicht allein gekommen, Detective?«

Selbst im fahlen Licht der Taschenlampe fiel Zuko auf, dass Adams Gesicht auf einmal bleich geworden war. Und er hatte zumindest in einer Hinsicht recht: Der Schrei war von unten gekommen.

»Verschwinden Sie, Adam!«

»Ganz ehrlich, Detective, ich glaube, Sie sollten lieber nicht da runtergehen …«

»Machen Sie sich keine Sorgen um mich. Packen Sie einfach Ihre Sachen und hauen Sie ab!«

Zuko lief zurück zur Treppe. Der Strahl der Taschenlampe tanzte über die Stufen, die sich abermals merkwürdig … *weich* anfühlten. Aber als Zuko vor seine Füße leuchtete, war da nichts weiter zu sehen als Beton und Stein … Jede Faser, jeder Muskel seines Körpers war angespannt. Er bewegte sich fast lautlos. Das einzige Geräusch, das er wahrnahm, war sein eigener Atem … und das Rauschen des Blutes in seinen Ohren.

Und dann war es wieder da.

Das Wispern.

Er konnte nicht sagen, ob es real oder nur in seinem Kopf existierte. Er konnte nicht einmal sagen, ob es eine *Stimme* war oder etwas anderes.

Leise, kaum wahrnehmbar hörte er das Scharren von Schuhsohlen auf Betonstufen.

Jemand näherte sich ihm.

Von unten.

Die Schritte waren jetzt genau eine Umrundung der Wendeltreppe entfernt. Wer immer da heraufkam, musste sich direkt unter ihm befinden!

Zuko blieb stehen.

Auch der andere blieb stehen.

Das Scharren verstummte.

Zuko überlegte, die Taschenlampe auszuschalten, aber dafür war es vermutlich zu spät. Der andere musste den Lichtschein längst wahrgenommen haben. Vielleicht hatte er sogar gehört, wie Adam und er sich oben unterhalten hatten.

Wenigstens tat Adam, was Zuko ihm geraten hatte, und hetzte irgendwo über ihm die Stufen hinauf. Seine Schritte verhallten.

Zuko war allein.

Allein mit dem, was da unter ihm lauerte.

Ein Schatten.

Wohl kaum. Ein Schatten trug keine Schuhe. Ein Schatten gab überhaupt keine Geräusche von sich.

Das sind keine Menschen … Sie haben mich angesehen, ohne Augen … als ob sie überlegen würden, was sie mit mir machen …

Er ließ den Strahl der Taschenlampe über das Geländer streichen. Nichts zu sehen. Die Waffe im Anschlag, setzte er den Weg fort.

Bis die Gestalt, die unter ihm gewartet hatte, aus dem Dunkel auftauchte.

»Detective …?«

Zuko war so perplex, dass er vergaß, die Waffe sinken zu lassen. »Rowles?«

Constable Rowles schluckte. »Verdammt, ich dachte schon …«

»Wie kommen Sie da runter?«

»Oben hab ich nichts gefunden. Da bin ich in den Fahrstuhl. Und auf einmal …« Er schüttelte den Kopf, als könnte er es selbst nicht begreifen. »Ich weiß auch nicht, ich muss auf irgendeinen Knopf gekommen sein. Auf einmal hat sich die Kabine in Bewegung gesetzt und mich nach unten gebracht.«

»Nach unten?«

»Ich weiß auch nicht, wie das passieren konnte. Ich dachte, das Untergeschoss sei gesperrt.«

»Wer hat da unten geschrien?«

»Ach so, das.« Er kratzte sich verlegen am Hals. »Also, es ist wirklich verdammt finster da unten, vor allem auf den Bahnsteigen. Ich hatte schon Angst, dass ich auf die Gleise knall und mir den Hals breche. Und dann … war da so was Glitschiges, das wollte mir in den Kragen kriechen. Ich hab's grad noch mit der Hand erwischt. Ehrlich, so was hasse ich ja. Deshalb bin ich gleich wieder rauf.« Er blickte Zuko aus tiefschwarzen Knopfaugen an. »Und? Sind *Sie* fündig geworden, Detective?«

»Bin ich.«

»Prima, dann können wir ja wieder rauf.«

»Erst will ich wissen, was genau Sie da unten gesehen haben.«

»Hab ich doch schon gesagt. Nichts als Schwärze.« Rowles grinste, und in seinen Pupillen glitzerte der Reflex der Taschenlampe. »Ehrlich, mir wird langsam kalt hier unten. Ich bin ziemlich empfindlich. Meine Frau macht mir jeden Morgen so einen Vitamintrunk. Sonst würde ich mir wohl selbst in der Sahara noch eine Erkältung einf…«

Zukos Handy meldete sich. »Einen Moment bitte.« Er nahm den Anruf entgegen. »Gan.«

»Guten Abend, Detective.«

Zukos Nackenhaare stellten sich auf, als er begriff, dass die Stimme durch einen Verzerrer geschickt wurde. Es hätte ein Mann sein können oder auch eine Frau. »Darf ich fragen, mit wem ich spreche?«

Der Anrufer lachte leise. »Ich würde Sie gern treffen. Es geht um Informationen über einen Arbeitskollegen von mir, die Sie vielleicht interessieren werden.«

»Und für wen arbeiten Sie?«

»Seaways PLC.«

16

Als Bill die Lobby des Redaktionsgebäudes von Talk & Broadcast betrat, war er fast ein wenig enttäuscht. Hinter ein paar Besuchersesseln ragte eine Posterwand empor, die Susan Waite in auf seriös getrimmten Schwarzweißaufnahmen beim Talk mit Tony Blair, Bill Gates und dem Dalai Lama zeigte. Daneben gab es nur noch einen lieblos mit ein paar Gerbera geschmückten Empfangstresen, hinter dem ein hagerer Concierge unter LED-Strahlern saß, die jede noch so feine Linie um seine vorzeitig gealterten Augen mit bemerkenswerter Schärfe ins Licht holten.

»Willkommen bei Talk & Broadcast, Mr …?«

»Conolly. Ich bin eingeladen bei ›Susan fragt‹.«

»Ah, sehr gut. Damit sind wir komplett.« Er schnappte sich einen Ausdruck und strich Conollys Namen darauf so sorgfältig durch, dass Bill sich nicht gewundert hätte, wenn er das Ergebnis anschließend noch mit Siegellack und Stempel bestätigt hätte. »Bitte, Mr Conolly. Tracey wird Sie nach oben bringen.«

Tracey war eine lächelnde blonde Schönheit von höchstens zwanzig Jahren, die direkt hinter ihm aus dem Boden gewachsen war. Er folgte ihr zu einem Fahrstuhl, der sie in den vierten Stock brachte.

»Und? Wie lange arbeiten Sie schon für ›Susan fragt‹?«

»Seit zwei Wochen«, erwiderte sie, ohne den Abstand ihrer blitzenden Zahnreihen zueinander zu verändern. »Es ist wirklich alles sehr aufregend!«

»Da bin ich sicher.«

Die Türen öffneten sich, und sie führte ihn über einen schmalen Gang, in dem ständig irgendwelche Leute hektisch an ihnen vorbeieilten. Jeder rief jedem irgendwas zu, und alle hatten es ausgesprochen eilig. Die Türen zu beiden Seiten des Ganges waren beschriftet und nummeriert. Tracey führte Bill zur Tür mit der Aufschrift »Maske 6«.

»Bitte setzen Sie sich schon mal. Mr Evans wird gleich da sein.«

»Wer ist Mr Evans?«

In das Lächeln schlich sich eine winzige Spur von Irritation.

»Der Redakteur. Er wird mit Ihnen den Ablauf der Sendung besprechen.«

»Ah, verstehe.«

»Außerdem wird sich Emma um Sie kümmern, die Maskenbildnerin. Möchten Sie vielleicht einen Kaffee?«

»Danke, Tracey, nicht nötig. Ich bin wunschlos glücklich.«

Sie lächelte und schloss die Tür hinter ihm.

Bill ließ sich auf den Stuhl aus müffelndem Kunstleder sinken und betrachtete sich im von Glühbirnen umrahmten Maskenspiegel. Er hatte nicht mal gelogen. Seine sieben Hauptchakren waren geöffnet, die Energie floss. In einer Stunde würde er Susan Waite gegenübersitzen und acht Millionen Zuschauer an den Bildschirmen über die Hintergründe der Bombe in Creekmouth aufklären.

17 Shao brauchte exakt neunzehn Minuten, bis sie die Commercial Road in Limehouse erreichte und den CR-Z im Schatten des mächtigen Zenith Buildings auf den Bahnhof zurollen ließ. Auf ITV Radio lief ein Teaser der heutigen ›Susan fragt‹-Talkshow, in der ein investigativer Journalist namens Bill Conolly angekündigt wurde, der kürzlich mit seinem Videokanal Wild-Bill sensationelle Erf…

Shao schaltete das Radio aus.

Im Dunkeln wirkten die Fenster in der schmutzig gelben Fassade des Backsteinbaus wie Schießscharten. Zuko wartete in seinem verbeulten Mazda auf der gegenüberliegenden Fahrbahn, unter der Fußgängerüberquerung direkt am Bahnhof. Die Scheinwerfer leuchteten auf, und gleich darauf meldete sich Shaos Handy.

»Schwierig zu parken hier.«

»Müssen Sie auch nicht. Wenden Sie an der nächsten Kreuzung und folgen Sie mir. Und bleiben Sie in der Leitung.«

303

»Wohin geht's?«

»Canary Wharf.«

Sie erreichte die Ampel, die gerade auf Grün schaltete und schloss beinahe lautlos zu Zuko auf.

»Darf man auch fragen, aus welchem Grund?«

»Ein Gesprächstermin.«

Sie wäre gern ein bisschen patzig geworden, aber in seiner Stimme schwang ein Unterton mit, der sie vorsichtig werden ließ. »Was ist denn passiert?«

»Ein möglicher Whistleblower hat sich gemeldet. Er wollte seinen Namen nicht nennen und hat nur gesagt, dass er für Seaways arbeitet.«

Ein anonymer Anrufer? Und dann trafen sie sich praktisch bei Seaways vor der Haustür? Wie idiotisch war das denn? Zuko hatte sich darüber offenbar bereits Gedanken gemacht.

»Ich nehme an, dass er mich ein wenig durch die Gegend schicken wird. Deshalb hätte ich Sie gern dabei. Als Backup.«

»Verstehe.«

Sie folgte dem Mazda in die West India Dock Road und noch mal rechts ab in die Westferry Road, die auf den Kreisel direkt an der Canary Wharf führte. Das Neubaugelände der Werft erinnerte an eine amerikanische Straßenkulisse mit Wolkenkratzern: ein lebensfeindlicher Raum zwischen Hunderte Yards hohen Stahl- und Betonkolossen. Sie fuhren über die Nordkolonnaden am One Canada Square vorbei, einem steil aufragenden Bürogebäude, dessen Büro- und Geschäftsebenen das imposante Herzstück der Canary Wharf bildeten. In dem Wolkenkratzer gab es neben Hotels und Restaurants auch eine unterirdische Mall und diverse Büroflächen – die sechs obersten Etagen waren von Seaways PLC angemietet, wie Shao den dürftigen Informationen entnommen hatte, die Lockharts Team zusammengetragen hatte. Zuko stoppte den Wagen am Canada Square etwas weiter östlich, der jetzt im Winter von einer Eislaufhalle belegt wurde.

»Wann treffen Sie sich mit ihm?«

»Er hat gesagt, er ruft an, sobald ich hier bin.«

»Tja, dann fahre ich wohl einfach noch ein wenig spazieren.«

Sie ließ den Wagen an Zuko vorüberrollen und bog in die Upper Bank Street ein. Die glitzernde Glasfassade des Citygroup Centre wirkte wie der Schwarzschild-Radius eines Schwarzen Lochs – mit einer Parallelwelt dahinter, in der Investmentbanker mit ein paar Mausklicks jene Vermögen an sich rissen, die es ermöglichten, eine Second-Life-Umgebung wie die Canary Wharf aus dem Boden zu stampfen.

»Er klopft an.«

»Bis gleich, Sarge.«

Zuko schaltete um, und eine automatische Ansage erklärte Shao, wie erfreut sie darüber war, Shao weiter in der Leitung zu haben. Sie umkurvte den Canada Square und erreichte eine knappe Minute später wieder die Kolonnaden. Zuko telefonierte immer noch mit dem Anrufer. Es dauerte eine Weile, bis Shao kapierte, dass er offenbar aus dem Wagen gestiegen war und zu Fuß über das Gelände dirigiert wurde.

Scheiße.

Sie parkte den CR-Z und ging ebenfalls zu Fuß weiter. Alles andere wäre zu auffällig gewesen. In ihrem Ohr nervte die automatische Bandansage.

Sie hatte richtig vermutet. Der Mazda stand verlassen da – genauso wie der Park rund um die Eislaufhalle, deren Lichter die umliegenden Häuserfassaden illuminierten.

Da.

Am Ende der Kolonnaden, wo die Straße über einen kleinen Kanal führte und anschließend einen Bogen machte. Zuko ging nicht besonders schnell. Sie hatte keine Mühe, ihm zu folgen.

Etwas knackte in ihrem Kopfhörer.

»… Kreisel rechts den Fußgängerdurchgang, Richtung Harbour Quay.«

Zuko hatte auf Konferenz geschaltet. Sofort blieb Shao stehen und hielt die Luft an. Vorsichtig zupfte sie das Handy aus

305

der Tasche und schaltete auf stumm. Jetzt war sie für die anderen Teilnehmer nicht mehr zu hören.

»Okay, bin da«, sagte Zuko.

»Am Wasser links und dann zum Anleger.« Die Stimme war schlecht zu verstehen, was an dem Verzerrer lag. »Der weißblaue Kutter vor dem Baustellengelände. Am Heck ist ein Steg ausgefahren.«

»Seh ich.«

»Kommen Sie an Bord. Und bitte nicht zu schnell. Ich möchte sichergehen, dass Ihnen niemand folgt.«

Shao drückte sich an der Fassade des Mietshauses vor dem Anleger entlang. Auf der anderen Uferseite lag Millwall Cutting, ein kleiner Stichkanal, der zum südlichen Wasserbecken führte. Darüber verlief die Brücke der South Quay DLR-Station, die in den Neunzigern von einer IRA-Bombe in die Luft gejagt worden war. Auf dieser Seite gab es nur die kurze Kaimauer, an der der Kutter schaukelte. Zwei Dutzend Yards weiter östlich begann die Baustelle, die sich bis zur Blue Bridge hinzog.

Die Balkons der Wohnungen boten Shao ausreichend Deckung. Sie schlich weiter, bis sie den gesamten Anleger bis zum Bauzaun im Blick hatte. Zuko betrat gerade den Steg.

»Bin jetzt an Bord.«

»Was Sie nicht sagen.« Er krächzte und knarzte in der Leitung, dann ertönte die Stimme plötzlich unverzerrt. »Dann mal herzlich willkommen, Gan.«

Shao spähte über die Betonbrüstung eines Balkons hinweg zum Kutter … und sah, wie ein Mann nur wenige Yards von Zuko entfernt an Deck stieg. Schwarze Windjacke über einem Anzug, dessen Hosenbeine im Wind flatterten. Shao kam die Farbe irgendwie bekannt vor.

»Dixon«, knurrte Zuko, eher überrascht als verärgert. »Verdammt nochmal, was soll der Mist?«

In der Hand hielt er ein Handy, auf dem er offenbar eine Verzerrer-Software installiert hatte.

Zuko spürte Zorn in sich aufwallen. »Soll das vielleicht irgendein dummer Witz sein, den ich nicht verstehe?«

»Keine Sorge, Gan, es wird sich für Sie lohnen.« In Dixons Stimme schwangen weder Spott noch Belustigung mit. Misstrauisch blickte er sich nach allen Seiten um. »Und Sie sind wirklich allein gekommen?«

»Sieht ganz so aus. Was wollen Sie?«

»Das, was wir alle wollen. Seaways zur Strecke bringen.«

Zuko spannte sich unwillkürlich, als Dixon die Hände in die Hosentaschen schob, aber es war nur die Geste eines Mannes, der sich offensichtlich selbst nicht wohl in seiner Haut fühlte.

»Ah, Sie wissen offensichtlich nicht, wovon ich spreche. Das werte ich als gutes Zeichen.« Er deutete mit der linken Hand auf Zukos Mantel, unter dem sich kaum sichtbar das Schulterholster abzeichnete. »Hab schon gehört, dass Shao und Sie besonders ausgestattet wurden. Meinen Glückwunsch. Immer schön, wenn man in der Chefetage Fürsprecher hat.«

»Neidisch?«

Dixon stach mit dem Finger in Zukos Richtung. »Jeder von uns riskiert in diesem Job Kopf und Kragen, aber die wenigsten heulen sich dafür beim Chef aus, wie schwer sie es haben.«

»Kann mich nicht dran erinnern, das getan zu haben.«

»Hab ich auch nicht behauptet.« Dixon lachte. Die rechte Hand steckte immer noch in seiner Tasche. »Tut mir übrigens wirklich leid für Ihre Partnerin. Ist 'ne arme Sau, dieser Conolly. Muss ins Mikro plappern, was er so zugesteckt bekommt.«

»Haben Sie es ihm zugesteckt? Oder Ashley? Oder hat Lockhart sich tatsächlich selbst die Hände schmutzig gemacht?«

»Und wenn's so wäre?«

»Würde ich sagen, dass es jetzt an der Zeit wäre, Powell anzurufen und ihm von diesem Treffen hier zu erzählen.« Zuko griff in seine Jackentasche und zog das Handy heraus.

Dixon hob die Hand. »Oh, bitte, tun Sie sich keinen Zwang

an … Rufen Sie ihn an und begehen Sie damit eine Dummheit, die Sie wahrscheinlich über kurz oder lang das Leben kosten wird. Aber Sie können auch das Richtige tun: den Knochen wegstecken und sich anhören, was ich zu sagen habe.«

Zuko tat, als würde er Powells Nummer eintippen.

Da endlich zog Dixon auch die Rechte aus der Tasche und richtete die Mündung einer Luger 9 mm auf Zuko. »Okay, ich hab geblufft … Aber Sie auch, oder? Sie wollten nur sehen, ob ich Sie wirklich anrufen lasse.«

Zuko ließ das Handy sinken.

»Glauben Sie mir, Gan, ich hab nicht die Absicht, Sie zu erschießen. Aber ich würd's tun, um meinen Arsch zu retten. Die Leute, die in dieser Sache die Fäden ziehen, haben schon ganz andere Sachen wieder hingebogen.«

»Die Leute?«

»Jetzt wird's interessant, nicht wahr? … Ich weiß nicht, ob Sie sich zufällig schon mal gefragt haben, was ein LASH-Carrier ist. Ich meine, da rätseln wir alle wochenlang, wie diese bescheuerte Schute wie aus dem Nichts auftauchen und in Creekmouth anlegen konnte! Und dann kommt am Ende raus, dass so ein Hochseecarrier das Ding einfach irgendwo an der Themsemündung ausgespuckt hat wie der Walfisch den beschissenen kleinen Pinocchio … Ist das zu fassen?«

»Reden Sie von der Baltimore?«

»Ich weiß, Sie glauben nicht an Verschwörungstheorien. Tu ich eigentlich auch nicht. Wobei es interessant wäre, in dieser Frage einmal die Meinung Ihres Exkollegen Sinclair zu erfahren … Was er wohl an Heiligabend auf dem Schiff gesehen hat? Von allein ist der Kahn ja wohl kaum in die Luft geflogen.«

»Es ist spät. Kommen Sie zur Sache.«

»Ich bin hier, weil mich etwas umtreibt. Nämlich das Wissen darüber, dass es in unserem Fall Informationen gibt, von denen, hm, ein gewisser Detective in unserem Dezernat offenbar glaubt, dass sie beim Yard nicht gut aufgehoben sind. Und ja – möglich, dass ich von Lockhart rede.«

»Was meinen Sie damit? Dass er mehr herausgefunden hat, als in der Akte steht?«

Dixon schüttelte den Kopf. Die Mündung der Luger wippte vor Zukos Gesicht, bis er sie schließlich sinken ließ. »Ich weiß, Sie halten mich für einen miesen Detective, und wahrscheinlich ist das auch Powells Meinung. Und vermutlich haben Sie in gewisser Hinsicht recht. Ist schon 'ne ganze Weile her, dass ich's rausgefunden hab, aber ich hab einfach nicht den Mut gehabt, darüber zu sprechen.«

»Was haben Sie rausgefunden?«

Dixon wiegte den Kopf hin und her. »Ich sag's mal so. In der Baltimore-Akte steht genau das, was drinstehen soll. Alles *andere* … existiert nur hier oben.« Er deutete auf seine Stirn. »In Lockharts Kopf … und vielleicht auch bei Ashley, das will ich nicht ausschließen. Wobei ich nicht glaube, dass er mit drinsteckt. Dafür ist er zu dämlich. Aber andererseits, wer zum Teufel kann in diesem Scheißladen schon von sich behaupten, den kompletten Durchblick zu haben?«

»Was hält Lockhart vor uns geheim?«

»Zum Beispiel, dass er sich die Briscoe-Aufnahmen angesehen hat. Die CCTV-Aufnahmen, die sie in den Tagen vor ihrem Tod zeigen.«

»Es gibt keine solchen Aufnahmen – zumindest nicht in der Akte.«

Dixon grinste. »Sehen Sie. Langsam kommen wir der Sache näher.« Er schwenkte die Waffe, indem er großzügig die Arme ausbreitete. »Ich sag ja nicht, dass Lockhart allein handelt. Vielleicht steckt auch Hammerstead mit drin. Oder Powell. Jedenfalls hat Lockhart die Spur bis zu dieser alten U-Bahn-Station verfolgt, in die Briscoe rein ist. Aldrich oder so ähnlich.«

Aldwych.

»Er war ziemlich besessen von dem Gedanken, dass da unten irgendwas mit ihr passiert sein muss. Irgendwas, das ihre Krankheit … ausgelöst hat. Genauer kann ich es Ihnen leider auch nicht sagen. Er behält eben alles immer schön für sich, der gute Lockhart.«

»Gibt es irgendwelche Beweise für Ihre Anschuldigung?«

Dixon nickte langsam. »Wäre möglich. Aber um Ihnen die zu präsentieren, müsste ich sicher sein, dass alles, was wir hier besprechen …«

»Waffe runter!«

Dixon fuhr herum. Shao! Sie stand am Ufer und hatte ihre Beretta auf ihn gerichtet.

»Verfluchte Scheiße, was soll das?« Die Luger schwenkte zwischen ihnen hin und her. »Sie haben mich verarscht, Gan!«

»Runter mit der Waffe«, schrie Shao.

»Sie können mich mal!«

»Letzte Warnung!«

»Ficken Sie sich ins Knie.«

»Sie haben drei Sekunden, Dixon! Danach …«

»Shao«, mischte Zuko sich ein. »Nehmen Sie die Waffe runter.«

»Was?«

Dixon grinste.

»Sie haben gehört, was ich gesagt habe.«

»Tut mir leid, Sarge, aber das kann ich nicht tun.« Sie schwenkte den Waffenarm minimal.

Dixon zuckte zusammen, als die Mündung explodierte und das Projektil eine Handbreit neben ihm die Plane über dem Rettungsboot zerfetzte.

Sein Gesicht war auf einmal wachsbleich. »Scheiße, Shao, sind Sie wahnsinnig?«

»Waffe runter, Dixon! Oder die nächste Kugel ist für Sie!«

Er hob die Hände. »Okay, okay, Sie haben gewonnen! Ich sichere die Waffe, okay … Hier? Sehen Sie!« Er legte gut sichtbar den Sicherungshebel um. »Ist gesichert. Können wir uns jetzt wie vernünftige Menschen unterhalten?«

»Werfen Sie sie rüber!«

Dixon schüttelte den Kopf. »Verdammt, wenn es Sie glück-

310

lich macht.« Er warf die Waffe, aber nicht zu Shao, sondern vor Zukos Füße.

Zuko hob sie auf.

»Sind Sie jetzt endlich zufrieden, Miss Wynonna Earp?«

Shao ließ ihre Beretta sinken.

»Ich hab doch gesagt, Sie sollen sich im Hintergrund halten!«, sagte Zuko.

»Stimmt, aber von da aus hätte ich Ihnen schlecht Ihren Hintern retten können. Gern geschehen übrigens.«

»Und was habt ihr jetzt vor? Wollt ihr mich festnehmen?«

Zuko registierte, wie Shao ihn fragend anblickte. Offenbar überließ sie ihm die Entscheidung.

Dixon klopfte sich auf die Brusttasche. »Übrigens ist da noch was, das Sie wissen sollten. Als ich sagte, dass über die *wichtigen* Informationen in diesem Fall keine Aufzeichnungen existieren, war das … nun ja, ein wenig geflunkert. Ich hab hier drin etwas, das Sie davon überzeugen wird, dass Sie mich falsch eingeschätzt haben. Aber erst will ich sichergehen, dass …«

Shao sah es aus dem Augenwinkel aufblitzen. Im nächsten Moment peitschte der Knall über das Wasser. Dixon wurde herumgeworfen, krachte gegen das Rettungsboot und rutschte an der Plane zu Boden. Der zweite Schuss erwischte seinen Hals und ließ ihn in einer Wolke aus Blut explodieren.

Zuko hatte sich hinter das Rettungsboot geworfen und die Beretta herausgerissen. Shao suchte hinter einer Mauerkante Deckung.

»Bleiben Sie unten!«, rief Zuko.

»Was ist mit Dixon?«

Blutige Augäpfel, die in den nächtlichen Himmel starrten. »Tot!«

»Verdammte Scheiße!«

Zuko zückte sein Handy und wählte den Notruf. »Hier K-F-573. Detective Zuko Gan und Détective Sadako Shao. Wir befinden uns am Harbour Quay unter Beschuss. Ich wiederhole, Polizeibeamte unter Beschuss. Brauchen dringend Verstärkung!«

Shao linste über die Kante. Das Mündungsfeuer war in östlicher Richtung aufgeblitzt, zwischen den Bauzäunen, die bis an das Ufer heranreichten. Eine Gestalt flüchtete über die Baustelle.

»Er haut ab!«

»Ich hab doch gesagt, Sie sollen unten bleiben!«

Aber da hetzte sie schon den Kai hinunter auf die Bauzäune zu.

Zuko fluchte und kümmerte sich um Dixon. Pflichtgemäß tastete er nach der Schlagader, obwohl er wusste, dass es sinnlos war. Dabei fiel sein Blick auf die Brusttasche, auf der sich der Abdruck eines winzigen Gegenstands abzeichnete. Er hatte mit einem Stick oder einer Speicherkarte gerechnet, aber es war nur ein mehrfach zusammengefalteter Zettel mit einem Logo einer Firma namens »Big Green« und ein paar Ziffern darauf.

Zuko ließ ihn in seiner Hosentasche verschwinden und folgte Shao in die Nacht.

TEIL FÜNF
Schuld

1

»Willkommen, Bill, hier bei ›Susan fragt‹. Vielen Dank, dass Sie bei uns sind. Mein Name ist Susan Waite, und ich freue mich sehr darüber, einen echten Aufklärer hier im Studio begrüßen zu dürfen.«

»Ich freue mich auch sehr, Susan.«

»Oder sind diese Vorschusslorbeeren womöglich gar nicht berechtigt? Schließlich haben Sie in Ihrem neuen Videokanal Wild Bill einige sehr …«

»Wild-Bill.com. Das ist die vollständige Adresse. Aber wir sind natürlich auch auf YouTube verfügbar.«

»Richtig, Bill, vielen Dank … Schließlich haben Sie auf diesem Kanal einige sehr steile Thesen aufgestellt. Zum Beispiel, dass es sich bei einer Explosion auf einem Schiff in der Nähe der Docklands in London um einen Terroranschlag gehandelt hat.«

»Das ist korrekt, Susan – wobei ich bisher davon ausgegangen bin, dass dies auch die Sprachregelung der Mainstream-Medien ist.«

»Darüber werden wir gleich noch sprechen, Bill. Außerdem behaupten Sie, dass weitere Todesfälle, die sich im Zeitraum zwischen Heiligabend und heute auf dem Londoner Stadtgebiet ereignet haben, mit dem vermeintlichen Attentat in Zusammenhang stehen.«

»›Vermeintlich?‹ – Sagen wir lieber ›mutmaßlich‹. Wir wollen ja unvoreingenommen an die Sache herangehen.«

»Ein guter Vorschlag, Bill.«

»Sie bezeichnen die Toten als Opfer eines Virus – also gewissermaßen einer Seuche, die in London um sich greife.«

»Von einer Seuche habe ich nie gesprochen. Von einem möglichen Virus dagegen sehr wohl, Susan.«

»Das sind auf jeden Fall starke Worte, Bill, die Sie vor unseren Zuschauern sicherlich gern mit Fakten untermauern werden.«

»Das werde ich in der Tat, aber zuvor lassen Sie mich Ihnen erst einmal ausdrücklich danken, dass ich heute Abend hier sein darf.«

»Sehr gern, Bill.«

»… aber ebenso möchte ich Ihnen danken, verehrte Zuschauerinnen und Zuschauer. Danke, dass Sie eingeschaltet haben. Lassen Sie uns gemeinsam versuchen, den Mainstream-Medien etwas entgegenzustellen.«

»Das ist schon das zweite Mal, dass Sie diesen Begriff verwenden. Welche Medien meinen Sie genau, wenn Sie vom Mainstream sprechen?«

»Es geht mir nicht darum, auf einzelne Namen einzudreschen. Mir geht es um das *System*, das dahintersteht. Und das entlarvt sich allein anhand der Fakten! Nehmen wir zum Beispiel die Baupolitik in unserer Stadt. Die Ausweisung von Dutzenden Quadratmeilen Bauland in besten Lagen an eine kleine Anzahl ausländischer Investoren, deren geradezu obszöner Reichtum es Ihnen erlaubt, Wohnklötze allein aus Prestigegründen an allen möglichen neuralgischen Punkten der Stadt hochzuziehen, während gleichzeitig die Wohnungsnot …«

»Ja, Bill, das ist sicherlich ein großes Problem …«

»… in allen Stadtteilen größer und größer wird, ist ein Skandal, dem wir auf keinen Fall länger zusehen dürfen.«

»… aber ich bin mir im Augenblick nicht ganz sicher, was

das mit dem angeblichen Terroranschlag auf die Baltimore zu tun hat.«

»›Mutmaßlich‹, Susan. Nun, das kann ich Ihnen sagen. Es geht darum, dass wir hinschauen müssen! *Genau hinschauen!* Auf das, was in dieser Stadt passiert. Was mit uns *gemacht* wird. Mit uns einfachen Bürgern. Wie wir in Unwissenheit gehalten werden. In Ohnmacht und Ketten. Wir sind …«

»Sie fühlen sich in Ketten gelegt, Bill? Jetzt gerade?«

»Wie bitte?«

»Sie sagten soeben, Sie fühlen sich in Ketten gelegt. Ich kann an Ihrem Stuhl keine Ketten erkennen.«

»Natürlich nicht, Susan, aber ich meine das ja auch nicht wörtlich.«

»Wie meinen Sie es dann?«

»Ich meine, dass wir durch Sprachregelungen und gefilterte Informationen manipuliert und gezwungen werden, bei einem Spiel mitzuspielen, das wir nur verlieren können. Und damit meine ich Sie und mich – und all die anderen einfachen Leute auf der Straße!«

»Einen Moment, Bill. Sie glauben, Sie und ich seien einfache Leute?«

»Ökonomisch betrachtet, auf jeden Fall. Zumindest kann ich das für mich sagen, da ich nicht über die Millionen verfüge, bei diesem Monopoly mitzuspielen.«

»Dann haben Sie anscheinend Ihren Ehevertrag schlecht verhandelt. Schließlich besitzt Ihre Frau Sheila Conolly eine Zeitung, die bereits von ihrem Vater gegründet wurde und um die hundert Mitarbeiter beschäftigt.«

»Das ist nicht fair, Susan, und das wissen Sie. Die klassischen Zeitungen stecken seit Jahrzehnten in der Krise. Die Umsatzeinbrüche der vergangenen zwanzig Jahre …«

»Und was diese Talkshow angeht: Sie wird üblicherweise von einem Millionenpublikum verfolgt. Mein Engagement wurde deswegen gerade erst letzten Monat zu sehr attraktiven Konditionen verlängert.«

»Das freut mich für Sie, Susan, aber worum es hier doch im Grunde geht, ist …«

»Ich glaube deshalb, dass es eine Menge Leute gibt, die Sie und mich als äußerst privilegiert bezeichnen würden …«

»Das stimmt, Susan, aber …«

»… und deshalb nicht sehr begeistert über Ihren Vergleich sind, um es mal euphemistisch auszudrücken.«

»Sie versuchen, vom Thema abzulenken, Susan!«

»Gut, dann werden wir doch mal konkret. Wo sind Ihre Beweise für den mutmaßlichen Terroranschlag?«

»Nun. Ich verfüge über Informationen, dass es eine Gruppe von Leuten gibt, die zumindest ein Motiv gehabt hätten, Beweise für eine geheime Operation zusammen mit der Baltimore auf dem Grund der Themse verschwinden zu lassen.«

»Eine geheime Operation?«

»Eine Bergungsaktion, die vor einigen Wochen im Atlantik stattgefunden hat.«

»Wo im Atlantik?«

»In der Nähe der Azoren.«

»Und was wurde dort geborgen?«

»Das weiß ich nicht.«

»Sie wissen es nicht?«

»Nein, Susan, ich weiß es nicht. Aber es muss fraglos ein Objekt von großem Wert sein, wenn alle Spuren der Aktion auf gewaltsame Weise vernichtet wurden.«

»Wissen Sie denn, wer diese geheime Aktion durchgeführt hat?«

»Das weiß ich, ja. Oder sagen wir zumindest, es gibt sehr eindeutige Hinweise auf die Hintermänner, die …«

»Also wissen Sie es nicht, Bill?«

»Ich kann darüber im Augenblick nur sagen, dass diese Bergungsaktion privatwirtschaftlich organisiert wurde …«

»Was bedeutet das genau – privatwirtschaftlich?«

»Das ist eine merkwürdige Frage. Sie und ich und jeder normale Mensch sollte wissen, was dieses Wort bedeutet.«

»Trotzdem wollen Sie es offenbar nicht genauer erklären.«

»Nein, das ist nicht wahr. Ich habe nur gesagt, dass ich um Verständnis dafür bitte, dass ich an dieser Stelle noch nicht mehr über die Firma sagen kann, die die Bergung durchgeführt hat. Erst muss ich das Material vollständig auswerten, das …«

»Bill?«

»… das mir kürzlich von einer vertraulichen Quelle zugespielt wurde, zusammen mit hieb- und stichfesten Beweisen dafür, dass …«

»Hieb- und stichfeste Beweise? Sie sagten doch gerade, Sie hatten noch keine Gelegenheit, das Material auszuwerten.«

»Bitte lassen Sie mich ausreden, Susan. Es muss in dieser Sendung noch erlaubt sein, einen einzigen *Satz* zu Ende zu bringen!«

»Selbstverständlich, Bill. Ich bitte um Entschuldigung.«

»Kein Problem, Susan … Also wie gesagt, diese Quelle, die vertraulich ist … und die ich natürlich schützen muss …«

»Das verstehe ich, Bill.«

»Diese Quelle hat mir hieb- und stichfeste Beweise dafür geliefert, dass das, was auf der Baltimore passiert ist … und das, was mit den anderen Todesopfern passiert ist …«

»Welche Todesopfer meinen Sie genau?«

»Wie ich gerade gesagt habe, ich meine die *anderen* Todesopfer – also die Opfer, die *nicht* auf der Baltimore gestorben sind, sondern an den Tumoren, den offenen Wunden … Übrigens, und nur um das an dieser Stelle einmal laut und deutlich und in aller Klarheit zu sagen: Diese Personen waren *todkrank*, Susan … Und das, was sie krank gemacht hat, diese Ursache ist es, die geheim gehalten wird. Genau das ist der eigentliche Skandal, um den es hier geht: dass eine Vertuschungsaktion stattgefunden hat, an der nicht nur die Politik und die staatlichen Ordnungsmedien, Entschuldigung, die staatlichen Ordnungs*mächte* beteiligt sind, sondern auch große Teile der Mainstream-Presse! Das ist …«

»Danke, Bill, aber ich fürchte, ich habe immer noch nicht genau verstanden, um was genau es Ihnen geht. Dieser Frage werden wir uns gleich nach unserer kleinen Werbeunterbrechung zuwenden, wenn wir uns in einigen Minuten an dieser Stelle wiedersehen. Mein Name ist Susan Waite, und das ist mein Gast Bill Conolly. Wir freuen uns auf Sie! Bis gleich.«

2

Die Baustelle zog sich den gesamten Kai entlang, bis zur Brücke, die Canary Wharf mit dem südlichen Teil der Isle of Dogs verband. Der Killer hatte vielleicht achtzig, neunzig Yards Vorsprung und hetzte zwischen Kränen, Bauwagen und Dixie-Klos hindurch über das Baustellengelände. Shao sah, wie er etwas in hohem Bogen ins Wasser warf. Mit ihrem Fliegengewicht war sie auf dem sandigen Untergrund leicht im Vorteil. Es gelang ihr, den Abstand auf die Hälfte zu verkürzen. Dann hatten sie die Straße erreicht. Der Killer sprintete über die Brücke auf einen schmalen Fußgängerweg auf der anderen Straßenseite, der in das Wohnviertel von Coldharbour hinabführte. Kleine Reihenhäuser und am Ende der Straße in einem Backsteinhaus mit beigegestrichener Fassade ein Pub, der – seltsame Ironie, dachte Shao – den Namen *The Gun* trug. Shao hatte schon ein paarmal auf der Terrasse gesessen, die sich auf der Rückseite befand und von der aus man, unter Heizstrahlern gemütlich in Decken eingemummelt, rüber auf das weiße Dach der O2-World auf der Greenwich-Halbinsel blicken konnte.

Sie spürte, wie ihr Herz gegen die Rippen hämmerte. Der Killer war am Pub vorbei in die schmale Gasse gerannt, die hundert Yards weiter vorn wieder zurück auf die Preston's Road führte. Es war der einzige Fluchtweg, da sich hinter den Häusern das Themseufer erstreckte. Shao schoss durch den Kopf, dass Dixon vielleicht genau das beabsichtigt hatte, als er einen Treffpunkt am Wasser gewählt hatte. Hatte er geahnt, dass ihm jemand auf den Fersen war …?

Die Häuser schienen immer enger an die Straße heranzurücken, die Bürgersteige zu beiden Seiten waren jetzt kaum noch einen Yard breit. Shaos Atem stob in Wolken davon, und das Adrenalin in ihrer Blutbahn sorgte dafür, dass sich das Kopfsteinpflaster vor ihr zu einem hellen Band in der Schwärze verengte, auf dem nur noch ein einziger Punkt von Bedeutung war: der Killer, der jetzt die Linkskurve erreichte, hinter der die Gasse wieder in die Preston's mündete. Sie dachte an Sinclair und wie er Linus Finneran gefolgt sein musste. Der Kerl vor ihr war trainierter, als Finneran es den Akten zufolge je gewesen war. Was, wenn er *außerdem* ein Opfer der merkwürdigen Krankheit geworden war, die schon Finneran zu Höchstleistungen angetrieben hatte? Jedenfalls gelang es Shao trotz ihrer guten Konstitution nicht, den Abstand zu verkürzen.

Was, wenn er hinter der Kurve stehen geblieben war? Wenn das Ding in ihm …

»Keine Bewegung!«

Der Killer stand mitten auf der Straße, wie zur Salzsäule erstarrt. An der Einmündung in die Preston's stand Zuko, die Beretta im Anschlag. Shao blieb ebenfalls stehen und riss ihre Waffe heraus. Ihr Zeigefinger zitterte über dem Druckpunkt des Abzughebels. Sie sprang zur Seite, um nicht in Zukos Schusslinie zu stehen, und rang nach Luft.

Der Killer drehte sich langsam um. Er trug schwarze Funktionskleidung und darüber eine leichte Regenjacke, die seine Konturen ein Stück weit verwischten. Trotzdem war sie sich sicher, dass es ein Mann war. Mittleres Alter. Durchtrainiert. Verschwitzte dunkle Haarsträhnen, die unter der Kapuze hervorragten.

Zuko trat näher. Sie nahmen ihn langsam in die Zange.

»Polizei!«, schrie Shao. »Zeig mir deine Hände, du Scheißkerl!«

Der Killer starrte sie an, dann wieder Zuko, als würde er die Chancen eines Überraschungsangriffs abschätzen.

»Versuch's lieber gar nicht erst!«, fauchte sie.

Zuko war jetzt bis auf fünf Schritte herangekommen.

»Halten Sie Abstand, Sarge!« Jeden Augenblick rechnete sie damit, dass der Typ irgendwie explodierte und über sie herfiel. Aber nichts geschah.

»Jacke aus!«

Auf der Miene des Killers spiegelte sich Erstaunen, aber er hob wie in Zeitlupe die Hände, schlug die Kapuze zurück und öffnete den Reißverschluss. Die Regenjacke fiel zu Boden. Darunter kam ein schlanker, sehniger Oberkörper zum Vorschein. Ein ovales, fast ein wenig weich wirkendes, unscheinbares Gesicht mit blauen Augen und einem schmalen Mund über einem markanten Kinn. Sah so der Mann aus, der Russell Lynch erschossen hatte?

»Das Hemd auch!«

Der Killer musterte sie stirnrunzelnd, aber ohne einen Anflug von Angst.

»Bist du vielleicht taub? Das Hemd auch! Sofort!«

Er hob den Saum des Shirts an und zog ihn langsam nach oben. Weiche, weiße Haut wurde sichtbar, die sich über einen perfekten Waschbrettbauch spannte. Kein Blut. Keine eiternden Wunden. Er war definitiv nicht von der Krankheit befallen, die Brisoe und Lynch dahingerafft hatte.

»Okay, das reicht!«, erklärte Zuko. »Runter auf den Boden!«

Der Killer ließ den Hemdsaum los und ging auf die Knie.

Shao trat hinter ihn. »Auf den Bauch legen, und zwar schön langsam! Ich will die Hände auf dem Rücken sehen!«

Er leistete keinen Widerstand, als Shao ihm das Knie in den Rücken drückte und die Handschellen zuschnappen ließ.

»Wie heißt du?«

»Vincent Costigan.«

Vincent. Der Siegreiche.

»Ach, wirklich?«, säuselte Shao ihm ins Ohr. »Tja, der Name war wohl ein Griff ins Klo …«

Eine Welle von Endorphinen schwemmte die Anstrengung und die Angst hinweg. Schweratmend las sie in Zukos Augen,

321

dass er in diesem Augenblick das Gleiche empfand. Sie hatten Dixon verloren, und das war verdammt übel, aber gleichzeitig hatten sie auch etwas gewonnen. Es war ihnen nicht zugefallen, sondern sie hatten es sich erkämpft.

Dieser Kerl war der Hauptgewinn, und sie würden ihn sich nicht wieder nehmen lassen!

3

»Herzlich willkommen zurück bei ›Susan fragt‹! Ich bin Susan Waite, und ich darf an dieser Stelle – vor allem für unsere Zuschauer, die erst später eingeschaltet haben – noch einmal zusammenfassen, was wir gemeinsam mit unserem heutigen Gast Bill Conolly von Wild-Bill.com bisher herausgearbeitet haben: Sie, Bill, haben einen Skandal um das mutmaßliche Weihnachtsattentat von Creekmouth aufgedeckt, der, so behaupteten Sie in unserem Vorgespräch zur Sendung, die Grundfesten unserer Demokratie erschüttert …«

»Na ja, die Grundfesten unserer Demokratie sind schon länger erschüttert, Susan …«

»Vielleicht können wir nun zu den geheimen Informationen kommen, die das, was an Heiligabend auf dem Anleger an der Pier Road in Creekmouth geschehen ist, in einem vollständig neuen Licht erscheinen lassen.«

»Nun, wie ich eingangs schon sagte, Susan: Es geht vor allem um die Vertuschung von Beweisen. Und dass diese Vertuschungsaktionen mehr Menschenleben gefordert haben, als bisher bekannt ist.«

»Sie sprechen von den beiden Toten in Newham, Rachel Briscoe und Russel Lynch, die unter bisher ungeklärten Umständen …«

»Insgesamt reden wir bereits von vier Toten, vielleicht sogar von fünf oder sechs, denn auch für Sergeant Finneran und Deirdre Watkins gibt es meiner Ansicht nach kaum noch Hoffnung – aber ja, Sie haben recht, Susan. Skandalös ist schon, dass Rachel Briscoe und Russell Lynch bisher lediglich als ›Krebsopfer‹ bezeichnet werden.«

»Sie beziehen die Todesfälle Livia Parson und den Drogendealer Gregory Turbin offenbar in den Fall mit ein. Gibt es dafür einen Grund?«

»Sie sind im selben Zeitraum und im selben *Bezirk* gestorben, Susan. Wir müssen unserem Instinkt vertrauen und die Dinge im Zusammenhang sehen, auch wenn unsere Leitmedien versuchen, uns genau das mit aller Macht auszutreiben!«

»Heißt das, Sie selbst – und damit der Daily Globe – zählen sich nicht zu den Leitmedien?«

»Ich habe genau aus diesem Grund einen eigenen Video-Kanal gegründet …«

»… der vom Globe finanziert wird. Also von Ihrer Frau.«

»Wild-Bill.com arbeitet redaktionell eigenständig. Wir betreiben seriösen Journalismus.«

»Anders als Ihre Kollegen beim Independent, bei der Times oder beim Guardian wollen Sie sagen?«

»Darüber möchte ich mir im Einzelnen kein Urteil erlauben, wie ich vorhin bereits betont habe.«

»Aber Sie sind doch hier, um Farbe zu bekennen. Also bekennen Sie Farbe, Bill. Was machen Ihre Kollegen falsch, was Sie richtig machen?«

»So habe ich das nicht gemeint, Susan, und das wissen Sie.«

»Wie haben Sie es dann gemeint, Bill?«

»Ich habe gemeint, dass uns bei Wild-Bill.com niemand vorschreibt, über welche Themen wir zu berichten haben. Auch nicht der Globe. Und durch diese Glaubwürdigkeit haben wir es geschafft, innerhalb weniger Tage eine Reichweite von mehr als hunderttausend Klicks pro Video zu erreichen.«

»Sie glauben, dieses zweifellos bemerkenswerte Echo hat mit Ihrer Glaubwürdigkeit zu tun?«

»Davon bin ich absolut überzeugt, Susan.«

»Oder vielleicht doch eher damit, dass Wild Bill mit einem

Kanal namens ›Psycho-Bros‹ kooperiert, dessen zwei Betreiber mit Berichten über Kornkreise und außerirdische Lebewesen einen recht großen Zuschauerkreis auf YouTube unterhalten? Außerdem berichten sie über ihr Privatleben, über Horrorfilme und – wie sagt man noch gleich? – Animes. Man kann in diesem Zusammenhang wohl kaum von seriösem Journalismus sprechen.«

»Natürlich nicht, aber das hat keinen Einfluss auf …«

»Sehen wir uns die beiden Inhaber dieses Kanals und das, was sie dort so zeigen, doch einmal genauer an.«

»Warten Sie, Susan. Sie dürfen die beiden nicht ohne erklärenden Kontext …«

»Film ab.«

»Hey, Yo, ihr kleinen perversen Psychos, hier ist wieder euer Menace am Start, und neben mir steht mein alter Kumpel Danger …«

»Hey, Leute!«

»… und wir haben heute eine ganz besondere Challenge für euch: Danger wird mir Fragen stellen über meine neue Freundin Gina, die er genauso gut kennt wie ich, weil sie vorher nämlich seine Freundin war … Nichts für ungut, Danger!«

»Kein Problem, Bro, ich bin ganz locker – noch!«

»… und immer wenn ich eine Frage nicht zu seiner Zufriedenheit beantworte, wird er mir diesen mit Sprühsahne verzierten Boxhandschuh ins Gesicht setzen. Bist du bereit für die Mega-Creampie-Challenge, Danger?«

»Mega-bereit, Bruder!«

»Susan, ich weiß wirklich nicht, was …«

»Nur einen Moment, Bill. Schauen wir einfach noch ein Weilchen zu.«

»Hier kommt … die erste Frage, Menace! Wann habt ihr zum ersten Mal so richtig heftig gefummelt, du und Gina. War das bevor oder nachdem ich mich von ihr getrennt hab?«

»Du hast dich gar nicht von ihr getrennt, sondern sie hatte keinen Bock mehr auf deinen… Auaa!«

»Susan, wenn Sie das nicht sofort abschalten, verlasse ich das Studio.«

»Aber warum denn, Bill? Das sind Ihre Leute. Kann man sie Redakteure nennen?«

»Hast du mit Gina geschlafen, bevor …«

»Schalten Sie das sofort ab, Susan!«

»… oder nachdem sie mir gesagt hat, dass sie mich nicht mehr liebt.«

»Okay, Bill, das war's. Wir entsprechen Ihrem Wunsch und haben den Beitrag ausgeblendet. Die Wünsche unserer Gäste sind uns Befehl – auch wenn böswillige Menschen das vielleicht als Zensur bezeichnen würden …«

»Das ist keine Zensur, sondern Sie vermengen … Sie vermengen da einfach Sachen, die überhaupt nicht zusammengehören! Das ist kein seriöser Journalismus!«

»Sie meinen, nicht so seriös wie die Mega-Sprühsahne-Challenge?«

»Ich bin Journalist, kein YouTuber! YouTube ist nur die *Plattform*, auf der wir unsere Inhalte verbreiten! Ich arbeite als Redakteur beim Daily Globe …«

»Richtig, Bill, und zwar in der Lokalredaktion – obwohl Sie bis vor kurzem noch als Chefredakteur tätig waren. Hat Ihre Frau die Geduld mit Ihnen verloren?«

»Das ist unanständig, Susan! Das ist *verdammt* unanständig!«

»Ich stelle nur Fakten dar, Bill. Im Gegensatz zu Ihnen.«

»Ich habe Fakten! Ich habe einen Detective Inspector beim Yard, der meine Geschichte bestätigen wird! Ich darf Ihnen natürlich seinen Namen nicht verraten – *das* wäre unseriös! –, aber ich darf sagen, dass er auf dem Forest Gate in Newham arbeitet und an den Ermittlungen im Fall Baltimore beteiligt ist …«

»Und dieser Polizist ist Ihr Informant, Bill?«

»Das … Das habe ich nicht gesagt! Aber wenn Sie ihn fragen, werden Sie bestätigt bekommen, was ich heute gesagt habe!

Dass es sogar Verstrickungen bis zu Figuren der organisierten Kriminalität wie Logan Costello gibt, die …«

»Wir werden das prüfen, Bill, obwohl es natürlich einfacher wäre, wenn Sie uns den Namen dieses Mannes … Ah, einen Moment! Ich bekomme gerade eine aktuelle Meldung herein … Mein Gott, das ist ja unfassbar! Nach unseren Informationen wurde ein gewisser Detective Sergeant George Dixon heute Abend bei einem Schusswechsel auf der Isle Dogs tödlich verwundet!«

»Was?«

»War das etwa Ihr Informant?«

»Wie? Nein … Das heißt …«

»Im Augenblick haben wir noch keine näheren Informationen, Bill, aber …«

»Sie verarschen mich! Das ist …!«

»… aber wir werden Sie, liebe Zuschauer, natürlich gleich in der nachfolgenden Nachrichtensendung über die Einzelheiten informieren. Denn hier nähern wir uns dem Ende der Sendung.«

»Was? Aber ich bin noch nicht … Warten Sie, ich …«

»Bleiben Sie dran, liebe Zuschauer, und erfahren Sie, auf welch tragische Weise der Informant des Internetportals Wild-Bill.com heute Abend ums Leben gekommen ist.«

»George Dixon war *nicht* mein Informant. Ich wiederhole, ich habe *nicht gesagt*, dass er mein Informant war! Ich verlange, dass Sie das richtigstellen! Ich habe ein Recht auf …«

»Entschuldigung, Bill, natürlich. Und ich danke Ihnen für Ihre Geduld – im Namen aller Zuschauer von ›Susan fragt‹. Vielen Dank, dass Sie heute Abend live bei uns hier im Studio waren.«

»Sie können mich …!«

»Auf Wiedersehen und bis zum nächsten Mal, liebe Zuschauer! Ich bin Susan Waite, das ist meine Show ›Susan fragt‹, und wir sehen uns in einer Woche wieder. Haben Sie eine geruhsame Nacht – tschüs und auf Wiedersehen!«

4

Die Kollegen von der Streife hatten das Gelände um den Tatort am Harbour Quay innerhalb von Minuten abgeriegelt. Zuko rief Powell an, um ihm Bericht zu erstatten, während Shao und er zurück zu ihren Wagen eilten. Vincent Costigan war von einem Streifenwagen zum Forest Gate gebracht worden.

Shao fröstelte, während sie Zuko folgte. Die tiefhängenden Wolken glänzten wie Watte im Lichtsmog von Canary Wharf, und in den Glasfassaden der Wolkenkratzer spiegelten sich die Blaulichter der Streifenwagen. Vor ihrem inneren Auge sah Shao immer wieder Dixon, der von der Kugel getroffen zusammenbrach. Vielleicht wäre er noch am Leben, wenn sie sich nicht entschieden hätte einzugreifen. Vielleicht wäre er zusammen mit Zuko unter Deck verschwunden. Oder der Killer hätte Zuko statt Dixon ins Visier genommen.

Sie erreichten den Mazda, und Shao bemerkte erst jetzt, dass Zuko das Telefonat längst beendet hatte.

»Dr. Baghvarty hat den vollständigen Bericht der Obduktion von Russell Lynch geliefert. Es bleibt dabei: dieselben Tumoren wie bei Rachel Briscoe.«

»Was für 'ne Überraschung.«

»Wollen Sie bei mir mitfahren?«

Sie schüttelte den Kopf. Mit dem Verschwinden von Deirdre war der schwarze, faulige Klumpen, den dieser Fall bildete, innerhalb von vierundzwanzig Stunden so nah an ihr eigenes Leben herangerückt, dass sie das Blut und den Eiter riechen konnte. Es war, als ob die Gesetze gewöhnlicher Ermittlungsarbeit aufgehoben waren und nichts mehr zählte außer dem Gestank nach Verwesung, der nach und nach von ihrem Innern Besitz ergriff. Mochte Sinclairs Tod noch als unglücklicher Zufall durchgegangen sein; nach Dixon schien es nur noch eine Frage der Zeit zu sein, bis die nächste Kugel einen von ihnen erwischte.

»Ich kapier's nicht, Sarge! Ich meine, ich kapier nicht, wieso sie ihn umgelegt haben.«

»Um das zu verstehen, müssen wir wohl erst mal herausfinden, wer *die* überhaupt sind.«

»Heißt das, Sie glauben nicht, dass Costigan für Seaways arbeitet?«

»Für eine Reederei? Sie meinen, auf Lohnzettel und mit dreizehntem Monatsgehalt …?«

»Sie wissen genau, was ich meine!«

»Hm, vielleicht bietet das hier eine Erklärung.« Zuko griff in die Jackentasche und fischte ein Smartphone heraus.

Shao zählte eins und eins zusammen. »Rachel Briscoes Handy?«

»Sie hat es in der alten U-Bahn-Station Aldwych verloren. Es hat übrigens keine Codesperre. Die Mails habe ich schon gecheckt, sind alle gelöscht.«

Nein, sind sie nicht, dachte Shao, und ihr fiel auf, dass sie noch gar keine Zeit gehabt hatte, ihm zu erzählen, was sie zusammen mit Glenda an Rachel Briscoes Laptop gesehen hatte.

Sie blieb stehen und klickte die Foto-App an. Ihr Herz klopfte plötzlich spürbar, als sie das letzte Datum vor Rachels Rückkehr nach London heraussuchte – den elften Dezember 2018. Dutzende Fotos, von denen jedes die obsidianähnliche Fläche zeigte, die Shao bereits von dem Foto aus der Mail kannte.

»Was sind das für Zeichen?«

»Keine Ahnung, Sarge.«

Sie wischte durch die Fotos, sah Ecken und Kanten – und begriff, dass die Bilder nicht alle dieselbe schwarze Oberfläche zeigten, sondern dass es sich um verschiedene Seiten ein und desselben Objektes handelte. »Sieht aus wie ein Kasten oder so was. Vielleicht ein Würfel.« Auf einem der Bilder reflektierte die Oberfläche des Dings das Licht irgendeines Strahlers, der auf ihn gerichtet war – und damit Rachel Briscoes Spiegelbild. »Scheiße, das Ding ist mindestens sieben, acht Yards hoch.«

»Sie meinen, dieser Würfel war der Grund für die Seaways-Expedition?«

»Passt doch alles zusammen. Seaways hat ihn vom Meeresgrund gehoben und nach London transportiert, und zwar an Deck der Baltimore, die ihrerseits in dem LASH-Carrier steckte, von dem Dixon erzählt hat. Ist wie mit 'ner scheiß Petruschka. An der Themsemündung hat der Carrier die Baltimore ausgespuckt, damit sie in Creekmouth anlegen kann, um den Würfel weiterzuverfrachten.« Sie schüttelte den Kopf. »Aber irgendwas ist dann schiefgelaufen. Der Kranlaster hatte nämlich keinen Würfel auf der Ladefläche.«

»Und die Taucher haben auch nichts gefunden. Also, wohin ist das Ding verschwunden?«

Sie blickte auf die Uhr. »Erst mal sollten wir zurück aufs Revier und Costigan den Arsch aufreißen – bevor er von irgend so einem beschissenen Anwalt auf Samthandschuhen da rausgetragen wird.«

Sie wussten beide, dass die Gefahr real war. Sie waren Zeugen des Mordes geworden, aber keiner von ihnen hatte tatsächlich *gesehen*, dass Costigan abgedrückt hatte. Er war der einzige Mensch auf einer verlassenen Baustelle gewesen, auf der man bereits die Tatwaffe sichergestellt hatte. Er hatte versucht, sich der Festnahme zu entziehen, und keine Frage, es war eine ziemlich finstere Gewitterwolke, die sich da über Mr Costigans Kopf zusammengebraut hatte, aber das hieß nicht, dass es nicht irgendwo einen skrupellosen Schamanen mit Juraexamen gab, der sie mit ein paar Zaubersprüchen und juristischen Winkelzügen zur Seite schieben konnte. Jedenfalls so lange, bis Costigan die Untersuchungshaft verlassen hatte und untergetaucht war.

»Wir fahren nicht aufs Revier. Jedenfalls nicht sofort.« Zuko zückte einen zusammengefalteten Notizzettel.

»Was ist das?«

»Den hatte Dixon bei sich. Big Green. Sagt Ihnen der Name was?«

Shao musste tief in ihrem Gedächtnis graben. »Ist das nicht diese Self-Storage-Kette? Ich glaub, die haben eine Filiale an der North Circular.«

»Mit PIN-gesichertem Zugang, sieben Tage die Woche, rund um die Uhr.«

In ihr entstand eine Ahnung, was das Papier zu bedeuten haben könnte. Unter dem Logo stand die Nummer »3471« und darunter die Zahlen 0-4-0-1-7-0. »Ist das etwa Lockharts Geburtstagsdatum? Verdammt, der Penner hätte wenigstens mal einen ausgeben können.«

»Es ist der Geburtstag seiner Frau. Sie ist vor zwei Jahren mit einem anderen durchgebrannt. Hat er nie überwunden.«

Es war kurz nach Mitternacht, als sie das Gelände von Big Green erreichten. Ein Empfangstresen mit einer jungen Mitarbeiterin dahinter, die vor einem alten Röhrenfernseher eingeschlafen war. Shao berührte sie an der Schulter, und sie riss erschrocken die Augen auf.

Sie präsentierten ihre Ausweise.

»Tut mir leid, aber ich weiß trotzdem nicht, ob Sie so einfach …« Sie blickte sie hilflos an. »Ich meine, brauchen Sie dafür nicht eigentlich einen Durchsuchungsbeschluss?«

»Nun, es ist so, Miss …«

»Keane.«

»Miss Keane«, sagte Shao. »Wir kommen gerade von einem Tatort. Ein Detective unseres Dezernats ist vor unseren Augen erschossen worden, direkt nachdem er uns den Zugang zum Schließfach …«

»O mein Gott, das ist doch nicht etwa diese Sache aus dem Fernsehen? Von der Susan Waite berichtet hat?«

Shao hatte keine Ahnung, wovon die Frau redete. »Sehr wahrscheinlich.«

»Tja, wenn der Besitzer tot ist, ist das natürlich was anderes. Warten Sie einen Moment. Ich sehe, ob ich um die Zeit jemanden erreichen kann.«

Miss Keane verschwand in einem Durchgang. Shao und Zuko hörten, wie sie mit jemandem telefonierte. Eine Minute später kam sie zurück.

»Und Sie sagten, Sie haben den Zugang von dem Toten persönlich erhalten?«

Shao nickte.

»In Ordnung. Mein Chef sagt, in diesem Fall könnten wir ausnahmsweise … Also, dann müssen Sie bitte hier dieses Formular ausfüllen. Es protokolliert Ihre Anwesenheit.«

Sie schob ein Tablet über den Tresen und reichte Shao einen Stift. Sie trug seinen Namen und die Adresse des Reviers ein und unterschrieb auf dem Display.

»Danke sehr. Dann dürfen Sie jetzt rein. Durch die Tür da, den beleuchteten Gang runter und dann den zweiten Gang links. Die Fächer sind nummeriert. Wenn Sie nach oben müssen, ist am Ende des Ganges ein Lastenfahrstuhl.«

Shao nickte. »Alles klar.«

»Und falls Sie noch etwas benötigen, dürfen Sie sich natürlich jederzeit bei mir melden.«

»Vielen Dank, Miss Keane.«

Shao folgte Zuko durch die Gänge des Lagers, in denen sich zahlreiche knallgrün gestrichene Türen aneinanderreihten, die jede mit einem PIN-gesicherten Schloss ausgestattet waren. Die Etage wurde durch ein Präfix in der Nummerierung festgelegt. Lockharts Fach befand sich im dritten Obergeschoss, wo die kleineren Lagerräume angesiedelt waren, die wie in einem riesigen Wandregal mit Klappen nebeneinander aufgereiht waren. Die Klappe mit der Nummer 3471 befand sich beinahe am Ende des Ganges. Lockhart hatte die kleinstmögliche Größe gewählt, die immer noch einen Kubus von einem Yard Seitenlänge umfasste. Die Neonröhre über ihnen flackerte, als Zuko den Zettel mit dem PIN-Code aus seiner Tasche fischte.

Shao schnaubte. »Was für Unterlagen er da auch immer gebunkert hat, ich hoffe, er hat das Fach nicht bis unter die Decke vollgemacht!«

Zuko tippte den Zahlencode ein – und vertat sich beim ersten Mal. Auf dem Display blinkte die gelb unterlegte Aufforderung auf, es noch mal zu versuchen.

»Nervös, Sarge?«

Diesmal gab er den Code korrekt ein. Auf schwarzem Grund erschienen das Logo von Big Green und darunter ein Smiley, dem Arme wuchsen und dann ein Bauch, auf den er sich mit einem Stift einen grünen Haken malte. Ein Klacken ertönte, als sich der Riegel löste.

Zuko öffnete die Klappe.

Keiner von ihnen sagte ein Wort, bis Shao die Sprache wiederfand. »Fuck.« Und noch mal: »Fuck. Das glaub ich jetzt nicht.« Sie schlug die Tür zu und trat wütend dagegen.

Vier Minuten später standen sie wieder unten am Tresen. Miss Keane hatte den Fernseher eingeschaltet.

»O mein Gott, das ist ja so furchtbar! Wurde er wirklich erschossen?«

»Wann war Detective Lockhart zuletzt hier?«

Miss Keane blinzelte. »Wie bitte?«

»Das Fach ist leer. Anscheinend hat er es ausgeräumt.«

»Tja, also, darüber weiß ich natürlich nichts …«

»Aber es gibt doch die Protokolle«, erinnerte Zuko sie.

Miss Keane nickte eilig. »Ja, schon, aber wie gesagt, die darf ich nicht einfach so herausgeben. Nicht mal in diesem Fall. Da müsste ich erst wieder meinen Chef anru…«

»Miss Keane«, sagte Zuko.

Sie schluckte, nickte und tippte nervös etwas in ihren Computer. Dann drehte sie den Bildschirm so, dass Zuko und Shao einen Blick darauf werfen konnten.

»Aber das haben Sie nicht von mir, okay?«

»Natürlich nicht«, erwiderte Shao und reckte den Hals, um den Zeitpunkt ablesen zu können, an dem Lockhart das Fach ausgeräumt hatte.

Gestern Abend, 21.37 Uhr.

5

Unter den Schneeregenschauern hatten die Rasenflä-
chen von Gainsborough Gardens einen Großteil ihrer Farbe verloren. Eine Aaskrähe stürzte sich von der
Überdachung des Swimmingpools, streifte beinahe die sorgfältig geschnittene Eibenreihe, die das Grundstück blickdicht
abgrenzte, und landete, umspielt vom Licht der untergehen-
den Sonne, auf dem Rasen vor dem Küchenfenster der Villa.

Pam lehnte am Küchentisch und versuchte, den Geruch
des Raums nach Flieder und altem Holz zu ignorieren, der
sie in eine andere Zeit entführte. Sie hatte in diesen Mauern
einen Großteil ihrer Kindheit verbracht. Fast erleichtert sog sie
den Duft des Hibiskusblütentees ein, als Caitlin ihr die Tasse
reichte.

»Zucker?«

»Nein, danke.«

»Natürlich nicht. Den mochtest du ja noch nie.«

Pam nippte und stellte die Tasse ab. »Danke, dass du dir die
Zeit genommen hast.«

»Das ist doch selbstverständlich, mein Kind. Sag, was du auf
dem Herzen hast.«

Mein Kind. Wie Pam diese tantenhafte Formulierung hasste,
die längst begraben geglaubte Erinnerungen heraufbeschwor.
Was für ein naiver Wunsch. Nichts, was geschehen war, verlor
jemals seine Bedeutung.

Nicht an diesem Ort.

Die Haut um Caitlins ölschwarze Augen wies kaum mehr
Falten auf als zu jener Zeit, in der nicht Kimberley, sondern
Pam an diesem Ort unterrichtet worden war – als wären die
ehernen Regeln ihrer Gemeinschaft in ihren strengen, aristo-
kratischen Zügen zu physischer Struktur geronnen.

Schon damals hatte Pam sich gefragt, wie es ihr möglich war,
ohne Hilfspersonal dieses riesige Haus zu unterhalten, ohne
dass irgendwo ein Teppich Staub ansetzte, ein Fensterrahmen
faulte oder eine in die Jahre gekommene Schindel vom Dach
flog. Niemals war sie auch nur einem einzigen Helfer oder

Handwerker begegnet. Niemals hatte sie Caitlin etwas reparieren, säubern oder wegräumen sehen. Und gleichzeitig war sie immer da gewesen, wenn man sie brauchte. Fing jeden Blick auf, beantwortete jede Frage.

»Du weißt, was Scott vorhat?«

In Caitlins Miene regte sich nichts, aber Pam hatte es in all den Jahren gelernt, in dieser Wand aus Schweigen zu lesen. *Sie weiß es. Sie wusste es immer schon, vielleicht sogar länger als Scott selbst.*

»Der Würfel, Caitlin. Woher wusste Scott, wo er danach zu suchen hat?«

Caitlin legte den Kopf schräg, als müsste sie über die Antwort nachdenken. Caitlin hatte noch nie über eine Antwort nachdenken müssen. »Es liegt dem Menschen im Blut, nach Vollkommenheit zu streben, selbst wenn er sie nie erreichen kann. Wir bilden darin keine Ausnahme.«

Wir. Das Wort, das neben Caitlin und ihr auch Scott einschloss, verursachte Pam eine Gänsehaut. Weil es keinen Raum für Zweifel ließ. Scott, das wusste sie, auch wenn er stets bemüht war, sein Innerstes vor ihr zu verbergen, hatte ohnehin nie gezweifelt. Ebenso wenig wie Caitlin, wenngleich auf gänzlich andere Art. Also warum zweifelte sie?

»Dann glaubt er also, der Würfel wird uns helfen?«

»Möglicherweise.«

»Weshalb glaubt er daran?«

Caitlins Stimme wurde eine Spur kühler. »Warum ist das auf einmal so wichtig?«

Diesmal zwang Pam sich förmlich, Caitlin in die Augen zu sehen. Es war ein Gefühl, als würde sie sich ritzen: den bohrenden, taxierenden Blick bewusst auszuhalten. Nur durch Schmerz kam man der Wahrheit näher. »Ich muss wissen, ob es richtig ist, was Scott von mir verlangt.«

Ein Schatten huschte über das Fenster und landete auf dem Rasen: eine zweite Krähe, die der ersten das Terrain streitig machte und dabei mit einem schwarzen Auge durch das

334

Fenster lugte, als suche sie in Pam eine Verbündete für ihren Kampf.

»Eine gute Frage, Pam. Aber warum stellst du sie dir erst jetzt?«

6 Powell wartete bereits im Nebenzimmer von Verhörraum 4, als Shao und Zuko eintrafen. Er wirkte so glattrasiert, konzentriert und ausgeruht, als hätte er nur auf Zukos Anruf gewartet.

Shao kannte die fleckigen, braunen Filztapeten, mit dem sämtliche Zimmer in diesem Trakt ausgestattet waren, schon aus ihrer ersten Zeit im Forest Gate, aber sie vermutete insgeheim, dass sie noch einige Jahrzehnte älter waren. Darauf deutete jedenfalls der Geruch hin, der sich zu einer Zeit darin festgesetzt haben musste, als bei Vernehmungen noch geraucht werden durfte: Es stank nach Zigarettenqualm, altem Schweiß und jener Mischung aus Angst und Hoffnung, mit der reuige Sünder ihr Geständnis unterschrieben, in der absurden Annahme, durch eine Art spirituelle Läuterung den Weg zurück in den Schoß der Gesellschaft zu finden. Was natürlich Blödsinn war. Der einzige Weg führte von hier direkt in den Knast, jedenfalls wenn man schuldig war und sich nicht mehr leisten konnte als einen Pflichtverteidiger, der rechtzeitig zum Anpfiff der Premier League wieder zu Hause sein wollte.

Costigan saß nebenan unbeweglich auf seinem Stuhl, wie ein hungriges Tier, das bereit zum Sprung war. Natürlich wusste er, dass er beobachtet wurde, trotzdem hatte er bisher keinen einzigen Blick in eine der Kameras geworfen.

»Anwalt?«, fragte Shao.

»Ist bisher nicht eingetroffen.« Powell blätterte durch die Unterlagen, die Glenda ihm auf die Schnelle zusammengestellt hatte. »Und vielleicht braucht er auch keinen. Das hier wird jedenfalls kaum ausreichen, um ihn länger festzuhalten.«

»Wie bitte? Der ist so schuldig wie Fred West, das ist mal sicher!«

»Wir haben seine Waffe sichergestellt«, pflichtete Zuko ihr bei.

»Eine Waffe, auf der sich – korrigieren Sie mich, falls ich falschliegen sollte – keine Fingerabdrücke befinden.«

Shao verdrehte die Augen. »Dann hat er eben Handschuhe getragen!«

»Und wo sind die?«

»Ich vermute, dass er sie ins Wasser geworfen hat!«

Powell wiegte den Kopf. »Wie weit ist die Spurensicherung in der Sache?«

Sie wechselte einen Blick mit Zuko, der die Schultern hob. »Hat gerade die Schlafanzüge ausgezogen, schätze ich. Guv, Sie wissen selbst, dass wir bei einem Typen wie dem jede Sekunde nutzen müssen!«

Die Tür öffnete sich, und Glenda trat ein. Sie sah noch verstrubbelter aus als sonst. Und blasser. »Unten am Eingang wartet eine Pressemeute, so was habt ihr noch nicht gesehen. Kein Wunder. Kam ja alles zur besten Sendezeit.«

Powell nahm es unbeeindruckt zur Kenntnis. »Irgendwas Neues von Lockhart oder Ashley?«

»Schlafen anscheinend tief und fest. Ihre Handys sind jedenfalls ausgeschaltet.«

Shao winkte ab. »Oder sie stecken in der Sache mit drin und haben sich abgesetzt.«

»Jetzt lassen Sie mal die Kirche im Dorf, Detective. Was sagen die Fingerabdrücke?«

Glenda zückte ein Tablet und wischte über die digitale Akte. »Der Name Vince Costigan ist echt, jedenfalls nach den Unterlagen. Er war eine Zeitlang beim Militär. Scharfschützenausbildung.«

»Na, bitte!«, rief Shao.

»Vor siebzehn Jahren ist er nach Afghanistan gegangen, und zwar noch während der ersten Periode, bei der Operation

Veritas. Später Stationierung in Masar-e-Sharif und dann Ende 2013 ehrenhafte Entlassung aus der Army und Rückkehr nach London.«

»Aus welchem Grund?«

»Das werden Sie jetzt nicht so gern hören, fürchte ich. Bei einem Terroranschlag in den Ausläufern des Marmalgebirges vor Masar-e-Sharif wurde ihm ein Bein abgerissen.«

»Was?«

»Alles Weitere finden Sie hier drin. Viel Glück.«

Powell nahm das Tablet entgegen. »Danke, Glenda. Und sorgen Sie verdammt nochmal dafür, dass Lockhart und Ashley ihren Hintern hierherbewegen.«

»Klar, Guv.« An der Tür drehte sie sich noch mal um. »Ach ja. Shao.«

»Hm?«

»Wegen dieser Sache in Tilbury – der Schrottplatz. Da hab ich leider niemanden erreichen können.«

»Ist jetzt auch egal. War sowieso nicht so wichtig, fürchte ich.«

»Aber es gibt eine Notiz über einen Feuerwehreinsatz auf dem Gelände dort. An Heiligabend. Dabei ist ein Kranlaster verbrannt.«

Shao hob die Brauen und grinste. »Nicht schlecht. Danke sehr.«

»Gern geschehen.« Glenda lächelte müde und verschwand.

»Welcher Schrottplatz?«, fragte Powell.

»Ist egal. Vergessen Sie es.«

Sie fürchtete schon, dass er nachfragen würde, aber Powell nickte nur und zog seinen Mantel über. »Informieren Sie mich bitte, sobald Costigan auch nur einen Mucks von sich gibt.«

»Sie wollen jetzt Feierabend machen?«

»Hammerstead hat vor einer Viertelstunde angerufen und um ein Gespräch gebeten. Angesichts unserer Vermutungen über seine Rolle in dieser Sache halte ich es offen gesagt nicht für sinnvoll, wenn er hier im Flur unserem Verdächtigen über den Weg läuft.«

Leise fiel die Tür hinter ihm ins Schloss.

Shao sah durch die Scheibe. »Okay. Wer fängt an?«

7

»Warum waren Sie mitten in der Nacht am Harbour Quay?«

»Ich war spazieren.«

»Woher hatten sie das Gewehr?«

»Ich hatte kein Gewehr.«

»Und warum Handschuhe?«

»Ich hatte auch keine Handschuhe dabei. Ich bin nicht sehr kälteempfindlich.«

»Ich habe gesehen, wie Sie sie ins Wasser geworfen haben. Und zwar noch vor der Brücke, über den Bauzaun.«

»Bei den schlechten Lichtverhältnissen? Alle Achtung vor Ihrer Sehschärfe, Detective Shao.«

»Bleiben wir bei der Waffe. Eine HK243 Long mit Nachtzieloptik. So was kriegt man nicht an jeder Ecke, Vincent.«

»Da mögen Sie recht haben. Ich kenne mich damit nicht aus.«

»Obwohl Sie als Scharfschütze in Afghanistan waren?«

»Das HK243 basiert auf dem G36 der deutschen Bundeswehr. Wir waren damals mit dem L96 von Accuracy International ausgestattet. Gute englische Wertarbeit.«

»Also kennen Sie sich doch aus.«

»Nur mit dem L96.«

»Früher oder später finden wir raus, woher Sie die Waffe hatten. Es fällt also auf Sie zurück, wenn Sie uns nicht die Wahrheit sagen.«

»Aber das tue ich doch, Detective Shao.«

Vincent Costigans ausdrucksloser Blick machte sie rasend. Shao musste all ihre Willenskraft aufwenden, um nicht über den Tisch zu springen und diesem Arschloch den Hals umzudrehen. »Tja, Vince ... Ich darf doch Vince sagen, oder?«

»Was immer Ihnen gefällt, Detective.«

»Wenn Sie so ein Unschuldslamm sind – warum sind Sie dann vor mir ausgerissen?«

»Weil ich die Schüsse gehört habe. Da habe ich Angst bekommen.«

»Den Schuss oder die Schüsse?«

»Erst war es nur einer. Dann noch einer. Und dann sind Sie auf mich zugerannt. Was hätten Sie an meiner Stelle gemacht, Detective?«

»Ich wäre stehen geblieben und hätte meine Arme gehoben, wenn die Polizei es von mir verlangt.«

»Das wäre vermutlich richtig gewesen. Sie sind eindeutig mutiger als ich.«

Sie flüchtete sich in ein sarkastisches Lächeln. *Okay, du willst es nicht anders. Also noch mal zurück auf Los.* »Erklären Sie mir bitte, wieso Sie überhaupt mitten in der Nacht auf die Idee gekommen sind, in Canary Wharf spazieren zu gehen. Ich meine, Sie wohnen in …« Sie blätterte in der Akte vor sich auf dem Tisch, als könne sie sich nicht genau erinnern. »… ach ja, in Hampstead. Feine Gegend, viel Grün. Da zieht es einen natürlich irgendwie automatisch in die idyllische Betonwüste um den One Canada Square, ist ja klar.«

»Ich liebe die Ruhe und die klare Luft direkt am Wasser.«

»Wann sind Sie in Hampstead losgefahren?«

»Das weiß ich nicht mehr genau. Irgendwann am Abend.«

»Wo haben Sie Ihr Auto abgestellt?«

»Ich bin nicht mit dem Auto gekommen, sondern mit der Bahn.«

»Mit welcher Bahn?«, fragte Shao.

»Mit der Overground.«

»Warum nicht mit der Central Line? Die fährt doch viel öfter.«

»Ich mag das häufige Umsteigen nicht. Und auch nicht diese engen, überfüllten Züge. Ich finde sie beklemmend. Außerdem wollte ich die Fahrt durch die Stadt genießen. In

Stratford kann man bequem in die DLR umsteigen, fast ohne Zeitverlust.«

»Sie kennen sich ja gut aus.«

»Ich benutze meistens öffentliche Verkehrsmittel. Das ist gut für die Umwelt.«

»Auf welchem Bahnsteig sind Sie in Stratford umgestiegen?«

»Die DLR-Station ist auf der anderen Seite der Straße. Man muss quer durch den Bahnhof, an den Toiletten und am Kiosk vorbei. Manchmal kaufe ich mir dort eine Zeitung.«

»Welche Zeitung?«

»Meistens den *Globe*. Die Berichterstattung ist ein bisschen elitär, aber das sagt man uns in Hampstead ja auch nach. Wenn ich müde bin, kaufe ich mir aber auch manchmal den *Mirror*.«

»Und heute?«

»Heute habe ich mir gar keine Zeitung gekauft. Ich bin außen am Gelände entlanggegangen, um die frische Luft zu genießen.«

Weil du weißt, dass es praktisch unmöglich ist, innerhalb des Bahnhofs nicht von einer Kamera erfasst zu werden!

»Was wissen Sie über die Baltimore, Mr Costigan?«

»Ich war nie in Maryland. Bin nur ein einziges Mal mit ein paar Kumpels über den Teich geflogen, gleich nach der Schule, und da waren wir nur in New York.«

»Und ich dachte, Sie lesen Zeitung.«

»Ach, Sie meinen dieses Schiff, das untergegangen ist? Ziemlich heftige Sache, würde ich sagen.«

»Es wurde praktisch in die Luft gejagt.«

»Sie haben recht. Davon habe ich gelesen.«

»Waren Sie das, Vince?«

»Ich? Wie kommen Sie darauf?«

»Sie haben Ihren Weihnachtsabend also nicht an einem Anleger in Creekmouth verbracht?«

»Nein.«

»Was wollten Sie mit dem Würfel anstellen? Ist doch ziemlich unhandlich, so ein großes Teil.«

Es war das erste Mal, dass Costigan blinzelte.

Hab dich, dachte Shao.

»Ich weiß nicht, was Sie meinen, Detective.«

»Na, ist ja auch egal. Der Würfel ist weg, also haben Sie sich halt gedacht, scheiß drauf! Mussten Sie nur noch den leeren Kranlaster nach Tilbury fahren, um ihn dort zu verbrennen.«

Ein herablassendes Lächeln. »Ich habe noch nie einen Kranlaster gefahren. Geschweige denn, dass ich mal einen verbrannt hätte.«

»Aber Sie haben einen Lkw-Führerschein.«

»Den musste ich machen. Für einen Job damals.«

»Was für einen Job?«

»Transportfahrer.«

»Wo waren Sie Transportfahrer?«

»Auf der Straße natürlich. Ich hab Sachen transportiert.«

»Was für Sachen?«

»Sachen halt. Ich spreche nicht gern darüber, da es keine angemeldete Tätigkeit war. Ich musste nach meiner Entlassung aus der Army damals einfach sehen, wo ich bleibe.«

»Hören Sie auf, uns zu verarschen, Vince.«

»Sie können meinen damaligen Chef fragen, falls er noch lebt. Er war schon ziemlich alt. Sein Name war … warten Sie … Irgendwie komm ich gerade nicht drauf.«

»Reynolds?«

»Nein, so hieß er nicht.«

»Waren Sie schon mal in Tilbury?«

»Kann sein.«

»Während der letzten Wochen.«

»Nein. Als Kind war ich oft dort, weil eine Tante meiner Mutter dort wohnte. Aber in den letzten Wochen? Bestimmt nicht.«

»Wie hieß diese Tante?«

»Das weiß ich nicht mehr. Sie ist vor zwanzig Jahren gestorben, kurz vor meiner Mutter.«

»War sie mit einem Schrotthändler namens Wilbur Edward Reynolds verwandt?«

»Nicht, dass ich wüsste. Warum?«

Shao schabte mit einem Stift so fest über das Tablet, dass er beinahe einen Kratzer auf der Oberfläche hinterlassen hätte. »Ich hab hier übrigens noch was für Sie.« Sie legte das Tablet auf den Tisch, so dass Victor die Phantomzeichnung sehen konnte, die Eddie ihr überlassen hatte. »Gut getroffen?«

»Um das zu beurteilen, müsste ich wissen, wer das sein soll.«

Shao wischte ein Bild weiter. »Und die Frau hier haben Sie natürlich auch noch nie gesehen?«

»Nie.«

»Tja, das ist merkwürdig. Sie stand nämlich direkt neben Ihnen, als Sie beide vor drei Tagen widerrechtlich in die Wohnung von Jack Bannister eingedrungen sind. Dafür gibt es eine Zeugin.«

»Etwa die Zeugin, nach deren Aussage diese Bilder gemalt wurden? Ich bitte Sie, Detective.«

»Warum waren Sie bei Bannister? War er auch auf der Baltimore, so wie Sie? Oder haben Sie nach Russell Lynch gesucht?«

»Russell wer?«

»Vielleicht waren Sie ja auch bei Bannister, um ihn umzubringen? So wie Livia Parson? Und Gregory Turbin?«

Sie hatte ihn mit ihren schnell hintereinander abgefeuerten Fragen aus dem Gleichgewicht bringen wollen, aber das funktionierte bei einem Kerl wie Costigan nicht. Er konnte sich vermutlich zusammenreimen, dass das Obduktionsergebnis von Bannisters Leichenteilen ihn entlasten würde. Als er in der Wohnung gewesen war, war Bannister bereits mehrere Tage tot gewesen.

»Es tut mir leid, Ihnen das sagen zu müssen, Detective, aber Sie kommen mir ein wenig überarbeitet vor. Ich verstehe das – nach dem, was in den letzten Wochen so alles in unserem Stadtteil passiert ist.«

Shao trommelte frustriert mit den Fingern auf der Tischplatte. Dann richtete sie ihren Blick wieder auf Costigan. »Wissen Sie, da wäre noch eine Sache, die mich brennend interessiert.«

»Schießen Sie los, Detective.«

»Wie haben Sie es geschafft, dass Ihnen ein gesundes Bein nachgewachsen ist?«

Vince hob die Brauen, dann brach er plötzlich in Lachen aus.

»Was ist daran so lustig?«, fragte Shao verärgert.

»Wie? Oh, nichts. Gar nichts. Entschuldigung. Ich wurde nur schon so oft danach gefragt, und die Antwort ist so schrecklich trivial, wissen Sie.«

»Ich bin gespannt.«

»Es ist ein Fehler.«

»Wie bitte?«

»In den Unterlagen. Mir wurde nicht das Bein abgerissen. Jedenfalls nicht komplett. Es hat nur den Fuß erwischt, und mit der Prothese kann ich einigermaßen laufen. Wollen Sie sie sehen?«

»Bitte.«

»Okay …« Vince hob den Fuß und krempelte das Hosenbein hoch. »Sehen Sie? Wirklich erstaunlich, was mit der heutigen Technik alles möglich ist …«

»Ja«, sagte Shao düster.

Die Tür wurde geöffnet. Im Rahmen erschien Lockhart, gefolgt von einem schwarzhaarigen Mann in einem dunklen Anzug, an dessen rechter Hand ein fetter Siegelring blitzte.

»Detective Shao? Darf ich vorstellen? Dr. Ernest Beaufort, der Anwalt von Mr Costigan.«

»Guten Abend, Detective Shao. Ihren Kollegen, Detective Gan, habe ich gerade eben schon draußen begrüßt. Ich hoffe, es gibt einen guten Grund dafür, dass wir uns alle hier den Samstagabend um die Ohren schlagen müssen.«

»Den gibt es in der Tat«, sagte Shao, »und zwar …«

»Wenn ich die Situation richtig deute, haben Sie meinen Klienten verhört, ohne dass er sich zuvor mit mir abstimmen konnte. Ist das korrekt?«

Shao hob die Brauen. »Mr Costigan hat zugestimmt, dieses Gespräch zu führen. Er hat vorbildlich kooperiert.«

Beauforts Mundwinkel zuckten. Unter dem spitzen Deckenlicht entdeckte Shao ein paar Schweißperlen an seinen Geheimratsecken, von denen es allerdings keine bis auf die faltenfreie Stirn schaffte. Shao tippte auf jede Menge Botox.

»Das ist zwar ungewöhnlich, aber es freut mich trotzdem für Sie, Detective. Gestatten Sie mir gleichwohl, mich in einem persönlichen Gespräch mit meinem Klienten von der Richtigkeit der Aussage zu überzeugen.«

»Fühlen Sie sich ganz wie zu Hause.«

Lockhart nickte ihr zu, und Shao erhob sich mit einem innigen Seufzer, um ihm nach draußen zu folgen.

»Ach, und vergessen Sie doch bitte nicht, im Überwachungsraum alle Kameras und Mikrophone abzuschalten.«

»Selbstverständlich, Mr Beaufort.« *Sir, yes, Sir. Beschissener Wichser.*

Als sie drüben eintrafen, hatte Zuko das bereits erledigt.

Lockhart knallte die Tür hinter Shao zu. »Und? Kann mir mal jemand verraten, was dieses bescheuerte Theater überhaupt soll?«

Shao schnappte nach Luft. »Wie bitte? Der Typ da draußen hat vor unseren Augen Ihren Kollegen umgelegt! Außerdem hat er sich als Polizist ausgegeben und war in der Wohnung von Jack Bannister, als der bereits tot war. Aber diese Art von Detailarbeit ist ja bekanntlich nicht Ihre Stärke. Wo waren Sie überhaupt? Powell hat die ganze Zeit versucht, Sie zu erreichen.«

»Lenken Sie nicht ab, Shao. Haben Sie etwas gegen dieses Arschloch in der Hand oder nicht? Ansonsten müssen wir ihn nämlich laufen lassen.«

»Anscheinend hören Sie mir nicht zu, Lockhart. Wir waren *dabei*, als er Dixon erledigt hat!«

Lockharts Blick richtete sich auf Zuko. »Stimmt das?«

Zuko nickte. »Es hat ihn direkt vor unseren Augen erwischt.

Der Schuss kam aus Costigans Richtung. Dort haben wir auch das Gewehr gefunden, und es war niemand sonst auf der Baustelle.«

Shao konnte sich eine Portion Spott nicht verkneifen. »Sieht mir alles in allem nach einem glasklaren Fall aus.«

Lockhart verzog das Gesicht. »Sie haben also nicht gesehen, dass er abgedrückt hat.«

»Wie bitte?«

»Der Schuss könnte auch von ganz woanders gekommen sein … aus einem der Wohnhäuser.«

»Da gibt es überhaupt keine Wohnhäuser, Sie Arschloch! Nur Büros. Da war um diese Zeit keiner mehr!«

»Umso besser für einen Killer, der sich irgendwo da drin ein ruhiges Plätzchen suchen will.«

Zuko ging dazwischen, bevor Shao Lockhart an die Kehle gehen konnte. »Und das Gewehr, Aldous?«

»Wurde meines Wissens ohne Fingerabdrücke gefunden. Solange die ballistische Untersuchung nicht abgeschlossen ist, haben wir gegen ihn nichts in der Hand.«

»Nichts in der Hand?«, schnappte Shao. »Das reicht auf jeden Fall, um ihn die Nacht über hierzubehalten.«

»Sparen Sie sich die Aufregung. Ich habe schon mit Hammerstead gesprochen. Wir lassen ihn gehen.«

»Einen Augenblick, Aldous. Mit Hammerstead?«

Shao stellte sich vor, wie sie Lockharts Kopf packte und gegen die Filztapete rammte. »Ich fass es nicht! Wer hat den überhaupt informiert? Sie vielleicht?«

»Sie können mich mal, Shao.«

Zuko schüttelte den Kopf. »So einfach ist die Sache tatsächlich nicht. Vincent Costigan ist dringend tatverdächtig. Wir haben zudem Grund zu der Annahme, dass das nicht sein erster Mord war.«

»Reden Sie etwa von diesem … Wie war noch der Name? Bannister? Ich dachte, der war schon tot, als Costigan in die Wohnung kam.«

»Nicht Bannister, sondern Russell Lynch!« Shao deutete auf die Fensterscheibe. Sie spuckte Lockhart die Worte förmlich entgegen. »Ich verwette meinen Arsch darauf, dass er ihn umgenietet hat.«

»Was macht Sie da so sicher? Weibliche Intuition?«

Die gehörige Portion Spott, die aus seinen Worten troff, hätte sie warnen sollen. »Wissen Sie, was mich viel mehr interessiert, Lockhart? Wieso Sie ihn überhaupt mit Händen und Füßen verteidigen! Ich meine, dieses Schwein da drüben hat Ihren Kollegen umgebracht! Aber vielleicht sind Sie ja sogar froh darüber. Könnte ich mir jedenfalls vorstellen nach allem, was Dixon uns über Sie erzählt hat!«

Er schüttelte nur den Kopf. »Wirklich, Shao. Der Nervenkrieg beim Drogendezernat, und dann noch das Bashing von Conolly. Ich hab echt Mitleid mit Ihnen. Gehen Sie nach Hause und schlafen Sie sich mal aus, das wird Ihnen guttun.«

»Ficken Sie sich ins Knie, Lockhart! Wir wissen von dem Fach bei Big Green!«

Lockharts selbstgefälliges Grinsen fiel in sich zusammen. »Welches Fach?«

Zuko warf ihr einen warnenden Blick zu. Sie ignorierte ihn. »Wer bezahlt Sie dafür, dass Sie die Ermittlungen sabotieren? Seaways? Was haben die gegen Sie in der Hand? Ich würde sagen, es ist an der Zeit auszupacken, wenn Sie nicht mit untergehen wollen. Da können Sie zehnmal die Unterlagen vor uns in Sicherheit bringen, das wird Ihnen am Ende nichts nützen. Irgendwann nämlich legt Costigan auch auf Sie an, und das war's dann … *peng.*«

Lockharts Adamsapfel hüpfte. Die Augen schienen ihm regelrecht aus den Höhlen zu quellen, und es dauerte einen Moment, bis Shao begriff. *Er hat die Unterlagen nicht in Sicherheit gebracht. Er dachte, dass sie noch dort sind!*

»Was wollte Seaways mit dem Würfel?«

Lockhart schluckte trocken und wischte sich mit der Hand über die Augen.

»Was bedeuten die Zeichen auf der Oberfläche? Wozu ist dieses gottverdammte Ding gut?«

Aber er hatte sich schon wieder gefangen. »Von mir aus spielen Sie beide ruhig weiter Ihre Sandkastenspiele. Ich geh jetzt rüber und sag Costigan, dass er sich verpissen kann. Gute Nacht, Detectives.«

Benommen blickte Shao auf die Tür, die hinter Lockhart zugeklappt war. Auf der anderen Seite des Spiegels betrat Lockhart das Verhörzimmer. Beaufort sah auf, und ein wissendes Lächeln zuckte um seine Mundwinkel.

Shao starrte durch die Scheibe auf ihr halbdurchsichtiges Spiegelbild, und ihr fiel auf, dass ihre Augen rotgerändert waren. Zuko sah nicht viel besser aus. Vergeblich versuchte sie, das Chaos aus Gedankenfetzen zu ordnen, das in ihrem Kopf herrschte. Briscoe, Finneran, Lynch, Dixon … außerdem noch Parson und Turbin. Und während Deirdre vielleicht ebenfalls schon von Tumoren zerfressen auf irgendeiner Müllhalde in Stratford lag, hatten sie nichts weiter als ihre lächerliche Geistertheorie und einen ehemaligen Sniper aus dem Afghanistankrieg. Das alles war vollkommen verrückt.

Drüben stand Costigan auf und verließ mit Beaufort den Verhörraum. Lockhart machte hinter ihnen das Licht aus.

Shao ächzte. »Das können wir nicht zulassen. Wir müssen sie aufhalten!«

Zuko schüttelte den Kopf.

»Was? Und warum nicht?«

Sein Blick klebte an einem Punkt auf der Filzwand hinter ihr. »Weil wir jetzt wissen, dass Seaways dahintersteckt. Sie haben den Würfel nach London gebracht, und sie haben Lockhart und seine Leute benutzt, um die Ermittlungen zu torpedieren. Was wir aber nicht wissen, ist, *warum* sie es getan haben.«

»Warum wohl? Weil sie nicht wollten, dass irgendjemand von diesem komischen Ding erfährt!«

»Und darum haben sie Rachel Briscoe in ein wandelndes

Krebsgeschwür verwandelt? Genauso wie Russell Lynch? Ganz schön merkwürdiger Versuch, etwas geheim zu halten.«

»Ich bin gespannt auf Ihre Theorie, Sarge!«

Zuko wiegte den Kopf hin und her, als versuchte er, jedes Wort abzuwägen, bevor er weitersprach. »Ich glaube, was hier passiert ist, hat sie genauso überrascht wie uns. Und jetzt versuchen sie, die Scherben einzusammeln. Deshalb musste Dixon sterben. Um die Sache unter dem Deckel zu halten.«

Shao dachte darüber nach. Es klang zumindest nicht *total* verrückt. »Okay, schön und gut. Nehmen wir an, Sie haben recht. Was nützt uns das jetzt?«

»Wir wissen, dass die Morde an Parson, Turbin und Bannister mit den anderen Toten zusammenhängen. Russell Lynch ist die Verbindung. Wenn Ihre Theorie stimmt und Briscoe und Lynch und meinetwegen auch Finneran und vielleicht jetzt Deirdre Watkins Opfer dieser mysteriösen … *Übertragung* waren, dann brauchen wir nur noch ein gemeinsames Motiv, das die anderen Morde verbindet.«

»Und eine Erklärung für die verdammten Spinnenfäden.«

»Sie haben gehört, was Sefaya Arun gesagt hat.«

»Jetzt mal halblang, Sarge. Wie wär's erst mal mit Harmony? Als Verbindung zwischen Bannister und Turbin. Sie waren Dealer. Bannister hat sogar selbst konsumiert.«

»Aber nicht Livia Parson.«

Shao zuckte mit den Schultern. »Sie war eben das erste Opfer. Eine Art Übung. Beim ersten Opfer gibt's immer die meisten Abweichungen, weil der Killer noch kein Schema entwickelt hat.«

»Sie haben damals in Hendon anscheinend gut aufgepasst.«

»Ist so ziemlich das Einzige, was hängengeblieben ist.« Ihr Grinsen fiel abrupt in sich zusammen, als ihr die Erklärung auf einmal wie ein überreifer Apfel vor die Füße fiel. »Verflucht nochmal, Sarge, das ist es! *Deshalb* wollte es zu Deirdre!«

»Es?«

»Der Überträger! Das ... *Ding*, das sich von Briscoe über Finneran und Lynch bis zu Deirdre vorgearbeitet hat ...«

»Sie glauben, es hat ein Bewusstsein?«

»Ich weiß, es ist spät, aber tun wir doch einfach mal kurz so, als wenn es so wäre! Es nistet sich in den Menschen ein. Es weiß, was sie wissen! Also wusste es in dem Augenblick, als es in Russell Lynch geschlüpft ist, dass Deirdre Watkins sich um die Fabrikhalle in der Gibbins Street gekümmert hat!«

»Die Drogenhöhle? Sagten Sie nicht, die wurde dichtgemacht?«

»Die Leute wurden *umgesiedelt*. Aber das wusste Lynch ja nicht, weil er ein Jahr raus war. Und selbst wenn, hat er vermutlich gehofft, dass Deirdre ihm die neue Unterkunft zeigen kann. Ich meine, ganz ehrlich, Sarge: Wenn ich mir aus irgendeinem Grund in den Kopf gesetzt hätte, Harmony-Opfer umzubringen und in kleine Scheiben schneiden zu wollen, wäre die Drogenhöhle ein ideales Ziel.«

»Bekommen die denn überhaupt Harmony verabreicht? Ich dachte, das Zeug wäre teuer.«

»Deshalb hat es den Kofferraum von Greg Turbin ausgeräumt. Es hat den Stoff. Jetzt braucht es nur noch die Junkies.«

Zuko schloss die Augen. »Also reden wir jetzt von dem Überträger oder von dem angeblichen Monster, das Deirdre gesehen hat?«

Shao starrte Zuko aus brennenden Augen an. Was sie da gerade gesagt hatte, klang eindeutig nach dem Gestammel einer Wahnsinnigen, und gleichzeitig war es die erste Theorie, die halbwegs mit den Fakten übereinstimmte.

Aber wofür *braucht es die Junkies, verdammt nochmal?*

Und wie passte dieser komische Würfel da rein, der sich trotz seines Tonnengewichts unmittelbar vor der Explosion auf der Baltimore offenbar aufgelöst hatte wie eine Fata Morgana?

Trotzdem. Es war einen Versuch wert. »Wir müssen die Drogenhöhle finden, und zwar am besten noch heute Nacht.«

Zuko verzog das Gesicht. »Vielleicht rufen Sie am besten direkt bei Costello an. Oder bei Ihrem alten Freund Shepherd. Vielleicht hat er ja einen Tipp für Sie ... Hey, wo wollen Sie hin?«

»Shepherd kann mich am Arsch lecken. Ich hab 'ne bessere Idee.«

8

Sie nahmen die A12 Richtung Nordwesten, zwischen dem Olympiagelände und dem Victoria Park hindurch. Die Adresse, die Shao Zuko genannt hatte, lag in der Chartsworth Road in Lower Clapton, fast eine halbe Meile oberhalb des Universitätskrankenhauses. Shao war nur ein einziges Mal dort gewesen, während einer Beschattungsaktion gemeinsam mit Eddie, die sie auf Shepherds Anweisung nach einer halben Nacht ergebnislos abgebrochen hatten.

Schon als sie die A12 verließen, merkte Shao, wie sie die Müdigkeit überfiel. Es war kurz vor Mitternacht, als an der Wick Road, Ecke Kenworthy, die Ampel auf Rot sprang. Sie warteten auf einer leeren Kreuzung, fünf Yards neben einem Immobilienmakler und einem Laden, der vegetarischen Kebab verkaufte. Links von ihnen glomm in der Entfernung die Lichtglocke der City. Alles sah so verdammt normal aus, und der Mazda fühlte sich auf einmal an wie eine Blase, in der Verschwörungstheorien wucherten.

Shao überlegte, wie sie es ansprechen sollte. Sie war nie besonders gut darin gewesen, diese Art von Gesprächen zu führen.

»Sarge?«

»Hm.«

»Warum haben Sie vorhin nichts gesagt? Als Sie zur Aldwych Station sind. Warum haben Sie mich nicht gefragt, ob ich mitkommen will?«

Die Ampel sprang auf Grün. Zuko fuhr an.

»Ich hab neulich gesagt, dass ich zurück zur Drogenfahndung will. Ehrlich gesagt, war das Bullshit. Ich würde gern bleiben.«

»Freut mich.«

»Aber nur unter einer Bedingung: keine Geheimnisse.«

Sie sah ihm offen ins Gesicht, weil sie sehen wollte, wie er reagierte, aber er tat, als würde er ihren Blick nicht bemerken, und konzentrierte sich weiter auf die Straße.

»Keine Geheimnisse«, wiederholte er.

»Richtig.«

»Gut, ich bin einverstanden.«

Shao schloss die Augen. Das gleichmäßige Brummen des Motors drohte sie in den Schlaf zu lullen. Sie fühlte sich schlecht, was nicht allein an der Erschöpfung lag, sondern auch an ihrem schlechten Gewissen. Was war mit der Sache in der Abtei? Mit dem erhängten Mönch in Abbey Wood? Sie merkte kaum, wie ihre Gedanken zurück zu Vincent Costigan irrten und sie sich vorstellte, wie er in einem Kranlaster über den Newham Way raste. Plötzlich tauchten Russell Lynch und Deirdre Watkins auf der Fahrbahn auf, und der Aufprall schleuderte sie durch die Luft wie Schaufensterpuppen. Dann sah sie Lockharts Gesicht vor sich, wie es in dem blutigen Nebel versank, der aus der zerrissenen Kehle von Dixon sprühte. Die Wut kehrte zurück. Gefolgt von Furcht. Ein Reigen von Gesichtern stieg aus ihrem Unterbewusstsein an die Oberfläche, wie Wasserleichen in einem See, die sie abwechselnd um Hilfe anflehten und ihr Vorwürfe machten, sie anbettelten und auslachten. Sie durchbrach den Ring der Toten und flüchtete aus dem Revier, wobei sie ihre Beretta und ihre Marke vergaß und von den lebenden Leichen bis zur Brücke am Silvertown Way gehetzt wurde, unter der sich die Touristen im Biergarten am Gallions Point Yachthafen das Bier in den Hals schütteten und mit ausgestreckten Händen auf Shao zeigten. Sie erreichte ihr Haus und schlug die Tür hinter sich zu, aber die Toten ließen sie nicht in Ruhe. Sie trommelten mit ihren verfaulten Fäusten gegen die Tür, bis sich eine Hand auf ihre Schulter legte und … Shao schließlich schweißgebadet aufwachte – und realisierte, dass sie sich die Hand auf der Schulter nicht eingebildet hatte.

»Scheiße, Sarge! Was ist los?«

»Sie wollten mir ein Geheimnis verraten.«

»Ja, stimmt … Hab ich?«

»Weil Sie eingeschlafen sind, musste ich leider mit Glenda vorliebnehmen. Ich hab sie gebeten, ein Auge auf Lockhart zu werfen. Sie folgt ihm gerade nach Hause.«

»Oh, Mist … Ich meine, danke. Tut mir echt leid.«

Sie blickte sich um. Der Wagen stand in der Chartsworth Road vor dem Kricketplatz, der in der Dunkelheit wie ein schwarzer See aussah. Auf der gegenüberliegenden Straßenseite stand Hobarts Haus, eine ansehnliche kleine Villa mit Erkern und Türmchen und einem kleinen Vorgarten. Man gönnt sich ja sonst nichts. Hinter den Fenstern war alles dunkel.

»Erst die Geheimnisse oder erst Hobart?«

Shao zückte die Beretta und überprüfte das Magazin.

Was für eine Frage. Natürlich erst Hobart.

Shao wusste, welches Fenster auf der Rückseite sie nehmen mussten, um den Alarm auszutricksen. Ein Kumpel von Costello, der eine Securityfirma betrieb, hatte die Anlage vor einem halben Jahr installiert, und Shao hatte live mithören können, wie Hobart den Abschaltcode eingegeben hatte. Da er ein Gewohnheitstier war, ging sie davon aus, dass er sich lieber ein neues Haus kaufen würde, als den Code zu ändern.

Sie öffnete den Fensterrahmen mit einem Schraubenzieher und zwängte sich durch den Spalt. Die Alarmanlage begann stumm zu blinken. Shao tippte die Kombination ein, und das Blinken erlosch.

Strike!

Sie öffnete die Hintertür, und Zuko trat ein.

»Sagten Sie nicht, Hobart hat einen Terrier?«

»Ja, aber Carlisle ist inzwischen neunzehn, inkontinent und fast taub. Sie müssten schon Ihre Beretta direkt vor seiner Schnauze abfeuern, damit er Sie wahrnimmt.«

Zuko schnupperte. »Ich würde sagen, Sie haben recht.«

Sie schlichen durch den Flur zur Treppe. Das Schlafzimmer befand sich oben, ebenso wie die Kinderzimmer, die seit Hobarts Scheidung leer standen.

Die Schlafzimmertür stand offen, und es war nicht festzustellen, wer von beiden schnarchte: der Hund, der wie ein Nacktmull am Fußende des Bettes auf einer zerfetzten, nach alter Pisse stinkenden Decke lag, oder Hobart, der sich mit dem Arsch nach oben in seine Bettdecke eingemummelt hatte. Sein linker Arm hing seitlich herab, und am Handgelenk schimmerte die beknackte Breitling.

Shao wählte seine Nummer, und auf dem Nachttisch leuchtete das Handydisplay auf. Es dauerte ein paar Sekunden, bis Hobart sich rührte. Seine Finger griffen sich das Telefon und verschwanden unter dem Kissen.

»Ja, wer ist da?«

Shao unterbrach die Verbindung. »Jetzt haben Sie meine Nummer. Nur für den Fall, dass Sie Costello erzählen möchten, wer Sie heut Nacht besucht hat.«

Hobart war bei ihren ersten Worten hochgefahren, als hätte sie ihm die Bettdecke heruntergerissen. Fettringe schwabbelten um seinen Unterleib, als er sich schutzsuchend an die Rückwand drückte. Aus kleinen, verschlafenen Schweinsäuglein versuchte er, die Dunkelheit zu durchdringen. »Verdammt nochmal, wer sind Sie?«

»Detective Constable Sadako Shao. Das ist mein Partner Detective Zuko Gan. Forest Gate Police Department. Wir haben nur ein paar Fragen. Wenn Sie uns verraten, was wir wissen möchten, sind wir gleich wieder verschwunden.«

Hobart nickte langsam. »Sie sind das Mädchen, das aus Shepherds Team zurück nach Newham gewechselt ist. Hab ich mitbekommen. Ich schätze mal, Shepherd wird nicht erfreut sein, wenn er von dieser Sache erfährt. *Überhaupt nicht erfreut.*«

»Scheiß auf Shepherd.«

»Wir interessieren uns für eines der Objekte, das Sie verwalten«, erklärte Zuko.

Hobart maß ihn mit einem verächtlichen Blick. »Ich verwalte viele Objekte. Aber falls Sie die Wohnungen im Bank Tower in Canary Wharf meinen, die gerade in die Verlosung gekommen sind – die dürften wohl kaum in Ihrer Preisklasse liegen.« Er hob grinsend die Hände. »Nehmen Sie es nicht persönlich. Jahrzehntelange Erfahrung im Kreditgeschäft.«

»Wir hatten da eher an etwas anderes gedacht. Eine Wohnung, die sich zur Unterbringung von Drogensüchtigen eignet.«

»Keine Ahnung, was Sie meinen, Detective.«

»Die Leute aus der Fabrikhalle an der Gibbins Road«, präzisierte Shao. »Costello hat sie umgesiedelt, und wir möchten gern wissen, wohin.«

Hobart legte vorsichtig das Handy weg, wie um zu zeigen, dass er nicht nach einer Waffe greifen wollte. Dann streifte er die Bettdecke glatt und spielte mit seinem Armband. »Wie gesagt, ich verwalte die Objekte und bin nicht darüber informiert, welchem Sinn und Zweck sie von ihrem jeweiligen Mieter zugeführt werden. Allerdings enthalten unsere Mietverträge Standardklauseln, und der Gebrauch und gewerbsmäßige Vertrieb von Drogen ist in allen Objekten verboten. Falls Sie noch weitere Fragen haben, wird meine Sekretärin Miss Tailor gern für spätestens nächste Woche einen Termin arrangieren.« Seine Mundwinkel zuckten spöttisch. »Ich setze natürlich voraus, dass Sie bis dahin eine gerichtliche Verfügung vorlegen können.«

»Das könnten wir wohl mit Sicherheit.« Shao richtete die Beretta auf das Fußende des Bettes. »Aber bis dahin dürfte es für Snoop Doggy Dogg hier leider zu spät sein.«

»Carlisle!«

»Nicht so laut, sonst wacht er noch auf. Wird bestimmt kein Spaß für sein altes Herz.«

Auf Hobarts Brust glänzten plötzlich Schweißperlen. »Costello bringt mich um, wenn ich Ihnen die Adresse gebe.«

»Wie gesagt, schicken Sie ihm meine Nummer, und ich klär das direkt mit ihm.«

Hobart lachte auf. »Sie glauben, Sie wüssten, wie der Hase läuft, bloß weil Sie ein paar Jahre unter Shepherd gearbeitet haben? Sie haben ja keine Ahnung. Ich weiß nicht, ob er Ihnen Big Jellyfish auf den Hals hetzen wird oder einen seiner anderen Lieutenants, aber eines Nachts, wenn sie tief schlafen, dann werden Sie …«

Shao entsicherte die Waffe. »Die Adresse, Hobart. Ich frag nicht noch mal.«

Hobart schnappte nach Luft wie ein Fisch auf dem Trockenen. Sein Blick glitt zum Handy, dann zur Tür, als erwarte er, dass Shepherd oder Costello wie durch ein Wunder auftauchten, um ihm den Arsch zu retten.

Aber das Wunder blieb aus, und Hobart sagte ihnen, was sie wissen wollten.

9

Deirdres alte Wohnung im Lund Point Tower.

Zwei, drei Etagen ganz oben, verlassen, asbestverseucht.

Shao gurtete sich an, und Zuko startete den Motor. »Scheiße, ich hätt's mir denken können! Ich mein, das ist der ideale Platz, um einen Haufen Junkies unterzubringen, nach denen sowieso keiner mehr fragt! Ich bin so bescheuert!«

»Wir brauchen ungefähr fünfzehn Minuten.«

Der Lund Point Tower lag nur eine Meile Luftlinie entfernt. Allerdings mussten sie zurück auf die A12, um am Olympiagelände vorbei und unter den DLR-Gleisen durchzukommen.

Sie hatte gerade mal das südliche Ende der Chartsworth Road erreicht, als Shaos Handy sich meldete.

Shepherds Nummer.

»Wollen Sie nicht rangehen?«

»Ich denke, es wird höchstens noch zehn Minuten dauern,

bis ich Jelly in der Leitung hab. Vielleicht sind sie sogar schon auf dem Weg zum Tower.«

Shao versuchte, locker zu klingen, aber irgendwo in ihrer Kehle steckte ein eiserner Ring und drohte ihr die Luftröhre abzuschnüren. Sie glaubte immer noch, die Mündung der Waffe in ihrem Nacken zu spüren. Jellys Atem zu riechen. Sie stellte sich vor, wie er sie im Eingang des Lund Point Tower erwartete, und es fühlte sich an, als würde sie ihrer eigenen Beerdigung entgegenfahren.

»Ich war in der Abtei, Sarge.«

»Was?«

Sie hatte bis zuletzt nach einem Grund gesucht, es ihm nicht zu erzählen. »Ich war in Abbey Wood. Mittwochabend, vor drei Tagen.«

»Wieso haben Sie nichts gesagt?«

»Es war mein erster Tag. Erinnern Sie sich? Der Abend, als ich noch mal ins Büro bin …«

»Um sich die CCTV-Aufnahmen vom Fußgängertunnel anzusehen.«

»Ja, aber das war später. Vorher bin ich nach Abbey Wood gefahren, weil daher ja die erste Aufnahme stammte, die wir von Rachel Briscoe hatten. Ich dachte, vielleicht würde ich dort was finden.«

»Nachts? Im Dunkeln?«

»Ja. Ja, ziemlich bescheuert, ich weiß. Aber ich kenn die Gegend ganz gut, weil ich da öfters laufen gehe. Jedenfalls hab ich was gesehen. Etwas, das überhaupt nicht sein kann. Etwas, von dem ich dachte … Also, ich dachte einfach, vielleicht hab ich komplett den Verstand verloren, aber inzwischen …«

Sie holte noch einmal tief Luft und erzählte ihm alles. Von den Grundmauern der Lesnes-Abtei, die auf einmal keine Grundmauern mehr gewesen waren. Von den Rechtecken mit den Insektenfühlern auf den Bodenplatten der Kirche, die sie später auch auf den Fotos von Rachel Briscoe gesehen hatte.

Von der Begegnung mit jenem merkwürdigen Mann namens Richard de Lucy, der sie in der Lady's Chapel überrumpelt hatte. Und schließlich, nach einem tiefen Seufzer, auch von dem Mönch, der sich im Wald erhängt hatte.

»Ein Mönch?«

»Ich weiß, was Sie jetzt denken. Fehlt nur noch der Frosch mit der Maske und der grüne Bogenschütze. Ich kann nur sagen, dass er verdammt echt wirkte. Ich kann Ihnen sogar beschreiben, wie sein Gesicht ausgesehen hat, als er in der Schlinge hing.«

»Und dieser Richard de Lucy?«

»Arbeitet in der Lodge auf dem Gelände. In dem Café. Jedenfalls war das seine Erklärung dafür, dass er in der Abtei plötzlich vor mir stand. Aber ich hab ihn noch nie vorher da gesehen. Außerdem war noch etwas an ihm … komisch.«

»Inwiefern?«

»Er stand in der Tür, also musste ich, als ich wieder rauswollte, an ihm vorbei. Er hat sich ziemlich breit gemacht, und für einen Moment haben sich unsere Hände berührt, und … in dem Augenblick kam es mir vor, als ob er für einen Moment … in meinem Kopf gewesen wäre und sich etwas daraus *geholt* hätte. Klingt verrückt, oder?«

»Ziemlich, ja.«

»Danke, das brauchte ich jetzt.«

»Vor allem, weil die Abtei im Jahre 1178 von einem gewissen Richard de Lucy erbaut wurde, der sich als Abt dorthin zurückgezogen und wenige Monate nach Fertigstellung des Bauwerks im Wald erhängt hat.«

»*Was?* … Ich meine, woher verflucht nochmal wissen Sie das?«

»Sagen Sie bloß, Sie haben den Namen nicht überprüft?«

»Also, ich meine … Nein, verdammt! … Ich meine, das wollte ich natürlich, aber dann wurde am nächsten Tag Turbin umgebracht, und uns sind bei Deirdre die Kugeln um die Ohren geflogen.«

Zuko setzte den Blinker und wechselte auf die Ausfahrt, die hoch zur High Street führte. Um sie herum war weit und breit kein weiteres Auto zu sehen. Die A12, die sich vor ihnen in die Unterführung absenkte, wirkte wie ein schwarzes Band, das in die Unterwelt führte.

»Bleibt die Frage, wie das mit dem Rest zusammenhängt.«

»Ich schwöre bei Gott, Sarge, ich hab die letzten Nächte über fast nichts anderes nachgedacht, und ich hab nicht die geringste Ahnung! Und jetzt sind Sie dran.«

»Womit?«

»Kommen Sie schon, Deal ist Deal. Glauben Sie etwa, ich nehm Ihnen ab, dass Sie ständig beim Zahnarzt sind? Warum sind Sie wirklich allein nach Aldwych gefahren?«

Er nickte langsam. »Ich fürchte allerdings, das, was jetzt kommt, wird sich mindestens genauso verrückt anhören. Auch ohne Spukgestalten.«

»Wenigstens etwas.«

Sie betete inständig, dass er ihr nicht irgendeine beschissene Lügengeschichte auftischen würde.

»Tja, also … Das ist so: Ich bin einer Vermutung nachgegangen, die ich mit niemandem teilen wollte, weil sie … nicht glaubwürdig erscheint.«

»Welcher Vermutung?«

»Dass John noch lebt.«

Sie brauchte einen Moment, um zu verarbeiten, was er gerade gesagt hatte.

»Ich habe nicht gesagt, dass ich sicher bin«, fügte er hinzu, »aber ich halte es für eine Möglichkeit.«

»Wie kommen Sie darauf?«

»Angefangen hat es damit, dass Johns Leiche ohne Schuhe gefunden wurde.«

Shao versuchte zu verstehen, warum das ein Problem sein sollte. »Dann hat er sie eben vorher ausgezogen. Er ist ja durch den Fluss geschwommen.«

»Das wäre eine Erklärung – aber dann hätte er das schon

358

vorher getan, mindestens eine halbe Meile bevor er das Wasser erreicht hat. Ich hab den gesamten Uferbereich abgesucht, beginnend am Greenway. Keine Schuhe.«

»Und wenn sie ins Wasser gefallen sind?«

»Die Jacke und das Handy haben wir gefunden.«

»Hm … oder ein Passant hat sie mitgenommen. Vielleicht dachte er sich: ›Hey, wow, solche coolen Treter wollte ich immer schon mal haben.‹«

»Der Uferbereich am Klärwerk ist abgesperrt, und zwar bis rauf zur Strecke an der Royal Docks Road. Ich habe mir eine Decke mitgenommen, um unverletzt über das Stacheldrahtgitter zu kommen. Ich denke, die Möglichkeit, dass da irgendjemand zufällig vorbeigekommen ist, kann man ausschließen.«

»Bleibt immer noch die Chance, dass er sie irgendwo am Anleger ausgezogen hat. Oder erst auf dem Schiff.«

»Oder Sie gehen andersrum ran. Nehmen Sie an, auf dem Schiff gibt es ein paar Leichen. Und nehmen Sie weiterhin an, keine von denen war John. Gleichzeitig *möchte* aber irgendjemand, dass Sie *denken*, dass John unter den Toten ist. Können Sie mir folgen?«

»Sicher.«

»Gut. Sie würden sich also eine der anderen Leichen nehmen, die von der Statur her ungefähr passt und würden sie unkenntlich machen. Aber wie?«

»Ich würde sie verbrennen. Hey, Moment mal … Glauben Sie etwa, die Baltimore wurde *deshalb* in die Luft gejagt?«

Er ging nicht darauf ein. »Aber es besteht die Möglichkeit, dass trotz des Feuers irgendwelche Reste von Kleidungsfasern erhalten bleiben. Also ziehen Sie der Leiche Johns Klamotten an. Der Leichnam schrumpft in der Hitze, so dass sowieso niemand mehr feststellen kann, ob sie ihm gepasst haben oder nicht.«

»Bis auf die Schuhe …«

»Bis auf Johns Schuhe, genau. Die vielleicht zu klein waren, um sie ihm anzuziehen.«

Da war es auf einmal wieder, dieses Kribbeln, das sie auch beim Betrachten von Rachel Briscoes Fotos verspürt hatte. Nur dass ihre Schädeldecke diesmal regelrecht in Flammen zu stehen schien. »Okay, das klingt bis hierhin erst mal alles plausibel. Aber was ist mit dem Zahnschema?«

»Ich war wirklich beim Zahnarzt. Ein gewisser Dr. Peelham, der Dr. Baghvarty aus seinen Akten Johns Röntgenbilder für den Abgleich geliefert hat. Er hat mir noch einmal bestätigt, dass die Aufnahmen mit seinem Gerät gemacht wurden. Ein ziemlich neuer Apparat, der sämtliche Bilder digital archiviert. Um sie zu fälschen, hätte also jemand Zugriff auf den Computer der Praxis bekommen müssen.«

»Tja, Sarge, damit hat sich Ihre Theorie dann wohl leider erledigt.«

»Und dann dachte ich an eine Bemerkung, die Dr. Baghvarty gemacht hat. Angeblich konnte Dr. Peelham die Bilder zunächst nicht liefern, weil seine Praxis verwüstet worden war.«

»Wie bitte?«

Der Wagen bog in die Carpenter's Road entlang. Noch ungefähr dreihundert Yards bis zum Rowse Close, in dem der Tower lag.

»Also hab ich nachgefragt. Peelham meinte, es waren ein paar Vandalen, die etwas halbherzig versucht haben, die Kasse aufzubrechen.«

»Die Kasse? Bei einem Zahnarzt?«

»Danach haben sie aus Frust noch ein paar Bilder von der Wand gerissen und sind ohne einen Penny wieder verschwunden.«

»Irgendwann zwischen Mitternacht und sechs Uhr morgens – ein paar Stunden, nachdem die Baltimore in die Luft geflogen ist.«

»Scheiße.«

»Wie gesagt, im Moment ist alles nur eine Vermutung, aber …«

Shaos Handy meldete sich erneut. Sie warf einen Blick auf das Display. Anonym.

»Ist das dieser Jellyfish?«

»Und wenn schon.«

»Ich würd's schon gern wissen, falls er uns zusammen mit seinen Leuten am Tower erwartet.«

Natürlich hatte er recht. Sie versuchte, ein Zittern zu unterdrücken, als sie den Anruf entgegennahm.

»Guten Abend, Detective Shao.«

Es war, als ob ein Eiszapfen ihren Rücken hinunterrollte. Nicht Jelly war in der Leitung, sondern ein Mann, mit dem sie noch nie gesprochen hatte. Trotzdem erkannte sie die Stimme sofort, weil sie ihr bei einer halben Million Gelegenheiten auf den Abhörbändern im Drug Squad begegnet war.

»Respekt. Ich muss schon sagen, das war eine coole Nummer. Hobart hat mich förmlich angebettelt, ich soll Ihnen den Arsch aufreißen, weil Sie Carlisle fast umgebracht haben. Aber ehrlich gesagt, glaube ich, dass dieser hässliche kleine Köter uns alle überleben wird. Das wäre also schon mal kein Problem.«

»Und was ist dann das Problem, Mr Costello?« Sie hatte das Gefühl, als müsste sie die Worte einzeln ausspucken.

»Ich vermute, dass Sie den Tower in diesem Augenblick schon sehen können. Jelly hat mir versprochen, sich zu beeilen, aber wir können uns beide vorstellen, wie lange es dauert, bis er sich in seine Jeans gezwängt hat. Ich würde also vermuten, Ihnen bleiben noch ungefähr zwanzig Minuten, um zu wenden, nach Hause zu fahren und sich ins Bett zu legen. Wenn Sie und Ihr Partner das tun, werde ich die Sache vergessen.«

Ein zweiter Eiszapfen, der über ihren Hinterkopf strich. »Ich schneide das Gespräch mit.«

»Nein, tun Sie nicht. Sie sind jung, Shao. Sie haben noch einen weiten Weg zu gehen. Daran sollten Sie immer denken.«

Sie nahm all ihren Mut zusammen. »Haben Sie den Würfel von der Baltimore geborgen und das Schiff anschließend in die Luft gejagt? Oder war es Seaways? Wo ist der Würfel jetzt? Und was macht ihn verdammt nochmal so wertvoll?«

Es wurde still am anderen Ende der Leitung. »Zwanzig Minuten, Shao. Es ist Ihre Entscheidung. Vergessen Sie das nicht.«

Klick.

Zuko fuhr auf den Parkplatz vor dem Eingang. »Was hat er gesagt?«

Shao starrte auf das Display und versuchte, ihre Gedanken zu sortieren. »Ich glaube, wichtig war das, was er nicht gesagt hat.«

»Wie meinen Sie das?«

»Sarge, wenn Sie eine Drogenhöhle am Laufen hätten. Mit drei Etagen voller Junkies, die sich für nichts anderes interessieren als den nächsten Schuss. Da bräuchten Sie doch jemanden, der auf den Laden aufpasst, oder? Jemand, der sich um alles kümmert und immer da ist. Den Sie als Erstes anrufen würden, wenn was passiert.«

»Sie meinen, so eine Art Hausmeister oder Wachmann?«

Shao überprüfte mit leicht fahrigen Bewegungen zum zweiten Mal innerhalb der letzten Stunde das Magazin Ihrer Beretta. Die beiden Ersatzmagazine steckten in der Innentasche ihrer Jacke. »Anscheinend hat Costello ihn nicht mehr erreicht.«

10 Der Lund Point Tower war eines der wenigen Gebäude, die nach dem Neubau des Olympiageländes von den alten Sozialbauten des Carpenters Estate übrig geblieben waren. Als würde der Schienenstrang der DLR, der Stratford von Südwesten nach Nordosten zerschnitt, gleichzeitig auch die alte von der neuen Welt trennen: drüben die sterilen Olympiaarenen, die, halbherzig zurückgebaut, wie moderne Friedhöfe wirkten, und auf dieser Seite das dreckige, überfüllte Newham der Gangs und Sozialhilfeempfänger, über das der Schatten des Towers wie die Fassade eines verfallenen Tempels hinausragte: 22 asbestverseuchte, einsturzgefährdete

Etagen ohne Balkons, in die seit 50 Jahren niemand auch nur einen einzigen Cent investiert hatte.

Deirdre hatte damals im 17. Stock gewohnt, direkt unterhalb der Etagen, aus denen die BBC und Al Jazeera während der Olympischen Spiele berichtet hatten. Und tatsächlich, der Blick aus ihrem alten Klofenster über das Olympiagelände war atemberaubend.

In ein paar Fenstern in den unteren Geschossen brannte Licht. Nach Hobarts Auskunft ein paar letzte Mieter, von denen jeder auf seine Weise von Costellos Almosen abhängig war und die deswegen genau wussten, wann sie die Türen geschlossen zu halten hatten.

Die Haustür war eingeschlagen. Zuko griff durch die zersplitterte Scheibe und drückte die Klinke herunter. Der Lichtschalter funktionierte. Neonröhren tauchten den Eingangsbereich in fahles Licht. Spuren von Vandalismus, ein verunglücktes Graffito auf der Fahrstuhltür.

Für die Treppe fehlte ihnen leider die Zeit.

Irgendwo über ihnen rumpelten Seile über Stahlrollen, aber es kam Shao wie eine Ewigkeit vor, bis die Lifttüren endlich aufglitten. Die schmutzige Neonröhre in der Kabine erinnerte Shao bedrückend an die Fahrstuhlkabine im Fußgängertunnel und an die Begegnung mit Rachel Briscoe.

Zuko drückte auf den Knopf für die vierzehnte Etage.

»Tasten wir uns vorsichtig ran.«

Das wäre auch ihr Vorschlag gewesen.

Der Flur im vierzehnten Stock war komplett verwüstet. Zerkratzter Wandputz, weitere halbfertige Graffiti-Kunstwerke. Das Licht der Neonröhren wirkte hier noch giftiger, feindseliger, die Luft abgestanden und muffig, obwohl ein zerstörtes Fenster im Treppenhaus einen stetigen, kaum wahrnehmbaren Luftzug bewirkte.

Die Treppe in den fünfzehnten Stock war dreckverschmiert, doch das weißliche, fluoreszierende Gespinst war nicht zu übersehen. Es klebte wie Zuckerwatte auf der dritten Stufe.

Die oberen Fäden bewegten sich im Luftstrom wie Algen auf einem Korallenriff.

Scheiße.

Shao ging in die Hocke. »Wie bei Turbin und Bannister.«

»Und bei Livia Parson.«

Jetzt fielen ihr auch die dunkelroten Schlieren auf den Stufen auf.

Zuko folgte der Blutspur in die andere Richtung am Fahrstuhl vorbei bis zur Treppe, die abwärts führte. »Jemand wurde hier runtergeschleift.«

Sie sicherten sich gegenseitig, während sie die Stufen nach oben erklommen. Das nächste zersplitterte Fenster. Shaos Blick fiel auf den Parkplatz. Der Mazda war von hier nicht größer als ein Spielzeugauto, und es war immer noch kein zweiter Wagen zu sehen.

Die fünfzehnte Etage sah noch schlimmer aus. Die Wohnungstüren waren aufgebrochen. Shao warf einen Blick in die erste Wohnung. Umgeworfene Möbel, ein zersplitterter Spiegel. Eine Kommode, aus der die Schubladen herausgerissen worden waren, aber wer auch immer hier gewohnt hatte, hatte garantiert kein Silberbesteck im Schrank gehabt. Der dünne Staubfilm, der sich auf das Chaos gelegt hatte, verriet, dass der Einbruch Wochen her war, wenn nicht gar Monate. Wahrscheinlich aus der Anfangszeit, nachdem Costello die Leute aus der Fabrikhalle hier rübergeschafft hatte.

Die Schleifspuren führten auch die nächste Treppe hoch.

Und die übernächste.

Blutspritzer an den Wänden, an den Fahrstuhltüren. Der Flurbereich im siebzehnten Stock stank penetrant nach Verwesung. Fliegen schwirrten durch die Luft. Das Schlachtfeld verbarg sich im Dunkeln, da jemand die Neonröhren zerschlagen hatte. Die Splitter knirschten unter ihren Schuhen. Ab und an entdeckten sie weitere fluoreszierende Ballen von Zuckerwatte, noch dichter, noch größer. Sie hingen wie Schneewehen in den Ecken oder an den Fußleisten.

Nachdem Zuko die Umgebung gesichert hatte, richtete Shao ihre Taschenlampe auf einen der größeren Watteballen. Fliegenleichen klebten daran. Der Schatten im Innern bekam Konturen.

Der Impuls, sich zu übergeben, überkam sie so plötzlich, dass sie es gerade noch schaffte, sich abzuwenden. Erbrochenes spritzte über den Boden und die Wand.

»Alles in Ordnung?«

Sie wischte sich den Mund ab und atmete tief durch. »Klar. Absolut toll.«

Sie riskierte einen zweiten Blick. Das Bein war abgeschnitten worden. Besser gesagt, *abgerissen*. Knapp über dem Knie. Der Mörder hatte sich offenbar aus irgendeinem Grund entschlossen, es zurückzulassen. Genauso wie die Körperteile, die sie in den anderen Seidenballen fanden. Füße, Unterschenkel. Ober- und Unterarme. Hände. Sie standen im Museum eines irrsinnigen Schlächters.

Shao brachte die Worte nur mühsam über die Zunge. »Sarge, was ist das für eine abgefuckte Scheiße?«

Zuko leuchtete in einen der Gänge. Manche Fäden spannten sich quer über den Gang, andere hüllten, riesigen Kokons ähnlich, weitere Leichenteile ein. Weiter hinten funktionierten noch ein paar Röhren und warfen spitze Schatten an die Wände.

»Sehen wir uns die Wohnungen an, okay?«

Sie warf einen letzten Blick auf die Pfütze, die sie zurückgelassen hatte. Wirklich eine gute Idee, auf das Abendessen zu verzichten.

Das Schloss der ersten Tür war zersplittert, die Scharniere herausgebrochen, als hätte sich ein Einsatzkommando brutal an die Räumung gemacht.

Zuko tastete nach dem Lichtschalter.

Über der Garderobe hing ein Kokon, aus dem ein halber Arm ragte. Weitere Watteballen auf den Fliesen im Badezimmer und auf den Arbeitsflächen in der Küche. Im Wohnzimmer ein zerschlissenes Sofa, aufgerissene, schimmlige Matratzen. Dazwischen Essenreste, Bestecke und Spritzen.

Und Blut.

Überall Blut, das die Zuckerwatte rosa färbte.

Shaos Finger fühlten sich taub an, als sie den Lichtstrahl über die Einrichtung wandern ließ. Ein offener Kleiderschrank. Wäsche, die auf dem Boden lag und sich vollgesogen hatte. Shao wandte den Blick ab und sah aus dem Fenster. In ihren Ohren rauschte das Blut. Unten vor dem Tower kroch eine DLR-Bahn unter das schützende Dach der Station Pudding Mill Lane. Autoscheinwerfer auf der High Street. Rechts die schwarzen Umrisse des Olympiastadions und weiter südlich die nachtschwarzen Türme von Canary Wharf. Dahinter, noch viel weiter entfernt, irgendwo in der realen Welt, die glitzernden Umrisse der City. Alles wie immer. Alles normal.

Nur hier drin war gar nichts normal.

Hier war die Hölle entfesselt worden, irgendwann im Laufe der letzten Tage, von einer Bestie, die diese Etage heimgesucht und alles getötet hatte, was sich ihr in den Weg stellte. Vor ihrem geistigen Auge sah Shao die Junkies über den Flur fliehen. Ein paar hatten vielleicht versucht, den Aufzug zu erreichen oder sich in den Zimmern zu verstecken. Wieder andere hatten vielleicht gar nicht mitbekommen, wie sie der Tod überraschte.

»Machen Sie mal das Licht aus.«

Sie tat es – und die Wohnung verwandelte sich in eine abgefahrene Clublandschaft: Die fluoreszierenden Gespinste tauchten die Einrichtung in einen lilafarbenen Schimmer. Das Blut auf dem Boden schimmerte neongrell.

Shao spürte, wie sich etwas in ihr gegen den Anblick auflehnte. Kurz musste sie sich an der Wand abstützen.

»Ist wirklich alles in Ordnung?«

Sie merkte erst jetzt, dass sie sich mit dem Unterarm auf der Fensterbank abgestützt hatte. »Klar, Sarge. Ich bin in Ordn… Fuck!«

Unten auf dem Parkplatz tauchten Scheinwerfer auf.

»Wir müssen hier weg!«

»Einen Moment noch. Sehen Sie sich das mal an.«

Zuko kniete über einem Gespinst, das länger und größer war als die anderen, und wedelte die Fliegen zur Seite.

Shao sah, wie sich die Autotüren öffneten. Ein fetter Schatten glitt vom Fahrersitz eines SUVs. Es war Jelly, der seinen Leuten irgendwelche Befehle zubrüllte. Sie verteilten sich über den Parkplatz.

»Sarge …!«

»Kommen Sie her, das müssen Sie sich ansehen.« Er hatte ein Taschenmesser gezückt und versuchte damit mehr schlecht als recht, den Kokon aufzusäbeln. »Er ist der Einzige, von dem noch alles da ist.«

Shao versuchte, sich auf die Umrisse innerhalb des Gespinstes zu konzentrieren. Auf dem Kokon klebten tote Fliegen. Zuko hatte das Messer am Hals angesetzt. Er arbeitete vorsichtig, als fürchte er, dass das Opfer vielleicht noch am Leben war.

»Hey, Sarge, ich weiß ja nicht, ob es Sie interessiert, aber Jelly und die anderen sind gerade …«

»Da!«

Er hatte den Schnitt im rechten Winkel seitwärts am Kopf fortgesetzt, so dass er einen Teil des Kokons aufklappen konnte wie eine Lasche. Klebrige Fadenreste wehten über Zukos Handfläche, unter denen ein hageres, blasses Gesicht zum Vorschein kam. Es war ein Junge, höchstens zwanzig Jahre alt. Der Mund war zum Schrei geöffnet, die Augen aufgerissen. Um die Iriden herum geplatzte Äderchen, als wäre er im Innern des Kokons elendig erstickt.

Das Gesicht kam Shao bekannt vor. »Einer von Costellos Laufburschen. Clive oder Cliff, glaube ich.«

»Sehen Sie mal, da.« Zuko deutete auf die Mitte des Kokons, wo sich Unterarme und Hände abzeichneten. Und der Lauf einer Waffe.

Er schnitt weiter.

Shao lief zurück zum Fenster. Zwei Männer standen an den Autos herum und hielten Wache. Die anderen waren zusammen mit Jelly im Haus verschwunden. Vom Flur drang ein Rumpeln herüber, als sich die Fahrstuhltüren schlossen. Die Kabine rauschte in die Tiefe.

»Sarge, wir sollten jetzt wirklich abhauen!«

Zuko hatte den Schlitz mit Gewalt vergrößert. Mit der Klinge hebelte er die Pistole zwischen den Fingern des Toten heraus, eine Glock 9 mm. »Totenstarre. Das heißt, das alles hier ist vor zehn bis zwanzig Stunden passiert.«

Shao öffnete das Fenster. Der Luftzug tat ihr gut, aber das Gefühl, sich in einer Art Blase zu befinden, blieb. Sie fühlte sich abgetrennt von der Realität, als wäre sie selbst in einem Kokon gefangen, dessen Hülle jedes Geräusch schluckte.

Sie dachte an Deirdre, die irgendwo da draußen durch die Nacht strich. Voller Blut, das aus Dutzenden eitriger Wunden floss – oder von den Menschen stammte, die sie getötet hatte.

Zuko löste die Klebefäden und zog das Magazin heraus. Zwei Patronen fehlten. »Er hat also abgedrückt, bevor es ihn erwischt hat.«

»Und?«

»Und anscheinend getroffen.«

Shaos Blick schweifte über die Wände. Nirgendwo Einschusslöcher. Endlich kapierte sie.

Es ist verletzt!

»Was meinen Sie, Shao? Warum hat es den Jungen als Einzigen nicht auseinandergeschnitten?«

Das Rumpeln der Kabine kam wieder näher. Noch höchstens fünf Stockwerke.

»Ich würde sagen, das klären wir später. Kommen Sie!«

Zuko folgte ihr auf den Gang. Er wollte zurück in Richtung Lift, aber Shao zog ihn zum anderen Ende.

»Da ist eine Nottreppe. Los!«

Der Notausgang war ebenfalls aufgebrochen. Shao riss die Tür auf, und Zuko schlüpfte nach ihr ins unbeleuchtete Treppenhaus. Sie warf einen Blick über das Geländer bis ins Erdgeschoss. Niemand zu sehen, niemand zu hören. Sie hetzten die Stufen hinunter, während sie noch hörten, wie sich über ihnen die Fahrstuhltüren öffneten. Jelly schrie irgendwas, doch mit jedem Stockwerk wich seine Stimme weiter in den Hintergrund.

Shaos Atem ging gleichmäßig, während sie jeweils zwei Stufen auf einmal nahm. Auf einmal war sie wieder auf der Höhe, die Erschöpfung wie weggeblasen.

»… keine Körper!«

Sie kapierte erst eine Etage tiefer, dass Zuko mit ihr gesprochen hatte. »Was haben Sie gesagt?«

»In den Gespinsten. Arme, Beine, Hände, Füße. Aber keine Leiber und keine Köpfe. Warum nicht?«

Auch bei Turbin hatten sie nur den Unterleib gefunden. Nur Livia Parson fügte sich nicht in das Bild. Wie ein misstönender Klang, der die Harmonie störte.

Sie hatten das achte Stockwerk erreicht, als Shaos Telefon klingelte. Wieder anonym. Sie ahnte, wer es war – und nahm trotzdem ab.

»Der Grat zwischen Mut und Übermut ist sehr schmal. Trotzdem werde ich mit Respekt an Sie zurückdenken, Detective.«

Auf einmal wurde ihr bewusst, dass sich der Geschmack des Erbrochenen immer noch scharf und gallbitter auf ihrer Zunge lag. »Wir sind nicht im Tower.«

»Ihr Auto steht auf dem Parkplatz. Und ich höre, dass Sie durch ein Treppenhaus laufen.«

»Rufen Sie Jelly an! Fragen Sie, was er da oben gefunden hat.«

Schweigen. Er schien darüber nachzudenken, ob es den Aufwand wert war.

Sie versuchte, einen weiteren Keil in die Fuge zu treiben. »Hören Sie, Costello, es sieht so aus, als hätte Seaways Sie nach Strich und Faden verarscht – genauso wie uns! Wenn wir zusammenarbeiten, könnten wir vielleicht die Wahrheit herausfinden und es diesen Schweinen heimzahlen.«

Das Schweigen verhieß nichts Gutes.

»Denken Sie drüber nach, Costello!«

»Ich habe Jelly versprochen, ihm freie Hand zu lassen. Das sollten Sie vielleicht wissen.«

»Hören Sie mir zu! Dieses Ding, dass die Junkies getöt...«

Die Verbindung war unterbrochen.

»Was hat er gesagt?«

Zwölf Stockwerke über ihnen wurde eine Tür aufgerissen. Stimmen ertönten. Rufe. Dann Schüsse. Die Projektile verirrten sich irgendwo zwischen den Etagen. Sie rannten weiter. Zweiter Stock. Erster Stock. Erdgeschoss. Durch das Fenster sah Shao, wie einer der Männer an den Autos sein Handy ans Ohr drückte. Die Stimmen über ihnen waren verstummt. Wahrscheinlich hatte Jelly seine Leute zum Fahrstuhl gescheucht. Der Typ auf dem Parkplatz rief seinem Kumpel etwas zu. Sie rannten zum Eingang.

»Das Ding hat die Leiber irgendwo hingebracht«, sagte Zuko, als hätte er die ganze Zeit über an diesem einen Problem herumgeknobelt. »In ein Versteck. Vielleicht hier im Haus. Im Eingangsbereich waren keine Blutspuren.«

»Der Keller!«

Zuko folgte ihr die Treppe hinunter. Eine verriegelte Metalltür.

Er zückte sein Pickset.

»Sarge, ich würde schätzen, Ihnen bleiben ungefähr dreißig Sekunden. Sagen Sie mir, dass Sie das schaffen!«

»Wir werden sehen.«

Sie fragte sich, woher er die verdammte Ruhe nahm, mit der er die Picks im Türschloss versenkte. Drehen, horchen. Drehen, horchen. Rufe auf dem Korridor. Licht flammte auf. Und wieder: drehen, horchen.

Das Türschloss schnappte zurück.

»Los, rein!«

Shao huschte durch den Türspalt. Zuko folgte ihr, als oben die Tür aufgerissen wurde. Ein Schuss fiel, aber da hatte Zuko die Tür wieder zugezogen. Das Projektil sirrte außen über das Metall. Zuko schob die Picks in das Schloss und verriegelte die Tür. Eine Sekunde später rüttelte jemand an der Klinke. Schrie etwas. Dann weitere Schüsse, gefolgt von Befehlen.

Jellys Stimme.

Schritte, die sich entfernten.

»Sie versuchen es auf der anderen Seite.«

Vermutlich war die Tür dort ebenso verschlossen. Aber selbst wenn nicht, dann hatten sie immer noch etwas Zeit gewonnen.

»Sehen wir uns mal um.«

Die Neonröhren waren spärlicher verteilt und schufen einzelne Lichtinseln in einem langgezogenen Korridor. Weiße Backsteine, Betonfußboden. Auf dem Boden glitzerten einzelne Tropfen einer schleimigen, weißen Substanz, die sich mit Blut zu weißrosa Schlieren vermischte.

»Sie hatten recht, Sarge. Es ist verletzt.«

Die Spur führte zu einem Durchgang, hinter dem ein weiterer Korridor lag. Holztüren, die einzelne Kellerparzellen verschlossen. Modergeruch und Pilzsporen schwängerten die Luft. Shao und Zuko folgten der Spur zu einem der hinteren Räume. Es roch auf einmal nach Scheiße.

Nach *verschmorter* Scheiße.

Irgendwo knallte eine Tür, dann wieder Rufe. Jelly und seine Leute hatten also einen Zugang gefunden.

Zuko öffnete die Holztür.

Metallregale, Pappkisten, Gerümpel. Auf einer Kommode stand ein Röhrenfernseher, hinter Stapeln verschimmelter Bücher. Ein verrosteter Grill, eine alte Waschmaschine. Ein stinknormaler Kellerraum eben. Bis auf den Gestank, der ihnen aus einem Loch im Boden entgegenwaberte.

Es hatte einen Durchmesser von fast zwei Yards. Eine Kiste, die direkt am Loch stand, war zur Hälfte verbrannt. Aus dem Innern lugte der halbverschmorte Kopf einer Barbie-puppe.

Zuko schloss die Tür und kniete sich hin. Die Ränder des Lochs waren geschwärzt und leicht eingesunken, als hätte sich hier etwas buchstäblich den Weg in die Tiefe gesengt.

Oder geätzt.

»Anscheinend ist sie da drin verschwunden.«

Shao kratzte mit der Taschenlampe über den Rand, dann vorsichtig mit dem Zeigefinger. Er war kalt und hatte seine Reaktionsfähigkeit offenbar verloren.

Zuko leuchtete in die Tiefe. Der Schacht führte mehrere Yards nach unten. Unter einer Schicht Beton erblickte Shao Erdreich, dann wieder Beton. Darunter rauschte Wasser.

Jelly Männer gaben Kommandos. Sie wussten, dass sie hier unten festsaßen, und gingen von Tür zu Tür, wie eine verdammte Suchstaffel.

»Hört sich an wie ein Abwasserrohr«, murmelte Zuko. »Sogar etwas größer. Vielleicht ein Kanal.«

»Und woher wusste das Ding, dass es hier graben muss?«

»Keine Ahnung.« Er steckte die Beretta weg. »Bereit?«

»Sie wollen da runter? Sind Sie verrückt?«

»*Sie* haben behauptet, mit Jelly könne man nicht reden.«

»Und was, wenn das da unten ein reißender Strom ist? Ich hab keine Lust, in Scheiße zu ertrinken. Eigentlich hab ich überhaupt keine Lust zu ertrinken.«

Zuko leuchtete wieder in den Schacht. »Der Kanal führt nicht viel Wasser.«

Er wartete ihre Antwort nicht ab, sondern schob sich über den Rand. Mit beiden Händen versuchte er, sich rechts und links festzuklemmen, aber sofort rutschte er ab und verschwand in dem Loch.

»Sarge!«

Ein Platschen, gefolgt von einem Stöhnen. »Kein Problem, alles in Ordnung. Es ist übrigens *kein* reißender Strom, sondern eher ein Rinnsal.«

Sie blickte zur Tür. Jellys Bellen kam näher. Vielleicht noch fünf oder sechs Türen.

»Okay, Sarge. Gehen Sie zur Seite.«

»Schon passiert.«

Zuko hatte die Taschenlampe wieder eingeschaltet, so dass sie den Grund erkennen konnte. Sieben, acht Yards. Höchstens. Sie versuchte gar nicht erst, sich festzuklammern. Ein Sprung, dann tauchte sie in die Dunkelheit ein und … kaum eine Sekunde später prallte sie schmerzhaft auf dem Boden auf.

»Alles in Ordnung?«

Sie stöhnte, als sie sich aufrichtete, und versuchte, so flach wie möglich zu atmen, aber schon nach Sekunden äußerten ihre Lungen die dringende Bitte, einmal kräftig Luft holen zu dürfen.

Mach dich nicht verrückt. Das ist nur das Adrenalin.

»Ja, glaub schon.«

»Okay, dann weg von der Öffnung. Und machen Sie die Taschenlampe aus.«

Sie gehorchte, während er das Rohr in Flussrichtung ableuchtete. Es besaß tatsächlich eine Höhe von beinahe drei Yards, so dass sie geduckt darin gehen konnten. Sie hatten zwanzig oder dreißig Schritte hinter sich gebracht, als hinter ihnen Jellys Stimme aufklang.

Zuko schaltete auch seine Lampe aus.

Sie verharrten, während hinter ihnen Lichtkegel den Boden des Kanalrohrs abtasteten. Shao konnte nicht verstehen, was Jelly sagte, aber offenbar hatte keiner von ihnen Lust, in die Brühe zu springen. Schon gar nicht Jelly, der vermutlich Schiss hatte, im Schacht stecken zu bleiben wie ein Korken in einer Flasche.

»Die Schlampe muss irre sein, wenn sie da runter ist. Suchen wir erst mal den Rest ab.«

Irgendjemand gab eine Antwort, die Shao nicht verstand, dann folgte lautes Lachen. Endlich entfernten sich die Stimmen.

Shao bemerkte erst jetzt, dass sie tatsächlich die Luft angehalten hatte. Keuchend atmete sie aus.

Zukos Grinsen war in der Dunkelheit nur zu erahnen. »Die sind wir erst mal los, schätze ich.«

Er schaltete seine Taschenlampe ein und leuchtete in den Gang. Die dreckige Suppe schwappte kaum knöchelhoch über ihre Füße. Der Gang führte schnurgerade unter dem Keller des Gebäudes entlang.

»Welche Richtung?«

Sie entschieden sich, weiter der Strömung zu folgen, in der Hoffnung, auf einen größeren Kanal zu stoßen.

Stattdessen kreuzten sie weitere Zuflüsse, von denen die meisten trocken lagen.

Nach ungefähr fünfzig Schritten erreichten sie eine Biegung. Direkt vor ihnen gurgelte das Wasser durch ein Abflussgitter in einen Schacht.

Shao ging in die Knie und schwenkte die Taschenlampe über die Stäbe. Sie waren in einem Eisenrahmen verankert, der beinahe fugenlos im Beton saß. »Hier kann es kaum durch sein.«

»Da vorne.«

Sie folgte Zukos Blick. Auf dem Boden lag eine knöcheltiefe, halbangetrocknete Schicht aus Dreck, Abfällen und unvollständig zersetzten Fäkalien, durch die ein paar Schleifspuren führten. An den Wänden schimmerten weißliche Spritzer im Licht der Taschenlampe.

»Was ist das? Irgendein Sekret oder so was?«

Zuko betrachtete die Spritzer genauer. »Vielleicht von den Projektilen, die es erwischt haben. Trotzdem hat es keine Sekunde daran gedacht, auf sein Gepäck zu verzichten.«

Shao dachte an die arm- und beinlosen Leiber der Getöteten, und wieder hätte sich ihr Magen umgedreht, wenn der nicht schon komplett leer gewesen wäre.

Sie folgten den Spuren bis zu einer Abzweigung in südlicher Richtung. Sie war niedriger als der bisherige Kanal, ungefähr

anderthalb Yards hoch. Zuko leuchtete hinein. Die Schleifspuren waren deutlich zu erkennen, mindestens fünfzig Yards
weit, bis zur nächsten Biegung.

»Das ist ein beschissener Albtraum, Sarge. Wir werden
uns verirren und in diesem Labyrinth zwischen Bergen von
Scheiße verrecken!«

Er bedeutete ihr, still zu sein.

Wasserrauschen.

Nicht vom Gitter hinter ihnen, sondern aus der Röhre, vor
der sie standen. Allerdings leise, kaum wahrnehmbar.

»Ich nehme an, das Rohr hier führt in einen weiteren Kanal.
Dürfte so etwas wie ein Verbindungsweg sein, vielleicht um
Überflutungen zu vermeiden.«

»Wenn Sie es sagen.«

Zuko ging in die Hocke und kroch hinein. Ein paar Schritte
watschelte er wie eine Ente, dann ließ er sich fluchend auf die
Knie nieder.

Shao grinste. »Gabardine ist sowieso seit dreißig Jahren aus
der Mode.«

Irgendwann wurde der Gang so niedrig, dass sie fast auf
die Ellbogen runter mussten. Shaos Nase hing nur noch eine
Handbreit über dem Blut-Dreck-Scheiße-Sekret-Matsch, und
der Rotz lief ihr inzwischen aus beiden Nasenlöchern wie Wasser. Sie wagte nicht, ihn abzuwischen, weil sie sich die Scheiße
dann auch noch ins Gesicht geschmiert hätte. Und überall um
sie herum war dieser wahrhaft ätzende, ekelerregende Gestank: auf ihren Lippen, in den Haaren und selbst unter ihren
Kleidern, wo er in jede Pore ihres Körpers kroch und juckte
und brannte, als hätte sich ein Schwarm Parasiten unter ihre
Haut gegraben. Es war, als würden ihre Lungen in Flammen
stehen, und bei jeder Biegung, die sie erreichten, betete sie,
dass diese verdammte Röhre, diese verdammte Kriecherei
endlich ein Ende fand.

Das Wasserrauschen war lauter geworden. Vor ihnen musste
ein größerer Kanal liegen, vielleicht sogar eine der Hauptadern

der Stadt. Die Röhre führte direkt darauf zu – und endete an einem Gitter, das aus der Verankerung gebrochen war. Direkt dahinter rauschte die stinkende Brühe. Feine Gischtschleier schwebten zwischen den Eisenstäben hindurch und legten sich auf Shaos Wangen. Genau gegenüber mündete eine weitere Röhre in den Hauptgang.

Zuko steckte den Kopf durch den Spalt und leuchtete in den Hauptkanal, dann schlüpfte er vorsichtig hindurch. Seine Beine verschwanden bis zu den Knien im Abwasser. Irgendwo weiter vorn streckten ein halbes Dutzend erstaunlich große Ratten ihre Köpfe aus dem Wasser und verfolgten misstrauisch seine Bewegungen.

»Nehmen Sie meine Hand!«

»Danke, ich komm schon zurecht.«

Sie sprang in die Brühe und folgte ihm zum gegenüberliegenden Gitter. Zuko leuchtete in den Gang, und sie krochen hinein. Nach etwa fünfzig Yards teilte sich die Röhre. Sie wählten die rechte Abzweigung. Im Folgenden senkte sich der Weg mehrfach ab und wand sich wieder hinauf, so dass Shao nicht mehr zu sagen vermochte, wie weit sie sich unter der Erde befanden. Erst jetzt fiel ihr auf, dass die Luft hier besser war. Der Gestank hatte abgenommen, und ein leichter, kaum spürbarer Luftzug wehte ihnen entgegen.

»Hey, Sarge.«

Deutlich war das Rumoren in der Ferne zu vernehmen: ein tiefes Dröhnen, das zunächst lauter wurde und sich dann abschwächte, bis es nicht mehr zu hören war.

»Könnte ein Zug gewesen sein.«

Zukos Atem ging flach und war trotz der Anstrengung kaum hörbar. »Die DLR verläuft oberirdisch, und bis zur Jubilee runter können wir in der kurzen Zeit nicht gekommen sein.«

Also blieb nur die Central Line, was bedeutete, dass sie sich irgendwo zwischen Stratford und Mile End befanden. Livia Parson war nicht gerade in der Nähe gefunden worden, aber immerhin auch an einem Bahngleis. Anscheinend

nutzte das Ding die Tunnel und Kanäle, um sich zu fortzube-
wegen.

Sie hörten noch zwei weitere Züge entfernt vorüberdonnern,
bis sie am Ende eines schnurgerade verlaufenden Abschnitts
endlich den U-Bahn-Tunnel erblickten. Der Zugang wurde
normalerweise durch eine Metalltür gesichert, die allerdings
schief in den herausgesprengten Angeln hing.

Shao deutete auf ein Loch im Boden, direkt vor ihnen, das
dieselben geschwärzten Ränder aufwies wie das im Keller des
Towers. Die Spur aus Blut und Sekret endete dort.

Shao leuchtete in die Tiefe. Der Lichtstrahl kroch über Be-
tonfragmente, Schlamm und rötlichbraune Sedimentan-
teile, die im Schein der Taschenlampe feucht glitzerten wie
Schleimhäute.

»Wie weit geht's runter?«

»Kann ich nicht sagen, Sarge. Ziemlich weit. Ich …«

Das schleimhaut-ähnliche Etwas blähte sich auf wie ein
Ballon. Tausende winziger Fäden jagten, wie zu einem Web-
teppich verbunden, auf Shao zu und hüllten ihren Oberkörper
ein, bevor sie sich zurückziehen konnte.

Ihr Schrei wurde von der feuchten, sich windenden Masse
erstickt, die sie umschlang und ins Innere des Loches zerrte.
Sie spürte noch, wie Zuko versuchte, sie festzuhalten, aber das
andere war zu stark. Es saß auf ihren Schultern, auf ihrer Brust,
umhüllte ihren Kopf und riss sie einfach mit sich.

Shao wusste nicht, wie lange der Sturz gedauert hatte, sie
spürte nur den Aufprall, der ihr Gesicht noch tiefer in die wi-
derwärtige Masse trieb. Panisch stieß sie die Hände hinein,
zerfetzte den *Teppich* und riss sich die Fetzen von ihrem Gesicht. Der Schleim war überall. Er hüllte sie ein, und er bewegte sich in Wellen, undulierend, griff nach ihr, schob sich
unter ihre Kleider, während sie gleichzeitig versuchte, ihn von
sich fortzuzerren. Etwas legte sich um ihren Hals, feucht und
kalt wie ein nasser Lappen, der sich spannte und ihr die Luft
abdrückte. Shao zerfetzte den Lappen – aber da waren so-

fort weitere Schleimfetzen, weitere Fäden, die sie attackierten, über ihr Gesicht krochen, in ihren Mund! Sie versuchte, sie mit der Zunge herauszudrücken, aber das Ding war wie ein Knebel – zu fest und zu groß, um es einfach auszuspucken! Shaos Lunge krampfte sich zusammen, schrie nach Sauerstoff, während sich das monströse Ding weiter über sie schob wie ein riesiger Rochen, ihren Bauch zusammendrückte, ihre Rippen. Sie hatte längst begriffen, dass sie sterben würde, aber ihr Körper, ihr Überlebensinstinkt *zwangen* sie, sich gegen den Schleimteppich anzustemmen. Verzweifelt suchten ihre Gedanken nach einem Anker, an den sie sich klammern konnte, während die Schwärze des Todes an ihr zerrte. Erinnerungen, Freundschaften. Ihre Familie, die sie nicht mehr hatte. Mit diesem letzten, freudlosen Gedanken erschöpften sich ihre Reserven, und die Dunkelheit, die sie umgab, wurde zu einer Finsternis, die aus ihrem Innersten kam, sie ausfüllte und in die sie bereitwillig eintauchte, um diese Welt zu verlassen.

Dann war es vorbei.

»Shao!«

In der Finsternis war es kalt.

Und schmerzhaft.

Ihr Herz tat weh.

So wie ihre Rippen.

Weil etwas rhythmisch gegen ihre Brust schlug, mächtig und zugleich enervierend monoton, wie eine Dampframme, immer wieder.

»Shao!«

Ansonsten gefiel es ihr eigentlich in der Dunkelheit. Es war dunkel genug, um nichts sehen zu können. Weit fort zu sein von allem. Wenn nur der Schmerz nicht gewesen wäre. Der Schmerz störte die Harmonie der vollkommenen Leere.

Geh weg, Schmerz.

Lass mich in Ruhe.

Ich möchte endlich in Ruhe gelassen werden.

Sie versuchte, ihn fortzuwischen, aber ihre Hand bewegte sich nicht. Das war nur logisch, weil sie ja tot war. Während ihrer Ausbildung hatte sie gelernt, was das bedeutete: In diesem Augenblick hatte sie bereits begonnen, von innen heraus zu verfaulen. Bald würden die ersten Anzeichen sichtbar werden: Bakterien, die das Hämoglobin im Blut zersetzten, würden dafür sorgen, dass ihre Bauchdecke eine grünliche Färbung annahm. Nach sieben Tagen würde sie überall so aussehen, grün wie das Ding aus dem Sumpf, nur ein bisschen marmorierter, mit Blasen auf der Haut und auf der Zunge und mit einem Muskel- und Fettgewebe, das sich langsam in eine glitschige Suppe verwandelte. Ein paar Organe würden sich länger halten als andere, aber am Ende würden auch sie vor den Bakterien und Pilzen kapitulieren.

»Shao, verdammt!«

Sie riss die Augen auf.

Und den Mund. Sog Luft ein, so viel sie kriegen konnte – und bekam einen Hustenanfall, weil sie gleichzeitig Dreck, Scheiße und rotbraunen Schleim einatmete. Sie krümmte sich und kotzte aus, was sie konnte. Atmete wieder ein.

Und wieder.

Und wieder.

So lange, bis der Schmerz vom Herz zu den Lungen wanderte, die ihr signalisierten, dass es genug war, dass sie platzen würden, wenn sie noch einen Luftzug tat.

Eine Hand legte sich auf ihre Schulter, die sie reflexhaft zur Seite schlug, bevor sie sich auf die Seite wälzte, wo sie ausspuckte und Speichel einsog … und wieder ausspuckte, auch wenn der beschissene Geschmack auf ihrer Zunge dadurch nicht nicht besser wurde.

Wenigstens konnte sie wieder was sehen.

Zuko kniete über ihr. Er war mit Fäkalien beschmiert – und mit den Resten des Fleischteppichs, den er mit seinem Messer in Fetzen geschnitten hatte.

Shao schrie auf.

Hinter Zuko hatte sich etwas bewegt: ein letzter Rest des Teppichs, der jedoch nicht mehr angriff, sondern sich wellenförmig in ein Zulaufrohr zurückzog.

Shao fixierte das Rohr, als könnte sie das Ding zwingen, sein Versteck zu verlassen und sich zu zeigen, aber es schien sich für ihre Wünsche nicht zu interessieren.

Wieso lebte sie überhaupt noch?

Sie war doch hinabgestiegen in die Finsternis …

Vorsichtig betastete sie ihren Brustkorb. Er fühlte sich an, als wäre ein Panzer darüber hinweggerollt.

»Ihre Rippen haben ein paarmal geknackt, aber ich glaube, sie haben es gut überstanden.«

»Danke, Sarge.«

Sie hatte einen Herzstillstand überlebt. Weil Zuko sie reanimiert hatte. Dass sie das *begreifen* konnte, bedeutete hoffentlich, dass ihr Gehirn keinen Schaden genommen hatte.

»Wie lange …?«

»Ich musste erst das Zeug von Ihnen runterschneiden. Am Anfang haben Sie sich noch bewegt, aber dann, als ich Ihnen die Scheiße aus dem Hals gekratzt hab, nicht mehr als …«

»Sarge!«

»Alles in allem? Höchstens eine Minute. Kein Grund, sich Sorgen zu machen.« Er deutete auf ihren Kopf. »Ich würde sagen, da oben arbeitet alles immer noch ganz gut zusammen – zumindest nicht schlechter als vorher.« Seine Zähne schimmerten wie unter Schwarzlicht.

Erst jetzt fiel Shao auf, dass ihre Taschenlampe beim Sturz zerbrochen war.

»Hier, nehmen Sie meine.«

Sie richtete den Lichtstrahl auf das Rohr und sah gerade noch, wie sich etwas rotbraun Schimmerndes blitzartig zurückzog. Sie betrachtete die Überreste zu ihren Füßen. Die länglichen Strukturen in dem Gewebe waren unübersehbar. Sie waren teilweise fingerdick und über einen Yard lang … und zu Hunderten ineinandergewuchert.

»Sieht mir aus wie Tubifex-Würmer.«

»Was für Würmer?«

»Das würde ich jedenfalls sagen, wenn sie ein bisschen kleiner wären und nicht so verwachsen.«

Vermutlich konnte er in ihrem Gesicht lesen, was sie dachte. *Wie viel kleiner?*

»Ich würde sagen, normalerweise leben Millionen davon in jedem Kanal, der hier unten verläuft.«

Millionen!

Shao fröstelte. Sie dachte daran, dass vielleicht noch mehr dieser Tiere ... *gewachsen* waren. Und blickte sich um. Sie befanden sich in einem Auffang- oder Staubecken, das offenbar schon lange nicht mehr genutzt wurde. Dafür sprachen die Rohre, die allesamt verschlickt waren. Vermutlich waren die Zuläufe irgendwann einmal verschüttet oder versiegelt worden.

Oder vergessen.

Shao zog die Beretta und näherte sich dem Rohr, in dem das Wurmding verschwunden war.

»Machen Sie mal die Lampe aus!«

Sie tat es – und kapierte, was er meinte. Der fluoreszierende Schimmer, der von den Gespinsten ausging, reichte aus, um die Umgebung auszuleuchten. Erst jetzt offenbarte sich Shao die regelmäßige Anordnung der Kokons, die allesamt größer waren als die Gespinste oben im Lund Point Tower.

Eine zweite Reihe von Gespinsten war auf der Rückseite des leeren Beckens errichtet, rechts und links neben zwei mannshohen Metallflügeln, offenbar die Tore eines Siels.

Zuko kniete vor einem der Kokons und stieß sein Messer hinein. Er musste einige Kraft aufwenden, um die Fäden zu durchtrennen. Darunter wurde ein Kopf sichtbar.

Ein Mann von höchstens dreißig Jahren. Die Augen waren geschlossen und lagen tief in den Höhlen. Vernarbungen, schlechte Haut, wenn auch nicht vergleichbar mit den Wunden, die sie bei Briscoe und Russell Lynch vorgefunden hatten.

Shao tippte auf jahrelangen Heroinkonsum, zuletzt vielleicht Greater H. Der Körper war nur noch bis zur Hüfte vorhanden: ein Torso ohne Arme und Beine, den die Spinne offenbar hierhergeschleppt hatte, um ihn zu konservieren.

Flüchtig zählte Shao die Kokons im Halbdunkel. Es waren mindestens drei Dutzend, und sie waren wie Holzscheite übereinandergeschichtet. Oder wie Elemente eines unheimlichen Wabenstocks.

Zuko musste all seine Kraft aufwenden, um tiefer in den Kokon zu schneiden, so dass er den Hals des Mannes freilegen konnte. Die Wunden waren deutlich zu erkennen, aber sie reichten nicht tief genug, um die Halsschlagader zu verletzen.

Shaos Blicke richteten sich auf die winzigen Luftbläschen, die auf den Lippen des Opfers platzten.

Zuko tastete nach dem Puls. »Er lebt noch.«

Was? … Aber …

Aber die Wunden!

Automatisch glitt ihr Blick weiter nach unten zu den Ausbeulungen an Schultern und Hüfte. Die rötliche Färbung des Gespinstes ließ keinen Zweifel daran, wie brutal die Gliedmaßen entfernt worden waren – und doch sorgte das Kokongespinst dafür, dass das Opfer nicht ausblutete, sondern irgendwie am Leben erhalten wurde.

»Vielleicht braucht es ihn noch …«

Shao wurde schwindlig, als ihr Blick über die restlichen Kokons schweifte. Überall dieselben rötlich gefärbten Ausbeulungen.

Hieß das etwa …?

»*Sie alle* werden noch gebraucht.«

Shao und Zuko fuhren herum.

Das Gesicht der Frau war eine Fratze, ein Krater aus Schmutz, Blut und Eiter. Ihre Stimme klang brüchig, und sie konnte sich kaum noch auf den Beinen halten.

»Deirdre …?«

Deirdre Watkins öffnete die zersprungenen Lippen zu einem Lächeln, und Shao begriff, dass sie sich getäuscht hatte. Dieses Ding da vor ihr war nicht Deirdre.

Nur ihr Körper.

Im selben Moment schob sich ein Kopf hinter ihrem Rücken hervor, dessen Schädeldecke über die Stirn bis hinunter zur Nase wie von einem Axthieb gespalten war, und ließ einen weißlichen Kokon, den er wie einen Nikolaussack auf dem Rücken seines walrossgroßen Körpers getragen hatte, auf den Boden des Rückhaltebeckens rutschen.

TEIL SECHS
Nemesis

1

Die Klimaanlage in Beauforts Vorzimmer arbeitete trotz der nächtlichen Stunde auf Hochtouren.

Mit einem gewissen Erstaunen hatte Pam registriert, dass sie sich zum ersten Mal beim Betreten der Seaways-Zentrale nicht mehr angewidert gefühlt hatte, sondern auf eine schwer zu beschreibende Art und Weise befreit. Das Gespräch mit Caitlin hatte ihr die Augen geöffnet. Wobei der Mensch auch im freien Fall bekanntlich zu trügerischer Euphorie neigt. Sie durfte sich nicht von ihren Gefühlen verwirren lassen, da es stets noch etwas gab, das sie zu verlieren hatte.

Kim.

Ihre Sorge wurde konkret, als nicht Beauforts Sekretärin Jules sie erwartete, sondern Scott. Er stand vor den bodentiefen verspiegelten Scheiben des Eckfensters und sah hinab auf die South Colonnade und den Canada Square Park.

»Wo ist Jules?«

»Pam. Wie schön, dass du meiner Einladung gefolgt bist«, sagte Scott, ohne sich umzudrehen.

Ihr Blick fiel flüchtig auf die Durchgangstür zu Beauforts Bürozimmer, von der sie wusste, dass sie schallgedämpft war. Trotzdem konnte man manchmal hören, wie er dahinter telefonierte. Heute war es still. Sie fragte sich, ob es auf dem Forest Gate vielleicht Probleme gegeben hatte, so dass Beauforts Anwesenheit dort länger als geplant vonnöten war. Auch von Vincent hatte sie noch nichts gehört.

Sie ließ es zu, dass Scott sie flüchtig umarmte.

»Setz dich. Ich habe gute Neuigkeiten.«

Er wies auf einen der schwarzen Echtledersitze, die Beaufort für Klienten aufgestellt hatte, die es nicht gab. Beaufort arbeitete ausschließlich für Seaways. Wobei auch das natürlich nur die halbe Wahrheit war.

»Vincent ist frei. Die Beweislage war, auch dank Lockharts Unterstützung, so dünn, dass sie ihn gehen lassen mussten.«

Also war tatsächlich alles so abgelaufen, wie er es geplant hatte.

»Gut.«

Aber das war sicherlich nicht alles, was er auf dem Herzen hatte.

Randolph Scott nahm ihr gegenüber Platz und schlug gelöst die Beine übereinander. Auch wenn der Anzug nicht maßgeschneidert war – er hasste es, sich Zeit von einem Schneider stehlen zu lassen –, saß er dennoch wie angegossen. Das Lächeln wirkte für seine Verhältnisse bemerkenswert echt, und wieder einmal stellte Pamela ohne besondere Anteilnahme fest, wie nachsichtig die Zeit mit ihm umgegangen war. Vieles an seinem Gesicht erinnerte sie an den Jungen, der hinter den Ginsterstäuchern im Garten der Villa in Gainsborough Gardens die zauberhaften Mosaike gemalt hatte.

»Zuerst einmal möchte ich dir sagen, wie beeindruckt ich von dir bin. Ich weiß, diese Anwandlung von Sentimentalität passt eigentlich nicht zu mir, aber tief in meinem Herzen fühle ich, dass wir durch dein konsequentes Handeln wieder eine Familie werden können – Kimberley, du und ich.«

Er wusste es, das wurde Pam in diesem Augenblick klar. Wie hatte sie nur jemals so naiv sein können anzunehmen, dass es anders wäre. Doch auch hier folgte der Erkenntnis eine gewisse Erleichterung. Jeder von ihnen hatte sein Blatt zugeteilt bekommen. Jetzt mussten sie damit spielen.

»Was willst du von mir?«

»Was hältst du davon, wenn wir, sobald wir diese leidigen aktuellen Schwierigkeiten aus der Welt geschafft haben, wieder einmal zusammen essen gehen? Nur Kim, du und ich. Das würde mir viel bedeuten.«

Sie ließ sich etwas zu viel Zeit mit der Antwort. »Natürlich, Scott. Das wäre ganz wunderbar.«

Er nickte, als hätte er einen ersten unwichtigen Punkt auf seiner Liste abgehakt. »Nun, allerdings ist da noch etwas anderes, das mich bedrückt. Wie mir zu Ohren gekommen ist, hast du mit Caitlin gesprochen.«

Es hatte eine Zeit gegeben, da sein Lächeln sie gleichermaßen fasziniert und eingeschüchtert hatte. Jetzt bedeutete es ihr nichts mehr. »Beaufort hat mir gedroht. Ich hielt es für sinnvoll, von Caitlin zu erfahren, wie sie die Situation einschätzt.«

»Die Situation, ja …« Er rieb sich die Schläfe, als müsse er darüber erst einmal in Ruhe nachdenken. »Die Situation hat sich tatsächlich entscheidend geändert. Vincents Leute haben in eurer Abwesenheit hervorragende Arbeit geleistet und das Zielobjekt lokalisiert.«

»Wo?«

»In der Lesnes-Abtei.«

»Die Ruine in Abbey Wood?«

»Es würde zumindest Rachel Briscoes Reise erklären.«

Rachels Reise. Vincent und sie hatten sich seit zwei Wochen darüber den Kopf zerbrochen, genauso wie Lockhart und seine Kollegen vom M. I. T. in Newham.

»Du hast freie Hand bei der Operation. Vincent und die anderen werden dich begleiten.«

»Was ist, wenn sich Unbeteiligte auf dem Gelände befinden?«

Scott stand auf und trat wieder ans Fenster. Vor der nachtschwarzen Silhouette der Bürohäuser wirkte sein feingliedri-

388

ger Körper beinahe transparent. Gelangweilt blickte er auf die Bürgersteige der South Colonnade herab. »Ich denke nicht, dass wir uns über diesen Punkt Gedanken machen müssen.«

Immer noch die gleiche Hybris. Scott mochte sich seltener täuschen als andere, aber wenn es geschah, dann endete es mit Sicherheit in einer Katastrophe. So wie er die Konsequenzen bei der Bergung des Würfels unterschätzt hatte.

»Wann?«

»Heute Nacht.«

»Das halte ich für keine gute Idee.«

»Das habe ich mir gedacht, aber wie es aussieht, ist unser Zeitfenster begrenzt.«

Was ihrer Meinung nach keine Überraschung war. Sie hatte Dixons Liquidierung von Anfang an für einen Fehler gehalten.

Er griff nach seinem Jackett. »Aus diesem Grund gebe ich dir freie Hand, was die Ausführung angeht. Und was Beaufort betrifft: Ich bin wie du der Meinung, dass er über das Ziel hinausgeschossen ist. Ich habe ihm gerade eben noch einmal klargemacht, dass ich ein solches Verhalten nicht toleriere.« Sie ertrug seinen Kuss auf die Wange, ohne eine Miene zu verziehen. »Die Sache mit dem Essen war übrigens ernst gemeint. Ich würde mich sehr darüber freuen, wieder mehr Zeit mit Kim zu verbringen.«

Sie nickte und wartete, bis er die Tür hinter sich geschlossen hatte. Randolph zu hassen hätte zweifellos vieles einfacher gemacht, doch egal, wie tief sie in sich hineinhorchte, sie fühlte absolut nichts für ihn – nicht einmal Abscheu.

Der Türknauf zu Beauforts Büro war eiskalt.

Sein Oberkörper hing vornübergebeugt über dem Schreibtisch, in einem Gemisch aus Blut und Knochensplittern, die der Mateba 6 Unica, Kaliber .357, vor ihm auf dem Tisch aus seinem Gesicht herausgesprengt hatte. Der Schuss konnte noch nicht lange zurückliegen. Und er war nicht sofort tödlich gewesen. In dem Krater, der ein Gesicht gewesen war, zuckten

Fetzen einer Oberlippe. Ein Auge drehte sich wie im Delirium und suchte Pams Blick.

Es sah ein bisschen so aus, als versuchte Beaufort zu verstehen, wie dieses Malheur hatte passieren können, doch wahrscheinlicher war, dass er um Erlösung bat.

Die schlechte Nachricht lautete: Es gab keine Erlösung.

Für keinen von ihnen.

Pamela Scott wandte sich um und verließ das Büro.

2 »Drei Flaschen Craft und eine Jack Daniel's. Das macht dann … dreiundvierzig Pfund und sechzig.« Der fettleibige schwitzende Inhaber von Fatboy's Diner zuckte mit den Schultern. »Tut mir leid, Mann, aber wir verkaufen normalerweise nicht außer Haus.«

»Schon okay.« Bill blätterte zwei Zwanziger und einen Zehner auf den Tresen. Der Gastraum war leer, und er war gerade noch durch den Türspalt gesprungen, bevor der Wirt abschließen konnte. »Stimmt so.«

Vielleicht ein Wink des Schicksals, dass die Kohle in seiner Tasche danach nicht mehr reichen würde, um noch mal in Stokey vorbeizuschauen. Was ihn wiederum an Greg erinnerte und an die Frage, wie alles mit allem zusammenhing. Er würde der Sache nachgehen, das war er Greg schuldig. Er würde *allem* nachgehen, aber nicht mehr heute Abend.

Fatboy brauchte ungefähr eine halbe Minute, um die drei Scheine zusammenzuzählen, und dann noch mal genauso lange, um die Flaschen in eine Tüte zu stopfen. »Hey … Bist du nicht dieser Typ aus dem Fernsehen? Der von der Sendung vorhin?«

»Tut mir leid, muss 'ne Verwechslung sein.«

Der Dicke kratzte sich die feuchten Achselflecken und griente, als er Bill die Tüte rüberreichte. »Mach dir nichts draus. Diese Susan Waite ist 'ne lügnerische Schlampe. Die hat sich schon vor Jahren an die Amerikaner verkauft.«

»Na, dann.«

»Lass es dir schmecken, Kumpel!«

Bill hob die Hand zum Gruß und schlich aus dem Laden zu seinem Wagen, der allein auf dem Parkplatz vor dem Leuchtturm der Trinity Buoy Wharf stand, der über Jahrhunderte hinweg die die Themse herauffahrenden Schiffe sicher in den Londoner Hafen geleitet hatte. Jetzt reichte der Blick nur noch rüber zur Canary Wharf, wo bis vor einer halben Stunde noch ein ganzer Haufen Blaulichter gezuckt hatte.

Da hat's wohl mächtig gescheppert.

Auf dem Beifahrersitz leuchtete Bills Handy auf.

Sheila.

Der fünfte oder sechste Anruf, seit er aus dem Redaktionsgebäude von Talk & Broadcast geflohen war. Gleich darauf erschien eine Kurznachricht von ihr auf dem Display.

Wo bist du, Bill? Ruf bitte zurück. Wir müssen reden.

Heute nicht mehr, Liebling. Er übersprang das Craft Beer und fing gleich mit dem Jack Daniel's an. »Auf dich, amerikanische Schlampe!«

Er trank, bis der Whiskey ihm den Rachen zu versengen drohte. Prustend setzte er die Flasche ab, ließ einen fahren und blickte grimmig in den Spiegel.

Das ist noch nicht das Ende.

Nach einem weiteren Schluck tastete er ächzend nach dem schwarzen Aktenordner unter dem Beifahrersitz, den er gestern aus Lockharts Lagerraum bei Big Green geholt hatte.

Bisher hatte er nur einen flüchtigen Blick hineinwerfen können, und selbst der hatte ihm die Schuhe ausgezogen. Er hatte sich bei Susan Waite auf die Zunge beißen müssen, um nicht zu viel zu verraten. Aber jetzt würde er sich die Zeit nehmen, die es brauchte, um den Inhalt ausgiebig zu sezieren und dann auf Wild-Leaks-Bill.com zu veröffentlichen. Dabei ging es nicht nur um den üblichen Bullshit von wegen Korruption und moralische Bankrotterklärung, weil die Politik sich mit einer Reederei wie Seaways ins Bett gelegt hatte. Es ging um das *wirklich* krasse Zeug, über das Lockhart recherchiert hatte. Die Bergung des Würfels. Die Wahrheit darüber, was es mit diesem seltsamen Ding auf sich hatte. Um die Organisation, die hinter Seaways agierte. Und um die Spur des Todes, die Lockhart im Gegensatz zu dem, was er seinen Kollegen im Forest Gate vorgespielt hatte, kristallklar und analytisch zurückverfolgt hatte bis an den Ort, an dem Rachel Briscoes Ende seinen Anfang genommen hatte.

Aldwych Station.

Es wurde Zeit, den Faden aufzunehmen.

Bill steckte den Schlüssel ins Zündschloss.

3 Das erste Projektil verschwand im Körper des Spinnenmonstrums.

Das zweite irgendwo in der Decke, weil etwas Weißes, Fluoreszierendes, das hundertmal härter war, als es aussah, gegen Shaos Brust prallte und sie rückwärts zwischen die Kokons schleuderte. Der Schmerz, der ihr durch den Oberkörper jagte, brachte sie fast um den Verstand. Die Pistole entglitt ihr, und klebrige Spinnenfäden fixierten ihren Rumpf und ihre Arme. Keuchend versuchte sie, sich zu befreien, aber da schossen schon weitere Spinnweben heran und verdickten den Kokonpanzer. Innerhalb von Sekunden konnte sie keinen Finger mehr rühren.

Zuko hatte ebenfalls das Feuer eröffnet und eines der Spinnenbeine erwischt. Gerade visierte er den hässlichen Schädel des Monstrums an, als ihn ein Schlag in Höhe der unteren Rippe traf und er wie vom Blitz getroffen zusammensackte. Shao schrie auf, als die Spinne über ihn herfiel. Die beiden Augäpfel in der gespaltenen Fratze waren verdreht und mit einem grauen Film überzogen. Unterhalb des Kopfes, ungefähr in der Mitte des Körpers, war der Chitinpanzer an mehreren Stellen aufgerissen. Aus einer der Wunden sickerte weißliches Sekret, während sich die anderen fast schon wieder geschlossen hatten.

Es regeneriert sich.

Die Spinne bohrte ihre Mandibeln in Zukos Hals und sonderte das Gift ab. Seine Lider flatterten, dann verlor er das Bewusstsein. Die Scheren schlossen sich um seine rechte Schulter ...

»Nein!«

Deirdre hatte kaum merklich die Hand gehoben, und die Spinne wich zurück wie ein Hund, der die Autorität seiner Herrin anerkennt.

Deirdre beugte sich über Zuko und strich mit blutenden Händen über seinen Körper. Shao konnte nicht erkennen, was *genau* sie machte, aber es wirkte, als würde sie ihn irgendwie ... *analysieren*. Schwerfällig erhob sie sich und wankte auf Shao zu. Aus ihrem Mundwinkel lief ein dunkler Speichelfaden. Die Wangen waren grau und eingesunken, das Haar stand strohig vom Kopf ab. Ihre Jacke war schmutzig, halbzerrissen und blutbefleckt. Es sickerte schwarz aus Dutzenden eiternder Wunden, an ihren Händen, ihrem Hals, ihrem Gesicht, und als sie atmete, wehte Shao jaucheähnlicher Gestank ins Gesicht. Angeekelt riss sie den Kopf zur Seite – und stöhnte auf, als irgendwo an ihrem Hinterkopf ein Haarbüschel an dem klebrigen Gespinst hängen blieb.

Deirdres Blick wirkte ähnlich verschleiert wie der der Spinne, und doch glomm etwas tief hinten in den schwarzen Pupillen, das Shao einen Schauer über den Rücken jagte.

»Was bist du?«

Shao erkannte ihre Stimme selbst kaum wieder. So lange hatte sie nur darüber spekuliert, womit sie es zu tun haben könnten, und als sie jetzt mit der Wahrheit konfrontiert wurde, brachte sie nicht einmal mehr die Energie auf, sich zu fürchten.

Die Deirdre, die sie kannte, wäre niemals in der Lage gewesen, den Weg durch die Kanalisation zurückzulegen. Das unselige *Fremde* in ihrem Innern zwang sie dazu, ihre körperlichen Grenzen zu überschreiten, ihren Organismus über alle biologischen Möglichkeiten hinweg zu strapazieren: bis zum zwangsläufigen Zusammenbruch, der vielleicht schon überfällig war. In den schwarzgeränderten, blutunterlaufenen Augen las Shao die Wahrheit. Das *Ding* in Deirdre brauchte einen neuen Körper – und konnte sich offenbar nicht entscheiden, wen es wählen sollte. Shao schloss die Augen und wünschte sich nur, dass es schnell zu Ende sein würde.

Das Deirdre-Ding war ihr jetzt so nahe, dass es fast ihre Lippen berührte. Es war nicht der Gestank, sondern die Bosheit in diesen Augen, die Shao den Atem raubte. Sie unternahm einen weiteren Anlauf, ihr Gefängnis zu sprengen, aber genauso gut hätte sie versuchen können, eine Stahlummantelung aufzubrechen.

»Was ... bist du?«

Deirdre öffnete den Mund, bis Shao ihr Gaumenzäpfchen sehen konnte. Zunächst wirkte es, als würde sie unkontrolliert schlucken, dann aber würgte sie etwas hervor: ein halbdurchsichtiges, schwarzes Etwas, das feinstofflich wie Nebel über ihre Zunge schwebte. Es besaß keinen Körper und war nichts als eine Wolke, doch in seinem Innern, dort, wo sich die Schwärze zu etwas undurchdringlich Finsterem zusammenballte, schien so etwas wie Leben zu existieren, ein Wille, ein eigenes Bewusstsein, das die Schwaden in ihrem Innern permanent umstülpte und in Bewegung hielt. Kaum, dass die Wolke Deirdre verlassen hatte, fiel diese in sich zusammen wie eine Puppe. Die Wolke waberte auf Shao zu, die den Kopf abwandte und die Lippen zusammenpresste, während sich schmerzhaft weitere Haarbüschel an ihrem Hinterkopf verabschiedeten, doch all das würde sie nicht retten vor diesem schwarzen Etwas, das offenbar genauso gut jeden anderen Weg in ihr Inneres nehmen konnte und sanft wie eine Feder über ihre Wange streichelte, während es sich teilte und auf Nase und Ohren zukroch ...

Ein greller Lichtblitz spaltete das Dunkel der Höhle und stach wie eine Nadel in Shaos Pupillen. Sofort schloss sie die

Augen, aber zu spät: Dunkle Flecken tanzten auf ihrer Netzhaut und verdeckten ihren Blick auf den Mann, der, mit einem grellen Leuchtstrahler in der Hand, hinter Deirdre aufgetaucht war. Die schwarze Wolke schoss blitzartig davon, floh aus dem Lichtkreis und zog sich in eines der Kanalisationsrohre zurück.

Die Spinne, die das Schauspiel bewegungslos verfolgt hatte, ging zum Angriff über, aber der Mann schien auf alles vorbereitet. In der anderen Hand trug er eine großkalibrige Pistole, die sich bellend aufbäumte. Das Projektil riss ein faustgroßes Loch in den Leib der Spinne und warf sie zurück. Der Mann schoss noch mal. Und noch mal. Die Spinne wich den Projektilen aus und flüchtete wie der unheimliche Schatten in einen der Kanäle.

Der Mann mit dem Leuchtstrahler folgte ihr nicht, obwohl das Rohr, in dem sie verschwunden war, groß genug gewesen wäre. Er zückte einen Dolch mit einer langen, leicht gebogenen Klinge und kam auf Shao zu. Das Metall reflektierte das Licht des Strahlers und riss für Sekundenbruchteile sein Gesicht aus dem Halbdunkel.

Es gehörte Richard de Lucy, dem mysteriösen Fremden aus der Abtei von Lesnes.

Eine Milliarde Fragen jagten Shao durch den Kopf, aber …

»Halten Sie still, Detective! Wir müssen uns beeilen!«

Er rammte die Klinge, die offenbar um ein Vielfaches schärfer war als Zukos Taschenmesser, nur einen Fingerbreit neben ihrer Halsschlagader in das weißliche Gespinst. Auf einmal verspürte Shao ein Kribbeln an ihrem Hals, wie von Insekten, die über ihre Haut krochen. Ein scharfer Gestank nach verschmortem Kunststoff breitete sich aus, und die Seidenfäden schnurrten rund um die Einstichstellen zusammen. Mit gezielten Schnitten befreite de Lucy ihren Oberkörper – als Shao irgendwo hinter ihm einen Schatten bemerkte.

»Vorsicht!«

De Lucy leuchtete in die Dunkelheit. Der Schatten, der sich

ihm genähert hatte, wich zurück und floh diesmal in Richtung des Siels auf der anderen Seite des Beckens, wo er in dem winzigen Spalt zwischen den beiden metallenen Flügeltüren verschwand.

»Was ist dieses Ding, verflucht?«

»Das ist meine Sache. Sie werden sich um die Spinne kümmern.« De Lucy deutete auf das Rohr, in dem das Monstrum verschwunden war. Shaos Rippen protestierten, als sie die klebrigen Reste des Gespinstes zur Seite wischte und aus den Überresten des Kokons kroch, wobei sie um ein Haar über Deirdres Leiche gestolpert wäre.

»Sobald Sie Ihren Partner befreit haben, folgen Sie beide ihr und erledigen sie.«

»Aber er ist …«

»Der Schatten hat nicht zugelassen, dass die Spinne ihn tötet, und die Wirkung des Giftes lässt bereits nach.«

Ein leises Stöhnen drang zwischen Zukos Lippen hervor. Seine Lider flatterten.

»Aber woher sollen wir wissen, wohin die Spinne will?«

»Sie wird Wege bevorzugen, die sie kennt! Vielleicht Mile End … Sie müssen sie auf jeden Fall töten, bevor sie die Abtei erreicht!«

»Die Abtei? Wieso? Scheiße, vielleicht können Sie mir mal sagen, was hier los ist?«

»Nehmen Sie den. Damit geht es schneller.« Er schloss ihre Hände fest um den Griff des Dolches. »Befreien Sie Ihren Partner!«

»Hey, was …? Ich … Ich meine, ich *kenne* Lesnes-Abbey! Es gibt dort überhaupt keine Abtei!«

De Lucy nickte. »Sie haben recht. Das war ein Fehler, für den ich mich entschuldigen möchte.«

Was?

»Und jetzt machen Sie, dass Sie von hier wegkommen! Sie bringen sich nur selbst in Gefahr.«

Shao nickte mechanisch und stieß die Klinge in Zukos Kokon. Es ging leichter, als sie gedacht hatte. Die Fäden verfärbten sich, schmorten zusammen. Shao arbeitete sich keuchend voran. Zuko röchelte irgendetwas, das sie nicht verstehen konnte.

»Meine Rippen …«

»Stillhalten, Sarge! Sonst kann ich für nichts garantieren!«

Hinter ihr stellte de Lucy den Strahler auf dem Boden ab. Aus dem Augenwinkel erkannte Shao, wie er auf das Siel zuging, aber sie wagte nicht, den Kopf zu drehen. Einfach weiterschneiden! Immer mehr Teile des Gespinstes schmorten zusammen, bis Zuko die Arme wieder bewegen konnte. Gemeinsam bogen sie die Reste des Kokons auseinander. Shao reichte Zuko die Hand und zog ihn auf die Beine.

Sein Blick fiel auf Deirdres Leichnam – und auf Richard de Lucy, der inzwischen die zweite Wabenwand am Ende des Rückhaltebeckens erreicht hatte und mit den Händen gegen die Tore des Siels drückte.

Was zum Teufel hatte er vor?

Knarrend und wie in Zeitlupe schwangen die Tore nach hinten. Dahinter befand sich kein weiteres Becken, kein weiterer Abflusskanal, sondern – *nichts*! Nur eine diffuse, undurchdringliche Schwärze, die wirkte wie …

Wie Tausende dieser verdammten Schatten!

Weit hinten – *sehr* weit hinten inmitten der Finsternis erkannte Shao einen Lichtschein, wie von Dutzenden winziger kleiner Glühwürmchen, die kaum merklich in der Luft zu tanzen schienen.

Richard de Lucy drehte sich um und schien ihr etwas zurufen zu wollen.

Verschwindet!

Da jagte der Schatten heran – als hätte er nur darauf gewartet, dass de Lucy das Tor öffnete. Oder hatte de Lucy auf *ihn* gewartet?

Bereitwillig öffnete er den Mund, und der Schatten schlüpfte hinein.

Shao begriff nicht, was hier vor sich ging, aber sie ahnte, dass dies nicht ihr Kampf war. Und dass de Lucy aus irgendeinem Grund wusste, worauf er sich eingelassen hatte. Er wehrte sich. Sie konnte es ihm ansehen. Dem Blick, mit dem er Zuko und sie betrachtete.

De Lucy stürzte.

Wand sich.

Und zog sich, wie mit letzter Kraft, an einem der Sieltore wieder empor.

Das Ding will nicht, dass er das Tor durchschreitet!

Aber de Lucy war stärker und griff nach den Flügeltüren – als sich seine Hände bereits schwarz verfärbten und der linke Arm sich wie ein verfaulter Ast von seiner Schulter löste. Er packte mit der anderen Hand zu. Für einen Moment sah es so aus, als würden die Finger sich ablösen und am Schleusentor herabrutschen. Aber dann hatte de Lucy es geschafft und rammte das Tor hinter sich ins Schloss.

Zuko ergriff den Leuchtstrahler und den Dolch. Seine Bewegungen wirkten immer noch unsicher, aber er begriff, was wichtig war.

»Wohin ist sie geflohen?«

Shao deutete auf das Rohr, von dem sie glaubte, dass es das richtige war. »De Lucy sagt, dass sie nach Mile End flieht. Und dass sie zur Abtei will. Er sagt, wir müssen sie aufhalten.«

»De Lucy?«

»Ich erklär's Ihnen auf dem Weg.«

Sie folgten dem Kanal, der nach de Lucys Angaben zum Schienenstrang und später zur U-Bahn-Station Mile End führen würde. Nach einer Viertelmeile erreichten sie ein weiteres Siel, das offen stand, und dahinter eine Eisentür. Sie war nicht verriegelt und führte direkt in den U-Bahn-Tunnel. Die Gleise verschwanden rechts und links in der Dunkelheit. Sie warteten ab, bis der nächste Zug vorüberfuhr. Er kam von links und trug auf einem verschmutzten Display am Kopf des Frontwagens

398

die Aufschrift »Ealing Broadway«, was bedeutete, dass er Richtung Innenstadt fuhr.

Zuko schrie gegen den Lärm an. »Sie wissen schon, dass die Central um diese Zeit immer noch alle zwei bis drei Minuten fährt, oder?«

Shao nickte. »Haben Sie einen besseren Vorschlag?«

Er hatte keinen.

Der letzte Wagen raste an Ihnen vorbei, und mit ihm drei, vier Dutzend bleiche Gesichter, die ins Nichts starrten. Keiner der Passagiere hatte sie in der Dunkelheit registriert.

Zuko nickte ihr zu. »Okay, los!«

Sie sprang über die Stromschiene hinweg auf die Gleise und rannte los. Zuko folgte ihr. Rechts und links wanden sich Kabelkanäle an den Wänden, ab und zu unterbrochen von einer versperrten Tür oder einer Notleuchte. Die Gleise gingen in eine elend lange Linkskurve über, die in Shao das beschissene Gefühl erzeugte, auf der Stelle zu laufen.

Sie hatten gerade mal zweihundert Yards zurückgelegt, als das Nebengleis hinter einer Mauer verschwand.

Na, toll. Sie würden also nicht mal eben die Spur wechseln können, wenn hinter ihnen der nächste Zug auftauchte.

Zukos Schritte ertönten immer noch gleichmäßig, ebenso wie sein Atem. Shao versuchte, sich an seinem Rhythmus zu orientieren und nicht in Panik zu verfallen. Ihnen blieben noch anderthalb Minuten, bevor die nächste Bahn kommen würde, vielleicht auch zwei. Welche Entfernung konnte ein halbwegs durchtrainierter Mensch in dieser Zeit zurücklegen? Eine halbe Meile?

Jetzt raste ihr Herz wirklich. Im Laufen drehte sie halb den Kopf. Zuko hielt sich verdammt gut.

Da tauchte am Anfang der Kurve, zwei oder dreihundert Yards hinter ihnen, ein Lichtschein auf.

»Schneller!«

Der Lichtschein kam näher und erfasste die Gleise vor ihnen. Das Dröhnen der Räder ließ die Schienen vibrieren.

Irgendwo in der Ferne vor sich entdeckte Shao einen Licht-schimmer. Der Bahnhof von Mile End! Direkt vor dem Bahn-steig leuchtete ein grünes Zugsignal.

Spring um!

Spring um auf Rot! Bitte!

Es sprang nicht um.

Noch drei- oder vierhundert Yards.

Nicht zu schaffen!

Inzwischen flutete der Scheinwerferkegel regelrecht den Tunnel. Ihre Schatten zuckten vor ihnen auf den Gleisen.

Verdammt, der Kerl muss uns doch sehen!

Bremsen kreischten, während sich die Schatten verkürz-ten.

Das Kreischen wurde ohrenbetäubend.

Das war's. Es ist vorbei. Wir werden …

Eine Hand riss sie zur Seite. Shao knallte gegen etwas, von dem sie befürchtete, dass es eine Stromschiene war – eine Fluchttür, die unter dem Aufprall ihrer beider Körper nachgab! Shao krachte auf den Boden, und Zuko, der sie hindurchgezo-gen hatte, lag nach einer eher uneleganten Drehung plötzlich auf ihr.

Der Zug raste vorüber. Die Wagenbeleuchtung tauchte den Gang, in den sie gefallen waren, in stroboskopartiges Licht.

Dann wurde es dunkel.

Das Kreischen der Bremse wurde leiser, und Shao bemerkte, dass sie hustete und Staub und Dreck ausspuckte.

»Sarge … würde es Ihnen etwas ausmachen, von mir run-terzugehen?«

Er rollte sich zur Seite und stand auf, wobei er sich kurzzeitig abwandte, aber Shao bemerkte trotzdem, wie seine Miene sich vor Schmerz verzerrte.

»Alles okay?«

»Ich sagte, es geht schon.«

Shao drehte sich auf den Rücken und blinzelte gegen die Decke. Sie verspürte den Wunsch, die Augen zu schließen und einfach hier liegen zu bleiben, aber schließlich stemmte sie sich hoch und klopfte sich die Jacke ab. »Woher wussten Sie, dass die Tür offen war?«

»Ich hab's gehofft.«

Sie lehnte sich mit dem Rücken gegen die Wand und holte Luft. Irgendwo draußen verstummte das Kreischen der Bremsen, wahrscheinlich kurz vor dem Bahnsteig von Mile End.

Der Boden unter ihren Füßen vibrierte dumpf, als ein Zug in der umgekehrten Richtung durch den Tunnel raste. Kurz danach war es wieder still. So still, dass Shao nichts weiter vernahm außer ihrem eigenen Atem und dem wilden Pochen ihres Herzens.

Zuko folgte dem Gang um eine Biegung und kehrte kurz darauf zurück. »Gleich da vorn ist eine Treppe, die zu einem Fluchtkorridor führt. Der könnte uns direkt nach Mile End bringen.«

»Könnte?«

»Die Tür ist verriegelt.«

Super Notausgang.

Zuko lugte hinaus in den Tunnel. »Ich glaube, man kann den Bahnhof schon sehen. Ist praktisch ein Katzensprung.«

In diesem Augenblick hatte endlich auch das bescheuerte Signal vor ihnen kapiert, dass etwas nicht stimmte, und schaltete auf Rot.

Zuko sprang auf die Gleise.

Am Bahnsteig von Mile End erwarteten sie nicht nur der gestrandete Zug samt Insassen, die auf dem Bahnsteig aufgeregt durcheinanderredeten, sondern außerdem zwei Security-Mitarbeiter, die ausgiebig ihre Dienstmarken inspizierten, bevor sie sie zum Ausgang eskortierten. Auf der Straße traf gerade ein Streifenwagen ein.

Da sie sich nicht mehr in Newham befanden, sondern im angrenzenden District Tower Hamlets, befürchtete Shao weitere Diskussionen und Telefonate, aber einer der Copper war ihre Rettung. Ihm fielen fast die Augen aus dem Kopf, als er Zuko erblickte.

»Detective Gan?«

Auch Zuko musste einen Moment überlegen. »Nash?«

Nash, ein hagerer Typ mittleren Alters, der seine letzten Haarsträhnen quer über den Schädel gekämmt hatte, grinste. »Ist schon ein paar Monate her, dass ich zuletzt im Duke war. Und das ist dann wohl Detective Constable Sadako Shao, wie?«

Sie wischte sich über die Augen, mit dem Ergebnis, dass sie sofort noch stärker brannten als zuvor. »Kann mich nicht erinnern, tut mir leid.«

»Die Meldung lief vor einer halben Stunde rauf und runter. Irgendjemand hat bei euch drüben den gesamten Carpenters Estate abgesperrt und euch beide zur Fahndung ausschreiben lassen.«

Das konnte eigentlich nur Powell gewesen sein.

Shao zückte ihr Handy, freudig überrascht, dass es die Odyssee durch die Abwasserkanäle unbeschadet überstanden hatte. Drei Anrufe in Abwesenheit. Von Powell.

Zuko hatte vier.

»Okay, Sarge. Wer meldet sich bei ihm?«

Das Funkgerät im Streifenwagen krächzte. »MP an alle Einheiten. Überfall auf einen Passanten an der Station Bromley-By-Bow, wahrscheinlich mit Todesfolge. IC-9. Täter flüchtig.«

Bromley-By-Bow lag eine halbe Meile weiter östlich. Die Gleise dorthin verliefen oberirdisch.

Shao warf Zuko einen Blick zu. »Sieht aus, als hätte de Lucy sich geirrt.«

»Wäre möglich.«

Nash runzelte die Stirn. »Äh, kann vielleicht mal jemand von euch übersetzen?«

Zuko tat ihm den Gefallen. »Wir brauchen euren Wagen.«

»Wie bitte? … Ich meine, nicht dass wir nicht grundsätzlich bereit wären, euch auszuhelfen, aber … Also, wie wär's vorher erst mal mit 'ner Dusche und ein paar frischen Klamotten?«

Shao grinste. »Die Reinigung geht aufs Haus.«

»Ist das etwa ein Versprechen?«

»Nein, Constable. Nur ein frommer Wunsch.«

Eine halbe Minute später verfolgte Shao vom Rücksitz aus, wie Nash den Wagen vom Kantstein manövrierte.

Sein glatzköpfiger, dunkelhäutiger Partner, der mit dem Beifahrersessel verwachsen zu sein schien, war von der schweigsamen Sorte, aber Shao konnte sehen, wie er die Nase über ihren Gestank rümpfte.

»Die Mile End ist zwischen Brokesley und Richard Tres gesperrt. Deshalb fahr ich unten rum.«

»Ist Ihr Revier, Nash.«

Im Rückspiegel sah sie, wie Zuko einen knallroten Golf anhielt und den Fahrer herauskomplimentierte. Da sie nicht wussten, welchen Weg über die Themse die Spinne nehmen würde, hatten sie vereinbart, dass Zuko die Route durch den Blackwell Tunnel übernehmen würde.

»Hey, Detective. Wollen Sie uns nicht verraten, was Sie da unten in der Kanalisation gesucht haben?«

»Wir haben einen Verdächtigen verfolgt.«

»Aha. Geht's auch 'n bisschen konkreter?«

»Glaub mir, das wollt ihr gar nicht so genau wissen.«

Nash warf ihr im Rückspiegel einen Blick zu und wandte sich an seinen Partner. »Hey, Ernie, würdest du eine Meile durch die Scheiße kriechen, nur um einen Verdächtigen zu erwischen?«

»Ich krieche schon seit zwanzig Jahren durch die Scheiße, falls du's nicht bemerkt hast, Tag für Tag.«

»Auch wieder wahr.«

Die Bahnsteige von Bromley-By-Bow lagen unterhalb der Brücke der A12 Road. Sie waren nicht die erste Streife, die eintraf. Blaulichter zuckten über eine hässliche Betonmauer neben der Fahrbahn, die den Blick auf die Gleise verdeckte.

Zwei Streifenpolizisten diskutierten auf dem Bahnsteig,

während ein dritter sich gerade in einem Knäuel Absperrband verhedderte. Die Leiche lag etwa hundertfünfzig Yards östlich des Bahnsteigs, nicht direkt auf den Gleisen, sondern an der südlichen Böschung, kurz vor dem Stahlskelett, das die U-Bahn-Strecke über den River Lea führte.

Nash folgte Shao, während Ernie den anderen Beamten half, die Schaulustigen zu verscheuchen. Irgendjemand zückte ein Handy und drohte, er werde die Videoaufnahmen an Wild-Bill. com schicken.

»Damit hier mal jemand nach dem Rechten sieht!«

Nash rief dem Kerl zu, dass er sich verpissen solle.

Diesmal hatte die Spinne sich nicht die Zeit genommen, sorgfältig Arme und Beine zu entfernen und das Opfer, eine dunkelhaarige Weiße in mittleren Jahren, einzuspinnen. Stattdessen sah es aus, als wäre die Frau in einen Häcksler geraten. Zahlreiche Körperteile lagen über die gesamte Böschung verstreut. Nash überließ Shao seine Taschenlampe und schlug sich in die Büsche, wo er sich kurz hintereinander zweimal übergab.

Shao interessierte sich weniger für die Überreste als für den Weg, den die Spinne von hier aus genommen hatte. Sie konnte sich eigentlich nicht vorstellen, dass sie den Fluss überquert hatte. Höchstens über die Brücke, die allerdings nicht Richtung Süden führte.

Sie wird Wege bevorzugen, die sie kennt.

Shao wandte sich in Richtung Ufer. Auf dem River Lea dümpelte ein Hausboot vor sich hin, Shao ließ den Lichtkegel schweifen. Ein paar junge Buchen streckten ihre dünnen Äste wie Mangroven über das Wasser. Von der anderen Uferseite war es nur ungefähr eine halbe Meile Luftlinie bis Canning Town. Shao hatte hier früher hin und wieder mit ein paar Leuten abgehangen. Das Ostufer war ein beliebter Umschlagplatz für Gras gewesen – Ware von ein paar Jungs aus Hackney, denen es im Victoria Park zu langweilig geworden war.

»Hey, Detective, brauchen Sie Hilfe?«

»Danke, Nash. Bleiben Sie bei der Leiche. Ich melde mich.«

Sie lief mit gezückter Waffe die Böschung entlang, den Lichtkegel auf den Boden gerichtet, während sie sich fragte, welche Spuren eine Riesenspinne wohl hinterließ. Auf dem säuberlich kurzgeschnittenen Uferrasen war jedenfalls nichts zu erkennen. Aber sie musste hier lang sein, weil die Böschung zur Westseite hin von einem Holzlattenzaun begrenzt wurde.

In der Ferne erklang das Flappen von Rotoren. Ein Hubschrauber näherte sich aus Richtung City.

Shao erreichte die Schleuse, die den River Lea vom Bow Creek trennte, der die schmutzigen Abwasser des Gewerbegebietes von Abbey Mills Richtung Themse führte. Entweder war die Spinne dem River Lea Richtung Silvertown gefolgt, oder sie war an dem schmalen Kanal entlanggelaufen, der in südwestlicher Richtung schnurgerade zum Limehouse Bassin führte.

Shaos Handy meldete sich.

»Guv, was gibt's?«

»Ich habe gerade mit Zuko gesprochen. Schön, dass es Ihnen gutgeht! Er lässt Ihnen ausrichten, dass er jetzt im Tunnel ist. So weit keine Spur von … von dem Ding, dem Sie folgen. Sind Sie wirklich sicher, dass es zur Abtei will?«

»Ziemlich.«

»Ashley hat sich übrigens mit einem ganzen Team im Carpenters Estate umgesehen. Wir haben sogar extra Verstärkung aus Waltham Forest angefordert. Von Costello und seinen Leuten keine Spur.«

»Wir können Ashley nicht trauen. Genauso wenig wie Lockhart.«

»Das hat Zuko auch gesagt – aber ich muss sie im Spiel halten, schon allein wegen Hammerstead. Außerdem habe ich Hubschrauberunterstützung angefordert. Die müsste bereits auf dem Weg zu Ihnen sein.«

»Sagen Sie ihnen, sie sollen den River Lea Richtung Süden absuchen. Und geben Sie ihnen meine Nummer. Außerdem sollten Sie jemanden von unseren Leuten nach Bromley-by-

Bow schicken, bevor dort endgültig alles platt getrampelt wird – aber wenn möglich bitte nicht unbedingt …«

»Nicht unbedingt Lockhart und Ashley, schon verstanden. Das ist sowieso eine Sache für Dr. Baghvarty und ihr Team. Lassen Sie in der Zwischenzeit einfach die Leitung offen. Ich verbinde Sie direkt mit dem Piloten. Viel Glück, Shao.«

»Danke, Guv.«

Sie klemmte sich die Kopfhörer ins Ohr – als ihr Blick an der Oberkante der Schleusenwand hängenblieb. Und an dem fluoreszierenden Gespinst, das dort flatterte.

Es knackte im Kopfhörer.

»CW-148 an KF-854. Detective Constable Shao, hören Sie mich?«

»Bin ganz Ohr.«

»Wir sind direkt über Ihnen, und ich glaube, wir haben da was. Kurz vor der Schleife der Leamouth Peninsula. Da schwimmt was im Wasser.«

»Verstanden.«

Die Halbinsel lag fast eine Viertelmeile entfernt. Shao rannte zurück zur Twelvetrees Brücke, die für Fahrzeuge gesperrt war. Dahinter begann das Gewerbegebiet voller Privatwege, Durchgang verboten. Aber der Weg am jenseitigen Ufer entlang war nun mal kürzer. Hinter einem Amazon-Warenlager zog der Fluss eine kleine Schleife, bevor die Brücke der East India Dock Road in Sicht kam. Direkt dahinter begann auf der anderen Seite die Leamouth Peninsula. Die Landzunge, von der der Hubschrauber gesprochen hatte, lag auf der Seite, auf der Shao sich jetzt befand: ein kleiner begrünter Abschnitt, auf dem nur ein Fahrradweg und ein DLR-Gleis verliefen, auf dem um diese Zeit kein Zug mehr verkehrte. Sie erinnerte sich noch sehr gut an die Zeit, bevor die Gleise verlegt worden waren. Damals war die Landzunge eine winzige Oase inmitten verlassener, vor sich hin gammelnder Hafenlagerhallen gewesen. Berge von rostigem Altmetall und Holzpaletten. Ein Paradies für Kinder. Zumindest wenn sie gegen Tetanus geimpft waren.

»Wo ist es jetzt?«

»Weitergetrieben, an der Peninsula vorbei.«

Weitergetrieben?

»Wenn Sie sich beeilen, erreichen Sie es noch, bevor es in der Themse verschwindet.«

Sie konnte sich kaum vorstellen, dass die Spinne auf die andere Seite *schwimmen* würde, aber die Jungs im Hubschrauber hatten nun mal den Überblick. Mit einem Puls von 180 und einer Lunge, die sich anfühlte wie ein ausgeleierter Luftballon, erreichte sie den Bahnhof Canning Town.

Gleich dahinter kam das heruntergekommene Gewerbegebiet mit dem Schrottplatz und Darragh Fosters Stundenhotel. Dass in Antwons Zimmer Licht brannte, schmerzte sie, doch sie schob es auf die Seitenstiche, die sich irgendwo vor Erreichen der Peninsula eingestellt hatten.

Der Hubschrauber war weiter runtergegangen und schwebte jetzt höchstens noch dreißig Yards über dem Wasser. Im Kegel des Suchscheinwerfers erblickte Shao tatsächlich etwas Schwarzes.

»Scheiße! Das ist sie nicht!«

»Sie?«

Es war ein Mensch. Vielleicht mit dem Gesicht nach unten, das ließ sich nicht so genau sagen – weil er kein Gesicht mehr hatte. Die Spinne hatte ihm den Kopf und ein Bein abgerissen.

»Wo haben Sie die Leiche zuerst gesehen?«

»Wie gesagt, oberhalb der Peninsula.«

Das bedeutete, dass sie inzwischen praktisch überall sein konnte. Allerdings nicht, wenn de Lucy recht hatte. Östlich des Blackwell Tunnels gab es bis rauf nach Creekmouth nur eine einzige Möglichkeit, die Themse zu überqueren.

»Okay, fliegen Sie zum City Airport!«

»Was?«

»Halten Sie sich südlich, und suchen Sie das Gelände unterhalb der North Woolwich ab, vor allem die Parks und die

Gegend um den Fußgängertunnel. Und wenn Sie da nichts finden, fliegen Sie auf die andere Seite und behalten Sie das Rondell des Tunnelausgangs im Blick!«

Sie dachte an Wallace und Troy, die in diesem Moment hoffentlich irgendwo in ihren Betten schliefen, anstatt in Silvertown zu dealen.

»CW-148 an KF-854«, ertönte es knarzend in Ihrem Kopfhörer. »Sind Sie wirklich sicher, dass wir drüben in Woolwich weitersuchen sollen?«

Verdammt, wieso fragt mich das jeder?

Sie sparte sich die Luft für eine Antwort und rannte auf die Brücke des Lower Lee Crossing zu.

Um diese Zeit herrschte im Blackwell Tunnel kaum Verkehr.

Die östliche Tunnelröhre verlief bis auf eine langgezogene Rechtskurve nach zwei Dritteln der Strecke schnurgerade, so dass Zuko das Tempo erhöhen konnte, bis die Geländer rechts und links der Fahrbahn zu schwarzen Linien verschwammen. Eine Riesenspinne, die sich irgendwo an den Seiten herumtrieb, wäre ihm trotzdem nicht entgangen. Er verließ die Röhre südlich der O2-World und bog auf die Woolwich Road Richtung Osten ein, als das Handy klingelte.

Es war Glenda.

»Ja?«

»Ich ruf nur an, weil du gesagt hast, dass ich anrufen soll, wenn er zu Big Green fährt.«

»Und?«

»Er ist grad wieder raus. Mit leeren Händen und ziemlich wütend.«

Zuko stellte sich Lockhart vor, wie er auf der Fahrt alle hundert Yards in den Rückspiegel gesehen hatte, um sich zu vergewissern, dass er nicht verfolgt wurde. Damit, dass Glenda einfach sein Handy angezapft hatte und gemütlich mit einer halben Meile Abstand hinter ihm herzuckelte, würde er wohl kaum rechnen.

»Soll ich weiter an ihm dranbleiben?«

»Nicht nötig. Mach Feierabend.«

»Ich glaub, ich fahr ins Büro und penn da. Geht sowieso in ein paar Stunden wieder los.«

Zuko wünschte ihr eine gute Nacht und umfuhr eine Vollsperrung auf der Woolwich Road wegen Kanalarbeiten, indem er auf Nebenstraßen auswich. Das Navi brauchte er nicht einzuschalten. Die Praxis von Dr. Campbell lag nur einen Katzensprung entfernt. Westmoor Street, Mirfield Street, dann rechts in die Eastmoor und den Eastmoor Place.

Sackgasse, wegen eine Baustelle.

Er wendete und suchte in nördlicher Richtung nach der nächsten Möglichkeit, Richtung Osten zu fahren. Die Straße führte in Schlangenlinien zwischen Eichen, gestutzten Sträuchern und sorgfältig arrangierten Beeten zum Informationscenter der Themse-Sperrwerke.

Wieder einer Sackgasse.

Du Idiot.

Er rief Shao an, die ihm keuchend berichtete, was er sowieso schon vermutet hatte. Der Blackwell-Tunnel war für die Spinne keine Option gewesen. Er würde sie also am Südausgang des Woolwich Foot Tunnels abfangen müssen.

Zuko seufzte und setzte den Blinker.

5 Die North Woolwich Road war menschenleer, und die erstarrten Kabinen der Emirates-Seilbahn über der Themse erinnerten Shao an die tanzenden Lichtpunkte in der Finsternis jenseits der Schleuse. Das Wispern, das aus der Dunkelheit gedrungen war. Sie wischte das Bild beiseite, überquerte die Straße und tauchte in den Schatten der Trassenstelzen an der DLR-Station West Silvertown ein. Die Seitenstiche waren längst einem gleichmäßigen Brennen gewi-

chen, das sich immer tiefer in ihre Lungenflügel fraß. Ein paar hundert Yards südlich schwenkte der Suchscheinwerfer des Hubschraubers über den Thames Barrier Park.

»CW-148 an KF-854. Hier ist nichts zu sehen. Wir fliegen weiter in Richtung Victoria Gardens.«

»KF-854 an CW-148. Verstanden. Wo bleibt die Verstärkung?«

»Wartet bestimmt schon am Tunneleingang. Wir bleiben in Kontakt. Ende.«

Der Hubschrauber drehte ab.

Die Factory Road verlief parallel zur Albert, die direkt vom Flughafengelände herunterführte. Auf der Start- und Landebahn herrschte nächtliche Stille. Es war, als hätte die Stadt den Atem angehalten, und Shao überkam das merkwürdige Gefühl, der einzige Mensch unter zwölf Millionen zu sein, der in dieser Sekunde wach und in Bewegung war.

Am Ende der Albert Street, auf der anderen Seite der Store Road, näherte sich das markante, bogenförmige Dach der Pumpstation. Shao passierte ein Möbellager und eine Brachfläche, die angeblich seit über einem Jahr zu verpachten war. Vermutlich hatte längst irgendein Grundstücksspekulant seine Hand auf dem Grundstück. In diesem einen Punkt lag das Arschloch Conolly wohl richtig.

An der Store bog sie rechts ab und erreichte den Platz mit dem gemauerten Rondell. Von wegen Verstärkung. Vor dem Eingang zum Fußgängertunnel waren weder Uniformen noch Blaulichter zu sehen.

Nur ein Junge in einer viel zu großen gelben Nylon-Jacke, der vor dem Rondell in einer Blutlache lag.

Es war Wallace.

In diesem Augenblick kehrte der Hubschrauber aus den Royal Victoria Gardens zurück, die östlich des Rondells lagen. Das gleißende Licht des Suchscheinwerfers ließ Wallace' Haut marmorn weiß, fast durchsichtig erscheinen. Die Baseballmütze hatte sich von seinem Kopf gelöst, so dass sie zum ersten Mal seinen Haaransatz sah. Sein Kehlkopf hüpfte, und seine Haut war kalt, was vermutlich zu gleichen Teilen auf den Blutverlust und den Schock zurückzuführen war. Der linke Oberarm war praktisch in Fetzen geschnitten. Aus einer Arterie unterhalb der Achselhöhle pochte Blut.

»KF-854 an CW-148. Ein Schwerverletzter, direkt am Tunneleingang! Ich brauch hier sofort einen Rettungswagen! Und wo bleibt die beschissene Verstärkung, verdammt nochmal?«

»CW-148 an KF-854, verstanden. Wir schicken einen Rettungswagen zum Nordausgang.«

»Fliegen Sie rüber und sichern Sie die Südseite ab!«

»Verstanden. Ende.«

Der Suchscheinwerfer verschwand.

Shao riss sich den Pullover herunter, schlang die Ärmel um das, was von Wallace' Oberarm noch übrig war und zog den Knoten so fest zu, wie sie konnte. Der Blutfluss wurde schwächer und versiegte schließlich. Sie tastete nach der Halsschlagader. Der Puls flog, und er war verdammt schwach.

»Wallace! … Hörst du mich? Wallace!«

Die Lider flatterten stärker, und endlich öffnete er die Augen. Die Pupillen starrten überall hin, nur nicht auf Shao. Ihr Blick glitt über Wallace hinweg zum Eingang des Rondells. Auf dem Boden glitzerten Flecken. Vielleicht Sekret, vielleicht Nachtfeuchte, aber wenigstens nicht noch mehr Blut.

»Wallace, sieh mich an!« Sie rüttelte ihn an der Schulter, bis er vor Schmerz aufstöhnte. »Wo ist Troy?«

Vielleicht war er ja allein hier. Mitten in der Nacht. Weil er nichts Besseres zu tun hatte.

Wallace stöhnte, was vermutlich bedeutete, dass er sie gehört hatte.

»War er auch hier?«

Wallace drehte den Kopf. Zum Tunneleingang.

Scheiße.

»Okay, hör mir zu! Ein Rettungswagen ist unterwegs. Er wird

gleich hier sein. Du schaffst das! Du musst einfach nur noch ein paar Minuten durchhalten, okay? Ich kümmere mich um Troy!«

Sie wartete nicht ab, ob er sie verstanden hatte, sondern rannte zum Fahrstuhl. Auf der Wendeltreppe, die sich um den Fahrstuhlschacht schlang, glänzte das Spinnensekret. Die Fahrstuhltür war zu, die Kabine musste also unten sein. Vielleicht hatte Troy Glück gehabt und war in der Kabine gewesen, während die Spinne die Treppe hinuntergehuscht war. Unmöglich war es nicht. Shao wusste schließlich aus eigener Erfahrung, wie verflucht schnell dieses Biest war.

Oder er hatte Panik bekommen und war einfach kopflos davongerannt.

Oder, oder, oder.

Die Beretta im Anschlag, stieg sie die Treppe hinab. Shao war bei jeder Krümmung darauf gefasst, dass die Spinne dahinter auf sie lauerte, aber alles, was sie fand, war das verdammte Sekret, als wären die Wunden der Spinne wieder aufgebrochen. Je näher sie dem Treppenabsatz kam, desto dünner wurde die Spur. Sie endete vor der offenen Fahrstuhltür.

Die Kabine war leer.

Kein Blut. Keine Leiche.

Und auch im Tunnel weit und breit keine Spinne.

Dafür auf halber Strecke Troy. Er trug einen Rucksack auf dem Rücken und flanierte, die Hände in den Hosentaschen wie auf einem Sonntagnachmittagsspaziergang, durch die Röhre.

Shao hatte ungefähr ein Drittel der Strecke aufgeholt, als die Resonanzen ihre Schritte bis zu Troy trugen.

Er drehte sich um, und seine Augen wurden groß.

Er war zwar nicht der Hellste, aber nach drei Sekunden hatte auch er kapiert, dass das schwarze Ding in ihrer Hand eine Waffe war.

»Bleib stehen, Troy! Ich muss mit dir reden!«

Er rannte los.

Was hast du gedacht, wie er reagiert – mit einem Rucksack voller Gras auf dem Rücken?

Sie schrie sich die Lunge aus dem Leib, wozu es in ihrem Zustand nicht mehr viel brauchte. »Scheiße, Troy, ich bin nicht wegen euch da! Bleib stehen!«

Troy rannte jetzt, als wäre der Teufel hinter ihm her. Der Rucksack hüpfte auf seinem Rücken. Dieser verdammte Schwachkopf ahnte nicht, dass die Gefahr irgendwo *vor ihm* lauerte. Shao gelang es gerade mal, den Abstand nicht noch größer werden zu lassen. Vor ihren Augen tanzten Sterne, als Troy das Südufer erreichte. Der Bengel nahm die Strecke regelmäßig, also wusste er natürlich, dass der Aufzug auf der Südseite kaputt war. Er rannte die Treppe hoch.

Eine halbe Minute später erreichte Shao den dunklen Treppenabsatz. Sie lehnte sich gegen die Mauer und holte tief Luft. Alles in ihr sehnte sich danach, sich einfach auf die Stufe zu setzen – nein, zu *legen* – und Troy und den Rest der Scheißstadt ihrem Schicksal zu überlassen.

Sie zückte ihre Taschenlampe und leuchtete die Treppe hinauf.

»Troy?«

Nicht mal mehr Schritte waren zu hören.

Sie hatte die Hälfte der Treppe hinter sich gelassen, als sie das Scharren vernahm. Ein Geräusch wie von mehr als zwei Füßen, die flink über die Metallstufen huschten …

Der Strahl der Taschenlampe tastete sich die Außenwand empor. Von oben drang ein schwacher Lichtschimmer herunter. Das Scharren war jetzt nicht mehr weit entfernt. Vielleicht fürchtete die Spinne das Licht ja genauso, wie das Deirdre-Ding es gefürchtet hatte. Vielleicht lauerte sie jetzt irgendwo vor ihr – angriffsbereit.

Shao erinnerte sich, mal gelesen zu haben, dass Spinnen über so etwas Ähnliches wie ein Gehör verfügten – dass sie Schallwellen *ertasten* konnten. Was dieses Ding mit seinem gespaltenen Menschenkopf wahrnehmen konnte, darüber wollte sie gar nicht erst nachdenken.

Das Scharren war jetzt direkt vor ihr. Ein nervöses, unregelmäßiges Geräusch, untermalt von einem kehligen Röcheln.

Shao sprang vor.

Der Schatten hatte direkt an der Innenmauer gelauert und warf sich ihr entgegen, als der Lichtstrahl ihn erfasste.

Sie zog den Abzug durch – und riss den Lauf im letzten Moment nach oben. Das Projektil jagte eine Handbreit über Troy in die Wand.

»Nicht schießen! Bitte nicht schießen!«

»Scheiße, Troy! Bist du total bescheuert?«

»Bitte nicht schießen!«

Er hatte sich auf den Boden geworfen, und sie sah das Rinnsal, das aus seinem Hosenbein rann. Auf seinem Gesicht klebte ein bisschen Rotz, aber allem Anschein nach war er unverletzt.

»Warum bist du nicht abgehauen?«

In die Panik und Verwirrung in seinem Gesicht mischte sich eine Spur Trotz. »Da oben steht so 'n Typ mit seinem Wagen! Und da ist 'n Hubschrauber! Ich dachte, ihr wollt mich fertigmachen!«

Shao nahm sich keine Zeit, ihm die Zusammenhänge zu erklären. »Hast du sie gesehen?«

»Wen gesehen?«

»Als du aus der Kabine raus bist! Du musst sie doch gesehen haben!«

Es sei denn …

»Ist die Kabine wieder stehen geblieben?«

Er starrte sie an wie einen Geist. »Woher wissen Sie das? Ehrlich, dieses Scheißding. Beim nächsten Mal nehm ich echt die Treppe, ich schwör's!«

»Sei froh, dass du's nicht getan hast.«

Troy hatte die Spinne also anschließend nicht mal mehr *gesehen*. Was bedeutete, dass sie noch schneller war, als Shao es für möglich gehalten hatte.

414

Die kriegen wir nie, bevor sie die Abtei erreicht hat. Vollkommen unmöglich.

Ihr fiel auf, das Troy inzwischen nicht mehr besonders ängstlich aussah. Stattdessen starrte er Shao an wie etwas, das man mit spitzen Fingern im Klo runterspült.

»Was ist?«

»Nichts …«

Ihr Blick verlangte nach einer Antwort.

»Sie, äh … stinken … wie ein ganzer Eimer Scheiße.«

»Ich weiß. Los, kehr um und lauf zurück zu Wallace, der braucht deine Hilfe.«

»Häh? Wallace? Wieso das denn?«

»Ein Rettungswagen ist wahrscheinlich schon da, aber er freut sich bestimmt trotzdem, wenn du kommst.«

Er zögerte, und sein irritierter Blick schweifte zum Rucksack, als könne er überhaupt nicht begreifen, dass Shao ihm die Ware nicht abknöpfte.

»Jetzt verpiss dich endlich, bevor ich's mir anders überlege!«

Er nickte und stolperte zurück nach unten.

Shao lief nach oben, zum Ausgang.

Zuko stieg aus dem Golf.

»Sarge! Wie lange sind Sie schon hier?«

»Bin grad erst gekommen. Ich dachte schon, ich wäre zu spät dran.«

»Sind Sie auch. Sie muss vor Ihnen raus sein.«

In seinen Augen spiegelte sich so etwas wie ein Selbstvorwurf, aber die Nacht war lang gewesen, und vielleicht sah Shao inzwischen Dinge, die gar nicht da waren.

Zuko öffnete die Wagentür. »Steigen Sie ein.«

6

»Ist nicht wahr, Sarge. Sie haben sich verfahren?«

»Ja, ich hab mich verfahren.«

Es fiel ihr schwer, ein Grinsen zu unterdrücken – zum ersten Mal in dieser ansonsten so beschissen finsteren Nacht.

Zuko hielt den Blick stur auf die Straße gerichtet.

»Wie geht's Ihren Rippen?«

»Nervt ziemlich, aber es ist auszuhalten.«

»Ich glaub, ich hab irgendwo noch 'ne Ibuprofen, die ich Ihnen geben könnte …«

»Es geht mir gut! Halten Sie lieber nach irgendwas Schwarzem mit acht Beinen und einem Menschenkopf Ausschau. Ich würde ungern aus Versehen an dem Ding vorbeifahren.«

Aye, Sarge.

Der Gedanke an den gespaltenen Kopf der Spinne ließ sie frösteln. Damit war die letzte Hoffnung auf eine natürliche Erklärung also auch dahin. Sie jagten ein Monster.

Ein Monster, das einmal ein Mensch gewesen war?

Oder eine Spinne?

Wie war dieses verfluchte Ding entstanden? Und *wo* war es entstanden? Wo hatte es in Ruhe so lange wachsen können, bis es das Gewicht einer ausgewachsenen Seekuh erreichte?

Es musste mit der Kanalisation oder den U-Bahn-Schächten zu tun haben. Abgeklemmte Rohre, verfallene Kanäle, stillgelegte U-Bahn-Gleise …

In ihrem Kopf rauschten die Gedanken durcheinander wie in einem Mahlstrom. Unterhalb der Stadt gab es vermutlich wer weiß wie viele verwunschene Ecken und Winkel, in die seit fünfzig oder hundert Jahren kein Mensch mehr einen Fuß gesetzt hatte. Von manchen Leitungen und Verbindungen wusste man nicht einmal mehr, dass sie *existierten*, und so war nach allem, was sie in dieser Nacht erlebt hatten, wohl davon auszugehen, dass sie es nicht nur mit einem einzigen Ungeheuer zu tun hatten … Die seltsam großen Ratten. Das Geflecht aus mutierten Tubifex-Würmern.

Hatte der Schatten, der sich in Deirdre versteckt gehalten hatte, die Monstren geschaffen?

Am nächsten Kreisel an der Warren Lane krampften sich Shaos Finger um den Haltegriff. »Hey, wär nett, wenn ich nicht unterwegs rausfliegen würde!«

Sie passierten die Backsteinfassade des Royal Sovereign House und den abgerundeten Block des Royal Arsenal Hotel. Danach folgten ein paar moderne Eigenheimtürme, die wahrscheinlich selbst bei Tageslicht jede Individualität vermissen ließen. Das Display auf dem Armaturenbrett zeigte drei Uhr siebenundvierzig, während irgendwo über ihnen der Hubschrauber seine Kreise zog und der Pilot ihr zweimal pro Minute denselben Mist auf den Kopfhörer gab.

»CW-148 an KF-854. Kein Objekt gesichtet.« – »Niemand zu sehen.« – »Jetzt mal ehrlich, Detective, wonach suchen wir eigentlich …?«

Shao ignorierte die Frage. »CW-148, checken Sie bitte schon mal die Strecke bis Abbey Wood und das Abteigelände. Könnte sein, dass das gesuchte Objekt schon dort ist.«

»Verstanden. Ende.«

Sie verfolgte, wie der Hubschrauber vor ihnen in der Dunkelheit verschwand, und konzentrierte sich wieder auf die Straße. In einer Stunde würde die Vorstadt zu erwachen beginnen, in zwei oder drei Stunden würde die Plumstead Road, auf der sie gerade entlangrasten, zumindest stadteinwärts von einer Blechlawine verstopft werden, und sie stellte sich ungern das Chaos vor, dass die Spinne dann …

»Sarge, da!«

Da war sie – direkt vor ihnen!

Wie ein schwarzer Ball schoss sie an der alten Feuerwehrstation an der Ecke Lakedale vor ihnen auf die Straße. Ein Schlag durchfuhr die Karosserie, als etwas Weißes, Fluoreszierendes gegen den Rahmen der Windschutzscheibe knallte. Ein weiterer Spinnenfaden klatschte auf die Kühlerhaube. Es knirschte, dann wurde die Scheibe aus dem Rahmen gerissen. Zuko verlor die Kontrolle über den Wagen.

Shao konnte das verfluchte Mistvieh nicht mal *sehen*, aber sie fühlte sich plötzlich, als würde sie in einem Kettenkarussell am Greenwich Anleger sitzen. Der Golf wirbelte einmal um die eigene Achse und rutschte auf die Gegenfahrbahn,

auf der ihnen ausgerechnet in dieser Sekunde ein Dreißigtonner samt Anhänger entgegenkam und kreischend in die
Eisen ging. Shao krümmte sich instinktiv zusammen, bevor
der Wagen um sie herum innerhalb eines Sekundenbruchteils
wie ein Schuhkarton zusammengedrückt wurde. Irgendwas
riss an ihrem Hals, und sie brauchte einen Moment, um zu
begreifen, dass es das Gewicht ihres Kopfes war, der wie eine
Bowlingkugel zwischen Airbag und Kopfstütze hin und her
flog. Etwas anderes drückte gegen ihre Hüfte: die Beifahrertür, deren Überreste urplötzlich zwei Handbreit nach innen
gerückt waren.

Neben ihr stöhnte jemand.

Eine Tür wurde geöffnet.

Rufe.

Vielleicht der Lkw-Fahrer.

Er näherte sich mit aufgerissenen Augen, gestikulierte – und
dann fuhr etwas Schwarzes hinter ihm empor und trennte ihm
wie mit einer Sense den Kopf vom Rumpf. Eine Blutfontäne
spritzte auf die zerdrückte Kühlerhaube des Golfs, und dann
waren die Beine der Spinne plötzlich überall: auf der Karosserie, auf dem Armaturenbrett und auf dem Airbag, der in sich
zusammengesunken war.

Shao starrte in die verschleierten, grauen Augen des gespaltenen Schädels und …

Der Mündungsblitz der Beretta blendete sie, und der Knall
fetzte ihr fast das Trommelfell aus den Ohren. Sekret spritzte.
Zuko zog den Abzug noch dreimal durch, und jedes der Projektile stanzte ein Loch in den Leib der Spinne. Eine traf den
Kopf unterhalb der gespaltenen Nase, und das Horror-Gesicht
verschwand aus Shaos Sichtfeld.

»Können Sie sich bewegen?«

»Ja … Ja.«

Aber es kam nur als Murmeln über ihre Lippen.

Ihre Finger tasteten über den Gurtschnapper, und tatsächlich verschwand im nächsten Moment der Druck auf ihrer

418

Brust. Zumindest zu einem Teil. Sie wischte den blutbesudelten Seidenballon vor ihrer Brust zur Seite und versuchte, die Tür aufzustoßen. Die klemmte.

Panik.

»Ich komm nicht raus, Sarge! Ich komm hier nicht raus! Ich komm hier nicht …!«

»Warten Sie. Ich helfe Ihnen!«

Ihr Blick saugte sich an der Kühlerhaube fest, aber die Spinne war nirgends zu sehen. Als hätte sie sich in Luft aufgelöst. Stattdessen starrte ihr auf dem Asphalt in einer Pfütze der Kopf des Lkw-Fahrers entgegen. Sie hörte, wie Zuko das Auto verließ.

Ein Schuss.

Hinter ihr.

Sie versuchte, den Kopf zu wenden, aber auch ihre Schulter war eingeklemmt.

Noch mehr Schüsse.

Eins. Zwei. Drei. Vier.

Dann nichts mehr.

»Sarge? … Sarge! … Sarge, sind Sie da draußen! Sarge …«

»Ich bin hier! Alles okay! Ich bin hier!«

Sie keuchte auf, als er vor der Beifahrertür auftauchte.

»Wo ist sie? Ist sie noch da? Haben Sie sie erledigt?«

»Nein. Aber zumindest verscheucht. Können Sie aus dem Sitz raus?«

Sie versuchte es mit aller Kraft, wobei sie beiläufig bemerkte, wie Zuko beim Versuch, ihr zu helfen, mit der Schuhspitze gegen den Kopf des Lkw-Fahrers stieß. Er kullerte durch die Pfütze.

»Auf dieser Seite krieg ich Sie nicht raus. Sie müssen rüberrutschen und es auf meiner Seite versuchen. Versuchen Sie erst, die Beine freizukriegen … vorsichtig!«

Sie tat es, und es funktionierte. Sie zog die Beine unter dem eingedrückten Armaturenbrett hervor. Glücklicherweise war nichts gebrochen. Nicht mal geprellt. Wie ein Aal wand sie sich unter der Beifahrertür hervor und hievte sich auf den Fahrersitz. Zuko lief um das Wrack herum, steckte die Beretta ins Schulterholster und ergriff Shaos Hand.

»Ich hab Sie, alles klar. Und jetzt rutschen Sie vorsichtig raus, okay?«

»Okay …«

Hinter dem Lkw näherte sich ein Renault. Dem Fahrer fielen fast die Augen aus dem Kopf. Fehlte nur noch, dass er am Steuer ein Handy zückte und filmte.

Zuko winkte ihm, dass er anhalten sollte.

Aber der Pisser trat einfach erschrocken aufs Gaspedal, und der Wagen schoss davon.

Shao fiel auf, dass immer noch keine Verstärkung eingetroffen war. Auch vom Hubschrauber hörte sie nichts mehr, obwohl der Lichtkegel irgendwo auf dem westlichen Abschnitt der Plumstead High durch die Finsternis tastete.

Mit einem Ruck zog Zuko sie aus dem Wrack. Wie verdammt gut es sich anfühlte, auf eigenen Beinen zu stehen!

»Sarge, was läuft hier eigentlich? Wo ist die beschissene Verstärkung? Und wieso meldet sich der Hubschrauber nicht mehr?«

»Die Kopfhörer.«

Shaos Hand fuhr zum Ohr. Gott, wie dämlich. Sie hatte beim Aufprall die Kopfhörer verloren. Sie beugte sich zurück in den Wagen und stopfte sich das Headset wieder in die Ohren, aber die Verbindung war tot. Ihr Handy lag zersplittert unter dem Airbag.

»Da!«

Sie fuhr herum und sah gerade noch, wie die Spinne sich unter dem Lkw verbarg. Sie riss die Waffe heraus und feuerte. Das Projektil jagte in die Plane.

Zuko drückte ihren Waffenarm nach unten. »Hören Sie auf, Ihre Munition zu verschwenden. Wir bekommen das Mistvieh schon.«

Auf seiner Stirn glitzerte der Schweiß, und sie dachte an

seine Rippen und hoffte nur, dass er nicht vor ihren Augen zusammenklappte.

Ihr Blick irrte zu den fluoreszierenden Fäden, die an der Karosserie klebten und sich unter den Rädern des Lkw verloren. Sie hatten beide ein verdammtes Glück im Unglück gehabt.

Mehr als das.

Zuko überprüfte die restlichen Patronen im Magazin seiner Beretta. Dann nickte er in Richtung des Lasters. »Sie übernehmen diese Seite, ich die andere. Wenn Sie das Ding sehen, schießen Sie. Aber nur, wenn Sie es *sehen*, klar?«

»Klar, Sarge.« Sie zog ihre Waffe aus dem Holster und nickte Zuko zu.

Die Waffe im Anschlag, näherte sie sich dem rechten Vorderrad des Lasters, bückte sich und lugte unter dem Fahrgestell hindurch.

Alles, was sie sah, waren Zukos Beine.

»Detective?«

»Nichts zu sehen!«

Blick wieder nach vorn. Und nach oben. Nur für den Fall, dass sich die Spinne auf das Dach geflüchtet hatte. Aber auch da: Fehlanzeige.

Shao erreichte das Hinterrad. Der Spalt zwischen Lkw und Anhänger war leer. Sie nahm Blickkontakt mit Zuko auf und schlich weiter zur zweiten und dritten Achse, bis sie die Rückseite des Anhängers erreichte.

Die Rückleuchten schimmerten blutrot.

Sie sprang vor und richtete die Waffe auf den Boden vor der Ladefläche. Zuko erschien fast zeitgleich auf der anderen Seite. Sie überprüfte die Verschlüsse der Lkw-Plane. Sie waren unberührt.

Shaos Hand beschrieb einen Halbkreis. »Vielleicht ist es irgendwo zwischen die Häuser.«

»Oder es ist einfach weiter, Richtung Abtei.« Er blickte sich um. Weit und breit kein Auto, wenn man mal eins brauchte. »Kommen Sie!«

Die Tür zum Führerhaus stand halb offen. Der Schlüssel steckte.

»Können Sie so ein Ding fahren?«

Er grinste. »Wenigstens sitzen wir etwas höher und sicherer, wenn es uns noch mal angreift. Bitte, nach Ihnen.«

Sie rutschte rüber auf den Beifahrersitz.

Zuko schloss hinter sich die Tür, startete den Motor und rammte den Rückwärtsgang rein. Die Kühlerhaube löste sich aus den Überresten des Golfs, der zu Boden rutschte und dabei die Beine des Lkw-Fahrers zu Brei zermalmte.

Der Lkw rumpelte über den Mittelstreifen. Zuko hatte das Steuer leicht nach rechts eingeschlagen, so dass der Dreiachser in der Mitte einklappte wie ein Rasiermesser, während der Anhänger sich mit dem Hinterteil voraus in die nächste Querstraße schob. Shao wollte Zuko noch etwas zurufen, da bohrte sich das rechte Rücklicht auch schon in die Schaufensterscheibe eines Imbisses. Die Eingangstür wurde aus den Angeln gerissen und flog über die Straße.

»Was war das?«

»Hot Chinese Meals To Take Away«, las sie über der Tür. »Schätze, das haben sie irgendwie anders gemeint.«

Zuko legte wieder den Vorwärtsgang ein. Noch mehr Glas splitterte, der Holzrahmen der Eingangstür zerbrach.

»Soll ich vielleicht aussteigen und Ihnen Zeichen geben?«

»Jetzt kommt es auch nicht mehr drauf an.«

Wieder der Rückwärtsgang, und der Anhänger räumte den Rest des Schaufensters und einen davor parkenden Lieferwagen zur Seite. Dafür stand er jetzt weit genug in der Querstraße, um wenden zu können. Zuko kurbelte am Steuer und wechselte in den Vorwärtsgang.

»Okay, einmal noch, dann sind wir durch.«

Der Motor brüllte auf, und die Räder radierten über den Asphalt, als der Anhänger kurzzeitig zwischen Lieferwagen und Schaufenster festhing. Irgendwo im ersten Stock gegenüber öffnete jemand ein Fenster und schrie nach der Polizei.

Hat ja auch lang genug gedauert.

Zuko spielte mit dem Gas, und der Anhänger riss sich los, einen Fensterrahmen und einen verbeulten Kotflügel hinter sich herziehend, die irgendwann auf dem Asphalt hinter ihnen zurückblieben.

»Respekt, Sarge. Wo haben Sie das gelernt?«

»Autoscooter.«

7 Die Plumstead High führte über die letzte halbe Meile bis nach Abbey Road fast wie an der Schnur gezogen geradeaus.

Shao hatte den Kopfhörer in Zukos Handy gesteckt und suchte Powells Nummer aus dem Speicher, während Zuko in den dritten Gang hochschaltete.

»Eins muss man diesem verfluchten Ding lassen. Es hat seinen eigenen Willen.«

Shao dachte für einen Moment, dass er von dem Metallungetüm sprach, in dem sie gerade saßen, und nicht von der Spinne. »De Lucy hat immerhin vorausgesagt, dass sie zur Abtei laufen wird. Vielleicht folgt sie irgendeiner Spur …«

»Sie meinen, einem Geruch oder so?«

»Oder einer anderen Art von Signatur, die wir nicht wahrnehmen können. Oder haben Sie 'ne bessere Theorie?«

»Nur eine, die mir überhaupt nicht gefällt. Könnte doch sein, dass es mit dem Kopf zu tun hat, der auf dem Spinnenkörper sitzt. Könnte sein, dass das Ding intelligent ist und ein bestimmtes Ziel verfolgt.«

Shao fröstelte. Darüber hatte sie bisher noch nicht nachdacht, dabei war die Schlussfolgerung in gewisser Hinsicht nur logisch. Sie stellte sich vor, wie das Ding während der letzten Wochen durch die Kanalisation und die U-Bahn-Schächte gestreift war, auf der Suche nach Nahrung.

»Vielleicht ist es so eine Art Evolutionssprung«, gab Zuko zu bedenken.

»Toller Sprung. Und das Wurmgeflecht? Und der Schatten, der Deirdre besetzt hat? Ich meine, Deirdre stand da inmitten dieses Horror-Kabinetts, als wäre diese Umgebung für sie das Normalste der Welt. Als wäre dieses Rückhaltebecken so etwas wie ihr …«

»Experimentierkeller?«

»Könnte sein.«

»Aber *wessen* Keller ist es dann, wenn Sie von Deirdre sprechen? Was ist dieses Ding, von dem sie … besessen war?«

Es musste irgendwas mit dem zu tun haben, was hinter dem Siel gewesen war – die leuchtenden Punkte in der Finsternis …

Zuko deutete in Richtung seines Handys, das auf ihrem Schoß lag. »Vergessen Sie Powell nicht. Sagen Sie ihm, er muss dafür sorgen, dass der U-Bahn-Verkehr ausgesetzt wird.«

»Die DLR auch?«

»Alle Verbindungen westlich von Canning Town, die unterirdisch verlaufen. Vielleicht sogar noch weiträumiger.«

»Das wird das totale Chaos.«

»Ist mir egal. Nichts darf mehr da runter, solange wir dieses Nest nicht ausgehoben haben.«

Powell ging sofort ran. Shao schaltete den Lautsprecher ein und gab weiter, was Zuko gesagt hatte. »Ach ja, und noch was, Guv. Ich will ja echt nicht drängeln, aber was ist mit der Verstärkung? Hier ist immer noch keine einzige Streife zu sehen – als hätten die sich alle in irgendeinem Loch verkrochen!«

»Leider gibt es wohl Probleme mit dem Funkverkehr.«

»Was für Probleme?«

»Mehr weiß ich im Augenblick auch nicht, aber ich kümmere mich drum, das verspreche ich Ihnen. Bleiben Sie in der Leitung. Ich stelle die Verbindung zum Hubschrauber her.«

Shao warf Zuko einen Blick zu.

Er ließ ein Schnauben hören. »Genau wie in der Nacht, als John getötet wurde.«

Es knackte in der Leitung.

»… an KF-854, hören Sie mich. Ich wiederhole, CW-148 an KF-854, hören Sie mich?«

»KF-854 an CW-148, ich höre Sie, und zwar klar und deutlich.«

»Da sind Sie ja wieder. Wir haben uns schon gefragt, ob Ihr Akku schlappgemacht hat.«

»So was Ähnliches. Wir sind … aufgehalten worden.«

»Wir haben uns inzwischen dieses Abteigelände angesehen. Scheint alles ruhig zu sein.«

»Okay, kehren Sie um und fliegen Sie die Plumstead High entlang. Wir kommen Ihnen entgegen.«

»Verstanden. Ende.«

Kurz darauf tauchten die Lichter des Hubschraubers vor ihnen aus der Dunkelheit auf. Der Suchscheinwerfer tastete über das Asphaltband.

»CW-148 an KF-854, wo sind Sie? Alles, was sich hier vor uns Richtung Osten bewegt, ist ein Dreißigtonner samt Anhänger.«

»Volltreffer, CW-148. Wir haben uns ein bisschen vergrößert.«

Gerade hatten sie die Kreuzung Knee Hill und Brampton Road passiert. Zuko drosselte die Geschwindigkeit, als die New Road in Sicht kam. Inzwischen lenkte er den Lkw, als hätte er sein Leben lang nichts anderes getan.

Die New Road verlief die gesamte Strecke bis runter zur Abbey Road abschüssig. Shao hielt zu beiden Seiten Ausschau, aber zwischen den dichten Sträuchern und Bäumen, die links und rechts der Straße wucherten, hätten sie die Spinne wahrscheinlich nicht mal erkannt, wenn sie eine verdammte Sicherheitsweste getragen hätte.

Kurz vor der Abbey Road streifte der Suchscheinwerfer die Windschutzscheibe.

»CW-148 an KF-854. Wir schlagen vor, noch mal den Wald abzusuchen, aber dafür wäre es wirklich hilfreich, wenn Sie Ihre Beschreibung des Verdächtigen konkretisieren können.«

»Wir suchen nach einem großen Tier.«

»Sie meinen, ein Wolf oder so was, der sich in die Stadt verirrt hat?«

»Eher ein Bär, so von der Größe her. Suchen Sie nach allem, was groß und schwarz ist und ein paar Beine zu viel hat.«

Im Lautsprecher knisterte Gelächter. »Sie meinen so eine Mischung aus Bär und Spinne, mit riesigen Krallen an den Füßen?«

»Wie kommen Sie auf Krallen?«

»Na ja, irgendwas muss Ihnen ja die Dachplane vom Laster aufgeschlitzt haben.«

Zukos Kopf ruckte herum.

Scheiße.

Ein hohles Krachen ertönte über ihnen, als etwas Schweres auf das Dach des Führerhauses knallte. Vor Shao, auf der Windschutzscheibe, erschien ein Spinnenbein.

Zuko stieg so heftig in die Eisen, dass der Gurt Shao die Luft aus den Lungen presste. Die Spinne flog vor ihnen auf den Asphalt.

»Gas, Sarge!«

Zuko rammte den Gang rein. Ein Ruck ging durch das Führerhaus, doch obwohl die abschüssige Straße ihnen in die Karten spielte, kam es Shao so vor, als würden sie unendlich langsam auf die Spinne zurollen. Das Biest sortierte gerade seine Beine und wandte sich zur Flucht – als es von der Kühlerhaube erwischt wurde. Shao wartete auf das Gefühl, über eine Bodenwelle zu rollen, oder auf das Knacken eines brechenden Chitinpanzers, aber das Ächzen und Dröhnen des Dieselmotors überlagerte jedes Geräusch.

»Haben wir es erwischt?«

»Denke schon.«

Ein Schatten an der Beifahrertür! Ein fluoreszierender Faden, der gegen die Scheibe klatschte!

»Scheiße, verdammt!« Shao riss ihre Beretta heraus, als der schwarze Kopf der Spinne an der Unterkante der Scheibe auftauchte, und schoss.

Die Scheibe splitterte, und der Knall wurde im engen Führerhaus zu einem Donnerschlag, aber sie hatte die Spinne ver-
fehlt, die im letzten Moment abgetaucht war.

Auf dem Handy-Lautsprecher quäkte die Stimme des Piloten, während Zuko versuchte, den Lkw in der Spur zu halten.

»Wo ist sie jetzt?«

»Weiß nicht! Irgendwo an der Seite!«

Plötzlich knirschte Metall irgendwo über ihnen. Schläge häm-
merten auf das Dach der Kabine. Verdammt, sie hatten nicht
mal *mitbekommen*, dass sie wieder hochgeklettert war! Shao
jagte ein Projektil in die Decke. Die Schläge verlagerten sich.

»Das hat doch keinen Sinn.«

Sie warf Zuko einen bösen Blick zu.

Er trat das Bremspedal durch. Die Bremsen kreischten, und
Shao fiel die Beretta aus der Hand. Aus dem Augenwinkel sah
sie, wie die Spinne nach vorn geschleudert wurde, aber diesmal fiel sie nicht auf den Asphalt, sondern baumelte an einem
einzelnen, buchstäblichen seidenen Faden direkt vor der Kühlerhaube. Die schwarzen Augen schienen Shao zu taxieren. Ein
zweiter Faden schoss auf sie zu und knallte gegen die Windschutzscheibe, die unter dem Aufprall splitterte.

Zuko feuerte durch die Scheibe. Weißliches Sekret spritzte
über den Lack, als ein weiterer Spinnenfaden auf eines der Löcher zuschoss, die die Schüsse hinterlassen hatten. Diesmal
barst die Scheibe, und der Faden jagte eine Fingerbreit neben
Zuko in die Kopfstütze.

Er feuerte weiter, aber die Spinne verbarg sich irgendwo
unterhalb der Kühlerhaube. Shao war von dem Anblick der
Fäden beinahe wie hypnotisiert und tastete vor sich auf der
Fußmatte nach der Beretta. Endlich spürte sie den Griff zwischen ihren Fingern.

Zuko hatte inzwischen den Dolch gezückt und hieb auf den
Faden neben seinem Kopf ein. Die Klinge schnitt hindurch wie
durch Butter. Der Faden surrte zusammen – aber schon schoss
der nächste in Richtung Scheibe.

»Hey, Sarge! Geben Sie mir das Ding!«

»Was haben Sie vor?«

»Und dann geben Sie mir Feuerschutz!«

Sie schnappte sich den Dolch, stieß die Wagentür auf und lehnte sich hinaus, so dass sie ein, zwei Fäden durchtrennen konnte. An die anderen kam sie nicht ran.

Da huschte die Spinne zur Seite und versuchte, sie direkt anzugreifen. Shao zog im letzten Moment die Tür zu. Der Faden klatschte gegen den Rahmen.

Zuko feuerte weiter, aber die Projektile verfehlten die Spinne. Irgendwann schnappte der Schlittenfanghebel zu, weil das Magazin leer war.

Shao übernahm den Feuerschutz, aber das würde ihnen nicht viel helfen. Nicht auf Dauer. Die Spinne hing noch an zwei Fäden, die an der Windschutzscheibe klebten. Wenn es ihr gelang, die zu kappen, dann …

»Einer von uns muss raus!«

»Vergessen Sie's!«

»Geht nicht anders. Und Sie müssen Gas geben, wenn's drauf ankommt!«

Sie ließ Zuko Zeit, das Magazin zu wechseln, steckte sich die Beretta in den Gürtel und linste durch die Risse in der Beifahrerscheibe. Die Spinne war nicht zu sehen. Sie musste irgendwo unterhalb des linken Scheinwerfers sein. Dass sie noch da war, bewiesen die Fäden, die unter den Bewegungen des Monstrums zitterten.

»Okay, jetzt!«

Den Dolch in der Linken, stieß Shao die Tür auf. Der Motor wummerte im Leerlauf. Mit der rechten Hand klammerte sie sich am Türrahmen fest und lehnte sich über die Windschutzscheibe, bis sie einen der beiden Fäden kappen konnte.

Schnipp, und das war's, du Mistvieh!

Blieb noch der zweite, für den sie sich so weit strecken musste, dass sie Zuko die Schussbahn verdeckte.

Gib mir nur eine einzige beschissene Sekunde …

Die Klinge berührte gerade den Faden, als die Spinne unter ihr auftauchte. Der verfluchte Menschenkopf schien zu grinsen. Sie schlug mit dem Dolch nach ihm, aber er wich ihr mit spielender Leichtigkeit aus. Sie las in seinen verfluchten grauverschleierten Augen, was er vorhatte, bevor es geschah – und warf sich zurück. Eine Zehntelsekunde später zischte ein Faden dorthin, wo sich eben noch ihr Kopf befunden hatte, und peitschte über das Dach.

Shao bemerkte noch, wie sie das Gleichgewicht verlor. Sie versuchte, sich am Türrahmen festzukrallen – und verfehlte ihn! Im Fallen rollte sie sich ab, was den Aufprall einigermaßen erträglich machte.

Sie hörte, wie Zuko feuerte. Die Spinne wich den Schüssen aus, so dass der letzten Faden, der auf der Windschutzscheibe haftete, wie ein gespanntes Seil hin und her peitschte.

Shao rappelte sich auf, visierte das Ende an der Scheibe an – und warf den Dolch.

Schnipp!

Die Spinne krachte zu Boden.

»Jetzt, Sarge! Gas!«

Zuko hieb auf das Gaspedal, und noch während der Lkw anruckte, hechtete Shao zurück ins Führerhaus und schlug die Tür hinter sich zu.

Der Laster ruckte an, aber wieder war die Spinne schneller – und erschien diesmal auf Zukos Seite! Ein Faden klatschte gegen den Außenspiegel und riss ihn ab, ein zweiter und dritter gegen den Türrahmen. Zuko feuerte, während der Lkw zu schlingern begann.

»Kopf runter, Sarge!«

Sie jagte fünf, sechs Projektile durch die Scheibe, aber alles, was sie erreichte, war, dass die Spinne plötzlich wieder vor der Windschutzscheibe hing und der Lkw auf die Böschung zurollte. Dann war auch Shaos Waffe leer.

»Sarge!«

Zuko riss das Steuer herum. Für einen Moment hob das linke Vorderrad ab, und der Lkw drohte sich auf die Seite zu legen. Die Spinne schien für einen Moment über dem Führerhaus zu schweben – bevor sie wieder mit einem dumpfen Laut gegen die Scheibe klatschte. Das Rad krachte zurück auf die Straße, aber jetzt war es das Gewicht des ausscherenden Anhängers, das sie beinahe in die Böschung riss.

Anscheinend verlor die Spinne langsam die Geduld mit ihnen. Die Mandibeln schnappten zusammen und fetzten das, was von der Windschutzscheibe übrig geblieben war, aus dem Rahmen. Die Spinne sprang nach vorn. Es war, als würde eines der verschleierten Augen Zuko fixieren, das andere Shao, während der Lkw sich kurz vor Erreichen der Abbey Road neigte und nach einem elend langen Moment in der Schwebe den Schwerpunkt verlor.

Die Verkehrsinsel vor der Einmündung wurde riesengroß, bevor das linke Vorderrad gegen den Kantstein knallte. Noch bevor Shao überhaupt die *Idee* kam, sich festzuhalten, segelte sie schon an der Spinne vorbei durch die Frontscheibe auf die Reihe der gegenüber parkenden Autos zu und landete auf dem Rasen dahinter.

Hinter ihr wurden die Pkws abgeräumt wie eine Reihe Kegel. Shaos Rettung war der ausscherende Anhänger, dessen Gewicht den Laster aus der Bahn warf. Er krachte zehn, zwölf Yards neben ihr in die Hausfassade, wo er vom nachfolgenden Anhänger zusammengedrückt wurde. Nur das Führerhaus blieb auf wundersame Weise unberührt und bildete die gläserne Spitze eines Berges aus verbogenem Metall, Glas und sich frei in der Luft drehenden Rädern. Der Inhalt der Ladeflächen hatte sich durch die zerschlitzten Lkw-Planen auf die Straße ergossen: Computerbildschirme, Büstenhalter und ein paar Dutzend rosa Riesenteddys.

Im Führerhaus bewegte sich etwas.

Es war Zuko, der versuchte, sich aus den Trümmern herauszukämpfen. Erleichterung überkam Shao – und gleich darauf Entsetzen, als sie sah, dass die Spinne ihn gepackt hatte!

Die Mandibeln ruckten auf seinen Hals zu, als die Szene urplötzlich in grelles Licht getaucht wurde und irgendwo über Shao das Einzelfeuer einer Maschinenpistole aufblitzte.

Der Hubschrauber!

Gleich das erste Projektil erwischte die Spinne und schleuderte sie zurück, so dass der Schütze mehr Spielraum bekam. Die MPi-Garbe folgte der Spinne über die Hausfassade in Richtung Buchsbaum, wo sich Shao in Sicherheit gebracht hatte.

Sie versuchte, dem Piloten Zeichen zu geben, aber entweder war er zu sehr auf die Spinne fokussiert oder blind – oder es war ihm scheißegal, ob Shao und Zuko draufgingen. Die Projektile flogen ihr nur so um die Ohren.

Aber da schleuderte die Spinne bereits ihre Fäden in Richtung des Hubschraubers. Einer geriet zwischen die Blätter des Heckrotors. Der zweite und dritte Faden trafen Kufe und Cockpit. Die MPi-Garbe änderte ihre Richtung, als der Hubschrauber unkontrolliert schaukelte, und hinterließ eine Spur aus Einschlaglöchern an der Hauswand hinter Shao. Scheiben zerplatzten.

Panisch versuchte der Pilot, die Maschine aufsteigen zu lassen. Der Heckrotor begann zu qualmen. Eine Stichflamme schoss heraus, und die Maschine rotierte hilflos um die eigene Achse. Aus dem Flappen der Rotoren wurde ein sengendes Kreischen, als der Hubschrauber abschmierte und nach einem Moment der scheinbaren Schwerelosigkeit ungebremst auf den Asphalt knallte. Das Cockpit zerbarst. Der MPi-Schütze wurde wie eine Puppe aus der offenen Tür geschleudert und landete in verrenkter Haltung unter einem der Wagen. Der Hubschrauber schrammte über den Asphalt, legte sich zunächst auf die Seite, so dass die Rotorblätter in die Autos und den Boden hackten und abknickten, bis er schließlich achtzig oder hundert Yards weiter als ein Ball aus zerdrücktem Stahl und Glas liegen blieb. Die Spinne war den halben Weg über mitgeschleift worden, bis sie die Fäden gekappt hatte und, eine weißliche Sekretspur zurücklassend, wie ein schwarzer Blitz in Richtung der Abteiwiese verschwand.

Shao sprang auf und rannte zum Lkw. Auf dem Weg passierte sie den MPi-Schützen, dessen Brustkorb und Schädel beim Aufprall zu Mus zerquetscht worden waren.

Zukos Stirn war blutüberströmt, aber er lebte! Gerade versuchte er, mit seinem Taschenmesser den Gurt zu zerschneiden.

Sie wollte mit dem Ellbogen die restlichen Scheiben aus dem Rahmen schlagen, aber Zuko winkte ab.

»Ich komm zurecht. Kümmern Sie sich um den Piloten.«

Sie hatte gerade einmal die Hälfte des Weges zurückgelegt, als sich der auslaufende Treibstoff am Feuer des hinteren Rotors entzündete und das gesamte Wrack in ein Flammenmeer tauchte. Shao näherte sich den Feuerlohen so weit wie möglich, um einen Blick in die Überreste des Cockpits zu werfen. Keine Bewegung, keine Schreie. Wahrscheinlich war er schon vorher tot gewesen …

In den meisten Häusern waren Lichter angegangen. Leute traten aus den Türen und schrien durcheinander.

Shao legte ein neues Magazin ein und feuerte in die Luft.

»Alle sofort zurück in die Häuser! Keiner verlässt sein Haus!«

Zwei weitere Schüsse verschafften ihren Worten Nachdruck.

Zuko torkelte über die Fahrbahn auf sie zu.

»Wo ist sie hin?«

»Die Böschung rauf. Zur Abteiwiese.« Sie schüttelte den Kopf. »Ich hab doch genau gesehen, dass wir sie erwischt haben – und zwar mehrfach! Ich meine, wie viele Leben hat dieses Scheißvieh?«

Ein paar Häuser weiter steckten weitere Schaulustige ihren Kopf aus der Tür.

»Drinnenbleiben! Keiner verlässt das Haus!«

Doch erst als Shao einen weiteren Warnschuss abgab, knallten sie erschrocken die Tür zu.

»Beschissene Spanner!«

Zuko legte die Hand sanft auf ihren Waffenarm. »Es sind einfach nur Menschen, vor deren Haus gerade ein Hubschrauber explodiert ist.«

Shao ließ die Waffe sinken und starrte in die Flammen des Hubschraubers. Ihre Hand beschrieb einen Bogen. »Sehen Sie hier irgendwo einen Streifenwagen? Sehen Sie irgendwo in dieser ganzen verdammten Stadt auch nur einen *beschissenen* Copper, abgesehen von uns beiden?« Sie deutete auf das brennende Wrack. »Und dann das! Ich meine, können Sie mir vielleicht mal erklären, woher sie in einem *Scheißüberwachungshubschrauber* plötzlich eine MPi hatten?«

»Ich fürchte, das kann ich nicht.«

Sie nickte grimmig. »So langsam hab ich nämlich das Gefühl, dass dieses Mistvieh nur der kleinste Teil unseres Problems ist!« Sie atmete durch und blinzelte in die Nacht. Versuchte, ihren Puls herunterzufahren. Gottverdammt, sie lebten, was nach den Ereignissen der letzten Minuten nichts weniger als ein Wunder war.

Sie rammte die Beretta ins Holster und tastete nach dem zweiten Ersatzmagazin, das sich sicher verstaut in ihrer Jackentasche befand. Zukos Handy lag genauso wie ihr eigenes irgendwo in dem Haufen Schrott hinter ihnen, der einmal ein Lkw gewesen war. »Ich würde vorschlagen, wir holen sie uns jetzt endlich! Ich meine, wenn sie wirklich da oben zwischen den Mauern hockt, dann gehen wir da hin und holen sie uns jetzt!«

Zuko wischte sich mit dem Ärmel das Blut aus dem Gesicht und blickte an den Wracks vorbei in Richtung der Einmündung der New Road. Sein Gesicht war bleich, und aus den Schweißtropfen auf der Stirn war ein Film geworden, der seine Haut bis runter zum Halsansatz bedeckte.

»Zuerst holen wir uns den Dolch.«

8 Er lag vierzig Yards oberhalb der Einmündung auf dem Asphalt der New Road. Shao fand zum ersten Mal Zeit, ihn genauer zu betrachten. Die leicht gekrümmte Klinge mochte auf eine maurische oder arabische Herkunft hindeuten, doch gleichzeitig wirkte er so glatt und perfekt geformt, als sei er gerade erst vom Band einer Schmiede in Sheffield gefallen. Auf der Klinge befand sich kein Tropfen Spinnensekret. Nicht einmal Rückstände der Fäden klebten daran. Sie waren einfach verschmort und zu *Staub* zerfallen.

Sie schob sich die Klinge in den Gürtel und kehrte mit Zuko zur Abbey Road zurück. Um die Trümmer hatten sich erneut Trauben von Schaulustigen gebildet, die durcheinanderschrien und gestikulierten, als würden sie einen dämonischen Tanz aufführen.

Ihr Ziel war die Fußgängerbrücke, die etwas weiter östlich die Fahrbahn überspannte und zur Abtei führte. Noch immer war kein einziger Streifenwagen in Sicht, was Shao an Zukos Bericht von der Baltimore-Sache erinnerte. Sie hatte die Details damals gelesen, ohne ihnen besondere Aufmerksamkeit zu widmen.

»Diese zwei Copper, die einen falschen Code benutzt haben Sarge – warum gibt es von denen eigentlich keine Phantomzeichnung?«

»Weil ich sie gar nicht gesehen habe. Das ist jedenfalls die Meinung von Lockhart und Hammerstead.«

»Scheiße, und das haben Sie mit sich machen lassen?« Sie schüttelte den Kopf. »Ich meine, täusche ich mich, oder läuft hier gerade 'ne ähnliche Nummer? Ich würde sogar sagen, es ist eine Sache, einen Typen wie Lockhart zu bestechen und zwei armen Teufeln aus der Gosse Polizistenuniformen überzustülpen. Aber halb London abzusperren und sämtliche Streifenwagen abzuziehen und stattdessen einen Hubschrauber mit MPi-Bewaffnung zu schicken, das ist … Ich meine, das ist einfach … Ehrlich gesagt, macht mir das mehr Angst als diese Scheißriesenspinne.«

»Mir macht es auch Angst.«

»Ah, gut, dass Sie das mal erwähnt haben.«

Wie um sie Lügen zu strafen, näherte sich vor ihnen ein Scheinwerferpaar. Auf dem Dach drehte sich ein Blaulicht. Die Sirene war deaktiviert. Ein ziviler Einsatzwagen – und gleichzeitig das erste fahrende Auto überhaupt, das ihnen seit dem Unfall in Plumstead begegnet war.

Der Wagen hielt direkt unter der Brücke. Es war ein silbergrauer Ford aus dem Fuhrpark des Forest Gate. Shao erkannte das Nummernschild, weil er auf dem Parkplatz in dieser Woche fast jeden Tag direkt neben der Ausfahrt gestanden hatte.

Lockhart und Ashley stiegen aus, jeweils mit einer Schrotflinte in der Hand.

Shaos Hand glitt zum Schulterholster, aber Zuko warf ihr einen warnenden Blick zu.

Lockhart klopfte auf das Dach. »Guten Abend, die Damen. Mhm … Habt ihr zufällig einen neuen Duft aufgetragen?« Er deutete auf die brennenden Trümmer hinter ihnen. »Ist ja ein exquisites Lüftchen, das da herüberweht.«

»Schön, dass Sie auch schon da sind«, blaffte Shao zurück. »Mussten Sie sich erst noch die Schuhe zubinden, oder was?«

Lockhart deutete mit der Rifle über das Wagendach in Richtung Abteiwiese. »Dann werden wir uns das Scheißding mal vornehmen.«

Zuko machte keine Anstalten, sich zu rühren. »Wo ist der Rest?«

»Kommt von der anderen Seite. No blues, no twos. Es war Powells Anweisung, dass sie sich anschleichen sollen wie Indianer auf dem Kriegspfad.«

Shao warf Zuko einen Blick zu.

Lockkart grinste süffisant und fuhr dann fort. »Okay, Ashley und ich gehen rüber zur Ostseite, denn die wird von unseren Leuten am schlechtesten gesichert. Ashley bleibt auf Nordost, ich geh weiter auf Südost. Wahrscheinlich stehen sich die

Krieger von der Firearms Unit dort schon gegenseitig auf den Füßen, aber scheiß drauf, sicher ist sicher. Sie beide kommen von hier aus. Sobald Sie das Zeichen geben, rücken wir vor. Ist schließlich Ihre Operation, Detective Praktikantin.«

»Wie wär's, wenn Sie nach Hause fahren und sich ins Knie ficken?«

Zuko wiegte den Kopf. »Ein Versuch ist es wert.«

Shao verzog das Gesicht.

»Na, Detective? Wo ist die tote Fliege auf der Torte. Spucken Sie's schon aus.«

Sie hielt Lockharts Blick stand. »Woher wissen Sie von der Spinne?«

Er zuckte mit den Schultern. »Wusste ich nicht, aber ich bin ja nicht blöd und kann mir zusammenreimen, dass es nicht gerade eine Stubenfliege war, die das Ding da hinten vom Himmel geholt hat. Natürlich bin ich von einem menschlichen Killer ausgegangen, aber wenn Sie sagen, dass wir Tarantula jagen …«

»Und da haben Sie mal eben zufällig gleich das passende Besteck mitgebracht.«

»Praktisch, nicht?« Er hob die Flinte und strich beinahe liebkosend über den Lauf. »Dankenswerterweise hat Ash mir erlaubt, mich aus seinem Privatreservoir zu bedienen.«

Ashleys Augen glänzten. »Die gute alte Remington 870! Das ist noch 'n anständiges Repetiergewehr und nicht so 'ne schwuchtelige Gasdruckladerscheiße, wie sie einem heutzutage überall angedreht wird.«

»Ich bin froh, dass Sie das klargestellt haben«, sagte Shao.

»Gern geschehen.«

Lockhart grinste. »Ach, Shao, eins noch. Ich nehm Ihnen die Sache mit dem Big Green nicht übel, wirklich nicht. Ich hab so eine Ahnung, wer sich die Unterlagen gekrallt hat, und ich werd seinen Arsch morgen früh an die Wand nageln, so viel ist sicher.«

»Dixon wollte Sie auffliegen lassen. Und wer weiß, vielleicht hat der Typ, der ihn umgeblasen hat, da oben auf der Wiese seine Zweitausrüstung schon in Anschlag gebracht.«

Lockhart zwinkerte ihr zu. »Eine berechtigte Sorge, Detective. Bleiben Sie am besten immer einen Schritt hinter mir. Da kann Ihnen nichts passieren.« Er scheuchte Ashley mit einer Handbewegung zurück ins Auto. »Geben Sie uns zehn Minuten ab jetzt. Wer das Spinnending zuerst erwischt, darf morgen Abend im Duke frei saufen.«

Sie verfolgten, wie Lockhart den Wagen wendete und ihn kurz darauf an der nordöstlichen Ecke des Parks abstellte. Ein paar Sekunden später verschwanden die beiden als Schatten zwischen den Bäumen.

Shao schüttelte den Kopf. »Das ist der beschissenste Plan, von dem ich je gehört habe.«

Zuko nickte und überprüfte das Magazin seiner Beretta. »Wie viel Munition haben Sie noch?«

»Anderthalb Magazine.«

»Ich hab noch elf Schuss hier drin und ein zusätzliches Magazin.«

Aus Shaos Antwort sprach mehr Trotz als Überzeugung. »Ich würde sagen, wenn wir nur ein klein wenig besser zielen als vorhin, sollte das reichen.«

9 Das Gras war feucht und wurde vom Lichtsmog der Vorstadt in gelbliches Zwielicht getaucht.

Die Sekretspur war nicht zu übersehen. Sie führte den Graswall hinauf quer über die Abteiwiese in Richtung der Grundmauern.

Auf den Wegen, die zum Café führten, und auf dem Areal zwischen dem Maulbeerbaum und den Grundmauern war kein Mensch zu sehen, doch das Gefühl, von allen Seiten beobachtet zu werden, schnürte Shao beinahe die Kehle zu. Durch eine Hintertür kroch das nächtliche Spukbild in ihren Kopf, und doch war es seltsamerweise nicht die Erinnerung an den Anblick der Zinnen und Fensterreihen, den gedrungenen Kirchturm mit der abgeflachten Spitze und den Abteigarten mit seinen schießschartenschmalen Fenstern, die sie frösteln machte, sondern jene mysteriösen Zeichen auf dem Boden der Abteikirche: das Rechteck mit den nach außen gebogenen »Insektenfühlern«. Verbarg sich in ihnen eine Botschaft?

Das Herz des Mädchens …

Waren es nicht genau diese Zeichen gewesen, die sie zur Lady's Chapel hinter dem Altar geführt hatten? War Richard de Lucys Erzählung ein versteckter Hinweis gewesen, dass genau dort das Geheimnis der Abtei verborgen lag?

Sie hatten die südliche Grundmauer erreicht, die hier in der Mitte fast vier Yards hoch reichte. Ein paar Schritte rechts von ihnen befand sich ein Durchgang. Die Sekretspur führte direkt darauf zu.

Zuko gab Shao ein Zeichen, die linke Flanke zu übernehmen. Sie folgte ihm, die Beretta im Anschlag.

Der Bereich dahinter war leer.

Die Sekretspur endete nach ein paar Yards vor der nächsten Mauer.

»Haben Sie Ihre Taschenlampe?«

Sie nickte und zog sie aus der Innentasche ihrer Jacke, wo sie die letzte Stunde unbeschadet überstanden hatte.

Zuko deutete auf die Enden der Mauer. »Wir umrunden sie einzeln von beiden Seiten, Sie links, ich rechts. Wenn Sie das Ende erreicht haben, geben Sie mir auf der anderen Seite ein Lichtzeichen. Schalten Sie die Taschenlampe einmal kurz ein und wieder aus. Ich antworte auf dieselbe Weise. Dann finden wir in der Mitte bei dem Durchbruch wieder zusammen.«

»Sarge?«

»Hm?«

»Glauben Sie, was Lockhart gesagt hat? Dass die Firearms Unit das Gelände von der Nordseite abriegelt?«

»Nein.«

Wie beruhigend.

»Aber ich glaube de Lucy. Die Spinne ist hier, und wir sollten es zu Ende bringen. Wir sehen uns auf der anderen Seite, Detective.«

Sie sah ihm einen Moment lang nach und machte sich dann in der Gegenrichtung auf den Weg. Die Lichtglocke über dem Park war hell genug, so dass sie die Lampe nicht einschalten musste, um den Stolperfallen auf dem unebenen Gelände aus dem Weg zu gehen. Ihre Hosenbeine streiften das Heidekraut, das neben der Mauer wucherte. Auf der Mauerkante war nichts zu sehen. Sie flachte schließlich so weit ab, dass Shao bequem auf ihr hätte Platz nehmen können. Unmöglich, dass die Spinne sich im Schatten der Steine verbarg. Shao stieg darüber hinweg und gab das vereinbarte Leuchtzeichen. Es dauerte fast zehn Sekunden, bis die Antwort kam.

Und für einen Sekundenbruchteil einen kugelförmigen, schwarzen Schatten etwa auf halber Strecke zwischen ihnen aus der Dunkelheit riss!

Shaos Herz gefror.

Langsam und so leise wie möglich zog sie die Beretta aus dem Holster und schlich dicht an der Mauer entlang auf das schwarze Ding zu. Nach ein paar Schritten schaltete sie die Taschenlampe ein. Zuko tat auf der anderen Seite dasselbe. Die Lichtkegel tasteten über lange, dürre, behaarte Beine, die unter dem Licht zurückzuckten und sich um den glänzenden Körper schmiegten, an dem Sekretreste und Fetzen fluoreszierender Spinnenseide klebten.

Zuko näherte sich der Spinne bis auf drei, vier Schritte.

»Vorsichtig, Sarge …!«

Er richtete den Strahl der Taschenlampe auf den gespaltenen Kopf, der jetzt nur noch wie eine Maske aus Pappmaché wirkte. Als das Licht auf die verschleierten Pupillen traf, wandte die Spinne den Kopf ab und schloss die Augen.

»Sie weiß, dass sie stirbt.«

»Mein herzliches Beileid!«

Zuko ging vor dem Monstrum in die Knie. »Verstehst du uns? Kannst du sprechen?«

Keine Reaktion.

Er senkte die Taschenlampe. Der Mund in dem gespaltenen Gesicht bewegte sich kaum wahrnehmbar, als wäre da zumindest eine Erinnerung daran, wie man sich artikulierte, aber alles, was über die Lippen kam, war ein helles, mit seltsam schabenden Geräuschen vermischtes Zischeln.

»Woher kommst du? … Wie bist du entstanden?«

Ein paar der Beine glitten langsam zur Seite. Shao spannte sich, aber es erfolgte kein Angriff. Stattdessen gab die Spinne den Blick auf den Panzer frei – als wollte sie Zuko und Shao von ihrer Friedfertigkeit überzeugen. In dem glitzernden Fleisch unter der aufgerissenen Chitinfläche pulsierte es.

Vielleicht das Herz. Sie hatte mal gelesen, dass es sich fast über den gesamten hinteren Teil eines Spinnenkörpers erstreckte. »Ich glaube, sie versteht, was wir sagen.«

Shao zückte den Dolch, so dass die Spinne die Klinge sehen konnte. Sie hob den Kopf, und Shao konnte für einen Moment einen Blick in den eiternden Spalt zwischen den Augen werfen. Sie führte die Klinge näher heran. Jetzt reagierte die Spinne und versuchte, sich zurückzuziehen. Aber sie war zu schwach.

»Lassen Sie das. Vielleicht bekommen wir noch ein paar Antworten.«

»Sie wollen einen Plausch mit ihr führen?«

»Vielleicht kann sie uns etwas über den Schatten sagen, der Deirdre besetzt hat, oder …«

Der Schuss riss Zuko die Worte von den Lippen.

Die Schrotladung riss ein faustgroßes Loch in den Kopf der Spinne. Die Mandibeln unterhalb des Kopfes zuckten, wie unter einem letzten Aufflackern der Ganglien, dann lag der Kadaver still.

Der Schütze repetierte seine Remington und näherte sich.

»Ashley, verdammt! Sind Sie bescheuert?«

Sein debiles Grinsen leuchtete fast noch stärker als die

Spinnenfäden. Er tippte mit dem Lauf der Flinte gegen die Mandibeln. »Nicht zu fassen. Sie hatten tatsächlich recht, was dieses Ding angeht!«

Shao verspürte den Impuls, auf ihn loszugehen, aber die Erschöpfung war stärker. In beinahe andächtiger Stille starrten sie alle drei auf den Leichnam, wie um zu begreifen, was nicht zu begreifen war. Dass dieses unheimliche Ding, dieser Gestalt gewordene Albtraum, tatsächlich existiert hatte.

Ashley sicherte die Flinte kopfschüttelnd. »Das wird einen ziemlichen Rummel geben. Ich meine, falls jemand außer uns davon erfährt.«

»Wo ist Lockhart?«

Shao folgte Zukos Blick hinüber zur Waldgrenze, die in der Dunkelheit kaum von der Wiese zu unterscheiden war. »Und wenn wir schon dabei sind«, setzte sie hinzu, »wo ist die ganze Scheißverstärkung, die da hinten angeblich rumlaufen soll?«

Ashley tat, als hätte er ihre Frage nicht gehört, und schabte mit der Remington über die Reste des Kopfes, dann über die Beine und den Leib der Spinne. Das Kratzen der metallenen Mündung auf dem Chitinpanzer verursachte Shao eine Gänsehaut. »Sie hätten das hier nicht sehen sollen.« Als er sich umdrehte, wanderte der Lauf der Flinte mit und zeigte wie zufällig auf Shao. »Wissen Sie, die Wahrheit ist: Niemand von uns hätte das hier sehen sollen.«

Zuko spannte den Hahn seiner Beretta. »Runter mit der Waffe, Ashley.«

»Ich schwöre Ihnen, Lockhart hat mir nie erzählt, mit wem er bei Seaways Kontakt hatte. Ob er überhaupt irgendwelche Kontakte hatte. Das lief alles immer über ihn und Hammerstead.«

»Hammerstead?« Der Name bröckelte Shao von den Lippen wie Stunden zuvor die Splitter getrockneter Scheiße.

»Aber *was* ich weiß, ist, dass es auch bei Seaways Leute gibt, die Zweifel haben, ob …«

Ashley besaß auf einmal nur noch ein Auge. Der rechte Oberkiefer war weggerissen worden und außerdem ein Teil der Nase. Im linken Auge blitzte noch so etwas wie Erstaunen auf, dann fiel ihm die Rifle aus der Hand, und er sackte zusammen.

Der Schuss war nicht von der Baumgrenze gekommen, sondern aus Richtung der Lodge. Für Shao geschah alles wie in Zeitlupe: das dumpfe Klatschen, mit dem das Geschoss an Ashleys Hinterkopf wieder austrat und sein Gehirn samt Schädelsplittern und Resten des Augapfels über die Wiese verteilte, die Blut- und Knochensplitter, die in die Nacht davonfetzten, und schließlich das Rascheln von Ashleys Hosenbein, als die Flinte daran entlang zu Boden rutschte.

Den Aufprall des Leichnams bekam sie nicht mehr mit, weil Zuko sie zwischen die Beine des Spinnenkadavers in Deckung riss. Eine Armlänge über ihr zerfetzte eine MPi-Garbe die Oberkante der Mauer.

Also war Lockhart nicht allein!

Die Salve endete, und Shao vernahm plötzlich überlaut ihren eigenen Atem und das Geräusch, mit dem Zuko von dem schleimigen Kadaver herunterrutschte und den Kopf aus der Deckung streckte. Eine Zehntelsekunde später riss er ihn wieder zurück, und die nächste Garbe fegte über sie hinweg.

»Sind Sie okay?«

Sie nickte benommen. Auch wenn sie fand, dass schon vor Ashleys Tod rein *gar nichts* mehr okay gewesen war. »Wie viele sind es?«

»Drei oder vier, soweit ich es erkennen kann.«

Er sprang hoch, und gab einen Schuss in die Richtung der Mündungsblitze ab. Die Antwort ließ Stein und Mörtel als Konfettiregen von der Mauerkante herabprasseln.

»Korrektur. Fünf. Und ich glaube, sie kommen näher.«

Shao spürte ein Kribbeln in ihren Gliedern. Das Adrenalin kehrte zurück und vertrieb die Kälte.

»Ist es Lockhart?«

»Kann ich nicht sagen. Auf jeden Fall mindestens zwei, die von Nordwesten kommen, und zwei aus nördlicher Richtung.«

Zukos Blicke glitten die Steinmauer entlang. Er dachte offenbar dasselbe wie sie. Hier konnten sie nicht bleiben. Ihnen blieb nur der Rückzug in den inneren Kreis der Grundmauern – dorthin, wo sich einmal das Kirchenschiff befunden hatte. Von da ergab sich vielleicht eine Möglichkeit, in den Wald zu flüchten.

Zuko deutete auf einen Spalt in der inneren Grundmauer, der breit genug war, um hindurchzuschlüpfen. »Ich lenk sie ab, indem ich das Feuer auf mich ziehe!«

»Aber …«

»Keine Diskussion. Nehmen Sie Ashley die Flinte ab und alles, was er noch an Waffen bei sich trägt. Sie haben zehn Sekunden.«

Sie bückte sich und öffnete Ashleys Aufschläge. Er trug einen Schulsterholster und darin eine Smith & Wesson 9 mm. Sie tastete die Jacke ab und fand ein Ersatzmagazin und außerdem eine Schachtel Patronen für die Remington. Sie ließ beides in ihrer Seitentasche verschwinden und nickte Zuko zu.

Er federte hoch und schoss.

Shao rannte los. Und hatte wieder dieses seltsame Gefühl, alles in Zeitlupe zu erleben: ihren pumpenden Atem, ihren Herzschlag … Sie schlug ein paar Haken, aber ihre Gegner schienen sich auf Zuko zu konzentrieren. Stein platzte, und Querschläger jaulten durch die Luft, aber sie erreichte unversehrt den Spalt, zwängte sich hindurch und überflog den Innenraum, den die vier relativ gut erhaltenen Grundmauern bildeten. Er war leer, und die Deckung war gut. An einigen Stellen waren die Steine stärker abgetragen, so dass sie die Löcher als Schießscharten benutzen konnte.

Sie lud die Remington nach und legte sie auf die Mauerkante. Etwa dreißig Yards nordöstlich von ihr bewegte sich etwas am Ende der äußeren Mauer. Der Schütze visierte Zuko an.

Der Rückstoß der Flinte brach Shao fast das Handgelenk, aber sie hatte damit gerechnet und den Schuss tief genug angesetzt. Die Schrotladung erwischte den Gegner irgendwo zwischen Knie und Bauch und ließ ihn schreiend zusammenbrechen.

Zuko bedeutete ihr, in Deckung zu gehen.

Gerade noch rechtzeitig. Die Mauerkante über ihr schien zu explodieren. Sie zog die Flinte zu sich heran. Dann schlich sie geduckt weiter zur nächsten Scharte. Auch auf der anderen Seite der äußeren Mauer entstand Bewegung. Sie feuerte in die Richtung, und der Schatten des Gegners verschwand.

Zuko sprang auf, rannte auf den Spalt zu und kreuzte dabei ihre Schussbahn.

Der Schütze an der Außenmauer tauchte wieder auf.

»Kopf runter, Sarge!«

Zuko warf sich zu Boden. Ein Projektil jagte über ihn hinweg und hakte ein paar Yards neben Shao in die Mauer. Sie erwiderte das Feuer, indem sie das Magazin der Smith & Wesson leerte. Ein Aufschrei ertönte, und Zuko bekam genügend Zeit, um den Durchgang zu erreichen.

Sie zog gerade noch rechtzeitig den Kopf ein, bevor jemand das Feuer erwiderte.

Zuko postierte sich am Durchgang. »Wie viele haben Sie erwischt?«

»Einen auf jeden Fall! Vielleicht zwei.«

Die letzten Worte wurden ihr von den Lippen gerissen, als der Gegner erneut die Schrotflinte einsetzte. Die Schrapnelle jagten über ihr in die Mauer.

Lockhart, du verdammtes Arschloch!

Er wusste, dass er sie damit nicht treffen konnte, aber sie wusste auch, dass es Selbstmord gewesen wäre, den Kopf rauszustrecken und das Feuer zu erwidern.

Zuko deutete auf die rückwärtige Mauer, die ebenfalls einen Durchbruch besaß – dort, wo einmal die Tür zur Lady's Chapel gewesen war. Seine Idee war klar: Er wollte hindurch, um sich von dort in den Wald abzusetzen.

Wahnsinn. Das Sperrfeuer würde sie erreichen, bevor sie auch nur ein Viertel des Weges zurückgelegt hatten.

Shao wechselte zurück zur ersten Schießscharte, schob das Ersatzmagazin der Smith & Wesson ein und steckte die Waffe in den Hosenbund. Sie lugte nach draußen. Zwei Gegner rechts und zwei links, die gerade die äußere Mauer umrundeten und auf sie zukamen. Einer von ihnen hinkte.

Sie legte die Remington an.

Eine der Gestalten rief etwas, und sie spritzten auseinander. Der Lauf in Shaos Hand bäumte sich auf. Einer der Gegner wurde von den Beinen gefegt und sackte stöhnend gegen die Mauer. Shao bildete sich ein, dass es die Stimme von Lockhart war.

Die Wut über den Verrat ließ etwas in ihr zerbrechen, und sie richtete die Remington auf den zweiten Schützen.

Schoss und repetierte.

Schoss und repetierte.

Der zweite Schütze duckte sich, und die Schrotladungen jagten über ihm in das Gestein. Shao feuerte weiter. Sie ließ sich bereitwillig hinwegschwemmen von der Welle aus Wut, während sie äußerlich kalkuliert und kühl blieb und weder die Schreie noch das über sie hereinbrechende Sperrfeuer sie einzuschüchtern vermochten. Der fünfte Schuss war ein Treffer, aber sie sah nicht mehr, wie der Schütze zusammenbrach, weil Zuko sie im Nacken packte und zu Boden riss. Der heiße Lauf der Remington knallte gegen ihr Kinn und versengte ihre Haut. Zuko drückte sie mit dem Rücken gegen die Mauer.

»Was?«

»Ich hab gesagt, Sie sollen aufhören, verdammt!«

Sie starrte ihn ehrlich verwirrt an und begriff erst jetzt, dass sie seinen Schrei überhaupt nicht wahrgenommen hatte. Der Schweißfilm auf seinem Gesicht reflektierte die Mündungsblitze, und Shao fiel auf, dass seine Körperhaltung verkrampfter wirkte als noch vor ein paar Minuten.

»Was sollte der Mist! Sie verschwenden nur unsere Munition!«

»Ich hab einen von denen erwi…«

»Sie haben sich exponiert! Beinahe hätten die *Sie* erwischt!«

Sie öffnete den Mund – und schloss ihn wieder.

»Ich will lebend hier rauskommen, und außerdem will ich, dass *Sie* hier lebend rauskommen – haben Sie das kapiert, Detective?«

Ihre Kiefer mahlten aufeinander. Trotzig nickte sie.

»In Ordnung, dann sollten wir uns jetzt zurückziehen und …«

Der Schütze erschien über der Mauerkante in seinem Rücken. Shao riss die Waffe hoch, und der Schuss krachte – aber es war nicht die Mündung von Shaos Remington, die aufblitzte. Zukos Kopf wurde nach vorn geschleudert, seine Schulter knallte gegen ihre. Sein Gewicht riss sie zu Boden.

»Sarge!«

Der Gegner kam näher, und Shao wälzte sich unter Zukos Oberkörper hervor, um die Hände freizubekommen. Ein zweites Projektil fegte höchstens eine Handbreit über sie hinweg. Endlich brachte sie die Remington in Anschlag. Für diese Entfernungen war die Waffe geschaffen, der Mann wurde zurückgeschleudert, knallte gegen die Mauer und rührte sich nicht mehr.

»Sarge, verdammt!«

Sie drehte ihn auf den Rücken. Das Gesicht war blutüberströmt. Er reagierte nicht mehr.

»*Sarge!*«

Ein Geräusch auf der anderen Seite der Mauer! Shao feuerte instinktiv noch in der Bewegung und sah, wie eine schlanke Gestalt hinter der Mauer Deckung suchte. Sie jagte noch eine Patrone hinterher, dann war die Remington leer. Shao warf Zuko einen letzten Blick zu, dann riss sie die Beretta heraus, sprang auf und feuerte blind auf den Mauervorsprung, während sie quer durch das ehemalige Kirchenschiff hetzte.

Von irgendwo hinter ihr wurde das Feuer erwidert, aber die Projektile verfehlten sie wie durch ein Wunder.

Bis auf eins.

Der Schlag holte sie mitten im Lauf von den Beinen. Auf einmal stand ihre linke Schulter in Flammen, und sie fiel ins Gras. Es war ein Schmerz, so bedingungslos und allumfassend, dass er ihr fast die Besinnung raubte … bis ihr Körper rebellierte und zusätzliches Adrenalin ausschüttete. Jedenfalls dachte sie, dass es ihr Körper war, der sie bewusst in einen Schockzustand versetzt hatte – bis sich auch ihre Umgebung veränderte!

Das Gras in ihrem Rücken wurde zu kaltem Stein. Die brüchigen Mauern verwandelten sich in Wände und säulengestützte Bögen, die auf jeder Seite acht Fenster trugen, die auf einmal die Grenze bildeten zwischen der Finsternis da draußen …

… und einer diffusen, von brennenden Fackeln gespeisten Helligkeit im Innern des Kirchenschiffs.

Shao kämpfte sich auf die Beine. Ihr Atem ging rasselnd. Ihre Schulter pochte dumpf, während sie sich taumelnd einmal um die eigene Achse drehte. Die geometrischen Symbole und perspektivisch verwobenen Formen auf den großflächigen Fliesen, die den Weg zum Altar pflasterten, die wispernden Schatten in den Nebengängen, die nach Shao zu greifen schienen … alles war genau so, wie sie es in Erinnerung hatte!

Bis auf die schwarzgekleidete Gestalt am Eingang. Die geschmeidigen Bewegungen kamen ihr irgendwie bekannt vor. Von der Verfolgung in Coldharbour …

Vincent Costigan!

Shao warf sich zur Seite und schoss. Der Gegner zuckte zurück, und Shao nutzte die Sekunden und stolperte in Richtung Altar, wobei sie ungezielt über die Schulter das gesamte Magazin verfeuerte. Sobald der Abzug blockierte, blitzte die Mündung der MPi wieder auf. Shao schlug einen Haken und warf sich hinter den Altar. Zwei Projektile fegten über sie hinweg und zerfetzten die Fenster auf der Rückseite. Kalte Nachtluft senkte sich auf ihre durchgeschwitzten Klamotten herab.

Das ist Blödsinn. Du bist die ganze Zeit über draußen. Die Fenster existieren nur in deiner Phantasie.

Aber so einfach war es nicht, denn der steinerne Altar war real – so real, dass die nächsten drei Geschosse daran abprallten.

Sie tastete nach der Smith & Wesson.

Mist.

Ihr Hosenbund war leer. Sie musste sie beim Sturz verloren haben.

Costigan kam näher.

Noch zwanzig Schritte, höchstens.

Shao riss die Schachtel Schrotmunition auf, schob hastig sechs Patronen in den Lauf der Remington und lud durch.

Fünfzehn Schritte.

Als er bis auf zehn Schritte heran war, ließ sie sich zur Seite fallen und feuerte auf dem Boden liegend am Altarfuß vorbei.

Die erste Schrotladung perforierte die Wand neben dem Eingangstor. Die zweite jagte genau dorthin, wo Costigan eben noch gestanden hatte, aber der Mistkerl hatte sich mit einem Satz hinter einer der Säulen in Sicherheit gebracht. Mechanisch repetierte Shao und schoss erneut, bevor sie aus dem Augenwinkel die Bewegung wahrnahm – und sich gerade noch rechtzeitig hinter den Altar zurückzog.

Ein zweiter Gegner!

Und die Waffe, über die er verfügte, kam der Remington bedenklich nahe. Das Projektil sprengte einen faustgroßen Splitter aus dem Fuß des Altars.

Shao federte hoch und erwiderte das Feuer.

Zwei Schüsse, ein dritter in Richtung Costigan, dann warf sie sich wieder in Deckung.

Costigan antwortete und die MPi-Garbe fetzte über die Altarplatte und zog sich tiefer über die Frontseite. Shao hörte, wie die Projektile in den Stein hackten. Instinktiv ließ sie die Flinte fallen und presste die Hände über dem Kopf zusammen.

»Hör auf!«

Die Gestalt mit der Schrotflinte.

Es war die Stimme einer Frau.

Costigan stellte das Feuer ein. Die Schüsse hinterließen eine gespenstische Stille. Das einzige Geräusch verursachte der Luftzug, der immer noch sanft durch die zersplitterten Altarfenster wehte.

»Geben Sie auf, Detective Shao.«

Shao streckte vorsichtig den Kopf zwischen den Armen hervor. Sie linste zur Remington, aber die beiden da drüben würden es hören, wenn sie nachlud. Dasselbe galt für die Beretta.

»Wer sind Sie?«

Wie fremd sich ihre eigene Stimme anhörte. Alles fühlte sich fremd an, sah fremd aus. Als wäre die Welt um sie herum in Falschfarben getaucht.

»Geben Sie auf, und Ihnen wird nichts passieren. Sie haben drei Sekunden.«

Die Fremde zählte nicht mit, aber Shao hörte trotz der weichen Gummiprofile unter ihren Schuhen, wie sie sich näherte.

Eins.

Und wie die beiden die Positionen wechselten, um sie zu verwirren.

Zwei.

Das bedeutete, selbst wenn es ihr gelang nachzuladen, würde sie sie nicht beide erwischen.

»Okay … Okay, ist ja gut!« Sie tastete nach der Beretta.

»Werfen Sie die Flinte weg!«

Und löste möglichst leise das Magazin aus dem Griff, während sie gleichzeitig mit dem Fuß gegen die Remington stieß, so dass sie hörbar über die Steinfliesen schlidderte. Das Ersatzmagazin der Beretta in ihrer Jackentasche war kalt wie ein Eisblock.

»Schieben Sie sie weiter rüber. Wir wollen sie sehen!«

»Klar.«

Sie kickte die Flinte davon. Da lag sie jetzt, drei Yards neben dem Altar. Unerreichbar weit entfernt.

»Und jetzt die Pistole. Und dann kommen Sie langsam raus, mit erhobenen Händen.«

Shao überlegte tatsächlich einen Moment, der Aufforderung nachzukommen, aber der Tonfall der Frau wirkte eine Spur zu verständnisvoll, zu aufmunternd.

»Erledige sie, Vince!«

Shao rammte das Magazin in den Griff und sprang auf der anderen Seite hinter dem Altar hervor. Sie schoss auf den Mündungsblitz der MPi und vernahm gleich darauf einen Schmerzensschrei. Mit einer Drehung war sie auf den Beinen und hechtete auf die eisenbeschlagene Tür zur Lady's Chapel zu.

Das MPi-Feuer folgte ihr und außerdem der tiefe, wummernde Knall der Schrotflinte – im selben Augenblick, als sie die Klinke herunterdrückte und mit der Tür in den dahinterliegenden Raum fiel. Querschläger jagten wie ein Meteoritenschauer über ihre Wange und Schulter. Sie warf sich zu Boden, als über ihr auch schon die nächste Ladung Schrapnellsplitter die Tür perforierte. Eine halbe Drehung auf dem Boden, und sie brachte die Beretta in Anschlag.

Schrie, als sie den Stecher durchzog, immer wieder.

Feuerte durch die leere Tür in die Richtung, in der nach ihrer Vermutung die Frau auftauchen würde.

Dann in Richtung Costigan.

Dann wieder in Richtung der Frau.

Dann war das Magazin leer.

Das Schnappen des arretierenden Schlittens hallte laut wie ein Gongschlag von den Wänden wider.

Hatte sie sie erwischt?

Da vernahm sie das Knirschen der Gummiprofile auf Stein- und Glassplittern.

»Netter Versuch, Detective. Ich nehme an, das war es jetzt?«

Shao kroch hinter den kleinen Altar der Lady's Chapel und lehnte sich mit dem Rücken gegen das Holz. Anders als das massive Ungetüm im Kirchenschiff handelte es sich hier um eine eher schmale Konstruktion. Als Deckung kaum zu gebrauchen. »Finden Sie's raus!«

»Wirklich mutig. Aber eine intelligente Frau wie Sie weiß, wann es vorbei ist. Oder etwa nicht?«

Die Stimme der Frau war jetzt ganz nah. Sie musste auf der Türschwelle stehen oder vielleicht schon im Raum. Ein kratzendes Husten, als Costigan ihr folgte. Anscheinend hatte sie ihn erwischt. Er blutete aus der Schulter, als er sich über ihr aufbaute.

»Sie haben bestimmt viele Fragen, Detective Shao«, sagte die Frau, die hinter ihr auftauchte.

Schwarze Haare, wie Shao aus dem Augenwinkel bemerkte. Sie blinzelte und atmete aus. Oder versuchte es zumindest. Irgendwo unterhalb ihrer Kehle pfiff es wie in den Bronchien eines Asthmatikers.

»Hören Sie auf mit dem Gelaber. Tun Sie's einfach.«

Aus dem Lächeln der Frau sprach Anerkennung. »Bitte, Vince.«

Shao vernahm, wie er ein neues Magazin einlegte.

Durchlud.

Und entsicherte.

Ihr Blick wanderte die Wand hinauf zur Dunkelheit hinter dem Fenster über dem Altar.

Sie schloss die Augen.

Die Waffe bellte auf.

Aber es war nicht die von Costigan, sondern eine Schrotflinte draußen im Kirchenschiff. Die Ladung hackte in den Türrahmen, und Shao hörte Costigan aufkeuchen. Etwas fiel zu Boden, metallisch, scheppernd. Die MPi. Ihr folgte Costigan, der im Fallen den Altar umriss. Beide krachten auf Shao und begruben sie unter sich, während sie aus dem Augenwinkel wahrnahm, wie die Frau das Feuer erwiderte.

Das laute Wummern der Shotgun ließ die Wände der Lady's Chapel erbeben.

Draußen ein Schrei.

Jemand stolperte.

Die Schwarzhaarige lud durch und schoss erneut.

Shao riss dem sterbenden Costigan die MPi aus der Hand, aber die Fremde erkannte ihre Absicht und hechtete nach draußen, so dass die MPi-Garbe sie um eine Handbreit verfehlte.

Die Frau flüchtete.

Shao wälzte Costigans Leiche von sich herunter. Endlich frei versuchte sie, sich aufzurichten, aber ihre Beine glitten unter ihr hinweg, als hätte jemand den Boden eingeseift. Alles unterhalb der Knie war taub. Auf allen vieren kroch sie zum Türrahmen, um ihrem Retter zu danken.

Es war Lockhart.

Er lag auf dem Rücken und versuchte zu atmen, während sich in einem fußballgroßen Loch in seinem Oberbauch Blut, Gedärme und Kleiderfetzen vermengten. Er war kurz davor, das Bewusstsein zu verlieren. Sie kroch zu ihm und strich über seine feisten Wangen.

»Lockhart …!«

Er spürte die Berührung und schlug die Augen auf.

Sie blinzelte die Tränen weg, die ihren Blick verschleierten. »Sie dämliches Arschloch! Wieso haben Sie das gemacht?«

»… meine Schuld …«

Sie wollte ihm widersprechen, aber er sagte noch etwas, das sie nicht verstand, da kein Laut mehr zu hören war außer dem Blubbern und Röcheln irgendwo tief unten in seiner Kehle. Seine Finger schlossen sich um ihre Hand, und sie erwiderte den schwachen Druck. Dann löste sich der Griff, und das Blubbern in seinem Rachen endete.

Shao sank gegen das Türblatt.

Die Kälte der Eisenbeschläge drang durch ihre von Regen, Schweiß, Morast und Scheiße durchnässte Jacke. Arbeitete sich weiter nach innen, bis sie ihre Nervenbahnen erreichte.

Lockharts tote Augen starrten sie an, nicht blutunterlaufen wie bei Deirdre, sondern nur leicht erschöpft und müde, unter halbgesenkten Lidern hindurch. Sein Kopf war im Tod zur Seite gerutscht, und die Fliese, die gegen seine Wange drückte, ließ seinen rechten Mundwinkel lächeln, als wäre er froh darüber, dass endlich alles vorbei war.

Irgendwo in der Ferne glaubte sie das Flappen von Rotoren zu vernehmen. Offenbar hatte doch noch ein weiterer Hubschrauber den Weg an diesen gottverlassenen Ort gefunden, aber es klang unendlich weit weg.

Sie wischte sich über die Nase. Dann über die Augen. Der Gestank und der Dreck waren überall, aber sie roch ihn nicht mehr. Genauso wie sie nichts mehr hörte und sah. Es war, als ob die Welt um sie herum aufgehört hatte zu existieren. Da war nur die Kälte in ihrem Innern, die alles ausfüllte und nach ihrem Herzen griff.

Was sollte sie Powell sagen?

Er war nicht der Einzige, der Fragen stellen würde, aber vielleicht der Einzige, der sich für die Antworten interessierte.

Und dann sah sie das Loch.

Es befand sich dort, wo zuvor der kleine Altar der Lady's Chapel gestanden hatte. Ein Lichtschimmer, der von unten heraufdrang und ein weiches Viereck an die Decke zeichnete.

Das Herz des Mädchens.

Sie kroch auf das Loch zu.

Ein Schacht.

Stufen aus grob behauenen Steinquadern führten in die Tiefe.

Shao drehte sich im Sitzen und schwang die Beine nach vorn, so dass ihre Füße die erste Stufe berührten. Der Treppenabsatz unter ihrem Hintern war ebenso kalt wie die Fliesen in der Abteikirche.

Ihre Sehnen und Muskeln protestierten, als sie sich hochstemmte und gleichzeitig ihren Fuß langsam auf die zweite Stufe setzte.

Der Schacht war real.

Die Treppe war real.

Vor ihr lagen mehr als vierzig Stufen, in weiches Gelblicht getaucht, das weder einen Ursprung zu besitzen schien noch Schatten an die Wände zeichnete.

Shao hatte etwa die Hälfte der Treppe hinter sich gelassen, als sie ihren Atem wieder hören, ihren Puls wieder spüren konnte. Auch ihr Geruchssinn kehrte langsam zurück. Migräneartige Schmerzwellen jagten durch ihren Schädel. Deutlich spürte sie, dass die Luft um sie herum in Bewegung war. Es war kein Durchzug, sondern eher ein kontinuierlicher sanfter Wirbel wie von einer Klimaanlage. Aber nirgends summte etwas. Es gab überhaupt keine Geräusche.

Es gab nur ihre Schritte.

Sie erreichte den Treppenabsatz.

Vor ihr lag ein Korridor, dessen Decke ebenfalls in gelbem Licht schimmerte. Die Wände bestanden aus blankpoliertem Metall, in denen sie ihr verwaschenes Spiegelbild erblickte.

Der Korridor endete vor einer Tür, die keine Klinke besaß.

Sie glitt geräuschlos zur Seite.

Dahinter erstreckte sich ein weiterer Korridor mit fugenlos glatten Wänden. Und einer weiteren Tür am Ende. Auch sie öffnete sich, ohne dass Shao einen Mechanismus betätigt hätte, und das Türblatt verschwand, ohne einen sichtbaren Schlitz oder eine Fuge zurückzulassen, in der Metallwand.

Shao drehte sich einmal um die eigene Achse, nur um sich zu vergewissern, dass sie nicht die Orientierung verloren hatte, aber der Boden hinter ihr zeigte Spuren ihrer dreckigen Schuhe.

Real. Es ist alles real.

Sie blickte wieder nach vorn. Und entdeckte den Würfel. Er stand in einem Raum, der vor einer Sekunde noch nicht existiert hatte, und sah genauso aus wie auf den Fotos, die Rachel Briscoe gemacht hatte.

Nur noch beeindruckender, imposanter.

Die fast acht Yards hohen, obsidianschwarzen und von Zeichen übersäten Seitenwände reichten fast bis an die Decke.

Shao spürte eine schwache Vibration unter ihren Füßen, und aus irgendeinem Grund war sie sich sicher, dass sie von dem Würfel ausging.

Der Mann, der vor dem Würfel lag, bewegte sich nicht.

Er war offensichtlich bewusstlos, vielleicht tot. Shao näherte sich ihm vorsichtig, ging in die Knie und tastete nach seiner Halsschlagader.

Nein, er lebte.

Sein Gesicht wirkte wie von Fieber gerötet, und ein leicht fauliger Geruch stieg ihr in die Nase, der von seiner Kleidung ausgehen mochte – schmutzige Schuhe, Jeans und ein dreckiger Baumwollpullover.

Der Mann öffnete die Augen.

Er wirkte nicht verwirrt oder benommen, sondern wach und orientiert, und er betrachtete Shao mit distanziertem Interesse.

»Sind wir noch auf dem Schiff?«

Shao schüttelte den Kopf.

Der Mann sah sie an, als müsste er über ihre Antwort nachdenken, und gleichzeitig entdeckte sie in seinem Blick einen Funken von Unsicherheit. Zweifel, ob er ihr trauen konnte.

»Ich werde Sie nach draußen bringen. Können Sie aufstehen?«

»Wo sind wir?«

»In einem Gewölbe unterhalb der Lesnes-Abtei. In Abbey Wood. Gehen wir.«

Der Mann ignorierte ihre ausgestreckte Hand und blickte an ihr vorbei in Richtung des Korridors, durch den sie gekommen war.

Shao drehte sich um.

Der Junge in der Tür war nackt, dunkelhaarig, blass, etwa sechzehn Jahre alt. Seine schwarzen Augen musterten Shao ohne Furcht. Etwas an seinem Gesicht kam ihr bekannt vor, und es dauerte eine Weile, bis sie die Züge de Lucys darin erkannte. Der Junge machte keine Anstalten, sie anzugreifen.

Er sah Shao nur aus seinen unergründlichen schwarzen Augen an und deutete auf den Mann hinter ihr.

»Sie sollten ihn lieber nicht mitnehmen.«

Shao tastete nach der Beretta – und ließ die Hand wieder sinken. »Wer sind Sie?«

Was sind Sie?

Der Junge erwiderte ihren Blick, als hätte sie eine Frage gestellt, die keinen Sinn ergab und deshalb auch keiner Beantwortung bedürfe. Zögernd, beinahe unwillig, gab er den Korridor frei.

Shao warf ihrem neuen Begleiter einen fragenden Blick zu.

Er schien einverstanden.

Shao ergriff seine Hand und ließ gemeinsam mit John Sinclair diesen Ort der Rätsel hinter sich zurück.

10

Die Parkplatzsituation war eine Katastrophe. Auf der Nordseite der Surrey Street reihte sich Stoßstange an Stoßstange, und im Süden fielen die Parkplätze gleich ganz weg wegen der verdammten Großbaustelle, auf der die Träume des nächsten Großinvestors in Stahl und Beton gegossen wurden.

An der Westseite der Temple Gardens, zwei Steinwürfe entfernt von der U-Bahn-Station, fand Bill endlich eine Lücke, die er mit einem kleinen Rangiermanöver geschickt erweiterte, bevor er den Schlüssel abzog und die halbleere Jack-Daniels-Flasche unter den Beifahrersitz verschwinden ließ.

Lockharts Unterlagen verstaute er sicher im Kofferraum, nicht ohne noch einen letzten Blick auf die Adresse zu werfen, die er sich markiert hatte –, als bestünde die Möglichkeit, dass sich an den Buchstaben innerhalb des roten Filzstiftkringels während der letzten halben Stunde etwas geändert hatte.

Scheiß auf die Stimmen in seinem Kopf, die versuchten, ihm seinen Plan auszureden.

Scheiß auf die ganzen zynischen Arschlöcher da draußen, die ihn als Idioten hinstellten, weil er versuchte, das Übel bei der *Wurzel* zu packen!

Scheiß auf Susan Waite.

Bill schloss den Wagen ab und machte sich auf den Weg in die Surrey Street. Vor der rotgekachelten Fassade der ehemaligen *Aldwych Station* fingerte er nach dem Pickset, das ihm Lockhart irgendwann mal besorgt hatte.

Verdammt, das Hantieren mit den winzigen Picks hatte er sich wirklich einfacher vorgestellt.

Er tastete gerade auf dem Boden nach einem der Metallstäbe, der ihm durch die zittrigen Finger gerutscht war, als die Verriegelung von innen geöffnet und die Tür mit einem Ruck aufgezogen wurde.

Bill sprang auf.

Ein untersetzter Kerl in Uniform stand vor ihm. Ein Lächeln, das zwar das Doppelkinn, nicht aber die kleinen, tiefschwarzen Knopfaugen erreichte.

»Bitte treten Sie doch ein, Mr Conolly«, sagte Constable Rowles. »Wir haben Sie schon erwartet.«

Danksagung

Jede Serie beginnt mit dem ersten Buch … Laozis leicht abge-
wandeltes Zitat beschreibt ganz gut, was wir mit »Dead Zone«
versuchen: das JOHN SINCLAIR-Universum völlig unbefan-
gen und komplett unabhängig von der bisherigen Serie neu zu
denken und zu erfinden. Dass es für dieses Experiment mehr
als ein Buch braucht, ist klar. Zu viele Fragen sind ungeklärt geblieben: Was hat John Sinclair während der vergangenen zwei
Wochen in der Abtei von Lesnes erlebt? Wie konnte der Würfel
von der Baltimore verschwinden und in die Abtei gelangen …
und welche Funktion hat dieses geheimnisvolle Artefakt, das
Randolph Scotts Team vom Meeresboden geborgen hat? Welche Ziele verfolgen Scott und seine Exfrau Pamela?

Die Geschichte von »Dead Zone« erscheint gleichzeitig als
Roman sowie als sechsteiliges Hörspiel bei Lübbe Audio. Die
Chance, das Projekt in dieser doch sehr außergewöhnlichen
Form verwirklichen zu dürfen, verdanken wir an vorderster
Stelle Marc Sieper und seinem Team von Lübbe Audio. Sie
gaben uns die Möglichkeit, mit »Dead Zone« und demnächst
auch »Underworld« herauszufinden, wie eine SINCLAIR-
Serie aussehen könnte, die *heute* startet und in der Figuren, die
erkennbar in der realen Welt und ihrer Polizeiarbeit verhaftet
sind, erstmals mit der Existenz des Übersinnlichen konfrontiert werden.

Trotz jahrelanger Planung, einschließlich Dutzender stundenlanger nächtlicher Telefonate, möchten wir nicht leugnen, dass wir anfangs doch ein wenig naiv an dieses Projekt herangegangen sind. Umso wichtiger war die Unterstützung, die wir zunächst durch Bernhard Hennen erfahren haben, der uns den Weg zu Tor geebnet hat – vielen Dank, Bernhard, die versprochene Flasche Wein ist auf dem Weg! –, sowie im Anschluss durch Hannes Riffel, Andy Hahnemann und alle weiteren Mitarbeiter von FISCHER Tor. Andys Lektorat hat aus uns Kindern Männer gemacht!

Unser ganz besonderer Dank gilt natürlich Jason Dark. Wir bitten um Vergebung für die Freiheit und Dreistigkeit, mit der wir in seinem ohne Zweifel beeindruckenden Werk gewildert haben. Es war uns eine Freude.

Unschätzbar wertvoll war die Mithilfe von Dennis Simcott, der mit sechzehn Jahren von Hamburg nach London emigrierte und sich nicht zu schade war, die Mitarbeiter der realen Forest Gate Police Station bis zur beiderseitigen Erschöpfung mit Fragen zu bombardieren, damit John Sinclair, Sadako Shao und Zuko Gan so realistisch wie nur möglich in ihrer »Hood« im Londoner Bezirk Newham ermitteln können. Außerdem danken wir David Thorne für eine äußerst inspirierende Taxifahrt durch Woolwich über *Her Majesty's Prison Belmarsh* bis hinüber nach Thamesmead und Abbey Wood, ohne die weder Bill Conolly eine Kindheit gehabt hätte noch die Abtei von Lesnes jemals Teil dieser Geschichte geworden wäre. Der Spaziergang durch den Wald von Abbey Wood wird uns immer in Erinnerung bleiben – auch wenn wir dort keinen erhängten Richard de Lucy vorgefunden haben … Es war ein Vergnügen, durch die Straßenzüge von Woolwich sowie ganz Newham zu streifen, auf die Bierflaschen jenseits des Greenway zu stoßen, in einer Gondel in Gesellschaft von Pam Scott, Vince Costigan und Ernest Beaufort die Themse zu überqueren und die merkwürdigen Resonanzen beim Durchschreiten des eiskalten Woolwich-Fußgängertunnels am eigenen Leibe zu erfahren. Newham taucht vielleicht nicht in jedem London-Touristenführer auf, aber es ist ein Stadtteil, der lebt und pulsiert, und wir hoffen, ein wenig von diesem Leben eingefangen zu haben.

Natürlich danken wir auch allen unseren Freunden und Familienangehörigen. Sie haben uns bei der Arbeit unterstützt und die zeitliche Belastung ebenso wie unsere manisch-depressiv anmutenden Gemütszustände ertragen. Der größte Dank geht dabei an Silke, für die gemeinsame Zeit, die diesem Projekt zum Opfer fiel, für das Mutmachen und jede nur erdenkliche Form der Unterstützung!!

Und nicht zuletzt gilt unser Dank allen Fans, die mit Neugier und Offenheit an dieses Projekt herangehen und beim Lesen und Hören von »Dead Zone« hoffentlich mindestens ebenso viel Spaß haben wie wir beim Entwickeln der Geschichte.

Möge »Sinclair – Dead Zone« uns allen ein Tor aufstoßen, hinter dem noch viele Überraschungen auf uns lauern! Wir lesen und hören uns wieder – in der »Unterwelt« von Newham ...

Dennis Ehrhardt und Sebastian Breidbach
Hamburg, im August 2018

Auch als Hörspiel in 6 Folgen

Die neue Welt des Geisterjägers als Kino für die Ohren

www.john-sinclair.de

LÜBBEAUDIO

Perry Rhodan
Wie alles begann

Cape Kennedy, 1971: Nach dem Scheitern der Apollo-Missionen unternehmen die Amerikaner einen letzten verzweifelten Versuch, das Rennen zum Mond zu gewinnen. Der Name des Raumschiffs: Stardust. Der Name des Kommandanten: Perry Rhodan.

Endlich erfahren die zahlreichen Fans, wie alles wirklich begann: Perry Rhodans Jugend, seine politischen Eskapaden, seine Abenteuer als Testpilot und die geheime Geschichte der bemannten Raumfahrt – eine phantastische Enthüllungsstory, erzählt von Bestsellerautor Andreas Eschbach.

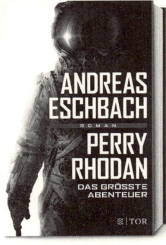

Andreas Eschbach
Perry Rhodan –
Das größte Abenteuer

ca. 800 Seiten
HC mit Schutzumschlag
ISBN 978-3-596-70145-2

Jetzt für den Newsletter anmelden unter:
TOR-ONLINE.DE

Probieren Sie das ruhig zu Hause.

Endlich, die ganze Welt der Fantasy und Science Fiction jetzt auf **tor-online.de**

Preisgekrönte Kurzgeschichten, bekannte Autoren und Newcomer, Essays, Interviews und Reviews, Gewinnspiele, monatlicher Newsletter u. v. a.

TOR-ONLINE.DE

Science Fiction. Fantasy. Und der ganze Rest.

fi 111 003/1